Reliure serrée

LES OFFICES DE CICERON,

TRADUITS EN FRANÇOIS,

SUR L'EDITION LATINE DE GRÆVIUS,

AVEC DES NOTES

ET DES SOMMAIRES DES CHAPITRES.

Par M. DU BOIS, *de l'Académie Françoise.*

Derniere Edition, revûë & corrigée.

AVEC LE LATIN A COSTE.

A PARIS,

Chez JEAN-BAPTISTE COIGNARD, Imprimeur ordinaire du Roy, & de l'Académie Françoise, ruë S. Jaques, à la Bible d'or.

MDCCXIV.

AVEC PRIVILEGE DE SA MAJESTÉ.

A MONSIEUR
DE BONNEUIL DE HARLAY,
CONSEILLER D'ETAT.

ONSIEUR,

Vous sçavez que je ne vous perds gueres de vüë : ceux qui ont l'honneur de vous connoître un peu à fond n'en seront pas surpris ; quand ils ne sçauroient pas ce que je dois à la bonté si particuliere, dont vous m'honorez depuis tant d'années. Mais vous ne m'avez jamais été si present, que pendant que j'ay travaillé a traduire les Offices de Ciceron ; & le portrait qu'il nous fait, dans cet Ouvrage, du plus honnête homme du monde, vous ressemble si parfaitement, qu'on diroit qu'il a été fait d'aprés vous. Ainsi je puis dire, comme Seneque disoit à Neron, en lui adressant son Livre de la Clemence, *mais avec bien plus de fondement, & de sûreté de ne m'en jamais dedire, que quand je vous presente celui-cy*, ce n'est que pour faire en quelque sorte l'office d'un miroir; & pour vous montrer à vous-méme. *Vous vous reconnoîtrez aisément dans ce miroir; & vous y verrez tous ces sentimens si purs, que j'ay tant de fois admirez dans vos paroles, & encore plus dans vos actions, & dans toute la conduite de vôtre vie. Vous y verrez cette superiorité de la raison & de la vertu, à toutes sortes de passions & d'interêts, qui fait vôtre caractere particulier; & qui vous distingue si noblement, entre les plus honnêtes gens. Vous y verrez cet accord si rare, de la sagesse la plus severe, avec les graces les plus parfaites, & la politesse la plus exquise, qu'on a remarqué en vous dés vôtre plus grande jeunesse. Vous y verrez cette fidelité si exacte à tous les devoirs de la vie, & sur tout à ceux de l'amitié, que tant de gens croyent incompatible avec les grands emplois; & que vous avez toûjours sçû si bien accorder avec les vôtres. Vous y verrez ce parler si pur, si précis & si juste, qui fait que nôtre langue paroît, dans vôtre bouche, ce que Ciceron nous dit que la langue latine paroissoit dans celle de Catule, & de son* *frere Cesar*. Enfin vous y verrez jusqu'à cet air de noblesse & de dignité, qui reluit dans tout vôtre exterieur, & dans toutes vos manieres; & qui annonce par avance, à tous ceux qui vous abordent, ce qu'un peu de communication leur fait bien-tôt découvrir. Si je voulois,* MONSIEUR, *vous regarder par d'autres endroits, que n'aurois-je point à dire icy du grand nom que vous portez; & du nouvel éclat que ceux avec qui il vous est commun, & dont vous faites les delices, lui donnent encore presentement; bien plus par leur rare merite, & par leurs grandes qualitez, que par les premieres places de l'Eglise & de la Robe, qu'ils remplissent si dignement? Que n'aurois-je point à dire de celui que vous tirez de l'illustre alliance d'un Chancelier, encore plus digne de respect par sa vertu, que par sa dignité? Mais quelque grand que soit tout cet éclat exterieur, j'ose dire, que c'est descendre de bien haut, que de revenir à vous regarder par-là, aprés vous avoir regardé par les qualitez de vôtre cœur & de vôtre esprit. Ce sont celles-là,* MONSIEUR, *que je revere principalement en vous; & qui m'attachent à vous, par ce respect interieur qu'attirent les grandeurs veritables & naturelles; & qui est si fort au dessus de celui que peuvent imprimer les grandeurs d'établissement. Combien sou-*

* Liv. [illegible] chap. 7.

haiterois-je, & peut-être plus pour l'interêt du public, que pour vôtre avantage particulier, que ce que j'en connois fût connu de tout le monde, comme il l'est de tous ceux qui ont l'honneur de vous voir d'aussi prés que moy; & quel bonheur seroit-ce pour moy, si ce Livre pouvoit avoir assez de cours, & mes paroles assez de poids & de force pour y contribuer? Mais j'espere qu'elles feront voir au moins à ceux qui vous connoissent que j'ay sçû sentir ce que vous êtes. Rien ne me sçauroit faire plus d'honneur auprés d'eux; comme rien ne me fera jamais plus de plaisir, que d'avoir eu cette occasion de vous donner une marque publique du tendre & parfait attachement que j'ay pour vous, & du profond respect avec lequel je suis,

MONSIEUR,

Vôtre tres-humble & tres-obéïssant serviteur,
DU BOIS.

AVERTISSEMENT.

NOus devons à l'oppression de la Republique Romaine par Cesar, les Ouvrages Philosophiques de Ciceron. Il avoit naturellement beaucoup de goût & d'ouverture pour la Philosophie ; & quoi qu'elle fût encore peu connuë à Rome de son tems, il s'y étoit appliqué dés sa jeunesse *, pour former son esprit & ses mœurs ; & pour se rendre même d'autant plus capable de servir la Republique ; persuadé que c'est dans cette école de sagesse, de vertu & d'honnêteté qu'il faut apprendre à gouverner les Etats *, aussi bien qu'à se gouverner soi-même.

* *Liv. [illegible] chap. [illegible]*

* *Liv. [illegible] chap. 44.*

Les affaires de la Republique, où il entra de fort bonne heure, & qui l'occupoient tout entier, lui firent en quelque sorte abandonner cette étude si noble, & si digne d'un esprit comme le sien ; ses grands emplois ne lui permettant, comme il dit lui-même *, de donner à la Philosophie que les momens de loisir que les affaires de la Republique, & celles de ses amis, lui pouvoient laiss-

* *Liv. [illegible] chap. [illegible]*

ser ; & qu'il ne pouvoit même emploïer qu'à lire, n'en ayant point assez, pour s'embarquer à rien écrire.

Mais aprés que Cesar se fut rendu maître de la Republique, Ciceron ne trouvant plus de lieu d'employer pour elle, ni ses soins, ni les conseils que ses lumieres & son experience le mettoient en état de donner *; & voyant que l'autorité du Senat étoit aneantie, & que ni dans les affaires publiques, ni dans celles du barreau, il n'y avoit plus d'autre regle, que la volonté du Tyran ; il se retira à la campagne, pour se redonner tout entier à cette même Philosophie, qu'il avoit cultivée avec tant de soin dés ses premieres années ; & elle fut tout son recours & toute sa consolation.

* Liv. 2. chap. 1.

Ce fut dans cette retraite qu'il commença de travailler à ses Ouvrages Philosophiques, dont la beauté n'est pas moindre, que celle de ses pieces d'éloquence, & qui lui font sans comparaison plus d'honneur ; puisqu'elles font voir qu'il sçavoit encore mieux l'art de bien vivre, que celui de bien parler ; & qu'il faisoit beaucoup plus de cas de l'un que de l'autre.

C'est de cet art de bien vivre qu'il traite particulierement dans ses Livres *des Offices*, qu'il a adressez à son fils.

Il l'avoit donné à Pompée, dont il suivoit le parti, dés qu'il le vit en état de porter les armes; & ce jeune homme servoit dans les troupes qui combattoient pour la liberté publique. Mais aprés la défaite de Pompée, Ciceron, qui avoit encore plus de soin des mœurs de son fils que de sa fortune, crut ne pouvoir rien faire de meilleur pour lui, que de l'envoier à Athenes, pour y étudier la Philosophie; & de le mettre entre les mains de Cratippus, son ancien ami, & le plus grand Philosophe de ce tems-là. Ce fut un peu avant le commencement de la guerre, que les enfans de Pompée ralumerent en Espagne contre Cesar, aprés la mort de leur Pere; & qui n'eut pas un meilleur succés, que celle que ce grand homme avoit soûtenuë pour la défense de la liberté de sa Patrie.

Ciceron se tenoit alors dans ses maisons de campagne, & il donnoit tout son tems à la Philosophie. Mais aprés la mort de Cesar, qui fut tüé dans le tems que son autorité paroissoit le mieux établie, par la défaite de tout ce qui avoit voulu s'y opposer; Ciceron revint à Rome: où il sembloit que les choses avoient pris une autre face, & qu'on pouvoit esperer de rétablir l'ancienne forme de la Republique : Antoine, qui étoit celui dont on craignoit le plus, affectant de paroître plus zelé que personne pour la liberté ; & ayant même ouvert l'avis de ce decret du Senat, par lequel la dictature, dont Cesar avoit abusé pour opprimer sa Patrie, fut abolie pour jamais.

Mais ces belles esperances s'évanoüirent bien-tôt : Antoine ayant tout d'un coup fait éclater ses mauvais desseins, par cette harangue seditieuse, où il montra au peuple la robe de Cesar percée de coups, & teinte de son sang. Le peuple, frappé de cet objet, & animé par les declamations furieuses d'Antoine, prend les armes, & cherche de toutes parts les meurtriers de Cesar, Brutus & Cassius sont reduits à se sauver par la fuite. Ciceron lui-même sort de Rome, & s'embarque pour aller à Athenes trouver son fils. Mais le vent contraire l'ayant forcé de relâcher à terre ; il apprend, dans la maison d'un de ses amis *, voisine du lieu où il avoit été repoussé, que les choses se calmoient à Rome. On lui fit même voir une nouvelle harangue d'Antoine, prononcée depuis son départ, où il paroissoit tout changé ; & on ajoûtoit, qu'il y avoit une assem-

* *C'est ce qu'il dit lui même, au commencement de la premiere Philippique.*

blée ſolemnelle de tout le Senat indiquée au premier de Septembre ; où Antoine, revenu à lui, & aiant rejetté tous les mauvais conſeils, devoit remettre toute l'autorité au Senat.

Sur ces avis, Ciceron perſuadé que ſa Patrie avoit beſoin de ſon ſecours, & qu'elle le rappelloit à haute voix, pour uſer de ſes termes * ; retourne promptement à Rome. Mais il reconnut bientôt que toutes ces belles apparences n'étoient que des artifices d'Antoine ; & qu'il étoit plus ferme que jamais dans ſes mauvais deſſeins. Ayant donc perdu toute eſperance, il ſortit de Rome une ſeconde fois ; & ſe retira à la campagne pour ne plus penſer qu'à philoſopher.

* Livre 3. chap. 33.

Ce fut alors qu'il écrivit ſes Livres *des Offices*, pour l'inſtruction de ſon fils ; & comme pour lui tenir lieu de celles qu'il auroit pû lui donner de vive voix, ſi ſon voïage d'Athenes n'eût point été interrompu *.

* Livre 3. chap. 33.

Cet ouvrage eſt, de l'aveu de tout le monde, un des plus beaux monumens de l'antiquité. Ciceron y traite des devoirs de l'homme : car c'eſt ce que ſignifie en latin le mot d'*Offices*; & les regles qu'il y donne pour la conduite de la vie ſont ſi étenduës, qu'on y trouve une morale complete ; & si pures, qu'il n'y a presque point de Chrétien qui pût soûtenir l'examen de son cœur sur ces regles là.

Il suit dans cet Ouvrage le même Plan que Panætius, Philosophe Stoïcien, qui avoit aussi écrit des devoirs de l'homme ; & fait dépendre, comme lui, toute la recherche de nos devoirs de trois considerations : dont la premiere consiste à examiner si ce qui se presente à faire est honnête, c'est-à dire, s'il est conforme à ce que la raison & la vertu nous prescrivent : La seconde, s'il est utile ; & la troisiéme, si ce qui paroît utile n'est point contraire à l'honnêteté. Il étend neanmoins les deux premieres de ces considerations un peu plus loin que Panætius n'avoit fait ; & il veut non seulement qu'on examine si les choses sont honnêtes ou utiles ; mais qu'on en fasse la comparaison, pour voir lesquelles le sont le plus. Il traite donc, dans le premier Livre, de la recherche de ce qui est honnête, & de l'examen de ce qui l'est le plus : ces mêmes considerations sur l'utilité, font le sujet du second Livre ; & la comparaison de l'honnête & de l'utile celui du troisiéme.

Ce que Ciceron appelle *honnête*, c'est

ce qui est conforme à la raison & à la vertu ; & c'est le sens qu'il donne à ce mot là, d'un bout à l'autre de cet ouvrage. Pour le mot d'*utile*, il le prend dans le sens ordinaire, lors qu'il parle de ce qui peut procurer à l'homme quelque sorte d'avantage, comme des biens, du credit, de la consideration & de la santé. Mais il ne reconnoît rien de veritablement utile à l'homme, que ce qui lui convient, à le considerer par le fonds de sa nature, & dans tous les endroits où il n'est point question de ces avantages exterieurs, Ciceron n'entend par le mot d'*utile*, que ce qui peut contribuer à rendre l'homme tel qu'il doit être, par son esprit & par son cœur.

Aussi établit-il d'abord, dés le commencement du premier Livre, que l'homme est né pour la verité, & pour la vertu; que c'est à quoi la nature le porte, & que c'est de cela seul qu'il tire tout son prix & tout son merite.

C'est sur cette maxime fondamentale, que roule tout le dessein de Ciceron. Aussi étoit-ce le grand principe des Stoïciens, dont il suit la doctrine dans cet Ouvrage ; & qui ont été, sans contredit, les plus éclairez de tous les Philosophes sur la Morale, & sur les devoirs de l'homme. Non seulement ils enseignoient que l'homme est né pour la vertu, & que c'est là seule chose que la nature demande de lui, mais ils ne reconnoissoient point d'autre bien que celui-là ; &, selon eux, toutes les autres choses, jusqu'à celles qui passent pour les plus utiles, comme les richesses, la gloire, la santé, la liberté ; & la vie même, ne sont ni des biens ni des maux ; & ne deviennent bonnes ou mauvaises, que selon l'usage qu'on en fait.

Quant à la vertu, ils avoient fort bien compris, autant que les tenebres du Paganisme le leur pouvoient permettre, qu'elle ne consiste qu'à se conformer à une certaine *loi naturelle*, éternelle & immuable qui est la regle de tout bien ; & que la raison n'a été donnée à l'homme, que pour le rendre capable de connoître cette loi souveraine, de la consulter, & de lui obéïr, & c'est ce qui fait qu'ils reduisoient tous les devoirs de l'homme à *suivre la nature*. C'est donc ce qu'il faut entendre par cette façon de parler, que Ciceron a prise d'eux ; & dont il se sert dans tout cet ouvrage.

De ce principe general, que l'homme est né pour la vertu, & que c'est à quoi la nature le porte, & ce qu'elle demande de lui, il descend aux quatre vertus principales : qui sont *la Prudence*, *la*

Justice, la Force, & *la Temperance*; & aprés avoir expliqué la nature de chacune de ces vertus, il les reprend une à une, pour faire voir quels sont les devoirs qui en naissent; & ne fait plus que suivre ce qui dérive de ces quatre sources. C'est de là qu'il tire les admirables regles qu'il nous donne, dans tout le reste de l'Ouvrage, pour la conduite de la vie; & qu'il autorise par des exemples, pris des actions les plus celebres de tout ce qu'il y a eu de plus grands hommes, chez les Grecs, & chez les Romains.

Ce qu'on vient de dire peut suffire, pour donner une idée du dessein de Ciceron, & pour mettre le Lecteur en état d'entendre son langage; & un plus grand détail ne feroit qu'ôter la grace de la nouveauté, à ce qu'il va lire dans l'Ouvrage même, avec bien plus de plaisir, qu'il ne pourroit faire dans les extraits qu'on en donneroit ici.

Ce qui merite le plus d'attention dans cette lecture, c'est le haut point de pureté où Ciceron porte les mœurs des hommes. Car si l'Auteur d'un tel Ouvrage nous étoit inconnu, que pourrions-nous penser d'un homme qui nous dit, « Que l'usage que nous devons faire de « nôtre esprit est la recherche de la verité;

» Que nous ne devons accorder au corps
» que ce qui est necessaire pour le soûtenir:
» Que de deux principes de mouvement
» qui sont en nous, *l'appetit* & *la raison*,
» il faut resister à l'un, & ne nous condui-
» re que par l'autre : Que nôtre premier
» soin doit être de nous tenir exemts, non
» seulement de toute passion, mais des
» moindres mouvemens qui pourroient
» tant soit peu alterer cette situation cal-
» me & tranquille qui convient à la digni-
» té de nôtre nature : Que nous sommes
» nez pour les autres, aussi bien que pour
» nous mêmes ; & que nous devons nous
» considerer comme divers membres d'un
» même corps, & nous aimer sincerement
» & veritablement les uns les autres :
» Que bien loin de faire mille injustices à
» qui que ce soit, il n'y a point d'homme
» que nous ne devions être toûjours prêts
» d'assister, de secourir & de proteger ; &
» pour qui nous ne devions faire ce que
» chacun feroit pour son meilleur ami :
» Que comme la justice doit être l'unique
» regle de nos actions, le bien de la societé
» humaine en doit être l'unique but ; &
» qu'il n'y a point de travail que nous ne
» devions entreprendre, ni de peril à quoi
» nous ne devions nous exposer pour ses
» interêts.

Qui ne croiroit que celui qui nous

donne des regles si pures & si élevées est un solitaire, retiré dans le fonds d'un desert, & qui a passé sa vie à s'étudier lui-même, & à mediter sur les devoirs de l'homme ? Qui ne croiroit que c'est un Chrétien, & même un des plus parfaits & des plus saints ?

Cependant, ce n'est ni un solitaire & un contemplatif, ni un saint, ni un Chrétien. C'est un homme du monde, & du plus grand monde ; un Consul Romain, appliqué aux plus grandes affaires de la Republique, & qui a passé sa vie sur le plus grand theatre de l'Univers. Enfin c'est un Payen, dépourvû de toutes les lumieres de l'Evangile : & qui a sçû s'élever jusques-là, sans autre secours que celui de la raison naturelle, & des meditations des autres Philosophes, enveloppez comme lui dans les tenebres du Paganisme.

Il y auroit de grandes reflexions à faire sur cette admirable pureté de sentimens, & de principes de Morale, où les seules lumieres de la raison ont fait arriver des Payens. Mais qu'elle nous apprenne au moins, jusqu'où nôtre raison nous pourroit mener, si nous avions quelque soin de la consulter & de la suivre : & combien peu la Religion trouveroit à faire en nous, pour le reglement de la vie, si quand elle entre dans nos cœurs, elle les trouvoit tels que Ciceron nous apprend qu'ils doivent être.

Je sçai bien que le principal y manque; c'est-à-dire, l'esprit de foi & de charité, qui fait l'essence du Chrétien.

On ne voit dans toutes ces regles, que la fidelité que l'homme doit à sa propre raison: & on n'y trouve point ce rapport perpetuel que la foi demande, de tous nos mouvemens & de toutes nos actions à la raison éternelle, qui est nôtre veritable regle; & qui ne nous a donné ce que nous avons de raison, que pour nous rendre capables de la consulter, & de nous y conformer.

On n'y voit point ce sentiment de componction, qui naît de ce que la Religion nous apprend de la dépravation de nôtre nature; & que nôtre propre experience ne nous confirme que trop.

On n'y voit point cette reconnoissance de nôtre impuissance pour le veritable bien, qui nous tient dans une humiliation profonde devant Dieu; & qui nous fait sans cesse implorer le secours de sa grace.

Enfin on n'y voit rien de ce qui est enfermé dans le mystere de Jesus Christ & qui ne pouvoit être revelé ni apporté aux hommes que par lui ; & sans quoi toute la justice philosophique est vaine, & inutile pour le salut.

Mais combien tous ces sentimens se placeroient-ils plus aisément dans un homme retiré au dedans de lui-même, & occupé de la recherche de la verité ; accoûtumé au joug de la raison, en garde contre ses sens, & contre les douceurs pernicieuses de la volupté : attentif à ses devoirs ; équitable, bien-faisant, amateur de la societé humaine ; ne cherchant que le bien commun, & ne trouvant rien d'utile pour lui, que ce qui l'est pour tout le monde ; méprisant la douleur aussi bien que le plaisir, & ne connoissant de bien veritable que la vertu ?

Combien un tel homme se trouveroit-il disposé à recevoir ces grandes veritez du Christianisme, qui lui demêleroient tout ce qu'il trouve d'incomprehensible en lui-même ; qui lui apprendroient d'où vient ce soulevement de l'appetit contre la raison, qu'il éprouve à tout moment ; combien il est déchû du veritable état de sa nature ; de quels remedes & de quels secours elle a besoin pour se rétablir ; où il les peut trouver, à qui il doit les demander, qui les lui a meritez ; & par où il peut les obtenir ?

Quelle avance seroit-ce donc pour

faire un Chrétien, que de trouver un homme tel qu'on vient de le dépeindre; & que Ciceron voudroit que nous fussions!

Qui doute même que ces dispositions ne dussent être supposées, dans quiconque veut embrasser la Religion Chrétienne? Car enfin la matiere d'un Chrétien c'est un homme. D'un homme on peut aisément faire un Chrétien: Mais comment faire un Chrétien de celui qui n'est pas homme, & qui n'a jamais pensé à le devenir? Qui ne s'est jamais étudié lui-même; qui ne sçait pas même distinguer son appetit & ses passions de sa raison; qui est livré aux impressions de ses sens, & dont elles sont l'unique regle: qui ne connoît point sa veritable fin; & qui n'a jamais pensé à se faire un plan de vie, tel que le demande la dignité de sa nature?

Cependant tout est plein de gens qui sont dans cet état, & qui se prétendent Chrétiens: qui bien loin d'avoir porté dans la Religion Chrétienne ces dispositions qui font l'homme, & sans lesquelles on ne l'est point, ne se mettent pas même en devoir de les y acquerir, comme si le Christianisme ne les demandoit pas; qui font tout consister dans les exercices exterieurs; & qui bien loin de travailler à regler le dedans d'eux-mêmes, n'y sont peut-être jamais rentrez.

Que ceux-là apprennent donc des Payens à être hommes, avant d'apprendre de Jesus-Christ à être Chrétiens. Ce n'est pas que la Religion ne nous apprenne egalement l'un & l'autre : mais elle nous est donnée pour aider nôtre raison, & pour nous porter où ses seules forces ne sont pas capables de nous conduire ; & non pas pour nous dispenser d'en faire usage. Car nous n'avons pas trop de tout, pour réüssir à un aussi grand ouvrage que celui de nôtre salut.

Nôtre raison toute seule ne nous fera jamais rien faire, qui soit de quelque prix devant Dieu ; puisque rien ne lui sçauroit plaire, que ce qui part d'un principe surnaturel de charité, que lui seul nous peut donner. Mais elle peut au moins diminuer en nous les obstacles de la grace, dissiper les illusions des sens; moderer la fougue des passions, rappeller nôtre cœur à lui-même ; nous retirer des plaisirs, nous tenir dans les bornes de nos veritables besoins ; nous donner des sentimens d'équité & d'humanité pour les autres hommes, & enfin faire en nous tout ce que les Offices de Ciceron nous font voir qu'elle a fait dans des

Payens, qui n'avoient point d'autre secours que celui-là.

Qui peut douter qu'on ne doive beaucoup plus attendre de ceux d'entre les Chrétiens qui ont eu ſoin de tirer tous ces avantages de leur raiſon, que de ceux qui n'y ont jamais pensé ; & qui ne ſe ſont jamais mis en peine, d'émouſſer, par les reflexions, & par les lumieres de la raiſon, non plus que par celles de la foy, l'impreſſion que les biens & les maux de la vie font ſur nos ſens & ſur nos paſſions ?

On ne ſçauroit donc s'empêcher de convenir, que les Livres moraux des Payens, qui nous apprennent à nous ſervir de nôtre raiſon, pour regler nos mouvemens, ne puiſſent être tres utiles aux Chrétiens mêmes. Les grandes veritez dont ils ſont remplis, ſont, dit S. Auguſtin *, comme l'or des Egyptiens, dont il faut que les Iſraëlites s'enrichiſſent. Cet Or appartient à Jeſus-Chriſt ; & quelque part qu'un Chrétien trouve quelque choſe de vrai, qu'il ſçache, dit le même Saint *, que c'eſt le bien de ſon Maître ; qu'il le prenne, & qu'il en profite.

* Conf. Liv. 7. c. 9.

* De la Doctrine Chrétienne.

Mais de tous les Livres des Payens, il n'y en a peut-être aucun, où il y ait tant à profiter, que dans *les Offices* de Ciceron

ron ; puisque c'est un corps methodique d'instructions & de regles, pour toute la conduite de la vie, qui descend dans le plus grand détail, & jusqu'aux moindres égards de la bienseance.

C'est ce qui a fait penser à les donner au public en nôtre langue, assortis de tout ce qui pouvoit contribuer à les rendre utiles, & à les faire bien entendre. C'est ce qu'on a tâché de faire, non seulement par la clarté de la traduction ; mais encore par les notes.

Les plus importantes sont celles qui vont à démêler & à rectifier certains sentimens de la Philosophie Payenne, où il y a quelque sorte de verité; mais qui ont besoin d'être réduits aux principes de la Religion Chrétienne.

Les autres ne sont que pour donner un plus grand jour à ce que la seule clarté de la traduction ne pouvoit assez éclaircir ; pour faire connoître les personnes, les lieux, & les actions dont Ciceron parle en beaucoup d'endroits de cet Ouvrage ; pour suppléer, en d'autres, certains faits dont la connoissance est necessaire pour les bien entendre. On s'est borné dans celles-cy, à ce qui étoit d'une necessité indispensable, & on n'a pas crû devoir entrer dans aucun détail d'érudition ni de critique.

Toutes ces notes ſont au bas de la page; & on y renvoye par des chiffres, qu'on a mis dans le texte, à la fin des endroits qui peuvent avoir beſoin d'éclairciſſement.

On a encore mis d'autres notes à la marge, qui ne ſont que pour faire remarquer ou retrouver les choſes les plus importantes; & celles-cy ne ſont que des extraits de ce qui ſe trouve dans le texte, ou des reflexions qui en naiſſent naturellement.

Les ſçavans ſe paſſeroient aiſément des unes & des autres: mais ceux pour qui les traductions ſont faites principalement, peuvent en avoir beſoin.

Au reſte, c'eſt une entrepriſe hardie, que de prêter ſon ſtile, à celui qui eſt regardé de tout le monde, comme le maître & le modéle de l'éloquence Il y auroit même eu de la temerité, ſi on avoit prétendu égaler la beauté du ſien. C'eſt de quoy nôtre langue n'eſt peut-être pas capable; & quand elle y pourroit atteindre, celui qui a fait cette traduction ne ſe flate pas d'être de ceux qui pourroient la porter juſque là. Il ne peut répondre que de ſon exactitude & de ſes ſoins: le public jugera du reſte.

Il a tâché de conſerver tres religieuſement, non ſeulement la penſée de Ciceron, mais son tour & ses expressions, autant que nôtre langue le peut permettre: car cela n'est pas possible par tout; & il y a des endroits où il a falu necessairement prendre un tour un peu different du sien. Mais bien loin que la pensée en soit alterée, elle est bien mieux renduë en ces endroits-là, qu'elle ne le seroit si on avoit gardé le tour de Ciceron; & l'expression exacte & fidéle de la pensée est tellement l'unique but de la traduction; qu'on n'a nulles excuses à faire des plus grandes libertez, lors qu'en les prenant, la pensée se trouve mieux renduë, qu'elle ne l'auroit pû être, si on s'étoit tenu dans une contrainte plus scrupuleuse.

C'est par ce principe, dont les gens de bon goût ne disconviendront pas, qu'on a quelquefois ajoûté quelques mots, qui ont paru necessaires pour mieux marquer les liaisons, ou pour rendre la construction plus complete. Car au lieu que les constructions suspenduës, & où on laisse quelque chose à sous-entendre, sont des graces en latin; ce sont des défauts en nôtre langue, qui est ennemie des moindres obscuritez, & qui ne souffre pas qu'on laisse rien à suppléer.

Cette traduction a été faite sur la nouvelle Edition Latine de Grævius, qui est la meilleure de toutes. Elle est divisée par chapitres, aussi bien que quelques autres ; & ces divisions soulagent ceux qui lisent. Ils sont même bien aises de trouver des sommaires à la tête de chaque chapitre ; & on n'a pas oublié de leur faire ce plaisir.

Mais comme ceux qui ont divisé l'Ouvrage en chapitres, ont plus regardé à les faire à peu prés égaux, qu'à l'ordre & aux changemens des matieres, on n'a pas crû se devoir assujettir à cette division ; & on a souvent fait commencer les chapitres plus haut ou plus bas que dans l'Edition de Græviús. Mais par tout où l'on a fait ce changement, on a eu soin d'en avertir. On a inseré le Latin dans cette nouvelle Edition, afin que ceux qui voudront conferer la traduction le pûssent faire plus aisément.

APPROBATION.

J'Ay lû par l'ordre de Monseigneur le Chancelier les Offices de Ciceron, & les Livres de la Vieillesse & de l'Amitié, avec les Paradoxes du même Auteur, traduits par feu M. Dubois, & n'y ay rien trouvé qui en puisse empêcher la reimpression. A Paris le 24. d'Aoust 1714.

DACIER.

PRIVILEGE DU ROY.

LOUIS par le grace de Dieu, Roy de France & de Navarre : A nos amez & feaux

Conseillers les Gens tenans nos Cours de Parlement, Maîtres des Requêtes ordinaires de nôtre Hôtel, Grand Conseil, Prevôt de Paris, Baillifs, Sénéchaux, leurs Lieutenans Civils, & autres nos Justiciers qu'il appartiendra, Salut: JEAN-BAPTISTE COIGNARD, nôtre Imprimeur ordinaire, & de l'Académie Françoise, à Paris, Nous ayant fait remontrer qu'il lui a été mis entre les mains un Manuscrit intitulé, *Antiquitates Constantinopolitanæ, &c.* composé par le P. Dom Anselme Banduri Religieux Benedictin de la Congregation de Meleda, lequel Ouvrage il desireroit imprimer; & comme il est une suite de l'Histoire Bysantine imprimée ci-devant en nôtre Imprimerie du Louvre, le rendre conforme, autant qu'il sera possible, aux autres Tomes imprimez de ladite Histoire Bysantine, tant pour la grandeur du volume, que pour la beauté des caracteres & du papier, tailles douces, lettres grises, ornements & autres choses qui pourront contribuer à la perfection dudit Ouvrage. Mais comme il ne le peut faire sans s'engager à une tres-grande dépense, Nous, voulant favoriser le zele dudit Coignard, & lui donner les moyens d'executer cet Ouvrage, voulant en même tems encourager les Imprimeurs à entreprendre des Editions de Livres utiles au public pour l'avancement des Sciences & des belles Lettres qui ont toûjours été florissantes dans nôtre Royaume, soûtenir en même tems l'Imprimerie, qui a été cultivée par nos Sujets avec tant de réputation & de succés, & recompenser ceux qui se distinguent dans cette Profession par les Editions des bons Livres; Nous lui avons permis & accordé, permettons & accordons par ces Presentes d'imprimer ou faire imprimer, de la même forme, caractere & papier que les autres Volumes de la Bysantine, ledit Livre *Antiquitates Constantinopolitanæ*, & de réimprimer ou faire réimprimer *le Dictionnaire Historique de Morery, revû, corrigé & augmenté : le Dictionnaire des Arts & des Sciences* du Sieur Corneille : *les Traductions de quelques Livres de S. Augustin & de Ciceron* par le Sieur du Bois : *Catechismus ad Ordinandos : Institutio Philosophica* Edm. Pourchot : *les Oeuvres* du Sieur Domat : *la Méthode des Fortifications* du Sieur de Vauban : *& l'Imitation de Jesus-Christ, traduite par* le Sieur Macé, en telle forme, marge, caractere, & autant de fois que bon lui semblera, pendant le tems de DIX-HUIT ANNE'ES consecutives, à compter du jour de la date des Presentes & sans tirer à consequence ; à condition neanmoins que l'Impression dudit Livre *Antiquitates Constantinopolitanæ* sera achevée dans le tems de deux années, à compter pareillement lesdites deux années de la date des Presentes ; faisant défenses à tous Imprimeurs, Libraires & autres, d'imprimer, faire imprimer, vendre & distribuer lesdits Livres, sous quelque pretexte que ce soit, même d'Impression étrangere & autrement, sans le consentement de l'Exposant ou de ses Ayans cause, sur peine de confiscation des Exemplaires contrefaits, de trois mille livres d'amende contre chacun des contrevenants, applicable un tiers à Nous, un tiers à l'Hôtel-Dieu de Paris, l'autre audit Exposant, & de tous dépens, dommages & interêts ; à la charge que ces Presentes seront enregistrées tout au long sur le Registre de la Communauté des Imprimeurs & Libraires de Paris, & ce dans trois mois de la date d'icelles : Que l'Impression desdits Livres sera faite dans nôtre Royaume, & non ailleurs, & ce en bon papier & en beaux caracteres, conformément aux Reglemens de la Librairie : & qu'avant que de les exposer en vente, il en sera mis deux Exemplaires dans nôtre Bibliotheque publique, un dans celle de nôtre Château du Louvre, & un dans celle de nôtre tres-cher & feal Chevalier, Chancelier de France, le Sieur PHELYPEAUX Comte de PONTCHARTRAIN, Commandeur de nos Ordres, le tout à peine de nullité des Presentes, du contenu desquelles Vous mandons & enjoignons de faire joüir ledit Exposant ou ses Ayans cause, pleinement & paisiblement, sans souffrir qu'il lui soit fait aucun trouble ou empêchement : Voulons que la Copie desdites Presentes, qui sera imprimée au commencement ou à la fin desdits Livres, soit tenuë pour dûëment signifiée, & qu'aux Copies collationnées par l'un de nos amez & feaux Conseillers & Secretaires, foy soit ajoûtée comme à l'Original. Commandons au premier nôtre Huissier ou Sergent, de faire pour l'execution d'icelles, tous Actes requis & necessaires, sans demander autre permission, & nonobstant clameur de haro, Charte Normande, & autres Lettres à ce contraires : Car tel est nôtre plaisir. DONNE' à Versailles le trentiéme jour de Janvier mil sept cens sept, & de nôtre Regne le soixante-quatriéme. Par le ROY en son Conseil, LAUTHIER, & scellé.

Registré sur le Registre N°. 2. de la Communauté des Libraires & Imprimeurs de Paris, pag. 162. N°. 357. conformément aux Reglemens, & notamment à l'Arrest du Conseil du 1. Aoust 1703. à Paris le 4. Février 1707. Signé GUERIN, *Syndic.*

LES

LES OFFICES DE CICERON.

LIVRE PREMIER.

CHAPITRE PREMIER.

Ciceron exhorte son fils à profiter du séjour d'Athenes, & des leçons de Cratippus ; & lui conseille en même tems de lire ses ouvrages, oratoires & philosophiques, où il trouveroit d'autant plus à profiter, que Ciceron avoit également cultivé l'un & l'autre de ces deux genres d'écrire; au lieu que les plus grands hommes d'entre les Grecs ne s'étoient attachez qu'à l'un des deux.

Quamquam te, Marce fili, annum jam audientem Cratippum, idque Athenis, abundare oportet præceptis, in-

Je ne doute point, mon cher fils, que depuis un an qu'il y a que vous prenez des leçons de Cratippus 1, & dans Athenes même 2, vous n'ayez

1 Philosophe Peripateticien, le plus celebre de ce tems-là. Il étoit de Mitilene, & ami particulier de Ciceron, qui s'étoit employé pour luy auprés de Cesar, pour luy faire avoir le droit de Citoyen Romain. Au 16. livre des lettres de Ciceron, il y en a une de son fils, qui est la 21. par laquelle il paroît, que Cratippus étoit aussi honnête homme que bon Philosophe ; & qu'il sçavoit, quand il le falloit, quitter la severité de la Philosophie, pour se mêler parmi les jeunes gens qu'il instruisoit, & entrer dans leurs plaisirs

2. Cette ville étoit si celebre, pour les sciences & pour la politesse, que les Romains de la premiere qualité y envoyoient leurs enfans pour les former.

déja fait une ample provision de ces preceptes & de ces regles de morale que fournit la philosophie. On ne sçauroit moins se promettre des soins d'un maître si capable de vous instruire & de vous former, & qui s'est acquis une si grande authorité par son merite; & de vôtre sejour même dans une ville si fameuse, & qui vous met tant de grands exemples devant les yeux 3. Neanmoins, comme j'ay toûjours eu soin, pour mon utilité particuliere, de joindre l'étude des livres latins à celle des grecs, non seulement dans les matieres de philosophie, mais encore dans l'éloquence; je suis d'avis que vous fassiez la même chose; pour vous rendre capable de traiter également bien, dans l'une & dans l'autre langue, & les choses de philosophie, & celles qui regardent plus particulierement l'Orateur.

Merite & reputation de Cratippe.

stitutisque Philosophia, propter summam & doctoris authoritatem, & urbis; quorum alter te scientia augere potest, altera exemplis: tamen, ut ipse ad meam utilitatem semper cum Græcis Latina conjunxi, neque id in Philosophia solùm, sed etiam in dicendi exercitatione feci: idem tibi censeo faciendum, ut par sis in utriusque orationis facultate.

C'est surquoy je croy n'avoir pas peu fait pour nos Latins; & je voy que non seulement ceux d'entr'eux

Combien il y a à profiter dans les ouvrages de Ciceron.

Quam quidem ad rem nos (ut videmur) magnum attulimus adjumen-

3. Rien ne rappelle si vivement le souvenir des grands hommes, de leurs vertus, & de leurs grandes actions, que les lieux où ils ont vecu.

sum hominibus nostris, ut non modò Græcarum litterarum rudes, sed etiam docti aliquantum se arbitrentur adeptos & ad dicendum, & ad judicandum.

qui n'ont point de connoissance de langue grecque, mais les sçavans même, sont persuadez que mes ouvrages ne leur sont pas inutiles, pour former leur jugement & leur raison; aussi bien que pour acquerir la science de bien parler.

Quamobrem disces tu quidem à principe hujus ætatis philosophorum, & disces quamdiu voles: tamdiu autem velle debebis, quoad te, quantum proficias, non pœnitebit. Sed tamen nostra leges, non multùm à Peripateticis dissidentia: quoniam utrique & Socratici & Platonici esse volumus. De rebus ipsis utere tuo judicio: nihil enim impedio: orationem autem Lati-

Continuez donc d'apprendre du plus grand Philosophe de nos jours, & ne vous en lassez point; puisque ce seroit vous lasser d'avancer & de profiter; mais ne laissez pas aussi de lire mes ouvrages. Vous y trouverez une doctrine qui n'est pas fort differente de celle des Peripateticiens: puisque nous faisons profession de part & d'autre de suivre Socrate & Platon. Je vous laisse neanmoins toute liberté sur le fond des choses; & vous n'en prendrez que ce qui sera de vôtre goût. Mais pour ce qui regarde la langue la-

4. C'est à dire qu'encore que Cratippus suivît les Peripateticiens, & Ciceron les Académiciens, leur doctrine ne pouvoit être fort differente; puisque ces deux sectes n'étoient que comme deux branches d'un même tronc. Car Aristote, chef des Peripateticiens, & Xenocrate, chef des Academiciens, étoient l'un & l'autre disciples de Platon qui l'étoit luy même de Socrate, que Ciceron, dans son 2. livre *de finibus* appelle le pere de la Philosophie.

tine, vous y profiterez beaucoup ; & vôtre stile en sera plus riche & plus plein.

Et qu'on ne dise pas que je m'en fais accroire, quand je parle de la sorte. Je cede volontiers à beaucoup d'autres, sur ce qui regarde la philosophie. Mais pour ce qui est du fait de l'Orateur, & qui consiste à sçavoir dire ce qui convient sur chaque chose, & à le dire avec ordre, & d'une maniere noble & élegante; comme j'ay passé ma vie à cette sorte d'étude, il me semble que je suis en droit de croire que j'y sçai quelque chose.

Je vous exhorte donc, mon cher Ciceron, de lire avec soin non seulement mes harangues, mais encore mes ouvrages philosophiques, dont le nombre n'est presentement guere moindre. Il y a plus de force & de vehemence dans les unes ; mais ce stile plus doux & plus uni, que vous trouverez dans les autres, n'est pas à negliger. Je me suis également appliqué à tous les deux : c'est aux autres à juger du succez.

Pour les Grecs, je ne voy

nam profectò legendis nostris efficies pleniorem.

Nec verò arroganter hoc dictum existimari velim. Nam philosophandi scientiam concedens multis : quod est oratoris proprium, aptè, distinctè, ornatè, dicere, quoniam in eo studio ætatem consumsi, si id mihi assumo ; videor id meo jure quodammodo vindicare.

Quamobrem magnoperè te hortor, mi Cicero, ut non solùm orationes meas, sed hos etiam de Philosophia libros, qui jam illos ferè æquarunt, studiosè legas ; vis enim dicendi major est in illis : sed hoc quoque colendum est æquabile, & temperatum orationis genus.

Et id quidem ne-

mini video Græcorum adhuc contigisse, ut idem utroque in genere laboraret, sequereturque & illud forense dicendi, & hoc quietum disputandi genus; nisi fortè Demetrius Phalereus in hoc numero haberi potest, disputator subtilis, orator parum vehemens: dulcis tamen; ut Theophrasti discipulum possis agnoscere. Nos autem quantum in utroque profecerimus, aliorum sit judicium: utrumque certè secuti sumus.

pas qu'aucun d'eux ait pris soin de cultiver l'un & l'autre, si ce n'est peut-être Demetrius 5 de Phalere 6, qui pour s'être attaché à traiter des matieres philosophiques, & l'avoir fait avec toute l'exactitude & toute la subtilité que demande ce genre d'écrire, n'a pas laissé d'être Orateur. Il est vray qu'il n'est pas des plus vehemens; mais il a ses graces; & l'on reconnoît aisément en luy l'air & le caractere de son maître Theophraste 7.

ciens se fixoient à une seule chose, & c'est ce qui faisoit qu'ils y réussissoient si bien.

Equidem & Platonem existimo, si genus forense di-

Je croy qui si Platon avoit voulu s'exercer à l'éloquence du barreau, il au-

5. Philosophe Peripateticien. Il vivoit du temps d'Alexandre; & quelques-uns disent que ce fut luy qui composa à Ptolomée Philadelphe cette fameuse Bibliotheque, où il ramassa jusques à 200000. volumes; & que ce Prince rendit complete, en y mettant la version grecque qu'il fit faire des livres de l'ancien Testament, & qu'on appelle la version des 70.

6. Ville maritime de l'Attique.

7. Philosophe Peripateticien, disciple de Platon, & ensuite d'Aristote. Son vray nom étoit Tirtame: mais Aristote, qui trouvoit quelque chose de divin dans son éloquence, luy donna celuy de Theophraste, au lieu de celuy-là.

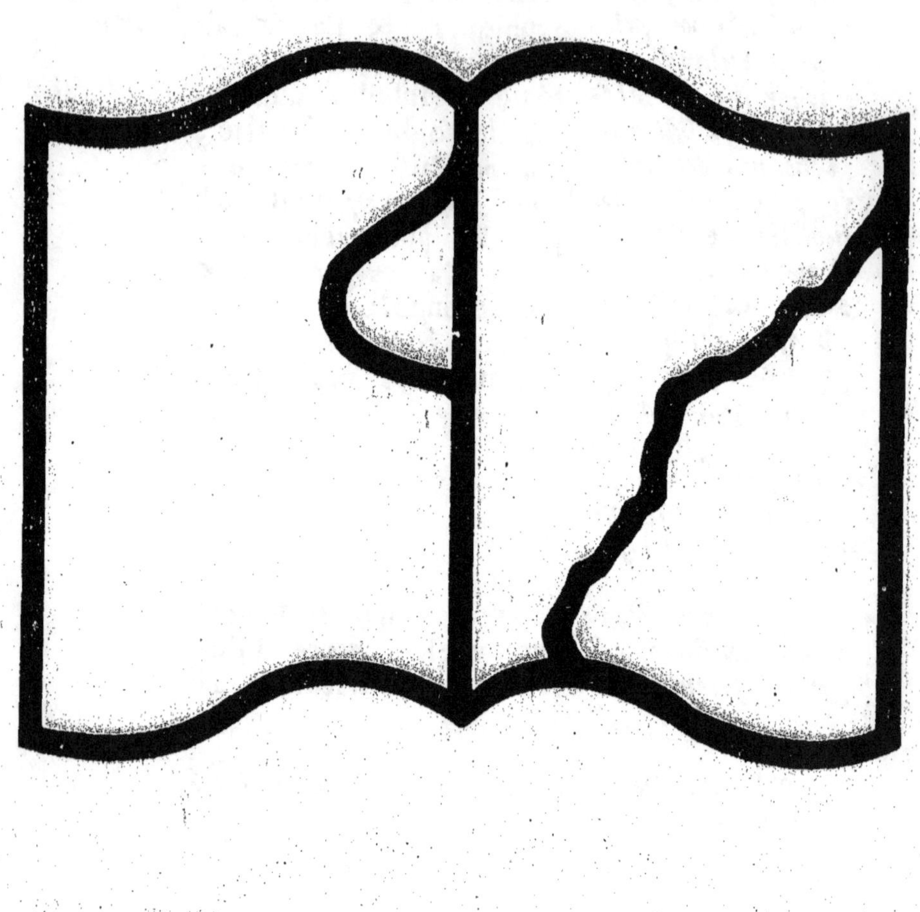

roit eu & la force & l'abondance; & que si Demosthene se fût attaché à ce qu'il avoit appris de Platon, & qu'il eût voulu le debiter, il l'auroit fait d'une maniere noble & élevée. Je fais le même jugement d'Aristote & d'Isocrate, dont chacun s'étant attaché à celuy de ces deux genres d'écrire qui étoit le plus de son goût, a tout-à-fait negligé l'autre.

cendi tractare voluisset, gravissimè, & copiosissimè potuisse dicere: & Demosthenem, si illa, quæ à Platone didicerat, tenuisset, & pronuntiare voluisset, ornatè, splendidèque facere potuisse. Eodemque modo de Aristotele & Isocrate judico: quorum uterque suo studio delectatus, contemsit alterum.

CHAPITRE II.

Importance & étenduë de la matiere des devoirs. Desquels d'entre les Philosophes on pouvoit attendre des instructions sur ce sujet. Les Epicuriens & les Sceptiques indignes d'être écoutez sur les devoirs de l'homme. Ciceron tirera des Stoiciens ce qu'il en dira dans cet ouvrage.

MAIS enfin ayant resolu de travailler presentement à quelque ouvrage qui vous pût être utile, & à quoy j'espere d'en adjoûter beaucoup d'autres avec le tems; j'ai voulu commencer par ce qui convient le plus, & à vôtre âge, & à ce que je puis m'être acquis de creance & d'authorité; c'est-

SEd, cùm statuissem aliquid hoc tempore ad te scribere, & multa posthac, ab eo ordiri volui maximè, quod & ætati tuæ esset aptissimum, & authoritati meæ.

à-dire par ce qui regarde les devoirs de la vie.

Nam cùm multa sint in Philosophia & gravia, & utilia, accuratè copiosèque à Philosophis disputata, latissimè patere videntur ea quæ de officiis tradita ab illis, & præcepta sunt.

Aussi peut-on dire que de tant de differentes matieres utiles & importantes qui sont comprises dans ce qu'on appelle Philosophie, & qui ont été traitées fort au long, & avec beaucoup de soin, par ceux qui font profession de cette science, celle des devoirs doit être mise au premier rang ; & que c'est celle qui a le plus d'étenduë.

Nulla enim vitæ pars neque publicis, neque privatis, neque forensibus, neque domesticis in rebus, neque si tecum agas quid, neque si cum altero contrahas, vacare officio potest : in eoque colendo sita est vitæ honestas omnis, & in negligendo turpitudo.

On n'est jamais sans avoir quelque devoir à observer.

Car il y a des devoirs à observer, & dans les fonctions publiques, & dans les affaires particulieres ; & dans ce qui se traite au barreau ; & dans la conduite du domestique ; & dans ce qu'on ne fait, pour ainsi dire, qu'avec soy-même, & dont on n'a à rendre compte qu'à soy-même, aussi bien que dans ce qu'on peut avoir à traiter avec les autres. Enfin, de toutes les parties & de toutes les actions de la vie, il n'y en a aucune qui n'ait ses regles & ses devoirs ; & l'on n'est honnête homme ou malhonnête homme, qu'à proportion qu'on les observe ou qu'on les neglige.

Par où on est honnête homme, ou malhonnête homme.

Comme il n'y a personne qui osât pretendre à la qualité de Philosophe, s'il manquoit de parler des devoirs de l'homme, cette matiere a esté traitée par tous ceux qui font profession de philosophie. Mais entre ceux-là il y en a qui renversent toutes sortes de devoirs, par les sentimens qu'ils ont sur le souverain bien, & sur le souverain mal [1]. Car lorsqu'on ne fait point dépendre le souverain bien de la vertu & de l'honnêteté, & qu'au lieu de l'y faire consister, on ne le mesure que par l'utilité & l'interêt ; il est clair, que si l'on veut être d'accord avec soy-même, & si la bonté du naturel ne l'emporte quelquefois sur les principes, on ne sçauroit être ny bon ami, ny équitable, ny bien-faisant ; & qu'IL N'EST pas possible de trouver ni force dans celuy qui croit que la

Dés qu'on est dans l'erreur sur le souverain bien, toute la morale est renversée.

Combien les mauvais principes corrompent les mœurs.

Atque hæc quidem quæstio communis est omnium Philosophorum. Quis est enim, qui nullius officii præceptis tradendis philosophum se audeat dicere ? Sed sunt nonnullæ disciplinæ, quæ propositis bonorum & malorum finibus officium omne pervertunt. Nam qui summum bonum instituit, ut nihil habeat cum virtute conjunctum, idque suis commodis, non honestate metitur, hic si sibi ipse consentiat, & non interdum naturæ bonitate vincatur, neque amicitiam colere possit, nec justitiam, nec liberalitatem ; fortis verò, dolorem summum malum judicans ;

1. C'est-à-dire les Epicuriens, qui faisoient consister le souverain bien dans la volupté, & le souverain mal dans la douleur. Or cette doctrine renverse toute la morale, puis qu'elle en renverse le fondement, qui est la connoissance du souverain bien, d'où celle de nos devoirs dépend tellement, que nous ne devons faire ou ne pas faire les choses, que selon qu'elles sont capables de nous approcher ou de nous éloigner du souverain bien.

aut temperans, voluptatem summum bonum statuens, esse certe nullo modo potest. Quæ quamquam ita sunt in promptu, ut res disputatione non egeat, tamen sunt à nobis alio loco disputata.

Hæ disciplinæ igitur, si sibi consentaneæ esse velint, de officio nihil queant dicere : neque ulla officii præcepta firma, stabilia, conjuncta naturæ tradi possunt, nisi aut ab iis, qui solam, aut ab iis, qui maximè honestatem propter se dicant expetendam.

douleur est le souverain mal, ni temperance dans celuy qui fait son souverain bien de la volupté. C'est ce que j'ay fait voir ailleurs fort au long, & par un grand nombre de preuves ; quoy que la chose soit d'un degré de clarté à se faire sentir tout d'un coup.

Tant que ces sectes se tiendront donc à leurs principes, & qu'elles voudront ne se pas démentir elles-mêmes, elles ne sçauroient rien établir sur les devoirs de l'homme ; & l'on ne peut attendre sur ce sujet de preceptes solides, & conformes à ce que la nature demande de nous[2], que de ceux d'entre les Philosophes, qui soûtiennent que rien n'est desirable par luy-même que la seule honnêteté[3] ; ou qu'elle l'est au moins par dessus toutes choses[4].

Ausquels d'entre les Philosophes il appartient de traiter des devoirs de l'homme.

2. Le grand principe des Stoïciens étoit qu'il falloit *suivre la nature*, c'est à dire, la droite raison, puisque la raison est la nature de l'homme. Aussi ses devoirs luy sont-ils si bien marquez par cette lumiere naturelle de la raison, qu'il a reçuë de la bonté du Createur, & qui fait la difference essentielle de sa nature & de celle des bêtes ; que s'il étoit fidelle à la consulter & à la suivre, il ne luy faudroit point d'autre regle.

3. Les Stoïciens.

4. Les Peripateticiens.

Ainsi, il n'appartient qu'aux Stoïciens, aux Académiciens, & aux Peripateticiens de nous parler sur nos devoirs. Car pour Ariston, Pirrhon, & Herillus 5, il y a long-tems que leur doctrine a été sifflée & rejettée de tout le monde; & ces Philosophes, en confondant toutes choses, comme ils font, se sont eux-mêmes dépouillez du droit de rien enseigner sur les devoirs de l'homme; & ne se sont même laissé nulle ouverture par où ils pûssent les découvrir 6.

Combien la doctrine des Sceptiques est pernicieuse.

Itaque propria est ea praceptio Stoicorum, & Academicorum, & Peripateticorum: quoniam Aristonis, Pyrrhonis, Herilli jam pridem explosa sententia est: qui tamen haberent jus suum disputandi de officio, si rerum aliquem dilectum reliquissent ut ad officii inventionem aditus esset.

Nous suivrons donc les Stoïciens 7, quant à present, sur le sujet que nous avons à traiter; non pas à pas, & comme de simples traducteurs, mais comme nous avons accoûtumé; puisant dans leurs sources, autant & de

Sequemur igitur hoc quidem tempore & hac in quæstione potissimùm Stoïcos, non ut interpretes: sed, ut solemus, è fontibus eorum, judicio arbitrioque nostro, quantum

5. Ces trois hommes aïant été quelque tems disciples de Zenon, fondateur de la secte des Stoïciens, s'éloignerent de ses sentimens, rendant toutes choses douteuses; en sorte que selon eux il n'étoit pas possible de discerner le bien du mal, ni le faux du vrai.

6. Car comment trouver les devoirs de l'homme, quand on pretend qu'il n'est pas possible de discerner le vrai du faux, ni le bien du mal?

7. Par le privilege que les principes des Académiciens leur donnoient, de prendre de toutes parts ce qui leur paroissoit le plus vrai-semblable.

quoque modo videbitur, hauriemus.

la maniere que nous le jugerons à propos ; & prenant d'eux ce qui nous paroîtra le meilleur.

CHAPITRE III.

Deux chefs à quoy se reduit toute la matiere des devoirs. Devoirs parfaits & devoirs moyens. Diverses sortes de deliberations, où l'on peut entrer sur tout ce qui se presente à faire.

Placet igitur, quoniam omnis disputatio de officio futura est, ante definire, quid sit officium: quod à Panætio prætermissum esse miror. Omnis enim quæ à ratione suscipitur de aliqua re institutio, debet à definitione proficisci, ut intelligatur quid sit id, de quo disputetur.

Omnis de officio duplex est quæstio; unum genus est, quod pertinet ad fi-

AYANT à parler des devoirs de l'homme, il faut commencer par la definition de ce qu'on appelle *devoir*. C'est ce que je m'étonne que Panætius 1. ait oublié. Car DE QUOY que ce soit que l'on traite, si l'on veut suivre l'ordre que la raison prescrit, il faut commencer par definir la chose dont il s'agit ; afin d'en donner une idée nette & precise.

A quoy se reduit toute la matiere des devoirs.

*Toute la matiere des devoirs se peut reduire à deux chefs ; dont l'un va faire connoître ce que c'est

1. Philosophe Stoïcien, qui avoit écrit des devoirs, & que Ciceron suit dans cet ouvrage. Il étoit de l'Isle de Rhodes ; & Scipion l'Affricain le deuxiéme de ceux à qui on a donné ce nom là, avoit pris de ses leçons.

* Le commencement du chap. 3. est icy dans le latin ; mais il doit être où on l'a porté.

que le bien & le mal [2]; & l'autre comprend les preceptes particuliers qui reglent toutes les actions de la vie.

*ne** bonorum : alterum, quod positum est in praceptis, quibus in omnis partes usus vita confirmari possit.*

Au premier chef appartiennent ces sortes de questions, si tous les devoirs sont égaux, & du même degré de perfection [3]; ou s'il y en a de plus parfaits les uns que les autres, & plusieurs autres du même genre. Ce n'est pas que les preceptes qui reglent les devoirs particuliers ne dependent aussi de la connoissance de la nature du

Superioris generis hujusmodi exempla sunt : omnia ne officia perfecta sint : num quod officium aliud alio majus sit : & qua sunt generis ejusdem. Quorum autem officiorum pracepta traduntur, ea quamquam pertinent ad finem bonorum, tamen id minus appa-

2. Les Payens mêmes ont vû que toute la conduite de la vie dépend de la connoissance de la veritable nature du bien & du mal: car les actions sont bonnes ou mauvaises, independamment de ce qui en peut arriver aux hommes. Mais ils n'ont pû s'élever jusqu'à la cause précise de l'un & de l'autre; & elle ne nous peut être connuë que par les lumieres de la Religion & de la Foy. Voyez l'avertissement sur le troisiéme Paradoxe de Ciceron.

3. Dans cet endroit, & dans la plûpart des autres de cet ouvrage, Ciceron entend par le mot de *devoirs*, non seulement les devoirs en eux-mêmes, mais encore les actions par où on les accomplit. Ce qu'il en dit ici convient même bien mieux aux actions qu'aux devoirs mêmes : car à regarder les devoirs en eux-mêmes, & dans la loy eternelle qui nous les prescrit, tous les devoirs sont parfaits, & ils le sont tous également; comme tout ce qui est vrai est également vrai. Mais les actions par où on les accomplit peuvent être parfaites ou imparfaites. Elles sont parfaites, lorsque d'une part il ne manque rien à l'exterieur de l'action ; & que de l'autre on s'y porte par les vûës & les intentions les plus pures, & par un amour

vet, quia magis ad institutionem vitæ communis spectare videntur: de quibus est nobis his libris explicandum.

bien & du mal [4]; mais on ne voit pas si bien par où ils y tiennent; & sans les prendre de si haut, on se contente de les regarder par le rapport qu'ils ont à la conduite ordinaire de la vie. C'est de ceux-là dont j'ay à parler dans cet ouvrage.

Atque etiam alia divisio est officii. Nam & medium quoddam officium dicitur, & perfectum. Perfectum officium rectum (opinor) vocemus, quod Græci κατορθώματα, hoc autem commune, καθῆκον vocant. Atque ea sic definiunt, ut rectum quod sit, id perfectum officium esse definiant: medium autem officium id esse dicant, quod, cur

On divise encore les devoirs en devoirs *parfaits*, que les Grecs appellent κατορθώματα; & devoirs *communs* ou *moyens*, qu'ils appellent καθήκοντα. Les devoirs *parfaits* sont ceux qui sont du dernier degré de rectitude & de pureté; & les devoirs *communs* ou *moyens* sont ceux à quoy l'on se porte sur le fondement de quelque raison plausible & recevable.

souverain de la loy eternelle qui nous les ordonne: & elles sont imparfaites, lorsque dans l'action, ou dans le motif qui nous y porte, il y a quelque chose qui n'est pas de ce dernier point de rectitude & de pureté.

4. Les hommes ne prennent la plûpart de leurs idées que de leur interêt; & les actions ne leur paroissent bonnes ou mauvaises, que selon qu'il leur en arrive du bien ou du mal. Mais la veritable regle par où il en faut juger se prend de plus haut: il faut remonter jusqu'à la loy éternelle, & voir par où chaque action luy est conforme ou contraire.

factum sit, ratio probabilis reddi possit.

Ce qu'on examine d'ordinaire quand il s'agit de faire ou de ne pas faire quelque chose.

Il y a donc, selon Panætius, trois differentes considerations où l'on peut entrer, quand il s'agit de prendre quelque resolution que ce puisse être.

Triplex igitur est, ut Panætio videtur, consilii capiendi deliberatio.

La premiere, si ce qui se presente à faire est honnête; & c'est sur quoy les esprits se partagent souvent dans des sentimens non seulement differens, mais opposez. La seconde, s'il est utile; c'est-à-dire, s'il est propre à augmenter les biens, les commoditez, le credit & la consideration: en un mot, si l'on en peut tirer quelque sorte d'avantage, pour soi-même, ou pour les autres. Et la troisiéme, quel parti l'on doit prendre, lorsque ce qui a quelque apparence d'utilité 5, paroît contraire à l'honnêteté; &

Nam honestumne factu sit, an turpe, dubitant, id quod in deliberationem cadit: in quo considerando, sæpè animi in contrarias sententias distrahuntur. Tum autem aut anquirunt, aut consultant ad vitæ commoditatem, jucunditatemque, ad facultates rerum atque copias, ad opes, ad potentiam, quibus & se possint juvare, & suos, conducat id, necne, de quo deli-

5. Ciceron parle avec precaution, comme l'on voit, & il ne dit pas que ce qui est veritablement utile puisse jamais être contraire à l'honnêteté, mais seulement ce qui a *quelque apparence d'utilité.* Car il n'en reconnoist de veritable que dans ce qui est honnête; c'est-à dire, dans ce qui convient à l'homme comme capable de vertu, & comme tirant tellement de la vertu seule tout son prix & tout son merite, que comme il est bon, heureux & estimable quand il la suit; il est méchant, malheureux & méprisable quand il s'en éloigne. C'est ce qu'on pourra remarquer dans toute la suite de l'ouvrage, & sur tout au troisiéme livre.

berant : quæ deliberatio omnis in rationem utilitatis cadit. Tertium dubitandi genus est, cùm pugnare videtur cum honesto id, quod videtur esse utile. Cùm enim utilitas ad se rapere, honestas contrà revocare ad se videtur, fit ut distrahatur deliberando animus, afferatque ancipitem curam cogitandi.

que pendant que l'on est attiré par l'un, on est retenu par l'autre.

Hac divisione, (cùm præterire aliquid maximum vitium in dividendo sit) duo prætermissa sunt; nec enim solùm utrum honestum an turpe sit, deliberari solet, sed etiam, duobus propositis honestis, utrum honestius; itemque duobus propositis utilibus, utrum utilius. Ita, quam ille triplicem putavit esse rationem,

Une division doit tout comprendre pour être bonne.

Dans cette division de Panætius, il y a deux choses oubliées, & elle est par consequent vicieuse; puisqu'il n'y a pas de plus grand vice dans une division, que d'oublier quelque chose. Car, sur le premier chef, on peut non seulement être en peine, si ce qui se presente est honnête ou malhonnête; mais entre deux choses constamment honnêtes, on peut être en doute laquelle des deux l'est le plus. Il en est de même du se-

où il traite de la comparaison de l'honnête & de l'utile; & l'on verra au chap. troisiéme de ce livre là, qu'il nous donne pour regle, que de toutes les choses qui peuvent convenir aux besoins & à la nature de l'homme, comme les biens, les honneurs & la consideration, on ne doit rechercher que celles que la vertu peut admettre.

cond, que regarde l'utilité. Ainsi ce que Panætius n'a divisé qu'en trois chefs, en fait cinq : deux sur l'honnêteté de ce qu'il s'agit de faire, deux sur l'utilité, & le dernier sur la comparaison de l'honnête avec l'utile.

in quinque partes distribui debere reperitur. Primum igitur est de honesto, sed dupliciter : tum pari ratione de utili, post de comparatione eorum disserendum.

CHAPITRE IV.

Pour mieux reconnoître la nature des devoirs, il remonte jusqu'aux sentimens que la nature a imprimez à tous les animaux. Ce que l'homme a pardessus les bêtes. Avantages de la raison. L'homme est le seul entre tous les animaux qui soit capable de la verité, & qui soit touché de la beauté de l'ordre, qu'il recherche dans les choses même spirituelles, aussi bien que dans les autres. Que c'est ce qui le conduit à ce qu'on appelle honnêteté.

LA premiere chose qui est à remarquer, c'est que la nature a imprimé à chaque animal un instinct qui le porte à se conserver, à défendre son corps & sa vie, à éviter ce qui luy peut nuire, à chercher de quoy se nourrir, & où se mettre à couvert & en seureté, & ainsi du reste. Elle a encore donné aux differens sexes de chaque espece d'animaux une pente l'un pour l'autre, qui les porte à se joindre pour multiplier, & un certain soin pour ce qu'ils mettent au monde.

PRincipio generi animantium omni est à natura tributum, ut se, vitam, corpusque tueatur, declinetque ea, quæ nocitura videantur, omniaque, quæcumque ad vivendum sint necessaria anquirat & paret, ut pastum, ut latibula, ut alia generis ejusdem. Commune autem animantium omnium est conjunctionis appetitus, procreandi causâ, & cura quidam eorum, quæ procreata sunt.

Sed inter hominem & belluàm hoc maximè interest, quòd hæc tantum, quantum sensu movetur, ad id solum, quod adest, quodque præsens est, se accommodat, paullulum admodum sentiens præteritum, aut futurum. Homo autem, quòd rationis est particeps, per quam consequentia cernit, causas rerum videt, earumque progressus, & quasi antecessiones non ignorat, similitudines comparat, & rebus præsentibus adjungit, atque annectit futuras: facile totius vitæ cursum videt, ad eamque degendam præparat res necessarias.

Eademque natura vi rationis hominem conciliat homini & ad orationis, & ad vitæ societatem: ingene-

Mais entre les bêtes & l'homme il y a cette difference : que les bêtes ne vont qu'autant que le sentiment les mene, qu'elles ne se portent qu'à ce qui est devant elles, & ne sont touchées que du present, n'ayant que tres-peu de sentiment du passé, n'y de l'avenir : au lieu que l'homme a l'avantage de la raison, qui le rend capable de voir les causes & les consequences des choses ; de remarquer ce qui les precede & ce qui les suit, dans le cours ordinaire ; de comparer les unes aux autres, & de joindre l'avenir au present. C'est cette même lumiere de la raison qui luy faisant voir tout d'une veuë, le cours entier de la vie, le porte à faire provision de ce qui lui est necessaire pour en fournir la carriere.

Ce qui fait la difference de l'homme & des bêtes.

Avantages de la raison.

C'est elle qui sert d'instrument à la nature, pour joindre les hommes les uns aux autres ; & former entre eux une société qui s'entretient par le commerce de la vie, & par l'usage de la parole. La nature leur donne encore une tendresse particuliere 1 pour ce qu'ils ont mis au monde. Enfin elle leur fait aimer les fêtes & les assemblées, & leur fait desirer d'en être. Toutes ces inclinations, qui viennent du fonds de la nature, portent les hommes à se procurer tout ce qui est necessaire pour la conservation & pour les commoditez de la vie; & non seulement à eux-mêmes, mais à leurs femmes, à leurs enfans, & à tous ceux qu'ils aiment, & dont ils se trouvent obligez de prendre soin. Ces besoins leur ouvrent & leur aiguisent l'esprit; & les rendent capables d'affaires & d'entreprises.

ratque in primis præcipuum quendam amorem in eos, qui procreati sunt: impellitque, ut hominum cœtus & celebrationes esse, & à se obiri velit: ob easque causas studeat parare ea, quæ suppeditent & ad cultum, & ad victum, nec sibi soli, sed conjugi, liberis, ceterisque quos caros habeat, tuerique debeat. Quæ cura exsuscitat etiam animos, & majores ad rem gerendam facit.

Quel est le plus grand avantage que l'homme tire de sa raison.

Une autre chose, qui est particuliere à l'homme, & qui est le plus grand avantage de sa nature & de sa raison, c'est la recherche & l'examen de la verité. C'est cette inclination, que la na-

In primisque hominis est propria veri inquisitio, atque investigatio. Itaque cùm sumus necessariis negotiis, curisque vacui, tum avemus aliquid videre,

1. C'est à dire, bien differente de celle que la nature inspire aux bêtes mêmes pour leurs petits; puisqu'elle porte les hommes à prendre encore plus de soin de l'esprit que du corps de leurs enfans, & à leur inspirer des sentimens d'honnêteté & de vertu.

audire, addiscere: cognitionemque rerum, aut occultarum, aut admirabilium ad beatè vivendum necessarium ducimus: ex quo intelligitur; quod verum, simplex, sincerumque sit, id esse naturæ hominis aptissimum.

ture nous a donnée, qui fait que dés que nous sommes libres des soins & des affaires ordinaires de la vie, nous cherchons à voir, à entendre, ou à apprendre quelque chose: & que la découverte même des secrets & des merveilles de la nature nous paroît contribuer quelque chose au bon-heur de nôtre vie; & par là il est aisé de voir, que LA CONNOISSANCE de la verité dans son dernier point de simplicité & de pureté, est ce qui convient le plus à la nature de l'homme 2.

Nôtre curiosité même nous marque que nous sommes faits pour la verité.

Huic veri videndi cupiditati adjuncta est appetitio quædam principatus, ut nemini parere animus bene a natura informatus ve-

A cet amour de la verité se trouve joint un desir d'independance, qui fait qu'un homme bien né ne veut obéïr à personne 3, si ce n'est à ceux qui l'instruisent, ou qui exercent sur

Amour de l'independance, naturel à l'homme.

2. Tous les Philosophes ont bien senti que l'homme étoit fait pour la verité; jusqu'aux Académiciens mêmes, qui croïoient qu'elle ne se pouvoit voir avec certitude. Mais ils n'ont pas vû, non plus que les autres, d'où viennent les tenebres qui nous les cachent.

3. Il y avoit de l'orgueil dans ce sentiment des Philosophes payens; mais cet orgueil même les menoit à quelque chose de vrai; puisqu'il est vrai, à proprement parler, que l'homme ne doit obéïr à nul autre homme, mais à Dieu seul & à la raison. Car quoy qu'en une infinité de rencontres, Dieu & la raison nous obligent d'obéïr aux hommes; c'est à Dieu & à la raison qu'on obéït en cela plûtôt qu'aux hommes.

luі, pour ſon propre bien, une authorité legitime, & reglée ſelon les loix de la juſtice; & c'eſt cet amour de l'independance qui fait la grandeur d'ame, & qui éleve les hommes au deſſus de toutes les choſes de la vie.

lit, niſi præcipienti, aut docenti, aut utilitatis cauſâ, juſtè, & legitimè imperanti : ex quo animi magnitudo exiſtit, humanarumque rerum contemtio.

Connoiſſance & ſentiment de ce qu'on appelle ordre, bien-ſeance proportion, prerogative de la nature de l'homme.

C'eſt encore un grand avantage, & une merveilleuſe proprieté de la nature & de la raiſon de l'homme, qu'entre tous les animaux il eſt le ſeul qui ſente ce que c'eſt qu'*ordre* & *bien-ſeance*; & qui connoiſſe quelles ſont les meſures qu'il faut garder dans les paroles & dans les actions : luy ſeul connoît ce que c'eſt que la beauté, l'agrément, le rapport & la convenance des parties d'une même choſe.

Nec verò illa parva vis naturæ eſt, rationiſque quòd unum hoc animal ſentit, quid ſit ordo, quid ſit quod deceat, in factis dictiſque qui modus. Itaque eorum ipſorum, quæ adſpectu ſentiuntur, nullum aliud animal pulchritudinem, venuſtatem, convenientiam partium ſentit.

Analogie de l'ordre & de la proportion exterieure, avec la bien-ſeance & la vertu.

C'eſt ce qu'il remarque d'abord dans celles qui frappent les ſens. Mais ſa raiſon le luy fait aiſément transporter de celles-là à celles qui ne touchent que l'eſprit 4; & c'eſt ce qui luy fait prendre garde, que dans tous ſes deſſeins &

Quam ſimilitudinem natura ratioque ab oculis ad animum transferens, multo etiam magis pulchritudinem, conſtantiam, ordinem in conſiliis, factiſque conſervandam putat;

4. Il y a une ſorte d'analogie des choſes corporelles & ſenſibles aux choſes ſpirituelles; & la juſtice, la moderation & la bien-ſeance ſont à l'égard de celles-cy; ce que la proportion & la ſimetrie ſont à l'égard des autres.

caveatque, ne quid indecorè, effeminatève faciat: tum in omnibus & opinionibus & factis, ne quid libidinosè aut faciat aut cogitet. Quibus ex rebus conflatur, & efficitur id, quod quærimus, honestum; quod etiam si nobilitatum non sit, tamen honestum sit; quodque verè dicimus, etiam si à nullo laudetur, naturâ esse laudabile.

dans toutes ses actions, il y ait de la décence, de l'égalité, de la suite, & de l'ordre; de ne rien faire de messeant, ny de lâche & d'effeminé, & que dans tous ses sentimens, non plus que dans ses actions, il n'y ait rien de dereglé, ny qui tienne de la passion ou de l'emportement. C'est de tout cela que resulte cette honnêteté 5 que nous cherchons, dont le prix ne dépend point des jugemens ny des applaudissemens des hommes; & qui est louable & estimable par elle-même quand elle ne seroit louée ny estimée de personne.

Amour de l'ordre & de la bien-seance, naturel à l'homme.

Le prix des choses est independant du jugement des hommes.

5. Ce que Ciceron appelle *honnêteté* dans cet ouvrage, n'est donc autre chose, comme l'on voit, que ce que la raison, la sagesse, la vertu, & la bien-seance demandent de nous, & cela va bien plus loin que ce que nous appellons communément de ce nom là. Il faut donc bien prendre cette idée, pour l'appliquer à tous les endroits où il parle de l'honnêteté.

CHAPITRE V.

Que l'honnêteté dérive des quatre vertus principales. Quel est l'objet précis de chacune.

Formam quidem ipsam, Marce fili, & tanquam

Ce que je viens de vous dire, mon cher fils, vous fait voir la nature &

le caractere, & pour ainsi dire, le visage même de ce qu'on appelle *sagesse* & *honnêteté*; qui est, pour user des termes de Platon, celle de toutes les beautez qui donneroit le plus d'amour, si elle étoit visible aux yeux du corps [1].

faciem honesti vides: quæ si oculis cerneretur, mirabiles amores (ut ait Plato) excitaret sapientiæ.

D'où derive & en quoi consiste ce qu'on appelle honnêteté.

Or tout ce qui se peut appeller *honnêteté* se réduit à quatre chefs; & consiste ou dans cette perspicacité d'esprit qui fait chercher & decouvrir la verité, & c'est ce qu'on appelle *Prudence*; ou dans ce qui va à maintenir les loix de la societé humaine, & la foy des conventions, & à rendre à chacun ce qui luy appartient, & c'est ce qui s'appelle *Justice*; ou dans cette grandeur d'ame que rien ne sçauroit abatre, & qui rend capable des plus hautes entreprises, & de tenir bon contre les plus terribles accidens & c'est ce qu'on appelle *Force*; ou dans cet ordre & ces mesures si jus-

Sed omne quod honestum est, id quattuor partium oritur ex aliqua; aut enim in perspicientia veri sollertiaque versatur; aut in hominum societate tuenda, tribuendoque suum cuique & rerum contractarum fide; aut in animi excelsi, atque invicti magnitudine, ac robore; aut in omnium quæ fiunt quæque dicuntur ordine & modo, in quo inest modestia & temperantia.

1. On ne sçauroit assez admirer que les payens, tout destituez qu'ils étoient de tous les principes & de tous les secours qui nous rappellent au dedans de nous-mêmes, ayent été si touchez de la beauté, de l'honnêteté, & de la vertu; pendant qu'avec tous ces secours, nous ne connoissons presque de ces choses-là que le nom; & que nôtre ame est entierement livrée aux choses sensibles.

tes, & si précises, qu'on doit garder dans ses actions & même dans ses paroles; & c'est ce qui s'appelle *Moderation* ou *Temperance* 2.

Quæ quattuor quamquam inter se colligata atque implicita sunt, tamen ex singulis certa officiorum genera nascuntur: velut ex ea parte, quæ prima descripta est in qua sapientiam, & prudentiam ponimus, inest indagatio, atque inventio veri: ejusque virtutis, hoc munus est proprium. Ut enim quisque maximè perspicit, quid in re quaque ve-

Or quoy que ces quatre choses se tiennent 3, & dépendent l'une de l'autre, chacune produit une certaine sorte de devoirs. A la premiere, en quoy l'on fait consister ce qu'on appelle *Prudence*, appartient la recherche & la découverte de la verité; & c'est comme la fonction particuliere de cette vertu. Car ceux-là passent avec raison pour les plus prudens & les plus sages, qui ont les yeux de l'esprit les meilleurs; qui découvrent le mieux & le plus promtement, ce

Quel est l'objet precis de chaque sorte de vertu.

2. On voit par là que la temperance a lieu en tout; & que c'est à elle à fixer ce *milieu* & ce point precis où il faut que chaque vertu se tienne pour être vertu, & dont elle ne sçauroit s'écarter sans dégenerer.

3. Il parle selon les sentimens des Stoïciens, qui soûtenoient que toutes les vertus étoient inseparables, & qu'on ne pouvoit en avoir une sans les avoir toutes: & cela est vray dans la doctrine même de ceux d'entre les Peres qui ne reconnoissent pour veritables vertus que celles qui ont leur racine dans la charité, c'est-à-dire, dans l'amour de l'ordre, & de la loy éternelle, qui veut que cet ordre soit gardé. Car celui qui sera juste par ce principe sera infailliblement temperant; puisque l'ordre veut l'un aussi bien que l'autre, & que qui aime l'ordre en une chose l'aime en tout. Voyez le chap. 15. du liv. de S. Augustin, *des Mœurs de l'Eglise Catholique*; & le chap. 4. de la 130. de ses Lettres, nombre 13.

Découverte de la verité, fin de la prudence.

qu'il y a de vrai en chaque chose ; & qui sont les plus capables de le faire voir aux autres. La verité est donc le propre objet de cette vertu, & comme la matiere sur quoy elle travaille. Les trois autres regardent l'acquisition & la conservation de ce qui est necessaire pour soûtenir les actions & le commerce de la vie. *La Justice* maintient la societé civile : *la Force*, ou la grandeur d'ame, porte à tout ce qui se peut faire de plus grand pour augmenter la puissance des Etats ; & pour se procurer à soy-même, & à ceux dont on doit avoir soin, de la consideration & des biens ; mais elle paroît encore davantage à mépriser l'un & l'autre.

A quoy la grandeur d'ame paroît le plus.

rissimum sit, quique acutissimè, & celerrimè potest & videre, & explicare rationem, is prudentissimus, & sapientissimus ritè haberi solet. Quocirca huic, quasi materia quam tractet & in qua versetur, subjecta est veritas : reliquis autem tribus virtutibus necessitates propositæ sunt ad eas res parandas tuendasque, quibus actio vitæ continetur : ut & societas hominum conjunctioque servetur, & animi excellentia magnitudoque, cùm in augendis opibus utilitatibusque, & sibi & suis comparandis, tum multò magis in his ipsis despiciendis eluceat.

Quant à l'ordre, l'uniformité, la moderation, & les autres choses qui sont comprises dans ce que l'on appelle *Temperance*, il en faut dans tout ce qui demande de l'action 4.

Ordo autem, & constantia, & moderatio, & ea quæ sunt his similia, versantur in eo genere, ad quod adhibenda est actio quædam, non

4. Il en faut même dans les choses de pure speculation.

solùm

solum mentis agitatio. His enim rebus, quæ tractantur in vita, modum quendam & ordinem adhibentes, honestatem & decus conservabimus.

& à quoy la méditation ne suffit pas ; & c'est du soin qu'on a de garder ces mesures, dans toute la conduite de la vie que resulte ce qu'on appelle *honnêteté* & *bien-seance.*

& il y a des mesures à garder jusques dans la recherche de la verité.

CHAPITRE VI.

Que de tout ce qu'on peut appeller honnête, la recherche de la verité est ce qui convient le plus à la nature de l'homme. Quelles précautions elle demande. Qu'elle doit ceder aux devoirs de la societé humaine. Qu'il y a une sorte d'étude qui se peut faire en tout temps, & jusques dans l'action même. Ce que l'application de l'esprit doit avoir pour objet.

Ex quatuor autem locis, in quos honesti naturam, vimque divisimus, primus ille, qui in veri cognitione consistit, maxime naturam attingit humanam. Omnes enim trahimur & ducimur ad cognitionis & scientiæ cupiditatem, in qua excellere pulchrum putamus; labi autem, errare, nescire, de-

De ces quatre sources, d'où dérive tout ce qu'on peut appeller *honnête*, & qui en font tout le prix ; la premiere, qui consiste dans la découverte & dans la connoissance de la verité, est celle qui appartient le plus intimement à la nature de l'homme. Aussi sentons-nous tous un ardent desir de sçavoir & de connoître : nous trouvons qu'il n'y a rien de plus beau que d'exceller dans quelque science, & qu'il n'y a rien au

Amour de la verité inclination dominante de la nature de l'homme.

On a honte de l'erreur; mais on ne pense ni à s'en garder, ni à s'en tirer.

contraire de si miserable, ny de si honteux, que d'être dans l'ignorance ou dans l'erreur; de se méprendre ou de se laisser imposer.

cipi, & malum, & turpe ducimus.

Inconveniens à éviter dans l'amour & la recherche de la verité.

Mais quoyque cette inclination à sçavoir nous soit naturelle, & qu'elle n'ait rien que d'honnête, elle est sujette à deux inconveniens, où il faut tâcher de ne pas tomber. L'un est de croire sçavoir ce qu'on ne sçait pas, & de prononcer temerairement sur ce qu'on ne connoît point assez: & l'autre de s'attacher avec trop d'ardeur, & de donner trop de temps à des choses obscures & difficiles, & dont on peut se passer. Si l'on veut éviter le premier de ces deux inconveniens, (& qui est-ce qui ne le doit pas vouloir?) il faut donner à l'examen de chaque chose tout le tems & tout le soin necessaire pour la bien connoître. Pourvû qu'on sçache donc se garder de l'un & de l'autre, il n'y aura rien que de louable dans l'application qu'on pourra donner à des choses honnêtes par elles-mêmes, & qui meritent qu'on s'en instruise. Telle étoit celle que

L'application que l'on donne aux choses doit être proportionnée au merite de chacune.

In hoc genere & naturali, & honesto, duo vitia vitanda sunt: unum, ne incognita pro cognitis habeamus, hisque temere assentiamus. Quod vitium effugere qui volet, (omnis autem velle debent,) adhibebit ad considerandas res & tempus & diligentiam. Alterum est vitium, quod quidam nimis magnum studium, multamque operam in res obscuras atque difficiles conferunt, easdemque non necessarias: quibus vitiis declinatis, quod in rebus honestis, & cognitione dignis opera curàque ponetur, id jure laudabitur: ut in astrologia C. Sulpitium audivimus; in geometria Sextum Pompeium ipsi cognovimus; multos in dialectica, plures in jure civi-

nous avons apprise de nos peres, que C. Sulpitius avoit pour l'astronomie 1; celle que nous avons vûë à Sext. Pompeius 2 pour la geometrie; celle de beaucoup d'autres pour la dialectique; & d'autres, encore en plus grand nombre, pour la jurisprudence.

Quæ omnes artes in veri investigatione versantur: cujus studio à rebus gerundis abduci contra officium est. Virtutis enim laus omnis in actione consistit, à qua tamen sæpe fit intermissio; multique dantur ad studia reditus: tum agitatio mentis, quæ numquam acquiescit, potest nos in studiis cogitationis etiam sine opera nostra continere.

Mais quoyque toutes ces sciences ayent pour objet la découverte de la verité, ce seroit pecher contre les regles de nos devoirs, que de nous y appliquer avec une ardeur qui nous detournât des affaires & des fonctions de la vie civile. Car TOUT le prix & tout le merite de la vertu consiste dans l'action. Mais l'action a ses intermissions, qui nous donnent souvent moyen de retourner à nos livres; sans compter, qu'en quelque état que nous soyons, l'activité de l'esprit, qui ne s'arrête jamais, peut sans

Les speculations doivent ceder à ses devoirs.

1. Cette science de Sulpitius ne fut pas inutile à la Republique; car dans la guerre que les Romains avoient contre les Macedoniens, sous le commandement de Paul Æmile, Sulpitius ayant predit une éclipse de Lune prévint le trouble que ces sortes de Phenomenes avoient accoûtumé de jetter dans les armées des Romains; au lieu que les Macedoniens en furent si consternez, qu'on n'eut pas de peine à les deffaire.

2. Il étoit oncle du grand Pompée.

le secours des livres & des conferences, nous tenir dans une étude continuelle 3.

Or TOUTE application de l'esprit doit avoir pour objet ou l'étude des sciences, ou l'examen de ce que l'honnêteté demande de nous, & qui peut contribuer à nous faire bien vivre & à nous rendre heureux. Voila pour ce qui regarde la premiere des quatre sources de nos devoirs.

Omnis autem cogitatio motusque animi, aut in consiliis capiendis de rebus honestis & pertinentibus ad bene beateque vivendum, aut in studiis scientiæ cognitionisque versatur. Ac de primo quidem officii fonte diximus.

3. Quel usage ne feroit-on point de cette activité de l'esprit, si on sçavoit la regler; & si au lieu de l'exercer sur des choses frivoles & inutiles, comme font la plûpart des hommes, on luy donnoit sans cesse pour objet quelque chose de solide & d'honnête?

CHAPITRE VII.

D'où le maintien de la societé humaine dépend principalement. Premier devoir de la justice. Par où les biens qui sont naturellement communs à tous les hommes, ont commencé d'appartenir à l'un plûtôt qu'à l'autre. Les hommes nez les uns pour les autres. Fidelité, fondement de la justice. Injustice positive, qui consiste à faire du mal à quelqu'un; & negative, qui consiste à manquer à ce que l'on doit à quelqu'un. Combien les devoirs des hommes les uns envers les autres sont sacrez. Source de l'injustice.

DEs trois autres vertus, celle qui a le plus d'étendue est celle qui va à maintenir la societé humaine, & ce commerce

DE tribus autem reliquis latissime patet ea ratio, qua societas hominum inter ipsos, & vita

quasi communitas continetur: cujus partes duæ sunt; justitia in qua virtutis splendor est maximus, ex qua boni viri nominantur; & huic conjuncta beneficentia, quam eamdem vel benignitatem, vel liberalitatem appellari licet.

reciproque d'offices & de soins sur quoy elle roûle. Cette vertu a comme deux parties principales, dont l'une est *la justice*, & c'est celle qui a le plus d'éclat, & par où nous pouvons le mieux meriter le titre de gens de bien : l'autre est cette inclination à faire du bien à tout le monde, qu'on appelle *bonté* ou *liberalité*.

Quels sont les deux principaux arcs-boutans de la societé humaine.

Sed justitiæ primum munus est, ut ne cui quis noceat, nisi lacessitus injuria; deinde ut communibus utatur pro communibus, privatis ut suis.

Quant à la justice, le premier devoir qu'elle prescrit, est de ne faire jamais aucun mal à personne, si l'on n'y est forcé par la necessité de repousser quelque injure; de n'user de ce qui est en commun, que comme étant en commun; & de n'user en maître que de ce qui est veritablement à soy.

Premier devoir de la justice.

Sunt autem privata nulla natura; sed aut veteri occupatione, ut qui quondam in vacua venerunt; aut victoria, ut qui bello potiti sunt; aut lege, pactione, conditione, sorte.

A ne regarder que la nature, il n'y a rien qui appartienne à l'un plûtôt qu'à l'autre; & si telle chose est presentement à celuy-cy, & telle autre à celuy-là, cela vient ou de s'en être emparé le premier, comme ont fait ceux qui ont rencontré des terres inhabitées, & dont personne ne s'étoit encore mis en pos-

Toutes choses sont naturellement communes à tous les hommes.

Par où les choses ont commencé d'appartenir à

l'un plûtôt qu'à l'autre.

session ; ou de ce qu'on l'a conquise par les armes, ou acquise par quelque sorte de loy, ou de convention, conditionnée ou non conditionnée ; ou même par le droit du sort.

C'est sur quelqu'un de ces sortes de fondemens que le territoire d'Arpine ou de Tivoli 1, appartient à ceux du lieu, & il en est de même de ce que chaque particulier possede. Ce qui étoit naturellement commun à tous se trouvant donc partagé, CHACUN a droit de conserver ce qui luy est échû ; & on ne sçauroit l'envahir ny le convoiter, sans violer les loix de la société humaine.

Les droits acquis à chacun, par le partage des choses, inviolables & sacrez.

Ex quo fit ut ager Arpinas Arpinatum dicatur ; Tusculanus Tusculanorum. Similisque est privatarum possessionum descriptio. Ex quo, quia suum cujusque fit, eorum quæ natura fuerant communia, quod cuique obtigit, id quisque teneat : ex quo si quis sibi appetet ; violabit jus humanæ societatis.

Mais comme il n'y a rien de plus vray que ce beau mot de Platon, que NOUS sommes nez pour nôtre patrie & pour nos amis, aussi-bien que pour nous-mêmes ; & que, comme disent les Stoïciens, SI LES productions de la terre sont pour les hommes, les hommes eux-mêmes sont les uns pour les autres, c'est à dire, pour s'entr'aider, &

Pour quelle fin nous sommes au monde, selon Platon,

& selon les Stoïciens.

Sed quoniam, (ut præclare scriptum est à Platone,) Non nobis solum nati sumus, ortusque nostri partem patria vindicat, partem amici : atque, (ut placet Stoïcis,) quæ in terris gignuntur, ad usum hominum omnia creari ; homines autem hominum cau-

1. Il apporte en exemple les lieux les plus connus de son fils : car Ciceron étoit d'Arpine, & il avoit à Tivoli une maison de campagne magnifique.

sa esse generatos, ut ipsi inter se, aliis alii prodesse possent: in hoc naturam debemus ducem sequi, & communes utilitates in medium afferre, mutatione officiorum, dando, accipiendo: tum artibus, tum opera, tum facultatibus devincire hominum inter homines societatem.

se faire du bien les uns aux autres; NOUS devons tous entrer dans les desseins de la nature, & suivre sa destination; mettant chacun du nôtre dans le fonds de l'utilité commune, par un commerce reciproque & perpetuel d'offices & de services; n'étant pas moins empressez à donner qu'à recevoir; & employant, non seulement nos soins & nôtre industrie, mais nos biens mêmes, à serrer, pour ainsi dire de plus en plus les nœuds de la societé humaine.

Belle peinture de la disposition où les hommes doivent être les uns pour les autres.

Fundamentum est autem justitiæ fides, id est, dictorum, conventorumque constantia, & veritas. Ex quo, quamquam hoc videbitur fortasse cuipiam durius, tamen audeamus imitari Stoïcos, qui studiose exquirunt, unde verba sint ducta; credamusque, quia fiat quod dictum est, appellatam fidem.

Or le fondement de la justice, c'est la fidelité qui consiste à être sincere dans ses paroles, & à tenir inviolablement ce qu'on a promis. Et cela étant, pourquoy ne nous sera-t-il pas permis, à l'exemple des Stoïciens, qui cherchent avec soin l'étimologie de chaque terme, d'admettre celle que quelques-uns apportent du mot de *fidelité*, quelque dure qu'elle paroisse; & de croire, comme eux, que la *fidelité* n'a été ainsi nommée, que parce qu'elle consiste à *faire* ce que l'on a *dit*? [1]

Quel est le fondement de la justice.

Etimologie du mot de fidelité.

1. FIDES, *quia* FIT QUOD DICITUR.

On est injuste par manque de faire le bien, comme par faire le mal.

Quant à l'injustice, il y en a de deux sortes ; l'une de faire injure à quelqu'un, & l'autre, de ne pas empêcher, quand on le peut, celle qu'on voit qu'un homme va faire à un autre. A bien considerer jusqu'où vont les droits de la societé humaine, ATTAQUER injustement qui que ce soit, par un mouvement de colere, ou de quelqu'autre passion ; c'est comme qui sauteroit à la gorge de son meilleur amy ; & ne pas défendre quelque homme que ce soit d'une injure que l'on voit qu'un autre luy va faire ; c'est comme qui abandonneroit au besoin ses amis & sa patrie.

Jusqu'où va ce que les hommes se doivent les uns aux autres.

Sed injustitiæ genera duo sunt; unum eorum: qui inferunt; alterum eorum, qui ab iis, quibus inferuntur, si possint, non propulsant injuriam. Nam qui injuste impetum in quempiam facit, aut ira, aut aliqua perturbatione incitatus, is quasi manus afferre videtur socio: qui autem non defendit, nec obsistit, si potest, injuriæ, tam est in vitio, quam si parentes, aut amicos aut patriam deserat.

Ce qui porte les hommes à se faire du mal les uns aux autres.

Quand on se porte de soy-même à nuire, & à faire injure à quelqu'un, c'est souvent pour en prevenir quelqu'une que l'on craint de sa part. Mais ce qui porte la plûpart des hommes à faire du mal aux autres, c'est l'envie de se contenter sur ce qu'ils desirent ; & particulierement sur ce qui regarde le bien. Ainsi on peut dire que l'AVARICE est la grande source de l'injustice.

Atque illa quidem injuria, quæ nocendi causa de industria inferuntur, sæpe à metu proficiscuntur; cum is qui nocere alteri cogitat, timet ne, nisi id fecerit, ipse aliquo afficiatur incommodo. Maximam autem partem ad injuriam faciendam aggrediuntur, ut adipiscantur ea, quæ concupiverunt: in quo vitio latissime patet avaritia.

CHAPITRE VIII.

Quelles sont les sources ordinaires du desir d'avoir. Il faut le contenir dans les bornes de ce que la justice permet. Que l'ambition est ce qu'il y a de plus capable de la faire violer; & que les plus grandes ames sont d'ordinaire les plus ambitieuses. Difference à faire entre les injustices de surprise ou de dessein formé.

Expetuntur autem divitiæ, tum ad usus vitæ necessàrios, tum ad perfruendas voluptates. In quibus autem major est animus, in iis pecuniæ cupiditas spectat ad opes, & ad gratificandi facultatem: ut nuper M. Crassus negabat ullam satis magnam pecuniam esse ei, qui in republica princeps vellet esse, cujus fructibus exercitum alere non posset. Delectant etiam magnifici apparatus, vitæque cultus cum

Quels sont les principes du desir d'avoir.

LE desir des richesses a d'ordinaire pour principe le besoin ou la volupté: mais ceux qui ont quelque élevation, cherchent par là de la consideration & de l'éclat; & le plaisir de repandre, & de se faire des créatures par leurs liberalitez. C'est ce qui faisoit dire à Crassus, dans ces derniers temps, qu'un homme qui vouloit être du premier rang dans la Republique, n'avoit point assez de bien, à moins de pouvoir entretenir une armée 1 de ses revenus. On aime encore la magnificence, les grands équipages, les beaux meubles, l'abon-

1. Ce que les Romains appelloient une *armée*, étoit composé de quatre legions, dont chacune étoit de six mille hommes de pied, & dont la solde se montoit par mois à cent huit mille écus, sans compter la cavalerie dont chaque legion étoit soûtenuë à droite & à gauche, & qui étoit de trois cens chevaux par legion. On peut juger par là du bien de Crassus.

dance & la délicatesse de la table; & ce sont ces sortes de choses qui font que l'amour de l'argent n'a point de bornes.

elegantia & copia: quibus rebus effectum est ut infinita pecuniæ cupiditas esset.

On ne sçauroit blâmer un homme qui cherche à augmenter son bien par de bonnes voyes, & sans faire tort à personne. Mais il faut s'en tenir-là, & se garder de toute sorte d'injustice. Or ce qu'il y a de plus capable de faire oublier la justice, & de faire passer par dessus toutes ses loix, c'est la pas[illegible] de dominer, & de se r[illegible]re maître des autres. Car, ce que dit Ennius, que *les loix les plus sacrées de la societé & de la fidelité ne sont rien à quiconque veut regner*, se peut dire de tous les avantages qui ne sçauroient être communs à plusieurs; & les contestations où l'on entre pour y parvenir sont d'ordinaire si vives, que rien n'est plus difficile que d'y garder le respect qui est dû à ces saintes l[illegible]ix. C'est ce que nous venons de voir, par l'entreprise audacieuse & temeraire de Cesar a; qui

Ambition source d'injustices.

Nec vero rei familiaris amplificatio nemini nocens vituperanda: sed fugienda semper injuria est. Maxime autem adducuntur plerique, ut eos justitiæ capiat oblivio, cum in imperiorum, honorum, gloriæ cupiditatem inciderunt. Quod enim est apud Ennium: Nulla sancta societas nec fides regni est: *id latius patet. Nam quidquid ejusmodi est in quo non possint plures excellere, in eo fit plerumque tanta contentio, ut difficillimum sit sanctam servare societatem. Declaravit id modo temeritas C. Cæsaris, qui omnia jura divina, atque humana pervertit, propter eum*

a La maniere dont Ciceron parle de Cesar en cet endroit, & en beaucoup d'autres de cet ouvrage, fait assez voir que Cesar étoit mort, quand Ciceron écrivoit.

quem sibi ipse opinionis errore finxerat, principatum.

pour venir à bout de ce dessein insensé qu'il s'étoit mis dans la tête, de se rendre maistre de la Republique, a violé toutes les loix divines & humaines 3.

Est autem in hoc genere molestum, quod in maximis animis splendidissimisque ingeniis plerumque existunt honoris, imperii, potentiæ, gloriæ cupiditates. Quo magis cavendum est, ne quid in eo genere peccetur.

A quoy conduit d'ordinaire la grandeur d'esprit & de courage.

Ce qu'il y a de plus fâcheux en ce point, c'est que ceux qui ont le plus d'esprit & d'élevation sont d'ordinaire les plus touchez de cette passion qui fait aspirer à la gloire, aux honneurs, aux dignitez, au credit & au commandement ; & c'est ce qui doit faire prendre garde de plus prés à ne se pas permettre la moindre faute sur ce sujet.

Sed in omni injustitia permultum interest, utrum perturbatione aliqua animi, quæ plerumque brevis est & ad tempus, an consulto, & cogitata fiat injuria. Leviora enim sunt, quæ repentino aliquo motu accidunt, quam ea, quæ meditata, & præparata inferuntur. Ac de inferenda quidem injuria satis dictum est.

Le sang-froid augmente également le prix des bonnes actions, & l'énormité des mauvaises.

Entre les diverses sortes d'injustices que l'on peut commettre, il faut faire une grande difference, de celles qui ne se font que par quelque surprise de passion ou d'emportement, & qui ne sont que passageres ; & de celles qui se font de sang-froid, & de dessein prémedité. Voila pour ce qui regarde cette premiere sorte d'injustice, qui consiste à faire du mal à quelqu'un.

3. Cesar ayant pillé le thresor public, que les Romains tenoient dans le Capitole, comme pour le mettre sous la protection de Jupiter ; & ayant même dépoüillé les temples de tout ce qu'il y avoit de plus précieux.

CHAPITRE IX.

De l'injustice d'omission. Quelles en sont les causes. Que les Philosophes mêmes y sont sujets. Ce que doit avoir une action pour être une action de justice. Qu'il n'est pas permis de se renfermer si fort dans ses propres affaires, qu'on ne soit d'aucun secours aux autres. Ce qui nous empêche de reconnoître ce que nous leur devons. Belle regle pour éviter toutes sortes d'injustices.

Combien de choses font abandonner ceux qu'on seroit obligé d'assister & de proteger.

QUant à la seconde sorte d'injustice, qui est celle où l'on tombe lors qu'on abandonne ceux que l'on pourroit défendre de quelque injure, & qu'on ne se met pas en devoir de les en garantir, elle peut avoir diverses causes; comme sont la crainte de se faire des ennemis, & celle du travail ou de la dépense. Souvent même par pure negligence, par paresse, ou pour ne vouloir pas se détourner de quelque occupation qui plaist, on laisse à la merci des méchans ceux qu'on seroit obligé de défendre & de proteger.

PRætermittendæ autem defensionis deserendique officii plures solent esse causæ. Nam aut inimicitias, aut laborem, aut sumtus suscipere nolunt; aut etiam negligentia, pigritia, inertia; aut suis studiis quibusdam, occupationibusve sic impediuntur, ut eos, quos tutari debeant, desertos esse patiantur.

Il ne faudroit peut-être pour nous corriger sur cela, que ce que Platon a dit des Philosophes, qu'ils sont sujets à se croire gens de bien, sur cela seul, qu'ils s'occupent à la recherche

Itaque videndum est ne non satis sit id quod apud Platonem est in Philosophos dictum: quod in veri investigatione versentur, quodque ea

quæ plerique vehementer expetunt, de quibus inter se digladiari solent, contemnant, & pro nihilo ducant, propterea justos esse. Nam alterum justitiæ genus assequuntur inferenda, ne cui noceant, injuria: in alterum incidunt. Discendi enim studio impediti, quos tueri debent, deserunt. Itaque eos ad rempublicam ne accessuros quidem putant, nisi coactos, æquius autem erat id voluntate fieri. Nam hoc ipsum ita justum est, quod recte fit, si est voluntarium.

de la verité, & qu'ils n'ont que du mépris pour les choses qui acharnent d'ordinaire les hommes les uns contre les autres. Mais quoy qu'ils évitent par là cette premiere sorte d'injustice qui consiste à nuire, & à faire injure à quelqu'un, ils tombent dans l'autre, lorsque la passion d'apprendre, & d'étendre leurs connoissances, leur fait abandonner ceux qu'ils seroient obligez de secourir. Ils ne croyent pas même devoir entrer dans les affaires de la Republique, à moins qu'on ne les y force. Mais il seroit plus raisonnable & plus juste de le faire de leur bon gré: puisqu'UNE action, quelque bonne qu'elle soit en elle-même, n'est une action de justice, à l'égard de celuy qui la fait, que lorsqu'il s'y porte volontairement.

Conditions que doit avoir toute action de justice.

Sunt etiam, qui aut studio rei familiaris tuendæ, aut odio quodam hominum, suum se negotium agere dicant, ne facere cuiquam videantur injuriam; qui, altero injustitiæ genere vacant, in al-

Il y en a d'autres qui, pour s'appliquer entierement au soin d'augmenter ou de conserver leur bien, ou par une espece de misantropie, se retirent de tout commerce; & qui croyent qu'en déclarant qu'ils se renferment dans leurs propres affaires,

Il n'est pas permis de ne vivre que pour soy.

on les doit tenir quittes de tout ; & qu'on ne sçauroit leur reprocher de faire aucun tort à personne. Mais en pensant éviter la premiere sorte d'injustice, ils tombent dans la seconde ; puisque c'est y tomber que d'abandonner la societé humaine, & de ne l'aider ny de ses soins, ny de son industrie, ny de son bien.

terum incurrunt, deserunt enim vitæ societatem, quia nihil conferunt in eam studii, nihil operæ, nihil facultatum.

Aprés ce que nous venons de dire, pour faire voir ce que c'est que la justice, & en quoy elle consiste aussi-bien que les deux sortes d'injustice qui luy sont contraires ; & pour montrer par où l'on tombe dans l'une ou dans l'autre ; il ne sera pas difficile de reconnoître ce que le devoir nous prescrit dans chaque rencontre particuliere : & rien ne sçauroit nous empêcher de le voir, qu'un trop grand attachement à nôtre repos & à nôtre interêt.

Quoniam igitur duobus generibus injustitiæ propositis, adjunximus causas utriusque generis, easque res ante constituimus, quibus justitia continetur, facile quod cujusque temporis officium sit, poterimus, nisi nosmetipsos valde amabimus, judicare.

Nôtre interêt nous ferme les yeux sur nos devoirs.

C'est-là ce qui nous aveugle, & qui fait que nous avons toûjours tant de peine à nous charger du soin des affaires des autres ; & qu'au lieu que nous devrions être comme ce vieillard d'une des comedies de

Est enim difficilis cura rerum alienarum. Quamquam Terentianus ille Chremes humani nihil à se alienum putat. Sed tamen, quia magis ea percipimus, atque sentimus, quæ nobis ipsis aut prospera, aut adversa eveniunt, quam illa, quæ cæteris, quæ quasi longo intervallo interjecto videmus: aliter de illis, ac de nobis judicamus. Quocirca bene præcipiunt, qui vetant quidquam agere, quod dubites æquum sit an iniquum. Æquitas enim lucet ipsa per se, dubitatio cogitationem significat injuriæ.

Terence [1], qui regardoit celles de tout le monde comme les siennes propres, nous sentons tout autrement ce qui nous arrive de bien ou de mal, que ce qui arrive aux autres. Nous voyons l'un de fort près, & l'autre ne nous paroît que comme dans un éloignement, qui diminuë merveilleusement les objets; & de là vient que nous jugeons si differemment de ce qui regarde les autres, & de ce qui nous regarde nous mêmes. Or pour ne se pas méprendre sur cela, IL N'Y A point de meilleure regle, que de s'abstenir de toutes les choses dont on est en doute si elles sont justes ou injustes [2].

On trouvera toûjours, que tous les maux ne viennent que de ce qu'on n'aime pas son prochain comme soy-même.

Car LA JUSTICE a par elle-même un certain éclat qui la fait découvrir sans peine par tout où elle est; & DÉS QU'ON doute si une chose est juste ou non, c'est signe qu'on y entrevoit quelque sorte d'injustice.

Combien Ciceron étoit éloigné de croire qu'on pût suivre le moins probable & le moins sûr. Qui aimeroit la justice, la discerneroit aisément.

1. Chrémes, *Heautontimorum nos.* Il est si vray que nous devrions tous être ainsi, & ce sentiment, qui est une suite necessaire de la charité envers le prochain, subsiste encore si vivement dans le cœur des hommes, malgré leur corruption, que saint Augustin, dans sa Lettre 155 nomb. 14 rapporte que quand ce vers de Terence fut prononcé sur le Théatre, il excita un applaudissement universel de tous les spectateurs.

2. Combien de cas de conscience seroient decidez par ce principe, si les Chrétiens le vouloient suivre.

CHAPITRE X.

Que souvent ce qui est juste en soy cesse de l'être par le tems & les circonstances. Qu'il y a même des cas où l'on est dispensé de sa parole. Subordination des devoirs. Des promesses arrachées par fraude ou par force. Les loix mêmes servent quelquefois de prétexte à l'injustice. Qu'il faut executer les conventions de bonne foy, & ne les pas prendre à la lettre. Toute surprise dans les affaires, odieuse.

La justice d'une action dépend souvent des circonstances.

IL arrive assez souvent, par le changement des temps & des circonstances, que ce qui est le plus essentiellement du devoir d'un homme juste, ou d'un homme de bien, change de nature, & alors on se trouve obligé de faire tout le contraire de ce qu'on auroit dû faire dans d'autres circonstances ; & la justice même défend ce que la sincerité & la fidelité auroient exigé si les choses n'avoient point changé. Il n'y a point de devoir plus indispensable que de rendre un dépôt qui nous aura été confié, & d'executer ce que nous aurons promis : cependant nous ne devons faire ny l'un ny l'autre, qu'autant que nous le pouvons sans donner atteinte à ces fondemens immuables de toute justice que j'ay

SEd incidunt sæpe tempora cum ea, quæ maxime videntur digna esse justo homine, eoque quem virum bonum dicimus, commutantur, fiuntque contraria ; ut reddere depositum, promissum facere, quæque pertinent ad veritatem, & ad fidem, ea migrare interdum, & non servare, sit justum. Referri enim decet ad ea, quæ proposui in principio, fundamenta justitiæ : primum, ut ne cui noceatur ; deinde, ut communi utilitati serviatur. Ea cum tempora commutantur, commutatur officium ; & non semper est idem. Potest enim accidere promissum aliquod, & conventum, ut id effici sit inutile vel ei cui promissum sit, vel ei qui promiserit.

établis d'abord; qui sont de ne jamais nuire à personne, & d'aller toûjours au plus grand bien. Le devoir change donc par le changement des circonstances & du temps, lorsqu'il se trouve que l'execution d'une chose promise ou convenuë porteroit préjudice à celuy même à qui on l'auroit promise, ou à celuy qui s'y seroit engagé [1].

Par où on peut sûrement éviter toutes sortes d'injustices.

Nam si, ut in fabulis est, Neptunus, quod Theseo promiserat, non fecisset, Theseus filio Hippolyto non esset orbatus. Ex tribus enim optatis, ut scribitur, hoc erat tertium, quod de Hippolyti interitu iratus optavit; quo impetrato, in maximos luctus incidit.

C'est de quoy les fables même nous fournissent des exemples. Car si Neptune s'étoit dispensé de ce qu'il avoit promis à Thesée, Thesée n'auroit pas eu la douleur de perdre son fils. La mort de ce fils étoit une des trois choses qu'un mouvement de colere luy avoit fait desirer de Neptune; & combien luy en coûta-t-il de larmes & de douleurs, pour avoir obtenu ce qu'il avoit souhaité.

Nec promissa igitur servanda sunt ea, quæ sint iis, quibus promiseris, inutilia: nec, si plus tibi noceant, quam

Il ne faut donc pas se faire une loy absoluë de tenir sa parole, quoy qu'il en puisse arriver; & on en est dispensé, lorsqu'en la tenant on feroit du mal à

1. Cela s'entend d'un préjudice que celuy qui auroit promis la chose n'auroit pû prévoir, & à quoy on ne presumeroit pas qu'il eût eu intention de s'exposer.

En quel cas on peut être dispensé de tenir sa parole.

celuy à qui on l'a donnée, ou qu'on s'en feroit à soy-même plus qu'on ne luy feroit de bien. 2.

illi prosint, cui promiseris.

Subordination à garder entre les devoirs.

Ce seroit encore pecher contre les regles des devoirs, que de ne pas preferer un plus grand devoir à un moindre. Un Avocat, par exemple, à promis à quelqu'un de plaider sa cause un tel jour, qu'elle se doit juger. L'accusera-t-on de manquer à son devoir, s'il abandonne la cause pour secourir son fils, qui vient à être surpris tout à coup d'une dangereuse maladie; & la partie ne pecheroit-elle pas plûtôt contre le sien, si elle se plaignoit que l'Avocat luy eût manqué?

Contra officium est, majus non anteponi minori: ut, si constitueris te cuipiam advocatum in rem præsentem esse venturum, atque interim graviter ægrotare filius cœperit, non sit contra officium, non facere quod dixeris, magisque ille, cui promissum sit, ab officio discedat, si se destitutum queratur.

Quant aux promesses arrachées par crainte ou par fraude, il n'y a personne qui ne voye qu'on n'est point obligé de les tenir 3. Aussi en est-on relevé par le Preteur; & de quelques-unes par les loix mêmes 4.

Jam illis promissis standum non esse, quis non videt, quæ coactus quis metu, quæ deceptus dolo promiserit? Quæ quidem pleraque jure prætorio liberantur, nonnulla legibus.

2. Cela se doit entendre selon la note precedente.

3. Cela se doit entendre avec les restrictions que Ciceron même y apporte au chap. 29. du 3. livre un peu avant la fin.

4. Les loix avoient prévû & exprimé quelques uns de ces cas là; mais comme elles n'avoient pû les prevoir tous, l'authorité du Juge y suppleoit.

Existunt etiam sæpe injuriæ calumnia quadam, & nimis callida, sed malitiosa, juris interpretatione. Ex quo illud, Summum jus Summa injuria, factum est jam tritum sermone proverbium. Quo in genere etiam in Republica multa peccantur: ut ille, qui, cum triginta dierum essent cum hoste pacta induciæ, noctu populabatur agros, quod dierum essent pactæ, non noctium induciæ.

On fait souvent des injustices, à quoy les loix mêmes servent de pretexte; & c'est ce qui arrive quand on les prend trop à la lettre, & qu'on leur donne des interpretations artificieuses & malignes. Aussi est-ce une chose passée en proverbe, que *le droit trop poussé devient une souveraine injustice*. Ceux mêmes qui gouvernent les affaires de la Republique pechent souvent en ce point; comme celuy qui ayant fait avec l'ennemi une treve de trente jours, ravageoit la campagne toutes les nuits; sous pretexte que par les termes de la treve elle n'étoit que pour le *jour*, & non pas pour la *nuit*.

Les loix mêmes servent quelquefois de pretexte à l'injustice.

Nec noster quidem probandus, si verum est, Q. Fabium Labeonem, seu quem alium, (nihil enim præter auditum habeo) arbitrum Nolanis, & Neapolitanis de finibus à senatu datum, cum ad locum venisset, cum utrisque separatim locutum, ne cupide quid agerent, ne appetenter; at-

On ne sçauroit non plus approuver la subtilité de Labeon, ou de quelqu'autre des nôtres (car je ne sçay de cette histoire que ce que j'en ay appris par le bruit commun) qui ayant été nommé pour regler le different de ceux de Nole avec les Neapolitains, touchant leurs limites, les prit chacun en particulier; & leur remontra qu'il étoit dangereux pour eux de paroître interessez, & de témoi-

L'injustice est toûjours ce qu'elle est, de quelque adresse qu'elle se couvre.

gner trop de passion d'étendre leur territoire ; & qu'il leur seroit plus avantageux de restreindre leurs prétentions, que de les pousser trop loin. De sorte que chacun ayant restreint les siennes, & s'étant trouvé du terrain de reste, il fixa leurs limites à l'endroit que chacun avoit marqué ; & ajugea le surplus au peuple Romain. Or c'est ce qu'on peut appeller une fraude & une supercherie, plûtôt qu'un jugement. Qu'on se garde donc bien d'user sur quoy que ce puisse être d'une pareille habileté.

que ut regredi, quam progredi mallent. Id cum utrique fecissent, aliquantum agri in medio relictum est. Itaque illorum fines, sicut ipsi dixerant, terminavit. In medio relictum quod erat populo Romano adjudicavit. Decipere hoc quidem est, non judicare, quocirca in omni re fugienda est talis solertia.

CHAPITRE XI.

Mesures à garder jusques dans la punition même. Loix de la guerre, inviolables. Comment les hommes devroient regler leurs differents. Dans quelle vûë on peut faire la guerre : quelles mesures on y doit garder, & quelles conditions elle doit avoir pour être juste. Combien les anciens Romains observoient religieusement les loix de la guerre.

Dans quelle vûë on doit punir, & quelles me-

IL y a des devoirs à observer à l'égard même de ceux dont on a reçu quelque injure ; il faut garder des mesures jusques dans la vengeance & dans la punition des coupables. Je ne sçay même si pour

SUnt autem quædam officia etiam adversus eos servanda, à quibus injuriam acceperis. Est enim ulciscendi & puniendi modus. Atque haud scio, an

satis sit, eum, qui lacessierit, injuriæ suæ pœnitere: ut & ipsum ne quid tale posthac, & ceteri sint ad injuriam tardiores.

reprimer ceux qui ont fait la faute, & les empêcher d'y retomber, il ne suffiroit pas de les reduire à s'en repentir; quoy que pour contenir les autres, on soit peut-être obligé à quelque chose de plus.

sures il y faut garder.

Atque in Republ. maxime conservanda sunt jura belli. Nam cum sint duo genera decertandi, unum per disceptationem, alterum per vim; cumque illud proprium sit hominis, hoc belluarum: confugiendum est ad posterius, si uti non licet superiore. Quare suscipienda quidem bella sunt ob eam causam, ut sine injuria in pace vivatur. Parta autem victoria, conservandi ii qui non crudeles in bello, non immanes fuerunt.

Dans les querelles même de la Republique, on doit observer inviolablement les loix de la guerre. C'est sur quoy il faut remarquer que DE DEUX manieres de contester, dont l'une consiste dans la discussion des droits & des raisons; & l'autre dans la force ouverte, la premiere est particuliere à l'homme; & que l'autre n'appartient proprement qu'aux bêtes; & que les hommes n'y doivent jamais venir, tant que l'autre peut suffire. QU'ON fasse donc la guerre, s'il est necessaire, pour assurer le repos de l'Etat, & se mettre à couvert de toute insulte. Mais aprés la victoire, qu'on épargne ceux qui n'auront point exercé de cruautez pendant la guerre, & qui l'auront faite sans blesser les loix de l'humanité.

La guerre même a ses loix, qui ne sont pas moins sacrées que les autres.

De quelle maniere les hommes devroient regler tous leurs differens.

Dans quelle vûë il est permis de faire la guerre.

Ut majores nostri Tusculanos, Æquos,

C'est ainsi que nos ancêtres en ont usé à l'egard

de ceux de Tivoli 1, des Æquiens 1, des Volsques 2, des Sabins 1, & des Herniciens 3, à qui ils ont même accordé les droits de Citoyens Romains; au lieu qu'ils ont rasé Carthage & Numance 4. Je voudrois qu'ils eussent épargné Corinthe: mais ils ont eu leurs raisons; & peut-être que la situation avantageuse de cette Place 5, leur a fait craindre qu'elle ne fût une occasion à ceux du païs de recommencer la guerre.

Volscos, Sabinos, Hernicos in civitatem etiam acceperunt: at Carthaginem, & Numantiam funditus sustulerunt. Nollem Corinthum: sed credo aliquid secutos, opportunitatem loci maxime, ne posset aliquando ad bellum faciendum locus ipse adhortari.

Je serois toûjours d'avis qu'on ne refusât jamais une paix de bonne foy, & qui ne pourroit servir de prétexte à aucun mauvais dessein; & si on m'avoit voulu croire sur ce sujet, nous aurions encore une Republique, sinon aussi parfaite qu'autrefois, au moins telle que le malheur du temps le pouvoit

Mea quidem sententia, paci, quae nihil habitura sit insidiarum, semper est consulendum. In quo si mihi esset obtemperatum, etsi non optimam, at aliquam Rempublicam quae nunc nulla est, haberemus.

1. Anciens peuples d'Italie, voisins du territoire de Rome, qui furent achevez de dompter par le Dictateur Q. Cincinnatus.

2. Autres peuples d'Italie, qui occupoient le païs qu'on appelle aujourd'huy la Campagne de Rome; ils se défendirent prés de cent ans contre les Romains, & furent enfin entierement soûmis l'an 365. de la fondation de Rome.

3. Autres peuples d'Italie, voisins de la Toscane.

4. Ce fut Scipion, fils de Paul Æmile, qui détruisit l'un & l'autre.

5. Elle étoit bâtie dans la langue de terre qui separe le Peloponnese ou la Morée du reste de la Grece.

permettre ; au lieu que nous n'en avons plus du tout.

Et cum iis quos vi deviceris, consulendum est, tum ii, qui, armis positis, ad imperatorum fidem confugient, quamvis murum aries percusserit, recipiendi sunt.

Non seulement il faut conserver & laisser en état de subsister ceux même qu'on a vaincus par la force des armes ; mais toutes les fois que des assiegez offrent de se rendre sur la foy du General, il ne faut jamais manquer de les recevoir, quand la breche seroit déja faite.

Il n'est non plus permis d'oublier l'humanité à la guerre qu'en toute autre chose.

In quo tantopere apud nostros justitia culta est, ut ii, qui civitates, aut nationes devictas bello in fidem recipissent, earum patroni essent more majorum.

Nos peres ont été de si religieux observateurs de ce que l'équité & l'humanité prescrivent sur ce sujet que par une coûtume établie dés les premiers tems de la Republique, les villes, ou les peuples, que ses armes avoient obligez de se rendre, ont toûjours eu pour patrons, & pour protecteurs auprés d'elle, les Generaux sur la parole desquels ils s'étoient rendus.

Generaux garens de la foy promise aux peuples qui se sont rendus à eux.

Ac belli quidem æquitas sanctissime feciali populi Romani jure perscripta est; Ex quo intelligi potest, nullum bellum esse justum, nisi quod

Les conditions que doit avoir une guerre pour être juste sont prescrites parmi nous, selon les regles les plus exactes de la justice, par les loix que l'on appelle *feciales* ; & la ma-

ȣ Il y avoit parmi les Romains un certain ordre de Magistrats ou de Prêtres, établis par le Roy Numa, qu'on

niere dont ces loix sont conçûës fait assez voir ; qu'il n'y a de guerre juste que celle que l'on fait pour ravoir ce qui a été usurpé sur l'Etat, ou celle que l'on a declarée dans les formes 7, avant de l'entreprendre.

aut rebus repetitis geratur, aut denunciatum ante sit & indictum.

En quel cas la guerre peut être juste.

Beaux exemples de l'observation religieuse des loix de la guerre parmi les Romains.

Pompilius, commandant pour la Republique, avoit le fils de Caton dans son armée. Ce General ayant jugé à propos de licencier une legion, ce jeune homme, qui en étoit, se trouva licencié. Mais comme il aimoit la guerre, il ne laissa pas de demeurer à l'armée, & Caton l'ayant sçû, il écrivit à Pompilius que s'il jugeoit à propos de le retenir, il l'engageât par un nouveau serment ; par ce que celui qu'il avoit fait en prenant les armes, &

Poppillius imperator tenebat provinciam, in cujus exercitu Catonis filius tiro militabat. Cum autem Poppillio videretur unam dimittere legionem, Catonis quoque filium, qui in eadem legione militabat, dimisit. Sed cum amore pugnandi in exercitu remansisset, Cato ad Poppillium scripsit, ut, si eum pateretur in exercitu remanere, se-

appelloit *Feciales* ; & qui étoient depositaires des loix de la guerre. On n'en faisoit jamais sans les consulter ; & aprés que la guerre étoit resoluë par leur avis, un d'eux l'alloit dénoncer aux ennemis sur la frontiere, en presence de témoins, & jettoit sur leur terres une fleche ou un javelot. Il subsistoit encore quelque chose de cette coûtume sous les premiers Empereurs Chrétiens, & Grotius, au 2. Livre *de Jure belli & pacis*, chap. 23. dit qu'avant de s'embarquer à une guerre, ils consultoient les Evêques, pour sçavoir s'ils pouvoient la faire en conscience.

7. Lors qu'on a d'ailleurs un juste sujet de la faire, comme quand le droit des gens a été violé dans la personne des Ambassadeurs, & ce fut ce qui porta les Romains à faire la guerre à ceux de Corinthe.

cundo

cundo eum obligaret militiæ sacramento; quia, priore amisso, jure cum hostibus pugnare non poterat. Adeo summa erat observatio in bello movendo.

par lequel il avoit acquis le droit de combatre contre les ennemis de la Republique, ne subsistant plus, il ne pouvoit plus le faire legitimement: tant on étoit religieux à observer tout ce que prescrivent les loix de la guerre.

Marci quidem Catonis senis epistola est ad Marcum filium, in qua scripsit se audisse, eum missum factum esse à Consule, cum in Macedonia Persico bello miles esset. Monet igitur ut caveat, ne prœlium ineat. Negat enim jus esse, qui miles non sit, pugnare cum hoste.

On voit encore une lettre du vieux Caton à son fils, qui étoit alors en Macedoine, à la guerre contre le Roy Persée 8, mais qui avoit été licencié par le Consul; par laquelle il l'avertit de ne se point trouver au combat; parce que dés qu'on n'est plus soldat, on est privé du droit de tirer l'épée contre les ennemis.

8. Dernier Roy de Macedoine, qui fut pris dans cette guerre, & mené en triomphe à Rome, devant le char de Paul Æmile, qui l'avoit vaincu, l'an 585. de la fondation de Rome.

CHAPITRE XII.

Moderation des anciens Romains, envers leurs ennemis mêmes, marquée par le nom même qu'ils leur donnoient. Que les guerres, où il ne s'agit que de la gloire de commander, se doivent faire encore plus noblement que les autres. Sentimens nobles du Roy Pyrrhus.

Comment on regarde les ennemis même d'un Etat, quand la guerre se fait par raison, & non pas par passion.

SUr le mot même *d'ennemi* ou *d'hostis*, il est encore à remarquer qu'il ne signifioit autrefois qu'un *étranger*, comme il paroît par plusieurs textes des loix des douze tables. *S'il y a jour pris avec* L'ENNEMI [1], disent-elles en un endroit, c'est à dire avec *l'étranger*; & ailleurs, *On est toûjours reçû à redemander le bien usurpé par* L'ENNEMI: c'est à dire, *par l'étranger*, qui ne joüissoit pas du privilege des prescriptions, établies en faveur des Citoyens. Ceux avec qui on étoit en guerre s'appelloient en ce tems là *perduelles*, & non pas *hostes*: & l'on ne leur a donné ce nom-là dans la suite, que pour temperer, par la douceur du terme, ce qu'il y a de dur & de

EQuidem illud etiam animadverto, quod qui proprio nomine perduellis esset, is hostis vocaretur, lenitate verbi tristitiam rei mitigante. Hostis enim apud majores nostros is dicebatur, quem nunc peregrinum dicimus. Indicant duodecim tabulæ; aut status dies cum hoste: itemque, adversus hostem æterna auctoritas. Quid ad hanc mansuetudinem addi potest? eum quicum bella geras, tam molli nomine appellari?

1. C'est à dire, s'il y a assignation donnée pour le faire comparoître devant le Juge.

triste dans la chose. Peut-on rien voir de plus honnête ni de plus humain, que de ne traiter que *d'étranger* celuy qui nous fait la guerre ?

Quamquam id nomen durius jam efficit vetustas; à peregrino enim jam recessit, & proprie in eo, qui arma contra ferret, remansit.

Tout ce qu'il y a de dur & d'odieux dans le mot *d'hostis* ou *d'ennemi*, ne vient donc que de ce qu'il est presentement fixé par l'usage, à ceux qui prennent les armes contre nous: les étrangers, que l'on appelloit autrefois *hostes*, n'ayant plus d'autre nom parmi nous que celuy de *peregrini*.

Cum vero de imperio decertatur, belloque quæritur gloria, causas omnino subesse tamen oportet easdem, quas dixi paullo ante justas causas esse bellorum. Sed ea bella, quibus imperii gloria proposita est, minus acerbe gerenda sunt. Ut enim cum civi aliter contendimus, si est inimicus, aliter si competitor: cum altero certamen honoris, & dignitatis est; cum altero capitis & famæ.

La guerre qui se fait pour la gloire doit encore moins faire oublier l'humanité que nul autre.

Les guerres même qui se font à qui sera le maître, & où l'on ne cherche que la gloire, doivent avoir un sujet legitime, comme ceux que je viens de marquer. Celles là se doivent même faire encore plus noblement, & avec moins d'aigreur que les autres: comme entre concitoyens on conteste autrement avec un accusateur, & autrement avec un competiteur; parce qu'avec l'un il n'y va pas de moins que de la vie; & qu'avec l'autre il n'est question que d'un rang & d'une magistrature.

C'est ainsi que quand nous avons eu affaire aux Celtiberiens 2 & aux Cimbres 3, comme ce n'étoit pas à qui seroit le maître l'un de l'autre que la guerre se faisoit, mais à qui s'extermineroit l'un l'autre, elle se faisoit à feu & à sang. Mais avec les Latins 4, les Sabins, les Samnites 5, les Carthaginois, & le Roy Pyrrhus 6, elle se faisoit d'une autre maniere; parce qu'on n'y cherchoit de part & d'autre que la gloire de commander. Les Carthaginois se comporterent neanmoins avec beaucoup de perfidie;

Sic cum Celtiberis, cum Cimbris bellum, ut cum inimicis, gerebatur, uter esset, non uter imperaret: cum Latinis, Sabinis, Samnitibus, Pœnis, Pyrrho de imperio dimicabatur. Pœni fœdifragi, crudelis Hannibal, reliqui justiores.

2. Peuples d'Espagne, venus de la Gaule Celtique, & établis le long de l'Iber; & de là venoit leur nom, *Celta-Iberi*. Leur capitale étoit Numance, qui fut prise & rasée par le second Scipion.

3. Barbares venus du Nord, qui inonderent l'Allemagne & les Gaules; & qui aprés avoir eu divers avantages sur les Romains, furent enfin défaits par Marius, l'an 652. de la fondation de Rome, entre Aix & S. Maximin, dans un lieu où l'on voit encore quelques restes d'une piramide qu'on y éleva, en memoire de cette victoire.

4. Peuples qui occupoient ce qu'on appelle aujourd'hui la Campagne de Rome, jusqu'à la Riviere de Garigliano.

5. Autres peuples d'Italie, qui occupoient le païs où est presentement le Duché de Benevent, l'Abbruzze, la Capitanate, & la Terre de Labour.

6. Roy de l'Epyre, qui vivoit dans le cinquiéme siecle de Rome. Il se rendit maître de la Macedoine, & d'une grande partie du Peloponese; & il eut une grande guerre contre les Romains. Les succez furent divers. Mais il fut enfin entierement défait par le Consul Curius Dentatus, l'an 479. de la fondation de Rome.

& Annibal, leur General, exerça de grandes cruautez : les autres en userent avec plus d'honnêteté & de justice.

Pyrrhi quidem de captivis reddendis illa præclara.
Nec mi aurum posco, nec mi pretium dederitis;
Nec cauponantes bellum, sed belligerantes :
Ferro, non auro vitam cernamus utrique.
Vosne velit, an me regnare hera quidve ferat fors:
Virtute experiamur. & hoc simul accipe dictum;
Quorum virtuti belli fortuna pepercit,
Eorundem me libertati parcere certum est :
Dono, ducite, doque volentibus cum magnis diis.
Regalis sane & digna Æacidarum genere sententia.

Belle parole du Roy Pyrrhus.

C'est ce qui paroît, à l'égard de Pyrrhus, par cette belle réponse qu'il fit lors qu'on voulut racheter nos prisonniers, & qu'on lui en offrit la rançon : *Ce n'est pas de l'or que je cherche : je ne vous demande point de rançon ; & je ne sçay point faire un trafic de la guerre. C'est par le fer, & non par l'argent, qu'il faut vuider nos differens. Si nous commettons nos vies au sort des armes, c'est pour voir à qui de vous ou de moy la fortune a destiné l'Empire. C'est de quoy il faut que le courage & la vertu decident. Du reste, j'accorde volontiers la liberté à ceux dont le sort de la guerre a respecté la valeur. Emmenez-les donc : je vous les remets ; je vous les donne ; seur que les Dieux m'en sçauront gré* 7. Voila des sentimens dignes d'un Roy, & d'un Roy du sang des Æacides 8.

7. Cecy est cité d'Ennius.
8. C'est à dire, les descendans d'Æacus, que les Poëtes

faisoient fils de Jupiter, & qui eut pour fils Pelée pere d'Achille. Il est encore plus celebre par sa Justice, que par sa naissance, & les Poëtes en ont fait un des Juges des enfers.

CHAPITRE XIII.

Promesses faites à l'ennemi, indispensables à l'égard des particuliers, aussi bien qu'à l'égard des Etats. Exemple de Regulus sur ce sujet. Combien les Romains étoient ennemis des subtilitez par où l'on prétendoit éluder les promesses & les sermens. Grand exemple de leur probité. Justice duë aux esclaves mêmes. L'injustice déguisée, plus odieuse que celle qui se montre à visage découvert.

La foi doit être gardée aux ennemis par les particuliers aussi bien que par les Etats.

LOrs que les particuliers mêmes se seront trouvez obligez par quelque avanture, comme il en arrive à la guerre, de promettre quelque chose aux ennemis; ils ne sont pas moins tenus de leur garder fidelité que les Generaux ou les Etats. C'est ce que fit Regulus tres religieusement.

Fidelité de Regulus à son serment.

Les Carthaginois qui l'avoient pris prisonnier, à la premiere guerre punique, l'ayant envoyé à Rome, pour traiter de l'échange de ceux que nous avions faits sur eux, aprés luy avoir fait promettre avec serment de revenir; il commença par opiner dans le Senat à ne les

Atque etiam si quid singuli, temporibus adducti, hosti promiserint, est in eo ipso fides conservanda: ut primo Punico bello Regulus captus à Pœnis, cum de captivis commutandis Romam missus esset, jurassetque se rediturum, primum, ut venit, captivos reddendos in senatu non censuit: deinde, cum retineretur à propinquis, & ab amicis, ad supplicium redire maluit, quam fidem hosti datam fallere.

point rendre, & quoy que pussent faire ses proches & ses amis pour le retenir, il aima mieux retourner chez les ennemis, que de leur manquer de foi, quoy qu'il sçût que d'y retourner c'étoit retourner au supplice 1.

Secundo autem Punico bello, post Cannensem pugnam, quos decem Hannibal Romam adstrictos misit, jurando se redituros esse, nisi de redimendis iis, qui capti erant, impetrassent: eos omnes censores, quoad quisque eorum vixit, qui pejerassent, in ærariis reliquerunt: nec minus illum, qui jurisjurandi fraude culpam invenerat. Cum enim Hannibalis permissu exisset de castris, rediit paullo post, quod se oblitum nescio quid diceret. Deinde egressus è castris, jurejurando se solutum putabat: & erat verbis,

Au temps de la seconde guerre punique, peu aprés la bataille de Cannes, Annibal, sur qui nous avions fait des prisonniers, ayant envoyé à Rome, pour les racheter, dix de ceux qu'il avoit faits sur nous, aprés leur avoir aussi fait promettre avec serment qu'ils reviendroient, s'ils ne pouvoient obtenir ce qu'il souhaitoit; tous ceux de ce nombre-là qui manquerent à leur serment, furent degradez par les Censeurs, & remis dans le rang du bas peuple qui paye quelque chose par tête à la Republique; sans en excepter celuy qui se croyoit quitte du sien, sous prétexte qu'aprés être sorti du camp d'Annibal, avec son congé, il y étoit rentré, comme pour reprendre quel-

Combien l'infraction de la foy promise aux ennemis même, étoit odieuse parmi les Romains.

1. En effet, les Carthaginois le firent mourir par le long supplice de l'insomnie, comme Ciceron le rapporte au 3. Livre de cet ouvrage, chap. 27

que chose qu'il feignoit d'avoir oublié. Aussi n'en étoit-il quitte que selon la lettre ; & il ne l'étoit nullement dans le fonds. Or IN MATIERE de promesses & de sermens, c'est par le fonds & l'intention qu'on se regle ; & non pas par la signification litterale des termes 1.

Elle regle sur la sincerité des promesses & des sermens.

re non erat. Semper autem in fide, quid senseris, non quid dixeris, cogitandum.

Nos peres donnerent encore un exemple illustre de justice & de probité, lors qu'un transfuge de l'armée de Pirrhus, étant venu offrir au Senat de l'empoisonner ; le Senat & le Consul Fabrice remirent le traître entre les mains de Pirrhus : TANT ils étoient éloignez d'acheter par la simple approbation d'un crime, l'avantage même d'être défaits d'un ennemi si puissant ; & qui s'étoit porté de gayeté de cœur à faire la guerre à la Republique. Voila pour ce qui regarde les devoirs qui sont à observer sur le fait de la guerre.

Ce qui blesse la vertu, ne peut jamais être utile, ni glorieux.

Maximum autem exemplum est justitiæ in hostem à majoribus nostris constitutum. Cum à Pyrrho perfuga senatui est pollicitus se venenum Regi daturum & eum necaturum ; senatus, & C. Fabricius perfugam Pyrrho dedit. Ita ne hostis quidem, & potentis, & bellum ultro inferentis interitum cum scelere approbavit. Ac de bellicis quidem officiis satis dictum est.

Pour achever ce qui regarde la justice, souvenons-nous, que nous la

Meminerimus autem & adversus infirmos justitiam

1. Quelle honte ne doit pas faire cette décision d'un Payen à la plûpart des Chrétiens, & de ceux mêmes qui se mêlent de leur donner des regles de conscience.

esse servandam. Est autem infima conditio, & fortuna servorum, quibus, non male præcipiunt, qui ita jubent uti, ut mercenariis; operam exigendam, justa præbenda.

devons si generalement à tous les hommes, que ceux même du dernier rang, c'est à dire des esclaves, n'en sont pas exceptez; & sur ce sujet, la meilleure regle est de les traiter comme des ouvriers; en sorte que comme on en tire du service, on leur fournisse aussi leur salaire, qui consiste dans une subsistance raisonnable.

Justice à garder envers les esclaves même.

Cum autem duobus modis, id est, aut vi, aut fraude fiat injuria, fraus, quasi vulpeculæ, vis leonis videtur: utrumque homine alienissimum: sed fraus odio digna majore. Totius autem injustitiæ nulla capitalior est, quam eorum, qui cum maxime fallunt, id agunt, ut viri boni esse videantur. De justitia satis dictum est.

Quant à l'injustice, elle ne peut prendre que deux differentes formes, dont l'une tient du Renard, & c'est celle de l'artifice & de la fraude; & l'autre du Lion, & c'est celle de la violence. L'une & l'autre sont également indignes de l'homme, & contraires à sa nature: mais la plus odieuse, & la plus detestable, est la fraude & la perfidie; sur tout, lors qu'elle couvre des dehors de la probité ses pratiques les plus noires.

Perfidie d'autant plus detestable qu'elle sçait mieux se contrefaire.

CHAPITRE XIV.

De la liberalité. Trois précautions qu'elle demande. Fausses liberalitez. Ne pas faire de liberalitez aux dépens de ce que l'on doit à ses proches. Garder l'ordre & la justice dans les liberalitez.

APrés avoir parlé de la justice, le dessein que nous nous sommes proposés nous engage à parler de la liberalité. Il n'y a rien de plus digne de l'homme, ni de plus conforme à sa nature : mais elle demande beaucoup de précautions.

Précautions à garder en fait de liberalité.

La premiere est de prendre garde, que le bien que l'on veut faire à quelqu'un ne tourne à son préjudice, ou à celuy de quelqu'autre. La seconde, est de proportionner ses liberalitez à ses facultez. Et la derniere de les regler selon le merite de ceux à qui l'on en fait. Car LA LIBERALITÉ même doit avoir la justice pour fondement, & il faut que tout s'y rapporte, & qu'elle soit gardée en tout.

Rien n'est louable, ni honnête, de ce qui blesse la justice.

Fausses liberalitez.

Quand la liberalité est de telle nature, qu'elle tourne à désavantage à ceux à qui il semble que l'on veüille faire du bien ;

DEinceps (ut erat propositum) de beneficentia ac liberalitate dicatur, qua quidem nihil est naturæ hominis accommodatius. Sed habet multas cautiones.

Videndum est enim primum ne obsit benignitas, & iis ipsis, quibus benigne videbitur fieri, & ceteris : deinde ne major benignitas sit, quam facultates : tum ut pro dignitate cuique tribuatur. Id enim est justitiæ fundamentum, ad quam hæc referenda sunt omnia.

Nam & qui gratificantur cuipiam, quod obsit illi, cui prodesse velle videantur, non bene-

fici, neque liberales, sed perniciosi assentatores judicandi sunt: & qui aliis nocent, ut in alios liberales sint, in eadem sunt injustitia, ut si in suam rem aliena convertant. Sunt autem multi, & quidem cupidi splendoris & gloriæ, qui eripiunt aliis, quod aliis largiantur. Hique arbitrantur se beneficos in suos amicos visum iri, si locupletent eos quacunque ratione. Id autem tantum abest officio, ut nihil magis officio possit esse contrarium.

c'est une adulation pernicieuse & empoisonnée, plûtôt qu'une veritable liberalité; & QUAND on ne fait du bien aux uns, qu'en faisant du mal aux autres; on commet la même injustice, que si on prenoit le bien d'autruy pour se l'appliquer. Cependant on en voit plusieurs qui prennent aux uns pour donner aux autres; & ce sont même ceux qui paroissent le plus amoureux de l'éclat & de la gloire. Ceux-là croyent qu'ils se donneront une grande réputation de liberalité envers leurs amis, pourvû qu'ils les enrichissent, de quelque maniere que ce puisse être. Mais tant s'en faut que par ces sortes de liberalitez on remplisse les devoirs d'un honnête homme, que rien n'y sçauroit être plus contraire.

C'est de son bien qu'il faut donner, & non pas de celui des autres.

Videndum est igitur, ut ea liberalitate utamur, quæ prosit amicis, noceat nemini. Quare Lucii Sullæ & Caii Cæsaris pecuniarum translatio à justis dominis ad alienos non debet liberalis vide-

Qu'on soit donc liberal envers ses amis; mais d'une maniere dont personne n'ait sujet de se plaindre. Car quand Silla, ou César, ôtoient le bien à ceux à qui il appartenoit legitimement, pour le donner à des étrangers, ce n'étoit rien moins que liberalité;

Point de veritable liberalité sans justice.

puis qu'IL N'Y A point de liberalité où il y a de l'injustice.

La seconde précaution, qui consiste à proportionner ses liberalitez à ses facultez, est d'autant plus à observer, que ceux qui sont plus liberaux que leurs facultez ne le comportent, font injustice à leurs proches, en faisant passer à des étrangers ce que la justice les obligeroit de donner ou de laisser à ceux de leur famille; & que cette liberalité mal reglée porte souvent à prendre le bien des autres, pour avoir dequoy l'exercer.

Ce qu'on doit à ses proches, préferable au plaisir de faire des liberalitez.

ri. Nihil est enim liberale, quod non idem justum.

Altera erat locus cautionis, ne benignitas major esset, quam facultates: quod, qui benigniores volunt esse, quam res patitur, primum in eo peccant, quod injuriosi sunt in proximos. Quas enim copias his & suppeditari æquius est, & relinqui, eas transferunt ad alienos. Inest autem in tali liberalitate cupiditas plerumque rapiendi; & auferendi per injuriam, ut ad largiendum suppetant copiæ.

Le bien même se fait souvent par un mauvais principe.

On en voit aussi plusieurs à qui une certaine ostentation, & un vain amour de la gloire, plûtôt qu'une liberalité naturelle, & un veritable fond d'honnêteté & de vertu, fait faire bien des choses, par où ils prétendent s'acquerir une grande réputation de liberalité, & de generosité: mais on démêle aisément le principe qui les fait agir.

Videre etiam licet plerosque, non tam natura liberales, quam quadam gloria ductos, ut benefici videantur facere multa, quæ proficisci ab ostentatione magis, quam à voluntate videantur. Talis autem simulatio, vanitati est conjunctior, quam aut liberalitati, aut honestati.

Tertium est propositum, ut in beneficentia delectus esset dignitatis: in quo & mores ejus erunt spectandi, in quem beneficium conferetur, & animus erga nos, & communitas, ac societas vitæ, & ad nostras utilitates officia ante collata: quæ ut concurrant omnia, optabile est: sin minus, plures causæ majoresque ponderis plus habebunt.

Enfin la troisiéme précaution, qui consiste à regler ses liberalitez selon le merite de chacun, demande qu'on ait égard, & aux mœurs de ceux à qui l'on fait du bien, & aux sentimens qu'ils ont pour nous, & au degré de liaison & d'amitié où l'on est avec eux, & aux services qu'on en a reçûs. Quand toutes ces choses se rencontrent dans une même personne, & concourent à nous porter à luy faire du bien, c'est tout ce qu'on peut souhaiter. Sinon, il faut se déterminer par celles qui s'y trouvent en plus grand nombre, ou qui sont d'un plus grand poids.

Il faut que la justice regle tout.

CHAPITRE XV.

Faire du bien à tous ceux qui ont du merite & de la vertu; mais sur tout aux gens sages, justes & moderez. Combien on doit être appliqué à faire du bien à ceux dont on en a reçû. Les liberalitez à quoy la reconnoissance porte, preferables à celles de bon plaisir. Eviter l'inconsideration dans la liberalité. Entre plusieurs à qui l'on a les mêmes raisons de faire du bien, preferer ceux qui en ont le plus de besoin.

MAis comme ceux avec qui nous vivons ne sont pas des hommes

QUoniam autem vivetur non cum perfectis hominibus,

A qui feroit-on du bien, si on n'en vou-

doit faire qu'à des gens parfaits?

parfaits, ni qui soient parvenus à la souveraine sagesse, & que c'est beaucoup de trouver en eux quelque teinture de vertu; je croy qu'on ne doit jamais refuser de faire du bien, quand on le peut, à tous ceux en qui il en paroît tant soit peu. Mais il faut s'attacher particulierement à en faire à ceux en qui l'on remarque les vertus les plus aimables; c'est à dire la moderation & la temperance, & cette justice même dont nous avons déja tant parlé 1. Car c'est principalement par ces sortes de vertus qu'on est homme de bien; & ces autres qualitez plus éclatantes, je veux dire, l'élevation & la grandeur d'ame, sont d'ordinaire trop ardentes & trop fougueuses, dans ceux en qui elles ne sont pas balancées par une sagesse parfaite & consommée. Voila pour ce que nous avons à regarder dans les mœurs de ceux à qui nous voulons faire du bien.

Inconveniens des qualitez éclatantes, qui ne sont pas temperées par un grand fond de sagesse & de vertu.

pleneque sapientibus, sed cum iis, in quibus præclare agitur, si sunt simulacra virtutis: etiam hoc intelligendum puto, neminem omnino esse negligendum, in quo aliqua significatio virtutis appareat; colendum autem esse ita quemque maxime, ut quisque maxime virtutibus his lenioribus erit ornatus, modestia, temperantia, hac ipsa, de qua jam multa dicta sunt, justitia. Nam fortis animus, & magnus in homine non perfecto, nec sapiente, ferventior plerumque est: illæ virtutes virum bonum videntur potius attingere. Atque hæc in moribus.

1. Ce n'est pas seulement l'interêt des hommes, qui leur fait mettre ces sortes de vertus au dessus de toutes les autres, c'est la verité même; puis qu'elle nous apprend que quand on manque de celles-là, toutes les autres qu'on pouroit avoir ne sont qu'un orgueil déguisé.

De benevolentia autem, quam quisque habeat erga nos, primum illud est in officio, ut ei plurimum tribuamus, à quo plurimum diligimur, sed benevolentiam non adolescentulorum more, ardore quodam amoris, sed stabilitate potius, & constantia judicemus. Sin erunt merita, ut non ineunda, sed referenda sit gratia; major quædam cura adhibenda est. Nullum enim officium referenda gratia magis necessarium est.

J'ay dit qu'il faut encore prendre garde aux sentimens qu'ils ont pour nous, & sur cela nôtre premier devoir est de faire davantage pour ceux qui nous aiment le plus. Mais CE N'EST PAS par l'ardeur & l'empressement qu'on doit juger de l'amitié, comme font d'ordinaire les jeunes gens; c'est par ce qu'elle a de ferme & de solide. Que s'il y a non seulement de l'amitié, mais des services rendus, en sorte qu'il ne soit pas tant question de liberalité que de reconnoissance; c'est alors qu'il faut se porter avec le plus d'ardeur à rendre le bien pour le bien; puis qu'IL N'Y A point de devoir plus essentiel ni plus indispensable, que d'en faire à ceux qui nous en ont fait.

Par où nous devons juger de l'amitié qu'on a pour nous.

Nul motif de faire du bien, comparable à la reconnoissance.

Quod si ea, quæ utenda acceperis, majore mensura, si modo possis, jubet reddere Hesiodus: quidnam beneficio provocati facere debemus? an imitari agros fertiles, qui multo plus efferunt, quam acceperunt? Etenim

Que si Hesiode veut que ceux qui ont emprunté quelque chose le rendent, s'il est possible, avec usure; que ne devons-nous point faire, quand il s'agit de marquer nôtre reconnoissance à celuy qui nous a prévenu par ses bienfaits? Ne devons-nous pas être comme ces terres

On ne sçauroit trop faire pour ceux dont on a reçû du bien.

fertiles, qui rendent toûjours sans comparaison plus qu'elles n'ont reçû ? Car si nous sommes si disposez à rendre office à ceux dont nous esperons quelque bien ; que ne sommes-nous point obligez de faire pour ceux qui nous en ont déja fait ?

si in eos, quos speramus nobis profuturos, non dubitamus officia conferre : quales in eos esse debemus, qui jam profuerunt.

De ces deux sortes de liberalitez, dont l'une consiste à faire du bien par pure bonne volonté, & l'autre à en faire par reconnoissance ; la premiere dépend de nôtre bon plaisir, & nous en sommes les maîtres : mais l'autre est un devoir de justice, à quoy un homme de bien ne doit jamais manquer, dés qu'il peut s'en acquitter sans faire injustice à personne.

Differences à faire entre les bienfaits reçûs.

Il y a neanmoins quelque difference à faire entre les bienfaits reçûs ; & on ne sçauroit douter que nous ne devions faire davantage pour ceux dont nous en avons reçû de plus grands. C'est surquoy il faut prendre garde, dans quelle vûë, par quel esprit, & avec quel degré de chaleur & d'amitié on s'est porté à nous en faire. Car il y en a beaucoup en qui

La liberalité n'est

Nam cum duo genera liberalitatis sint, unum dandi beneficii, alterum reddendi : demus, necne, in nostra potestate est ; non reddere viro bono non licet, modo id facere possit sine injuria. Acceptorum autem beneficiorum sunt delectus habendi. Nec dubium, quin maximo cuique plurimum debeatur. In quo tamen in primis, quo quisque animo, studio, benevolentia fecerit, ponderandum est. Multi enim faciunt multa temeritate quadam, sine judicio, vel morbo in omnes, vel repentino quodam, quasi vento, impetu animi incitati : quæ beneficia atque magna non sunt habenda, atque ea, quæ judicio, considerate, constanterque delata sunt.

la liberalité n'est qu'une certaine impulsion temeraire, & comme un mouvement fiévreux, qui les porte à faire du bien à tout le monde, sans discernement & sans choix ; & par une certaine saillie d'esprit, qui les emporte comme un tourbillon. Or il s'en faut bien que l'on doive faire le même cas de ces sortes de bienfaits, que de ceux qui sont l'effet d'une volonté ferme & arrêtée, & conduite par la raison & le jugement.

veritable que lorsqu'elle est conduite par la raison.

Sed in collocando beneficio, & in referenda gratia, si cetera paria sint, hoc maxime officii est, ut quisque maxime opis indigeat, ita ei potissimum opitulari : quod contra fit à plerisque. A quo enim plurimum sperant, etiamsi ille his non eget, tamen ei potissimum inserviunt.

Enfin, & dans les bienfaits purement gratuits, & dans ceux que la reconnoissance exige de nous, si tout ce que je viens de marquer se trouve égal, de la part de ceux que nous avons en vûë d'obliger ; il est de nôtre devoir de préferer ceux dont le besoin est le plus grand. Cependant la plûpart font le contraire ; & celuy dont ils esperent le plus, est toûjours celuy à qui ils font du bien, par préference à ceux qui en auroient le plus de besoin.

Le besoin doit appliquer la liberalité à l'un plûtôt qu'à l'autre, quand tout le reste est égal.

CHAPITRE XVI.

La liberalité doit suivre le degré de liaison. Premier principe de la societé humaine. Premier devoir qui resulte de cette societé general: Ne refuser jamais à personne ce qui se peut donner sans qu'il en coûte. Se reserver de quoy assister ceux à qui l'on doit le plus.

A qui l'on doit être le plus porté à faire du bien.

MAIS ce que les loix de la societé humaine demandent sur toutes choses, & qui est le plus propre à l'entretenir, c'est que chacun s'attache particulierement à faire du bien, & à rendre du service, à ceux avec qui il est dans une liaison plus étroite. Mais pour le faire bien entendre, il faut reprendre de plus haut les principes naturels de la societé qui lie les hommes les uns aux autres.

OPtime autem societas hominum conjunctioque servabitur, si, ut quisque erit conjunctissimus, ita in eum benignitatis plurimum conferetur. Sed quæ naturæ principia sint communitatis & societatis humanæ, repetendum altius videtur.

Premier principe de la societé humaine.

Le premier de tous, est celuy qui forme la societé generale, où tout le genre humain est compris; & ce n'est autre chose que le commerce de la raison & de la parole. Car cela seul forme naturellement entre les hommes une societé, qui les porte à se communiquer leurs pensées, à s'instruire reciproquement, à discuter & à

Est enim primum, quod cernitur in universi generis humani societate. Ejus autem vinculum est, ratio, & oratio: quæ docendo, discendo, communicando, disceptando, judicando conciliat inter se homines, conjungitque naturali quadam societate.

Neque ulla re longius absumus à natura ferarum, in quibus inesse fortitudinem sæpe dicimus, ut in equis, in leonibus; justitiam, æquitatem, bonitatem non dicimus: sunt enim rationis, & orationis expertes.

regler les affaires qu'ils ont ensemble. C'est aussi ce qui éleve le plus nôtre nature au dessus de celle des bêtes. Nous reconnoissons bien dans quelques-unes de la force & du courage, comme dans les chevaux & les lions; mais nous ne dirons jamais qu'il y ait en elles ni justice ni probité; parce qu'elles n'ont ni l'avantage de la raison, ni l'usage de la parole.

Se souvient en qui ce n'est que par la raison & la vertu qu'on est au dessus des bêtes.

Ac latissime quidem patens hominibus inter ipsos, omnibus inter omnes societas hæc est, in qua omnium rerum, quas ad communem hominum usum natura genuit, est servanda communitas: ut quæ descripta sunt legibus, & jure civili, hæc ita teneantur, ut sit constitutum: è quibus ipsis cetera sic observentur, ut in Græcorum proverbio est: Amicorum esse omnia communia.

Cette premiere sorte de societé, qui est la plus étenduë, & qui unit tous les hommes entre eux, & chacun d'eux à tous les autres, demande qu'on laisse en commun toutes les choses que la nature produit pour l'usage commun de tous les hommes; que sur celles dont le domaine est acquis par le droit à quelques-uns, on observe ce qui est prescrit par les loix; & qu'au surplus on s'en tienne à ce mot des Grecs; qui a passé en proverbe, *Tout est commun entre amis.*

Premier devoir de la societé humaine.

Omnia autem communia hominum videntur ea, quæ

Les choses qui doivent être communes entre tous les hommes, se peuvent reconnoître par un mot d'Ennius, qui n'a été dit que d'une seule, mais qui se peut appliquer à toutes celles du même genre. *Remettre un homme égaré dans son chemin*, dit Ennius, *c'est comme luy laisser allumer son flambeau au nôtre, qui ne nous en éclaire pas moins, pour avoir allumé celuy-là.* Ce seul exemple nous fait voir, que nous devons être toûjours prêts de faire part à tout le monde, & même à ceux que nous ne connoîtrions point, de ce qui se peut communiquer, sans qu'il nous en coûte. De là viennent ces regles si communes. *N'empêcher personne de puiser dans une eau courante: Trouver bon qu'on prenne du feu au nôtre: Conseiller sincerement celuy qui demande conseil, & qui est en peine de ce qu'il doit faire;* & autres choses pareilles, à quoy celuy qui les donne ne perd rien, & qui sont utiles à celuy à qui on les donne. Il faut donc que l'usage de toutes ces sortes de choses demeure libre à tout le monde, & que chacun contribuë toûjours quelque chose du sien à

Quelles sont les choses qu'il ne faut jamais refuser à personne.

sunt generis ejus quod ab Ennio positum in una re, transferri in permultas potest.

Homo, qui erranti comiter monstrat viam,
Quasi lumen de suo lumine accendat, facit:
Nihilominus ipsi lucet, cum illi accenderit.

Una enim ex re satis percipit, ut quidquid sine detrimento possit commodari, id tribuatur vel ignoto. Ex quo sunt illa communia, Non prohibere aqua profluente, Pati ab igne ignem capere, si quis velit, Consilium fidele deliberanti dare: quæ sunt iis utilia, qui accipiunt, danti non molesta. Quare & his utendum est, & semper aliquid ad communem utilitatem afferendum.

l'utilité commune.

Sed quoniam copia parvæ singulorum sunt, eorum autem, qui his egeant, infinita est multitudo, vulgaris liberalitas referenda est ad illum Ennii finem. Nihilominus ipsi lucet: *ut facultas sit, qua in nostros simus liberales. Gradus autem plures sunt societatis hominum.*

Du reste, comme les facultez de chaque particulier sont bornées, & que le nombre de ceux qui sont dans le besoin est infini: cette liberalité qu'on exerce envers tout le monde se doit restraindre à ce qu'Ennius nous fait entendre, quand il dit, que *pour avoir allumé le flambeau de quelqu'un au nôtre, il ne nous en éclaire pas moins*; afin qu'il nous reste de quoy faire du bien à ceux qui nous touchent de plus prés: car dans la société humaine il y a divers degrez de liaison.

La liberalité generale doit s'exercer d'une maniere qui ne mette point hors d'état de secourir ceux à qui l'on doit le plus.

CHAPITRE XVII.

Diverses sortes de liaisons, plus particulieres que celle qui unit tous les hommes par le commerce de la raison & de la parole. Liaison de l'amitié au dessus de toutes les autres. Par où l'amitié se forme, & à quel point elle peut unir les hommes. Liaison de services reciproques. Celle par où l'on tient à sa patrie, preferable même à celle du sang.

Ut enim ab infinita illa discedatur, propior est ejusdem gentis, nationis, linguæ, qua maxime homines conjunguntur: interius

LA premiere sorte de liaison qui se presente, lorsque de cette societé generale, où tout le genre humain est compris, on descend au particulier, c'est celle d'entre les gens

Premiere sorte de liaison.

de même païs, qui ne sont qu'un même peuple, & qui parlent la même langue. Celle-cy est bien plus étroite que la premiere; cette communauté de païs & de langage étant un des principaux liens qui puissent unir les hommes les uns aux autres.

etiam est, ejusdem esse civitatis.

Seconde sorte de liaison.

Une autre liaison, plus particuliere que celle-cy, c'est celle des Citoyens d'une même ville; & elle l'est d'autant plus, qu'ils ont un plus grand nombre de choses qui leur sont communes, comme les places publiques, les ruës, les temples, les promenades, les loix, les coûtumes, les tribunaux, les droits de suffrages dans les assemblées; sans compter les habitudes qu'ils contractent les uns avec les autres, & toutes les autres choses sur lesquelles ils entrent en commerce.

Troisiéme sorte de liaison.

Une autre sorte de liaison, encore plus étroite que celle dont je viens de parler, c'est celle d'entre les proches; qui dans cette société generale, où tous les hommes sont compris, en font une fort resserrée.

Multa enim sunt civitatibus inter se communia, forum, fana, porticus, viæ, leges, jura, judicia, suffragia, consuetudines præterea & familiaritates, multisque cum multis res, rationesque contracta. Arctior vero colligatio est societatis propinquorum. Ab illa enim immensa societate humani generis in exiguum, angustumque concluditur.

Quatrième sorte de liaison.

Nam cum sit hoc natura commune animantium, ut habeant lubidinem procreandi, prima societas in ipso conjugio est : proxima in liberis : deinde una domus, communia omnia. Id autem est principium urbis & quasi seminarium reip. Sequuntur fratrum conjunctiones, post consobrinorum, sobrinorumque : qui cum una domo jam capi non possint, in alias domos, tanquam in colonias exeunt.

Mais comme la nature a donné à tous les animaux un instinct qui les porte à produire leurs semblables, la premiere, & la plus intime de toutes les liaisons, c'est celle d'entre le mari & la femme. Aprés vient celle des enfans ; & de ce qui ne compose qu'une même maison, où toutes choses sont communes. C'est de ces petites societez que les villes sont composées, & elles sont comme les Seminaires de la Republique : Ensuite vient la proximité des freres, & celle des cousins, au premier ou au deuxiéme degré, qui ne pouvant plus tenir dans une même maison, passent en d'autres, qui sont comme des Colonies de la premiere.

Sequuntur connubia & affinitates : ex quibus etiam plures propinqui. Quæ propagatio & soboles, origo est rerum publicarum. Sanguinis autem conjunctio & benevolentia devincit homines caritate. Magnum est enim eadem habere

Enfin, viennent les alliances, qui se contractent entre les familles par des mariages, & qui augmentent le nombre des proches ; & c'est, comme je viens de dire, par cette multiplication de familles que se forment les Republiques. Le lien du sang est donc un des plus puissans pour unir les hommes par

Liaison du sang.

une bien-veillance reciproque. Aussi est-ce quelque chose de bien fort que de descendre des mêmes ancêtres, de partager la gloire des monumens qu'on leur a dressez [1], & d'avoir les mêmes Dieux domestiques, & la même sepulture.

monumenta majorum, iisdem uti sacris, sepulcra habere communia.

Combien la liaison que forme l'amitié est au-dessus de toutes les autres.

Mais la plus excellente & la plus étroite de toutes les liaisons, c'est celle que l'amitié fait entre des gens de bien, par la conformité des inclinations & des mœurs. Car cette vertu & cette honnêteté, à quoy je reviens toûjours, nous charme quelque part qu'elle se rencontre, & nous rend aimables ceux en qui nous en appercevons. Toute vertu fait naturellement cet effet-là; & sur tout la justice, & l'inclination à faire du bien. La vertu est donc le vrai principe de l'amitié. Mais rien ne la rend si douce ni si étroite, que la conformité de mœurs & de sentimens entre gens de bien; & c'est par-là, qu'il arrive que de deux hommes qui pensent l'un com-

Quel effet la vertu & l'honnêteté font naturellement sur le cœur des hommes.

Ce qui fait la plus douce & la plus forte liaison de l'amitié.

Sed omnium societatum nulla præstantior est, nulla firmior, quam cum viri boni, moribus similes, sunt familiaritate conjuncti. Illud enim honestum (quod sæpe dicimus) etiam si in alio cernimus, tamen nos movet, atque illi, in quo id inesse videtur, amicos facit. Et quamquam omnis virtus nos ad se alliciat, faciatque ut eos diligamus, in quibus ipsa inesse videatur, tamen justitia, & liberalitas id maxime efficit. Nihil autem est amabilius, nec copulatius, quam morum similitudo bonorum. In quibus enim

1. On élevoit des statuës & des trophées aux grands hommes; & ces monumens faisoient honneur à tous leurs descendans, en quelques branches que leurs familles se trouvassent partagées.

eadem

eadem studia sunt eademque voluntates, in his fit ut æque quisque altero delectetur ac se ipso, efficiturque id, quod Pythagoras ultimum in amicitia putavit, ut unus fiat ex pluribus. Magna etiam illa communitas est, quæ conficitur ex beneficiis ultro citro datis acceptis; quæ & mutua & grata dum sunt, inter quos ea sunt, firma devinciuntur societate.

me l'autre, & qui ont les mêmes goûts & les mêmes inclinations, chacun aime son ami comme luy même; & qu'on parvient enfin à ce dernier degré d'amitié, ou, comme dit Pithagore, *de deux hommes il ne s'en fait qu'un.* C'est encore une sorte d'union fort étroite que celle qui se forme par un commerce reciproque de services & de bienfaits.

Sed cum omnia ratione animoque lustraris, omnium societatum nulla est gravior, nulla carior, quàm ea, quæ cum republica est unicuique nostrum. Cari sunt parentes, cari liberi, propinqui, familiares; sed omnis omnium caritates patria una complexa est: pro qua quis bonus dubitet mortem oppetere, si ei sit profuturus? Quo est detestabilior istorum immanitas, qui lacerarunt omni sce-

Nulle liaison n'est comparable à celle qui unit les hommes à leur patrie.

Mais qua[illegible] on a parcouru toutes [illegible]s differentes liaisons qui peuvent unir les hommes, on trouve qu'il n'y en a point de si douce ni de si forte, que celle qui nous unit à la Republique. Nous avons de l'amour pour nos peres & nos meres: nous en avons pour nos enfans, pour nos proches, pour nos amis: mais tous ces differens amours se trouvent reünis dans celuy que nous avons pour nôtre patrie; & il n'y a point d'homme de bien qui ne soit disposé à la servir, aux dépens même de sa vie. C'est ce qui rend d'autant plus détestable le crime, ou plûtôt le parricide, de ceux qui ont déchiré les entrailles de leur patrie [1] par toutes sortes d'attentats ; & de ceux qui ne travaillent encore qu'à la détruire de o nd en comble.

lere patriam, & in ea funditus delenda occupati & sunt & fuerunt.

[1] C'est de Cesar qu'il veut parler ; & ce qu'il ajoûte regarde Marc-Antoine, qui ayant été fait Consul aprés la mort de Cesar, ne songeoit qu'à opprimer la liberté publique, & qui l'opprima en effet, avec le secours d'Octavius & de Lepidus, qui entrerent dans le complot.

CHAPITRE XVIII.

Comparaison & suberdinaton des differentes sortes de liaisons & des devoirs qui en resultent. Belle peinture de l'amitié. Quelques regles pour se determiner à rendre office à l'un plûtôt qu'à l'autre. Les regles sont peu utiles si on ne s'en fait une habitude, & si elles ne sont soûtenuës de la pratique.

A qui l'on doit le plus de tous ceux avec qui on est en quelque sorte de liaison. Subordination des differentes sortes de liaisons.

QUE si l'on vient à comparer les devoirs qui résultent de toutes ces sortes de liaisons, pour voir à qui nous devons le plus, & pour qui nous devons le plus faire, de tous ceux avec qui nous sommes unis ; sans doute qu'entre ceux-là, nôtre patrie, & ensuite nos peres & nos meres, tiennent le premier rang. Les enfans viennent ensuite, & toute nôtre famille

SEd si contentio quædam & comparatio fiat quibus plurimum tribuendum officii, principes sint patria & parentes, quorum beneficiis maximis obligati sumus : proximi, liberi totaque domus quæ spectat in nos solos, neque aliud ullum potest habere profugium ; deinceps

bene convenientes propinqui quibuscum etiam communis plerumque fortuna est. Quamobrem necessaria præsidia vitæ debentur iis maxime quos ante dixi.

qui ne subsiste que par nous, qui n'attend rien que de nous, & dont nous sommes l'unique refuge. Aprés viennent ceux de nos proches avec qui nous convenons de sentimens & dont la fortune tient à la nôtre, comme il se rencontre d'ordinaire entre proches. Voila quels sont ceux à qui nous sommes particulierement obligez de procurer les secours que demandent les besoins ordinaires de la vie.

Vita autem victusque communis, consilia, sermones, cohortationes, consolationes, interdum etiam objurgationes in amicitiis vigent maxime: estque ea jucundissima amicitia quam similitudo morum conjugavit.

Belle peinture de l'amitié.

Mais pour ce commerce intime qui consiste à être presque toûjours ensemble, à se communiquer ses plus secretes pensées, à se donner reciproquement des conseils, à s'encourager & à se consoler les uns les autres, & à se faire même quelquefois des remontrances & des corrections, il ne se trouve que dans l'amitié, qui étant fondée sur la conformité des inclinations & des mœurs, est sans comparaison la plus douce de toutes les liaisons qui peuvent unir les hommes.

Sed in his omnibus officiis tribuendis, videndum erit

Entre plusieurs, qu'on est égalemént obli;

* Or de quelque sorte de devoirs dont il s'agisse, il faut extrémement prendre

*Le chap. 18. ne commence qu'icy dans le latin, mai il doit commencer plus haut.

de servir, le plus grand besoin l'emporte.

garde au besoin le plus pressant ; & faire la difference des choses que l'on peut avoir sans nous, & de celles qu'on ne sçauroit attendre que de nous. Souvent même on a plus d'égard à de certaines circonstances particulieres & à la conjoncture du tems, qu'au degré de liaison. C'est ainsi, par exemple, que nous aidons plûtôt nôtre voisin à recueillir ses fruits, que nôtre frere ou nôtre ami : au lieu que, s'il s'agit d'un procez, nous sollicitons pour nôtre parent plûtôt que pour nôtre voisin.

quid cuique maxime necesse sit, & quid quisque vel sine nobis aut possit consequi aut non possit. Ita non iidem erunt necessitudinum gradus, qui temporum ; suntque officia quæ aliis magis quam aliis debeantur : ut vicinum citius adjuveris in fructibus percipiendis quam aut fratrem aut familiarem, at, si lis in judicio sit, propinquum potius & amicum quam vicinum defenderis.

Il faut donc se faire une habitude de toutes ces regles, & avoir égard à toutes ces circonstances, en matiere de devoirs, afin d'être en état de compter toûjours juste, sur ce qui va à les remplir ; & que tout pesé & balancé, nous puissions voir précisement en toute rencontre à quoy nous sommes obligez & ce que nous devons à chacun.

Hæc igitur & talia circumspicienda sunt in omni officio : & consuetudo exercitatioque capienda, ut boni ratiocinatores officiorum esse possimus, & addendo deducendoque videre quæ reliqui summa fiat : ex quo, quantum cuique debeatur, intelligas

Les speculations sont peu utiles sans la pratique.

Mais comme il ne suffit pas aux Medecins, aux Orateurs, & aux Generaux d'armée, de sçavoir chacun les regles de son art ; & que ni les uns ni les autres

Sed ut nec medici, nec imperatores, nec oratores, quamvis artis præcepta perceperint, quidquam magna laude di-

gnum sine usu & exercitatione consequi possint; sic officii conservandi præcepta traduntur illa quidem, ut facimus ipsi; sed rei magnitudo usum quoque exercitationemque desiderat.

ne feront jamais rien de grand ni de glorieux, à moins que la speculation ne soit aidée & soûtenuë de la pratique; de même dans ce qui regarde les devoirs de la vie, ce n'est pas assez d'en prescrire les regles, comme nous faisons icy; & une chose si grande & si difficile, demande encore plus d'usage & d'exercice que de preceptes.

CHAPITRE XIX.

Ce qui a le plus d'éclat de tout ce qui part de quelqu'une des quatre vertus principales. Combien les hommes sont touchez de la grandeur d'ame. De quelles vertus la grandeur d'ame doit être accompagnée, pour être de quelque prix. Belle définition de la force. Nulle veritable grandeur d'ame sans justice & sans probité. Ce que fait la grandeur d'ame quand elle en est dépourvûë. Combien l'envie de dominer fait faire d'injustices.

Atque ab iis rebus, quæ sunt in jure societatis humanæ, quemadmodum ducatur honestum, ex quo aptum est officium, satis fere diximus. Intelligendum est autem cùm proposita sint genera quattuor, è quibus honestas officiumque manaret, splendidissi-

En voilà à peu prés assez, pour faire voir de quelle maniere nous devons nous conduire dans les choses qui ont le plus de rapport à la societé humaine, si nous voulons suivre cette honnêteté qui regle nos devoirs, & dont les actions par où nous les accomplissons tirent tout ce qu'elles ont de prix & de lustre. Mais il faut encore

Quelles sont actoutes les actions de vertu celles qui ont le plus d'éclat.

remarquer, que de tout ce qui sort de ces quatre sources, dont nous avons fait voir que dérive cette honnêteté & ces devoirs, il n'y a rien de si éclatant ni de si noble, que ce qui part d'une certaine grandeur d'ame, qui met au dessus de toutes les choses humaines, & qui fait mépriser tous les accidens de la vie.

mum videri, quod animo magno elatoque, humanasque res despiciente factum sit.

Marques sensibles de l'impression que la grandeur d'ame fait sur les hommes.

Aussi voïons-nous que de dire à un homme, *qu'il a moins de cœur qu'une femme; que sa Déesse est la Nimphe Salmacis; & que les victoires qu'il lui demande sont celles qui ne coûtent ni sueur ni sang* 1, c'est le reproche le plus honteux que l'on croie lui pouvoir faire; & qu'au contraire, IL N'Y A RIEN qui attire si naturellement les louanges, & sur quoi on les ménage moins, que les actions où il paroit de la grandeur d'ame & du courage: témoin le ton que prennent les Rheteurs, quand il est question des journées de Marathon 2,

Itaque in probris maxime in promtu est si quid tale dici potest:

Vos etenim juvenes animum geritis muliebrem;
Illa virago viri.

Et si quid ejusmodi:

Salmaci da spolia sine sudore & sanguine.

Contraque in laudibus, quæ magno animo & fortiter excellenterque gesta sunt, ea nescio quomodo quasi pleniore ore laudamus. Hinc rhetorum campus de

1. Ceci est cité d'Ennius. *Salmacis* étoit le nom de la Nimphe d'une certaine fontaine, dont on croïoit que les eaux rendoient effeminez ceux qui en beuvoient.

2. Petite ville de l'Attique, prés de laquelle 11000. Atheniens sous la conduite de Miltiade, & d'Aristide &

Marathone, Salamine, Platais, Thermopylis, Leuctris.

de Salamine 3, de Platée 4, des Thermopiles 5, ou de Leuctres 6.

Hinc noster Cocles, hinc Decii, hinc Cneus & Publius Scipiones, hinc Marcus Marcellus, innumerabilesque alii, maximeque ipse populus Romanus animi magnitudine excellit. Declaratur autem studium bellicæ gloriæ, quod sta-

C'est cette grandeur d'ame qui a éclaté dans nôtre Coclés 7; dans les deux Decies 8, les deux Scipions, Marcellus 9, & une infinité d'autres. Enfin, c'est par elle que le peuple Romain s'est si noblement distingué entre tous les peuples de la terre. Une autre grande marque du cas qu'on a toûjours fait de la gloire

de Themistocle, défirent l'armée des Perses, qui étoit de plus de 500000. hommes.

3. Isle de la Grece, prés de laquelle Themistocle gagna une bataille navalle contre les Perses.

4. Ville de Bœotie, prés de laquelle Pausanias, qui commandoit les forces de toute la Grece, défit, avec le secours d'Aristide, l'armée des Perses, commandée par Mardonius.

5. Détroit du Mont Oeta dans la Thessalie, que Leonidas, Roy des Lacedemoniens, soûtenu seulement de 300. hommes défendit avec une valeur incroïable, contre une armée effroïable de Perses, que Xerxés commandoit en personne.

6. Ville de Bœotie, prés de laquelle Epaminondas, General des Thebains, gagna une celebre bataille contre les Lacedemoniens, dont l'armée étoit de beaucoup plus forte que la sienne.

7. Qui défendit le pont du Tibre contre Porsenna.

8. Qui se dévoüerent pour la Republique. Ce dévoüement consistoit à donner tête baissée dans les troupes ennemies, & se faire percer de leurs coups. On s'y préparoit par de certaines ceremonies, & de certaines paroles prononcées entre les mains du Pontife.

9. C'est celui qui fut cinq fois Consul, qui remporta la premiere victoire sur Annibal, & qui prit Siracuse, aprés un siege opiniâtré, que les machines d'Archimede soûtinrent trois ans durant.

qui s'acquiert par la voye des armes, c'est de voir que dans les statuës qu'on éleve aux plus grands hommes, on les represente presque toûjours en habit de guerre.

tuas quoque videmus ornatu fere militari.

De quoy la grandeur d'ame doit être accompagnée, pour être veritablement estimable.

*Mais si cette grandeur d'ame, que l'on fait paroître à soûtenir les travaux les plus durs, & à s'exposer aux perils les plus affreux, n'est accompagnée d'un grand fonds de justice; & si on l'employe pour soy-même, & pour ses avantages particuliers, au lieu de l'employer pour le bien commun; bien loin que ce soit une vertu, c'est un vice; c'est une ferocité toute pure, qui étouffe tous les sentimens de l'humanité.

Sed ea animi elatio, quæ cernitur in periculis & laboribus, si justitia vacat, pugnatque non pro salute communi, sed pro suis commodis, in vitio est: non enim modo id virtutis non est, sed potius immanitatis, omnem humanitatem repellentis.

Belle définition de la force ou de la grandeur d'ame.

Ainsi LES STOÏCIENS ont admirablement bien defini *la force*, quand ils ont dit, que c'est une vertu qui combat pour la justice. Aussi n'a-t-on jamais veu, que les actions mêmes de la plus grande valeur ayent fait arriver personne à la gloire qui s'acquiert par cette vertu, lorsqu'elles n'ont été employées

Itaque probe definitur à Stoicis fortitudo, cum eam virtutem esse dicunt propugnantem pro æquitate. Quocirca nemo, qui fortitudinis gloriam consecutus est, insidiis & malitia laudem est adeptus: nihil enim honestum esse potest, quod jus-

* Le chap. 19. ne commence qu'icy dans le latin; mais il doit commencer plus haut.

titia vacat. Præclarum igitur Platonis illud : Non solum, inquit, scientia quæ est remota à justitia, calliditas potius quam sapientia est appellanda : verum etiam animus paratus ad periculum, si sua cupiditate, non utilitate communi, impellitur, audaciæ potius nomen habeat, quam fortitudinis.

qu'à faire réüssir des méchancetez & des trahisons. Car CE QUI SEROIT le plus honnête & le plus estimable cesse de l'estre, dés qu'il est injuste : &, comme Platon a dit excellemment, DE LA même maniere que l'habileté qui n'est point conduite par la justice, doit passer pour fraude & pour tromperie, plûtôt que pour habileté ; ainsi, LE COURAGE le plus intrepide, dont l'interest est le premier mobile, & non pas l'utilité publique, est plûtôt audace & brutalité que courage.

Rien d'estimable sans la justice.

Itaque viros fortes, magnanimos, eosdem bonos, & simplices, veritatis amicos, minimeque fallaces esse volumus ; quæ sunt ex media laude justitiæ. Sed illud odiosum est, quod in hac elatione, & magnitudine animi, facillime pertinacia, & nimia cupiditas principatus innascitur. Ut enim apud Platonem est, omnem morem Lacedæmoniorum inflammatum esse cupidita-

IL N'Y A donc ni veritable grandeur d'ame, ni veritable courage, que dans ceux qui sont d'ailleurs gens de bien, sinceres, amateurs de la verité, & incapables de tromper ; & toutes ces qualitez ne sont que des suites de ce qu'on appelle justice & probité ; sans quoy la grandeur d'ame a toûjours quelque chose d'odieux & de suspect. Aussi voyons-nous, qu'à moins d'être balancée par ce contre-poids, elle ne manque point de degenerer en emportement, d'inspirer une opiniâtreté inflexible, dans des choses

Nulle veritable grandeur d'ame sans justice & sans probité.

Inconveniens de la grandeur d'ame sans son correctif.

D v.

A quoy porte la fausse grandeur d'ame.

injustes & pernicieuses, & de faire naître l'envie de s'élever au dessus des autres, jusqu'à les opprimer & à se les assujettir. Et, comme le même Platon a dit des Lacedemoniens, que la passion de vaincre étoit une suite naturelle de la maniere dont ils étoient élevez, & des mœurs qu'elle leur inspiroit ; nous voyons aussi que l'envie d'être au dessus des autres, ou plûtôt de posseder seul tous les avantages qui peuvent elever les hommes, est une suite tres-ordinaire du courage & de la grandeur d'ame.

te vincendi ; sic, ut quisque animi magnitudine maxime excellit, ita maxime vult princeps omnium vel potius solus esse.

La passion de dominer est toûjours injuste.

Or, dés que l'on veut être au dessus des autres, combien est-on éloigné de garder cette egalité qui tient tout en équilibre entre les hommes, & qui est la partie la plus essentielle de la justice ? Ceux-là ne sçauroient souffrir qu'on les fasse plier sur rien ; ny qu'on veüille les contenir dans les termes de ce qui est reglé par le droit & par les loix. On les voit former des factions dans la Republique, se concilier les peuples par les largesses, & mettre tout en œuvre pour augmenter

Difficile autem est, cum præstare omnibus concupieris, servare æquitatem, quæ est justitiæ maxime propria. Ex quo fit, ut neque disceptatione vinci se, nec ullo publico ac legitimo jure patiantur : existuntque in Republica plerumque largitores & factiosi, ut opes quam maximas consequantur, & sint vi potius superiores quam justitia pares.

sans mesure leur credit & leur pouvoir, afin de parvenir à se rendre maîtres des autres par la violence, au lieu de se borner à l'égalité que demande la justice.

Sed quo difficilius, hoc præclarius: nullum est enim tempus, quod justitia vacare debeat. Fortes igitur & magnanimi sunt habendi, non qui faciunt, sed qui propulsant injuriam.

Mais plus il est difficile d'allier la justice & la hauteur de courage, plus il est beau de le sçavoir faire. CAR DE TOUTES les actions & de toutes les conjonctures de la vie, il n'y en a aucune où la justice ne doive être gardée; & ON NE DOIT reconnoître pour veritable grandeur d'ame & de courage que celle qui s'oppose à l'injustice, & non pas celle qui la fait.

Caractere de la veritable grandeur d'ame.

Vera autem & sapiens animi magnitudo, honestum illud, quod maxime natura sequitur, in factis positum, non in gloria, judicat, principemque se esse mavult, quam videri.

CEUX qui ont l'ame veritablement grande, ce qui ne sçauroit être si elle n'est en même tems sage & reglée, sont persuadez que cette honnêteté, à quoy la nature nous porte, & qu'elle demande de nous par dessus toutes choses, ne consiste que dans les bonnes actions, & non pas dans la gloire qu'elles peuvent attirer; & ils aiment mieux être en effet les premiers hommes de la Republique, par le merite & la vertu, que d'y tenir le premier rang.

La grandeur d'ame produit la gloire, mais elle ne la cherche pas.

Inconveniens de l'amour de la gloire.

On ne doit donc pas compter entre les grands hommes ceux dont les fausses opinions de la multitude reglent la conduite. Car CEUX qui sont touchez de ce que le commun du monde appelle gloire, se portent d'autant plus aisément à des entreprises injustes, qu'ils ont plus de courage & de hauteur. Il n'y a qu'un pas à faire de l'un à l'autre ; & c'est un pas si glissant, que de tous ceux qui ont mis la main à quelque chose de grand, & qui ont affronté le peril, on n'en trouve presque aucun qui ne pretende à cette sorte de gloire, comme à une recompense qui luy est dûë ; & qui ne tâche d'y arriver à quelque prix que ce soit.

Etenim qui ex errore imperitæ multitudinis pendet, hic in magnis viris non est habendus. Facillime autem ad res injustas impellitur, ut quisque est altissimo animo, & gloriæ cupiditate: qui locus est sane lubricus, quo vix invenitur, qui, laboribus susceptis periculisque aditis, non quasi mercedem rerum gestarum desideret gloriam.

CHAPITRE XX.

Caractère de la veritable grandeur d'ame. Inconveniens de la fausse. Deux marques principales de la grandeur d'ame. Qu'elle est incompatible avec l'amour de la volupté & de l'argent. L'amour de la gloire fait perdre la liberté. Conserver la tranquillité interieure, premier devoir de l'homme.

Quelles sont les deux prin-

LA grandeur d'ame & de courage se reconnoît principalement à deux mar-

OMnino fortis animus & magnus, duabus rebus maxi-

me cernitur; quarum una in rerum externarum despicientia ponitur, cum persuasum sit nihil hominem, nisi quod honestum decorumque sit, aut admirari, aut optare, aut expetere oportere: nullique neque homini, neque perturbationi animi, nec fortunæ succumbere. Altera est res, ut, cum ita sis affectus animo, ut supra dixi, res geras magnas illas quidem & maxime utiles, sed & vehementer arduas, plenasque laborum & periculorum cum vitæ, tum multarum aliarum rerum quæ ad vitam pertinent.

ques. L'une est un mépris parfait pour tout ce qui est hors de nous [1]; & c'est à quoy l'on ne sçauroit parvenir, à moins d'avoir compris & d'être vivement persuadé, que L'HOMME ne doit ni admirer, ni souhaiter, ni rechercher que l'honnêteté, la droiture, & la probité; & qu'il est indigne de luy de se laisser emporter, ni par la crainte ou la consideration de quelque homme que ce soit; ni par les passions, ni par les revers de la fortune. L'autre, qui est une suite naturelle & ordinaire de cette trempe d'ame, consiste à executer de ces choses qui sont non seulement grandes & utiles, mais encore arduës & difficiles, & dont on ne sçauroit venir à bout sans de grands travaux, & sans hazarder sa fortune & sa vie.

cipales marques de la grandeur d'ame.

Rien n'est digne de l'homme, que la vertu.

1. C'est à dire, les honneurs & les biens, pour lesquels Ciceron veut que nous aïons un mépris qui nous empêche, non d'en rechercher autant qu'il en faut pour les besoins de la vie; mais d'en faire nôtre bonheur. Aussi est il si peu possible d'être heureux par l'amour & la possession de ces sortes de choses, qu'on ne le sçauroit être si on ne les méprise; puisqu'il n'y a que cela seul qui puisse nous mettre au dessus des accidens à quoy nous sommes exposez de toutes parts; & dont la crainte rend necessairement malheureux quiconque n'est pas arrivé à ce parfait mépris de toutes les choses de la vie.

Toute la veritable grandeur de l'homme est au dedans de lui-même.

Tout ce que la grandeur d'ame peut produire de reputation & de gloire, & même d'utilité, dépend de la derniere de ces deux choses. Mais la premiere est proprement celle qui fait les grands hommes, & qui met l'ame à ce point de noblesse & d'élevation qui luy fait voir au dessous d'elle toutes les choses humaines. Celle-là consiste, comme j'ay dit, à ne connoître rien de bon ni de grand que l'honnêteté & la vertu, & à ne pouvoir être ébranlé, ni par les passions, ni par les choses du dehors.

Harum rerum duarum splendor omnis & amplitudo, addo etiam utilitatem, in posteriore est; causa autem, & ratio efficiens magnos viros est in priore: in eo enim est illud, quod excellentes animos, & humana contemnentes facit. Id autem ipsum cernitur in duobus, si & solum id, quod honestum sit, bonum judices, & omni animi perturbatione liber sis.

Caractere de la grandeur d'ame.

En vain fait-on bonne mine au dehors, si le dedans ne se soûtient.

Car LE PROPRE de la grandeur d'ame c'est d'avoir un veritable mépris; fondé sur les lumieres d'une raison saine & ferme 2, pour tout ce que la plûpart des hommes admirent le plus; & celuy de la constance & de la force, c'est de porter les plus cruels accidens de la vie, & les plus grands revers de la fortune, sans sortir de son assiette, & sans rien faire au dehors, ni rien

Nam & ea, quæ eximia plerisque & præclara videntur, parva ducere; eaque ratione stabili firmaque contemnere fortis animi magnique ducendum est: & ea, quæ videntur acerba, quæ multa & varia in hominum vita fortunaque versantur; ita ferre, ut nihil à statu naturæ disce-

2. On voit beaucoup de gens qui ont la raison assez *saine* pour connoître le neant de toutes les choses que le commun du monde admire le plus; mais il y en a peu qui l'aïent assez *ferme*, pour resister à l'impression que ces sortes de choses font sur eux malgré leur raison.

das, nihil à dignitate sapientis, robusti animi est magnæque constantiæ.

Non est autem consentaneum, qui metu non frangatur, eum frangi cupiditate; nec, qui invictum se à labore præstiterit, vinci à voluptate. Quamobrem & hæc videnda; & pecuniæ fugienda cupiditas: nihil enim est tam angusti animi, tamque parvi, quam amare divitias: nihil honestius magnificentiusque, quam pecuniam contemnere, si non habeas; si habeas, ad beneficentiam liberalitatemque conferre.

Cavenda est etiam gloriæ cupiditas, ut supra dixi. Eripit enim libertatem, pro qua magnanimis viris omnis debet esse contentio.

éprouver au dedans, qui blesse la dignité d'un homme sage.

Or, il ne conviendroit pas que celuy que les plus grands travaux ne pourroient abatre, & que nulle crainte n'ébranleroit, se laissât vaincre par la volupté & par l'avarice. Il faut donc y prendre garde, & se defendre de l'amour de l'argent. Car IL N'Y A pas de plus grande marque de bassesse, & de petitesse d'esprit, que d'aimer le bien; & rien au contraire ne marque plus de grandeur d'ame, & de noblesse de cœur, que de le mépriser, & de n'être bien aise d'en avoir, que pour en faire des liberalitez.

Avarice, marque de bassesse & de petitesse d'esprit.

Il faut encore être en garde contre l'amour de la gloire, comme j'ai déja dit plus haut; puisque cette passion nous ôte nôtre liberté[3], qui est un bien pour la conservation duquel ceux

On n'aime & on ne cherche la gloire qu'aux dépens de sa liberté.

3. Cela est vrai en toute sorte de gouvernement; mais particulierement dans ceux où les grandes charges se donnent par les suffrages du peuple. Car ce qu'il faut faire pour gagner tout un peuple, composé de tant de têtes mal-faites, & où il y a une si grande diversité de goûts, & de sentimens, va si loin, qu'on peut dire

qui ont quelque grandeur d'ame, doivent tout sacrifier, & combattre de toutes leurs forces 4.

Il est beau de bien commander; mais il l'est encore plus de ne point aimer à commander.

Bien loin donc de rechercher le commandement, & de mettre tout en œuvre pour y parvenir, il y a des rencontres où l'on doit le refuser; & quelques-unes même où il est glorieux de s'en démettre. Car NOTRE premier soin doit être de nous tenir exempts de toute passion; & non seulement de celles qui troublent l'ame, comme sont la convoitise, la crainte, l'anxieté, & l'abattement; mais encore de la joye excessive & emportée, & de tout ce qui tient de la colere; afin de conserver ce calme & cette securité d'esprit qui tient dans une situation toûjours égale, & qui répand sur les dehors même une certaine dignité qui attire le respect.

Toute agitation, jusqu'à celle que donnent les grandes joyes, tire l'homme de la veritable assiette qui convient à la dignité de sa nature.

Nec vero imperia expetenda, ac potius aut non accipienda interdum, aut deponenda nonnunquam. Vacandum autem est omni animi perturbatione, tum cupiditate & metu, tum etiam ægritudine & voluptate animi & iracundia; ut tranquillitas & securitas adsit, quæ affert cum constantiam, tum etiam dignitatem.

qu'on n'arrive à leur commander qu'en se faisant leur esclave; sans compter que la servitude est certaine, & que la puissance où l'on croit qu'elle menera est trés-incertaine.

4. Quiconque a l'ame grande, est occupé de grandes choses; & n'en descend pas volontiers dans toutes les petitesses où l'ambition force d'entrer.

CHAPITRE XXI.

L'amour de la tranquillité défait de l'ambition, & porte à la retraite. En quoy consiste la veritable liberté. Tout le monde la cherche, mais par differentes voïes. Qui sont ceux qui doivent être dispensez d'entrer dans les affaires publiques. Que la paresse est un mauvais prétexte pour s'en retirer. Il est plus aisé de se passer du bien, que de porter le mal. On doit entrer dans les affaires quand on y est propre. La grandeur d'ame, & la tranquillité interieure qui s'en resulte, plus necessaires dans l'action que dans la retraite. Consulter ses forces & ses talens, avant que de s'engager dans les affaires. Eviter également sur cela la paresse & la présomption.

Multi autem & sunt & fuerunt, qui eam, quam dico, tranquillitatem expetentes, à negotiis publicis se removerint ad otiumque perfugerint. In his & nobilissimi philosopi, longeque principes, & quidam homines severi & graves, nec populi nec principum mores ferre potuerunt; vixeruntque nonnulli in agris, delectati re sua familiari. His idem propositum fuit, quod regibus, ut ne qua re egerent, ne cui parerent, libertate uterentur; cujus pro-

C'Est l'amour de cette heureuse tranquillité qui en a porté plusieurs, dans tous les tems & de nos jours même, à quitter le maniment des affaires publiques, pour goûter la douceur du loisir & de la retraite. C'est ce qu'on a vû faire aux plus grands Philosophes, & à plusieurs autres personnes de rare merite, qui se conduisant par des maximes pures & severes, & ne pouvant s'accommoder des mœurs & des manieres du peuple, ni des grands, se sont retirez à la campagne ; & ont sçû trouver la douceur de leur vie en se renfermant dans la conduite de leurs affaires domestiques. Ceux-là se

Qui sçauroit que la tranquillité d'esprit est le vray bien de l'homme, se garderoit bien de la sacrifier à la consideration & à la gloire.

Qui sentiroit bien vivement l'injustice, & la fausseté des maximes du monde, n'y dureroit pas.

Combien il est aisé quand on est sage, de se mettre dans l'indépendance qui fait le bonheur des Rois.

sont proposé le même but que les Rois ; & ils ont cherché, comme eux, à se mettre en état de n'avoir besoin de rien, de ne dépendre de personne, & de joüir de la liberté, qui consiste principalement à pouvoir vivre comme l'on veut.

prium est sic vivere ut velis.

Ce sont les moyens qu'on aime & non pas la fin, quand on ne prend pas les plus courts & les plus faciles.

* Mais quoy que les uns & les autres se proposent le même but, ils y vont par differentes voïes. Ceux qui aiment l'élevation & la grandeur, croïent que les grands biens sont le seul moïen par où ils puissent arriver à cette fin ; & ceux qui aiment la vie tranquille, croïent que pour y arriver, il n'y a qu'à se contenter du peu que l'on a.

Quare, cum hoc commune sit potentiæ cupidorum cum iis, quos dixi, otiosis; alteri se adipisci id posse arbitrantur, si opes magnas habeant; alteri, si contenti sint & suo & parvo.

Qui sçait se passer de gloire & de bien, n'est à charge à personne.

Il ne faut condamner ni les uns ni les autres ; & ce qu'on en peut dire, c'est que ceux-cy prennent le parti le plus facile & le plus sûr ; & que ce sont de tous les hommes ceux qui sont le moins à charge, & dont on est le moins en danger d'avoir à souffrir; mais que ceux qui entrent dans les emplois de la Republique, & qui se rendent capables des grandes affaires, sont plus

In quo neutrorum omnino contemnenda est sententia: sed & facilior, & tutior, & minus aliis gravis, aut molesta vita est otiosorum: fructuosior autem hominum generi, & ad claritatem, amplitudinemque aptior eorum, qui se ad remp. & ad res magnas gerendas accommoda-

* Le chap. 21. ne commence qu'en cet endroit dans le latin, mais il doit commencer plus haut.

verunt.

utiles à la societé humaine, & plus en état d'acquerir de la consideration & de la gloire.

Quapropter & iis forsitan concedendum sit, remp. non capessentibus, qui excellenti ingenio doctrinæ se se dediderunt: & iis, qui aut valitudinis imbecillitate, aut aliqua graviore causa impediti, à repub. recesserunt, cum ejus administrandæ potestatem aliis, laudemque concederent. Quibus autem talis nulla sit causa, si despicere se dicant ea, quæ plerique mirentur, imperia & magistratus, iis non modo non laudi, verum etiam vitio dandum puto. Quorum judicium in eo quod gloriam contemnant & pro nihilo putent, difficile factu est non probare: sed videntur labores & molestias tum offensionum, tum repulsarum, quasi quandam ignominiam timere & infamiam.

Par où on est dispensé d'entrer dans les affaires publiques.

On n'a peut-être rien à dire à ceux qu'une ouverture extraordinaire d'esprit pour les sciences porte tout entiers de ce côté-là; & qui par cette raison ne veulent point s'engager dans les emplois de la Republique. Ceux que leur mauvaise santé, ou quelqu'autre raison encore plus forte, oblige de s'en retirer, & de laisser à d'autres le soin de la conduire, & la gloire que l'on y peut acquerir, en sont encore plus dispensez. Mais pour ceux qui ne s'en retirent que parce qu'ils ne sont, disent-ils, nullement touchez de cet éclat de la magistrature ou du commandement des armées, dont la plûpart se laissent éblouïr; je croi que bien loin de leur en sçavoir gré, on ne sçauroit s'empêcher de les blâmer. Ce n'est pas qu'on puisse condamner le peu de cas qu'ils font de la gloire: mais je ne sçai si c'est ce qui les tient; & si ce n'est pas plûtôt que le travail leur fait peur; qu'ils ne veulent point courir le-

La paresse prend quelquefois le masque de la Philosophie.

risque de s'attirer personne, comme il est difficile qu'on ne s'attire toûjours quelqu'un, quand on a part au gouvernement de la Republique ; & qu'ils se croiroient deshonorez si dans la poursuite de quelque magistrature ils venoient à succomber.

Combien les Philosophes mêmes sont divers, & peu d'accord avec eux-mêmes.

Car IL Y EN A dont la vertu ne porte pas si aisément le mal, que la privation du bien. Ils mépriseront la volupté, mais ils ne pourront souffrir la douleur: ils ne seront point touchez de la gloire, mais la moindre atteinte à leur reputation les abattra ; & sur le mépris même de la gloire & de la volupté, ils ne seront pas toûjours les mêmes. Mais enfin, tous ceux qui sont propres aux affaires, & à qui la nature a donné de quoi s'en bien acquitter, doivent sans hesiter se mettre en état d'entrer dans les emplois, & de servir la Republique : autrement, comment pourroit-elle être administrée ; & quelle occasion auroit-on de faire paroître ce qu'on peut avoir de courage & d'industrie?

Sunt enim, qui in rebus contrariis parum sibi constent ; voluptatem severissime contemnant, in dolore sint molliores ; gloriam negligant, frangantur infamia ; atque ea quidem non satis constanter. Sed iis, qui habent à natura adjumenta rerum gerendarum, abjecta omni cunctatione, adipiscendi magistratus & gerenda resp. est : nec enim aliter aut regi civitas, aut declarari animi magnitudo potest.

Il est beau de vouloir servir l'Etat; mais il faudroit que ce fût pour lui-même, & non pas pour soy.

Les gens du

Mais ceux qui prennent

Capessentibus au-

tem remp. nihilo minus, quam philosophis, haud scio an magis etiam & magnificentia & despicientia adhibenda sit rerum humanarum, quam sæpe dico & tranquillitas animi atque securitas; si quidem nec anxii futuri sunt, & cum gravitate constantiaque victuri.

Quæ eo faciliora sunt Philosophis, quo minus multa patent in eorum vita, quæ fortuna feriat & quo minus multis rebus egent; & quia, si quid adversi eveniat, tam graviter cadere non possunt. Quocirca non sine causa majores motus animorum concitantur, majoraque efficienda Remp. gerentibus, quam quietis: quo magis his & magnitudo animi est adhibenda, & vacuitas ab angoribus,

ce parti-là ont autant, ou peut-être plus de besoin que les Philosophes de cette grandeur d'ame, à quoi je reviens toûjours; qui mettant au dessus de toutes les choses humaines, tient l'esprit dans une tranquillité & une securité parfaite. Car ce n'est que par là qu'ils peuvent se défendre du trouble & de l'inquietude; & conserver de la dignité & de l'égalité dans leur conduite.

C'est ce qui coûte d'autant moins aux Philosophes, qu'ils sont moins exposez aux injures de la fortune; qu'ils ont sans comparaison moins de relations & de besoins; & que quand il leur arriveroit quelque disgrace, ils ne tomberoient pas de si haut. Mais pour ceux qui ont quelque part au gouvernement de la Republique, comme ils sont obligez d'entrer dans de bien plus grandes affaires, que ceux qui vivent dans la retraite; ils sont aussi exposez à de bien plus grands mouvemens: & c'est ce qui fait qu'ils ont d'autant plus de besoin d'avoir de la grandeur d'ame & de la fermeté, & d'être au dessus de

monde qui méprisent tant la Philosophie, en auroient plus de besoin que les autres.

Ceux qui ont le moins de quoy soûtenir les agitations du monde & de la fortune, sont ceux qui s'y exposent le plus volontiers.

Qui auroit bien compté avec soy-même, ne se jetteroit pas si aisément dans le tracas du monde & des affaires.

tout ce qui peut causer du trouble & de l'agitation à l'esprit.

Milieu difficile à garder.

Or quand on entre dans les emplois, ce n'est pas assez de considerer ce qu'il y a de beau dans ce qu'on entreprend, & combien il est conforme à l'honnêteté; il faut encore prendre garde si l'on a de quoy s'en bien acquitter. C'est surquoi il faut éviter également, & le découragement, que produisent la paresse & la nonchalance; & la présomption, qu'inspire le desir de s'avancer. Enfin, en toutes sortes d'affaires, il faut, avant de les entreprendre, s'être pourvû de tout ce qui est necessaire pour y réüssir; & n'avoir rien oublié pour s'y préparer.

Ad rem gerendam autem qui accedit, caveat, ne id modo consideret quam illa res honesta sit; sed etiam ut habeat efficiendi facultatem. In quo ipso considerandum est, ne aut temere desperet propter ignaviam, aut nimis confidat propter cupiditatem. In omnibus autem negotiis, prius quam aggrediare, adhibenda est preparatio diligens.

CHAPITRE XXII.

Qu'on a tort de mettre les grandes actions de la guerre au dessus des actions de tête & de conseil. Divers exemples sur cela. Belle parole de Pompée à l'honneur de Ciceron.

Les actions de la guerre perdent beaucoup de leur prix quand on

MAIS comme il y a bien des gens, qui croyent qu'entre les grandes actions, celles de la guerre sont beaucoup au

SEd cum plerique arbitrentur res bellicas majores esse, quam urbanas; minuenda est hac opi-

nio. Multi enim bella sæpe quæsierunt propter gloriæ cupiditatem : atque id in magnis animis ingeniisque plerumque contingit ; eoque magis, si sint ad rem militarem apti, & cupidi bellorum gerendorum.

dessus de celles qui se passent dans l'interieur de la Republique ; il faut un peu rabattre de l'opinion que l'on a de celles-là. Car, en premier lieu, combien ce mauvais amour de la gloire, dont nous avons parlé*, a-t'il fait entreprendre des guerres ? C'est à quoy ceux qui ont le plus d'esprit & de courage sont fort sujets ; sur tout, lors qu'ils se sentent propres pour la guerre, & que leur naturel les y porte.

les pese à la balance de la raison.

Vere autem si volumus judicare, multæ res exstiterunt urbanæ majores, clarioresque, quam bellicæ. Quamvis enim Themistocles jure laudetur, & sit ejus nomen, quam Solonis, illustrius, citeturque Salamis clarissimæ testis victoriæ, quæ anteponatur consilio Solonis, ei, quo primum constituit Areopagitas : non mi-

D'ailleurs, si nous voulons juger sainement des choses, combien trouverons-nous d'actions de tête & de conseil plus glorieuses & plus importantes, que les plus grandes actions de la guerre ? Car quelque juste que soient les loüanges qu'on donne à Themistocle [1], & quelque haut qu'on le mette au dessus de Solon [2], & la glorieuse victoire qu'il remporta à Salamine, au dessus de l'établissement de l'Areopage,

* Au chap. 8.

1. Le plus grand Capitaine de la Grece, qui gagna contre Xerxés cette fameuse bataille de Salamine, dont il est parlé au chap. 19.

2. Un des sept Sages de la Grece, Legislateur des Atheniens, & qui avoit donné la forme à leur Republique.

institué par ce sage legislateur ; l'un n'est pas moins glorieux que l'autre. On peut même dire, qu'au lieu que la victoire de Salamine ne fut qu'un avantage passager pour les Atheniens, l'établissement de l'Areopage leur a été d'une utilité constante & perpetuelle ; puisque c'est par là que leurs loix & leurs coûtumes se sont maintenuës ; & qu'au lieu que Themistocle ne sçauroit dire qu'il ait été du moindre secours à l'Areopage par aucune de ses actions, l'Areopage peut dire qu'il a été d'un grand secours à Themistocle ; puisque c'est par les conseils de ce Senat établi par Solon, que la guerre où ce General s'est acquis tant de gloire a été conduite, aussi bien qu'entreprise.

nus præclarum hoc, quam illud judicandum est : illud enim semel profuit, hoc semper proderit civitati ; hoc consilio leges Atheniensium, hoc majorum instituta servantur. Et Themistocles quidem nihil dixerit, in quo ipse Areopagum adjuverit ; at ille vere ab se adjutum Themistoclem. Est enim bellum gestum consilio senatus ejus, qui à Solone erat constitutus.

On en peut dire autant de Pausanias & de Lisander 1. Car quoy que la domination des Lacedemoniens ait été beaucoup étenduë par ces deux Generaux,

Licet eadem de Pausania Lisandroque dicere : quorum rebus gestis quamquam imperium Lacedamoniis dilata-

1. Ils regnoient conjointement à Lacedemone, vers le milieu du 4. siecle de la fondation de Rome ; & ils eurent divers avantages sur les Atheniens. Mais en l'an 358. de Rome, ils perdirent une grande bataille contre eux, où Lisander fut tué. L'autre craignant l'indignation des Lacedemoniens, se retira à Tegée, où il mourut bien tôt aprés.

tum

tum putatur, tamen ne minima quidem ex parte Lycurgi legibus, & disciplinæ conferendi sunt. Quinetiam ob has ipsas causas & parentiores habuerunt exercitus, & fortiores.

ce qu'ils ont fait n'est nullement comparable aux loix & à la discipline établie par Licurgus 4; puisque cette discipline a été le veritable principe de ce qu'ils ont trouvé d'obéïssance & de valeur dans les troupes qu'ils ont commandées.

Mihi quidem, neque pueris nobis, M. Scaurus C. Mario, neque, cum versaremur in Republica, Q. Ca-

Pour moy je n'ay jamais trouvé ni Scaurus 5 inferieur à Marius dans ma plus grande jeunesse; ni Catule 6 à Pompée,

4. Fils d'Eunome, Roy des Lacedemoniens, il fit paroître sa vertu & sa probité en refusant l'offre que luy fit la veuve de son frere Polydecte, Roy de Lacedemone aprés Eunome, de faire perir l'enfant dont Polydecte l'avoit laissée grosse, s'il vouloit luy promettre de l'épouser. Il ne voulut point regner à ce prix; & se contenta de prendre la tutelle de cet enfant lors qu'il fut né. Ce fut luy qui par ses sages loix donna à l'Etat des Lacedemoniens cette forme admirable qui les a fait subsister si long tems. Il leur fit jurer de les observer jusqu'à son retour d'un voïage qu'il alloit faire, & se retira en Candie, où il mourut, aprés avoir ordonné qu'on jettât ses cendres dans la mer; de peur que si on les reportoit à Lacedemone, cette espece de retour ne fût un prétexte aux Lacedemoniens de se croire quittes de leur serment.

5. Que l'extrême pauvreté où il se trouva, quoy qu'il fût d'une naissance illustre, reduisit à vendre du charbon; ce qui ne l'empêcha pas de faire connoître sa sagesse & sa vertu, qui l'éleverent plus d'une fois au Consulat, & ensuite à la dignité de Censeur.

6. C'étoit un homme distingué par son sçavoir & par sa vertu, & encore plus par une merveilleuse douceur, accompagnée de beaucoup de valeur & de talent pour la guerre. Aussi fut il Consul jusqu'à cinq fois: il l'étoit avec Marius, lors de l'irruption des Cimbres; & partagea avec luy la gloire de la défaite de ces Barbares, dans cet-

lorsque j'étois déja entré dans les affaires de la Republique. Aussi peut-on dire, que C'EST PEU DE CHOSE que d'avoir de grandes armées au dehors, s'il n'y a un bon conseil au dedans.

tulus Cn. Pompeio cedere videbatur. Parvi enim sunt foris arma, nisi est consilium domi.

Nous n'avons point eu de plus grand homme, ni de plus excellent Capitaine que Scipion. Cependant on peut dire que Nasica 7, qui n'étoit qu'un homme privé, ne fit pas moins pour la Republique, en ôtant la vie à T. Gracchus 8; que ce General dans le même tems, en rasant Numance. Il est vrai que l'action de Nasica tenoit de celles de la guerre, puisque ce fut un coup de main & de vi-

Nec plus Africanus singularis & vir & imperator, in exscindenda Numantia Reipublica profuit, quam eodem tempore P. Nasica privatus, cum Tiberium Gracchum interemit: quamquam hæc quidem res non solum ex domestica est ratione, attingit etiam bellicam, quoniam vi manuque confecta est: sed tamen id ipsum gestum est consilio urbano,

te celebre bataille dont on a parlé sur le chapitre 12, & où ils tuerent 140000. hommes sur la place, & firent 60000, prisonniers.

7. Il étoit fils de Cn. Scipion, & cousin germain du premier Afriquain; & il étoit dans une telle reputation de vertu & de probité, que l'oracle ayant ordonné que la statuë de la Mere des Dieux, qu'on faisoit venir à Rome, fût déposée dans la maison du plus homme de bien de la ville, le Senat la fit déposer dans celle de Nasica.

8. Citoïen seditieux, qui pour faire plaisir au peuple, vouloit faire faire un partage égal de toutes les terres possédées par les Citoïens, & qui poussoit les choses avec tant de chaleur & de violence, qu'on n'y trouva point d'autre remede que de se saisir de luy, & de s'en défaire. Ce fut Scipion Nasica qui fut chargé de la chose, & qui s'en acquita vigoureusement.

sine exercitu. Illud autem optimum est, in quod invadi solere ab improbis, & invidis audio :

Cedant arma togæ, concedat laurea laudi.

gueur. Mais ce fut aussi un coup de tête & de conseil, concerté, résolu & executé dans la ville ; & à quoy les armées n'eurent point de part. Ainsi, quoy que puissent dire les méchans & les envieux, il faut s'en tenir à cette maxime, que *la longue robe l'emporte sur la cuirasse;* & qu'il *faut que les lauriers cedent au merite de l'esprit & de l'éloquence* 9.

On ne sçauroit comprendre comment les hommes ont pû venir à mettre quelque chose au dessus de l'esprit.

Ut enim alios omittam, nobis Remp. gubernantibus, nonne toga arma cessere? Neque enim in Republica periculum fuit gravius unquam, nec majus otium. Ita consiliis, diligentiaque nostra celeriter de manibus audacissimorum civium delapsa arma ipsa ceciderunt. Quæ res igitur gesta unquam in bello tanta? qui triumphus conferendus?

Car, pour ne point parler des autres, *la robe ne l'a-t-elle pas emporté sur la cuirasse*, dans le temps que le gouvernement de la Republique a été entre mes mains? Fut-elle jamais, ni dans une paix plus profonde, ni dans un plus grand peril? Cependant, par mes soins & par mes conseils, on vit tout d'un coup les armes tomber des mains à des citoyens, dont l'audace & les factions étoient sur le point de l'aneantir 10. A-t'on jamais rien fait de plus glorieux par la force des armes; & quel triom-

9. C'est un vers de la façon de Ciceron, qui le repete en plusieurs endroits de ses ouvrages.

10. C'est de la conjuration de Catilina qu'il veut parler.

phe est comparable à un tel succés ?

C'est à vous que je parle, mon cher fils ; & il m'est permis de me parer avec vous d'une gloire dont vous devez heriter ; puisque c'est vous principalement que mes exemples regardent. J'ay d'autant plus de droit de le faire, que Pompée même qui avoit acquis tant de gloire par les armes, m'a rendu publiquement ce témoignage, qu'en vain auroit-il merité pour la troisiéme fois les honneurs du triomphe, si mes travaux & ma vigilance ne luy avoient conservé une Republique où il pût les recevoir.

Belle parole de Pompée à l'honneur de Ciceron.

Licet enim, Marce fili, apud te gloriari, ad quem & hæreditas hujus gloriæ, & factorum imitatio pertinet. Mihi quidem certe, vir abundans bellicis laudibus Cn. Pompeius, multis audientibus hoc tribuit, ut diceret, frustra se triumphum tertium deportaturum fuisse, nisi meo in Remp. beneficio, ubi triumpharet, esset habiturus.

Il y a donc une valeur, pour ainsi dire, domestique & privée, qui n'est pas de moindre prix que la valeur militaire ; & qui demande même bien plus de travail & d'application.

Sunt ergo domesticæ fortitudines non inferiores militaribus, in quibus plus etiam, quam in his, operæ, studiique ponendum est.

CHAPITRE XXIII.

Qu'on doit accoûtumer le corps à suivre l'action de l'esprit. Que les seules qualitez interieures font les grands hommes. Qu'à la guerre il faut encore plus de tête que de valeur. Dans quelle vûë on doit faire la guerre. Difference de la grandeur d'ame & de celle de l'esprit.

OMnino illud honestum, quod ex animo excelso magnificoque quærimus, animi efficitur non corporis viribus. Exercendum tamen corpus, & ita afficiendum est, ut obedire consilio rationique possit in exsequendis negotiis, & in labore tolerando. Honestum autem id, quod exquirimus, totum est positum in animi cura & cogitatione : in quo non minorem utilitatem afferunt, qui togati Reipublicæ præsunt, quam qui bellum gerunt.

QUoy que cette honnêteté dont nous traitons, & qui ne se peut rencontrer que dans ceux qui ont l'ame grande & élevée, dépende de la force de l'esprit, & non pas de celle du corps, elle demande pourtant qu'on exerce le corps, qu'on le dresse à suivre l'action & le mouvement de l'esprit; & qu'on le rende capable de porter les travaux où il faut entrer pour faire réüssir les affaires. Mais aprés tout, cette honnêteté que nous cherchons consiste uniquement dans les dispositions du cœur, & les qualitez de l'esprit, & dans l'usage qu'on en fait; & c'est par là que les Magistrats qui gouvernent la Republique ne lui sont pas moins utiles que les Generaux qui commandent les armées.

On peut être grand homme par les seules qualitez de l'esprit; mais on ne le paroît guere sans celles du corps.

Par où on est veritablement honnête homme.

C'est la teste qui fait marcher les affaires même de la guerre.

Aussi est-ce ordinairement par les conseils du dedans que se reglent les affaires même de la guerre ; qu'on l'évite, quand il est à propos ; qu'on la conduit à une heureuse fin quand on a pris le parti de la soûtenir, & qu'on la déclare même quelquefois ; comme la troisiéme guerre punique fut declarée par le conseil de Caton [1], à quoy on défera même aprés sa mort. Ainsi on ne sçauroit douter, que la capacité necessaire pour prendre les résolutions sur le fait de la guerre, ne soit plus à desirer, que la force de les executer.

Itaque eorum consilio sæpe aut non suscepta, aut confecta bella sunt, nonnumquam etiam illata: ut M. Catonis bellum tertium Punicum; in quo etiam mortui valuit auctoritas. Quare expetenda quidem magis est decernendi ratio, quam decertandi fortitudo.

Unique motif juste & raisonnable d'entreprendre ou de soûtenir la guerre.

Il faut neanmoins prendre garde que ce soit l'avantage de la Republique qui regle nos sentimens sur cela ; & non pas la crainte de la guerre, & des perils qui en sont inseparables. Mais TOUTES les fois qu'on prend le parti de soûtenir la guerre, il faut qu'il paroisse que ce n'est que pour parvenir à la paix ; & pour l'avoir plus solide & plus assurée.

Sed cavendum, ne id bellandi magis fuga, quam utilitatis ratione faciamus. Bellum autem ita suscipiatur, ut nihil aliud nisi pax quæsita videatur.

1. C'est Caton le Censeur, bisayeul de Caton d'Utique.

Fortis vero & constantis est, non perturbari in rebus asperis, nec tumultuantem de gradu dejici, ut dicitur; sed præsenti animo uti & consilio, nec à ratione discedere: quamquam hoc animi, illud etiam ingenii magni est, præcipere cogitatione futura, & aliquanto ante constituere, quid accidere possit in utramque partem; &, quid agendum sit, cum quid evenerit: nec committere, ut aliquando dicendum sit, non putaram. Hæc sunt opera magni animi & excelsi, & prudentia consilioque fidentis. Temere autem in acie versari, & manu cum hoste confligere, immane quiddam, & belluarum simile est: sed cum tempus necessitasque postulat, decertandum manu est, & mors servituti turpitudinique anteponenda.

Effets de la grandeur d'ame.

Comme c'est la grandeur d'ame qui fait qu'on ne se trouble point dans les mauvais succés, qu'on ne se laisse jamais tirer de son assiette, & qu'on se tient toûjours en état de se servir de toutes ses lumieres, de bien prendre son parti, & de ne perdre jamais la raison de veuë; c'est la grandeur de l'esprit qui fait anticiper l'avenir, prevoir tout ce qui peut arriver, & résoudre par avance tout ce qu'il y aura à faire, de quelque côté que les choses tournent; en sorte que quoy qu'il arrive, on ne se trouve jamais surpris; ni reduit à dire qu'on n'y avoit pas pensé. Voilà ce que sçavent faire ceux qui ont l'ame veritablement grande, & qui sentent en eux-mêmes un assez grand fonds de prudence & de capacité, pour y pouvoir prendre une juste confiance.

Effets de la grandeur de l'esprit.

Ce qu'on admire d'ordinaire dans la valeur ne merite guere d'être admiré.

Car de ne sçavoir qu'aller tête baissée aux ennemis, & donner des coups d'épées; c'est une pure ferocité, qui tient plus de la bête que de l'homme. Cependant, quand il en est question, il faut y faire son devoir, & sçavoir preferer la mort à la servitude & à la honte.

CHAPITRE XXIV.

Ne se porter aux dernieres extremitez contre les ennemis que le moins qu'il est possible; & éviter de prendre des resolutions sur cela dans la chaleur de l'action. Rien de plus insensé que de s'exposer inutilement. Qu'il faut être encore plus reservé à ne pas hazarder le bien des affaires que soy-même. Exposer pour le bien des affaires jusqu'à sa propre reputation. Exemples des malheurs arrivez faute d'avoir observé cette maxime. Nulle consideration ne doit empêcher de proposer ce qui est utile à l'Etat.

On doit d'autant moins oublier l'humanité à la guerre, que rien ne la fait tant oublier.

LORS qu'il s'agira de resoudre si l'on doit raser ou saccager les villes qu'on aura prises, il faut y regarder de bien prés, pour ne se pas porter temerairement à de telles extremitez; & si l'on en prend la resolution, il faut au moins s'abstenir de toute sorte de cruauté. Il est d'un grand homme, de ne rien faire dans ces sortes d'occasions, qu'aprés y avoir bien pensé; de ne punir que les coupables, & de sauver la multitude; & enfin de suivre exactement, dans la bonne comme dans la mauvaise fortune,

DE evertendis autem, diripiendisque urbibus, valde considerandum est, ne quid temere, ne quid crudeliter. Idque est viri magnanimi, rebus agitatis punire sontes, multitudinem conservare, in omni fortuna recta atque honesta retinere.

ce que l'équité & l'honnêteté lui prescrivent.

Ut enim sunt, quemadmodum supra dixi, qui urbanis rebus bellicas anteponant : sic reperies multos, quibus periculosa & calida consilia quietis cogitationibus & splendidiora & majora videantur.

C'est à quoy l'on doit d'autant plus prendre garde, que comme nous avons vû qu'il y en a qui mettent les grandes actions de la guerre au dessus de tout ce qu'on peut faire de plus grand dans l'interieur de la Republique ; il y en a aussi qui croient que les resolutions hazardeuses, & qui se prennent dans la chaleur de l'action, ont quelque chose de plus beau que celles qui sont l'effet d'une deliberation tranquille & de sens rassis.

Il est rare de voir dans la chaleur, tout ce qu'on verroit de sang froid.

Nunquam omnino periculi fuga committendum est, ut imbelles timidique videamur : sed fugiendum etiam illud, ne offeramus nos periculis sine causa ; quo nihil potest esse stultius. Quapropter in adeundis periculis consuetudo imitanda medicorum est, qui leviter ægrotantes leniter curant ; gravioribus autem morbis periculosas curationes, & ancipites adhibere coguntur. Quare in tran-

La crainte du peril ne nous doit jamais rien faire faire qui ait le moindre air de foiblesse ou de lâcheté. Mais aussi ne faut-il pas s'exposer inutilement, & de gayeté de cœur ; & on ne sçauroit rien faire de plus insensé. Il faut imiter sur cela la conduite des Medecins, qui n'employent que des remedes doux dans les maladies legeres ; & qui ne viennent aux remedes violens & hazardeux, que lors que la grandeur du mal les y force. Il y a de

Ce n'est pas la valeur qui fait qu'on s'expose inutilement, c'est l'envie de faire croire qu'on en a.

la folie à desirer & à rechercher la tempête quand on est dans le calme. Mais quand la tempête est venuë, il est d'un homme sage de mettre tout en œuvre pour s'en tirer; sur tout, lors qu'il y a plus de bien à esperer par une décision; que de mal à craindre en hazardant.

En quel cas il faut hazarder à la guerre.

quillo tempestatem adversam optare dementis est; subvenire autem tempestati quavis ratione, sapientis: eoque magis, si plus adipiscare re explicata boni, quam addubitata mali.

Les actions hazardeuses de la guerre regardent non seulement ceux qui s'y exposent, mais encore la Republique. Il y en a où l'on ne hazarde que sa vie & sa gloire: mais il y en a aussi où l'on court risque de s'attirer la haine des Citoïens. Or nous devons être bien plus reservez à mettre en peril les affaires de la Republique, qu'à nous y mettre nous-mêmes; & sur ce qui ne regarde que nous, nous devons combattre bien plus volontiers pour l'honneur & pour la gloire, que pour quelqu'autre avantage que ce puisse être.

Belle regle à observer à la guerre.

Periculosæ autem rerum actiones partim iis sunt, qui eas suscipiunt, partim Reipublicæ. Itemque alii de vita, alii de gloria, & benivolentia civium in discrimen vocantur. Promtiores igitur debemus esse ad nostra pericula, quam ad communia, dimicareque paratius de honore & gloria, quam de ceteris commodis.

On en a vû qui n'auroient pas fait de difficulté d'exposer leurs biens & leurs vies pour leur patrie; mais qui n'auroient pas

Inventi autem multi sunt, qui non modo pecuniam, sed vitam etiam profundere pro patria parati essent, iidem gloriæ jacturam ne minimam quidem facere vellent, ne Republica quidem postulante.

voulu lui sacrifier la moindre chose de ce qui pouvoit regarder leur gloire.

Ut Callicratidas, qui cum Lacedæmoniorum dux fuisset Peloponnesiaco bello, multaque fecisset egregie; vertit ad extremum omnia, cum consilio non paruit eorum, qui classem ab Arginussis removendam, nec cum Atheniensibus dimicandum putabant. Quibus ille respondit, Lacedæmonios, classe illa amissa, aliam parare posse, se fugere sine suo dedecore non posse. Atque hæc quidem Lacedæmoniis plaga mediocris: illa pestifera, qua, cum Cleombrotus invidiam timens, temere cum Epaminonda conflixisset. Lacedæmoniorum opes corruerunt.

C'est ainsi que Callicratidas, qui avoit commandé l'armée des Lacedemoniens, à la guerre de Peloponnese, & qui les avoit servis avec beaucoup de valeur & de succés, les mit a deux doigts de leur ruine; pour n'avoir pas voulu écouter ceux qui luy conseilloient de retirer la flotte d'Arginusse [1], & de n'en point venir à un combat contre les Atheniens [2]. Le conseil étoit salutaire; & il n'eut rien à répondre à ceux qui le luy donnoient, sinon que quand les Lacedemoniens perdroient cette flotte, ils pourroient en remettre une autre à la mer; au lieu qu'il ne pouvoit se retirer sans se deshonorer. Il est vray que l'échec que les Lacedemoniens receurent en cette occasion ne fut pas considerable; mais le même entêtement pour la gloire les desola entierement, lors que Cleom-

Il y en a peu qui aiment assez l'Etat pour luy sacrifier leur reputation.

1 Lieu maritime de la Grece.

2 Dont les troupes étoient commandées par Conon.

brotus [3], aïant plus d'égard à ce qu'on auroit pû dire de luy, qu'au bien de la Republique, se porta temerairement à donner la bataille à Epaminondas.

Combien plus doit-on estimer la sage conduite de Fabius Maximus, dont le Poëte Ennius a dit, *Qu'il avoit retabli luy seul les affaires de la Republique; pour avoir sçû se ménager, & ruiner peu à peu les forces de son ennemi; & qu'il avoit acquis d'autant plus de gloire, qu'il avoit moins balancé entre ce qu'on pouvoit dire de luy, & le salut de sa patrie.*

Quanto Quintus Maximus melius? de quo Ennius:

Unus homo nobis cunctando restituit rem.
Non ponebat enim rumores ante salutem.
Ergo postque, magisque viri nunc gloria claret.

On peut faire des fautes sur cela; dans les choses mêmes qui se passent au dedans de la Republique; & il y en a, qui de peur de s'attirer la haine de quelqu'un, n'osent proposer ce qu'ils pensent pour le bien de l'Etat, quelque utile qu'il luy pût être. C'est à quoy il faut extrémement prendre garde.

Quod genus peccandi vitandum est etiam in rebus urbanis. Sunt enim qui quod sentiunt, etsi optimum sit, tamen invidiæ metu non audent dicere.

3. Il étoit fils de Pausanias second; & l'action dont Ciceron parle icy, est cette celebre bataille de Leuctres, dont il a parlé au chap. 18. & qu'Epaminondas gagna contre Cleombrotus, environ l'an 382. de la fondation de Rome.

CHAPITRE XXV.

Deux maximes principales à observer par ceux qui gouvernent les Etats. Belle définition d'un Ministre d'Etat. Il doit aller au bien general : s'exposer luy-même & jamais les autres ; & souffrir sans aigreur que l'avis des autres Ministres prévale sur le sien. Bel exemple de Scipion & de Metellus sur ce sujet. La grandeur d'ame met au dessus des ressentimens. Quels doivent être ceux qui rendent la justice. Comment on doit reprendre & châtier. Ne rien faire par colere.

Omnino qui Reipublicæ præfuturi sunt, duo Platonis præcepta teneant : unum, ut utilitatem civium sic tueantur, ut quæcumque agunt, ad eam referant, obliti commodorum suorum : alterum, ut totum corpus Reipublicæ curent : ne, dum partem aliquam tuentur, reliquas deserant. Ut enim tutela, sic procuratio Reipublicæ ad utilitatem eorum qui commissi sunt, non ad eorum quibus commissa est, gerenda est. Qui autem parti civium consulunt, partem negligunt, rem perniciosissimam in civitatem inducunt, seditionem atque discordiam.

Quelles doivent être les deux principales maximes de ceux qui gouvernent les Etats.

CEUX qui sont en état de parvenir quelque jour au gouvernement de la Republique, doivent observer ces deux regles de Platon : l'une de n'avoir en vûë que le bien public, sans jamais regarder ce qui seroit de leur avantage particulier ; & l'autre d'étendre leurs soins également à tout le corps de l'Etat, & de n'en pas negliger une partie, en faisant du bien à l'autre. Car CELUY qui gouverne la Republique est proprement un tuteur, qui doit faire le bien de son pupille, & non pas le sien : & celuy qui n'auroit soin que d'une partie des Citoïens, & negligeroit les autres, exciteroit la discorde & la sedition ; qui sont ce qu'il y a de

Belle définition d'un Ministre d'Etat.

plus pernicieux à toutes les Republiques.

Un grand homme d'Etat doit aller au bien general.

C'est pourtant ce que font la plûpart de ceux qui gouvernent : nous en voyons qui sont tout-à-fait populaires ; d'autres qui s'attachent à faire plaisir aux personnes de consideration ; mais peu qui étendent leurs soins également sur tout le monde.

Ex quo evenit, ut alii populares, alii studiosi optimi cujusque videantur, pauci universorum.

C'est ce qui a fait naître parmi les Atheniens tant de troubles & de divisions, & parmi nous tant de seditions, & même de guerres civiles trés-funestes. Or c'est de quoy un bon citoïen, qui par son courage, & ses autres bonnes qualitez, peut être jugé digne qu'on luy confie le gouvernement de la Republique, doit avoir le plus d'éloignement & d'horreur.

Hinc apud Athenienses magna discordia ; in nostra Republica non solum seditiones, sed pestifera etiam bella civilia : quæ gravis & fortis civis, & in Repub. dignus principatu fugiet atque oderit, tradetque se totum Reipublicæ.

Belle peinture d'un vray Ministre d'Etat.

Celuy-là se donnera donc tout entier à la Republique entiere, il n'aura jamais pour but de s'élever ni de s'enrichir; & ses soins s'étendront également au general & au particulier. Jamais il ne luy arrivera d'exposer personne à la haine publique, par de fausses accusations;

Neque opes, aut potentiam consectabitur, totamque eam sic tuebitur, ut omnibus consulat. Nec vero criminibus falsis in odium aut invidiam quemquam vocabit : omnique ita justitiæ, honestatique adhærescet, ut, dum ea conservet, quamvis graviter offendat mortemque oppetat potius, quam deserat illa, quæ dixi.

& il sera si inviolablement attaché à ce que l'honnêteté & la justice luy prescrivent ; que plûtôt que de s'en départir, il sera toûjours prest de s'exposer à toutes sortes de disgraces, & à la mort même.

Miserrima est omnino ambitio, honorumque contentio ; de qua præclare apud eundem est Platonem : Similiter facere eos qui inter se contenderent, uter potius Remp. administraret, ut si nautæ certarent, quis eorum potissimum gubernaret.

Les Ministres qui ne cherchoient que le bien de l'Etat, s'accorderoient aisément entr'eux.

Il n'y a rien de plus miserable que l'ambition, & les contestations, où l'on entre pour les grandes places ; & sur cela Platon a dit admirablement, que ceux qui contestent entre eux à qui gouvernera la Republique, sont comme des nautonniers, qui au lieu de se défendre de concert contre la tempête, se battroient à qui tiendroit le timon.

Idemque præcepit, ut eos adversarios existimemus, qui arma contra ferant ; non eos, qui suo judicio tueri Remp. velint : qualis fuit inter P. Africanum, & Q. Metellum sine acerbitate dissensio.

La difference de sentimens.

Le même Philosophe dit encore, que nous ne devons regarder comme nos ennemis que ceux qui font la guerre à la Republique : & non pas ceux qui veulent qu'elle se gouverne par leurs avis, plûtôt que par les nôtres. C'est surquoy Scipion & Metellus 1 nous ont laissé

1. Ce Scipion est le second Afriquain & Metellus est celuy qu'on a appellé Macedonien, pour avoir soûmis la Macedoine, ce qu'il fit l'année même que Scipion avoit pris & rasé Carthage.

ne produit de l'aigreur que dans les petits esprits.

un bel exemple. Car quoy que toute leur vie ils aïent été d'avis contraire, sur le gouvernement de la Republique; leurs contestations ont toûjours été sans aigreur.

Qu'on se garde donc bien d'écouter ceux qui croyent qu'il faut pousser la haine contre nos ennemis jusqu'aux dernieres extremitez, & qui pretendent que cela est d'un grand homme, & que c'est un effet naturel du courage & de la grandeur d'ame. Car IL N'Y A rien au contraire de plus loüable, & de plus digne d'un honnête homme, que d'être incapable de ressentiment, & de conserver de la douceur pour tout le monde.

Les grands hommes sont peu capables de ressentimens.

Nec vero audiendi qui graviter irascendum inimicis putabunt, idque magnanimi & fortis viri esse censebunt. Nihil enim laudabilius, nihil magno & præclaro viro dignius placabilitate, atque clementia.

Quels doivent être ceux qui rendent la justice.

Au reste, dans un Etat libre, IL FAUT que ceux qui rendent la justice soient d'une humeur aisée; affables, & accessibles à tout le monde, & qu'ils se mettent au dessûs des petites choses. Car si nous repoussons avec chagrin ceux qui nous abordent à contre-temps, ou qui demandent les choses avec un peu plus de cha-

In liberis vero populis, & in juris æquabilitate exercenda etiam est facilitas, & altitudo animi, quæ dicitur: ne, si irascamur aut intempestive accedentibus, aut impudenter rogantibus, in morositatem inutilem & odiosam incidamus. Et tamen ita probanda est mansuetudo, atque clementia, ut adhibeatur reipub. causa severitas, sine qua administrari civitas non potest.

leur qu'il ne faudroit, nous nous rendrons odieux, insupportables, & inutiles à tout. Il faut donc de l'affabilité & de la douceur : mais il faut aussi de la fermeté, & même de la severité jusqu'à un certain point; & le gouvernement de la Republique en demande necessairement.

Omnis autem & animadversio & castigatio contumelia vacare debet : neque ad ejus, qui punitur aliquem, aut verbis castigat, sed ad Reipublicæ utilitatem referri. Cavendum est etiam, ne major pœna, quam culpa sit: & ne iisdem de causis alii plectantur, alii ne appellentur quidem.

Quand on est obligé de reprendre, ou même de châtier, il faut le faire d'une maniere qui n'ait rien de dur ni d'outrageant; & n'avoir en cela pour but que le bien de la Republique, sans y chercher aucun avantage pour soy-même. Il faut encore proportionner la peine à la faute, & garder l'égalité entre les coupables ; en sorte qu'il n'arrive pas que pendant qu'on envoye les uns au supplice, on n'ait pas seulement pensé à faire comparoître les autres.

On conserveroit de l'humanité jusques dans les châtimens, si l'on ne châtioit que par raison & par necessité.

Prohibenda autem maxime est ira in puniendo. Nunquam enim iratus, qui accedet ad pœnam, mediocritatem illam tenebit, quæ est inter nimium & parum ; quæ placet Peripateticis, & recte

Mais à quoy l'on doit le plus prendre garde sur ce sujet, c'est à ne punir jamais par colere : autrement on ne sçauroit se tenir dans ces justes bornes entre le trop & le peu, qui sont si recommandées par les Peripateticiens. Il n'y

La colere ne connoît point de mesures.

auroit rien de mieux que ce qu'ils disent sur ce sujet, si en même tems ils avoient bien voulu ne point faire valoir la colere, comme quelque chose d'utile, & comme un present avantageux de la nature[1]. Car LA COLERE ne doit jamais avoir aucune part à rien ; & IL SEROIT à desirer que ceux qui gouvernent la Republique fussent comme les loix, qui sans être capables de colere, ne laissent pas de punir les méchans, avec toute la severité que la justice demande.

Quel doit être le caractere de ceux qui gouvernent les Etats.

placet, modo ne laudarent iracundiam, & dicerent utiliter à natura datam. Illa vero omnibus in rebus repudianda est : optandumque ut ii, qui præsunt reip. legum similes sint, quæ ad puniendum non iracundia, sed æquitate ducuntur.

1. La doctrine des Stoïciens étoit plus saine en ce point, que celle des Peripateticiens ; & ils avoient fort bien compris que toutes les passions sont mauvaises : Qu'on a tort de croire qu'elles puissent aider la vertu : que ce n'est qu'à son défaut qu'on les employe : Que même ce qui seroit bon, s'il étoit fait par vertu, devient mauvais dés qu'il est fait par passion ; & qu'enfin quand les passions pourroient être de quelque secours à la vertu, elles sont toûjours dangereuses ; parce que dés qu'on s'y abandonne, on ne sçauroit dire jusqu'où on ira.

CHAPITRE XXVI.

Se garder de l'orgueïl & de l'arrogance dans la prosperité, & estre toûjours le même dans la bonne & dans la mauvaise fortune. Philippe bien au dessus d'Alexandre par les qualitez qui font un honnête homme. Moderation plus necessaire dans les grandes places, que dans les conditions privées. Se tenir toûjours sous le frein de la raison, & des regles de Morale. La docilité plus necessaire, & la flatterie plus à craindre à ceux qui sont dans l'élevation qu'aux autres. Les grandes places donnent moïen de faire connoître ce qu'on a de grandeur d'âme; mais il s'en peut trouver beaucoup dans ceux qui menent une vie retirée.

Atque etiam in rebus prosperis, & ad voluntatem nostram fluentibus, superbiam, fastidium, arrogantiamque magno opere fugiamus. Nam ut adversas res, sic secundas immoderate ferre, levitatis est: præclaraque est æquabilitas in omni vita, & idem semper vultus, eademque frons; ut de Socrate, item de C. Lælio accepimus.

QUAND la fortune nous rit, & que tout nous réüssit à souhait, c'est alors que nous devons avoir le plus de soin de nous défendre de l'orgueïl, du dédain & de l'arrogance. Car IL Y A autant de petitesse d'esprit à ne sçavoir pas porter la bonne fortune que la mauvaise; & rien au contraire n'est plus beau, que d'être toûjours le même dans l'une & dans l'autre; & d'y conserver le même esprit & le même visage, comme ont fait Socrate parmi les Grecs, & Lælius parmi nous.

Ceux qui sont en place croyent s'élever par leur fierté; & rien ne les rabaisse davantage.

C'est une grande vertu que l'égalité & l'uniformité.

Philippum quidem Macedonum regem, rebus gestis, & gloria superatum à filio, fa-

Philippe, Roy de Macedoine, a été inferieur à son fils, quant à la gloire & aux actions d'éclat:

Le commun du monde se connoît bien peu en grands hommes.

mais il a été bien au dessus de luy par l'humanité, la facilité & la douceur. Aussi le pere a-t'il toûjours été grand; au lieu que le fils s'est souvent laissé aller à des choses honteuses & capables de le deshonorer [1]. Ce qui nous fait bien voir qu'il n'y a rien de plus sage que cette regle, que PLUS nous sommes élevez, plus nous devons avoir soin de nous rabaisser, & de nous tenir dans les bornes que la modestie nous prescrit.

Belle regle pour ceux qui sont dans les grandes places.

cilitate & humanitate video superiorem fuisse. Itaque alter semper magnus, alter sæpe turpissimus fuit; ut recte præcipere videantur, qui monent, ut quanto superiores sumus, tanto nos geramus summissius.

Panætius rapporte qu'un de ses amis & de ses disciples avoit accoûtumé de dire, que de la même maniere que quand le bruit & le tumulte des combats, avoit rendu des chevaux trop farouches, on les donnoit pour les reduire à ceux qui en font métier, afin qu'ils les remissent en état qu'on pût s'en servir; ainsi quand les hommes s'étoient laissé enfler par la prosperité, & qu'elle les avoit remplis d'une confiance présomptueuse; ils avoient besoin d'être reduits, & domptez, par le frein de la

On auroit souvent besoin de revenir aux regles des mœurs, mais le plus seur seroit de ne les perdre jamais de vûë.

Panætius quidem Africanum auditorem & familiarem suum solitum ait dicere, ut equos propter crebras contentiones præliorum ferocitate exsultantes domitoribus tradere soleant, ut his facilioribus possint uti; sic homines secundis rebus effrenatos, sibique præfidentes, tanquam in gyrum rationis & doctrinæ duci oportere, ut perspicerent rerum humanarum imbecillitatem, varietatemque fortunæ.

1. Comme entre autres le meurtre de Calisthene.

raison, & des preceptes de Morale; & d'apprendre à connoître le peu de solidité des choses humaines, & l'inconstance de la fortune.

Atque etiam in secundissimis rebus maxime est utendum consilio amicorum, hisque major etiam, quam ante, tribuenda auctoritas: iisdemque temporibus cavendum est, ne assentatoribus patefaciamus aures, nec adulari nos sinamus, in quo falli facile est. Tales enim nos esse putamus, ut jure laudemur: ex quo nascuntur innumerabilia peccata, cum homines inflati opinionibus turpiter irridentur, & in maximis versantur erroribus. Sed hæc quidem hactenus.

C'est dans la prosperité qu'il faut avoir le plus de soin de prendre conseil de ses amis, & y déferer le plus; & c'est alors qu'on doit être le plus en garde contre les flatteurs, & donner le moins d'entrée à leurs discours empoisonnez. C'est par où on se laisse aisément seduire. Car NOUS avons naturellement si bonne opinion de nous-mêmes, que nous croyons meriter toutes les loüanges qu'on nous donne; & cela fait faire une infinité de fautes, & cause une enflûre qui nous tenant dans l'aveuglement & dans l'erreur, nous attire le mépris & les railleries de tout le monde. Mais en voila assez sur ce sujet.

Où sont ceux qui soient en garde contre la prosperité?

Ce qui fait qu'on écoute les flatteurs.

Ceux qui se livrent aux flatteurs, ne sçavent pas ce qu'il leur en coûte.

Illud autem sic est judicandum, maximas geri res, & maximi animi ab iis, qui resp. regant, quod earum administratio latissime pateat, ad plurimosque

Le gouvernement des Etats est sans doute ce qui donne lieu de faire les plus grandes choses, & où ce qu'on a d'élevation & de grandeur d'ame se fait le mieux voir; soit par l'étenduë, &, pour ainsi dire, la richesse de la matiere sur quoy l'on travaille, quand on est dans ces grandes places; soit par le grand nombre de gens qui sont sous la main des grands Magistrats, ou qui ont relation à eux. Mais on ne sçauroit douter non plus, qu'il n'y ait beaucoup de grandeur d'ame parmi ceux qui de tout tems, & de nos jours même, se sont renfermez dans leurs propres affaires, & ont pris le parti de la retraite; pour s'occuper tout entiers à mediter ou à tâcher de découvrir, & de faire entendre aux autres des choses tres-importantes & tres-élevées.

Ceux qui sont le plus de bruit dans le monde, ne sont pas ceux qui ont le plus de grandeur d'ame.

pertineat. Esse autem magni animi, & fuisse multos etiam in vita otiosa, qui aut investigarent, aut conarentur magna quadam, seseque suarum rerum finibus continerent.

Il y en a d'autres, qui tenant comme le milieu entre les Philosophes & ceux qui gouvernent la Republique, trouvent la douceur de leur vie dans la conduite de leurs affaires & de leur bien; non pour l'augmenter sans mesure, par toutes sortes de moyens; & pour en joüir tout seuls, sans en faire part à leurs proches & à leurs amis; mais plûtôt pour les en aider, &

Il y a plus de grandeur d'ame qu'on ne pense parmi ceux qui

Aut interjecti inter Philosophos, & eos, qui remp. administrarent, delectarentur re sua familiari, non eam quidem omni ratione exaggerantes, neque excludentes ab ejus usu suos: potiusque & amicis impartientes, & reipub. si quando usus esset; qua primum bene parata sit, nullo neque turpi quaestu, neque odioso: tum quam plurimis, modo dignis, se utilem præbeat, deinde augeatur ratione, diligentia, parsimonia; nec libidini potius luxuriæque, quam liberalitati & beneficientiæ pateat. Hæc præscripta servantem licet magnifice, graviter, animoseque vivere, atque etiam simpliciter, fideliter, vitæque hominum amice.

pour l'employer même dans l'occasion au service de la Republique. Ils n'en ont que de bien acquis, & par des voyes innocentes, & éloignées de tout ce qui pourroit avoir quelque chose de honteux ou d'odieux. Ils ne connoissent point d'autres moyens pour l'augmenter, que l'habileté, le soin & le bon menage; & bien loin de le consumer ni en luxe, ni en débauches; ils l'employent au contraire à des liberalitez honnêtes; qu'ils répandent même, autant qu'il est possible, sur tous ceux qui le meritent. Qui peut douter que dans ceux mêmes qui menent une vie retirée, & qui sçavent garder ces mesures, il n'y ait non seulement de la candeur, de la sincerité & de la probité, & de tout ce qu'il y a de plus propre à se faire aimer de tout le monde; mais encore de la grandeur d'ame, de la noblesse & de la dignité; & quelque chose même de magnifique 1.

menent une vie cachée.

La magnificence dépend plus de la grandeur de l'ame, que de celle de la fortune.

1. Le portrait que Ciceron vient de faire, ressemble fort à son ami Atticus; & peut-être qu'il l'a eu en vûe.

CHAPITRE XXVII.

Avantages & grands effets de ce que l'on appelle moderation & temperance. Dignité & bienseance, inseparables de l'honnêteté, & par consequent de toute vertu. Ce que c'est que la bienseance en general & par rapport à la nature de l'homme, & par rapport à chaque action particuliere.

Combien il y a de vertus comprises dans ce qu'on appelle Temperance.

IL nous reste à parler du dernier de ces quatre chefs, à quoy tout ce qui se peut appeller honnête se rapporte ; c'est-à-dire, de celuy qui comprend la pudeur, la modestie, la temperance, la soûmission de toutes les passions à la raison ; & cette précision si juste qui sçait garder sur chaque chose les mesures qu'elle demande, & d'où il resulte un certain lustre, qui se répand sur toutes les actions de la vie.

L'honnêteté est necessairement accompagnée de decence & de dignité.

C'est en cela precisément que consiste cette décence & cette bienseance que les Grecs appellent πρέπον ; & c'est quelque chose de si étroitement lié à l'honnêteté, qu'on ne sçauroit l'en separer. Car TOUT ce qui est honnête est bienseant ; & tout ce qui est bienseant est honnête.

SEquitur ut de una reliqua parte honestatis dicendum sit ; in qua verecundia, & quasi quidam ornatus vitæ temperantia, & modestia, omnisque sedatio perturbationum animi, & rerum modus cernitur.

Hoc loco continetur id, quod dici Latine decorum potest : Græcè enim πρέπον dicitur. Hujus vis ea est, ut ab honesto non queat separari. Nam & quod decet, honestum est ; & quod honestum est, decet.

Qualis

Qualis autem differentia sit honesti & decori, facilius intelligi, quam explanari potest; quidquid est enim, quod deceat, id tum apparet, cum antegressa est honestas. Itaque non solum in hac parte honestatis, de qua hoc loco disserendum est, sed etiam in tribus superioribus, quid deceat, apparet.

S'il y a même quelque difference de l'un à l'autre, c'est une difference qu'il est plus aisé de concevoir que d'expliquer. Aussi n'apperçoit-on jamais de decence & de bienseance que dans quelque chose d'honnête, qui marche toûjours devant; & c'est ce qui fait qu'il en paroît non seulement dans ce dernier chef, dont nous parlons presentement; mais dans tous les trois dont nous avons déja parlé.

C'est en vain qu'on prétend conserver de la decence & de la dignité, lors qu'on neglige l'honnêteté.

Nam & ratione uti atque oratione prudenter, & agere quod agas considerate, omnique in re quid sit veri videre & tueri decet; contraque falli, errare, labi, decipi tam dedecet, quam delirare & mente esse captum.

Car il sied bien, par exemple, de consulter la raison, de parler sagement, de bien considerer ce qu'on fait, & de voir & d'examiner sur chaque chose ce qu'il y a de vrai. Comme au contraire il sied mal d'être dans l'erreur, de se tromper, & de prendre le faux pour le vrai; aussi bien que d'extravaguer, & d'être hors de son bon sens.

Tout ce qui marque de la prudence sied bien.

Et justa omnia, decora sunt; injusta contra, ut turpia, sic indecora. Similis est ratio fortitudinis: quod enim viriliter animoque magno fit, id di-

Tout de même, CE QUI est juste sied toûjours bien; & L'INJUSTICE ne blesse pas moins la bienseance que les bonnes mœurs. Il en est de même de ce qui regarde la *force*;

Toute action de justice est accompagnée de bienseance, & tout ce qui marque de la force & du courage.

& comme rien ne sied mieux que les actions où il paroît du courage & de la grandeur d'ame; celles où l'on voit des marques de foiblesse & de lâcheté, ne sont pas moins contraires à la bienseance qu'à la vertu.

gnum viro, & decorum videtur; quod contra, id ut turpe, sic indecorum.

LA BIENSEANCE est donc tellement de l'essence de tout ce qui est honnête, qu'on l'y apperçoit du premier coup d'œil, sans avoir besoin de l'y chercher; & c'est quelque chose de si étroitement attaché à la vertu, & même à l'idée que l'on en a, qu'il en est inseparable; & qu'on ne sçauroit même faire la difference de l'un & de l'autre que par la pensée 1. Car il n'est non plus possible de les separer, que de separer la beauté de la santé. Mais quoyque la vertu & la bienseance soient inseparables, jusqu'à se confondre l'une avec l'autre; on peut, comme j'ai dit, les

Quare pertinet quidem ad omnem honestatem hoc, quod dico, decorum, & ita pertinet, ut non recondita quadam ratione cernatur, sed sit in promptu: est enim quiddam, idque intelligitur in omni virtute, quod deceat; quod cogitatione magis à virtute potest, quam re separari. Ut venustas, & pulcritudo corporis secerni non potest à valitudine; sic hoc, de quo loquimur, decorum, totum illud quidem est cum virtute confusum, sed mente & cogitatione distinguitur.

1. C'est à dire par les précisions de l'esprit, qui sont d'un grand secours pour démêler la verité, mais qui ne laissent pas d'être quelquefois une source d'erreur Car la difference des vûës par où on considere une même chose, fait souvent que d'une seule on en fait plusieurs. C'est de quoy il y a mille exemples dans la mauvaise Philosophie.

Est autem ejus descriptio duplex. Nam & generale quoddam decorum intelligimus, quod in omni honestate versatur; & aliud huic subjectum, quod pertinet ad singulas partes honestatis. Atque illud superius sic fere definiri solet: Decorum id esse, quod consentaneum sit hominis excellentia, in eo, in quo natura ejus à reliquis animantibus differat. Quæ autem pars subjecta generi est, eam sic definiunt; ut id decorum esse velint, quod ità naturæ consentaneum sit, ut in eo moderatio, & temperantia appareat cum specie quadam liberali.

distinguer par la pensée.

Il y a deux differentes definitions de ce qu'on appelle bienseance. Car on peut la regarder ou en general, comme un certain lustre inseparable de tout ce qui est honnête, ou dans chaque partie de ce qui appartient à l'honnêteté. A regarder la bienseance en general, on peut dire que c'est ce qui convient à l'excellence de la nature de l'homme 1, considerée par ce qui la distingue de celle des autres animaux; & à descendre du genre dans les especes particulieres, on peut dire que la bienseance est un certain air de noblesse & de dignité, qui resulte de l'observation des mesures de temperance & de moderation, que la nature de l'homme demande qu'il

Ce que c'est que la bienseance en general.

Ce que c'est que la bienseance dans chaque action.

1. L'homme ne doit jamais rien faire qui ne parte d'un principe de raison & de vertu. Voilà ce qui lui convient à le regarder par la difference de sa nature & de celle des autres animaux; & c'est dans cette convenance de ce que prescrivent la raison & la vertu avec la nature de l'homme que consiste la premiere sorte de bienseance. Mais dans ces actions même, dont la raison & la vertu sont le principe, il faut encore garder de certaines mesures de moderation & de précision, qui leur donnent comme leur dernier lustre; & c'est en quoy consiste cette autre sorte de bienseance dont Ciceron parle dans ce qui va suivre.

observe dans chacune de ses actions.

CHAPITRE XXVIII.

Les soins que les Poëtes mêmes ont d'observer ce qui convient à chacun de leurs personnages, nous apprennent à observer ce que la nature nous prescrit. L'honnêteté prend garde à ce qu'elle doit être en elle même, & à ce qu'elle doit être par rapport aux autres. L'ordre, la proportion & la convenance des parties d'un même tout, fait la dignité & la bienseance, aussi bien que la beauté. Avoir pour but de plaire generalement à tous les hommes. Difference de ce que la justice & la retenuë nous prescrivent à leur égard. L'ordre que la moderation fait observer, necessaire dans toutes les vertus. Que c'est le vray principe de la bienseance, & qu'il doit regler le dedans & le dehors. Soûmission de l'appetit à la raison.

Rien ne peut plaire qu'autant que la bienseance & la convenance y sont gardées.

POUR voir que ce que nous venons de dire est vrai, & que tout le monde en juge de la sorte; il n'y a qu'à prendre garde au soin que les Poëtes mêmes ont d'observer ce qui convient à chacun de leurs personnages. C'est sur quoi il y auroit bien des choses à dire : mais ce n'est pas ici le lieu; & il suffit de remarquer, que cette convenance qu'ils observent consiste à faire parler & agir chacun selon son caractere.

HÆc ita intelligi existimare possumus ex eo decoro, quod poëtæ sequuntur, de quo alio loco plura dici solent. Sed tum servare illud poëtas dicimus, quod deceat, cum id, quod quaque persona dignum est, & fit, & dicitur.

C'est ainsi, par exemple, que si l'on faisoit dire à Minos 1, ou à Æacus,

Ut, si Æacus, aut Minos diceret, Oderint dum me-

1. Roy de Crete, que les Poëtes ont fait fils de Jupiter

tuant : —— *aut* Natis sepulchro ipse est parens : *indecorum videretur, quod eos fuisse justos accepimus : at Atreo dicente, plausus excitantur ; est enim digna persona oratio.*

Qu'on me haïsse, pourvû qu'on me craigne [2] ; ou bien, *L'estomach du Pere est le meilleur sepulchre que puissent avoir les enfans* [3], on trouveroit que la convenance ne seroit pas bien gardée, parce que ces gens-là passent pour avoir été d'une grande probité ; au lieu que quand on met ces sortes de discours dans la bouche d'Atrée, tout le theatre y applaudit ; parce que cela est de son caractere.

Sed poëta quid quemque deceat ex persona judicabunt, nobis autem personam imposuit ipsa natura, magna cum excellentia præstantiaque animantium reliquarum.

Si les Poëtes observent donc avec tant de soin ce qui convient à chacun de leurs personnages ; combien plus devons nous penser à soûtenir dignement le grand rôle dont la nature nous a chargez, par le haut point d'excellence où elle nous a portez, au dessus de tous les autres animaux ?

On a bien plus de soin d'observer la bienseance dans des choses de plaisir, que dans la conduite de la vie.

Quo circa poëta in

C'est aux Poëtes à voir,

& d'Europe ; & qui se rendit si celebre par son integrité, que les mêmes Poëtes en ont fait un des trois Juges des enfers.

2. C'est un mot d'Ennius, cité en plusieurs endroits de Ciceron & de Seneque ; & c'est comme la devise des tyrans.

3. C'est ce que le Poëte Accius fait dire à Atrée, fils de Pelops, & Roy d'Argos & de Micene, qui en haine d'un commerce, dont il soupçonnoit sa femme, avec Thieste son frere, & dont il croyoit que les enfans qu'elle avoit eus etoient nez, les luy fit manger dans un festin.

dans tous les differens caracteres de leurs personnages, ce qui convient à chacun ; & même aux plus vicieux & aux plus méchans 4. Pour nous, souvenons-nous, d'une part, que le rôle que la nature assigne à chacun de nous, est celuy de la constance 5, de la moderation & de la temperance ; & de l'autre, qu'elle veut que nous prenions garde, avec beaucoup de soin, à ce que nous devons aux autres ; & par là il nous sera aisé de voir, jusques où s'étend cette bienseance generale, qui est inseparable de tout ce qui est honnête ; & cette autre plus particuliere qui reluit dans chaque sorte de vertu.

Ce que la nature demande de nous, par rapport à nous-mêmes.

Ce qu'elle en demande par rapport aux autres.

magna varietate personarum, etiam vitiosis quid conveniat, & quid deceat, videbunt; nobis autem cum à natura constantiæ, moderationis, temperantiæ, verecundiæ partes datæ sint, cumque eadem natura doceat non negligere, quemadmodum nos adversus homines geramus; efficitur, ut & illud, quod ad omnem honestatem pertinet, decorum, quam late fusum sit, appareat, & hoc, quod spectatur in unoquoque genere virtutis.

Or comme la beauté, qui consiste dans la disposition & la convenance des parties d'un même corps, plaît naturellement aux yeux, & que c'est par cette conve-

En quoy consiste la beauté, & par où elle plaît.

Ut enim pulchritudo corporis apta compositione membrorum movet oculos, & delectat hoc ipso, quod inter se omnes partes cum quodam lepore consentiunt;

4. Car la convenance plaît tellement en tout, que quelque odieux que soit ce que les Poëtes font dire aux plus méchans, il fait une sorte de plaisir, lors qu'il convient à ce qu'on connoît de leur caractere.

5. Il entend par là une soûmission perpetuelle & toûjours égale de l'appetit & des passions à la raison.

sic hoc decorum, quod elucet in vita, movet approbationem eorum, quibus cum vivitur, ordine, & constantia, & moderatione dictorum omnium, atque factorum. Adhibenda est igitur quadam reverentia adversus homines, & optimi cujusque, & reliquorum: nam negligere quid de se quisque sentiat, non solum arrogantis est, sed etiam omnino dissoluti.

nance même qu'elle leur plaît; ainsi, la bienseance qui reluit dans une vie bien ordonnée nous attire l'estime & l'approbation de ceux avec qui nous vivons; & nous l'attire par cet ordre même qu'on y remarque, par la constance & l'égalité de la conduite, & par la justesse des mesures que demandent les paroles & les actions.

On veut plaire, & on neglige le vray principe par où l'on peut plaire.

6. Car IL FAUT avoir pour tous les hommes un certain respect qui nous fasse faire cas, non seulement de l'approbation des plus honnêtes gens, mais même de celle de tout le monde; & POUR ne se pas mettre en peine de ce qu'on peut penser de nous, il faudroit être à un étrange point d'arrogance; & n'avoir même nulle sorte de regle ni de pudeur.

Un honnête homme a pour but de plaire à tout le monde.

Est autem quod differat, in hominum ratione habenda, inter

Or entre les égards que nous devons avoir pour les hommes, il faut sça-

Difference de ce que la justice &

6. C'est ce qu'il a dit à la fin du chap. 4. que l'homme est naturellement touché de ce que l'on appelle *ordre, proportion & convenance*; que c'est ce qu'il remarque d'abord dans les choses qui frappent les sens; mais que sa raison le luy fait aisément transporter de celles-là à celles qui ne touchent que l'esprit. Ainsi, dans les unes & dans les autres, ce n'est jamais que cela seul qui luy plaît.

la bienseance exigent de nous à l'égard des autres.

voir faire la difference de ceux que la justice demande ; & de ceux que demande la retenuë & la pudeur. LA JUSTICE nous défend de leur faire aucune sorte de tort ; & la retenuë de rien faire qui les choque, ou qui leur déplaise ; & c'est en quoy cette bienseance, dont nous parlons, se fait le mieux remarquer. Je croi que ce que nous venons d'en dire, suffit pour faire entendre ce que c'est.

justitiam & verecundiam. Justitiæ partes sunt non violare homines ; Verecundiæ non offendere: in quo maxime perspicitur vis decori. His igitur expositis, quale sit id, quod decere dicimus, intellectum puto.

Quant aux devoirs qu'elle nous prescrit, leur premier effet est de nous mener à ce qui convient à la nature ; & de maintenir l'ordre qu'elle a établi. 7. Or, en suivant cet ordre-là, nous ne nous

Officium autem, quod ab eo ducitur, hanc primum habet viam, quæ deducit ad convenientiam, conservationemque naturæ, quam si sequemur ducem, numquam ab-

7. Qui seroit vivement touché de ce qu'on appelle *ordre*, *convenance* & *bienseance*, & qui le sçauroit discerner en tout, iroit par cela seul à tout ce que la vertu & l'honnêteté demandent, & ne feroit jamais aucun mal; puisque, comme on a vû au chap. 27. rien n'est bienseant que ce qui est honnête ; & que les mauvaises actions ne sont pas moins contraires à la bienseance qu'à la vertu. Il est donc vray que cela seul nous mene à ce que la nature nous prescrit ; puisqu'elle ne nous demande autre chose que de suivre la vertu & l'honnêteté en tout, & de ne faire jamais aucun mal. Ainsi le present qu'elle nous a fait, quand elle nous a imprimé le sentiment de la convenance & de la bienseance, est plus grand que nous ne pensons ; & il est si vray qu'il ne nous faudroit point d'autre regle pour nous conduire, si nous voulions en bien user, que c'est de là que toutes les regles sont prises.

errabimus, sequemurque & id, quod acutum, & perspicax natura est; & id, quod ad hominum consociationem accommodatum; & id, quod vehemens atque forte. Sed maxima vis decori in hac inest parte, de qua disputamus.

égarerons jamais; ni dans la recherche de ce qui se peut découvrir par les lumieres de l'esprit, ni dans ce qui convient à la societé humaine, ni dans ce qui demande de la force & du courage: mais c'est dans ce juste temperament des actions & des paroles, dont nous traitons presentement, que cette bienseance que la nature exige de nous, est le mieux marquée.

Toute vertu est comprise dans ce que l'ordre naturel demande de nous.

Neque enim solum corporis, qui ad naturam apti sunt, sed multo etiam magis animi motus probandi, qui item ad naturam accommodati sunt.

C'est aussi ce qui en fait le mieux voir la force & l'étenduë, puisqu'elle va à regler, non seulement les mouvemens exterieurs & corporels; mais encore, & à bien plus forte raison, ceux de l'esprit. Car il faut que les uns & les autres soient reglez selon l'intention de la nature; & on ne sçauroit les approuver, qu'autant qu'ils luy sont conformes.

La temperance doit regler le dehors & le dedans.

Duplex est enim vis animorum, atque natura: una pars in appetitu posita est, quæ est ὁρμὴ Græce, quæ hominem huc, & illuc rapit: altera in ratione, quæ docet, & explanat, quid facien-

Ceux de l'esprit ont deux differens principes: l'appetit & la raison. L'appetit, qui est ce que les Grecs appellent ὁρμὴ, n'est qu'une impulsion aveugle & temeraire, qui nous porte tantôt d'un côté, tantôt d'un autre; au lieu

Deux principes des mouvemens de l'esprit.

que la raison est une lumiere certaine, qui nous instruit, & nous montre ce que nous devons faire & ce que nous devons éviter : il faut donc que la raison gouverne, & que l'appetit lui soit soûmis.

dum fugiendumve sit: ita fit, ut ratio præsit, appetitus obtemperet.

CHAPITRE XXIX.

Ce qu'on doit observer dans toutes les actions. Quelle doit être la soûmission de l'appetit à la raison. Ce qui arrive quand les fougues ne sont pas domptées. Par où on vient à bout de les dompter. Mesures à observer dans les divertissemens & les jeux.

Regle abregée pour ne jamais manquer à ce qu'on doit.

IL NE doit donc jamais y avoir ni temerité, ni negligence dans aucune de nos actions; & IL NE nous est pas permis de rien faire dont nous ne puissions rendre raison : cela seul nous donne une juste idée de ce qu'on appelle devoir. Or CETTE soûmission de l'appetit à la raison ne permet, ni qu'il la prévienne, ni qu'aucune sorte de paresse ou de lâcheté lui fasse refuser de la suivre. Enfin il faut que tous ses mouvemens soient tellement reduits & moderez, qu'ils ne puissent jamais exciter de trouble

Ce n'est pas assez que l'appetit ne s'oppose pas à la raison, il faut qu'il la suive, & qu'il agisse sous ses ordres.

OMnis autem actio vacare debet temeritate, & negligentia; nec vero agere quidquam, cujus non possit causam probabilem reddere. Hæc est enim fere descriptio officii. Efficiendum autem est, ut appetitus rationi obediant, eamque neque præcurrant, nec propter pigritiam, aut ignaviam deserant, sintque tranquilli, atque omni perturbatione animi careant. Ex quo elucebit omnis constantia, omnisque moderatio. Nam qui appetitus lon-

gius evagantur, & tanquam exsultantes sive cupiendo, sive fugiendo, non satis à ratione retinentur, hi sine dubio finem, & modum transeunt: relinquunt enim, & abjiciunt obedientiam, nec rationi parent, cui sunt subjecti lege naturæ; à quibus non modo animi perturbantur, sed etiam corpora.

dans l'esprit; & c'est de là que resulte ce qu'on appelle *égalité & moderation.* Car TANT qu'il y a de la fougue dans l'appetit, & qu'il est sujet à des mouvemens violents de desirs ou de craintes, il n'est pas possible que la raison en soit la maîtresse; & on ne sçauroit garder les mesures qu'elle prescrit. Ainsi, au lieu que les loix de la nature veulent que l'appetit soit soûmis à la raison, il en secouera le joug; & ne se conduisant plus par elle, il mettra le corps même en desordre aussi bien que l'esprit.

Comment veut-on que l'appetit soit soûmis à la raison, quand à force de le suivre, on l'a accoûtumé à être toûjours le maître.

Licet ora ipsa cernere iratorum, aut eorum, qui aut libidine aliqua, aut metu commoti sunt, aut voluptate nimia gestiunt, quorum omnium vultus, voces, motus, statusque mutantur. Ex quibus illud intelligitur (ut ad officii formam revertamur) appetitus omnis contrahendos sedandosque, excitandamque animadversionem, & diligentiam, ut ne quid temere, ac

Il n'y a qu'à voir ceux qui sont transportez de colere, ou de quelqu'autre passion violente, soit de desir ou de crainte, & même de quelque mouvement extraordinaire de joye; & quel changement cela fait à leur visage, à leur ton de voix, à leurs gestes, & à tout leur exterieur. Il n'en faut pas davantage pour nous rappeller aux regles de nos devoirs; & pour nous faire comprendre de quelle consequence il est de ré-

Providence de la nature, d'avoir mis en nous des marques sensibles du desordre qu'y cause le soulevement de l'appetit contre la raison.

Par où on vient à bout de soumettre l'appetit à la raison.

primer, & de calmer les mouvemens de l'appetit; d'exercer sur nous-mêmes une censure perpetuelle; de prendre garde, avec tout le soin possible, à ne point agir temerairement, & à l'avanture; & de ne rien faire où il paroisse de l'inconsideration ou de la negligence.

Aussi la nature ne nous a-t'elle pas faits pour nous joüer comme des enfans; elle demande de nous une conduite grave & serieuse, & nous appelle à des occupations plus importantes que les divertissemens & les jeux. Ce n'est pas qu'on ne puisse quelquefois se les permettre; mais ON N'EN doit user que comme on use du sommeil, & des autres soulagemens necessaires à la nature; & ce ne doit être qu'aprés avoir satisfait aux affaires serieuses.

Comment on doit user des divertissemens & des jeux.

Il faut même prendre garde, que nos jeux n'ayent rien d'emporté, ni d'excessif; non plus que de bas, & d'indigne d'un honnête homme. Car si nous ne permettons pas aux enfans même toutes sortes de jeux, mais seule-

fortuitu, inconsiderate negligenterque agamus.

Neque enim ita generati à natura sumus, ut ad ludum, & jocum facti esse videamur; sed ad severitatem potius, & ad quædam studia graviora, atque majora. Ludo autem, & joco uti illo quidem licet; sed sicut somno & quietibus ceteris, tum cum gravibus seriisque rebus satisfecerimus.

Ipsumque genus jocandi non profusum, nec immodestum, sed ingenuum & facetum esse debet. Ut enim pueris non omnem ludendi licentiam damus, sed eam, quæ ab honestis actionibus non sit alie-

na; sic in ipso joco aliquod probi ingenii lumen eluceat.

Duplex omnino est jocandi genus: unum illiberale, petulans, flagitiosum, obscœnum: alterum elegans, urbanum, ingeniosum, facetum: quo genere non modo Plautus noster, & Atticorum antiqua comœdia, sed etiam philosophorum Socraticorum libri referti sunt; multaque multorum facete dicta, ut ea, quæ à sene Catone collecta sunt, quæ vocant ἀποφθέγματα.

Facilis igitur est distinctio ingenui & illiberalis joci: alter est, si tempore fit, ac remisso animo, homine dignus: alter ne libero quidem, si rerum turpitudini adhibetur verborum obscœnitas.

ment ceux qui se peuvent accorder avec l'honnêteté; combien plus devons-nous prendre garde de ne nous rien permettre sur ce sujet qui ne convienne au caractere d'un honnête homme?

La bienseance doit être gardée jusques dans les jeux.

Il y a donc deux manieres de se réjoüir: l'une mal-honnête, petulante, & qui blesse l'innocence & la pudeur: l'autre honnête, polie, ingenieuse & plaisante sans bassesse. On voit des traits de celle-cy dans Plaute, & dans les anciens Comiques grecs. Les Livres mêmes des Philosophes qui ont été disciples de Socrate en sont remplis, à quoy l'on peut ajoûter les bons mots de la nature de ceux dont le vieux Caton a fait un recueil, & qu'on appelle des Apophtegmes.

Deux conditions des divertissemens honnêtes.

Ces deux differentes manieres de se divertir sont aisées à distinguer; & autant que l'une peut convenir à un honnête homme, pourvû qu'on ne cherche pas à se divertir à contre-tems, & qu'on ne le fasse que pour se délasser l'esprit; autant l'autre est-elle indigne de quelque homme que ce soit ; sur tout, lors qu'on joint la grossiereté des choses à la bassesse & à l'obcœnité des paroles.

Qui se livre au plaisir ne sçauroit dire jusqu'où il ira.

Enfin, LES DIVERTISSEMENS doivent avoir leurs bornes, & il ne faut pas les pousser trop loin ; de peur que le plaisir ne nous emporte, & ne nous fasse faire quelque chose de messeant & de honteux. La chasse, & les divers exercices qui se font parmi nous dans le champ de Mars, font assez voir quelle est la maniere honnête de se divertir.

Ludendi etiam est quidam modus retinendus, ut ne nimis omnia profundamus, elatique voluptate in aliquam turpitudinem delabamur. Suppeditant autem & campus noster, & studia venandi, honesta exempla ludendi.

CHAPITRE XXX.

Ne perdre jamais de vûë la dignité de la nature de l'homme, & sa difference d'avec celle des bêtes. En quoy elle consiste principalement. Les plaisirs du corps indignes de luy. Ce qu'il doit regarder dans ce qui a rapport au corps. Observer, & ce que la nature demande en general à tous les hommes, & ce que demandent nos qualitez particulieres. Diversitez de qualitez & de caracteres.

Regle abregée, pour se tenir dans le devoir sur tout

SUR tout ce qui regarde les devoirs, IL FAUT toûjours se souvenir, combien la nature de l'homme est au dessus de celle des bêtes ; & c'est comme un point fixe, qu'il ne faut jamais perdre de vûë.

Sed pertinet ad omnem officii quæstionem : semper in promptu habere, quantum natura hominis pecudibus, reliquisque belluis antecedat.

Illa nihil sentiunt, nisi voluptatem, ad eamque feruntur omni impetu: hominis autem mens discendo alitur, & cogitando, semper aliquid aut anquirit, aut agit, videndique & audiendi delectatione ducitur.

Partage des bêtes.

Les bêtes ne sont sensibles qu'aux plaisirs du corps, & tout ce qu'il y a en elles les y porte avec impetuosité; au lieu que la vie & la nourriture de l'homme, c'est d'apprendre & de penser. Aussi voyons-nous qu'il est touché du plaisir de voir, d'entendre & de connoître; & qu'il n'est jamais sans avoir quelque chose à faire, ou à chercher & à découvrir.

Partage de l'homme.

Quinetiam si quis est paullo ad voluptates propensior, modo ne sit ex pecudum genere, (sunt enim quidam homines non re, sed nomine) sed si quis est paullo erectior, quamvis voluptate capiatur, occultat & dissimulat appetitum voluptatis, propter verecundiam: ex quo intelligitur, corporis voluptatem non satis esse dignam hominis præstantia; eamque contemni, & rejici oportere: sin sit quispiam, qui aliquid tri-

S'il y en a même, parmi ceux qui ne sont pas tout-à-fait bêtes, car on voit des hommes qui ne sont hommes que de nom; si, dis-je, parmi ceux qui sont tant soit peu au dessus des bêtes, il y en a qui se sentent quelque pente un peu violente vers la volupté, une secrete honte fait qu'ils s'en cachent [1]; & cela fait assez voir que DANS LES PLAISIRS du corps, il y a quelque chose qui deroge à la noblesse de nôtre nature; & qu'ainsi nous devons les mépriser & les rejetter.

1. La honte qu'on a de s'abandonner au plaisir, ne peut venir que de ce que l'on sent bien qu'il ne s'accorde pas avec cette bienseance que demande la dignité de nôtre nature.

Que s'il y en a qui croyent qu'il faut donner quelque chose au plaisir ; au moins ne sçauroient-ils disconvenir, qu'on n'y doive garder beaucoup de mesures.

buat voluptati, diligenter ei tenendum esse ejus fruendæ modum.

Par où on doit se regler, sur ce qui a rapport au corps.

Il ne faut donc chercher dans la nourriture, & dans toutes les autres choses qui ont rapport au corps, que la conservation des forces & de la santé, & non pas la volupté. Car POUR PEU qu'on se souvienne de l'excellence & de la dignité de nôtre nature, on verra clairement, qu'il n'y a rien de plus honteux qu'une vie molle, délicate, & abandonnée au plaisir 2 ; & qu'IL N'Y A RIEN au contraire de plus honnête & de plus convenable à l'homme, qu'une vie frugale, & assujettie aux loix les plus severes de la sobrieté & de la temperance.

Itaque victus cultusque corporis ad valitudinem referantur & ad vires, non ad voluptatem : atque etiam si considerare volumus, quæ sit in natura excellentia & dignitas, intelligemus quam sit turpe, diffluere luxuria, & delicate ac molliter vivere, quamque honestum, parce, continenter, severe, sobrie.

Ce que la nature demande generalement de tous les hommes.

Il est encore à remarquer, que LA NATURE nous a donné comme deux personnages à joüer. L'un est commun à tous les hommes, & consiste dans

Intelligendum est etiam, duabus quasi nos à natura indutos esse personis ; quarum una est communis, ex eo, quod omnes parti-

2. Si ce que Ciceron dit icy est vray, cette dignité de la nature de l'homme est bien oubliée.

cipes sumus rationis, præstantiaque ejus, qua antecellimus bestiis, à qua omne honestum decorumque trahitur, & ex qua ratio inveniendi officii exquiritur; altera autem, quæ proprie singulis est tributa. Ut enim in corporibus magnæ dissimilitudines sunt (alios enim videmus velocitate ad cursum, alios viribus ad luctandum valere; itemque in formis aliis dignitatem inesse, aliis venustatem) sic in animis existunt etiam majores varietates.

ce que demande de nous cette prérogative de la raison qui nous éleve si fort au dessus des bêtes; qui nous fait connoître nos devoirs, & d'où dérive tout ce qui s'appelle honnêteté & bienséance. L'autre est particulier à chacun, & consiste dans ce qui convient à ses qualitez personnelles. Car autant qu'il y a de differentce entre les hommes par les qualitez du corps, qui font que celuy-là est leger, & propre à la course, & celuy-ci robuste & propre à la lutte: que dans l'un il y a de la bonne mine & de la dignité, & dans l'autre de la beauté & de l'agrément; autant y en a-t-il entre les esprits, & même beaucoup davantage.

Ce qu'elle demande à chacun en particulier.

Erat in L. Crasso, & in L. Philippo multus lepos: major etiam magisque de industria in C. Cæsare, L. F. At iisdem temporibus in M. Scauro, & in

Lucius Crassus [1], & Lucius Philippus [2], étoient tout pleins de graces, toutes naturelles. C. Cesar, fils de Lucius [3], en avoit encore davantage; mais ce n'étoit pas sans art.

Diversité de qualitez & de caracteres.

1. C'est celuy qu'il fait parler dans ses Livres *de l'Orateur.*

2. Il parle de celuy-cy dans le second Livre *de l'Orateur*, & dans celuy qui est intitulé *Brutus.*

3. C'étoit le frere de Catule le pere, dont on a parlé sur le chap. 22.

Dans le même tems on a remarqué dans Scaurus 4. & dans Drusus même dés sa jeunesse, quelque chose de fort grave, & même de fort severe 5. Dans Lælius 6, beaucoup de douceur & de gayeté; & dans Scipion 7 son ami, plus d'ambition, & quelque chose de plus austere dans les mœurs & dans la maniere de vie.

M. Druso adolescente singularis serveritas: in C. Lælio multa hilaritas: in ejus familiari Scipione ambitio major, vita tristior.

Parmi les Grecs, Socrate étoit un homme d'un esprit doux, d'une conversation aisée & réjoüissante; grand amateur de l'ironie, & parlant toûjours à contre-sens de ce qu'il vouloit faire entendre. Au contraire, Pythagore & Periclés n'avoient nulle gayeté dans l'esprit: mais leur serieux n'a pas laissé de leur acquerir beaucoup de réputation & d'autorité 8.

De Græcis autem dulcem & facetum, festivique sermonis, atque in omni oratione simulatorem, quem εἴρωνα Græci nominaverunt, Socratem accepimus: contra Pythagoram & Periclem, summam auctoritatem consecutos, sine ulla hilaritate.

4. On en a parlé au chap. 22.

5. Il en parle de la même maniere, dans le Livre intitulé *Brutus*.

6. C'est celuy qu'il fait parler dans son Livre *de l'Amitié*.

7. C'est le second Scipion.

8. Pythagore s'en étoit acquis une si grande, que ses paroles passoient pour des oracles; & que pour faire croire quelque chose, c'étoit assez de pouvoir dire, *Pythagore l'a dit*. Periclés de son côté en avoit tant sur les Atheniens, qu'il leur inspiroit tout ce qu'il luy plaisoit, quelque repugnance qu'ils y eussent, en sorte que Socrate disoit qu'il y avoit de l'enchantement.

Annibal, parmi les Afriquains, a été un General plein de ruses & d'artifices; & entre les nôtres, Fabius Maximus étoit un homme d'un secret impenetrable, maître de ses paroles, cachant ses desseins, prévenant ceux de l'ennemi, & lui tendant incessamment des pieges. C'est en quoy Themistocle 9, & Jason de Pherée 10, ont excellé parmi les Grecs. Solon même en sçavoit tant sur ce sujet, que pour pourvoir à sa sûreté, en rendant à la Republique un service important, mais qu'il ne luy pouvoit rendre qu'au peril de sa vie, il sçut se contrefaire jusqu'à passer pour insensé 11.

Callidum Hannibalem ex Pœnorum, ex nostris ducibus Q. Maximum accepimus. facile celare, tacere, dissimulare, insidiari, præcipere hostium consilia. In quo genere Græci Themistoclem, & Pheræum Jasonem ceteris anteponunt: in primisque versutum & callidum factum Solonis, qui, quo & tutior vita ejus esset, & plus aliquanto Reipublicæ prodesset, furere se simulavit.

9. Socrate disoit de Themistocle, qu'encore qu'il n'eût pas le don d'enchanter comme Pericles, il sçavoit tourner les choses en tant de manieres, qu'il venoit enfin à son but.

10. Pherée étoit une ville de la Grece, entre Thebes & Megare. Ce Jason en étoit; & c'étoit un des grands Capitaines d'entre les Grecs. Il étoit beaupere de cet Alexandre de Pherée, dont Ciceron parle au chap. 7. du second Livre. On dit de luy qu'un homme qui le vouloit assassiner luy donna un coup de poignard, qui perça un abcés qu'il avoit dans la poitrine, & dont nul remede n'avoit été capable de le guerir.

11. Les Atheniens avoient disputé long-tems l'Isle de Salamine avec ceux de Megare; & les guerres qu'ils avoient entreprises pour cela leur avoient si mal reüssi, qu'ils avoient ordonné une peine de mort contre quicon-

On donnera toûjours la préference à ceux-cy sur ceux dont il vient de parler.

Il y en a d'autres, tout opposez à ceux-ci ; dont toutes les manieres sont simples & ouvertes ; qui croyent qu'envers l'ennemi même on ne doit jamais user d'artifice ni de surprise ; qui aiment la verité, & qui ont horreur de toute ce qui tient de la fraude.

Sunt his alii multum dispares, simplices & aperti, qui nihil ex occulto, nihil ex insidiis agendum putant, veritatis cultores, fraudis inimici.

Il y en a qui pour arriver à leur but souffriront tout, & se feront valets de qui l'on voudra. Tel étoit Crassus à l'égard de Sillá ; & l'on dit que dans ce genre de gens rusez & endurans, pour venir à leurs fins, personne n'a été au dessus de Lisander 11 Lacedemonien ; au lieu que Callicratidas 12, qui commanda l'armée navale a-

Itemque alii qui quidvis perpetiantur, cuivis deserviant, dum, quod velint, consequantur ; ut Sullæ M. Crassum videbamus: quo in genere versutissimum, & patientissimum Lacedæmonium Lisandrum accepimus ; contraque Callicratidam, qui præfectus classi proxi-

que proposeroit au peuple d'en entreprendre de nouvelles. Solon, qui voyoit que cette isle leur étoit absolument necessaire pour leur sûreté, n'y trouva d'autre expedient que de contrefaire le fou ; & dans la confiance qu'on pardonne aux foux, il parut dans un équipage, & avec des manieres d'un homme qui avoit perdu l'esprit, & s'étant mis à parler au peuple, en vers bizarres & extravagans en apparence, il toucha l'affaire de Salamine, & fit si bien que la guerre fut resolue, & l'isle conquise sur les Megariens.

11. On l'accuse même d'avoir manqué de candeur & de sincerité ; & d'avoir eu pour maxime, qu'on pouvoit employer indifferemment le mensonge & la verité, selon qu'on se trouvoit bien de l'un ou de l'autre.

12. C'étoit un homme tout de feu, qui trouvoit fort mauvais que tout le monde ne fût aussi exact que luy ; &

mus post Lysandrum fuit.

Itemque in sermonibus alium quemque, quamvis præpotens sit, efficere, ut unus de multis esse videatur: quod in Catulo, & in patre, & in filio, idemque in Q. Mutio Mancia vidimus. Audivi ex majoribus natu hoc idem fuisse in P. Scipione Nasica: contraque patrem ejus, illum qui T. Gracchi conatus perditos vindicavit, nullam comitatem habuisse sermonis: ne Xenocratem quidem, severissimum Philosophorum; ob eamque rem ipsam magnum clarumque fuisse.

Innumerabiles aliæ dissimilitudines sunt naturæ, morumque, minime tamen vituperandorum.

prés luy, étoit d'une humeur tout opposée.

Enfin, il y en a eu qui parlant aussi bien, & aussi noblement qu'il est possible, sçavoient se rabaisser quand ils vouloient; & prendre si bien le stile & les manieres les plus simples, qu'on les auroit pris pour des gens du commun. C'est ce que nous avons vû dans les deux Catules, le pere & le fils; & dans Mutius Mancia; & que nos peres ont vû dans Scipion Nasica: au lieu que son pere, qui vengea la Republique des attentats de Tib. Gracchus en luy donnant la mort, n'avoit nulle politesse de langage. Xenocrate a été le plus severe de tous les Philosophes; & cette severité même n'a pas peu contribué à l'illustrer, & à le mettre au rang des grands hommes.

On peut remarquer parmi les hommes une infinité d'autres differens caracteres, dont il n'y en a aucun que l'on puisse condamner.

qui s'emporta beaucoup contre Cyrus, sur le retardement d'une paye que ce Prince devoit luy faire toucher dans un certain tems.

CHAPITRE XXXI.

Ne point sortir de son caractere, & garder une parfaite uniformité dans sa vie. Regles à observer par quiconque cherche la bienseance. Exemples sur ce sujet. Ce qu'on doit faire quand on est forcé de se charger de quelque chose qui ne convient pas à son caractere. Il est plus aisé de se corriger de ses vices, que d'acquerir les bonnes qualitez que l'on n'a pas.

SI l'on veut donc atteindre à cette bienseance dont nous parlons, il faut que chacun se tienne à ce qui est de son naturel ; pourvû qu'il n'y ait rien de mauvais & de vicieux. Car NOUS DEVONS nous conduire en telle sorte, que sans jamais aller contre ce que la nature exige generalement de tous les hommes, nous demeurions dans nôtre caractere particulier ; & qu'encore que ce qui n'en est pas nous paroisse meilleur, nous ne nous appliquions qu'à des choses proportionnées à ce que la nature nous a donné en partage. Car en vain iroit-on contre la nature ; & IL FAUT bien se garder de tendre où l'on ne sçauroit atteindre.

Regle abregée, pour se bien conduire.

ADmodum autem tenenda sunt sua cuique, non vitiosa, sed tamen propria, quo facilius decorum illud, quod quærimus, retineatur: sic enim est faciendum, ut contra universam naturam nihil contendamus; ea tamen conservata, propriam naturam sequamur: ut, etiam si sint alia graviora, atque meliora, tamen nos studia nostra naturæ regula metiamur: neque enim attinet repugnare naturæ, nec quidquam sequi, quod assequi non queat.

Ex quo magis emergit, quale sit decorum illud, ideò, quia nihil decet invita (ut aiunt) Minerva, id est, adversante, & repugnante natura. Omnino si quidquam est decorum, nihil est profectò magis, quam æquabilitas universæ vitæ, tum singularum actionum; quam conservare non possis, si aliorum naturam imitans omittas tuam. Ut enim sermone eo debemus uti, qui notus est nobis, ne (ut quidam) Græca verba inculcantes jure optimo irrideamur: sic in actiones, omnemque vitam nullam discrepantiam conferre debemus.

Ce que nous venons de dire fait mieux comprendre que nulle autre chose, ce que c'est que *convenance & bienséance* 1; puis que le proverbe même nous apprend, que ce qui se fait *en dépit de Minerve* : c'est à dire en dépit de la nature, *ne sied jamais bien.* Car RIEN ne sied si bien qu'une parfaite uniformité de vie & de conduite. Or on ne la sçauroit garder, quand on sort de son naturel, pour imiter celuy des autres. Comme il faut donc parler chacun sa langue, qui est toûjours celle que l'on sçait le mieux; & ne point entre-mêler de mots grecs dans le discours, comme font de certaines gens, qui par là se rendent ridicules à tout le monde; ainsi il faut que chacun demeure dans son caractere, & qu'on ne voye point de bigarrure dans la vie ni dans les actions.

Il n'y a que ce qui est naturel qui se puisse soûtenir.

1. C'est à dire, celle qui résulte de l'observation de ce qui convient au caractere particulier de chacun; & non pas cette bienseance generale qui est inseparablement attachée à l'honnêteté, & dont il a parlé au chap. 27.

2. Car un personnage contrefait & emprunté ne sçauroit se soûtenir.

Jusqu'où va, selon les Stoïciens, ce que chacun doit à son caractere.

Ce que chacun doit à son caractere va même si loin, que dans une même conjoncture, l'un doit se donner la mort, & non pas l'autre.

Atque hæc differentia naturarum tantam habet vim, ut nonnunquam mortem sibi ipse consciscere alius debeat, alius in eadem causa non debeat.

Caton, & ceux qui se rendirent à Cesar en Afrique, n'avoient-ils pas suivi le même party, & n'étoient-ils pas dans les mêmes termes? Cependant on auroit peut-être desapprouvé que ces autres se fussent donné la mort, parce que c'étoient des gens d'une sorte de vie moins tenduë, & qui ne se conduisoient pas par des maximes si severes. Mais pour Caton, à qui la nature avoit donné une fermeté d'ame incroyable, & qui l'avoit encore augmentée par une constance qui ne s'étoit jamais démentie; il étoit de son caractere de mourir plûtôt, que de voir le visage du Tiran 3.

Num enim alia in causa M. Cato fuit, alia ceteri, qui se in Africa Cæsari tradiderunt? Atqui ceteris forsitan vitio datum esset, si se interemissent, propterea quod eorum vita lenior, & mores fuerant faciliores: Catoni autem cum incredibilem tribuisset natura gravitatem, eamque ipse perpetua constantia roboravisset, semperque in proposito, susceptoque consilio permansisset, moriundum potius, quam tyranni vultus adspiciendus fuit.

3. Les Stoïciens, que Ciceron suit dans cet ouvrage, & dont Caton avoit embrassé la secte, mettoient la vie même au nombre des choses qui ne sont ni des biens ni des maux; & dont on doit se défaire, dès qu'on ne peut plus les conserver qu'aux dépens de la vertu, & même d'une certaine dignité dont le Sage, selon eux, ne devoit jamais se départir, & qu'ils croyoient incompatible avec

Quam

Quam multa passus est Ulyxes in illo errore diuturno, cum & mulieribus (si Circe, & Calypso, mulieres appellandæ sunt) inserviret, & in omni sermone omnibus affabilem & jucundum se esse vellet? domi vero etiam contumelias servorum ancillarumque

Que n'a point souffert Ulysse, dans cette longue suite de voyages & d'avantures? Ne s'est-il pas vû réduit jusqu'à servir des femmes, si ce sont des femmes que Circé 4 & Calipso 5? Que n'a-t'il point fait pour se rendre agréable à tout le monde, par la douceur de ses manieres & de ses paroles?

la servitude. Ces maximes paroissoient avoir quelque chose de grand; & il y a en effet de la grandeur de courage à mépriser la mort. Mais elles n'en étoient pas moins fausses; & Ciceron luy même en propose de plus saines, & de plus conformes au Christianisme, dans *le songe de Scipion*, où il enseigne que *comme c'est Dieu qui a engagé l'ame dans le corps, il n'appartient qu'à luy de l'en dégager; & que l'entrée du Ciel est fermée à tous ceux qui sortent de la vie sans son ordre.* C'est ce que les Stoïciens sont d'autant moins excusables de n'avoir pas vû, que selon leurs principes mêmes, la vertu consiste *à suivre la nature*; & que *suivre la nature* n'est autre chose que suivre Dieu, & demeurer soûmis à ses ordres, & qu'ainsi c'est attaquer la vertu dans son principe, que de se soustraire aux ordres de Dieu, & d'usurper son authorité, en s'ôtant la vie à soy-même. On pourroit ajoûter, que cette dignité même dont les Stoïciens faisoient tant de cas, n'est blessée que par ce qui blesse la vertu; & qu'il n'y a rien de honteux que les mauvaises actions. Ainsi on peut dire avec saint Augustin, au premier Livre *de la Cité de Dieu*, chap. 23. que quand Caton crut se devoir ôter la vie, plûtôt que de tomber entre les mains de Cesar, ce n'étoit pas tant l'honnêteté qui prenoit ses précautions contre quelque chose de honteux, que la foiblesse qui se déroboit à des maux qu'elle ne se sentoit pas capable de porter.

4. Cette fameuse Magicienne, chez qui la tempête jetta Ulisses, dont elle changea les compagnons en pourceaux.

5. Nymphe, fille de l'Ocean & de Thetis. Elle regnoit dans l'Isle d'Ogigie, lors qu'Ulisse ayant fait naufrage s'y sauva; & elle l'y retint six ou sept ans.

Combien d'outrages a-t'il essuyé dans sa propre maison, des valets mêmes & des servantes ? Enfin que n'a-t'il point pris en gré, pour parvenir à son but 6? Ajax au contraire, de l'humeur dont on nous le dépeint, auroit mille fois mieux aimé mourir, que d'en souffrir autant.

pertulit, ut ad id aliquando, quod cupiebat, perveniret. At Ajax, quo animo traditur, millies oppetere mortem, quam illa perpeti maluisset.

C'est une grande sagesse que de demeurer dans son caractere, & de ne rien entreprendre qui n'y convienne.

Tout cela merite de grandes reflexions ; & nous doit apprendre qu'IL FAUT que chacun s'étudie à bien connoître son caractere particulier, qu'il se borne à le regler & à le cultiver, & qu'il ne lúy prenne jamais envie de voir si le caractere d'un autre lui sieroit bien. Car CE QUI EST du caractere de chacun, est toûjours ce qui luy sied le mieux.

Quæ contemplantes expendere oportebit, quid quisque habeat sui, eaque moderari, nec velle experiri, quam se aliena deceant, id enim maxime quemque decet, quod est cujusque maxime suum.

Que chacun connoisse donc son naturel & son genie, & se juge severement lui-même, sur ce qu'il y a de bon & de mauvais 7. Aïons au moins autant de prudence & de discernement que les Co-

Suum igitur quisque noscat ingenium, acremque se & bonorum & vitiorum suorum judicem prebeat; ne scenici plus quam nos videantur habere prudentiæ : illi enim non opti-

6. Qui étoit de surprendre les galans de sa femme Penelope, & de la posseder en repos.

7. C'est à quoy tend cette maxime des philosophes qu'ils donnoient pour un oracle d'Appollon, *Connoissez-vous vous-même.*

mas, sed sibi accommodatissimas fabulas eligunt : qui voce freti sunt, Epigonos, Medumque ; qui gestu, Menalippam, Clytamnestram : semper Rupilius, quem ego memini, Antiopam, non sæpe Æsopus Ajacem. Ergo histrio hoc videbit in scena, non videbit vir sapiens in vita ?

mediens; qui entre les pieces de theatre choisissent, non les meilleures, mais celles qui leur conviennent le mieux. Ceux qui ont la voix forte joüent volontiers les Epigones 8, & Medus 9 ; & ceux qui ont le geste beau, aiment mieux joüer Menalippe 10 & Clytemnestre 11. Je me souviens que Rupilius joüoit toûjours Antiope 12 ; & qu'Esope 13 évitoit tant qu'il pouvoit de joüer Ajax 14. Quoy, un Comedien verra fort bien ce qui

On sçait garder la décence & la convenance en

8. Tragédie d'Euripide, traduite en latin par Accius, & dont le sujet étoit pris de la seconde guerre de Thebes. Comme cette guerre fut entreprise par les enfans de ceux qui avoient péri à la premiere, on leur donna le nom d'*Epigones*, qui signifie proprement *seconde race* ; qui s'élevoient contre les Thebains, à la place de ceux qu'ils avoient défaits ; & ceux-cy furent victorieux à leur tour, ayant pris & rasé la ville de Thebes, sous la conduite d'Alcmeon.

9. Fils de Medée, dont les avantures, aussi bien que celles de sa mere, ont fourni aux Poëtes de quoy s'exercer. Cette piece étoit de Pacuve, Poëte Latin, fils d'une sœur d'Ennius.

10 Sœur d'Antiope Reine des Amazones. Hercule l'ayant prise prisonniere à la guerre, Antiope donna pour sa rançon jusqu'à ses armes & son baudrier. Le Poëte Accius avoit fait une Tragédie de cette avanture.

11. Femme d'Agamemnon, celebre par ses avantures avec Egiste. Cette Tragédie étoit d'Accius.

12. Reine de Thebes, dont Jupiter fut amoureux, & qui fut mere d'Amphion & de Zeté.

13. Celebre Comedien, dont Ciceron avoit appris la maniere de bien prononcer.

14. Les emportemens d'Ajax ne convenoient pas à un Comedien aussi mesuré que l'étoit Esope.

toutes choses, hors la principale.

lui convient sur le theatre; & un honnête homme ne verra pas ce qui lui convient dans la vie?

Ce n'est que malgré soy qu'on doit se charger de ce qui n'est pas de son caractere.

Appliquons-nous donc principalement aux choses à quoy nous sommes propres; & s'il arrive que nous nous trouvions forcez de nous charger de quelques-unes de celles qui ne sont pas de nôtre génie; faisons en sorte, à force de les mediter, & d'y apporter tout le soin & toute l'exactitude imaginable, que si nous ne pouvons y réüssir parfaitement, au moins nous nous en acquittions le moins mal qu'il nous sera possible, & souvenons-nous qu'IL NE FAUT pas tant songer à acquerir les qualitez qu'il n'a pas plû à la nature de nous donner, qu'à nous défaire de ce que nous pouvons avoir de vices & de défauts.

Il est bien plus aisé de corriger ses défauts, que d'acquerir les talens & les qualitez que l'on n'a pas.

Ad quas igitur res aptissimi erimus, in iis potissimum elaborabimus: sin aliquando necessitas nos ad ea detruserit, quæ nostri ingenii non erunt, omnis adhibenda erit cura, meditatio, diligentia, ut ea, si non decore, at quam minimum indecore facere possimus. Nec tam est enitendum, ut bona, quæ nobis data non sint, sequamur, quam ut vitia fugiamus.

CHAPITRE XXXII.

Devoirs qui resultent de la difference des conditions ou des professions. Imiter les vertus de ses peres, & encherir même pardessus. Rien de plus important que le choix d'un genre de vie. Il est rare de le faire par raison. Ce qui doit porter à l'un plûtôt qu'à l'autre. N'en pas changer sans de grandes raisons. Ce qu'il faut observer quand on y est obligé. Ne rien entreprendre qui ne soit de sa portée. L'honnêteté & la probité supléent au défaut de toutes les autres qualitez. Ne pas déroger à la vertu de ses peres.

AC duabus iis personis, quas supra dixi, tertia adjungitur, quam casus aliquis, vel tempus imponit; quarta etiam, quam nobismetipsis judicio nostro accommodamus: nam regna, imperia, nobilitates, honores, divitiæ, opes, eaque, quæ sunt his contraria, in casu sita, temporibus gubernantur.

OUTRE ces deux principaux personnages, dont la nature nous a chargez, & dont nous avons parlé, il y en a un troisiéme, qui est celuy que la fortune & les conjonctures du tems nous imposent; commē la royauté, le commandement des armées, la grandeur de la naissance, les dignitez, les grands biens; & même les états les plus bas, & les plus opposez à ceux-là: car ce sont toutes choses qui dépendent de la fortune, ou des conjonctures du tems.

Ce n'est pa assez de satisfaire aux devoirs generaux de l'homme, il faut encore remplir ceux de l'état & du rang où l'on se trouve dans le monde.

Ipsi autem gerere quam personam velimus, à nostra voluntate proficiscitur: itaque se alii ad Philoso-

Il y en a encore un quatriéme, qui est entierement de nôtre choix: car il dépend de chacun de s'appliquer ou à la Philo-

G iij

sophie, ou à l'étude des loix, ou à celle de l'éloquence. Il y a même des vertus en quoy l'on aime mieux exceller qu'en d'autres, & que l'on cultive davantage par cette raison.

phiam, alii ad jus civile, alii ad eloquentiam applicant; ipsarumque virtutum in alia alius mavult excellere.

Les choses où nos peres & nos ancêtres ont excellé, sont d'ordinaire celles à quoy nous nous attachons, & où nous voudrions aussi exceller. C'est ainsi que Quintus Mucius [1], fils de Publius, s'attacha à l'étude des loix; & Scipion [2], fils de Paul Æmile, à la guerre. Il y en a qui ajoûtent quelque nouveau merite, & qui vivent de leur propre fonds, à celuy dont ils ont herité de leurs peres; comme ce même Scipion ajoûta ce-

Quorum vero patres, aut majores aliqua gloria præstiterunt, ii student plerumque eodem in genere laudis excellere: ut Q. Mucius, P. filius, in jure civili, Pauli filius Africanus in re militari. Quidam autem ad eas laudes, quas à patribus acceperunt, addunt aliquam suam: ut hic idem Africanus eloquentia cumulavit bellicam gloriam; quod idem fecit Timotheus,

1. C'est celuy qui fut grand Pontife; il étoit gendre de Lelius, & il est un des interlocuteurs du Livre que Ciceron a fait de *l'Amitié*, il en parle encore dans le troisiéme des Offices, ch. 15. & 17.

2. C'est le second Afriquain; quoique la famille Æmiliene dont il étoit, fût une des plus illustres de Rome; & que Paul Æmile son pere, en eût encore rehaussé la gloire, par la défaite du Roy Persée qu'il avoit pris & mené en triomphe à Rome, le fils ne laissa pas de se tenir honoré de prendre le nom de Scipion, ayant été adopté par le fils du premier Afriquain. Personne n'étoit plus digne de ce grand nom; il luy donna un nouveau lustre par son merite & sa vertu, & par l'éclat de ses grandes actions, ayant pris & rasé Cartage & Numance, comme on a déja vû ailleurs.

Cononis filius qui, cum belli laude non inferior fuisset quam pater, ad eam laudem doctrinæ & ingenii gloriam adjecit.

luy de l'éloquence à la gloire militaire. C'est ce que fit encore Timothée [3], fils de Conon [4], qui n'étant point inferieur à son pere par les qualitez militaires, les rehaussa encore par un grand fonds d'esprit & de science.

Fit autem interdum, ut nonnulli, omissa imitatione majorum, suum quoddam institutum consequantur; maximeque in eo plerumque elaborant ii, qui magna sibi proponunt, obscuris orti majoribus.

Mais il arrive quelquefois, que sans s'attacher à marcher sur les traces de ses peres, on se fait un autre plan, & qu'on prend des routes tout differentes. C'est ce que font d'ordinaire ceux qui étant d'une naissance obscure, ne laissent pas d'aspirer à quelque chose de grand.

Hæc igitur omnia, cum quærimus quid deceat, complecti animo & cogitatione debemus.

Tout ce que je viens de dire demande beaucoup de reflexions; & chacun y doit avoir égard, lors qu'il s'agira de voir ce qui lui convient le mieux.

In primis autem constituendum est, quos

Où sont ceux qui se

Sur cela il faut commencer par voir ce que

3. Il fut disciple d'Isocrate, & son amour pour les lettres ne l'empêcha pas d'être assez grand Capitaine pour se faire donner le nom de *Preneur de villes*; jusques-là qu'on le peignit dormant, tenant de la main un filet, où la fortune faisoit entrer les villes en foule.

4. C'a été un des grands Capitaines qu'ayent eu les Atheniens. Il les avoit délivrez de l'oppression des étrangers, & avoit rebâti les murs de leur ville; & depuis il gagna encore une bataille à la tête de leurs troupes, contre les Lacedemoniens, l'an 360. de la fondation de Rome.

soient determinez par raison à un genre de vie plutôt qu'à l'autre?

nous voulons être, & quel genre de vie nous devons suivre; & c'est sur quoy il est plus difficile qu'on ne sçauroit croire, de bien prendre son parti. Car dans la jeunesse, qui est le tems où l'on le prend d'ordinaire, comme on n'a point encore la raison assez forte pour se conduire par elle, on se laisse aller à ce qui flate le plus; & c'est par là qu'on se détermine. Ainsi on se trouve engagé dans un genre de vie, avant d'avoir été en état de juger lequel est le meilleur.

nos, & quales esse velimus, & in quo genere vitæ: quæ deliberatio est omnium difficillima. Ineunte enim adolescentia, cum est maxima imbecillitas consilii, tum id sibi quisque genus ætatis degendæ constituit, quod maxime adamavit: itaque ante implicatur aliquo certo genere cursuque vivendi, quam potuit, quod optimum esset, judicare.

Je sçai bien que Xenophon, aprés Prodicus 5, rapporte qu'Hercule, dés la premiere jeunesse, qui est le tems qu'il semble que la nature nous ait donné pour choisir un genre de vie, se retira dans la solitude; & que là, voyant comme devant lui la voye de la volupté, & celle de la vertu, il fut long-tems à déliberer en luy-même, laquelle des deux luy seroit la plus avantageuse. Mais cela étoit bon pour le fils de Jupiter, & non

Les hommes vivent au hazard.

Nam quod Herculem Prodicus dicit (ut est apud Xenophontem) cum primum pubesceret (quod tempus à natura ad deligendum, quam quisque viam vivendi sit ingressurus, datum est) exisse in solitudinem, atque ibi sedentem, diu secum multumque dubitasse, cum duas cerneret vias, unam Voluptatis, alteram Virtutis, utram ingredi melius esset; hoc Herculi Jovis satu

5. Sophiste de l'Isle de Cos, qui avoit été maître d'Euripide.

edito potuit fortasse contingere : nobis non item, qui imitamur, quos cuique visum est, atque ad eorum studia institutaque impellimur.

pas pour nous ; qui ne faisons que suivre l'exemple, l'un de celui-ci, & l'autre de celui-là, selon que nous aurons eté frappez de l'un ou de l'autre ; & qui nous laissons entraîner par là dans le genre de vie qu'il aura plû à ceux que nous prenons pour modéles de choisir.

CHAPITRE XXXIII.

Ce qui détermine la plûpart des hommes à un genre de vie plûtôt qu'à l'autre. Combien il y en a peu qui se donnent le tems d'y bien penser. A quoy l'on doit principalement avoir égard dans ce choix-là. Que dez qu'on a pris un genre de vie il faut s'y tenir ; & n'en pas changer sans de grandes raisons. Ce qui peut empêcher qu'on ne suive l'exemple de ses peres. Par où l'on peut suppléer au défaut des qualitez éclatantes. Avec quel soin on doit conserver la gloire dont on a hérité de ses peres.

PLerique autem parentium præceptis imbuti, ad eorum consuetudinem, moremque deducimur : alii multitudinis judicio feruntur, quæque majori parti pulcherrima videntur, ea maxime exoptant : nonnulli tamen sive felicitate quadam, sive bonitate naturæ, sive parentium disciplina, rectam vi-

LA plûpart, imbus des preceptes qu'ils ont reçus de leurs pères dans leur bas âge, en prennent les manieres ; & se font un plan de vie sur le leur. D'autres se laissent emporter par la multitude ; & ne trouvent rien de si beau que ce qu'elle approuve. Quelques-uns neanmoins, par quelque bonheur extraordinaire, ou par l'avantage d'un beau naturel, ou d'une bonne éducation, se tournent comme il faut, & prennent la bonne voye.

ta secuti sunt viam.

* On en voit même, quoy que rarement, qui ayant beaucoup de lumieres, naturelles ou acquises, ou s'étant même trouvez également pourvûs des unes & des autres, n'ont formé le plan de leur vie qu'aprés s'être donné le tems d'y bien penser. Toutes ces sortes de déliberations doivent rouler principalement sur ce qui convient au naturel & au caractere de chacun. Car si pour réüssir dans chaque action particuliere, & pour s'en acquiter avec bienséance, il faut, comme nous avons dit plus haut, que chacun consulte son caractere; combien plus doit-on le consulter, lors qu'il s'agit de former le plan de toute la vie; si l'on veut luy donner une forme certaine, & toûjours égale à elle même, & ne se démentir jamais sur aucune sorte de devoirs?

Sur quoy on se doit regler principalement, dans le choix d'un genre de vie.

Illud autem maxime rarum genus est eorum, qui aut excellentis ingenii magnitudine, aut præclara eruditione, atque doctrina, aut utraque re ornati, spatium etiam deliberandi habuerunt, quem potissimum vitæ cursum sequi vellent. In qua deliberatione ad suam cujusque naturam consilium est omne revocandum. Nam cum in omnibus, quæ aguntur ex eo modo, quo quisque natus est (ut supra dictum est) quid deceat, exquirimus; tum in tota vita constituenda multo est ei rei cura major adhibenda, ut constare in vitæ perpetuitate possimus nobismetipsis, nec in ullo officio claudicare.

Cela dépend un peu de

Ad hanc autem ra-

* Le Chapitre 32. ne commence qu'icy dans le latin, mais il doit commencer plus haut.

tionem, quoniam maximam vim natura habet, fortuna proximam, utriusque omnino ratio habenda est in deligendo genere vitæ: sed naturæ magis: multo enim & firmior est, & constantior, ut fortuna nonnumquam, tanquam ipsa mortalis cum immortali natura pugnare videatur.

la fortune, aussi bien que du naturel; mais beaucoup moins de l'une que de l'autre. Ainsi, quoy que dans le choix d'un genre de vie on doive avoir égard aux deux, on en doit bien plus avoir au naturel, qu'à ce qui peut dépendre de la fortune; puis qu'au lieu que la fortune est variable & chancelante, le naturel a une forme certaine & arrêtée; & qu'ainsi quand la fortune combat contre la nature, c'est comme si une force mortelle combattoit contre une immortelle.

On se prend souvent à la fortune des vices du naturel.

Qui igitur ad naturæ suæ non vitiosæ genus consilium vivendi omne contulerit, is constantiam teneat; id enim maxime decet; nisi forte se intellexerit errasse in deligendo genere vitæ. Quod si acciderit (potest autem accidere) facienda morum institutorumque mutatio est: eam mutationem, si tempora adjuvabunt, facilius commodiusque faciemus; sin minus, sensim erit pedetentimque facienda: ut amicitias,

Quand on aura donc choisi un genre de vie conforme à son naturel, pourvû que ce ne soit pas un naturel vicieux & déreglé, on ne sçauroit mieux faire que de s'y tenir: car rien ne sied si mal que d'en changer. Si neanmoins on s'appercevoit qu'on eût fait un mauvais choix, comme il peut fort bien arriver: il faut changer sans hesiter. Si la conjoncture du tems favorise un tel changement, il coûte moins; & on le fait plus à propos. Sinon, il faut le faire peu à peu, & d'une

Ne pas changer legerement de genre de vie.

Mesures à garder quand on croit devoir se déprendre de certaines amitiez.

maniere insensible. C'est ainsi que lors qu'on ne se trouve pas bien de certaines amitiez, & qu'on a un sujet legitime de s'en détacher ; les sages trouvent plus à propos qu'on s'en retire peu à peu, que de les rompre tout d'un coup. Or, quand on a tant fait que de changer de genre de vie, il faut faire en sorte qu'il paroisse qu'on l'a fait par de bonnes raisons.

quæ minus delectent, & minus probentur, magis decere censent sapientes sensim dissuere, quam repente præcidere. Commutato autem genere vitæ, omni ratione curandum est, ut id bono consilio fecisse videamur.

Les exemples sont une regle peu seure.

Se bien connoître, fondement de tout.

Ce que nous avons dit plus haut, qu'il est bon d'imiter ses ancêtres ou ses peres, a ses exceptions. Car, en premier lieu, il faut bien se garder d'imiter leurs vices, s'ils en avoient eu ; & il ne faut pas non plus entreprendre de les imiter dans ce qui passe nos forces ; & que nôtre constitution naturelle ne sçauroit porter. C'est ainsi qu'au lieu que le premier des deux Scipions, à qui on a donné le nom d'*Afriquain*, avoit merveilleusement bien soûtenu la gloire de son pere [1] ; son fils [2], qui a-

Sed quoniam paullo ante dictum est, imitandos esse majores, primum illud exceptum sit, ne vitia sint imitanda ; deinde, si natura non feret, ut quædam imitari possint, ut superioris Africani filius, qui hunc Paullo natum adoptavit, propter infirmitatem valitudinis non tam potuit patris similis esse, quam ille fuerat sui.

1. C'étoit Cornelius Scipion. Il avoit soûtenu les premiers efforts du premier Annibal contre les Romains, & remporté sur luy un si grand nombre de victoires en Es-

dopta celui de Paul Æmile, se trouva par sa mauvaise santé hors d'état de marcher sur les traces de son pere, du même pas dont ce grand homme avoit marché sur celles du sien.

Si igitur non poterit sive causas defensitare, sive populum concionibus tenere, sive bella gerere: illa tamen præstare debebit, quæ erunt in ipsius potestate, justitiam, fidem, liberalitatem, modestiam, temperantiam, quo minus ab eo id, quod desit, requiratur.

Si l'on ne se trouve donc pas capable, ni des actions du Barreau, ni de celles qui se font devant le peuple, & qui vont à le contenir dans son devoir, ni des emplois de la guerre; qu'au moins on soit exact à s'acquitter de ce qui dépend de soy; c'est-à-dire, de tous les devoirs de la justice, de la probité, de la liberalité, de la modestie, & de la temperance; & par là le public s'appercevra d'autant moins de ce qui nous manque, & nous en tiendra quittes d'autant plus volontiers.

L'honnêteté & la probité tiennent lieu de tout, & suppléent à tout.

Optimus autem here-

Or, l'HERITAGE le

pagne, que les Romains, en reconnoissance de ses services, voulurent le faire Consul & Dictateur pour toute sa vie. Mais il refusa ces honneurs, dit Valere Maxime au chapitre premier du livre 4. avec autant de grandeur d'ame, qu'il en avoit fait paroître à les meriter.

1. Ce fils auroit égalé la gloire de son pere, sans sa mauvaise santé. Il continua la guerre en Espagne contre Annibal, le suivit en Afrique, le défit, & rendit Carthage tributaire. Il étoit d'ailleurs homme de lettres, & on a de luy une histoire écrite en grec, d'un stile aisé & plein de graces.

plus précieux & le plus noble qui puisse passer des peres aux enfans, c'est la gloire qu'ils ont acquise par leur vertu & par leurs grandes actions; & c'est une espece de crime & d'impieté que de la tenir par quelque chose de honteux, & d'indigne d'un honnête homme.

La vertu & le merite des peres, font qu'on pardonne moins aux enfans, de n'en pas avoir.

ditas à patribus traditur liberis, omnique patrimonio præstantior, gloria virtutis, rerumque gestarum: cui dedecori esse nefas & impium judicandum est.

CHAPITRE XXXIV.

Devoirs differens selon les âges: ceux des jeunes gens: ceux des vieillards. Le déreglement de ceux-cy, honteux à eux-mêmes & pernicieux aux autres. Devoirs des Magistrats, des particuliers & des étrangers. L'uniformité est ce qu'il y a de plus important pour la bienseance.

COMME les devoirs changent selon les âges, & que ceux des jeunes gens sont differens de ceux des vieillards, il faut dire quelque chose des uns & des autres.

ET quoniam officia non eadem disparibus ætatibus tribuuntur, aliaque sunt juvenum, alia seniorum, aliquid etiam de hac distinctione dicendum est.

Il est du devoir des jeunes gens d'avoir du respect pour ceux qui sont avancez en âge; & entre ceux-là ils doivent choisir les plus gens de bien, & ceux qui se sont acquis le plus de réputation par leur

Devoirs des jeunes gens.

Est igitur adolescentis majores natu vereri, exque his deligere optimos, & probatissimos quorum consilio atque auctoritate nitatur. Ineuntis enim ætatis inscientia senum

constituenda & regenda prudentia est.

vertu ; & s'attacher à eux, pour se conduire par leurs conseils & par leurs exemples. Car LE PEU d'experience des jeunes gens a besoin d'être conduit par la sagesse des vieillards.

Maxime autem hæc ætas à libidinibus arcenda est, exercendaque in labore, patientiaque & animi & corporis, ut eorum & in bellicis, & civilibus officiis vigeat industria.

Sur tout, ils doivent se garder de toutes sortes de débauches, & s'accoûtumer au travail du corps & de l'esprit ; afin de se rendre capables de soûtenir & les emplois de la guerre, & ceux de la vie civile.

La maniere dont on passe sa jeunesse influë sur tout le reste de la vie.

Atque etiam cum relaxare animos, & dare se jucunditati volent, caveant intemperantiam, meminerint verecundiæ : quod erit facilius, si in ejusmodi quidem rebus majores natu interesse velint.

Lors même qu'ils voudront se réjoüir, & se délasser par quelque sorte de plaisir, qu'ils évitent l'intemperance ; & qu'ils ne perdent jamais de vûë la pudeur & la modestie. C'est ce qui leur coûtera beaucoup moins, si dans leurs plaisirs mêmes ils sont bien aises d'avoir pour spectateurs, & pour témoins de leurs actions, des personnes d'un âge avancé.

Les yeux des personnes sages sont un puissant frein aux emportemens des jeunes gens.

Senibus autem labores corporis minuendi, exercitationes animi etiam augendæ videntur, d[illegible]nda vero opera, ut & amicos, & ju-

Pour ceux-ci, moins ils sont capables des exercices du corps, plus ils doivent s'appliquer à ceux de l'esprit. Leur principale occupation doit être

Devoirs des vieillards.

d'assister les jeunes gens, & encore plus leurs amis & la Republique, des conseils que leur sagesse & leur experience les mettent en état de donner.

ventutem, & maxime remp. consilio, & prudentia quamplurimum adjuvent.

La vieillesse même doit se roidir contre la paresse.

Ce qu'ils doivent le plus éviter, c'est de se laisser aller à une certaine sorte de langueur & de paresse qui rend inutile à tout.

Nihil autem magis cavendum est senectuti, quam ne languori se desidiæque dedat.

Combien le déreglement des vieillards est honteux pour eux, & pernicieux pour les jeunes gens.

Quant à la dissolution & au déreglement des mœurs, il n'y a rien de plus honteux, à quelque âge que l'on soit, & sur tout dans la vieillesse. Mais quand l'impudicité s'y joint, les vieillards qui s'y laissent aller sont doublement coupables; & par l'infamie dont ils se couvrent, & par le mal qu'ils font aux jeunes gens, dont l'intemperance devient plus insolente par de tels exemples.

Luxuria vero cum omni ætati turpis, tum senectuti fœdissima est: sin autem libidinum etiam intemperantia accesserit, duplex malum est, quod & ipsa senectus concipit dedecus, & facit adolescentium impudentiorem intemperantiam.

Outre ces devoirs generaux, il y en a de particuliers pour les Magistrats, pour les personnes privées; & pour les étrangers; & il faut dire un mot de chacun.

Ac ne illud quidem alienum est, de Magistratuum, de privatorum, de civium, de peregrinorum officiis dicere.

Devoirs des Magistrats.

Quant aux Magistrats, ils doivent avoir compris qu'ils representent la Re-

Est igitur proprium munus magistratus, intelligere se gerere per-

sonam civitatis, debereque ejus dignitatem & decus sustinere, servare leges, jura describere, ea fidei suæ commissa meminisse.

publique; & que c'est à eux à en soûtenir la dignité, à maintenir les loix, & à rendre la justice dont ils sont les dépositaires.

Privatum autem oportet æquo & pari cum civibus jure vivere, neque submissum & abjectum, neque se efferentem; tum in rep. ea velle, quæ tranquilla & honesta sint: talem enim & sentire bonum civem, & dicere solemus.

Devoirs des particuliers.

Le devoir des personnes privées est de ne point prétendre la distinction entre les autres citoyens: de trouver bon que l'égalité soit gardée; d'éviter également la hauteur & la prostitution; & de ne rien desirer que l'honnêteté ne puisse permettre, & qui ne soit propre à maintenir la tranquillité de la Republique. Car voila ce que nous avons accoûtumé de demander d'un bon citoyen.

Peregrini autem, & incolæ officium est, nihil præter suum negotium agere, nihil de alieno anquirere, minimeque in aliena esse rep. curiosum.

Devoirs des étrangers.

Pour les étrangers, leur devoir est de faire chacun leurs affaires, sans se mêler [illegible] des autres; & sans vouloir penetrer les secrets, ni juger de la conduite d'un Etat dont ils ne sont point.

Ita fere officia reperientur, cum quæretur, quid deceat: & quid aptum sit personis, temporibus, ætatibus. Nihil est autem, quod tam deceat, quam in omni re gerenda, consilio-

Ce qui sied le mieux à tout le monde.

Voila à peu prés de quelle maniere nous pouvons arriver à la connoissance de nos devoirs, par rapport à ce qui convient aux personnes, aux conjonctures des temps & à la difference des âges.

Mais il faut toûjours se souvenir que rien ne sied si bien à toutes sortes de personnes, que l'uniformité dans les actions, & la constance dans les resolutions.

que capiendo servare constantiam.

CHAPITRE XXXV.

Bienseance exterieure en quoy elle consiste. Regles de la pudeur, prises de la nature. Erreur des Cyniques, & de quelques Stoïciens sur ce sujet. Détail de ce qui fait la bienseance exterieure. Quel soin les Romains avoient de la pudeur.

Bienseance dans l'exterieur.

D'où elle resulte.

LA bienseance doit reluire, non seulement dans les paroles & dans les actions; mais jusques dans les mouvemens du corps, & dans tout l'exterieur. C'est ce qui se peut reduire à trois choses; à être bien fait; à faire toutes choses à propos & avec un certain ordre; & à se prendre de bonne grace à tout ce qu'on fait; & c'est par là que nous pouvons le mieux réüssir dans le soin que nous devons avoir de plaire à ceux avec qui nous vivons. Ce sont choses qui s'entendent assez; mais qu'il est difficile d'expliquer. Nous ne laisserons

SEd quoniam decorum illud in omnibus factis, & dictis, in corporis denique motu & statu cernitur, idque positum est in tribus rebus, formositate, ordine, ornatu ad actionem apto, difficilibus ad eloquendum, sed satis erit intelligi. In his autem tribus continetur cura etiam illa, ut probemur iis, quibuscum, & apud quos vivamus: his quoque de rebus pauca dicantur.

pourtant pas d'en dire un mot.

Principio, corporis nostri magnam natura ipsa videtur habuisse rationem, quæ formam nostram, reliquamque figuram, in qua esset species honesta, posuit in promptu; quæ partes autem corporis ad naturæ necessitatem datæ, adspectum essent deformem habituræ ac turpem, eas contexit atque abdidit.

Il faut remarquer d'abord, que la nature a apporté beaucoup d'art & de soin à la construction de nos corps, ayant mis en évidence, non seulement le visage, mais encore toutes les autres parties qui pourroient faire plaisir à voir; & ayant caché, & pour ainsi dire, derobé aux yeux, celles qui ne sont que pour de certaines necessitez; & dont la vûë ne pouvoit être que choquante & desagreable.

La construction même de nos corps est une instruction pour nous.

Hanc naturæ tam diligentem fabricam imitata est hominum verecundia. Quæ enim natura occultavit, eadem omnes, qui sana mente sunt, removent ab oculis, ipsique necessitati dant operam ut quam occultissime pareant: quarumque partium corporis usus sunt necessarii, eas neque partes, neque earum usus suis nominibus appellant; quodque facere turpe non est, modo occulte, id dicere obscœnum est: itaque

C'est sur ce soin de la nature, dans cette construction si bien étenduë, que la pudeur a formé ses regles. Car tous ceux qui n'ont pas perdu le sens, ne manquent point de tenir couvert ce que la nature même a caché; & ce n'est jamais qu'en secret qu'ils satisfont à de certains besoins du corps. Ils ne nomment jamais par leurs noms, ni les parties qui nous ont été données pour ces sortes de besoins, ni l'usage qu'on en fait. Car quoy qu'il n'y ait rien de honteux dans ces ac-

Les regles de la pudeur sont prises de la nature.

Les paroles nous peignent les objets; & c'est montrer ceux qui ne doivent point paroître, que de les nommer par leurs noms.

tions, pourvû qu'elles se fassent en secret, on n'en sçauroit parler sans honte; & autant qu'il y auroit de grossiereté & d'impudence à ne les pas cacher, autant y en auroit-il à en parler ouvertement.

nec aperta actio rerum illarum petulantia vacat, nec orationis obscœnitas.

Il ne faut donc écouter ni les Cyniques 1, ni les Stoïciens demy-Cyniques 2, qui se mocquent

Nec vero audiendi sunt Cynici, aut si qui fuerunt Stoici pæne Cynici, qui reprehendunt

1. Ces prétendus Philosophes avoient outré la maxime qu'il faloit *suivre la nature*, ou plûtôt ils ne l'avoient jamais comprise; & ils la prenoient dans le sens par où elle pourroit convenir aux bêtes, plûtôt que dans celuy par où elle convient à l'homme. Car au lieu qu'à l'égard de l'homme, *suivre la nature* n'est autre chose que suivre la raison, puisque la raison est la nature de l'homme; ils croyoient qu'il faloit suivre tous ces mouvemens naturels de l'appetit, qui nous sont communs avec les bêtes, & que c'étoit une foiblesse que d'en avoir honte & de s'en cacher.

2. Quelques Stoïciens, abusant aussi de la maxime, qu'*il n'y a rien de loüable & d'honorable que la vertu, ni rien de blamable & de honteux que les mauvaises actions*, se mocquoient aussi bien que les Cyniques, des égards de la pudeur, faute d'avoir compris quel en est le fondement. Car il est vray, comme ils disoient, que les actions dont la pudeur se cache n'ont rien de mauvais en elles mêmes: mais ils ne prenoient pas garde que la violence du soulevement de la partie inferieure, dans ces sortes d'actions blesse la dignité de la raison, qui se trouve alors comme une Reine sous les pieds de son esclave. C'est ce qui produit un sentiment de honte qui n'est que trop bien fondé; puisque rien n'en doit tant faire à l'homme, que ce qui l'entraîne malgré sa raison. C'est ce que les Stoïciens n'ont pas vû, non plus que les Cyniques; mais que saint Augustin a bien vû & bien démêlé, comme on peut voir au livre 4. *de la Cité de Dieu*, chap. 17. 19. & 23. au premier Livre *du Mariage & de la concupiscence*, chap. 6. au cinquiéme Livre *contre Julien*, chap. 2. & 3. &c.

& irrident, quod ea, quæ re turpia non sint, nominibus ac verbis flagitiosa ducamus; illa autem, quæ turpia sint, nominibus appellemus suis. Latrocinari, fraudare adulterare, re turpe est; sed dicitur non obscæne: liberis dare operam re honestum est, nomine obscænum: pluraque in eam sententiam ab iisdem contra verecundiam disputantur. Nos autem naturam sequamur, & omne, quod abhorret oculorum auriumque approbatione, fugiamus.

de cette retenuë, & qui trouvent mauvais qu'on nous fasse une espece de crime de nommer des choses qu'il n'est point honteux de faire, pendant que nous ne faisons nulle façon de nommer par leurs noms de veritables crimes, que l'on ne sçauroit commettre sans infamie. Y a t'il rien, disent-ils, de plus honteux que le vol, la fraude, l'adultere? Cependant nous n'avons point de honte de les nommer par leur nom. Il n'y a rien au contraire, que d'honnête dans les actions par où l'espece se conserve & se perpetuë : d'où vient donc qu'on n'ose les nommer; & que nous en faisons façon; comme de quelque chose deshonnête? C'est par ces sortes de discours & par plusieurs autres semblables, qu'ils attaquent les regles de la pudeur. Quant à nous, suivons la nature; & gardons-nous de tout ce qui choque naturellement les oreilles & les yeux.

La nature est une regle plus seure que les raisonnemens de la plûpart des Philosophes

Status, incessus sessio, accubitio, vultus, oculi, manuum motus,

En quelque état que nous soyons; debout, ou marchant; assis, ou sur

Bienseance à garder dans tout l'exterieur.

des lits de table 1 ; que la bienseance reluise donc toûjours sur nôtre visage, dans nos yeux, & dans nos gestes. Evitons également sur cela tout ce qui paroît effeminé, & qui tiendroit de la molesse; & tout ce qui est rude & grossier ; & ne disons pas que c'est aux Orateurs & aux Comediens à observer ces sortes de bienseances, & que nous n'avons que faire de nous y assujettir.

teneant illud decorum. Quibus in rebus duo maxime sunt fugienda: ne quid effœminatum, aut molle, & ne quid durum, aut rusticum sit. Nec vero histrionibus oratoribusque, concedendum est, ut iis hæc apta sint, nobis dissoluta.

Combien les Comediens mêmes observoient exactement les regles de la bienseance & de la pudeur.

Les Comediens ont porté si loin les regles de la bienseance & de la pudeur; que par une loy établie parmi eux, & qu'ils observent inviolablement, ils ne viennent jamais sur le theatre, sans avoir sous leurs habits dequoy cacher ce qui ne doit jamais paroître ; en sorte que quand leurs habits viendroient à s'entr'ouvrir on ne verroit rien de ce qui peut blesser la pudeur.

Scenicorum quidem mos tantam habet veteri disciplina verecundiam, ut in scenam sine subligaculo prodeat nemo: verentur enim, ne, si quo casu evenerit, ut corporis partes quadam aperiantur, adspiciantur non decore.

Belle marque de la pudeur des Romains,

Il est même établi parmi nous, que les enfans, qui ont atteint l'age de puberté, ne se baignent ja-

Nostro quidem more cum parentibus puberes filii, cum soceris generi non lavantur. Retinen-

1. Les anciens mangeoient à demi couchez, sur une espece de lits, qu'ils mettoient autour de la table,

da est igitur hujus generis verecundia, præsertim natura ipsa magistra & duce.

mais avec leurs peres ; ni les gendres avec les peres de leurs femmes. Nous devons donc observer ces regles de pudeur ; & avec d'autant plus de soin que la nature même nous y conduit, & nous les enseigne.

CHAPITRE XXXVI.

Ce que c'est qu'être bien-fait. Il n'y a que les airs naturels qui plaisent. Quelle doit être la propreté, à l'égard des hommes. Ce qu'il faut observer dans le marcher. L'exterieur découvre l'interieur. Regler les mouvemens de l'ame, avec bien plus de soin que ceux du corps. Par où on parvient à les regler. Deux sortes de mouvemens dans l'ame, l'appetit & la pensée. Tenir l'un soûmis à l'autre.

Cum autem pulchritudinis duo genera sint, quorum in altero venustas sit, in altero dignitas; venustatem, muliebrem ducere debemus ; dignitatem virilem. Ergo & à forma removeatur omnis viro non dignus ornatus ; & huic simile vitium in gestu motuque caveatur? Nam & palæstrici motus sæpe sunt odiosiores ; & histrionum nonnulli gestus inepti non vacant of-

Ce que c'est qu'être bien-fait.

Ce qui fait dire qu'une personne est bien faite consiste en deux choses : beauté, & bonne mine. L'une est proprement le partage des femmes, & l'autre celuy des hommes. Evitons donc dans ce qui accompagne le visage tout ce qui n'est pas de la dignité de l'homme ; aussi bien que dans les gestes, & dans tous les mouvemens du corps. Car il y a quelque chose de ridicule & de choquant, dans de cer-

On s'épargneroit bien de la peine, si on se soû-

veneit que vie : ne plaît que ce qui est naturel.

tains mouvemens qui sentent le baladin ou le maître d'armes ; & dans de certains gestes étudiez comme ceux des comediens : & on n'aime que ceux qui sont simples & naturels.

fensione : & in utroque genere, quæ sunt recta & simplicia laudantur.

Quelle doit être la propreté des hommes.

Il y a une sorte de teint & de couleur qui convient aux hommes, & qu'il faut avoir soin d'entretenir ; & c'est par l'exercice qu'on l'entretient. Du reste, ils doivent avoir une sorte de propreté qui n'ait rien de trop recherché ni de choquant, & qui soit seulement exempte de tout ce qui marqueroit de la grossiereté ou de la negligence. Il faut suivre la même regle dans la maniere de s'habiller ; & sur cela, comme sur une infinité d'autres choses, la mediocrité est ce qui convient le mieux.

Forma autem dignitas coloris bonitate tuenda est ; color exercitationibus corporis. Adhibenda est præterea munditia non odiosa, neque exquisita nimis ; tantum quæ fugiat agrestem, & inhumanam negligentiam. Eadem ratio est habenda vestitus, in quo, sicut in plerisque rebus, mediocritas optima est.

L'interieur répond d'ordinaire à l'exterieur.

En marchant, il faut également éviter une certaine lenteur molle & composée, comme celle de ces gens, qui dans les fêtes publiques portent les images des Dieux : & une précipitation turbulente, qui met hors d'haleine, & qui change le vi-

Cavendum est autem ne aut tarditatibus utamur in gressu mollioribus, ut pomparum ferculis similes esse videamur; aut in festinationibus suscipiamus nimias celeritates, quæ cum fiunt, anhelitus movetur, vultus mutantur,

tantur, ora torquentur, ex quibus magna significatio fit, non adesse constantiam.

sage : car il n'y a pas une plus grande marque de legereté d'esprit.

Sed multo etiam magis elaborandum est, ne animi motus à natura recedant : quod assequemur, si cavebimus, ne in perturbationes atque examinationes incidamus, & si attentos animos ad decoris conservationem tenebimus.

Mais nous devons travailler avec bien plus de soin à regler les mouvemens de l'esprit, & à les tenir dans les bornes qui nous sont prescrites par la nature,& c'est à quoi nous parviendrons, si nous sçavons nous défendre de tout ce qui jette dans le trouble, ou dans l'abbatement [1]; & si nous avons une attention perpetuelle à ce qui convient à la dignité de nôtre nature.

Par où on peut regler les mouvemens de l'esprit.

Motus autem animorum duplices sunt; alteri cogitationis, alteri appetitus. Cogitatio in vero exquirendo maxime versatur; appetitus impellit ad agendum. Curandum est igitur, ut cogitatione ad res quam optimas utamur; appetitum rationi obedientem prabeamus.

Il y a dans l'ame deux sortes de mouvemens: celuy de *la pensée*, & celuy de *l'appetit*. Celuy de la pensée va à découvrir la verité; & celuy de l'appetit est ce qui donne le branle à l'action. Ayons donc soin que nos pensées ne s'appliquent qu'à de bonnes choses; & que nôtre appetit ne fasse jamais que suivre les ordres de la raison.

Deux principes de mouvement dans l'ame.

Soûmission de l'appetit à la raison.

1. Par les moyens qu'il a donnez au commencement du chap. 20.

CHAPITRE XXXVII.

Des effets que fait le parler. Il y en a de deux sortes : l'une & l'autre ont besoin d'étude. De la voix, & de la bonne prononciation. Ce que demande la langue ordinaire. Ne point s'emparer de la conversation. Traiter chaque chose selon ce qu'elle est. Eviter la médisance & la raillerie. Sujets ordinaires des conversations. Mesures à garder sur chacune. Eviter dans le parler tout ce qui a quelque air de passion.

Deux sortes de parler.

IL n'y a rien qui fasse de si grands effets que le parler ; & le parler est de deux sortes: l'un plus tendu & plus élevé ; l'autre plus simple & plus uni. Celuy-là est pour le Barreau, pour le Senat & pour les harangues : celuy-cy est pour les conferences & les conversations familieres, & pour les propos de table. Tout le monde cherche à s'instruire sur le premier ; & c'est ce qui fait que tout est plein de Rheteurs, qui donnent des preceptes pour y réüssir. Mais il n'y a ni maîtres, ni preceptes pour le second, parce que personne ne croit avoir besoin d'en faire une étude. Je croi pourtant qu'il y en pourroit avoir : & ce que les Rheteurs enseignent, quand ils traitent *des cho-*

Le parler ordinaire demande de l'étude & des regles, aussi bien que le plus élevé.

ET quoniam magna vis orationis est, eaque duplex, altera contentionis, altera sermonis, contentio disceptationibus tribuatur judiciorum, concionum, senatus ; sermo in circulis, disputationibus, congressionibus familiarium versetur ; persequatur etiam convivia, contentionis præcepta rhetorum sunt ; nulla sermonis: quamquam haud scio an possint hæc quoque esse : sed discentium studiis inveniuntur magistri, huic autem qui studeant sunt nulli : rhetorum turba referta omnia: quamquam quæ verborum sententiarumque præcepta sunt, eadem ad sermonem pertinebunt.

ses & des expressions, regarde l'un aussi bien que l'autre.

Sed cum orationis indicem vocem habeamus; in voce autem duo sequamur, ut clara sit, ut suavis; utrumque omnino à natura petendum est: verum alterum exercitatio augebit, alterum imitatio presse loquentium & leniter.

Quelle doit être la voix.

Comme c'est par la voix que la parole se fait entendre, il faut que la voix soit claire & douce. L'un & l'autre viennent de la nature; mais on peut se perfectionner sur l'un par l'exercice; & sur l'autre en imitant ceux qui ont de la netteté dans la prononciation, & de la douceur dans la voix.

Nihil aliud fuit in Catulis, ut eos exquisito judicio putares uti litterarum; quamquam erant litterati; sed & alii: hi autem optime uti lingua Latina putabantur. Sonus erat dulcis, littera neque expressa, neque oppressa, ne aut obscurum esset, aut putidum. Sine contentione vox nec languens, nec canora.

Les deux Catules avoient ces deux dernieres qualitez au souverain degré; & cela seul faisoit croire qu'ils s'étoient fait une habitude de toutes les regles, que le plus grand fonds d'étude peut fournir sur ce sujet. Ce n'est pas qu'ils fussent sans étude: mais ils effaçoient bien des gens qui n'en avoient pas moins qu'eux; & à la maniere dont ils manioient la langue Latine, on croyoit qu'ils la sçavoient mieux que personne 1. Leur son de voix étoit doux & gracieux: les

1. Ciceron, dans son troisiéme Livre *de l'Orateur*, fait dite à Crassus, de Catule le pere, qu'il n'y avoit rien de plus delicieux que de l'entendre parler; & que son langage

Ce qui fait la bonne prononciation.

lettres ni étouffées ni trop marquées ; ce qui faisoit une prononciation qui n'avoit rien d'affecté ni de confus. La voix jamais trop poussée, & n'ayant rien de languissant, ni de trop résonnant.

La maniere de parler de Crassus 2 étoit plus pleine & plus riche, & n'avoit pas moins de graces. Cependant la réputation des Catules sur le bien parler n'a pas été moindre que la sienne. Mais César, frere de Catule le pere 3, avoit encore plus

Uberior oratio L. Crassi, nec minus faceta : sed bene loquendi de Catulis opinio non minor. Sale vero & facetiis Cæsar, Catuli patris frater, vicit omnes : ut in ipso illo forensi genere dicendi contentiones aliorum

étoit si pur, qu'il sembloit qu'il n'y eût que luy qui sçût parler Latin ; que ses discours avoient tout le poids & toute la force, & en même tems toute la douceur & toutes les graces qu'on pouvoit desirer ; & que tout y étoit rangé & ordonné avec une si grande justesse, qu'on n'auroit pû y rien changer, ajoûter, ou diminuer sans le gâter.

2. C'est celuy que Ciceron fait parler dans ses Livres *de l'Orateur.*

3. Ce Cesar n'est pas le grand Cesar, qui se rendit maître de la Republique, mais un autre du même nom, qui étoit fils d'une tante de Catule le pere. Car les Romains donnoient quelquefois le nom de *freres* aux cousins germains. Ciceron dans son troisiéme Livre *de l'Orateur*, fait dire à Crassus de celuy cy, qu'il avoit apporté une maniere de parler toute nouvelle, & à quoy nul autre que luy ne pouvoit atteindre : qu'il étoit le seul qui sçût traiter les choses les plus tragiques avec tous les agrémens que le genre comique peut fournir : répandre la douceur sur les sujets les plus tristes : mêler de la gayeté dans les plus serieux : temperer la secheresse des affaires du Barreau par toutes les graces dont le theatre est capable ; & enfin mettre de l'enjoüement dans les choses les plus élevées, sans leur rien faire perdre de leur poids & de leur force.

sermone vinceret.

de sel & de graces qu'eux tous ; & dans son langage ordinaire, il y avoit quelque chose de plus fort & de plus élevé que dans la plus haute eloquence du Barreau.

In omnibus igitur his elaborandum est, si in omni, quid deceat, exquirimus. Sit igitur hic sermo, in quo Socratici maxime excellunt, lenis, minimeque pertinax : insit in eo lepos.

Ce que je viens de dire merite qu'on y ait égard, & qu'on s'en fasse une étude particuliere, si l'on veut rechercher en toutes choses ce qui sied le mieux. Sur tout, il faut avoir soin que dans le langage ordinaire, qui est celuy où les disciples de Socrate ont excellé, il y ait de la douceur & des graces; & jamais rien qui marque nulle sorte d'entêtement ni d'opiniâtreté.

Ce qu'on doit observer principalement, dans le langage ordinaire.

Nec vero, tanquam in possessionem suam venerit, excludat alios : sed cum reliquis in rebus, tum in sermone communi, vicissitudinem non iniquam putet.

Un des défauts dont on doit le plus se garder sur ce sujet, c'est de s'emparer du discours, comme de quelque chose dont on seroit le maître, & dont on auroit droit d'exclure les autres. Il faut au contraire trouver bon que chacun ait son tour dans la conversation, aussi bien que dans beaucoup d'autres choses.

La tyrannie dans la conversation, insupportable comme en toute autre chose.

Ac videat in primis, quibus de rebus loqua-

On doit encore prendre garde de quoy l'on parle ;

Proportion à garder,

entre la maniere de parler; & les choses dont on parle.

& traiter serieusement les matieres serieuses, & plaisamment les choses enjoüées. Mais ce qui est le plus important, c'est de ne laisser jamais rien échapper qui marque quelque vice dans les mœurs; & rien n'en marque davantage, que de se jetter sur les absens; soit qu'on ne fasse que les tourner en ridicules, ou qu'on aille jusqu'à les déchirer par des médisances atroces.

Les médisans se font plus de tort à eux-mêmes qu'à ceux dont ils disent du mal.

tur: si seriis severitatem adhibeat, si jocosis leporem: in primisque provideat, ne sermo vitium aliquod indicet inesse moribus: quod maxime tum solet evenire, cum studiose de absentibus detrahendi causa, aut per ridiculum, aut severe, maledice contumelioseque dicitur.

Sujets ordinaires des conversations.

Les conversations roulent d'ordinaire, ou sur les affaires particulieres de chacun, ou sur ce qui regarde la Republique, ou sur des choses d'étude & de science; & lors qu'elles se détournent à d'autres sujets, il faut avoir soin de les ramener à quelqu'un de ceux-cy. Mais comme tout le monde n'est pas du même goût; & que les choses même qui plairoient à tout le monde ne plaisent pas en tout tems, ni également à chacun; il faut prendre garde, sur quelque sujet que la conversation puisse tomber, jusqu'où elle peut être poussée sans ennuyer; & comme il y a

Mesures à garder dans les conversations.

Habentur autem plerumque sermones aut de domesticis negotiis, aut de rep. aut de artium studiis, atque doctrina. Danda igitur opera est, ut etiam si aberrare ad alia cœperit, ad hæc revocetur oratio; sed, utcumque aderunt res: neque enim omnes iisdem de rebus, nec omni tempore, nec similiter delectamur. Animadvertendum est etiam, quatenus sermo delectationem habeat, & ut incipiendi ratio fuerit, ita sit desinendi modus.

des raiſons d'entrer ſur de certaines choſes, il y en a auſſi de ne les pouſſer que juſqu'à un certain point.

Sed quomodo in omni vita rectiſſime præcipitur, ut perturbationes fugiamus, id eſt, motus animi nimios, rationi non obtemperantes: ſic ejuſmodi motibus ſermo debet vacare, ne aut ira exiſtat, aut cupiditas aliqua, aut pigritia, aut ignavia, aut tale aliquid appareat. Maximeque curandum eſt, ut eos, quibuſcum ſermonem conferemus, & vereri, & diligere videamur.

* Comme toute la vie doit être exemte de paſſion, c'eſt-à-dire, de tous ces mouvemens violens dont la raiſon n'eſt point maîtreſſe, il faut auſſi que nos diſcours en ſoient exemts; & qu'il n'y paroiſſe ni colere, ni ardeur exceſſive & dereglée pour quoy que ce ſoit, ni lâcheté, ni pareſſe, ni aucune autre ſorte de vice; & qu'ils ſoient même toûjours accompagnez de quelque marque d'amitié & de conſideration pour ceux à qui nous parlons.

On ſe pardonne les paſſions à ſoy même; mais on ne les pardonne point aux autres.

* Le Chapître 38. commence dés icy dãns le latin, mais il doit commencer plus bas.

CHAPITRE XXXVIII.

Comment les corrections se doivent faire. Mesures à garder jusques dans les contestations. Ne dire jamais de bien de soy.

Comment on doit faire les corrections.

ON se trouve quelquefois obligé de faire des corrections ; & elles demandent un ton de voix plus élevé, & des paroles plus fortes; mais elles doivent être exemtes de tout ce qui pourroit avoir quelque air de colere. Nous ne devons même en venir là que malgré nous, le moins qu'il nous est possible, & par pure necessité ; comme les Medecins n'employent le fer & le feu que lors qu'il n'y a plus d'autre remede. Que si nous ne pouvons l'éviter, qu'au moins il n'y entre nulle sorte de colere; puis qu'IL N'Y A jamais rien de juste ni de mesuré dans ce que la colere fait faire.

OBjurgationes etiam nonnumquam incidunt necessariæ, in quibus utendum est fortasse, & vocis contentione majore, & verborum gravitate acriore. Id agendum etiam, ut ne ea facere videamur irati : sed, ut ad urendum, & secandum ; sic & ad hoc genus castigandi raro invitique veniemus: nec umquam nisi necessario, si nulla reperietur alia medicina : sed tamen ira procul absit, cum qua nihil recte fieri, nihil considerate potest.

Les corrections se doivent donc faire avec douceur ; au moins pour la plûpart, quoy qu'on les fasse avec force. Ainsi, elles n'auront rien de dur

Magna autem parte clementi castigatione licet uti, gravitate tamen adjuncta, ut & severitas adhibeatur, & contumelia repella-

tur : atque etiam illud ipsum, quod acerbitatis habet objurgatio, significandum est ipsius causa, qui objurgetur, susceptum esse.

ni d'outrageant ; & ne laisseront pas d'avoir tout le poids qui leur est necessaire pour faire leur effet. Il faut même avoir soin de marquer, que si l'on se sert de termes un peu forts c'est à regret, & pour le bien même de ceux que l'on reprend.

Rectum est autem etiam in illis contentionibus, quæ cum inimicissimis fiunt, etiam si nobis indigna audiamus, tamen gravitatem retinere, iracundiam repellere : quæ enim cum aliqua perturbatione fiunt, nec constanter fieri possunt, nec iis, qui adsunt, probari.

Garder la moderation & le sang froid jusques dans les contestations où l'on peut entrer avec ses ennemis mêmes.

Dans les contestations même où nous pouvons entrer avec nos plus grands ennemis, quelques choses picquantes qu'on nous dise, il faut garder la moderation & le sang froid, & se défendre de la colere. Car CE QUE L'ON fait par passion ne se peut jamais faire avec les mesures qui conviennent ; & ne peut jamais être approuvé de ceux devant qui il se passe.

Deforme etiam est de se ipso prædicare, falsa præsertim, & cum irrisione audientium, imitari militem gloriosum.

Combien il est ridicule de dire du bien de soy.

Enfin, rien ne sied si mal que de se vanter, & de dire du bien de soy ; sur tout quand ce qu'on dit n'est pas vray. Par là, on devient le fanfaron de la comedie ; & on s'attire le mépris & les railleries de tout le monde.

CHAPITRE XXXIX.

Comment il convient qu'un homme de consideration soit logé. La magnificence du logement fait honte au maître, si son merite n'y répond. Mesures à garder dans la magnificence des bâtimens. Trois regles importantes à observer dans toutes sortes d'actions.

COMME le plan de cet ouvrage s'étend à tout ce qui peut regarder les devoirs & la bienséance, ou qu'au moins nous voudrions n'en rien oublier ; il faut dire un mot de la maniere dont un homme de consideration doit être logé.

ET quoniam omnia persequimur, volumus quidem certe, dicendum est etiam, qualem hominis honorati & principis domum placeat esse.

Comment un homme de consideration doit être logé.

C'est pour se loger qu'on bâtit, & on regle son dessein sur la quantité de logement dont on a besoin. Mais quoy que ce soit la fin principale, ce ne doit pas être la seule ; & il faut encore avoir égard à la commodité & à la dignité.

Cujus finis est usus, ad quem accommodanda est ædificandi descriptio; & tamen adhibenda dignitatis, commoditatisque diligentia.

Une maison magnifique, bâtie dans le Mont Palatin, par ce Cneius Octavius, qui fut le premier Consul de sa famille, le mit en honneur ; & comme cette maison étoit tres-agréable, & que tout

Cn. Octavio, qui primus ex illa familia consul factus est, honori fuisse accepimus, quod præclaram ædificasset in Palatio, & plenam dignitatis domum; quæ, cum vulgo

viseretur, suffragata domino, novo homini, ad consulatum putabatur: hanc Scaurus demolitus, accessionem adjunxit ædibus. Itaque ille in suam domum consulatum primus attulit: hic summi, & clarissimi viri filius, in domum multiplicatam, non repulsam solum retulit, sed ignominiam, etiam calamitatem,

le monde l'alloit voir, elle ne servit pas peu à cet homme-là, pour luy faire obtenir le Consulat. Scaurus la démolit depuis, pour en augmenter la sienne. Mais au lieu que cet homme nouveau 1 avoit apporté le Consulat dans la maison qu'il avoit bâtie; celuy-cy, d'un si grand nom, & né d'un pere si illustre, n'apporta, dans celle qu'il avoit si fort augmentée, que le refus de la même dignité; & se trouva enfin accablé de honte & de misere 2.

Ornanda est enim dignitas domo, non ex domo tota quærenda; nec domo dominus, sed domino domus honestanda est: & ut in ceteris habenda ratio non sua solum, sed etiam aliorum; sic in domo clari hominis, in quam & hospites multi recipiendi, & admittenda hominum cujusque mo-

Ce que c'est que de ne devoir ce qu'on a de consideration, qu'à des choses qui sont hors de soy.

Il est bon de rehausser en quelque sorte, par la beauté de sa maison, ce qu'on a d'ailleurs de consideration & de dignité: mais qui n'en auroit que par-là, en auroit bien peu; & c'est le maître qui doit faire honneur à la maison, & non pas la maison au maître. En ceci, comme en beaucoup d'autres choses, il faut avoir égard

1. Non que sa famille ne fût fort ancienne, puisqu'elle étoit établie à Rome dés le tems de Numa; mais parce qu'aucun de ce nom-là n'étoit encore parvenu au Consulat.

2. Ayant été accusé & condamné pour crime de peculat; & reduit à se bannir luy-même, pour se dérober à la vûë des hommes.

aux autres, aussi bien qu'à soy; & comme la maison d'un homme de consideration doit être ouverte à bien des gens, par le droit d'hospitalité, & qu'il y a toûjours une grande foule; elle doit être ample & spacieuse. Mais quand il n'y vient personne, & qu'une grande maison n'est qu'une grande solitude, elle fait souvent plus de honte à son maître que d'honneur; sur tout, si du tems d'un autre maître, on l'a vûë pleine de monde. Car il est fâcheux d'entendre dire par les passans, O *la belle maison! mais que son maître d'aujourd'huy ressemble peu à celuy qu'elle avoit autrefois*[3]! C'est ce qu'on peut dire presentement sur le sujet de bien des gens[4].

di multitudo, adhibenda est cura laxitatis: aliter ampla domus dedecori domino sæpe fit, si est in ea solitudo, & maxime, si aliquando alio domino solita frequentari: odiosum est enim cum à prætereuntibus dicitur; O domus antiqua, heu quam dispari dominare domino! *quod quidem his temporibus in multis licet dicere.*

Moderation à garder jusques dans les choses d'éclat & de dignité.

Il faut beaucoup prendre garde, sur tout quand on bâtit soy-même sa maison, de ne pas pousser la dépense & la magnificence trop loin. On fait beaucoup de mal en cela, quand ce ne seroit que par

Cavendum autem est, præsertim si ipse ædifices, ne extra modum sumtu & magnificentia prodeas; quo in genere multum mali etiam in exemplo est: studiose enim plerique,

3. Cecy est cité de quelque ancien Poëte.

4. Sur tout de ceux du party de Cesar, & entre autres de Marc-Antoine, qui occupoit alors la maison du grand Pompée.

præsertim in hanc partem, facta principum imitantur.

le mauvais exemple : car il n'y a rien sur quoy l'on soit si porté à imiter les personnes du premier rang.

Ut L. Luculli summi viri virtutem quis? at quam multi villarum magnificentiam imitati sunt? quarum quidem certe est adhibendus modus, ad mediocritatemque revocandus: eademque mediocritas ad usum, cultúmque vitæ referenda est. Sed hæc hactenus.

Qui est-ce qui s'est mis en peine d'imiter les vertus du grand Lucullus 5? & combien de gens l'ont imité dans la magnificence de ses maisons de campagne? C'est sur quoy il est important de sçavoir se borner, & se tenir à cette mediocrité qui doit être gardée dans tout ce qui regarde la propreté & la magnificence; aussi bien que dans toutes les autres choses de la vie. Mais en voila assez sur ce sujet.

In omni autem actione suscipienda, tria sunt tenenda: primum, ut appetitus rationi pareat, quo nihil est ad officia conser-

Quoy que l'on entreprenne, on y doit observer trois choses. La premiere, que dans le mouvement qui nous fait agir, l'*appetit* 6 ne fasse que suivre

Trois excellentes regles à garder dans tout ce qu'on entreprend.

5. Homme illustre par son merite, son éloquence, & sa valeur. Il vainquit Mithridates Roy de Pont, & Tigranes Roy d'Armenie, dont il prit la capitale. Il avoit des biens immenses; & il étoit d'une magnificence sans pareille, en habits, en maisons, en meubles & en tableaux; & comme il aimoit les Lettres, il se fit la plus belle Bibliotheque qu'on ait jamais veuë. Il vivoit dans le 7. siecle de la fondation de Rome. Vers la fin de ses jours son esprit baissa; & il fallut qu'un de ses freres prît soin de luy & de ses affaires jusqu'à sa mort.

6. On a vû à la fin du chap. 28. ce qu'il entend par le mot d'*appetit*.

la raison, & c'est ce qu'il y a de plus propre à nous faire garder les mesures que demandent nos devoirs. La seconde, de prendre garde de quelle qualité est la chose que nous voulons faire; afin de n'y apporter ni plus ni moins de soin & d'application qu'elle en merite; & la derniere, de ne pas passer les bornes de la moderation, dans les choses même d'éclat & de dignité; & rien ne les fait si bien garder, que de consulter cette bienseance dont nous avons parlé; & de s'y tenir exactement. Or de ces trois regles, la plus excellente, & la plus importante, est sans doute de tenir l'*appetit* sous l'empire de la raison.

vanda accommodatius: deinde, ut animadvertatur, quanta illa res sit, quam efficere velimus; ut neve major neve minor cura, & opera suscipiatur, quam causa postulet: tertium est, ut caveamus, ut ea, quæ pertinent ad liberalem speciem & dignitatem, moderata sint. Modus autem est optimus decus ipsum tenere, de quo ante diximus, nec progredi longius. Horum tamen trium præstantissimum est appetitum obtemperare rationi.

CHAPITRE XL.

De l'ordre dans lequel on doit faire les choses. En quoy il consiste. Ce qui en resulte. Combien de circonstances changent la nature des actions. Exemple de Pericles sur ce sujet.

Faire toutes choses avec ordre, & chacune dans son tems.

Il nous reste à parler de l'ordre dans lequel on doit faire les choses; & des égards qu'il faut avoir aux diverses con-

Deinceps de ordine rerum, & temporum opportunitate dicendum est. Hæc autem scientia continetur

ea, quam Græci εὐταξίαν nominant, non hæc quam interpretamur modestiam: quo in verbo modus inest: sed illa est εὐταξία, in qua intelligitur ordinis conservatio.

jonctures des tems. Cette sorte de science consiste dans ce que les Grecs appellent εὐταξία. Comme l'idée que donne ce mot-là approche de ce que nous concevons par les termes de *regler*, *compasser*, *ranger* ou *moderer*, nous le rendons par celuy de *moderation* [1], qui ne l'exprime pourtant pas, l'εὐταξία des Grecs signifiant proprement *conservation de l'ordre*.

Itaque ut eandem nos modestiam appellemus, sic definitur à Stoicis, ut modestia sit scientia earum rerum quæ agentur, aut dicentur, loco suo collocandarum. Itaque videtur eadem vis ordinis & collocationis fore. Nam & ordinem sic definiunt, compositionem rerum aptis & accommodatis locis; locum autem actionis opportunitatem temporis esse dicunt; tempus autem actionis opportunum, Græce εὐκαιρία Latine appellatur oc-

Or cette conservation de l'ordre, ou cette sorte de *moderation*, si nous voulons l'appeller ainsi, n'est autre chose, selon les Stoïciens, que l'art de bien placer tout ce qu'on dit & tout ce qu'on fait. Ainsi *ordonner* reviendra à la même chose que *bien placer*. Aussi l'ordre ne consiste-t'il, selon les mêmes Philosophes, que dans cet arrangement qui met chaque chose à sa place; & ce qui se peut appeller la place d'une action, c'est, disent-ils, la conjoncture du tems à quoy elle convient; & ce tems, à

Ce que c'est que l'ordre.

1. C'est celuy qui approchoit le plus de la force du mot Grec; *moderari*, en Latin signifiant proprement *gouverner & tenir en ordre*.

quoy les actions conviennent, est ce que les Grecs expriment par le mot εὐκαιρία & nous par celuy *d'occasion*. Ainsi cette *moderation*, prise dans le sens que nous venons d'expliquer, sera le discernement du tems où il est à propos de faire chaque chose.

casio : sic fit, ut modestia hæc, quam ita interpretamur, ut dixi, scientia sit opportunitatis idoneorum ad agendum temporum.

Il semble que cette définition se pourroit appliquer à la prudence ; mais ce n'est pas ce que nous entendons par là presentement. Nous avons dit, dés le commencement, ce qu'il y avoit à dire sur la prudence ; & il n'est question icy que de ce qui regarde la pudeur, la moderation, la temperance, & les autres vertus qui vont à nous faire garder les mesures necessaires sur chaque chose ; & à nous attirer par là l'approbation de ceux avec qui nous vivons.

Sed potest eadem esse prudentiæ definitio, de qua principio diximus : hoc autem loco de moderatione, & temperantia, & earum similibus virtutibus quærimus. Itaque, quæ erant prudentiæ propria, suo loco dicta sunt ; quæ autem harum virtutum, de quibus jamdiu loquimur, quæ pertinent ad verecundiam : & ad eorum approbationem, quibus cum vivimus, nunc dicenda sunt.

Belle comparaison pour faire entendre ce que c'est qu'une vie bien ordonnée.

Il faut donc garder un si grand ordre dans les actions, & dans toute la conduite de la vie, que comme dans un discours bien suivi, il n'y a rien qui ne se tienne, & qui ne convienne l'un à l'autre ; de

Talis est igitur ordo actionum adhibendus, ut, quemadmodum in oratione constanti, sic in vita omnia sint apta inter se, & convenientia. Turpe est enim, valdeque vitiosum, in

re severa convivii dicta aut delicatum aliquem inferre sermonem.

même dans la vie, & dans les actions, il n'y ait rien qui ne s'accorde, & qui ne convienne au tems, & aux circonstances où l'on se trouve. Il ne convient pas, par exemple, & c'est même une faute grossiere, de mêler dans une matiere serieuse des plaisanteries & des propos de table.

Bene Pericles, cum haberet collegam in pratura Sophoclem Poëtam, hique de communi officio convenissent, & casu formosus puer praeteriret, dixissetque Sophocles, O puerum pulchrum, Pericle! At enim pratorem, Sophocle, decet non solum manus, sed etiam oculos abstinentes habere. Atque hoc idem Sophocles si in athletarum

Bel exemple de la sagesse & de la retenuë des anciens.

Rien ne fait mieux entendre ce que je viens de dire, des égards qu'on doit avoir au tems & aux circonstances, qu'un mot qu'on rapporte de Periclés 2. Il avoit Sophocle 3 pour collegue dans la charge de Préteur; & un jour qu'ils étoient ensemble, pour quelque chose qui regardoit leur emploi, Sophocle, voyant passer un jeune homme fort bien fait, *O le beau jeune hom-*

2. Grand Capitaine parmi les Atheniens, & en même tems grand Orateur, & un des plus honnêtes hommes qui ayent été parmi eux; il gagna plusieurs batailles contre leurs ennemis, à la tête de leurs troupes, & entr'autres contre les Lacedemoniens, & contre les Sicioniens.

3. C'est celuy dont on a ces belles Tragedies, qui ont servi de modelle aux plus grands Poëtes. Son attachement à la Poësie ne l'a pas empêché d'être un assez grand Capitaine pour avoir eu le commandement des armées des Atheniens. On dit qu'il mourut de joye d'avoir gagné une bataille importante, dont le succés luy avoit paru fort douteux.

me ! dit-il , à Periclés. Ceux qui sont en charge comme nous , répondit celuy-cy , ne doivent pas avoir moins de retenuë dans les yeux que dans les mains. Or, s'il avoit été question de choisir des Athletes, ce que Sophocle avoit dit n'auroit pas merité d'être repris; & cela nous fait voir combien les choses changent de nature, par les circonstances des tems & des lieux.

probatione dixisset, justa reprehensione caruisset; tanta vis est & loci, & temporis.

Combien les choses changent par les circonstances des tems.

Qu'un homme qui aura une grande cause à plaider, ou quelqu'autre affaire à mediter, se promene tout seul, ou se tienne sans dire mot ; on n'y sçauroit trouver à redire. Mais s'il portoit la même contenance dans un festin, on diroit qu'il ne sçauroit pas vivre : tant il est important de sçavoir faire la difference des tems.

Ut si quis, cum causam sit acturus, in itinere, aut in ambulatione, secum ipse meditetur, aut si quid aliud attentius cogitet, non reprehendatur : ad hoc idem si in convivio faciat, inhumanus videatur, inscitia temporis.

CHAPITRE XLI.

Les petites fautes sont plus difficiles à appercevoir & à éviter que les grandes. La vie est un concert, qui demande la derniere justesse. Combien ce qui s'en éloigne tant soit peu est à éviter. Profiter des deffauts d'autruy. Prendre avis des autres, & s'accommoder à leur goût. Suivre les regles plûtôt que les exemples. Quelques devoirs particuliers, à quoy un honnête homme ne manque point.

Sed ea, quæ multum ab humanitate discrepant, ut, si quis in foro cantet; aut si qua est alia magna perversitas, facile apparent, nec magnopere admonitionem, & præcepta desiderant: quæ autem parva videntur esse delicta, neque à multis intelligi possunt, ab iis est diligentius declinandum.

Les choses qui choquent le plus grossierement les regles de la bienseance, comme de chanter dans les ruës, & autres semblables disparates, sont aisées à remarquer; & on n'a pas besoin de preceptes sur ce sujet. Mais il y a une infinité d'autres fautes que l'on compte pour rien, & dont peu de gens sont capables de s'appercevoir; & c'est à celles-là qu'il faut le plus prendre garde.

Il n'y a que les habiles gens qui puissent s'appercevoir & se garder des petites fautes.

Ut in fidibus, aut in tibiis, quamvis paullum discrepent, tamen id à sciente animadverti solet; sic videndum est in vita, ne forte quid discrepet; vel multo etiam ma-

* Car comme les bons Musiciens ne peuvent souffrir le moindre défaut de justesse dans les tons; de même nous devons éviter la moindre dissonance dans le concert de nos actions; & avec d'autant

La vie est un concert, où tout doit être parfaitement d'accord.

* Le chap. 41. ne commence qu'icy dans le latin, mais il doit commencer plus haut.

plus de soin, qu'il est bien d'un autre prix, & d'une autre consequence que celuy des sons. Or si nous voulons prendre garde de prés à tous les défauts où l'on peut tomber sur ce sujet, nous ne les sentirons pas moins finement, que les bons Musiciens sentent le moindre défaut de justesse dans un instrument mal d'accord; & les plus petites choses nous en feront découvrir de fort grandes.

gis, quo major & melior actionum, quam sonorum concentus est. Itaque ut in fidibus musicorum aures vel minima sentiunt; sic nos, si acres ac diligentes esse volumus, animadversoresque vitiorum, magna sæpe intelligemus ex parvis.

Tout parle en nous, & fait connoître ce que nous sommes.

Nous verrons sans peine, par le mouvement des yeux ou des sourcils, par l'air gay ou chagrin, par le rire, par la liberté ou la réserve des paroles, par le ton de la voix plus ou moins élevé, & autres choses de cette nature, si l'on est au point que la bienseance demande; ou de combien on s'éloigne de ce que les regles de nos devoirs & la nature même nous prescrivent.

Ex oculorum obtutu, ex superciliorum aut remissione, aut contractione, ex mœstitia, ex hilaritate, ex risu, ex locutione, ex reticentia, ex contentione vocis, ex submissione, ex ceteris similibus, facile judicabimus, quid eorum apte fiat, quid ab officio naturaque discrepet.

Nous n'avons des yeux que pour les défauts d'autruy.

Pour nous apprendre à en bien juger, il n'y a rien de meilleur que de prendre garde à ce que nous appercevons dans les autres; afin d'éviter ce que nous aurons trouvé qui

Quo in genere non est incommodum, quale quoque eorum sit, ex aliis judicare; ut, si quid dedeceat alios, vitemus & ipsi. Fit enim nescio quo modo

ut magis in aliis cernamus, quam in nobismetipsis, si quid delinquitur : itaque facillime corriguntur in discendo, quorum vitia imitantur, emendandi causa, magistri.

leur sied mal. 'Car nous voyons sans comparaison mieux les défauts dans les autres que dans nous-mêmes ; & c'est ce qui fait que le meilleur moyen dont nos maîtres se puissent servir pour nous corriger de nos défauts, c'est de les contrefaire devant nous.

Nec vero alienum est, ad ea eligenda, quæ dubitationem afferunt, adhibere doctos homines, vel etiam usu peritos, &, quid his de quoque officii genere placeat, exquirere. Major enim pars eo fere deferri solet, quo à natura ipsa deducitur, in quibus videndum est, non modo quid quisque loquatur, sed etiam quid quisque sentiat, atque etiam qua de causa quid quisque sentiat : ut enim pictores, & ii, qui signa

Prendre avis dans les choses douteuses.

Avant de prendre party sur des choses qui paroissent douteuses, il est bon de consulter ceux qui ont de l'étude ou de l'experience; & de leur demander avis, de quelque sorte de devoirs qu'il s'agisse. Car LE COMMUN du monde va d'ordinaire de luy-même à ce que la nature demande. Mais il ne faut pas prendre garde seulement à ce qu'on nous dit ; il faut tâcher de penetrer ce que chacun pense [1], & pourquoy il pense comme il fait: & comme les Peintres & les

La nature nous meneroit au vray, si nous sçavions la consulter.

1. Car la complaisance, la malignité, & mille autres causes peuvent faire qu'on ne nous réponde pas sincerement : sans compter que les hommes s'embroüillent souvent eux-mêmes, quand il s'agit de répondre sur des choses qu'ils n'ont pas assez examinées ; & que la reflexion même, quand elle est précipitée, égare l'esprit, & luy fait prendre un party tout opposé à celuy où le sentiment l'auroit conduit.

Sculpteurs, & même les Poëtes, sont bien aises d'exposer leurs ouvrages aux yeux de tout le monde; & que lors que plusieurs se rencontrent à trouver une même chose défectueuse, ils tâchent de découvrir, & par leurs propres lumieres, & par celles des autres d'où peut venir le défaut, & ne manquent pas de le corriger; de même, il faut que le jugement des autres nous serve de regle, pour nous déterminer à faire ou ne pas faire, à changer & à corriger bien des choses.

Avoir égard au goût & au jugement des autres.

fabricantur, & vero etiam Poëtæ, suum quisque opus à vulgo considerari vult, ut, si quid reprehensum sit à pluribus, id corrigatur; hique & secum, & cum aliis, quid in eo peccatum sit, exquirunt: sic aliorum judicio permulta nobis & facienda, & non facienda, & mutanda, & corrigenda sunt.

Suivre les loix & les coûtumes.

Il n'y a point de preceptes à donner sur ce qui est reglé par les loix & les coûtumes de chaque peuple, puisque les loix mêmes & les usages nous tiennent lieu de préceptes sur cela. Or que sous prétexte qu'il est peutêtre échappé à Socrate, ou à Aristide 1, quelque mot ou quelque action contraire aux loix & aux coûtumes de leur païs, nous crûssions pouvoir nous donner la même liberté; ce seroit nous trom-

Quæ vero more aguntur, institutisque civilibus, de iis nihil est præcipiendum. Illa enim ipsa præcepta sunt: nec quemquam hoc errore duci oportet, ut, si quid Socrates, aut Aristippus contra morem, consuetudinemque civilem fecerint, locutive sint, idem sibi arbitretur licere. Magnis illi, & divinis bonis hanc licentiam assequebantur.

1 On verra sur le chap. 4. du 3. Livre quel il étoit.

per beaucoup. Ce n'étoit que comme des licences que ce qu'il y avoit dans ces grands hommes d'excellent & de divin pouvoit faire excuser ; & qui ne peuvent être tirées à consequence pour les autres.

Les regles sont plus sûres, que les exemples mêmes des plus grands hommes.

Cynicorum vero ratio tota est ejicienda ; est enim inimica verecundiæ, sine qua nihil rectum esse potest, nihil honestum.

Quant aux maximes & aux manieres des Cyniques, il faut les rejetter absolument ; puisqu'elles vont directement contre la pudeur 3, sans laquelle il n'y a ni vertu, ni honnêteté.

Eos autem, quorum vita perspecta in rebus honestis, atque magnis est, bene de reipub. sentientes, ac bene meritos, aut merentes, sicut aliquo honore aut imperio affectos observare & colere debemus; tribuere etiam multum senectuti ; cedere iis, qui magistratum habebunt; habere dilectum civis, & peregrini ; in ipsoque peregrino, privatimne an publice venerit ; ad summam, ne agam de singulis, communem totius generis hominum

Respecter le merite & la vertu, dans tous ceux qui en ont.

Il est du devoir d'un honnête homme, d'honorer & de respecter ceux dont la vie a été illustrée par une conduite honnête & noble, & par de grandes actions; ceux qui n'ont que des vûës & des intentions droites sur ce qui regarde la Republique ; ceux qui l'ont servie, ou qui la servent actuellement ; & ceux qui ont passé par les grandes charges, ou qui ont commandé les armées. Il en est encore de déferer beaucoup aux vieillards ; de ceder à ceux qui sont en place ; de sçavoir faire

3. Comme il a fait voir au chap. 35.

la difference du citoyen & de l'étranger ; & entre les étrangers même, celle d'un particulier qui vient de son chef, ou de celuy qui vient au nom de sa Republique. Enfin, pour ne pas entrer dans un plus grand détail, il est du devoir d'un honnête homme d'observer inviolablement, & de maintenir même, autant qu'il luy est possible, tout ce qui peut concilier les hommes les uns aux autres ; & contribuer à l'entretien de la societé qui les unit.

Qui auroit pour but l'entretien de l'ordre & de la societé humaine, ne seroit jamais de fautes.

conciliationem, & consociationem colere, tueri, servare debemus.

CHAPITRE XLII.

Des moyens de gagner du bien, dont les uns sont honnêtes : & les autres malhonnêtes.

QUANT aux arts, & aux autres moyens de gagner du bien, il faut faire la difference de ceux qui ne sont pas indignes d'un honnête homme, & de ceux qui ont quelque chose de sordide & de honteux ; & voicy ce qu'on nous en a toûjours appris.

Jam de artificiis, & quæstibus, qui liberales habendi, qui sordidi sint, hæc fere accepimus.

En premier lieu, il faut

Primum improbantur

tur ii quæstus, qui in odia hominum incurrunt: ut portitorum, ut fœneratorum.

rejetter ceux qui attirent la haine publique : tel est le metier des usuriers, & de ceux qui levent les impôts des entrées.

Choix à faire entre les moyens de gagner du bien.

Illiberales autem & sordidi quæstus mercenariorum omnium, quorum operæ, non quorum artes emuntur: est enim illis ipsa merces auctoramentum servitutis. Sordidi etiam putandi, qui mercantur à mercatoribus, quod statim vendant: nihil enim proficiunt, nisi admodum mentiantur; nec vero quidquam est turpius vanitate.

On doit encore regarder comme quelque chose de bas & de sordide, le métier de tous ceux qui vendent leur peine ou leur industrie. Car QUICONQUE vend son travail se vend luy-même, & se met au rang des esclaves. Il en faut dire autant de ceux qui prennent des gros marchands pour revendre sur le champ; puis qu'ils ne gagnent qu'à force de mentir; & qu'IL N'Y A rien de plus honteux que le mensonge.

Opificesque omnes in sordida arte versantur: nec enim quidquam ingenuum potest habere officina minimeque artes hæ probandæ, quæ ministræ sunt voluptatum, cetarii, lanii, coqui, fartores, piscatores, ut ait Terentius: adde huc, si placet, unguentarios, saltatores, totumque ludum talarium.

Il y a encore quelque chose de bas dans toutes sortes d'ouvriers, de quelque métier que ce puisse être; & tout ce qui s'appelle boutique est indigne d'un honnête homme. Enfin, on ne sçauroit avoir que du mépris pour tous ces sortes de gens qui sont comme les ministres de la volupté. Terence met dans ce nombre-là les bouchers[1]; les poisson-

Les arts qui ne servent qu'à la volupté, indignes d'un honnête hōme.

1. Ceux-là travaillent pour la necessité, plûtôt que pour la volupté; & on ne voit pas pourquoy Ciceron les met

niers de gros poissons 2; les cuisiniers, les patissiers; & l'on y peut ajoûter les parfumeurs; les danseurs publics; & tous ceux qui tiennent des académies de jeux de hazard.

Il n'en est pas ainsi de ceux qui font profession des Arts où il faut plus d'esprit & d'application, & dont le public tire de grandes utilitez; comme des Medecins, des Architectes; & de ceux qui enseignent les choses qu'un honnête homme doit sçavoir.

Quels sont les Arts honnêtes.

Tous ces Arts se peuvent exercer sans deshonneur, par ceux dont la condition, & le rang qu'ils tiennent dans la Republique, le peut souffrir. 3

Ce qu'on doit juger de

Quant à la marchandise, celle qui se fait en dé-

Quibus autem artibus aut prudentia major inest, aut non mediocris utilitas quaeritur, ut medecina, ut architectura, ut doctrina rerum honestarum, hae sunt iis, quorum ordini conveniunt, honestae.

Mercatura autem, si tenuis est, sordida pu-

dans le rang de ces ministres, si ce n'est par l'excés du soin que ceux de son tems pouvoient avoir de fournir des viandes exquises.

2. Une partie du luxe des Romains consistoit à se faire servir toutes les plus grosses pieces, & en chair & en poisson.

Quanta est gula quae sibi totos
Ponit apros! JUVENAL.

3. Il n'y avoit que ceux de l'ordre du peuple qui pussent exercer ces sortes d'arts; & ils étoient interdits aux Senateurs, & même aux Chevaliers Romains. Mais il y avoit certains emplois que l'on permettoit à ceux-cy, comme par exemple, d'entrer dans les fermes publiques, & qui étoient interdits aux Patriciens.

tanda est : sin magna, & copiosa, multa undique apportans, multisque sine vanitate impertiens, non est admodum vituperanda. Atque etiam, si satiata quæstu, vel contenta potius, ut sæpe ex alto in portum, ex ipso portu se in agros, possessionesque contulerit, videtur jure optimo posse laudari.

tail, & qui n'a pas grande étenduë est sordide. Mais pour celle qui roule sur un grand negoce, & qui apportant de toutes parts une grande abondance des choses utiles à la vie, donne moyen à chacun de se fournir de ce qu'il luy faut; on ne sçauroit la blâmer, lors qu'elle s'exerce sans fraude & sans mensonge. Elle n'a même rien que d'honnête & de loüable, si ceux qui s'y appliquent ne sont pas insatiables; & que comme, lors qu'ils sont sur mer, leur but est d'arriver au port, ils ayent aussi pour but de passer enfin du port à quelque établissement à la campagne, aprés avoir gagné du bien jusques à un certain point.

la marchandise.

Omnium autem rerum, ex quibus aliquid acquiritur, nihil est agricultura melius, nihil uberius, nihil dulcius, nihil homine, nihil libero dignius; de qua, quoniam in Catone majore satis multa diximus, illinc

De tous les moyens d'en gagner, il n'y en a point de meilleur, de plus utile, de plus agréable, ni de plus digne d'un honnête homme que l'agriculture. C'est une matiere que j'ai traitée amplement dans le livre où je fais parler le vieux Caton 4; & vous

Quel est le plus honnête de tous les arts.

4. C'est le Livre *de la Vieillesse*. Il est traduit & imprimé avec celuy *de l'Amitié* & les *Paradoxes*.

y trouverez tout ce qui se peut desirer sur ce sujet.

assumes quæ ad hunc locum pertinebunt.

CHAPITRE XLIII.

Récapitulation de ce qui a été dit jusqu'icy sur les sources de l'honnêteté. De la comparaison & de la subordination de devoirs. Que ceux qui ont pour but le bien de la societé humaine, sont preferables à tous les autres.

Récapitulation de ce qu'il a dit des devoirs jusques icy.

Je croy en avoir assez dit, pour faire voir par où nous pouvons parvenir à découvrir nos devoirs; & que nous ne devons les chercher que dans ces quatre sources d'où dérive tout ce qu'on peut appeller honnête, & qui sont *la prudence*, ou le discernement de la verité; *la justice*, qui se rendant également à tout le monde est le principal soûtien de la societé humaine; *la force*, ou la grandeur d'ame; & *la moderation* ou *la temperance*. Mais il y a une infinité d'occasions, où plusieurs choses constamment honnêtes se trouvent en concurrence; & il faut necessairement alors en faire la comparaison, pour se determiner entre ces differentes

Sed ab iis partibus, quæ sunt honestatis, quemadmodum officia ducerentur, satis expositum videtur. Eorum autem ipsorum, quæ honesta sunt, potest incidere sæpe contentio & comparatio; de duobus honestis utrum honestius: qui locus à Panætio est prætermissus. Nam cum omnis honestas manet à partibus quatuor, quarum una sit cognitionis, altera communitatis, tertia magnanimitatis, quarta moderationis; hæ in diligendo officio sæpe inter se comparentur necesse est.

sortes de devoirs; & c'est ce que Panætius a oublié de traiter.

Placet igitur aptiora esse natura ea officia, quæ ex communitate, quàm ea, quæ ex cognitione ducantur: idque hoc argumento confirmari potest, quod, si contigerit ea vita sapienti, ut in omnium rerum affluentibus copiis, quamvis omnia, quæ cognitione digna sunt, summo otio secum ipse consideret, & contempletur, tamen, si solitudo tanta sit ut hominem videre non possit, excedat è vita.

Je croy donc que les devoirs qui ont pour objet le bien de la societé humaine, c'est-à-dire, ceux que la justice prescrit, sont les plus essentiels, & les plus conformes à ce que la nature demande de nous, & qu'ils sont au dessus de ceux qui ne roulent que sur la recherche de la verité; & voici, ce me semble, par où il est aisé de le prouver. Posons qu'un honnête homme se trouve dans une situation, où il ait abondance de toutes choses; & où il joüisse d'un repos & d'un loisir qui luy donne moïen de mediter & de considerer tout ce qui merite le plus que nous desirions de le connoître; sans doute que s'il est d'ailleurs dans une si grande solitude, qu'il ne puisse jamais voir personne, la vie luy deviendra ennuyeuse & insupportable.

Quels sont les devoirs les plus essentiels.

Ce qui va au bien de la societé humaine, préferable à tout.

Les hommes sont faits pour vivre en societé.

Princepsque omnium virtutum illa sapientia, quam Græci σοφία vocant: prudentiam enim, quam Græci φρόνησιν

De plus, tout le monde convient que la plus noble & la plus élevée de toutes les vertus, c'est cette sagesse que les Grecs

Deux sortes de sagesse.

appellent σοφία. Car elle est bien au dessus de celle qu'ils appellent φρόνησις, puisque celle-cy n'est autre chose que cette prudence ordinaire qui fait discerner ce qu'il faut faire, & ce qu'il faut éviter; au lieu que l'autre comprend la connoissance de toutes les choses divines & humaines; & met les hommes en commerce & en societé avec les Dieux[1]. Or, si elle est la plus grande de toutes les vertus, comme elle l'est sans doute; il s'ensuit que les devoirs qui regardent la societé humaine, sont au dessus de tous les autres. Car la plus sublime connoissance des choses de la nature est imparfaite & défectueuse, si elle ne se termine à quelque sorte d'action; & l'action qui luy convient le plus, est sans doute celle qui a le bien des hommes pour objet. Or, si cette action est ce qui donne comme le

Toute connoissance doit se rapporter à quelque sorte d'action.

aliam quandam intelligimus, quæ est rerum expetendarum, fugiendarumque scientia: illa autem sapientia, quam principem dixi, rerum est divinarum atque humanarum scientia, in qua continetur deorum & hominum communitas & societas inter ipsos. Ea si maxima est, ut est certe, necesse est, quod à communitate ducatur officium, id esse maximum. Etenim cognitio contemplatioque naturæ manca quodammodo atque inchoata sit, si nulla actio rerum consequatur: ea autem actio in hominum commodis tuendis maxime cernitur: pertinet igitur ad societatem generis humani. Ergo hæc cognitioni anteponenda est.

1. Rien ne nous éleve si haut, & ne nous approche tant de Dieu, que la parfaite sagesse; & c'est ce qui a fait dire à S. Paul que les Saints, qui sont les veritables sages, conversent dans le ciel, c'est à dire qu'ils ne sont occupez que de choses qui sont l'objet des pensées de Dieu méme.

dernier lustre à cette sagesse même si élevée ; il est clair que ce qui a rapport au bien de la societé humaine, doit être mis au dessus des plus hautes connoissances.

Atque id optimus quisque re ipsa ostendit, & judicat. Quis enim est tam cupidus in perspicienda cognoscendaque rerum natura, ut, si ei tractanti contemplantique res cognitione dignissimas subito sit oblatum periculum discrimenque patriæ, cui subvenire opitularique possit, non illa omnia relinquat atque abjiciat, etiam si dinumerare se stellas, aut metiri mundi magnitudinem posse arbitretur? atque hoc idem in parentis, in amici re, aut periculo fecerit. quibus rebus intelligitur, studiis officiisque scientiæ præponenda esse officia justitiæ, quæ pertinent ad hominum caritatem, qua nihil homini esse debet antiquius.

C'est ainsi que tous les gens de bien en jugent, & les mouvemens que la nature leur inspire, le font voir manifestement. Car entre ceux même qui sont le plus attachez à l'étude des choses naturelles; qui est celuy qui au plus fort de son application à ce qu'on doit le plus desirer de connoître, & sur le point même de trouver au juste le nombre des étoiles, & les dimensions de toutes les parties de l'univers, ne quitte tout sans hesiter, pour courir au secours de sa patrie, s'il apprend qu'elle soit menacée de quelque accident funeste ; & qui n'en fasse autant pour son pere ou pour son ami ? Voilà par où il est aisé de voir, combien les devoirs que prescrit la justice, & qui sont des suites de cet amour que les hommes doivent avoir les uns pour les autres, & qui est toûjours

Un honnête homme est plus touché du plaisir de faire du bien aux autres, que de celuy de sçavoir.

au dessus de tout, dans le cœur d'un honnête homme, sont préferables à ceux qui n'ont pour objet que l'étude des sciences.

CHAPITRE XLIV.

Les speculations mêmes de ceux qui vivent dans la retraite, utiles à la Republique, & par où. L'éloquence, préferable aux études de pure speculation. Combien l'union des hommes en societé leur aiguise l'esprit. Ce qui les a portez à s'y mettre.

Combien les découvertes des speculatifs sont utiles aux autres hommes.

AUSSI ne faut-il pas croire, que ceux qui ont passé leur vie à l'étude, & à l'acquisition des connoissances, ayent perdu de vûë le bien & les avantages du genre humain; & qu'ils n'y ayent rien contribué. Car n'est-ce pas par les lumieres & par les soins des gens d'étude, que tant de grands personnages ont été formez & sont devenus meilleurs citoyens, & plus utiles à la Republique? C'est ainsi qu'Epaminondas[1] de Thebes fut formé par Li-

Atque illi, quorum studia, vitaque omnis in rerum cognitione versata est, tamen ab augendis hominum utilitatibus & commodis non recesserunt: nam & erudiverunt multos, quo meliores cives, utilioresque rebus suis publicis essent; ut Thebanum Epaminondam Lysis Pythagoreus, Syracusium Dionem Plato, multique multos: nosque ipsi, quidquid ad remp. attulimus, si modo aliquid attuli-

1. C'est ce grand General des Thebains, dont il est parlé au chap. 24. Il passe pour l'homme le plus accompli de toute l'antiquité, & du côté de l'esprit, & du côté des mœurs, & de celuy de la valeur. Sa derniere action est la bataille de Mantinée, qu'il gagna l'an 391. de la fondation de Rome; mais il y reçût un coup de javelot dont il mourut.

mus, à doctoribus, atque doctrina instructi ad eam & ornati accessimus.

sis Pythagoricien 2; & Dion de Syracuse 3 par Platon; sans compter ceux qui l'ont été par d'autres. Nous-mêmes, nous n'avons servi utilement la Republique, si toutefois nous pouvons dire que nous l'ayons servi utilement, que parce que nous sommes entrez dans ses affaires, munis des secours qu'on peut tirer des maîtres & de l'étude.

C'est se tromper, que de croire que ceux qui n'ont jamais rien appris ni medité, puissent servir utilement la Republique.

Neque solum vivi, atque præsentes studiosos discendi erudiunt, atque docent: sed hoc idem etiam post mortem monumentis litterarum assequuntur: nec enim locus ullus prætermissus est ab iis, qui

Non seulement ces grands hommes instruisent pendant leur vie par des conferences de vive voix, ceux qui vivent de leur tems, & qui veulent profiter de leurs lumieres: ils continuent de le faire encore aprés leur mort, par

Ceux qui découvrent & qui instruisent, sont plus utiles à la Republique que ceux qui agissent.

2. Il vivoit environ l'an de Rome 366. On le croit autheur de certains vers moraux qui courent sous le nom de Pythagore. Dans un Recueil de lettres d'Auteurs Grecs, imprimé par Manuce, il y en a quelques-unes de luy.

3. Il vivoit du tems du I. Denis, Tiran de Siracuse, qui avoit même de la consideration pour luy. Le jeune Denis en eut encore davantage; mais fatigué par les instances que Dion luy faisoit, de rendre la liberté à Siracuse, il le chassa. Dion se retira à Athenes avec Platon; & le soin des jeux publics ayant été donné à ce Philosophe, Dion luy fournit de quoy en faire la depense. Ensuite il entreprit de mettre sa patrie en liberté par la force des armes; & cette entreprise eut tout le succés qu'il pouvoit desirer. Ce qui n'empêcha pas qu'il ne fût chassé, puis rappelé, & enfin assassiné, l'an 400. de la fondation de Rome.

leurs ouvrages; où ils n'ont rien oublié de tout ce qui regarde les loix, les mœurs & la conduite de la vie. Ainsi on peut dire, que leur loisir est devenu le soûtien de ceux qui sont dans l'action. Il est donc vrai que c'est principalement au bien de la societé humaine que ceux mêmes qui s'appliquent tout entiers à l'étude des sciences & de la sagesse, rapportent tout ce qu'ils ont de lumieres & de connoissance.

ad leges, qui ad mores, qui ad disciplinam reip. pertineret, ut otium suum ad nostrum negotium contulisse videantur. Ita illi ipsi doctrinæ studiis & sapientiæ dediti, ad hominum utilitatem suam intelligentiam prudentiamque potissimum conferunt.

L'éloquence, quand elle a du fond, est préférable aux simples spéculations.

De ce que nous venons d'établir, il s'ensuit que l'éloquence, quand elle est accompagnée de prudence & de sagesse, est préferable aux speculations les plus élevées & les plus étenduës, de ceux qui n'ont pas le don de la parole. Car toutes ces speculations sont renfermées dans la pensée; au lieu que par l'éloquence on se communique à ceux avec qui l'on est uni par les liens de la societé humaine.

Ob eamque causam eloqui copiose, modo prudenter, melius est, quam vel acutissime sine eloquentia cogitare; quod cogitatio in se ipsa vertitur, eloquentia complectitur eos, quibuscum communitate juncti sumus.

Combien l'union qui lie les hom-

Or comme ce n'est pas précisément pour former des ruches, que les mouches à miel s'unissent; & qu'au contraire c'est cette

Atque ut apium examina non fingendorum favorum causa congregantur, sed, cum congregabilia natura sint, fingunt faves : sic homines, ac multo etiam magis, natura congregati adhibent agendi cogitandique sollertiam.

union à quoy la nature les porte, qui les met en état d'en former ; ainsi, & à bien plus forte raison, l'union à quoi la nature porte les hommes, & qui les fait vivre en societé, est ce qui réveille en eux, & qui met en mouvement, le principe qui les rend capables de penser & d'agir.

mes les uns aux autres, sert à mettre leur esprit en action.

Itaque nisi ea virtus, quæ constat ex hominibus tuendis, id est, ex societate generis humani, attingat cognitionem rerum, solivaga cognitio, & jejuna videatur.

Il est donc clair, que si cette vertu qui tend à maintenir la societé humaine 1, n'influë dans les connoissances les plus élevées ; ce ne sont que de vaines idées, renfermées dans sa pensée, & de nulle utilité.

Itemque magnitudo animi, remota communitate, conjunctioneque humana, feritas sit quædam & immanitas. Ita fit, ut vincat cognitionis studium consociatio hominum atque communitas.

Il en est de même de la force & de la grandeur d'ame; & si elle ne se rapporte au bien de la societé humaine, c'est plûtôt ferocité que vertu. Concluons donc que ce qui va à soûtenir la societé humaine, est beaucoup au dessus de l'étude & des connoissances.

Bien de la societé humaine, unique but de la force, aussi bien que de la justice.

Nec verum est, quod dicitur à quibusdam, propter necessitatem vitæ, quod ea, quæ natura desideraret, con-

Et il ne faut pas écouter ceux qui disent que les hommes ne sont entrez en societé, que parce qu'ils se sentoient pressez par

Il y a dans les hommes un principe qui les porte à entrer en

1. C'est à dire, la Justice, qui est de toutes les vertus, celle qui contribuë le plus au maintien de la societé.

societé, indépendamment du besoin qu'ils ont les uns des autres.

leurs besoins, & qu'ils ne pouvoient venir à bout d'avoir, ni de fabriquer, sans le secours les uns des autres, les choses dont la nature de l'homme a besoin pour se soûtenir. Mais que si quelque vertu divine leur fournissoit à point nommé, sans aucun secours humain, tout ce qui est necessaire pour la subsistance, & pour les commoditez de la vie; tous ceux à qui la nature a donné un bon esprit ne s'embarrasseroient dans aucune sorte d'affaires, & s'appliqueroient tout entiers aux sciences & aux connoissances. Il s'en faut bien que cela ne soit ainsi: la solitude ne feroit guere moins de peur aux plus grands esprits qu'aux autres: ils voudroient avoir des compagnons de leurs études; & il n'y en a aucun qui ne fût bien aise d'apprendre & d'écouter quelquefois, aussi bien que de parler & d'enseigner. Il doit donc demeurer pour constant, que les devoirs qui ont rapport au maintien de la societé humaine, sont préferables à ceux qui n'ont pour ob-

Tout homme a besoin de la societé de quelqu'autre homme.

sequi sine aliis, atque efficere non possemus, idcirco initam esse cum hominibus communitatem, & societatem: quod si omnia nobis, quæ ad victum cultumque pertinent: quasi virgula divina, ut aiunt, suppeditarent, tum optimo quisque ingenio, negotiis omnibus omissis, totum se in cognitione & scientia collocaret. Non est ita: nam & solitudinem fugeret, & socium studii quæreret; tum docere, tum discere vellet, tum audire, tum dicere. Ergo omne officium, quod ad conjunctionem hominum, & ad societatem tuendam valet, anteponendum est illi officio, quod cognitione & scientia continetur.

jet que les sciences & les connoissances.

CHAPITRE XLV.

Si les devoirs que prescrivent la pudeur & la temperance doivent ceder au bien de la societé humaine, aussi bien que les autres. Subordination de ceux qui la regardent.

Illud forsitan quærendum sit, num hæc communitas, quæ maxime est apta naturæ, sit etiam moderationi, modestiæque semper anteponenda. Non placet: sunt enim quædam ita fœda, partim ita flagitiosa, ut ea ne conservandæ quidem patriæ causa sapiens facturus sit. ea Posidonius collegit permulta, sed ita tatra quædam, ita obscœna, ut dictu quoque videantur turpia. Hæc igitur non suscipiet reip. causa, ne resp. quidem pro se suscipi volet. Sed hoc commodius se res habet, quod non potest accidere tempus, ut intersit reip.

On pourroit peut-être demander si ces sortes de devoirs, qui regardent la societé humaine, & qui sont si conformes à ce que la nature demande de nous, doivent aussi être préferez à ceux que la pudeur, la moderation, & la temperance prescrivent. C'est dequoy je ne sçaurois convenir. Car les choses qui sont contraires à ces sortes de vertus, sont si honteuses, si odieuses, & quelques-unes même si criminelles, qu'il n'y a point d'honnête homme qui les voulût faire en aucun cas, quand il iroit du salut de sa patrie. Possidonius 1 en a fait une grande énumeration mais la plûpart sont si infames, que j'aurois honte de les rap-

Si ce qui est du devoir de la temperance & de la pudeur, doit ceder à l'avantage de la societé humaine.

Ce qui est contre les bonnes mœurs ne se doit jamais faire, quelque avantage qu'il en pût revenir à la Republique.

1. Disciple de Panætius, dont Ciceron parle au chap. 2. du troisiéme Livre. Il étoit d'Apamée; mais il passa la plus grande partie de sa vie à Rhodes, auprés de son Maître qui en étoit.

porter. On ne les fera donc jamais; non pas même pour le service de la République. Aussi ne les exigera-t-elle jamais de personne ; & il ne peut jamais être de son interêt qu'un honnête homme les fasse.

quidquam illorum facere sapientem.

Il est donc clair, par tout ce que nous venons de dire, que quand il sera question de se déterminer entre plusieurs differens devoirs, on doit préferer ceux qui vont au bien de la societé humaine. Car toutes les connoissances, & toutes les lumieres de la prudence, doivent se terminer à quelque sorte d'action sage, reglée & bien ordonnée. Ainsi il est indubitable que d'agir de cette sorte, c'est quelque chose de plus estimable que de bien penser.

Quare hoc quidem effectum sit, in officiis deligendis id genus officiorum excellere, quod teneatur hominum societate. etenim cognitionem prudentiamque sequitur considerata actio. Ita fit, ut agere considerate pluris sit, quam cogitare prudenter.

Mais en voila assez sur ce sujet, & il ne sera pas difficile aprés cela, de prendre parti entre plusieurs differens devoirs; & de voir lesquels doivent être preferez aux autres.

Atque hæc quidem hactenus: patefactus est enim locus ipse, ut non sit difficile in exquirendo officio, quod cuique sit præponendum, videre.

Entre ceux mêmes qui regardent la societé humaine, il y a differens degrez; & il est aisé de voir

In ipsa autem communitate sunt gradus officiorum, ex quibus, quid cuique præstet, intelligi possit : ut prima diis immortalibus; secunda patriæ; tertia parentibus, deinceps gradatim reliquis debeantur. Quibus ex rebus breviter disputatis intelligi potest, non solum id homines solere dubitare, honestumne an turpe sit: sed etiam, duobus propositis honestis, utrum honestius. Hic locus à Panætio est, ut supra dixi, prætermissus. Sed jam ad reliqua pergamus.

dans quel ordre on les doit ranger; puisque ce que nous devons aux Dieux immortels va devant tout : ce que nous devons à la patrie vient aprés; ensuite vient ce que nous devons à nos peres & à nos meres, & ainsi du reste. Le peu que nous en avons dit fait assez voir, que non seulement on peut être en doute, si une chose est honnête ou non; mais qu'entre deux choses constamment honnêtes, on peut être en peine de sçavoir à laquelle on doit se porter préferablement à l'autre. Et c'est ce que Panætius a oublié dans sa division des devoirs, comme nous avons remarqué dés le commencement de cet ouvrage. Passons à ce qui nous reste à voir.

Subordination des devoirs.

Fin du premier Livre.

LES OFFICES DE CICERON.

LIVRE SECOND.

CHAPITRE PREMIER.

Quel sera le sujet de ce second Livre. Philosophie, unique recours, & unique consolation de Ciceron, depuis la ruine de la Republique.

JE croy, mon cher Fils, que dans le Livre précedent, j'ay suffisamment expliqué, & la nature des devoirs qui se tirent de l'honnêteté, & de chaque sorte de vertu; & la maniere dont on les en tire. Il s'agit presentement de traiter de ces autres devoirs qui ont rapport aux besoins de la vie; & à ce qui sert à la soûtenir, ou à lui donner de l'éclat; c'est à dire, au

QUemadmodum officia ducerentur ab honestate, Marce fili, atque ab omni genere virtutis, satis explicatum arbitror libro superiore. Sequitur, ut hæc officiorum genera persequar, quæ pertinent ad vitæ cultum, & ad earum rerum, quibus utuntur homines, facultatem, ad opes, ad copias. in quo tum quæri

bien & à la consideration. Sur cela on peut, comme j'ay dit, considerer dans chaque chose, si elle est utile ou nuisible; ou de plusieurs choses utiles, si l'une l'est plus que l'autre; ou s'il y en a quelqu'une qui le soit souverainement. C'est à quoy je viendray tout à l'heure: mais il faut auparavant que je dise quelque chose de mon dessein, & des raisons que j'ay euës de l'entreprendre.

dixi, quid utile, quid inutile; tum ex utilibus quid utilius, aut quid maxime utile. de quibus dicere aggrediar, si pauca prius de instituto, ac de judicio meo dixero.

Quoyque mes ouvrages ayent donné le goût des Livres à beaucoup de gens, & en ayent même excité quelques-uns à écrire aussi de leur côté; je crains que d'autres, qui ne s'accommodent point de tout ce qui s'appelle Philosophie [1], quoy qu'ils soient honnêtes gens d'ailleurs, ne s'étonnent que je puisse donner à ces sortes de choses tant de tems & d'application.

Quamquam enim libri nostri complures non modo ad legendi, sed etiam ad scribendi studium excitaverunt, tamen interdum vereor, ne quibusdam bonis viris Philosophiæ nomen sit invisum, mirenturque in ea tantum me operæ & temporis ponere.

Ce qui avoit porté Ciceron à s'appliquer à écrire, sur

Tant que la Republique a été gouvernée par ceux qu'elle choisissoit elle-même; elle a été le seul objet de mes soins & de

Ego autem quamdiu resp. per eos gerebatur, quibus se ipsa commiserat, omnis meas curas cogitationesque in

1. La Philosophie étoit encore peu connuë & peu goûtée à Rome, dans le tems que Ciceron écrivoit.

eam conferebam : cum autem dominatu unius omnia tenerentur, neq; esset usquam consilio, aut auctoritati locus, socios denique tuendæ reip. summos viros, amisissem, nec me angoribus dedidi, quibus essem confectus, nisi iis restitissem, nec rursum indignis homine docto voluptatibus.

mes pensées. Mais depuis qu'elle est tombée au pouvoir d'un seul 2, & qu'il n'y a plus eu de lieu d'employer pour elle, ni les conseils qu'on étoit capable de donner 3, ni ce qu'on pouvoit avoir de consideration & d'autorité, & qu'enfin j'avois perdu ceux qui m'aidoient autrefois à la soûtenir; je n'ay voulu, ni me laisser aller à la tristesse qui m'auroit consumé si je ne luy eusse resisté, ni rechercher des occupations ou des plaisirs indignes d'un homme qui sçait quelque chose.

des matieres de Philosophie.

Atque utinam respub. stetisset quo cœperat statu, nec in homines non tam commutandarum, quam evertendarum rerum cupidos incidisset : primum enim ut stante Repub. facere solebamus, in agendo plus, quam in scribendo operæ poneremus : deinde

S'il avoit plû aux Dieux, que la Republique fût demeurée dans l'état où elle étoit revenuë 4; & qu'elle ne fût point tombée à la merci de ceux qui sous prétexte d'en changer le gouvernement, n'ont eu en vûë que de l'aneantir; je ferois encore comme j'ay fait autrefois; on m'auroit vû plus appliqué

Ciceron en préferant le service de la societé humaine à l'étude, suit

2. Par la mort de Cesar, la Republique n'avoit fait que retomber de son pouvoir dans celuy d'Antoine, qui avoit herité de son ambition & de son avidité.

3. N'y ayant plus de liberté dans le Senat.

4. Aprés que Sylla se fut demis de la Dictature, la Republique paroissoit avoir repris sa premiere forme.

Voit les regles qu'il donne dans cet ouvrage, liv. 1. c. 6. & ailleurs.

à la servir qu'à écrire ; ou si j'eusse écrit quelque chose, c'eût été mes actions publiques, ou mes memoires, comme je faisois dans les premiers tems ; plûtôt que des ouvrages philosophiques.

ipsis scriptis non ea, quæ nunc, sed actiones nostras mandaremus, ut sæpe fecimus.

Mais comme cette Republique, à qui je donnois avec tant de plaisir tous mes soins & toutes mes pensées, ne subsiste plus ; & qu'ainsi ces sortes d'études qui regardoient le Senat ou le barreau, n'ont plus de lieu ; & que d'ailleurs je ne pouvois demeurer sans occupation, j'ay repris les choses à quoy je me suis appliqué dés mes premieres années.

Cum autem resp. in qua omnis mea cura, cogitatio, opera poni solebat, nulla esset omnino, illæ scilicet litteræ conticuerunt, forenses & senatoriæ.

La veritable Philosophie est la seule chose qui soit digne d'occuper un homme retiré.

J'ay même crû que je ne pouvois me consoler d'une maniere plus digne d'un honnête homme, qu'en revenant à cette même Philosophie, à laquelle j'avois donné tant de tems dans ma jeunesse, pour me former l'esprit ; mais que j'avois comme abandonnée, depuis que j'ay commencé d'entrer dans les charges, & que je me suis dévoüé tout entier à la Republique. Car

Nihil agere autem cum animus non posset, in his studiis ab initio versatus ætatis, existimavi honestissime molestias posse deponi, si me ad Philosophiam retulissem. cui cum multum adolescens, discendi causa temporis tribuissem, postea quam honoribus inservire cœpi, meque totum reip. tradidi, tantum erat Philosophiæ loci, quan-

tum superfuerat amicorum, & reip. temporibus. Id autem omne consumebatur in legendo: scribendi otium non erat.

je n'y pû luy donner, depuis ce tems-là, que le peu de loisir que les affaires publiques, & celles de mes amis me laissoient, & que je ne pouvois même employer qu'à lire; n'en ayant point assez pour m'embarquer à rien écrire.

CHAPITRE II.

Tirer quelque avantage des maux mêmes. Eloge de la Philosophie. Que ce n'est que par elle qu'on peut parvenir à la vertu. Quel étoit le systême des Académiciens, & pourquoy ils contestoient tout.

MAximis igitur in malis hoc tamen boni assecuti videmur, ut ea litteris mandaremus, quæ nec satis erant nota nostris, & erant cognitione dignissima. Quid est enim, per Deos, optabilius sapientia? quid præstantius? quid homini melius? quid homine dignius? Hanc igitur qui expetunt,

J'AY donc au moins tiré cet avantage des maux extrêmes qui nous accablent, que je me suis trouvé en état d'écrire des choses qui n'étoient point assez connuës parmi nous [1]; & qui sont pourtant celles qui meritent le plus qu'on s'en instruise. Car qu'Y A-T-IL de plus excellent & de plus desirable que la sagesse? Que peut-on concevoir de meilleur, & de

1. La Philosophie avoit commencé parmi les Grecs, & y avoit fait un grand progrés. Mais les Romains ne s'y étoient appliquez que fort tard; & dans le tems que Ciceron écrivoit, il n'y avoit encore que bien peu de gens parmi eux qui en eussent quelque teinture.

plus digne de l'homme? Or, c'est uniquement ce que cherchent ceux qu'on appelle *Philosophes*; & le mot même de *Philosophie* ne signifie autre chose que l'amour & la recherche de la sagesse [2].

Philosophi nominantur: nec quidquam aliud est Philosophia, si interpretari velis, quam studium sapientiæ.

Ce que c'est que la sagesse.

Et qu'est-ce que la sagesse? C'est, disent les anciens Philosophes, la connoissance des choses divines & humaines [3]; & des choses d'où elles dépendent. Or si l'on peut blâmer une telle étude, j'avouë que je ne sçay plus ce qu'on peut loüer. Car soit qu'on cherche à occu-

L'étude de la sagesse n'est pas

Sapientia autem est, (ut à veteribus Philosophis definitum est) rerum divinarum & humanarum, causarumque, quibus hæ res continentur, scientia: cujus studium qui vituperat, haud sane intelligo quidnam sit, quod laudandum putet.

2. Le mot de Philosophie fait peur à la plûpart des hommes, comme s'il y avoit quelqu'un qui fût dispensé d'être sage; & que la Philosophie fût autre chose que la recherche de la sagesse.

3. Par la connoissance des *choses divines*, ils entendoient non seulement celle de Dieu & de sa nature; mais encore celle de l'univers, qui est son ouvrage, & du cours des effets & des productions de la nature qu'il fait mouvoir, & qui n'agit que sous ses ordres. Par la connoissance des *choses humaines*, ils entendoient celle de tout ce qui appartient à la nature de l'homme; de son esprit, & du bon ou mauvais usage qu'il en peut faire; de son cœur, de ses mœurs, de ses devoirs & de ses actions. On pourroit sans doute appeller *sage*, celuy qui sçauroit tout ce qui est à sçavoir là-dessus. Mais il n'y auroit pas de plus grande folie que de croire qu'on y pût atteindre. Ainsi, c'étoit proprement une belle idée, dont ces Philosophes étoient amoureux. La Religion reduit la sagesse à quelque chose de bien plus simple; & elle nous apprend que ce n'est autre chose que la pieté, & que les sages sont ceux qui aiment Dieu, & qui le servent.

per agréablement son esprit, ou à se délasser des soins & des agitations de la vie; quelle occupation est comparable à cette sorte d'étude, qui fait faire sans cesse quelque nouvelle découverte dans ce qui peut contribuer à rendre la vie également bonne & heureuse?

moins agreable qu'utile.

Nam sive oblectatio quaritur animi requiesque curarum, quæ conferri cum eorum studiis potest, qui semper aliquid anquirunt, quod spectet & valeat ad bene beateque vivendum? sive ratio constantiæ virtutisque ducitur, aut hæc ars est, aut nulla omnino, per quam eas assequamur. Nullam dicere maximarum rerum artem esse, cum minimarum sine arte nulla sit, hominum est parum considerate loquentium, atque in maximis rebus errantium.

Que si c'est à une vertu solide, & à une fermeté d'ame constante & inébranlable qu'on aspire; ou c'est par cette étude si noble, & par les regles qu'elle fournit, qu'on peut arriver à la vertu; ou il n'y en a point pour nous y conduire. Or de dire qu'il n'y a point de regles pour parvenir à la plus grande chose du monde, lorsque l'on convient qu'il y en a pour les moindres, ce seroit ne pas penser à ce qu'on dit; & s'aveugler miserablement soy-même, sur ce qu'il y a de plus important dans la vie.

Ce n'est que par l'étude de la sagesse qu'on peut acquerir la vertu.

Si autem est aliqua disciplina virtutis, ubi ea quæretur, cum ab hoc discendi genere discesseris? Sed hæc, cum

S'il y a donc quelques regles & quelque sorte d'art, pour acquerir la vertu; où les trouverons-nous, si nous rejettons l'étude de la sagesse? Mais il n'est pas necessaire d'entrer plus avant dans cette matiere, que j'ay traitée à fond, dans un ouvrage fait exprés pour porter les hommes à l'étude de la Philosophie 4. C'est assez d'avoir rendu raison, en cet endroit, pourquoy me voyant hors des charges de la Republique, & exclus des occupations qui pouvoient la regarder, je me suis particulierement appliqué à cette sorte d'étude.

ad Philosophiam cohortamur, accuratius disputari solent; quod alio quodam libro fecimus. Hoc autem tempore tantum nobis declarandum fuit, cur orbati reip. muneribus ad hoc nos studium potissimum contulissemus.

Mais j'ay encore à répondre à une sorte de gens; & ce sont même des gens qui ne manquent ni d'étude ni de science. Ils demandent, si faisant profession de croire que la verité ne se peut voir avec certitude sur quoy que ce soit 5, j'ay pû, sans combattre mes principes, & me contredire moy-même,

Occurritur autem nobis, & quidem à doctis, & eruditis, quærentibus, satisne constanter facere videamur, qui, cum percipi nihil posse dicamus, tamen & aliis de rebus disserere soleamus, & hoc ipso tempore præcepta officii persequamur.

4. C'étoit un Livre intitulé *Hortense*. Il est perdu; mais on l'avoit encore du tems de S. Augustin; qui dit, au troisiéme Livre de ses Confessions, ch. 4. que la lecture de cet ouvrage l'avoit embrasé d'un tel amour pour la sagesse à l'âge de 19. ans, que de là en avant il n'eût plus que du mépris pour tous les biens de cette vie.

5. Ciceron faisoit profession de la Philosophie Académicienne; & la maxime capitale de cette secte étoit, qu'on ne pouvoit arriver à une connoissance certaine de la verité sur aucune chose.

traiter comme j'ay fait diverses sortes de sujets ; & si je puis encore donner des regles & des préceptes sur les devoirs de la vie 6.

Quibus vellem satis cognita esset nostra sententia, non enim sumus ii, quorum vagetur animus errore, nec habeat unquam, quid sequatur: quæ enim esset ista mens, vel quæ vita potius, non modo disputandi, sed vivendi ratione sublata?

Il seroit à desirer, que ceux qui parlent de la sorte, eussent bien compris quels sont mes sentimens, & de tous les Académiciens. Il s'en faut bien que nous soyons de ceux qu'un esprit toûjours flottant & incertain tient dans un égarement continuel 7 ; & qui n'ont aucune opinion arrêtée sur quoy que ce soit. Que seroit-ce que mon esprit, & que seroit-ce même que ma vie, s'il n'y avoit rien d'arrêté, ni dans mes pensées, ni dans ma conduite ?

Nos autem, ut cæteri alia certa, alia incerta esse dicunt; sic ab his dissentientes alia probabilia, contra alia non probabilia esse dicimus. Quid est igitur, quod me impediat, ea, quæ mihi probabilia videantur, sequi; quæ

Quel étoit le principe des Académiciens, & en quoy ils étoient dif-

La seule difference qu'il y a entre nous & les autres Philosophes, c'est qu'au lieu qu'ils disent qu'il y a des choses certaines, & des choses incertaines ; nous disons qu'il y en a de vrai-semblables, & qu'il y en a qui n'ont aucune sorte de vrai-sem-

6. Puisque, comme il a dit au chap. 2. du premier Livre Ceux d'entre les Philosophes qui font profession de douter de tout, ne sçauroient nous rien enseigner sur nos devoirs.

7. Les Sceptiques.

ferent des autres Philosophes.

blanc. Qui m'empêche donc de suivre ce qui me paroît vrai-semblable ; & de rejetter ce qui ne me paroît pas tel ? quoy que j'évite l'arrogance des affirmatifs, & que je m'abstienne de rien assurer temerairement ; ce qui est la chose du monde la plus contraire à la sagesse.

contra improbare : atque affirmandi arrogantiam vitantem, fugere temeritatem, quæ à sapientia dissidet plurimum ?

Pourquoy les Académiciens contestoient tout.

Que si nos Académiciens contestent tout, & disputent sur tout, ce n'est que parce que ce *vrai-semblable* que nous cherchons ne se peut découvrir, qu'à force d'agiter le pour & le contre. C'est ce que je croi avoir expliqué avec assez de soin dans mes *Questions Académiques.*

Contra autem omnia disputatur a nostris, quod hoc ipsum probabile elucere non posset, nisi ex utraque parte causarum esset facta contentio. Sed hæc explanata sunt in Académicis nostris satis, ut arbitror, diligenter.

Quant à vous, mon cher Ciceron, quoy que vous soyez appliqué à une Philosophie qui n'est pas moins illustre qu'ancienne ; & que vous en preniez des leçons d'un maître qui peut aller de pair avec ceux qui en sont les autheurs & les fondateurs, je suis bien aise que nôtre doctrine, qui n'est pas fort éloignée de la vôtre 8 ; ne

Tibi autem, mi Cicero, quamquam in antiquissima, nobilissimaque Philosophia, Cratippo auctore, versaris, iis simillimo, qui ista præclara pepererunt, tamen hæc nostra, finitima vestris, ignota esse nolui. Sed jam ad instituta pergamus.

8. C'est à dire, de celle des Peripateticiens, dont Cratippus, maître du jeune Ciceron, faisoit profession ; au lieu que Ciceron étoit Académicien. Mais comme les

vous soit pas inconnuë. Mais revenons à nôtre sujet.

uns & les autres étoient disciples de Platon, ils raisonnoient à peu prés sur les mêmes principes.

CHAPITRE III.

De ce qui est à examiner, quand on se trouve partagé entre plusieurs differens devoirs. Combien il est pernicieux de faire difference entre l'honnête & l'utile. Que la distinction de l'un & de l'autre n'est qu'une pure précision de l'esprit. Division des choses qui sont utiles à la vie des hommes. Que ce n'est que par l'industrie des hommes qu'elles sont utiles.

Quinque igitur rationibus propositis officii persequendi, quarum duæ ad decus, honestatemque pertinent, duæ ad commoda vitæ, copias, opes, facultates, quinta ad eligendi judicium, si quando ea, quæ dixi, pugnare inter se viderentur, honestatis pars confecta est, quam quidem tibi cupio esse notissimam.

IL y a donc, comme j'ai fait voir [1] cinq differentes considerations où nous pouvons entrer pour découvrir ce qui peut être de nos devoirs : deux qui regardent l'honnêteté & la bienseance ; deux qui regardent les commoditez & les avantages de la vie, c'est-à-dire les biens & la consideration ; & la derniere qui regarde le choix qu'il s'agit de faire, lors que plusieurs choses, de l'un ou de l'autre genre se trouvent en concurrence, & paroissent contraires les unes aux autres. J'ay expliqué dans le premier Livre ce qui regarde

La science de l'honnêteté est la veritable science de l'homme.

1. A la fin du troisiéme chap. du 1. Livre.

l'honnêteté ; & c'est sur quoy je desire que vous soyez le mieux instruit.

Quelle erreur c'est de regarder comme utile ce qui n'est pas honnête, & combien elle est pernicieuse.

Il s'agit presentement de ce que l'on appelle utile, & c'est sur quoy le langage & les sentimens des hommes se sont insensiblement écartez de la verité: on s'est accoûtumé à distinguer l'utile de l'honnête ; & par là on est venu à croire qu'il y a des choses honnêtes qui ne sont pas utiles, & qu'il y en a qui sont utiles, quoy qu'elles ne soient pas honnêtes. Or rien n'est si pernicieux, & si capable de corrompre les mœurs des hommes, qu'une telle persuasion.

Hoc autem, de quo nunc agimus, id ipsum est, quod utile appellatur ; in quo lapsa consuetudo deflexit de via, sensimque eo deducta est, ut honestatem ab utilitate secernens, & constitueret honestum esse aliquid, quod utile non esset, & utile, quod non honestum, qua nulla pernicies major hominum vitæ potuit afferri.

La difference qu'on peut faire de l'honnête & de l'utile, n'est qu'une pure précision de l'esprit qui regarde une même chose par differens cotez.

Ce n'est pas que de tres-grands Philosophes ne distinguent l'honnête de l'utile. Mais ils le font d'une maniere qui ne blesse point les droits de l'honnêteté, & qui ne déroge point à la severité de leur doctrine ; puisque toute la difference qu'ils font entre l'un & l'autre, ne consiste que dans une simple précision de l'esprit & de la pensée. Du reste, ils font assez voir que l'un & l'autre ne sont qu'une même chose. Car, selon eux, IL N'Y A

Summa quidem auctoritate Philosophi severe sane atque honeste, hæc tria genera confusa cogitatione distinguunt : quidquid enim justum sit, id etiam utile esse censent; itemque quod honestum, idem justum : ex quo efficitur, ut quidquid honestum sit, idem sit utile.

que ce qui est juste qui soit utile, & il n'y a que ce qui est honnête qui soit juste ; d'où il s'ensuit qu'il n'y a que ce qui est honnête qui soit utile.

Preuve que rien n'est utile que ce qui est honnête.

Quod qui parum perspiciunt, hi sæpe versutos homines, & callidos admirantes, malitiam sapientiam judicant ; quorum error eripiendus est, opinioque omnis ad eam spem traducenda, ut honestis consiliis, justisque factis, non fraude & malitia se intelligant ea, quæ velint, consequi posse.

Ce n'est que faute d'avoir compris ce que je viens de dire, que quelques-uns, regardant avec admiration ce qu'il y a d'adresse & de finesse dans de certaines gens prennent pour habileté & pour prudence, ce qui n'est qu'artifice & méchanceté. Il faut donc les tirer de cette erreur ; & leur faire comprendre, que ce n'est que par des actions & des intentions droites & honnêtes qu'ils peuvent esperer d'arriver à ce qui est le but de leurs desirs.

Combien de gens se sçavent bon gré de ce qui n'est dans le fonds que méchanceté.

CHAPITRE IV.

Combien on tire d'utilité du travail & de l'industrie des hommes. Avantages qui leur reviennent d'être entrez en societé.

Quæ ergo ad vitam hominum tuendam pertinent, partim sunt inanima, ut aurum, argentum, ut ea, quæ gignuntur e terra, ut alia ejusdem generis : partim animalia quæ

Entre les choses qui regardent le soûtien & les commoditez de la vie, il y en a d'inanimées, comme l'or, l'argent, les fruits de la terre & les autres du même genre ; & il y en a d'animées, & qui ont leurs

Division des choses utiles à la vie des hommes.

mouvemens & leurs inclinations. De celles-là, les unes sont sans raison, comme les chevaux, les bœufs, & toutes les autres especes de bestiaux; à quoi l'on peut ajoûter les mouches à miel, qui produisent aussi quelque chose d'utile à l'homme; les autres ont de la raison; & se sont les hommes & les Dieux. Quant aux Dieux, ce qui nous les rend favorables, c'est la pieté & la sainteté de vie. Aprés eux, il n'y a rien dont les hommes tirent tant de secours que des hommes mêmes. Cette même division se peut appliquer aux choses qui peuvent faire du mal: & elles sont comprises sous les mêmes genres.

A l'égard des Dieux, on est persuadé qu'ils ne nous font jamais aucun mal. Pour les hommes, si les maux qu'ils se peuvent faire les uns aux autres sont infinis, les secours qu'ils tirent les uns des autres ne sont pas moindres 1.

habent suos impetus, & rerum appetitus. Eorum autem alia rationis expertia sunt, alia ratione utentia. Expertes rationis equi, boves, reliqua pecudes, apes, quarum opere efficitur aliquid ad hominum usum atque vitam. Ratione autem utentium duo genera ponuntur, unum deorum, alterum hominum. Deos placatos pietas efficiet & sanctitas: proxime autem, & secundum deos, homines hominibus maxime utiles esse possunt: Earumque rerum, quæ noceant & obsint, eadem divisio est.

Sed quia deos nocere non putant; his exceptis, homines hominibus obesse plurimum arbitrantur.

1. Les anciens Livres portent en cét endroit, *vel prodesse*; que Grævius a ôté sur la foy de quelques manuscrits. Mais comme ce qui suit n'est qu'une preuve & une énumeration des secours que les hommes tirent les uns

Ea enim ipsa, quæ inanima diximus, pleraque sunt hominum operis effecta, quæ nec haberemus, nisi manus & ars accessissent: nec his sine hominum administratione uteremur: neque enim valitudinis curatio, neque navigatio, neque agricultura, neque frugum fructuumque reliquorum perceptio & conservatio, sine hominum opera ulla esse potuisset. Jam vero & earum rerum, quibus abundaremus, exportatio, & earum, quibus egeremus, invectio, certe nulla esset, nisi his muneribus homines fungerentur: eademque ratione, nec lapides è terra exciderentur ad usum nostrum necessarii; nec ferrum, æs, aurum, argentum effoderetur penitus abditum, sine hominum labore, & manu. Tecta vero, quibus & frigorum vis

Car ces choses mêmes inanimées, qui nous sont de quelque utilité, ne les devons-nous pas, pour la plûpart, aux soins & au travail des hommes? & n'est-ce pas leur main & leur industrie, qui non seulement nous les fait avoir, mais qui les rend propres à nôtre usage? Aurions-nous sans elle, ni médecine, ni navigation, ni agriculture? Pourrions-nous même recueïllir & conserver les bleds, & les autres fruits de la terre? N'est-ce pas à l'industrie & à l'application des hommes que nous devons ce commerce, si utile à la société humaine, qui porte aux étrangers les choses qui viennent chez nous en abondance; & qui tire d'eux celles qui nous manquent? Enfin n'est-ce pas la main des hommes qui va chercher, jusques dans les entrailles de la terre, l'or & l'argent, & les pierres même dont nos maisons sont bâties. *

Ce n'est que par les hommes qu'on tire du secours de toutes les autres choses.

des autres, & qu'il est même lié à ce qui précede par la particule *car*, il semble qu'on ne puisse pas se dispenser de rétablir *vel prodesse*.

* Le chap. 4. ne commence qu'icy dans le latin, mais il doit commencer plus haut.

Comment auroit-on eu des maisons, dés le commencement du genre humain, pour se défendre de la rigueur du froid, & de l'incommodité de la chaleur, & comment les auroit-on rétablies, à mesure qu'elles ont été renversées par quelque orage, ou par quelque tremblement de terre, ou qu'elles sont tombées de pure vieillesse; si les hommes n'avoient appris à se prêter les uns aux autres de ces sortes de secours?

pelleretur & calorum molestiæ sedarentur, unde aut initio generi humano dari potuissent, aut postea subveniri, si aut vi tempestatis, aut terræ motu, aut vetustate cecidissent, nisi communis vita ab hominibus harum rerum auxilia petere didicisset?

Dénombrement de ce que fait l'industrie des hommes.

C'est par leur travail & leur industrie que l'on vient à bout de donner de l'écoulement aux eaux: de détourner le cours des rivieres, de se défendre de l'inondation par des levées; & d'avoir des ports où la nature n'en avoit point fait. Il est donc aisé de voir, par tout ce que je viens de dire, & par beaucoup d'autres choses qu'on y pourroit ajoûter; que l'utilité que nous tirons des choses mêmes inanimées ne peut être que l'effet du travail & de

At deductus aquarum; derivationes fluminum, agrorum irrigationes, moles oppositas fluctibus, portus manu factos, quæ unde sine hominum opera habere possemus? ex quibus, multisque aliis perspicuum est, qui fructus, quæque utilitates ex rebus iis, quæ sunt inanimæ, percipiantur, eas nos nullo modo sine hominum manu atque opera capere potuisse.

2. Tous les Philosophes ont vû que le monde a eu son commencement; mais ils en sont demeurez là, & n'ont point cherché par où il a commencé.

l'industrie des hommes.

Qui denique ex bestiis fructus, aut quæ commoditas, nisi homines adjuvarent, percipi posset? nam & qui principes inveniendi fuerunt, quem ex quaque bellua usum habere possemus, homines certe fuerunt: nec hoc tempore sine hominum opera aut pascere eas, aut domare, aut tueri, aut tempestivos fructus ex his capere possemus; ab eisdemque & eæ, quæ nocent, interficiuntur, & quæ usui possunt esse, capiuntur.

Mais quel profit & quelle commodité pourrions-nous tirer sans leur secours des animaux mêmes? Car ne sont-ce pas des hommes qui ont trouvé, dés le commencement des choses, à quoy chaque espece d'animal pouvoit être propre? N'avons-nous pas encore tous les jours besoin du soin & du travail des hommes, pour dompter les animaux de service, pour nourrir & garder le bétail, & recuëillir le profit qui s'en peut tirer; pour exterminer les bêtes farouches, & prendre celles dont on couvre nos tables?

Quid enumerem artium multitudinem, sine quibus vita omnino nulla esse potuisset? quis enim ægris subveniret? quæ esset oblectatio valentium, qui victus, aut cultus, nisi tam multæ nobis artes ministrarent? quibus rebus exculta hominum vita tantum distat à victu & cultu bestiarum.

Que dirai-je de toute cette multitude d'arts, dont on ne sçauroit se passer, ni pour le soulagement des malades, ni pour le plaisir des sains? Aurions-nous sans leur secours; ni ce qu'il nous faut pour nous nourrir, ni aucune des choses qui font l'agrément & les commoditez de la vie des hommes, & qui la mettent si fort au dessus de celle des bêtes?

Urbes vero sine homi-

Les villes auroient-elles

Avantages qui reviennent aux hommes de leur union.

jamais pû être ni bâties ni peuplées si les hommes ne fussent entrez en societé, & ne se fussent donné la main, pour s'aider les uns les autres ? C'est de cette union qu'on a vû naître les loix, le droit & les coûtumes. C'est ce qui a donné aux hommes une forme de vie certaine & reglée. C'est par là que les esprits se sont cultivez, & sont devenus plus doux & plus traitables; & qu'ils ont appris à se contenir, & à connoître les regles de la pudeur. C'est par là que s'est établi ce commerce & cet échange reciproque & perpetuel de biens, de commoditez & de secours, qui ne nous laisse manquer de rien de ce qui nous est necessaire. Enfin, c'est de là que se tire tout ce qui fait la douceur, le repos & la sûreté de la vie.

Ce qui fait la difference des nations civilisées & des sauvages.

num cœtu non potuissent nec ædificari, nec frequentari; ex quo leges, moresque constituti, tum juris æqua descriptio, certaque vivendi disciplina, quas res & mansuetudo animorum consecuta, & verecundia est; effectumque ut esset vita munitior, atque ut dando, & accipiendo, mutandisque facultatibus & commodis nulla re egeremus.

* Je ne me suis que trop étendu sur cette matiere; & il n'y a rien là qui ne soit connu de tout le monde, aussi-bien que dans ce que Panætius a pris à tâche de faire voir si au long

Longiores hoc loco sumus, quam necesse est. Quis est enim, cui non perspicua sint illa, quæ pluribus verbis à Panætio commemorantur, neminem neque

* Le Chapitre 5. commence icy dans le latin, mais il doit commencer plus bas.

ducem belli, nec principem domi, magnas res & salutares sine hominum studiis gerere potuisse? Commemoratur ab eo Themistocles, Pericles, Cyrus, Agesilaüs, Alexander, quos negat sine adjumentis hominum tantas res efficere potuisse. Utitur in re non dubia testibus non necessariis.

sur le même sujet, que ni les plus grands Generaux d'armée, ni les plus grands hommes d'Etat, n'auroient pû rien faire de grand, ni d'utile pour la Republique, sans le secours des autres hommes. Il cite sur cela Themistocle, Periclés, Cyrus, Agesilaüs & Alexandre; & soûtient que sans ce secours ils n'auroient pû executer tant de grandes actions. Mais il ne falloit pas tant de témoins, pour prouver une chose dont personne n'est en doute.

CHAPITRE V.

Que rien ne fait tant de mal aux hommes que les hommes mêmes. Que l'usage que les habiles gens doivent faire de leur vertu & de leur industrie, est de se concilier les hommes, & de les sçavoir mettre en œuvre. Trois differens emplois de la vertu: à quoy se reduit le fruit qu'on en peut tirer.

ATque ut magnas utilitates adipiscimur conspiratione hominum, atque consensu; sic nulla tam detestabilis pestis est, quæ non homini ab homine nascatur. Est Dicæarchi liber de interitu hominum. Peripatetici

COMME il n'y a point d'avantages comparables à ceux que les hommes tirent les uns des autres, quand ils sont de concert pour s'entr'aider; il n'y a point aussi de calamitez pareilles à celles qui arrivent aux hommes par les hommes:

mêmes. Dicæarque [1] qui a été un des plus grands Philosophes, & des plus éloquens d'entre les Peripateticiens, a fait un livre des diverses calamitez qui peuvent faire perir les hommes. Il y fait une grande enumeration de ce qui en a fait perir une infinité, comme les inondations, les pestes, & les incursions des bêtes; qui, selon ce qu'il rapporte, se sont quelquefois jettées en si grand nombre dans de certains païs, qu'elles en ont entierement détruit les habitans. Mais il fait voir ensuite, que ce qui est l'effet de la malice & de la fureur des hommes, comme les guerres & les seditions, en a sans comparaison plus fait perir que toutes les autres calamitez.

Les maux que les hommes se font les uns aux autres, sont une étrange preuve de leur corruption.

magni, & copiosi, qui, collectis ceteris causis; eluvionis, pestilentiæ, vastitatis, beluarum etiam repentinæ multitudinis, quarum impetu docet quædam hominum genera esse consumta; deinde comparat, quanto plures deleti sint homines hominum impetu, id est; bellis, aut seditionibus, quam omni reliqua calamitate.

Comme il est donc hors de doute, que rien ne sçauroit faire tant de bien ni de mal aux hommes

Cum igitur hic locus nil habeat dubitationis, quin homines plurimum hominibus

[1] Philosophe Peripateticien, disciple d'Aristote. Il étoit de Messine; & il s'est signalé par son éloquence, & par la connoissance qu'il avoit de la Géometrie. Il a même écrit quelques histoires, & entr'autres une de la Republique des Lacedemoniens, dont ils faisoient tant de cas, que par un decret des Ephores, on la faisoit lire publiquement tous les ans à tous les jeunes gens de Lacedemone.

& prosint & obsint: primum hoc statuo esse virtutis, conciliare animos hominum, & ad usus suos adjungere.

que les hommes mêmes; je croy que la principale chose à quoy, quiconque a de la grandeur d'ame & de la vertu, se doit appliquer, c'est à concilier les hommes, & à se les unir, pour en tirer du secours dans les besoins de la vie.

A quoy chacun doit employer ses talens & son industrie.

Itaque, quæ in rebus inanimis, quæque in usu & tractatione beluarum fiunt utiliter ad hominum vitam, artibus ea tribuuntur operosis: hominum autem studia ad amplificationem nostrarum rerum prompta ac parata, virorum præstantium sapientia, & virtute excitantur. Etenim virtus omnis tribus in rebus fere vertitur; quarum una est in perspiciendo, quid in quaque re verum sincerumque sit, quid consentaneum cuique, quid consequens, ex quo quidque gignatur, quæ cujusque rei causa sit: alterum cohibere motus animi turbatos, quos Græci πάθη *nominant; appetitionesque, quas illi* ὁρμὰς *obedientes efficere rationi: tertium*

Laissons en partage aux gens de travail les arts qui servent à tirer des choses inanimées, & des animaux mêmes, l'utilité qui s'en peut tirer. Celuy des grands hommes, & le veritable employ de tout ce qu'ils ont de vertus & de grandes qualitez, c'est de gagner la bienveillance, & d'exciter l'industrie des autres; & de s'en faire un secours que l'on ait toûjours sous la main; & que l'on puisse employer à augmenter ses biens, son credit & sa consideration. Car l'exercice de tout ce qui s'appelle vertu roule sur trois points. Le premier, est de sçavoir démêler la verité sur chaque chose, voir ce qui luy convient, & quelles suites elle peut avoir; & enfin quelle est la matiere & la cause de toutes les productions. Le se-

Les plus puissans n'ont de force que par les autres.

A quoy se reduit l'exercice de toute vertu.

cond est de réprimer ces mouvemens turbulens de l'esprit, que les Grecs appellent πάθη 2, & ces soulevemens de l'appetit, qu'ils appellent ὁρμὰς 3; & de reduire les uns & les autres sous l'empire de la raison. Et le dernier, de sçavoir user avec sagesse & discretion de ceux avec qui nous sommes en societé; pour avoir abondamment, par leurs soins & par leur industrie, tout ce que les besoins de la nature demandent; & pour être plus en état de nous défendre, par leur secours, de ceux qui voudroient nous faire du mal; & de punir même, autant que l'équité & l'humanité le peuvent permettre, ceux qui se seroient mis en devoir de nous en faire. * Nous dirons tout à l'heure, par où on peut gagner & se conserver la bienveillance des hom-

iis, quibus cum congregamur, uti moderate & scienter, quorum studiis ea, quæ natura desiderat, expleta cumulataque habeamus: per eos denique, si quid importetur nobis incommodi, propulsemus ulciscamurque eos, qui nocere nobis conati sunt, tantaque pœna afficiamus, quantam æquitas humanitasque patitur. Quibus autem rationibus hanc facultatem assequi possimus, ut hominum studia complectamur, eaque teneamus, dicemus, neque ita multo post: sed pauca ante dicenda sint.

2. C'est à dire, toutes sortes de passions, comme le desir, la crainte, la colere, la tristesse, &c.

3. On a vû sur la fin du chap. 28. du premier Livre ce qu'il entend par le mot d'appetit, & tout le monde sçait assez que ce sont les mouvemens de la partie animale.

* Le chap. 6. commence dés icy dans le latin; mais il doit commencer plus bas.

mes: mais nous avons encore quelque chose à dire auparavant.

CHAPITRE VI.

Ce que peut la fortune sur les hommes. Que leurs passions, & le pouvoir qu'ils ont dans le monde, sont le principal instrument par où elle peut faire du bien ou du mal.

Magnam vim esse in fortuna in utramque partem, vel secundas ad res, vel adversas, quis ignorat? nam & cum prospero flatu ejus utimur, ad exitus provehimur optatos: & cum reflavit, affligimur. Hæc igitur ipsa fortuna ceteros casus rariores habet primum ab inanimis procellas, tempestates, naufragia, ruinas, incendia, deinde à bestiis ictus, morsus, impetus. Hæc ergo, ut dixi, rariora. At vero interitus exercituum, ut proxime trium, sæpe multorum, clades Imperatorum, ut nuper summi, ac singularis viri: invidiæ præterea multitudinis, atque

PERSONNE n'ignore combien la fortune peut faire de bien & de mal. Quand elle nous est favorable, tout nous reüssit selon nos desirs: devient-elle contraire? elle nous écrase. Mais entre les accidens de la fortune, ceux qui viennent par les choses inanimées, comme sont les orages, les tempêtes, les naufrages, les ruines, les incendies, sont les plus rares; aussi bien que ceux qui peuvent venir par les bêtes, qui frappent, qui mordent, ou qui ruënt. Les plus frequens sont ceux qui viennent par les hommes; & l'on peut compter entre ceux-là la défaite des armées, comme celle des trois dernieres que nous avons vû perir[1], & de beaucoup d'au-

[1] C'est à dire, celle que Pompée commandoit, & qui

tres dans d'autres tems ; la perte des Generaux, comme celle de ce personnage si illustre [1] que nous venons de voir mourir; les haines & les émotions populaires, qui font quelquefois chasser ceux qui ont le mieux servi la Republique, ou les reduisent à se sauver par la fuite, & les jettent dans toutes sortes de calamitez.

ob eas, bene meritorum sæpe civium expulsiones, calamitates, fuga.

La fortune même ne peut rien que par les hommes.

Toutes ces sortes d'adversitez sont des coups de la fortune, aussi bien que les prosperitez, comme sont les dignitez, le commandement des armées, les victoires. Mais les unes & les autres sont en même tems des effets des diverses passions des hommes, & du pouvoir que leurs biens, leur credit & leur consideration leur peuvent donner.

Rursusque secundæ res, honores, imperia, victoriæ, quamquam fortuita sunt, tamen sine hominum opibus, & studiis, neutram in partem effici possunt.

Cela supposé, il faut voir de quelle maniere nous pouvons nous concilier les hommes; & les porter à

Hoc igitur cognito dicendum est, quonam modo hominum studia ad utilitates nostras al-

fut défaite à la bataille de Pharsale : celle qui le fut en Afrique bien-tôt aprés, & qui étoit commandée par Scipion, beaupere de Pompée, & par Juba Roy de Mauritanie ; & celle qui le fut en Espagne aussi tôt aprés ; & qui étoit commandée par les enfans de Pompée.

1. Pompée.

licere, atque excitare possimus. quæ si longior fuerit oratio, cum magnitudine utilitatis comparetur, ita fortassis etiam brevior videbitur.

nous souhaiter & à nous procurer ce qui nous est avantageux. Si ce que nous dirons sur ce sujet paroît long; qu'on le mesure par l'usage dont il est, & par l'utilité qu'on en peut tirer; & si on le regarde par là, peut-être qu'on le trouvera court.

CHAPITRE VII.

Des motifs qui peuvent porter à faire du bien à quelqu'un, ou à se mettre dans sa dépendance. Des bons & des mauvais moyens pour acquerir du credit & de la consideration. Combien il est dangereux de vouloir se faire craindre, & avantageux de se faire aimer. Fin malheureuse de ceux qui ont voulu se faire craindre.

QUæcumque igitur homines homini tribuunt ad eum augendum, atque honestandum, aut benivolentiæ gratia faciunt, cum aliqua de causa quempiam diligunt; aut honoris, si cujus virtutem suspiciunt, quemque dignum fortuna quam amplissima putant; aut cui fidem habent, & bene rebus suis consulere arbitrantur; aut cujus opes metuunt; aut contra à quibus aliquid exspec-

Ce qui porte à faire du bien à quelqu'un, ou à l'élever.

TOUT ce que l'on fait pour quelqu'un, & qui tend à l'enrichir ou à l'élever, se fait d'ordinaire, ou par pure amitié, quand on a quelque raison particuliere de l'aimer; ou par quelque respect pour son merite & pour sa vertu, quand il en paroît assez en luy pour le faire trouver digne d'une grande fortune; ou par la confiance qu'on a en luy, & par les grandes choses qu'on en espere pour la Republique; ou par la crainte de son credit & de son pouvoir;

ou parce qu'on attend quelque chose, & c'est le motif de ceux qui excitent les Rois, ou les Citoyens populaires, à faire des largesses au peuple; ou enfin par ce qu'on est payé pour cela, & c'est le plus bas & le plus sordide de tous les motifs qui peuvent porter à faire plaisir à quelqu'un. S'il est honteux pour ceux que l'on gagne par de tels moïens, il ne l'est pas moins pour ceux qui les employent. Car IL FAUT qu'un homme soit bien peu de chose, lorsqu'il est réduit à tâcher d'obtenir par de l'argent ce qui devroit être le prix de sa vertu & de son merite. Mais comme il y a des rencontres où ce moyen là même se trouve necessaire, nous dirons de quelle maniere on s'en peut servir, aprés que nous aurons parlé de ceux qui sont plus selon la vertu.

Ce qu'on fait pour quelqu'un par interêt, est également honteux à celui qui le fait, & à celui qui l'obtient

Ce qu'on doit penser de ceux qui doivent leur élevation à leur argent, plûtôt qu'à leur vertu.

tant, ut cum reges popularesve homines largitiones aliquas proponunt; aut postremo pretio ac mercede ducuntur, quæ sordidissima est illa quidem ratio & inquinatissima, & iis, qui ea tenentur, & illis, qui ad eam confugere conantur. Male enim se res habet, cum, quod virtute effici debet, id tentatur pecunia. Sed quoniam nonnumquam hoc subsidium necessarium est, quemadmodum sit utendum eo, dicemus, si prius iis de rebus, quæ virtuti propiores sunt, dixerimus.

Les raisons qui peuvent porter les hommes à se mettre dans la dépendance de quelqu'un, & à subir sa domination, sont à peu prés les mêmes que celles qui porteroient à

Ce qui porte à se mettre dans la dépendance de quelqu'un.

Atque etiam subjiciunt se homines imperio alterius, & potestati de causis pluribus: ducuntur enim aut benevolentia, aut beneficiorum magnitudine, aut dignitatis præstantia, aut spe, sibi id utile futurum, aut metu, ne vi parere cogantur, aut spe largitionis, promissisque capti; aut postremo, ut sæpe in nostra rep. videmus, mercede conducti.

luy faire plaisir. Car on le fait, ou par amitié, ou par de grands engagemens de reconnoissance; ou par la consideration de son merite, ou par l'esperance qu'on s'en trouvera bien, ou par la crainte, & parce qu'on y seroit forcé quand on ne le feroit pas de son bon gré; ou parce qu'on s'est laissé éblouir par des esperances ou des promesses; ou, comme nous avons vû si souvent dans la Republique, parce qu'on est gagné par de l'argent.

Omnium autem rerum nec aptius est quidquam ad opes tuendas, quam diligi, nec alienius, quam timeri. Præclare enim Ennius: Quem metuunt, oderunt: quem quisque odit, perisse expetit. *Multorum autem odiis nullas opes posse obsistere si antea fuit ignotum, nuper est cognitum. Nec vero hujus tyranni solum, quem armis oppressa pertulit civitas; paret quæ cum maxime mortuo, inte-*

* OR LE MEILLEUR moyen pour conserver ce que nous pouvons avoir de credit & de consideration, c'est de se faire aimer; & le plus mauvais, c'est de se faire craindre. Car, comme a fort bien dit Ennius, *On hait tous ceux que l'on craint; & on souhaite de voir perir tous ceux que l'on hait.* Quand nous n'aurions pas sçû d'ailleurs qu'IL N'Y a ni puissance, ni grandeur qui puisse tenir contre la haine publique; ce que nous avons vû depuis peu

Peut-on ni se contenter d'une consideration qui n'est fondée que sur la crainte, ni s'y fier?

Ce que produit la crainte.

* Le chap. 7. ne commence qu'icy dans le latin; mais il doit commencer plus haut.

nous l'auroit appris. Mais le meurtre de ce tyran [1], qui a opprimé cette République par la force des armes, & qui la tient encore en servitude, tout mort qu'il est [2], n'est pas le seul exemple qu'il ait fait voir, combien LA HAINE des peuples est pernicieuse & funeste aux plus grandes fortunes : nous le voyons encore par la fin de tous les autres tyrans, qui ont presque tous peri de la même maniere. Il faut donc convenir que LA CRAINTE est un mauvais garand d'une longue vie ; & qu'au contraire, IL N'Y A POINT de gardes si fidelles que l'amour des peuples ; & qu'il n'y a même de sûreté solide & perpetuelle que celle là.

Haine des peuples, dangereuse aux plus puissans.

Quelle est la veritable sûreté des Princes.

ritus declarat, quantum odium hominum valeat ad pestem : sed reliquorum similes exitus tyrannorum, quorum haud fere quisquam interitum talem effugit. Malus enim est custos diuturnitatis metus : contraque benevolentia fidelis vel ad perpetuitatem.

Laissons la dureté & la cruauté à ceux qui croyent en avoir besoin, pour contenir un peuple qu'ils ont opprimé par la force. Pour ceux qui vivent dans un état libre, ils ne sçauroient rien faire de plus insensé, que de se comporter d'une

Il n'y a pas moins de folie que d'inhumanité à se faire craindre.

Sed iis, qui vi oppressos imperio coercent, sit sane adhibenda sævitia, ut heris in famulos si aliter teneri non possunt. qui vero in libera civitate ita se instruunt, ut metuantur, his nihil

1. Cesar.

2. Par les heritiers de son ambition & de son avidité, comme Antoine & les autres, qui ne pensoient, chacun de son côté, qu'à se rendre maîtres de la Republique.

esse potest dementius: quamvis enim demersæ sint leges alicujus opibus, quamvis timefacta libertas, emergunt tamen hæc aliquando aut judiciis tacitis, aut occultis de honore suffragiis. Acriores autem morsus sunt intermissæ libertatis, quam retentæ.

maniere à se faire craindre. Car quoique les loix soient comme ensevelies sous la puissance d'un particulier, & que la liberté soit resserrée par la crainte, elles se relevent quelquefois; & parce que les peuples font entrevoir de leurs sentimens sans s'en expliquer; & par des concerts secrets, qui élevent tout d'un coup à la souveraine magistrature, des gens capables de tirer la Republique d'oppression. OR LES RETOURS d'une liberté contrainte & interrompuë se font bien plus cruellement sentir, que tout ce qu'on en auroit pû souffrir, si on l'avoit laissé subsister.

Quelque opprimée que soit la liberté, c'est un feu caché sous la cendre, & toûjours prêt à s'embraser.

Quod igitur latissime patet, neque ad incolumitatem solum, sed etiam ad opes & potentiam valet plurimum, id amplectamur, ut metus absit, caritas retineatur; ita facillime quæ volemus, & privatis in rebus, & in Rep. consequemur: etenim, qui se metui volent, à quibus metuentur, eosdem metuant ipsi necesse est.

Attachons-nous donc à ce qui est d'un meilleur & d'un plus grand usage, & qui est le plus propre non seulement à établir nôtre sûreté; mais encore à nous donner moyen d'acquerir des biens, du credit & de la considera-tion; & à nous faire arriver sans peine à tout ce que nous pourrons desirer, & pour la Republique, & pour nous-mêmes. En un mot, ne pensons qu'à nous

Il n'y a de douceur, de repos, de gloire, & de sûreté même, qu'à se faire aimer.

Inconvenient inévitable à ceux

qui veulent se faire craindre.

faire aimer ; & gardons-nous bien de nous faire craindre : car QUICONQUE voudra se faire craindre des autres, les craindra luy-même necessairement.

Beaux exemples de l'inquiétude des Tyrans.

Dans quelles transes mortelles devoit être nuit & jour ce premier Denis[3], tyran de Syracuse, qui craignant jusqu'au rasoir de son Barbier[4], étoit reduit à se brûler luy-même le poil avec des charbons ardens ? Quelle a pû être la vie d'Alexandre de Pherée[5], qui allant le soir, au sortir de table, chez sa femme Thœbé[6], qu'il aimoit passionnément, faisoit marcher devant luy l'épée nuë à la main, un satellite de Thrace, marqué au front, selon la coûtume de ces Barbares, & envoyoit même devant, à

Quid enim censemus superiorem illum Dionysium, quo cruciatu timoris angi solitum, qui cultros metuens tonsorios, candenti carbone sibi adurebat capillum ? quid Alexandrum Pheræum, quo animo vixisse arbitramur ? qui (ut scriptum legimus) cum uxorem Theben admodum diligeret, tamen ad eam ex epulis in cubiculum veniens, barbarum, & eum quidem, ut scriptum est, compunctum notis Threiciis, distric-

3. Il étoit fils d'Hermocrate, qui avoit opprimé la Sicile par sa tirannie. Il vivoit encore l'an 457. de la fondation de Rome.

4. Il étoit échappé à ce Barbier, de dire ; que la vie du tyran étoit à la mercy de son rasoir, & cette parole luy coûta la vie.

5. Autre tyran, qui souleva tout le monde contre lui, & entr'autres Pelopidas, Capitaine Thebain, qu'il avoit tenu long tems en prison.

6. Elle étoit fille de Jason de Pherée, que Ciceron, au trentiéme chapitre du premier livre, met au rang des plus grands Capitaines.

to gladio jubebat anteire; præmittebatque de stipatoribus suis, qui scrutarentur arculas muliebres, & ne quod in vestimentis occultaretur telum, exquirerent. O miserum, qui fideliorem & barbarum, & stigmatiam putaret, quam conjugem! Nec eum fefellit; ab ea enim est ipse propter pellicatus suspicionem interfectus.

ce que l'on dit, quelques-uns de ses gardes pour foüiller dans les coffres de sa femme, & voir si parmi ses hardes, il n'y auroit point quelque poignard caché? O le malheureux, qui croyoit qu'un Barbare, dont le front même portoit des marques de ce qu'il étoit, luy seroit plus fidelle que sa propre femme. Il ne s'y trompoit pas neanmoins: car ce fut elle qui le fit perir 7; en haine d'un commerce, dont elle le soupçonnoit avec je ne sçay quelle autre femme.

Nec vero ulla vis imperii tanta est, quæ premente metu, possit esse diuturna. Testis est Phalaris, cujus est præter cæteros nobilitata crudelitas; qui non ex insidiis interiit, ut is, quem modo dixi, Alexander; non à paucis, ut hic noster; sed in quem universa Agrigentino-

IL N'Y A donc point de domination qui puisse durer, quelque bien gardé que l'on soit, quand elle ne subsiste que par la crainte. Témoin Phalaris [8] luy-même, si celebre par sa cruauté entre tous les autres Tyrans; qui perit, non par des embûches secretes, comme cet Alexandre dont je viens de parler; ni par une

7. Par le secours de ses trois freres, Thisiphon, Titholaüs, & Licophron, qui le poignarderent dans son lit.

8. Tyran d'Agringente, ville de Sicile, nommée aujourd'huy Gergenti. Ce tyran a été celebre entre les autres, par ce Taureau d'airain, où il enfermoit des hommes tous vivans, & faisoit mettre le feu par dessous.

conjuration d'un certain nombre de gens, comme Cesar, mais par un soûlevement general de tous les Agrigentins, qui vinrent tout d'un coup fondre sur luy. Les Macedoniens ne se revolterent-ils pas contre Demetrius 9, pour se donner à Pyrrhus 10 ?

rum multitudo impetum fecit. Quid? Macedones nonne Demetrium reliquerunt, universique se ad Pyrrhum contulerunt?

Et les Lacedemoniens, dont la domination étoit devenuë injuste & tirannique, ne se virent-ils pas abandonnez tout d'un coup de tous leurs alliez; qui au lieu de les secourir, prirent plaisir à être spectateurs de leur défaite, à la bataille de Leuctres 11 ?

Quid? Lacedæmonios injuste imperantes nonne repente omnes fere socii deseruerunt, spectatoresque se otiosos præbuerunt Leuctricæ calamitatis.

9. C'est le premier de ce nom là qui ait regné en Macedoine; & celuy à qui on donna le surnom de *Preneur de villes*.

10. Roy de l'Epire, contre qui les Romains eurent cette grosse guerre dont Ciceron a parlé au chapitre 12. du premier Livre. On a vû, par ce qu'il en rapporte en cet endroit-là, combien ce Prince étoit honnête homme, & capable de faire aimer sa domination.

11. C'est cette celebre bataille, gagnée par Epaminondas sur les Lacedemoniens, dont il est parlé à la fin du chap. 18. du premier livre.

CHAPITRE

CHAPITRE VIII.

Ce que la justice & l'honnêteté avoit produit d'avantages aux anciens Romains. Que le changement de conduite à cet égard a été la cause de leur ruine. Excez de Sylla & de Cesar. Du besoin que tout le monde a de se faire des amis.

Externa libentius in tali re, quam domestica recordor.

Je rapporte plus volontiers ce qui est arrivé aux étrangers sur ce sujet ; & je ne me souviens qu'avec peine de ce que nous avons éprouvé nous-mêmes.

Verumtamen quandiu imperium populi Rom. *beneficiis tenebatur, non injuriis, bella aut pro sociis, aut de imperio gerebantur, exitus erant bellorum aut mites, aut necessarii.* Regum, *populorum, nationum portus erat & refugium, senatus. Nostri autem magistratus, imperatoresque ex hac una re maximam laudem capere studebant, si provincias, si socios æquitate & fide defendissent. Itaque illud patrocinium orbis terræ verius, quam imperium poterat nominari.*

Belle peinture de la noblesse de la domination des Romains.

Tant que la domination du peuple Romain s'est maintenuë par des bienfaits, plûtôt que par des violences & des injustices ; la guerre se faisoit ou pour soûtenir nos alliez, ou pour la gloire de commander. Aussi se terminoit-elle toûjours d'une maniere douce pour les vaincus mêmes ; & l'on n'en venoit jamais à quelque chose de dur, que lors qu'on y étoit forcé par quelque necessité indispensable. Le Senat étoit alors le recours & l'asile des Rois, des peuples, des nations ; & nos Magistrats & nos Generaux faisoient consister leur plus grande gloire à défendre les Provinces, & à soûtenir les alliez, avec une justice & une fidelité inviolable : ainsi, nous étions les protecteurs, plûtôt que les maîtres du monde.

Par où la domination des Romains a commencé à devenir injuste & cruelle.

Mais cette coûtume & cette conduite si noble s'étant peu à peu affoiblie, elle s'est perduë entierement, depuis les victoires de Silla; & aprés de si horribles cruautez, exercées contre les citoyens mêmes, on s'est accoûtumé à ne trouver plus rien d'injuste contre les alliez. Une guerre tres-juste, & tres-legitime dans son principe 1, se termina, sous un tel General, par une victoire pleine d'infamie, jusques-là, que faisant vendre à l'encan, en plein marché, les biens de plusieurs personnes de consideration & de probité, & qu'il ne pouvoit au moins s'empêcher de reconnoître pour des citoyens; il eut bien le front de dire, que c'étoit *son butin* qu'il faisoit vendre.

Excés & injustices de Sylla.

Sensim hanc consuetudinem & disciplinam jam antea minuebamus, post vero Syllæ victoriam penitus amisimus: desitum est enim videri quidquam in socios iniquum, cum extitisset in cives tanta crudelitas. Ergo in illo secuta est honestam causam non honesta victoria: est enim ausus dicere, hasta posita, cum bona in foro venderet & bonorum virorum, & locupletium, & certe civium, prædam suam se vendere.

Celui-là a été suivi d'un

Secutus est, qui in

1. Puisque cette guerre avoit été entreprise pour soûtenir contre le peuple l'autorité du Senat, sans laquelle la Republique n'auroit pû subsister.

causa impia, victoria etiam fœdiore, non singulorum civium bona publicaret, sed universas provincias, regionesque uno calamitatis jure comprehenderet.

autre 2, qui a terminé par une victoire encore plus infame & plus cruelle, une guerre aussi execrable 3, que celle où Silla étoit entré pouvoit être juste; & qui aprés avoir envahi, par ses confiscations, les biens des particuliers & des citoyens; a traité de la même maniere, & envelopé dans les mêmes calamitez, toutes les Provinces, & tous les païs qui étoient sous l'obéïssance de la Republique.

Itaque vexatis & perditis exteris nationibus, ad exemplum amissi imperii portari in triumpho Massiliam vidimus, & ex ea urbe triumphari, sine qua numquam nostri Imperatores ex transalpinis bellis triumpharunt. Multa præterea commemorarem nefaria in socios, si hoc uno sol quidquam vidisset indignius.

C'est de-là qu'il est arrivé, qu'aprés la ruine & la desolation des étrangers, nous avons vû, pour derniere marque de l'extinction de nôtre Republique, porter dans un triomphe l'image de la ville de Marseille 4; & l'on n'a pas eu honte de triompher de la ruine d'une ville, sans le secours de laquelle nos Generaux n'auroient jamais triomphé des peuples de de-là les Alpes 5. Je pourrois

On peut dire qu'une Republique est éteinte, lors qu'on n'y garde plus de foy ni de justice.

2. Cesar.

3. Puis qu'elle n'avoit été entreprise que pour opprimer la liberté publique.

4. On portoit dans les triomphes des figures d'ivoire des villes qu'on avoit vaincuës.

5. Ceux de Marseille avoient toûjours vécu dans l'allian-

ajoûter beaucoup d'autres traitemens atroces faits à nos alliez, si celuy-ci n'étoit le plus odieux & le plus infame que le soleil ait jamais vû.

En quels excés l'on tombe, quād on a une fois abandonné les regles de l'honnêteté & de la justice.

Nous n'avons donc que ce que nous meritons ; & celuy dont nous parlons, & qui a laissé autant d'heritiers de son avidité, qu'il en a eu peu de ses biens, ne seroit jamais venu à un tel point de licence & d'insolence, si les crimes de tant d'autres n'étoient point demeurez impunis. Car tant que les scelerats pourront conserver la memoire de ces encans teints de sang 6, que Silla fit faire sous la dictature de son parent 7, & dont il s'étoit si bien trouvé, que trente-six ans aprés il voulut bien tremper en d'autres encore plus criminels que les siens 8 ; & qu'il leur restera quelque espe-

Jure igitur plectimur : nisi enim multorum impunita scelera tulissemus, nunquam ad unum tanta pervenisset licentia : à quo quidem rei familiaris ad paucos, cupiditatum ad multos improbos venit hereditas. Nec vero unquam bellorum civilium semen & causa deerit, dum homines perditi hastam illam cruentam & meminerint, & sperabunt, quam P. Sylla cum vibrasset, dictatore propinquo suo, idem sexto tricesimo anno post à sceleratiore hasta non recessit, alter autem, qui in illa

ce du peuple Romain ; & avoient favorisé ses armes & ses desseins, dans tout ce qui avoit dépendu d'eux.

6. Ces biens que Silla faisoit vendre, étant ceux des citoyens qu'il avoit proscrits ; & dont la plûpart avoient été mis à mort.

7. C'étoit Lucius Silla.

8. Silla s'étant rendu adjudicataire des biens de ceux du parti de Pompée, que Cesar faisoit vendre alors, comme Silla avoit autrefois fait vendre les biens de ceux du parti de Marius.

dictatura scriba fuerat, in hac fuit quæstor urbanus. Ex quo debet intelligi, talibus præmiis propositis nunquam defutura bella civilia.

rance d'en pouvoir faire de semblables, ce sera une semence perpetuelle de calamitez & de guerres civiles. Celuy qui n'avoit été que Greffier de ces encans, dans le tems de la premiere dictature, parvint, sous la seconde, à la Charge de Tresorier general de la ville. Or, quelle fin pouvons-nous esperer à ces guerres intestines qui nous déchirent, tant que l'on pourra se promettre de telles recompenses pour de telles actions ?

Itaque parietes urbis modo stant, & manent, iique ipsi jam extrema scelera metuentes: rem vero publicam penitus amisimus: atque in has clades incidimus (redeundum est enim ad propositum) dum metui, quam cari esse & diligi maluimus. Quæ si populo Rom. injuste imperanti accidere potuerunt, quid debent putare singuli ?

La ruine des Etats est une suite necessaire de la corruption des mœurs.

Il n'y a donc plus que les murs de la ville qui subsistent; encore sont-ils tous les jours menacez des derniers attentats. Pour la Republique, elle est anéantie; & nous ne sommes tombez dans cet abîme de malheurs, que parce que nous avons mieux aimé nous faire craindre, que de nous faire aimer: c'est ce qui m'a fait entrer dans ce discours. Or, si une domination injuste & violente a pû attirer tant de maux sur le peuple Romain; à quoy doivent s'attendre les particuliers qui voudroient en user de la même maniere ?

Puisqu'il y a donc tant d'avantage à se faire aimer, & qu'il est si dangereux de se faire craindre ; voyons par où nous pouvons le plus facilement nous attirer l'amour, le respect & la confiance de tout le monde.

Quod cum perspicuum sit benivolentiæ vim esse magnam, metus imbecillam, sequitur, ut disseramus, quibus rebus possimus facillime eam, quam volumus, adipisci cum honore, & fide caritatem.

Par où il faut que nos amis tiennent à nous.

C'est dequoy tous les hommes n'ont pas également besoin ; & il faut que chacun voye, selon le plan de sa vie, ce qui luy convient le plus, d'être aimé de tout le monde, ou de se reduire à un petit nombre d'amis. Ce qu'il y a de certain, & qu'il faut poser d'abord, c'est que rien n'est si necessaire que d'avoir des amis fidéles & sinceres, qui nous estiment, & qui tiennent à nous par la bonne opinion qu'ils en ont. C'est à quoy les grands hommes, & les hommes du commun, doivent s'appliquer également ; & à cet égard il n'y a pas grande difference des uns aux autres ; quoyque les uns n'ayent pas tant de besoin que les autres de la bienveillance generale des citoyens, &

Tout le monde a également besoin d'avoir des amis.

Sed ea non pariter omnes egemus : nam ad cujusque vitam institutam accommodandum est, à multisne opus sit, an satis à paucis diligi. Certum igitur hoc sit, idque & primum & maxime necessarium, familiaritates habere fidas amantium nos amicorum, & nostra mirantium: hæc enim est una res prorsus, ut non multum differat inter summos & mediocres viros ; eaque utrisque est propemodum comparanda. Honore, & gloria, & benevolentia civium fortasse non æque omnes egent, sed tamen si cui hæc suppetunt, adjuvant aliquantum tum ad cætera, tum ad amicitias.

comparandas. Sed de amicitia alio libro dictum est, qui inscribitur Lælius.

d'être parmi eux dans cette sorte d'estime & de consideration en quoy consiste la gloire. Cependant quand cela se trouve, on en tire de grands avantages pour se faire des amis, aussi-bien que pour beaucoup de choses. Mais j'ay parlé de l'amitié dans un autre Livre que j'ay intitulé *Lælius* 9.

Nunc dicamus de gloria.

* Parlons presentement de la gloire.

Quamquam ea quoque de re duo sunt nostri libri: sed attingamus, quando quidem ea in rebus majoribus administrandis adjuvat plurimum.

J'en ay aussi fait deux Livres 10; mais je ne laisserai pas d'en toucher icy quelque chose; parce qu'elle est d'un merveilleux secours, pour venir à bout de tout ce qu'on peut entreprendre de plus grand.

9. Il est traduit & imprimé avec celuy de *la Vieillesse & les Paradoxes.*

* Le Chapitre 9. commence icy dans le latin; mais il doit commencer plus bas.

10. Ils sont perdus. Il en parle dans deux de ses Lettres à Atticus, dont l'une est la 25. du 13. Livre, & l'autre la 3. du 16.

CHAPITRE IX.

Par où on peut arriver à la gloire, & s'attirer l'estime & la confiance des peuples. Que les plus grandes qualitez, dépourvûës de probité, ne sçauroient faire cet effet-là. Pourquoy Ciceron parle, comme si les vertus pouvoient être les unes sans les autres, luy qui les croyoit inséparables.

Par où on peut arriver à la gloire.

POUR arriver au plus haut point de la gloire, nous n'avons que trois choses à desirer : que le peuple nous aime ; qu'il ait confiance en nous ; & qu'il ait pour nous une estime, & une sorte d'admiration, qui nous fasse juger dignes des plus grands honneurs, & des places les plus élevées.

Summa igitur, & perfecta gloria constat ex tribus his, si diligit multitudo, si fidem habet, si cum admiratione quadam honore dignos putat.

On se fait aimer du public, comme on se fait aimer des particuliers.

Que si l'on demande par où on peut s'attirer l'amour, la confiance & l'admiration du peuple ; je répons en un mot, que c'est par les mêmes voyes par où on s'attire l'amour, la confiance & l'admiration de chaque particulier. Il y a neanmoins encore d'autres moyens propres à se concilier les peuples, & comme de certaines avenuës, par où l'on peut s'insinuer dans le cœur de tout le monde.

Hæc autem, si, est simpliciter breviterque dicendum, quibus rebus pariuntur à singulis, eisdem fere à multitudine. Sed est alius quoque quidam aditus ad multitudinem, ut in universorum animos tanquam influere possimus.

Ac primum de illis tribus, quæ ante dixi, benevolentiæ præcepta videamus: quæ quidem beneficiis capitur maxime. Secundo autem loco benefica voluntate benevolentia movetur, etiamsi res forte non suppetit: vehementer autem amor multitudinis commovetur ipsa fama & opinione liberalitatis, beneficentiæ, justitiæ, fidei, omniumque earum virtutum quæ pertinent ad mansuetudinem morum & ad facilitatem. Etenim illud ipsum, quod honestum decorumque dicimus, quia per se nobis placet, animosque omnium natura, & specie sua commovet, maximeque quasi perlucet ex eis, quas commemoravi, virtutibus; idcirco illos in quibus eas virtutes esse remur, à natura ipsa diligere cogimur.

Atque hæ quidem causa diligendi gravissima: possunt enim præterea nonnullæ esse leviores.

Mais parlons des trois choses qui nous font arriver à la gloire; & voyons premierement par où l'on peut se faire aimer des peuples. Le moyen le plus sûr, c'est de leur faire du bien; & le meilleur aprés celui-là, c'est d'en avoir au moins la volonté, si l'on ne peut aller jusqu'à l'effet. La seule réputation d'être liberal, bienfaisant, équitable, fidéle, & d'avoir toutes les autres vertus qui font la douceur & la facilité des mœurs, est tres-capable de toucher le cœur des peuples; & de les porter à nous aimer. Car comme ce qu'on appelle honnêteté & bienseance, a de certains charmes qui plaisent naturellement, & que c'est dans ces sortes de vertus que l'honnêteté reluit avec le plus d'éclat; la nature nous porte d'elle-même à aimer ceux en qui nous croyons qu'elles se rencontrent.

L'interêt des hommes regle leurs affections.

Effet naturel de l'honnêteté & de la vertu sur les cœurs.

Voilà donc ce qu'il y a de plus capable de nous faire aimer. Il y a encore d'autres choses qui peuvent faire cet effet-là; mais elles n'ont pas, à beaucoup prés, tant de force que celles-cy.

Ce qui attire la confiance.

Quant à la confiance, il faut, pour nous l'attirer, une grande réputation, non seulement d'habileté & de prudence; mais encore de justice & de probité.

Fides autem ut habeatur, duabus rebus effici potest: si existimabimur adepti conjunctam cum justitia prudentiam.

Nous prenons volontiers créance en ceux que nous croyons plus habiles que nous; & qui nous paroissent capables de prévoir l'avenir, de trouver des ouvertures & des expediens pour se tirer d'embarras quand ils y sont, & de prendre leur parti sur le champ. Car voilà en quoy consiste l'habileté, dont on croit pouvoir tirer du secours.

Nam & iis fidem habemus, quos plus intelligere quam nos arbitramur, quosque & futura prospicere credimus, & cum res agatur, in discrimenque ventum sit, expedire rem, & consilium ex tempore capere posse: hanc enim utilem homines existimant, veramque prudentiam.

Un amour propre bien entendu rendroit hônêtes gens.

Mais on a encore plus de confiance en ceux que l'on croit gens de bien, c'est-à-dire, justes & fidéles. On l'a même si entiere en eux, qu'on croiroit faire un crime si on les soupçonnoit de la moindre sorte de fraude ou d'injustice; ainsi on est toûjours tout prêt de leur confier ses biens, ses enfans & sa vie même.

Justis autem & fidis hominibus, id est, bonis, ita fides habetur, ut nulla sit in his fraudis injuriaque suspicio. Itaque his salutem nostram, his fortunas, his liberos rectissime committi arbitramur.

De ces deux choses, la probité est donc celle qui

Harum igitur duarum ad fidem facien-

dam justitia plus pollet: quippe cum ea sine prudentia satis habeat auctoritatis, prudentia sine justitia nihil valeat ad faciendam fidem: quo enim quis versutior & callidior est, hoc invisior & suspectior, detracta opinione probitatis.

attire le plus de confiance. Elle pourroit même en attirer toute seule, quand elle ne seroit pas accompagnée d'habileté; & elle est d'un assez grand poids, pour faire cet effet-là par elle-même. Au lieu que l'habileté sans probité est si peu capable d'attirer la confiance, que PLUS ON est hable, plus on est suspect & odieux, si l'on ne passe pas pour homme de bien.

Combien de gens se contentent de l'impression que fait sur les autres l'habileté sans probité?

Quamobrem intelligentiæ justitia conjuncta quantum volet habebit ad faciendam fidem virium: justitia sine prudentia multum poterit: sine justitia nihil valebit prudentia.

On peut donc, avec l'une & l'autre, s'attirer autant de confiance qu'on le peut desirer: moins, mais toûjours beaucoup, par la probité toute seule; & rien du tout par la seule habileté.

Sed ne quis sit admiratus, cur, cum inter omnes Philosophos constet, à meque ipso sæpe disputatum sit, qui unam haberet, omnes habere virtutes, nunc ita sejungam, quasi possit quisquam, qui non idem prudens sit, justus esse: alia est illa, cum veritas ipsa

* Quelqu'un s'étonnera peut-être, que tous les Philosophes convenant, & moy-même ayant établi en plusieurs endroits, que quiconque a une vertu, a toutes les autres, je les separe presentement; & que je parle comme si un homme pouvoit avoir de l'habileté & de la prudence, sans avoir ni justice,

* Le Chapitre 10. commence dés icy dans le latin; mais il doit commencer plus bas.

Le langage de la verité la plus pure ne seroit guere entendu.

ni probité. Mais le langage est different, selon qu'il est question, ou d'une discussion exacte de la verité ; ou de matieres qui demandent qu'on s'accommode aux opinions communes. Je parle donc presentement comme le peuple, quand je dis qu'il y a de la force dans les uns, de la probité en d'autres, & en d'autres de la justice. Car il faut necessairement se servir des manieres de parler populaires, & qui sont de l'usage commun; lors qu'on parle selon les idées du peuple ; & c'est ainsi que Panætius 1 même en a usé.

limatur in disputatione, subtilitas : alia, cum ad opinionem communem omnis accommodatur oratio. Quāobrem, ut vulgus, ita nos hoc loco loquimur, ut alios fortes, alios bonos viros alios prudentes dicamus. Popularibus enim verbis est agendum & usitatis, cum loquimur de opinione populari, idque eodem modo fecit Panætius.

Mais revenons à nôtre sujet, & parlons de la derniere des trois choses par où l'on peut acquerir de la gloire ; c'est à dire, de cette estime particuliere, & accompagnée de quelque sorte d'admiration, qui nous fait juger dignes des plus grands honneurs, & des charges les plus élevées.

Sed ad propositum revertamur. Erat igitur ex tribus, quæ ad gloriam pertinent, hoc tertium, ut cum admiratione hominum honore ab iis digni judicaremur.

1. C'étoit un des Stoïciens, dont Ciceron suit la doctrine dans cet ouvrage, comme il le déclare en plusieurs endroits : les Académiciens ayant toute liberté, par les principes de leur secte, de prendre de toutes parts ce qui leur paroissoit le plus vray semblable.

CHAPITRE X.

Ce que les hommes admirent le plus. Difference de ce qu'on appelle mépris & de ce qu'on appelle mauvaise opinion. Rien ne nous fait tant admirer que d'être au dessus des biens & des maux, à quoy le commun du monde ne sçait point resister.

ADmirantur igitur communiter illi quidem omnia, quæ magna, & præter opinionem suam animadverterunt; separatim autem in singulis, si perspiciunt nec opinata quædam bona: itaque eos viros suspiciunt, maximisque efferunt laudibus, in quibus existimant se excellentes quasdam, & singulares virtutes perspicere.

Despiciunt autem eos & contemnunt, in quibus nihil virtutis, nihil animi, nihil nervorum putant. non enim omnes eos contemnunt, de quibus male existimant. nam quos improbos, maledicos, fraudulentos putant, & ad faciendam injuriam instructos, eos

Ce qui produit l'admiration.

LEs hommes admirent generalement tout ce qui leur paroît grand, & qui passe leurs idées. Ils admirent encore, dans chacun, toutes les bonnes qualitez qu'ils ne s'attendoient pas d'y trouver. Mais comme ils ne se lassent point de loüer & d'admirer ceux en qui ils croyent voir des vertus rares & extraordinaires; ils méprisent aussi ceux en qui ils ne voyent ni vertu, ni courage, ni vigueur.

Difference du mépris & de la mauvaise opinion.

Or le mépris qu'ils ont pour ceux-là, n'est pas la même chose que ce qu'on appelle *mauvaise opinion*. Car quoy qu'ils ayent mauvaise opinion de ceux qu'ils regardent comme des méchans, des calomniateurs, des trompeurs; en un mot, comme des gens capables de toutes sortes d'injustices, &

de mauvaises actions ; ils ne les méprisent pas pour cela. Ils ne méprisent donc, à proprement parler, que ceux qui, comme on dit, ne sont bons ni pour les autres, ni pour eux-mêmes ; c'est à dire, des faineans, des gens qui ne sont propres à rien, qui ne se soucient de rien, & sur qui l'on ne sçauroit se reposer du soin de la moindre chose.

L'interêt & la crainte mettent de la difference entre le mépris & la mauvaise opinion, sans cela l'un n'iroit jamais sans l'autre.

contemnunt quidem neutiquam, sed de his male existimant. Quãobrem, (ut ante dixi) contemnuntur ii, qui nec sibi, nec alteri, ut dicitur ; in quibus nullus labor, nulla industria, nulla cura est.

On admire donc ceux que l'on croit au dessus des autres par la vertu ; & qui sont exempts, non seulement des vices honteux, mais de ceux-mêmes à quoy le commun du monde n'est pas capable de résister. Car LA VOLUPTE', dont les charmes exercent sur nous une tyrannie d'autant plus violente qu'elle est plus douce, emporte la meilleure partie de nôtre ame, & la détourne de la vertu. Les douleurs de leur côté, étonnent & démontent la plûpart des hommes ; & il n'y en a point à qui l'amour de la vie & des richesses, & la crainte de la pauvreté & de la mort, ne donnent d'é-

Ce qui donne le plus d'admiration.

Combien peu de gens sçavent tenir bon contre la volupté,

& contre la douleur, & les autres maux de la vie.

Admiratione afficiuntur ii, qui anteire ceteros virtute putantur, & cum omni carere dedecore, tum vero iis vitiis, quibus alii non facile possunt obsistere. Nam & voluptates, blandissimæ dominæ, majores partes animi à virtute detorquent ; & dolorum cum admoventur faces, præter modum plerique exterrentur : vita, mors, divitiæ, paupertas, omnes homines vehementissime permovent.

Quæ qui in utramque partem excelso animo magnoque despiciunt, cumque aliqua his ampla, & honesta res objecta est, totos ad se convertit & rapit, tum quis non admiretur splendorem pulchritudinemque virtutis?

tranges secousses.

Belle peinture de la veritable grandeur d'ame.

Qui peut donc s'empêcher d'admirer l'éclat & la beauté de la vertu, dans ceux qui ayant l'ame assez grande & assez élevée pour mépriser également tout ce qu'il y a d'agréable & de fâcheux dans la vie, ne manquent jamais de se porter tout entiers à tout ce qui se presente à faire d'honnête & de glorieux?

CHAPITRE XI.

Que le mépris des biens & des maux de la vie est attaché à la veritable probité. Le seul desinteressement donne de l'admiration. La probité toute seule attire l'amour, la confiance & l'admiration; & par où. Combien elle est necessaire à toutes sortes de gens. Qu'il en faut aux brigans mêmes, pour se maintenir entre eux. Quelques exemples sur ce sujet.

ERgo & hæc animi despicientia admirabilitatem magnam facit; & maxime justitia (ex qua una virtute viri boni appellantur) mirifica quædam multitudini videtur: nec injuria; nemo enim justus esse potest, qui mortem, qui dolorem, qui exsilium, qui egestatem timet, aut qui ea, quæ his

CE mépris de la douleur & de la volupté attire donc aux hommes de l'admiration & du respect; mais rien n'en imprime tant que cette justice & cette probité en quoy consiste précisément le caractere d'un homme de bien. Et ce n'est pas sans raison, puisque ce mépris même des biens & des maux de la vie est compris dans ce qu'on ap-

Il y auroit peu de probité dans le monde, par cette regle de Ciceron.

pellé *justice* Car à proprement parler, IL N'Y A ni justice ni probité dans celuy sur qui la crainte de la mort, de l'exil ou de la pauvreté; ou les charmes de la vie, du repos & de l'abondance, auroient plus de pouvoir que les loix de l'équité & de l'honnêteté [1]. On admire sur tout ceux sur qui l'argent ne peut rien; & quand quelqu'un a resisté à cette épreuve, il est regardé de tout le monde, comme l'or qui a passé par le feu.

La rareté du desinteressement en augmente beaucoup le prix.

sunt contraria, æquitati anteponit: maximeque admirantur eum, qui pecunia non movetur: quod in quo viro perspectum sit, hunc igni spectatum arbitrantur.

Belle peinture des effets que la justice fait sur les cœurs

On a donc par la justice toute seule, les trois choses en quoy nous avons fait voir que la gloire consiste. Car elle gagne la *bienveillance*, puis qu'elle ne veut que faire du bien à tout le monde; elle attire la *confiance*, puisqu'elle est incapable d'infidelité; enfin elle imprime de l'*admiration & du respect*, puisqu'elle fait mépriser ce qui emporte

Itaque illa tria, quæ proposita sunt ad gloriam, omnia justitia conficit: & benevolentiam, quod prodesse vult plurimis, & ob eandem causam, fidem: & admirationem, quod eas res spernit & negligit, ad quas plerique inflammati aviditate rapiuntur.

1. Et de là il s'ensuit, que, quelques beaux sentimens qu'on ait, on ne sçait proprement ce qu'on est, jusqu'à ce qu'on ait été mis à l'épreuve. Aussi fut-il dit à Tobie, que pour luy faire connoître jusqu'où pouvoit aller sa vertu, il avoit été necessaire de le faire passer par l'épreuve de la tentation.

la plûpart des hommes, & qui leur fait abandonner leurs dèvoirs[1].

Ac mea quidem sententia omnis ratio atque institutio vitæ adjumenta hominum desiderat: in primisque ut habeas quibuscum possis familiares conferre sermones, quod est difficile, nisi speciem præ te boni viri feras. Ergo etiam solitario homini, atque in agro vitam agenti, opinio justitiæ necessaria est: eoque etiam magis, quod si eam non habebunt, injusti habebuntur: nullis præsidiis septi multis afficientur injuriis.

Il n'y a aucune sorte de vie où l'on n'ait besoin du secours des hommes, quand ce ne seroit que pour avoir quelqu'un avec qui on puisse s'entretenir familierement & en liberté. Or c'est ce qu'on ne trouvera pas aisément, à moins de passer pour homme de bien. Ainsi les solitaires mêmes, qui passent leur vie à la campagne, ont besoin d'être en reputation de probité; & d'autant plus, que s'ils ne passent pour gens de bien, ils passeront infailliblement pour méchans; & qu'étant dépourvûs de tout secours, ils seront exposez à toutes sortes d'insultes.

La probité est necessaire aux solitaires mêmes.

Atque iis etiam, qui vendunt, emunt, conducunt, locant, contrahendisque negotiis implicantur, justitia ad rem gerendam ne-

La probité & la justice sont encore plus necessaires aux marchands, & à tous ceux qui exercent quelque sorte de trafic que ce puisse être; & ils no

Elle l'est encore davantage aux marchands.

1. Rien ne devroit être si naturel à l'homme, que de se tenir ferme à ses devoirs, quoy qu'il luy en dût coûter; & de mépriser pour cela la pauvreté, la douleur, & la mort même. Aussi a-t-on vû des peuples entiers chez qui il n'y avoit rien de plus ordinaire; & c'est la rareté de cette trempe d'ame, qui fait qu'elle donne de l'admiration.

Rien ne releve tant le prix de la justice que de voir que ceux-mêmes qui font profession de la violer ne sçauroient s'en passer.

sçauroient faire leurs affaires s'ils n'en avoient. Enfin la necessité en est si grande & si universelle, que les brigans mêmes, qui ne vivent que de crimes & de rapine, ne sçauroient subsister entr'eux, sans quelque sorte de justice. Car si quelqu'un de ceux qui volent en commun, mettoit à part quelque portion du butin, ou l'ôtoit aux autres de force; il se mettroit hors d'état de pouvoir être souffert, dans la societé même la plus infame de toutes; & un chef de Pirates qui ne garderoit pas l'équité dans le partage des prises, seroit infailliblement assassiné ou abandonné par les autres. Aussi dit-on que les brigans ont entre eux de certaines loix qu'ils observent inviolablement.

cessaria est; cujus tanta vis est, ut nec illi quidem, qui maleficio & scelere pascuntur, possint sine ulla particula justitiæ vivere: nam qui eorum cuipiam; qui una latrocinantur, furatur aliquid, aut eripit, is sibi ne in latrocinio quidem relinquit locum: illi autem, qui archipirata dicitur, nisi æquabiliter prædam dispertiat, aut interficiatur à sociis, aut relinquatur. Quinetiam leges latronum esse dicuntur, quibus pareant, quas observent.

Exemples des soins que les brigans mêmes ont de garder la justice entre eux.

Ce ne fut que par une grande fidelité dans le partage du butin, que Bardylis ce fameux voleur d'Illyrie, dont il est parlé dans Theopompe, amassa de si grands biens; & ce fut aussi ce qui enrichit encore davantage Viritanus, de Lusitanie; & qui le rendit si puissant, qu'il

Itaque propter æquabilem prædæ partitionem & Bardylis Illyrius latro, de quo est apud Theopompum, magnas opes habuit, & multo majores Viriatus Lusitanus, cui quidem etiam exercitus nostri imperatoresque cesserunt; quem C.

Lælius, is qui sapiens usurpatur, prætor fregit, & comminuit, ferocitatemque ejus ita repressit, ut facile bellum reliquis traderet.

y eut de nos Generaux3 & de nos armées qui se trouverent dans la necessité de lui ceder. Mais C. Lælius, qu'on nomme ordinairement le sage 4, étant Preteur, trouva moyen de réprimer son audace; & le reduisit si à l'étroit, que ceux qui continuerent la guerre acheverent aisément de le défaire.

Cum igitur tanta vis justitiæ sit, ut ea etiam latronum opes firmet atque augeat, quantam ejus vim inter leges & judicia in constituta rep. fore putamus?

Or si la justice peut tant parmi les brigans mêmes, que ce n'est que par elle qu'ils s'enrichissent, & que leurs biens augmentent de plus en plus; quel doit être son pouvoir au milieu des loix, & dans une Republique bien ordonnée?

3. M. Vetillius, & C. Plautius.

4. C'est ce même Lælius qu'il fait parler dans son Livre *de l'Amitié.*

CHAPITRE XII.

Ce qui a fait établir les Rois & les loix parmi les hommes. Combien il est important de sçavoir chercher la gloire où elle est. Moyen sûr pour y arriver. Destin de tout ce qui est contrefait. Que la gloire doit avoir la verité pour fondement.

Mihi quidem non apud Medos solum, ut ait Herodotus, sed etiam apud

Ce que nous venons de voir, de l'impression que la justice fait naturellement sur les hommes, &

du besoin qu'ils en ont, m'a toûjours fait penser, que LORSQUE les peuples se sont fait des Rois, & qu'ils ont choisi pour cela ceux qui leur paroissoient les plus gens de bien ; ce n'a été que pour maintenir la justice parmi eux. Herodote le dit clairement des Medes ; & je croy qu'on en peut dire autant de ceux qui ont fondé nôtre Republique. Car dans ces premiers tems, le multitude foible & pauvre, se trouvant opprimée par la puissance des riches, recouroit à quelque homme distingué par sa vertu, qui garentissoit les foibles de l'injustice & de la violence ; & qui faisant regner l'équité, contenoit les grands & les petits ; & faisoit subir à tous la même loy.

Ce qui a fait établir les Rois.

majores nostros, justitiæ fruendæ causa videntur olim bene morati reges constituti. Nam cum premeretur inops multitudo ab iis, qui majores opes habebant, ad unum aliquem confugiebant, virtute præstantem, qui cum prohiberet injuria tenuiores, æquitate constituenda summos cum infimis pari jure retinebat.

Ce qui avoit fait établir les Rois, a fait depuis établir les loix. Car on a toûjours voulu avoir un droit qui fût égal pour tout le monde : aussi ne seroit-il pas *droit* autrement. Tant qu'on a pû l'avoir par la justice & la probité d'un seul homme, on s'en est tenu là. Mais cela venant

Un bon Roy tient lieu de loix.

Eademque constituendarum legum fuit causa, quæ regum. Jus enim semper quæsitum est æquabile, neque enim aliter esset jus, id si ab uno justo & bono viro consequebantur, eo erant contenti cum id minus contingeret, leges sunt inventæ, quæ

cum omnibus semper una, atque eadem voce loquerentur. Ergo hoc quidem perspicuum est, eos ad imperandum deligi solitos, quorum de justitia magna esset opinio multitudinis. Adjuncto vero, ut iidem etiam pru[illegible]entes haberentur, nihil erat, quod homines his auctoribus non posse consequi se arbitrarentur.

à manquer : il a fallu établir des loix, dont la voix ne change jamais ; & qui parlent toûjours le même langage à tout le monde 1. Il est donc clair, que c'EST le maintien de la justice que les hommes ont eu en vûë, quand ils ont établi des Rois ; & que c'est ce qui leur a fait choisir, pour leur commander, ceux qui passoient pour les plus gens de bien. Que si avec cela on les croyoit encore sages & habiles, il n'y a point de bonheur ni d'avantage qu'on ne se promît de leur conduite & de leur gouvernement.

Maintien de la justice, unique but de l'établissement des Rois.

Omni igitur ratione colenda, & retinenda justitia est ; tum ipsa propter sese ; nam aliter justitia non esset ; tum propter amplificationem honoris & gloriæ.

Il faut donc s'attacher, avec tout le soin possible, à cultiver & à conserver la justice ; premierement pour elle-même, autrement ce ne seroit plus justice ; & aussi pour augmenter de plus en plus ce qu'on peut avoir acquis de consideration & de gloire.

Qui n'aime point la justice pour elle-même, n'en a point.

Sed ut pecuniæ non quærendæ solum ratio est, sed etiam collo-

Mais comme ce n'est pas assez de sçavoir amasser de l'argent, & qu'il faut

1. Cette uniformité du langage des loix, est une grande leçon pour ceux qui rendent la Justice, & qui n'étant proprement que des loix vivantes, devroient être inflexibles & invariables, comme les loix écrites.

Qui cherche la gloire où elle n'est pas, n'en est pas quitte pour n'en point avoir.

encore le bien placer, pour en tirer un revenu perpetuel, où l'on puisse trouver, & dequoy fournir aux dépenses ordinaires & necessaires, & dequoy faire des liberalitez; de même, ce n'est pas assez de chercher de la gloire, il faut sçavoir la bien placer.

canda, quæ perpetuos sumtus suppeditet, nec solum necessarios, sed etiam liberales: sic gloria & quærenda & collocanda ratione est.

Unique moyen sûr pour arriver à la gloire.

Socrate a dit excellemment, à ce propos, que LE MOYEN le plus sûr & le plus court, pour arriver à la gloire; c'est d'être ce que l'on veut paroître.

L'exemple de ceux qui réüssissent mal à se contrefaire n'en corrige point les autres.

AUSSI n'y a-t-il pas de plus grande erreur, que de s'imaginer qu'on arrivera à une gloire solide & durable, par une vaine ostentation; en joüant un faux personnage, & en composant son visage & ses paroles.

Destin de tout ce qui est faux & contrefait.

TOUT ce qui n'a que le masque & l'apparence du bien tombe tout d'un coup, comme une fleur; & IL N'EST pas possible que ce qui est contrefait se soûtienne.

Il ne faut compter que sur la verité.

Au lieu que LA GLOIRE qui a la verité pour fondement, jette de profondes racines; & va croissant de jour en jour.

Quamquam præclare Socrates, hanc viam ad gloriam proximam, & quasi compendiariam dicebat esse, si quis id ageret, ut, qualis haberi vellet, talis esset. Quod si qui simulatione, & inani ostentatione, & ficto non modo sermone, sed etiam vultu, stabilem se gloriam consequi posse rentur, vehementer errant. Vera gloria radices agit, atque etiam propagatur: ficta omnia celeriter, tanquam flosculi, decidunt, nec simulatum potest quidquam esse diuturnum.

Il y a mille exemples de

Testes sunt permulti

in utramque partem, sed brevitatis causa, familia erimus contenti una. Tiberius enim Gracchus P. F. tamdiu laudabitur, dum memoria rerum Romanarum manebit. At ejus filii, nec vivi probabantur bonis, & mortui numerum obtinent jure cæsorum.

l'un & de l'autre. Mais, pour abreger, nous nous contenterons de ceux qu'une seule famille nous fournit. Tiberius Gracchus, fils de Pub. sera loüé & honoré de tout le monde, tant que Rome vivra dans la memoire des hommes [2]. Ses enfans au contraire [3] n'ont jamais été estimez des gens de bien pendant leur vie; & depuis leur mort, tout le monde les met au rang de ceux à qui on a pû ôter la vie avec justice [4].

Qui igitur adipisci veram gloriam volet, justitiæ fungatur officiis: ea quæ essent, dictum est libro superiore. Sed, ut facillime, quales simus, tales esse videamur, etsi in eo ipso vix maxima est, ut simus ii, qui haberi velimus, tamen quædam præcepta danda sunt.

Que celuy qui voudra arriver à la gloire, s'attache donc à remplir ces devoirs de la justice, que nous avons expliquez dans le premier Livre. Or quoy qu'il n'y ait pas de meilleur moyen pour y arriver, que d'être ce qu'on veut paroître; il y a pourtant quelques regles à observer, pour paroître

2. Il avoit été deux fois Consul, & avoit triomphé deux fois. Il parvint même à la charge de Censeur.

3. Tiberius & Caïus. C'étoient des broüillons, qui avoient tenté par diverses fois de faire passer des loix pernicieuses à la Republique; & dont on fut contraint de se défaire.

4. C'est ainsi que les plus gens de bien jugeoient; & le dernier des deux Africquains le declara publiquement à C. Carbon, Tribun du peuple, qui luy demandoit à la tête d'une troupe de seditieux, ce qu'il en pensoit.

plus aisément ce que l'on est.

CHAPITRE XIII.

Ce que les jeunes gens doivent observer, quand ils entrent dans le monde. Que c'est par la guerre qu'il faut qu'ils commencent à se distinguer. Que rien ne leur fait tant d'honneur que de s'attacher à des gens de merite & de vertu. Quelques exemples sur ce sujet.

On ne pardonne rien à ceux que quelque sorte de grandeur met en vûë.

Quel doit être le but des jeunes gens qui entrent dans le monde.

LORS qu'un jeune homme entre dans le monde, avec quelque avantage qui le distingue du commun ; soit qu'il le tienne de son pere, (& je croy, mon cher Ciceron, que vous êtes dans ce cas-là) ou de quelque rencontre favorable de la fortune, tout le monde a les yeux sur luy : on l'observe, on remarque ce qu'il fait, & comment il vit ; & il est comme environné d'une lumiere qui ne permet pas qu'aucune de ses actions ni de ses paroles échappe à la connoissance du public. Il faut donc que ceux-là, & ceux mêmes dont une naissance obscure met le commencement de l'âge moins en vûë, se proposent tout ce qu'il y a de meilleur & de plus grand, dés qu'ils se-

NAm si quis ab ineunte ætate habet causam celebritatis & nominis, aut à patre acceptam, (quod tibi, mi Cicero, arbitror contigisse) aut aliquo casu atque fortuna, in hunc oculi omnium conjiciuntur, atque in eum, quid agat, quemadmodum vivat, anquiritur; & tanquam in clarissima luce versetur, ita nullum obscurum potest nec dictum ejus esse, nec factum. Quorum autem prima ætas propter humilitatem, & obscuritatem in hominum ignoratione versatur, hi simul ac juvenes esse coeperunt, magna spectare, & ad ea rectis studiis debent contendere, quod eo firmiore

firmiore animo facient, quia non modo non invidetur illi ætati, verum etiam favetur.

ront hors de la premiere jeunesse; & qu'ils y tendent par les bonnes voyes; & ils le doivent faire avec d'autant plus de courage, que cet âge-là n'est point exposé à l'envie; & qu'au contraire tout le monde luy est favorable.

Les jeunes gens, moins en butte à l'envie que les autres.

Prima igitur est adolescenti commendatio ad gloriam, si qua ex bellicis rebus comparari potest, in qua multi apud majores nostros exstiterunt: semper enim fere bella gerebantur. Tua autem ætas incidit in id bellum, cujus altera pars sceleris nimium habuit, altera felicitatis parum. Quo tamen in bello, cum te Pompeius alæ alteri præfecisset, magnam laudem & à summo viro, & ab exercitu consequebare equitando, jaculando, omni militari labore tolerando, atque ea quidem tua laus pari-

La premiere chose qui peut ouvrir le chemin de la gloire à un jeune homme, c'est la guerre; & c'est par là que plusieurs, du tems de nos peres, ont commencé à se distinguer; car il y a toûjours eu des guerres. Pour vous, mon cher fils, vous vous êtes trouvé, au sortir de la premiere jeunesse, dans le tems d'une guerre, où l'un des partis a été aussi malheureux, que l'autre étoit odieux & criminel. Cependant, Pompée vous ayant donné le commandement d'une aile [1], vous sçutes vous attirer l'estime & les loüanges de ce grand homme, & même de toute l'armée, par vôtre a-

Par où il faut que les jeunes gens commencent à se distinguer.

1. Dans la disposition des armées Romaines, chaque corps d'infanterie, composé de deux legions, étoit soûtenu à droite & à gauche, d'une troupe de cavalerie de 150. hommes. Ces troupes s'appelloient des *ailes*; & c'étoit d'une de ces ailes que le fils de Ciceron avoit eu le commandement.

dresse à mener un cheval, & à lancer un javelot ; & par beaucoup de courage à supporter les fatigues de la guerre. Mais ce commencement de gloire est tombé avec la Republique. Revenons à ce qui nous reste à voir : car ce n'est pas pour parler de vous que je suis entré dans ce discours ; & je parle pour tout le monde.

ter cum Repub. cecidit. Mihi autem hæc oratio suscepta non de te est, sed de genere toto, quamobrem pergamus ad ea, quæ restant.

Comme les actions de l'esprit sont infiniment plus excellentes & plus nobles que celles du corps; les choses à quoi nous tendons par les qualitez de l'esprit, & la force de la raison, le sont aussi infiniment davantage, que celles qui se font par la force du corps.

Ut igitur in reliquis rebus multo majora sunt opera animi, quam corporis; sic hæ res, quas persequimur ingenio ac ratione, graviores sunt, quam illæ, quas viribus.

Par où les jeunes gens peuvent s'acquerir le plus d'estime.

Or, entre les choses qui sont des effets de l'esprit & de la raison, il n'y en a point par où les jeunes gens puissent acquerir plus d'estime, que par un train de vie modeste & reglé ; par beaucoup de respect & de déference pour ceux qui les ont mis au monde, & par une affection sincere pour leurs proches. Mais ils ont encore un moyen tres-facile & tres-

Prima igitur commendatio proficiscitur à modestia, tum pietate in parentes, tum in suos benivolentia. Facillime autem, & in optimam partem cognoscuntur adolescentes, qui se ad claros, & sapientes viros, bene consulentes reipub. contulerunt : quibuscum si frequentes sint, opinionem afferunt populo, eorum fore se similes, quos sibi ipsi delegerint ad imitandum.

sûr pour donner bonne opinion d'eux : c'est de s'attacher à des personnes distinguées par leur sagesse & par leur vertu, & qui servent utilement la Republique. Car en se tenant assidus auprés d'eux, ils donnent lieu à tout le monde de présumer qu'ils les prennent pour modéles, & qu'ils leur ressembleront quelque jour.

On ne s'attache point aux personnes de merite qu'on n'en ait.

P. Rutilii adolescentiam ad opinionem & innocentiæ, & juris scientiæ P. Mucii commendavit domus, nam Lucius quidem Crassus, cum esset admodum adolescens, non aliunde mutuatus est, sed sibi ipse peperit maximam laudem ex illa accusatione nobili & gloriosa : &, qua ætate qui exercentur, lau-

C'est ainsi que P. Rutilius [2] pour s'être attaché de bonne heure à P. Mucius [3] ; chez qui il étoit à toute heure, acquit dés sa jeunesse beaucoup de réputation de probité, & d'habileté dans le droit civil. L. Crassus eut aussi une grande réputation dés ses premieres années [4] ; mais il ne l'emprunta de personne : il ne la devoit qu'à luy-même, &

2. C'est celuy dont il parle vers la fin du 2. chap. du troisiéme Livre. Il étoit disciple de Panætius, & c'étoit un homme de consideration, qui fut Consul avec Cn. Mallius.

3. C'étoit le pere de ce Q. Mutius Scævola, grand Pontife, & tres sçavant Jurisconsulte, aussi bien que son pere, dont Ciceron parle au commencement de son Livre *de l'Amitié.*

4. C'est celuy que Ciceron fait parler dans ses Livres *de l'Orateur*, & dont il déplore la mort fort au long, au commencement du troisiéme Livre. Il n'avoit que dixneuf ans, quand il entreprit l'accusation dont Ciceron parle icy.

à cette fameuse accusation dont le succés ne luy fut pas moins glorieux que l'entreprise 5. Ainsi dans un âge où l'on compte pour beaucoup aux jeunes gens de commencer de s'exercer à étudier l'éloquence, comme nous sçavons que faisoit Demosthenes même à cet âge-là ; celuy-ci fit voir, en plein Barreau, qu'il étoit déja maître dans un art dont on luy auroit sçu beaucoup de gré de s'appliquer alors à étudier chez luy les regles & les principes.

de affici solent (ut de Demosthene accepimus) ea ætate L. Crassus ostendit, id se in foro optime jam facere, quod etiam tum poterat domi cum laude meditari.

5. C'étoit l'accusation de C. Carbon, qui avoit été Consul, & que cette accusation reduisit à s'empoisonner luy-même avec des cantharides.

CHAPITRE XIV.

Que rien ne fait plus d'effet que le bien parler. Il y en a de deux sortes. Quelles sont entre les actions publiques celles qui font le plus d'honneur. Exemples sur ce sujet. Qu'on doit être reservé à entreprendre des accusations. Qu'il est pardonnable de soûtenir quelquefois le coupable ; mais jamais d'accuser l'innocent. L'Avocat peut se donner un peu plus de liberté que le Juge. Rien ne fait tant d'honneur que de défendre des accusez contre des ennemis puissans.

LE PARLER est de deux sortes ; dont l'un, plus simple & plus uni, est pour l'usage ordinaire, & pour

SEd cum duplex ratio sit orationis, quarum in altera sermo sit ; in altera con-

tentio : non est id quidem dubium, quin contentio orationis majorem vim habeat ad gloriam: ea est enim quam eloquentiam dicimus : sed tamen difficile dictu est, quantopere conciliet animos hominum comitas affabilitasque sermonis.

les entretiens familiers; & l'autre, plus tendu & plus élevé, est pour les discours publics. On ne sçauroit douter que celuy-cy ne soit le plus capable de donner de la reputation & de la gloire : car c'est celuy où ce que nous appellons *éloquence* paroît avec le plus d'éclat. Mais on ne sçauroit croire combien l'autre est propre à gagner les cœurs des hommes, quand il est accompagné de douceur & d'agrément.

Effets du bien parler.

Exstant epistolæ & Philippi ad Alexandrum, & Antipatri ad Cassandrum, & Antigoni ad Philippum filium, trium prudentissimorum (sic enim accepimus) quibus præcipiunt, ut oratione benigna multitudinis animos ad benivolentiam alliciant militesque blande appellando deliniant.

Nous avons encore des lettres de Philippe à Alexandre, d'Antipater 1 à Cassander, & d'Antigonus 2 à Philippe son fils, tous gens d'une grande sagesse, selon le portrait qu'on nous en fait, par lesquelles ils leur recommandent de parler toûjours avec douceur & honnêteté, rien n'étant plus propre à gagner le cœur de tout le monde ; & d'user, envers les gens de guerre, de noms & de

1. Un des Capitaines d'Alexandre, qui aprés la mort de ce Prince devint Roy de Macedoine, & laissa la Couronne à son fils Cassander.

2. Autre Capitaine d'Alexandre, qui aprés la mort de ce Prince se fit Roy d'Asie.

termes qui les flattent.

Effets de la haute éloquence.

Quant à cette autre maniere de parler plus élevée dont on se sert dans les discours que l'on fait au peuple, on voit souvent qu'elle l'enléve & le transporte. Car un homme qui parle avec facilité, & en même tems avec poids & avec sagesse, se fait infailliblement admirer; & ceux qui l'écoutent ne sçauroient s'empêcher de croire qu'il a plus d'esprit & d'habileté que les autres. Que si avec cela on remarque dans ses discours une modestie soûtenuë de force & de gravité, il n'y a rien qu'on admire davantage; sur tout, quand tout cela se rencontre dans un jeune homme.

Quæ autem in multitudine cum contentione habetur oratio: ea sæpe universam excitat. Magna est enim admiratio copiose sapienterque dicentis: quem qui audiunt, intelligere etiam & sapere plus quam cæteros arbitrantur. Si vero inest in oratione mista modestia gravitas, nil admirabilius fieri potest; eoque magis, si ea sunt in adolescente.

De diverses sortes d'actions publiques, qui demandent de l'éloquence, & par où beaucoup de jeunes gens se sont signalez parmi nous 3; celles qui se font dans le Senat

Sed, cum sint plura causarum genera, quæ eloquentiam desiderant, multique in nostra rep. adolescentes & apud Judices, & apud Senatum dicen-

3. Chez les Romains, les personnes de la premiere qualité s'exerçoient à l'éloquence, & faisoient la fonction d'Avocats. On le voit assez par l'exemple de Ciceron même, & par le grand nombre de ses plaidoyers, dont il a fait une grande partie depuis son Consulat. Cela se continuoit encore sous les Empereurs mêmes Chrétiens, comme on peut voir par ce mot de la 155. Lettre de saint Augustin, qui est adressée à Macedonius, Vicaire d'Af-

do laudem assecuti sint, maxima admiratio est in judiciis : quorum ratio duplex est : nam & ex accusatione, & defensione constat; quarum etsi laudabilior est defensio, tamen etiam accusatio probata persæpe est. Dixi paullo ante de Crasso : idem fecit adolescens M. Antonius. Etiam P. Sulpicii eloquentiam accusatio illustravit, cum seditiosum & inutilem civem, C. Norbanum, in judicium vocavit.

n'ont pas à beaucoup prés tant d'éclat, que celles qui se font devant les Juges. Ce sont toûjours, ou des accusations, ou des défenses; & quoy que les défenses fassent d'ordinaire plus d'honneur, il y a eu des gens qui en ont beaucoup acquis par des accusations. J'ay parlé de celle qui rendit Crassus si celebre. Marc-Antoine[4] en entreprit une dans sa jeunesse; & P. Sulpitius[5] signala son éloquence par l'accusation de C. Norbanus, un des plus mauvais citoyens qui ait été dans la Republique.

Quelles sont les actions d'éloquence qui sont le plus d'honneur.

Sed hoc quidem non

Cependant, il ne faut

Ce qui doit porter

frique *Tout ce que vous êtes d'honnêtes gens qui exercez presentement l'office de Juges, mais qui faisiez autrefois dans le barreau la fonction d'Avocats*, &c. Il y a même encore parmi nous quelques traces de cet usage; puis qu'il faut être Avocat pour être capables des plus grandes charges de la robbe.

4. C'étoit le grand pere de Marc-Antoine le Triumvir. Il est un de ceux que Ciceron fait parler dans ses Livres *de l'Orateur*; & il dit de luy, dans le Livre intitulé *Brutus*, qu'il étoit si naturellement éloquent, & qu'il avoit une si grande presence d'esprit, qu'il ne luy falloit nulle préparation pour parler en public; & que les choses luy venoient sur le champ mieux rangées & mieux digerées, qu'à la plûpart des Orateurs les mieux préparez. Cette accusation qu'il entreprit étoit celle de Cn. Papirius Carbo, qui avoit été Consul avec Metellus Caprarius.

5. C'est celuy que Ciceron fait parler dans ses Dialogues *de l'Orateur*. Celuy qu'il accusa fut défendu par ce Marc Antoine dont il vient de parler.

à entreprendre des accusations.

pas revenir souvent à ces sortes d'actions : on n'en doit même jamais entreprendre que pour l'interêt de la Republique, comme ceux dont je viens de parler ; ou par un juste ressentiment, comme les deux Luculles 6 ; ou par la necessité de secourir des gens opprimez, comme nous avons fait en faveur des Siciliens 7, & Jules en faveur des Sardes. Ce fut aussi ce qui porta Mutius à entreprendre l'accusation d'Albucius : & qui donna lieu à Fusius de faire paroître son esprit & son merite, par celle d'Aquilius.

est sæpe faciendum, nec unquam, nisi aut reip. causa, ut ii, quos ante dixi, aut ulciscendi, ut duo Lucilli; aut patrocinio, ut nos pro Siculis, pro Sardis; pro M. Albutio Julius. In accusando etiam M. Aquilo L. Fusii cognita industria est.

Mais enfin, il ne convient pas de se charger plus d'une fois de ces sortes d'actions 8 ; ou si l'on est contraint d'y revenir, ce ne doit être que pour quelque besoin pressant de la Republique, dont personne ne peut trouver à

Semel igitur, aut non sæpe certe. Sin erit, cui faciendum sit sæpius, reip. tribuat hoc muneris, cujus inimices ulcisci sæpius, non est reprehendendum. Modus tamen adsit. Duri enim hominis, vel po-

6. M. & L. Ils entreprirent l'accusation de Servilius, qui avoit autrefois accusé leur pere, & qui l'avoit fait condamner pour crime de concussion.

7. Contre Verrés, qui avoit pillé la Sicile.

8. Il a luy-même suivi la regle qu'il donne icy ; & en finissant la derniere de ses actions contre Verrés ; il déclara que comme cette accusation étoit la premiere qu'il eût entreprise, elle seroit aussi la derniere.

tius vix hominis videtur, periculum capitis inferre multis, id cum periculosum ipsi est, tum etiam sordidum ad famam, committere, ut accusator nominetur: quod contigit M. Bruto, summo genere nato, illius filio, qui juris civilis imprimis peritus fuit.

redire qu'on veüille faire punir les ennemis. Il y faut pourtant garder des mesures; & il y a non seulement de la dureté, mais encore de l'inhumanité, à mettre souvent la vie des hommes en peril: sans compter qu'on s'y met soy-même par là; & qu'il y a de la honte à s'ériger en accusateur, & à s'en faire donner le nom. C'est ce qui arriva à M. Brutus, homme de naissance illustre 9, & dont le pere s'étoit distingué par une grande connoissance du droit civil.

Atque etiam hoc præceptum officii diligenter tenendum est, ne quem unquam innocentem judicio capitis arcessas: id enim sine scelere fieri nullo pacto potest. Nam quid est tam inhumanum, quam eloquentiam, à natura ad salutem hominum, & ad conservationem datam, ad bonorum pestem perniciemque convertere?

Mais sur tout, C'EST UN devoir indispensable, de ne jamais mettre la vie d'un homme innocent en peril, par une accusation capitale; & on ne sçauroit le faire sans crime. Car QU'Y a-t'il de plus contraire aux devoirs de l'humanité, que d'employer, pour faire perir des innocens, cette éloquence que la nature ne nous a donnée, que pour faire du bien aux hommes?

Tout ce que la nature a donné ce bon, ne doit être employé qu'à faire du bien aux hommes.

9. Car la famille des Juniens, dont étoit Brutus, tiroit [s]on origine d'un de ceux qui passerent avec Ænée de [T]roye en Italie; & elle étoit entrée dans l'alliance des [p]remiers Roys de Rome.

L'indulgence qu'on peut avoir pour ceux qui pechent par fragilité, ne doit pas s'étendre jusqu'aux scelerats.

Mais quoy qu'on ne doive jamais accuser l'innocent, on ne doit pas se faire un crime de défendre quelquefois le coupable; pourvû que ce ne soit pas tout-à-fait un scelerat & un impie : le peuple le veut, la coûtume le souffre, & l'humanité même y porte.

Nec tamen, ut hoc fugiendum est, item habendum est religioni, nocentem aliquando, modo ne nefarium impiumque, defendere: vult hoc multitudo, patitur consuetudo, fert etiam humanitas.

On a honte de prendre un autre parti que celuy de la verité.

Le Juge ne doit jamais s'arrêter qu'au vrai : mais l'Avocat peut quelquefois soûtenir le vrai-semblable, quoy qu'il ne soit pas tout-à-fait vrai. C'est ce que je n'aurois jamais osé écrire, sur tout dans un traité philosophique comme celuy-cy; si Panætius, tout severe, & tout Stoïcien qu'il est, ne l'avoit dit avant moy.

Judicis est, semper in causis verum sequi: patroni, nonnunquam verisimile, etiam si minus sit verum, defendere; quod scribere (præsertim cum de Philosophia scriberem) non auderem, nisi idem placeret gravissimo Stoicorum Panætio.

Rien n'est si beau que de soûtenir les foibles, & les défendre de l'oppression.

La défense des accusez est de toutes ces sortes d'actions publiques, celle qui donne le plus de gloire, & qui est la plus propre à se concilier la bienveillance du peuple, sur tout lors que celui dont on entreprend la défense paroît avoir contre luy tout le credit de quelque homme puissant. C'est ce que j'ai fait en diverses rencontres; & dés ma jeunes-

Maxime autem & gloria paritur, & gratia defensionibus; eoque major, si quando accidit ut ei subveniatur, qui potentis alicujus opibus circumveniri, urgerique videatur: ut nos & sæpe alias, & adolescentes, contra L. Sullæ dominantis opes pro Sex. Roscio Amerino fecimus; quæ, ut scis, exstat oratio.

se même, en faveur de Roscius [10], contre tout le credit & toute la puissance de Silla. Le discours que je fis sur ce sujet est, comme vous sçavez, entre les mains de tout le monde.

10. Ciceron n'avoit que 27. ans, quand il entreprit la défense de Roscius.

CHAPITRE XV.

Deux sortes de liberalitez. Qu'il est plus beau d'en faire par son credit & par son industrie, que d'en faire de son bien. Inconveniens de cette derniere sorte de liberalité.

Sed expositis adolescentium officiis, quæ valeant ad gloriam adipiscendam, deinceps de beneficientia ac liberalitate dicendum est.

Cujus est ratio duplex : nam aut opera benigne fit indigentibus, aut pecunia : facilior est hæc posterior, locupleti præsertim ; sed illa lautior ac splendidior, & viro forti claroque dignior : quamquam enim in utroque inest gratificandi liberalis voluntas, tamen altera ex arca, altera

APRE'S avoir parlé de ce que les jeunes gens ont à faire, pour s'acquerir de la réputation & de la gloire, venons à la liberalité.

Il y en a de deux sortes, dont l'une consiste à donner du sien ; & l'autre à faire du bien par son travail & par son industrie. Celle qui consiste à donner du sien est la plus aisée, & particulierement aux riches : mais l'autre a quelque chose de plus riche & de plus abondant ; & c'est celle qui convient le mieux aux

Deux sortes de liberalité.

Il y a plus de ressource dans l'industrie, que dans le bien.

personnes de considera-tion, & qui ont l'ame grande & forte. Car encore que l'une & l'autre partent d'un cœur noble, & naturellement bienfaisant, c'est la bourse qui fournit à l'une; & l'autre se tire du fond de l'industrie & de la vertu. Ainsi, l'une épuise la source même dont elle sort: la liberalité se trouve enfin détruite par elle-même; & pour en avoir trop fait on se voit hors d'état d'en faire. Il n'en est pas ainsi de ceux qui en font par leur industrie & par leur vertu. Car plus ils ont obligé de gens; plus ils en ont sous leur main, pour faire plaisir à d'autres, sans compter qu'à force de s'exercer à faire du bien, ils en contractent comme une sorte d'habitude, qui leur en fait faire tous les jours de plus en plus.

Il y a habitude à tout, & jusques à la vertu même.

ex virtute depromitur; largitioque, quæ fit ex re familiari, fontem ipsum benignitatis exhaurit: ita benignitate benignitas tollitur; qua quo in plures usus sis, eo minus in multos uti possis. Atqui opera, id est, virtute & industria, benefici, & liberales erunt, primum quo pluribus profuerint, eo plures ad benigne faciendum adjutores habebunt: deinde consuetudine beneficentiæ paratiores erunt, & tamquam exercitatiores ad bene de multis promerendum.

Philippe, dans une de ses lettres à son fils Alexandre, luy reproche, d'une maniere tres-noble, & tres-digne d'un grand Roy, les largesses continuelles par où Alexandre s'attachoit à gagner la

Præclare epistola quadam Alexandrum filium Philippus accusat, quod largitione benivolentiam Macedonum consectetur. Quæ te, malum, inquit, ratio in istam spem in-

duxit, ut eos tibi fideles putares fore, quos pecunia corrupisses? An tu id agis, ut Macedones non te regem suum, sed ministrum & prabitorem, sperent fore? Bene ministrum & prabitorem; quia sordidum regi: melius etiam, quod largitionem corruptelam esse dixit. Fit enim deterior, qui accipit, atque ad idem semper expectandum paratior. Hoc ille filio: sed praceptum putemus omnibus.

bienveillance des Macedoniens. Qu'est-ce qui vous a pû mettre dans l'esprit, luy dit-il, que vous trouverez de la fidelité dans ceux que vous corrompez à force d'argent? Est-ce que vous voulez que les Macedoniens vous regardent comme leur tresorier, & le ministre de leur avarice plûtôt que comme leur Roy? Il n'y a rien de mieux dit; puisque d'une part il est honteux à un Roy de n'être proprement que le tresorier & le ministre de l'avarice de ses sujets; & que d'ailleurs, il est vray que ces sortes de largesses sont une maniere de corruption, plûtôt qu'une veritable liberalité. Car ceux à qui l'on les fait en deviennent pires; & s'accoûtument à se croire en droit d'en attendre toûjours de nouvelles. Philippe n'a prétendu faire cette leçon qu'à son fils: mais il n'y a personne qui ne doive la prendre pour soy.

Heureux les Princes, qui n'ont de tous les défauts d'Alexandre que celuy-là!

Quamobrem id quidem non dubium est, quin illa benignitas, qua constat ex opera &

On ne sçauroit donc douter, aprés tout ce que nous venons de voir, que la liberalité qui consiste à faire du bien par ses soins & par son habileté, ne soit la plus noble; puisque c'est celle qui a le plus d'étenduë, & par laquelle on peut faire plaisir à plus de gens. Il ne faut pourtant pas rejetter l'autre: il faut quelquefois donner du sien; & il y a bien des occasions où l'on doit faire part de ses biens à ceux qui sont dans le besoin; quand ce sont des gens qui meritent qu'on les assiste. Mais cela se doit faire avec choix & avec mesure.

industria, & honestior sit, & latius pateat, & possit prodesse pluribus. Nonnumquam tamen est largiendum; nec hoc benignitatis genus omnino repudiandum est: & sæpe idoneis hominibus indigentibus de re familiari impertiendum; sed diligenter, atque moderate.

Car on en a vû beaucoup, qui ont dissipé leur bien, par des largesses inconsiderées. Or qu'y a-t'il de plus mauvais sens, que de se mettre hors d'état de pouvoir continuer ce qu'on aime tant à faire? Mais ce qui est encore plus fâcheux, c'est que ces sortes de liberalitez conduisent souvent à des rapines & à des voleries. Car comme on se trouve dans la necessité pour avoir donné, on est reduit à envahir le bien des autres. Ainsi, ces liberalitez demesurées, par où l'on prétendoit gagner la bien-

Mauvais effets des liberalitez inconsiderées.

Multi enim patrimonia effuderunt inconsulte largiendo. Quid autem est stultius, quam quod libenter facias curare ut id diutius facere non possis? Atque etiam sequuntur largitionem rapinæ. Cum enim dando egere cœperint, alienis bonis manus afferre coguntur. Ita, cum benivolentiæ comparandæ causa benefici esse velint, non tanta studia assequuntur eorum, quibus dederunt, quanta odia eorum, quibus ademerunt.

veillance des hommes, n'aboutissent qu'à se faire bien plus haïr de ceux à qui l'on vient à prendre le bien, qu'on ne s'est fait aimer de ceux à qui on les a faites.

Quamobrem nec ita claudenda est res familiaris, ut eam benignitas aperire non possit; nec ita reseranda, ut pateat omnibus: modus adhibeatur, isque referatur ad facultates. Omnino meminisse debemus, id quod à nostris hominibus sæpissime usurpatum jam in proverbii consuetudinem venit, largitionem fundum non habere: etenim quis potest modus esse, cum & idem qui consuerunt, & idem illud alii desiderent?

Il ne faut donc ni tenir ses coffres si fermez, que la liberalité ne puisse les ouvrir; ni si ouverts, que tout le monde y puisse prendre. Cela doit avoir ses bornes; & chacun se doit regler en cela selon ses facultez. Sur tout, souvenons-nous de ce mot de nos peres, qui est passé en proverbe. *La liberalité est un abîme qui n'a point de fond.* Car où pourrons-nous nous arrêter, lorsque ceux que nous avons accoûtumez à recevoir, demandent sans cesse: & qu'il en vient sans cesse de nouveaux, à qui l'exemple de ceux-là apprend aussi à demander?

CHAPITRE XVI.

Difference de la prodigalité & de la veritable liberalité. Combien les choses à quoy celle cy s'employe sont au dessus de ce qui ne va qu'à donner du plaisir au peuple. Divers exemples de la magnificence des Romains dans la charge d'Ædile.

Difference de la prodigalité & de la liberalité.

LEs prodigues aiment à répandre, aussi-bien que ceux qui sont veritablement liberaux. Mais au lieu que les prodigues consument leur bien, soit à donner des festins publics au peuple, ou à distribuer en particulier à chacun dequoy faire bonne chere; soit en spectacles, & en combats de gladiateurs ou de bêtes, & autres choses pareilles, dont la memoire est de peu de durée, ou se perd même sur le champ; les liberaux employent le leur, ou à racheter des captifs, ou à payer les dettes de leurs amis, ou à leur aider à marier leurs filles, ou à les mettre en état d'acquerir du bien, ou d'augmenter ce qu'ils en ont.

A quoy s'employe la veritable liberalité.

OMnino duo sunt genera largorum, quorum alteri prodigi, alteri liberales: prodigi, qui epulis, & viscerationibus, & gladiatoriis muneribus, ludorum venationumque apparatu pecunias profundunt in eas res, quarum memoriam aut brevem, aut nullam omnino sint relicturi. Liberales autem, qui suis facultatibus aut captos à prædonibus redimunt, aut æs alienum suscipiunt amicorum, aut in filiarum collocatione adjuvant, aut opitulantur in re vel quærenda, vel augenda.

C'est surquoy je ne puis assez admirer que Theo-

Itaque miror, quid in mentem venerit

Theophrasto, in eo libro, quem de divitiis scripsit, in quo multa præclare, illud absurde. Est enim multus in laudanda magnificentia, & apparatione popularium munerum taliumque sumtuum facultatem fructum divitiarum putat. Mihi autem ille fructus liberalitatis, cujus pauca exempla posui, multo & major videtur, & certior.

phraste [1], dans un Livre qu'il a fait des richesses, & où il dit beaucoup de bonnes choses, ait pû tomber dans une aussi grande absurdité, que de loüer l'appareil & la magnificence des spectacles que l'on donne au peuple; & de faire consister l'avantage de l'opulence à pouvoir faire de ces sortes de profusions. Pour moy, je trouve que de pouvoir faire des liberalitez de la nature de celles dont je viens de rapporter quelques exemples, ç'en est un bien plus grand, & bien plus solide que celuy-là.

Quanto Aristoteles gravius & verius nos reprehendit, qui has pecuniarum effusiones non admiremur, quæ fiunt ad multitudinem deliniendam. At ii, qui cum ab hoste obsidentur, si emere aquæ sextarium mina cogerentur, hoc primo auditu incredibile nobis

Combien les profusions qui ne vont qu'au plaisir, ont toûjours été desapprouvées des sages.

Combien y a-t'il plus de sagesse & de verité dans les reproches qu'Aristote [2] nous fait, de n'être point épouvantez de voir faire de telles profusions pour le divertissement du peuple? « Quand on apprend, dit ce « Philosophe, que dans une « ville assiegée un verre « d'eau a été acheté dix « écus, il n'y a personne qui «

1. C'est ce Philosophe Peripateticien, Maître de Demetrius de Phalere, dont il a parlé au commencement du premier Livre.

2. Quelques uns croyent qu'il faut lire icy Ariston, au lieu d'Aristote, parce qu'on ne trouve point dans ses ouvrages ce que Ciceron rapporte dans cet endroit.

» n'en soit frappé ; & on ne » le pardonne qu'à la necessité qui le fait faire. D'où » vient donc qu'on trouve » si peu étranges ces dépenses prodigieuses qui ne » sont pour le soulagement » d'aucune sorte de necessité ; & qui ne vont point à » augmenter ce qu'on peut » avoir de consideration & » de dignité ? Le plaisir même qu'elles font au peuple n'est qu'un plaisir de » quelques momens, qui ne » touche que ce qu'il y a de » moins solide & de plus » méprisable parmi le peuple ; & dont ce peuple même se dégoûte aussi-tôt, & » perd le souvenir en même » tems que le goût ? Il fait encore remarquer, avec beaucoup de raison, que ces sortes de choses ne font plaisir qu'aux enfans, aux femmes, aux esclaves, & à ce qu'il y a de plus approchant des esclaves parmi ceux qui sont nez libres ; & que les gens de quelque poids, & qui jugent sainement des choses, ne sçauroient jamais les appprouver.

La magnificence est bien mal employée, lors qu'elle ne va qu'à donner du plaisir au peuple.

videri, omnesque mirari ; sed, cum attenderint ; veniam necessitati dare : in his immanibus jacturis, infinitisque sumtibus, nihil nos magnopere mirari ; cum præsertim nec necessitati subveniatur, nec dignitas augeatur ; ipsaque illa delectatio multitudinis sit ad breve exiguumque tempus, eaque à levissimo quoque, in quo tamen ipso una cum satietate memoria quoque moriatur voluptatis. Bene etiam colligit, hæc pueris, & mulierculis, & servis, & servorum simillimis liberis esse grata : gravi vero homini, & ea, quæ fiunt, judicio certo ponderanti, probari posse nullo modo.

Je sçay neanmoins, que dés les meilleurs tems de la Republique, on a tou-

Quamquam intelligo, in nostra civitate inveterasse jam à bonis temporibus, ut splendor ædilitatum ab optimis viris postuletur. Itaque & P. Crassus cum cognomine dives, tum copiis, functus est ædilitio maximo munere: & paullo post L. Crassus cum omnium hominum moderatissimo, Q. Mucio, magnificentissima ædilitate functus est: deinde C. Claudius, Ap. F. multi post, Luculli, Hortensius, Silanus. omnes autem P. Lentulus, me consule, vicit superiores: hunc est Scaurus imitatus. Magnificentissima vero nostri Pompeii mu-

jours exigé des Ædiles 3 quelque chose d'éclatant & de magnifique; & les meilleurs citoyens se sont conformez à cet usage. C'est ainsi que P. Crassus 4, à qui on a donné le surnom de riche, & qui l'étoit beaucoup en effet, se signala dans cette charge, par de grandes magnificences en faveur du peuple. Peu de tems aprés Lucius Crassus, & Q. Mucius, son collegue dans la même charge, & le plus moderé de tous les hommes 5; en firent autant de leur côté. Ensuite, C. Claudius 6, fils d'Appius, & beaucoup d'autres aprés luy; & depuis en-

Magnificences des Ædiles pami les Romains.

3. Magistrats de Rome, qui avoient l'intendance des bâtimens publics, de la police & des spectacles. Leur Jurisdiction n'étoit pas d'abord si étenduë; aussi ne les prenoit-on alors que de l'ordre du peuple. Mais ces charges étant devenuës plus considerables, on commença à prendre les Ædiles d'entre les Patriciens; & on leur donna de certains chariots d'yvoire, du nom desquels on les appella de là en avant *Ædiles curules*. C'étoit la premiere charge par où il falloit passer, pour arriver aux plus élevées.

4. Homme illustre, qui avoit passé par toutes les grandes charges. Il fut le premier qui étant Ædile donna au peuple un combat d'Elephans.

5. C'est ce gendre de Lœlius, que Ciceron fait parler dans son Livre *de l'Amitié*.

6. C'est ce celebre Vieillard dont Ciceron parle au ch. 6. de son Livre *de la Vieillesse*, & qui, tout aveugle qu'il étoit, soutenoit encore la Republique par ses conseils.

core les deux Luculles 7 Hortensius 8 & Silanus, se sont signalez de la même maniere. Mais P. Lentulus les surpassa tous, dans l'année de mon Consulat 9; & Scaurus qui vint aprés, n'en fit pas moins que Lentulus. Nôtre grand Pompée fut aussi d'une magnificence toute extraordinaire dans les spectacles qu'il donna au peuple, pendant son second Consulat 10. Vous voyez bien sur cela ce qui seroit de mon goût.

nera secundo consulatu: in quibus omnibus quid mihi placeat, vides.

7. Deux freres, qui furent Ædiles l'un avec l'autre.
8. Grand Orateur, aussi bien que Ciceron; & le seul qui pouvoit luy disputer quelque chose sur l'éloquence.
9. Ce fut le premier qui fit sur le theatre des changemens de decoration par des machines.
10. Il donna un combat de cinq cens Lions, six cens dix Pantheres, & vingt Elephans.

CHAPITRE XVII.

Dépenses pour le plaisir du peuple, inevitables jusques à un certain point, dans les Etats populaires. Avantages qu'on en tire. Exemples sur ce sujet. Quelles sont les plus honnêtes de toutes ces sortes de dépenses.

Il y a grande difference, entre la reserve que la sagesse fait garder, & celle

QUOY qu'on doive se moderer sur ces sortes de dépenses, il faut pourtant éviter de se faire soupçonner d'avarice. Mammercus, qui pour se

Vitanda tamen est suspicio avaritiæ Mamerco, homini divitissimo, prætermissio ædilitatis consulatus repulsam attulit. Quare

& si postulatur à populo, bonis viris si non desiderantibus, attamen approbantibus faciendum est, modo pro facultatibus; nos ipsi ut fecimus: &, si quando aliqua res major, atque utilior populari largitione acquiritur.

les épargner, quoy qu'il eût de fort grands biens, n'avoit pas voulu passer la charge d'Ædile, fut rebuté pour cela seul, quand il demanda le Consulat. Il faut donc les faire, lors que le peuple les demande; & que si elles ne sont pas desirées des honnêtes gens, au moins elles n'en soient pas desapprouvées. Mais il faut que chacun les proportionne à ses facultez, comme j'ay fait quand il a fallu passer par là. Et quand le peuple n'en demanderoit pas, il en faut faire, lors qu'il en revient quelque grand avantage.

dont l'avarice est le principe.

Ut Oresti nuper prandia in semitis decumæ nomine magno honori fuerunt. Ne Marco quidem Seio vitio datum est, quod in charitate asse modium populo dedit: magna enim se & inveterata invidia, nec turpi jactura, quando erat ædilis, nec maxima liberavit.

C'est ainsi que ces festins, qu'il n'y a pas longtems qu'Oreste 1. donna au peuple dans les ruës, par forme de décimes consacrées aux Dieux 2, luy firent un grand honneur, & servirent beaucoup à l'élever. M. Seïus ne se fit pas de tort non plus, lors que dans une grande cherté, il fit don-

1. C'étoit le surnom de la famille Aurelienne.

2. C'étoit une coûtume parmi les Romains, de faire de ces sortes d'offrandes aux Dieux, pour se les rendre favorables; & Oreste prit ce prétexte pour regaler le peuple de Rome, dont il vouloit gagner les bonnes graces.

ner le bled au peuple à un sol le boisseau ? puisque par là il se délivra d'une haine inveterée qu'on avoit contre luy ; & cette dépense ne fut ni honteuse, puisqu'il exerçoit alors la charge d'Ædile, ni excessive.

Quel honneur ne se fit point aussi mon ami Milon, lors que par des gladiateurs qu'il avoit achetez, pour le service de la Republique, dont le salut dépendoit alors du mien, il réprima la fureur, & rompit toutes les mesures de Clodius ? Ces dépenses se peuvent donc faire, lors qu'elles sont necessaires ou utiles : mais il y faut toûjours garder les regles de la mediocrité.

Sed honori summo nuper nostro Miloni fuit, quod gladiatoribus emtis reip. causa, quæ salute nostra continebatur, omnes P. Clodii conatus furoresque compressit. Causa igitur largitionis est, si aut necesse est, aut utile. In his autem ipsis mediocritatis regula optima est.

L. Philippus 3, fils de Quintus, homme de bon esprit, & d'une grande consideration, se vantoit d'être parvenu à toutes les grandes charges, sans avoir jamais fait de ces sortes de profusions. C. Curio en disoit autant ; & je pourrois aussi m'en vanter. Car quelque peu de dépense que j'eusse fait

L. quidem Philippus Q. filius, magno vir ingenio, in primisque clarus, gloriari solebat, se sine ullo munere adeptum esse omnia, quæ haberentur amplissima : dicebat idem C. Curio. Nobis quoque licet in hoc quodammodo gloriari. Nam pro amplitudine

3. C'est celuy dont il a parlé au 30. chapitre du premier Livre.

honorum, quos cunctis suffragiis adepti sumus nostro quidem anno, quod contigit eorum nemini, quos modo nominavi, sane exiguus sumtus ædilitatis fuit.

dans la charge d'Ædile, je n'ay pas laissé de venir dans mon rang 4, aux plus grandes magistratures, que j'ay même emportées tout d'une voix; ce qui n'est arrivé à aucun de ceux que je viens de nommer.

A quoy s'employe la veritable magnificence.

Atque etiam illa impensa meliores, muri, navalia, portus, aquarum ductus, omniaque quæ ad usum reip. pertinent: quamquam quod præsens tanquam in manum datur, jucundius est, tamen hæc in posterum gratiora.

Entre ces sortes de dépenses, les plus honnêtes sont la construction des murs de la ville, celle des havres & des ports, les conduites d'eau, & toutes les autres choses qui sont utiles à la Republique. Celles qui sont comme des presens de la main à la main, font un plaisir plus vif & plus sensible. Mais celuy qui revient de ces autres choses, est bien plus solide & plus durable.

Mauvais employ de la magnificence.

Theatra, porticus, nova templa verecundius reprehendo propter Pompeium; sed doctissimi non probant, ut & hic ipse Panætius, quem multum in his libris secutus sum, non interpretatus: & Phalereus Demetrius,

Quant aux dépenses qui se font en Theatres, en Portiques, & en nouveaux Temples; la consideration de Pompée me rend plus reservé à les blâmer. Mais je voy de tres-habiles gens, qui ne les approuvent pas, non plus que celles dont j'ay parlé,

4. C'est à dire, dans la premiere année de son âge, où les loix permettoient qu'on entrât dans chaque sorte de charge.

comme ce même Panætius, qui est l'autheur auquel je m'attache le plus dans ces Livres-cy, sans toutefois me faire une loy de le suivre comme un simple traducteur; & Demetrius de Phalere, qui blâme ouvertement Periclés, le premier homme de la Grece, d'avoir employé une si prodigieuse somme d'argent à ces magnifiques portiques du temple de Pallas 5. Mais j'ay traité toute cette matiere à fond, dans mes Livres *de la Republique* 6.

qui Periclem, principem Graciæ vituperat, quod tantam pecuniam in præclara illa propylea conjecerit. Sed de hoc genere toto, in iis libris, quos de repub. scripsi, diligenter est disputatum.

Concluons donc, que toutes ces sortes de profusions sont vicieuses : qu'elles sont pourtant necessaires dans de certains tems; mais qu'elles ne doivent jamais être excessives, ni en elles-mêmes, ni par rapport à nos facultez.

Tota igitur ratio talium largitionum, genere vitiosa est, temporibus necessaria; & tum ipsa & ad facultates accommodanda & mediocritate moderanda est.

5. Il consuma à ces portiques tout l'argent qui luy avoit été donné pour refaire le Temple entier.

6. Cet ouvrage, que Ciceron avoit composé dans le tems qu'il gouvernoit la Republique, comme il dit luy-même au 2. Livre *de Divinatione*, étoit divisé en X. Livres; & il y faisoit parler Scipion, Lælius, & Furius Philus. Mais on ne l'a plus depuis plusieurs siecles, hors quelques fragmens, qui se trouvent çà & là dans les Livres des Anciens, & sur tout dans celuy de S. Augustin, *de la Cité de Dieu*. Le seul morceau entier qui en reste, c'est *le songe de Scipion*, qui faisoit une bonne partie du 6. Livre, & celuy-là fait bien regreter les autres.

CHAPITRE

CHAPITRE XVIII.

Le besoin & le merite doivent regler les liberalitez. Quelles sont celles qui sont le mieux employées. Le même esprit qui rend liberal, rend facile dans toutes sortes d'affaires, fait qu'on relâche souvent de son droit. Milieu à garder dans le soin de ses affaires. Combien l'hospitalité fait d'honneur.

IN illo autem altero genere largiendi, quod à liberalitate proficiscitur, non uno modo in disparibus causis affecti esse debemus. Alia causa est ejus, qui calamitate premitur, & ejus, qui res meliores quærit, nullis suis rebus adversis. Propensior benignitas esse debebit in calamitosos, nisi forte erunt digni calamitate: in iis tamen, qui se adjuvari volent, non ut ne affligantur, sed ut altiorem gradum adscendant, restricti omnino esse nullo modo debemus; sed in deligendis idoneis judicium & diligentiam adhibere: nam præclare Ennius:

La prudence doit conduire la liberalité, aussi bien que les autres vertus.

CEs autres sortes de largesses, qui partent d'une veritable liberalité, doivent aussi avoir leurs précautions, & elles demandent qu'on fasse la difference des occasions qui se presentent de les exercer. Car autre est la condition d'un homme accablé de misere, & autre celle d'un homme dont les affaires ne sont point mauvaises, & qui ne fait que chercher à les rendre meilleures. On doit toûjours être plus porté à soulager les miserables, au moins ceux qui meriteroient une meilleure fortune. On ne doit pas neanmoins fermer absolument la main à ceux mêmes qui demandent, non de quoy se tirer de la misere, mais de quoy se mettre mieux qu'ils ne sont, pour-

A quoy la liberalité se doit employer par preference.

vû qu'entre ceux-là on choisisse ceux qui sont le plus dignes d'être assistez. Car, comme dit Ennius,

Des bienfaits mal placez ne sont pas des bienfaits :

Benefacta male locata malefacta arbitror :

au lieu que quand on fait plaisir à un homme de merite, & qui sçait sentir le bien qu'on luy fait ; on en recueille le fruit, & par la reconnoissance qu'il en a, & par la part que tout le monde y prend. Car LA LIBERALITE' qui sçait bien placer ses bienfaits, fait plaisir à tout le monde ; & chacun la louë d'autant plus volontiers, que cette vertu, dans les personnes élevées, est regardée comme un recours assuré pour tous ceux qui peuvent être dans le besoin.

Rien ne pl. ît que ce qui est conduit par la raison.

Quod autem tributum est bono viro & grato, in eo cum ex ipso fructus est, tum etiam ex ceteris: temeritate enim remota, gratissima est liberalitas: eoque eam studiosius plerique laudant, quod summi cujusque bonitas commune perfugium est omnium.

Il faut donc répandre, sur le plus de gens que l'on peut, de ces sortes de bienfaits dont la memoire ne se perd point, & qui passent des peres aux enfans ; afin de mettre ceux à qui l'on en aura fait, dans une espece de necessité d'en avoir de la reconnoissance. Car l'in-

Danda igitur opera est, ut iis beneficiis quam plurimos afficiamus, quorum memoria liberis posterisque prodatur ; ut iis ingratis esse non liceat, omnes enim immemorem beneficii oderunt : eamque injuriam in deterrenda liberalitate sibi etiam fieri; eumque, qui faciat, communem hostem tenuiorum putant.

gratitude attire la haine de tout le monde; & comme on croit qu'elle tarit la source des liberalitez, c'est une sorte d'injure à quoy tout le monde prend part. Aussi un ingrat est-il regardé comme l'ennemi commun de tous ceux qui peuvent avoir besoin du secours des personnes puissantes.

Ingratitude, odieuse à tout le monde, & pourquoy.

Atque hæc benignitas etiam reip. utilis est, redimi e servitute captos, locupletari tenuiores: quod quidem vulgo solitum fieri ab ordine nostro in oratione Crassi scriptum copiose videmus.

Une autre sorte de liberalité, qui est utile à la Republique même, c'est de racheter les captifs, & de donner aux personnes d'une fortune mediocre de quoy s'élever. C'est ce qui a été de tout tems familier à nos Senateurs; comme Crassus l'a fait voir au long, dans une de ses harangues.

Quelles sont les liberalitez les plus louables.

Hanc ergo consuetudinem benignitatis largitioni munerum longe antepono. Hæc est gravium hominum, atque magnorum: illa quasi adsentatorum populi, multitudinis levitatem voluptate quasi titillantium.

Combien cette liberalité, si usitée dans nôtre corps, est-elle au dessus de toutes les profusions qui se font pour le plaisir du peuple? C'est celle-là qui est digne des grands hommes, & de ceux qui ont le plus de vertu & de solidité: au lieu que ces largesses populaires n'appartiennent qu'à ceux qui veulent bien se rendre les flateurs & les complaisans

La nature des liberalitez fait connoître le fond de ceux qui les font.

de la multitude, & qui, aussi peu solides qu'elle, font consister toute leur gloire à la chatoüiller, pour ainsi dire, par le plaisir.

Que si l'honnêteté demande qu'on soit toûjours disposé à donner, & à faire des liberalitez ; beaucoup plus demande-t'elle, que quand il est question d'exiger ce qui nous est dû, nous ne le fassions jamais avec dureté ; & que dans tous les traitez où il s'agit de vendre ou d'acheter ; de loüer quelque chose à quelqu'un, ou de quelqu'un ; dans tout ce qu'il peut y avoir à regler entre gens dont les maisons se touchent à la ville, ou les terres à la campagne, on se rende toûjours non seulement équitable, mais facile ; qu'on relâche quelque chose de son droit, & quelque chose même de considerable, en beaucoup d'occasions ; qu'on abhorre les procés, & que pour les éviter on fasse tout ce qui est raisonnablement possible. Je ne sçai même, s'il ne faut point aller un peu au delà ; car il est non seulement

Facilité dans toutes sortes d'affaires, devoir de l'honnêteté.

Conveniet autem cum in dando munificum esse, tum in exigendo non acerbum in omnique re contrahenda, vendendo, emendo, conducendo, locando, vicinitatibus & confiniis, aequum & facilem ; multa multis de jure suo cedentem : à litibus vero, quantum liceat, & nescio an paullo plus etiam quam liceat, abhorrentem. Est enim non modo liberale, paullum nonnumquam de suo jure decedere, sed interdum etiam fructuosum.

honnête, mais souvent même avantageux, de quitter quelque chose de son droit.

Habenda autem est ratio rei familiaris, quam quidem dilabi sinere flagitiosum est: sed ita ut illiberalitatis avaritiaque absit suspicio. Posse enim liberalitate uti, non spoliantem se patrimonio, nimirum is est pecuniæ fructus maximus.

Milieu à garder dans le soin que chacun doit avoir de ses affaires.

Ce n'est pas qu'on ne doive avoir soin de ses affaires: il y auroit même une espece de crime à les negliger, & à les laisser perir. Mais il faut les conduire de telle sorte, qu'on ne fasse jamais rien de sordide, ni qui sente l'avarice, & se souvenir toûjours, que LE PLUS grand avantage de l'opulence, c'est de pouvoir faire des liberalitez sans se ruiner.

Recte etiam à Theophrasto est laudata hospitalitas; est enim (ut mihi quidem videtur) valde decorum, patere domos hominum illustrium illustribus hospitibus: idque etiam reip. est ornamento, homines externos hoc liberalitatis genere in urbe nostra non egere. Est autem etiam vehementer utile iis, qui honeste posse multum volunt, per hospites apud externos populos valere opibus & gratia.

Combien l'hospitalité fait d'honneur.

Il y a encore une chose que Theophraste louë beaucoup, & avec grande raison; c'est l'hospitalité. Car RIEN n'est plus beau à mon gré que de voir les maisons des personnes illustres ouvertes à d'illustres hôtes; & il y va de l'honneur de la Republique, que les étrangers trouvent cette sorte de liberalité en usage parmi nous. Il n'y a même rien de plus utile, pour ceux qui cherchent à s'acquerir, par de bonnes voyes, un grand credit dans la Republique; puisque rien n'est meilleur pour cela, que d'en avoir beaucoup chez les étrangers ; & que rien n'y en donne tant que de leur tenir sa maison ouverte.

Theophraste rapporte sur ce sujet, que Cimon 1, qui tenoit un si grand rang dans Athenes, exerçoit l'hospitalité envers tous ses compatriotes de Lacia 2 ; ayant donné ordre à ceux qui avoient soin de sa maison des champs, d'y recevoir tous ceux de ce lieu-là qui voudroient y prendre leur logement en passant ; & de leur fournir tout ce qui leur seroit necessaire.

Theophrastus quidem scribit, Cimonem Athenis etiam in suos curiales Laçiadas hospitalem fuisse, ita enim instituisse, & villicis imperavisse, ut omnia præberentur, quicumque Laciades in villam suam divertisset.

1. Grand Capitaine parmi les Atheniens, qui avoit eu le commandement de leurs armées de terre & de mer ; & qui avoit remporté plusieurs victoires sur leurs ennemis. C'étoit le plus liberal de tous les hommes ; & quand il rencontroit des pauvres dans son chemin, il leur donnoit jusqu'à ses habits. Il vivoit dans le troisiéme siecle de la fondation de Rome.

2. Bourgade de l'Attique, d'où étoit Cimon.

CHAPITRE XIX.

Des bienfaits qui consistent à rendre des offices & des services. Ce qui donne le plus de moyen d'en rendre. Avantage de l'éloquence sur la jurisprudence. Qu'il n'y a personne qui ne puisse faire plaisir. Prendre garde de ne pas offenser les uns en servant les autres.

QUæ autem opera, non largitione beneficia dantur, hæc tum in universam rempub. tum in singulos cives conferuntur.

Nam in jure cavere, consilio juvare, atque hoc scientiæ genere prodesse quam plurimis, vehementer & ad opes augendas pertinet, & ad gratiam. Itaque cum multa præclara majorum, tum quod optime constituti juris civilis summo semper in honore fuit cognitio, atque interpretatio: quam quidem ante hanc confusionem temporum in possessione sua principes retinuerunt: nunc ut honores, ut omnes dignitatis gradus, sic hujus scientiæ splendor deletus est:

LEs bienfaits qui consistent, non à donner de l'argent, mais à employer ses soins & son industrie, se répandent sur le corps entier de la Republique, aussi bien que sur les particuliers.

Quelle science donne le plus de moyen de faire plaisir.

La science du droit est une des choses par où l'on peut acquerir le plus de consideration, & faire plaisir à un plus grand nombre de gens; soit en leur donnant des conseils, ou en leur apprenant à faire leurs affaires avec sûreté, & selon les regles du droit. Aussi voyons-nous, entre beaucoup d'autres choses tres-sagement établies par nos ancêtres, que la science & l'explication du droit ont toûjours été en grand honneur parmi nous; & que même, avant la confusion où les choses sont tombées dans ces derniers

En quel honneur étoit la jurisprudence parmi les Romains.

tems, cette science étoit demeurée en partage aux premiers hommes de la Republique. Mais tout son lustre est effacé presentement, aussi-bien que celuy des plus grandes Magistratures. C'est ce qui donne d'autant plus d'indignation, que le bouleversement est arrivé dans le tems d'un homme, qui n'étant inferieur en dignité à aucun de ceux qui l'avoient precedé, auroit été au dessus d'eux tous par la science du droit [1]. Il n'y a donc rien de plus propre à s'acquerir un grand nombre de gens, par les plaisirs qu'elle met en état de faire.

idque eo indignius, quod eo tempore hoc contigit, cum is esset, qui omnes superiores, quibus honore par esset, scientia facile vicisset. Hæc igitur opera grata multis, & ad beneficiis obstringendos homines accommodata.

Avantages de l'éloquence sur la jurisprudence.

Une autre science, voisine de celle-là, mais qui l'emporte de beaucoup, par le poids & la dignité, par les plaisirs qu'elle fait, par l'éclat & par la beauté dont elle est; c'est celle de l'éloquence. Car qu'y a-t'il de plus estimable que l'éloquence; soit par l'admiration qu'elle imprime, soit par la confiance qu'elle donne à ceux qui ont besoin de son se-

Atque huic arti finitima est dicendi gravior facultas & gratior & ornatior. Quid enim eloquentia præstabilius, vel admiratione audientium, vel spe indigentium, vel eorum, qui defensi sunt, gratia? huic quoque ergo à majoribus nostris est in toga dignitatis principatus datus. Diserti igitur

1. C'étoit Servius Sulpitius, le plus grand Jurisconsulte qui ait été parmi les Romains.

hominis, & facile laborantis, quodque in patriis est moribus, multorum causas, & non gravate, & gratuito defendentis, beneficia, & patrocinia late patent.

cours, soit par la reconnoissance de ceux qu'elle a défendus? Aussi nos peres l'ont-ils mise au premier rang entre les exercices de la robe. En effet, quel secours ne tire-t'on point d'un homme éloquent, qui ne craint point le travail; & qui se charge volontiers gratuitement, selon l'usage de nos peres, de la défense d'un grand nombre de causes? De combien de gens devient-il le patron & le protecteur?

Admonebat me res, ut hoc quoque loco intermissionem eloquentiæ, ne dicam interitum deplorarem, ni vererer, ne de meipso aliquid viderer queri. Sed tamen videmus, quibus exstinctis oratoribus, quam in paucis spes, quanto in paucioribus facultas, quam in multis sit audacia.

Ce discours me porteroit naturellement à déplorer la décadence, pour ne pas dire l'extinction entiere de l'éloquence, si je ne craignois qu'on ne crût que c'est moi-même que je plains. Mais enfin, combien avons-nous perdu de grands Orateurs? Combien reste-t'il peu de gens dont on puisse espérer quelque chose sur le fait d'éloquence? combien moins en qui il en paroisse; & combien en voyons-nous qui n'ont, pour toute éloquence, que de la présomption & de la témerité?

Cum autem omnes

Il n'est pas donné à tous

le monde, de pouvoir être ni Jurisconsulte ni Orateur : il y en a même bien peu qui en soient capables. Mais quoy qu'on ne soit ni l'un ni l'autre, on ne laisse pas de pouvoir faire plaisir à bien des gens, soit en leur procurant des bienfaits, soit en appuyant leurs affaires auprés des Juges ou des Magistrats; soit en veillant à leurs interêts, soit en sollicitant pour eux ceux qui peuvent leur donner des avis, ou se charger de la défense de leurs causes. Ces sortes d'offices sont de tres-grande étenduë; & ceux qui les sçavent rendre peuvent s'acquerir bien des gens.

Chacun peut être bienfaisant quand il le veut.

non possint, ne multi quidem, aut jurisperiti esse, aut diserti, licet tamen opera prodesse multis, beneficia petentem, commendantem judicibus & magistratibus, vigilantem pro re alterius, eos ipsos, qui aut consuluntur aut defendunt, rogantem : quod qui faciunt, plurimum gratiæ consequuntur, latissimeque eorum manat industria.

Une chose à quoy ils doivent prendre garde, mais qui est si visible, qu'il n'est presque pas besoin de les en avertir; c'est de n'offenser pas les uns, pour faire plaisir aux autres. Car souvent on offense des gens qu'on devroit menager, & qu'il ne convient pas de s'attirer; & on est toûjours coupable, ou de negligence, quand on le fait sans y prendre garde; ou de temerité & de folie,

Ne pas blesser les uns, en servant les autres.

Jam illud non sunt admonendi, (est enim in promtu) ut animum advertant, cum juvare alios velint, ne quos offendant: sæpe enim aut eos lædunt, quos non debent; aut eos, quos non expedit : si imprudentes, negligentiæ est; si scientes, temeritatis.

quand on le fait avec dessein.

Utendum etiam est excusatione adversus eos, quos invitus offendas, quacumque possis, quare, id, quod feceris, necesse fuerit, nec aliter facere potueris: ceterisque operis & officiis erit id, quod violatum est, compensandum.

Que s'il arrive qu'on ne puisse s'empêcher de faire déplaisir à quelqu'un, il faut lui en faire des excuses, & luy faire voir les raisons qu'on a eues de faire la chose qui lui a déplû; qu'elle s'est trouvée inévitable, & qu'on n'a pû faire autrement; & reparer le mal en autre chose, par tous les services que l'on pourra.

Appaiser ceux à qui on n'a pû éviter de faire de la peine.

CHAPITRE XX.

Ce qui porte à faire plaisir à quelqu'un. Qu'on en fait toûjours plus volontiers aux riches qu'aux pauvres. Preuve qu'on devroit faire tout le contraire. Les Grands, peu capables de reconnoissance. Ce qu'il y a à gagner à faire plaisir aux pauvres. Mauvais effets de l'impression que l'opulence fait sur nous. Ne faire jamais de mal à l'un pour faire plaisir à l'autre.

Sed cum in hominibus juvandis aut mores spectari, aut fortuna solent; dictu quidem est proclive, itaque vulgo loquuntur, se in beneficiis collocandis mores hominum, non fortunam sequi. Honesta oratio est: sed quis est tandem, qui inopis, & optimi viri causa

QUAND on se porte à faire plaisir à quelqu'un, c'est d'ordinaire, ou par la consideration de son merite & de sa vertu, ou par celle de son credit & de son pouvoir. Chacun ne manque pas de dire, qu'en cela il a plus d'égard au merite qu'à la fortune. Le langage est honnête: mais où sont ceux

Ce qui porte à faire plaisir à quelqu'un.

qui ne soient pas plus disposez à servir un homme riche & puissant, qu'un pauvre, quelque homme de bien qu'il soit? CAR LA PENTE naturelle porte toûjours du côté de celuy dont on espere une retribution plus ample & plus prompte: mais il faudroit entrer un peu plus avant dans le fond des choses. Car si ce pauvre est homme de bien, il aura au moins de la reconnoissance du plaisir qu'on luy aura fait; quoy qu'il ne soit pas en état de le rendre.

On se regarde presque toûjours soy-même, dans les plaisirs que l'on fait aux autres.

Il vaut mieux faire plaisir aux pauvres qu'aux riches, & par où.

non anteponat in operâ danda gratiam fortunati & potentis? à quo enim expeditior & celerior remuneratio fore videtur, in eum fere est voluntas nostra propensior. Sed animadvertendum est diligentius, quæ natura rerum sit: nimirum enim inops ille, si bonus est vir, etiam si referre gratiam non potest, habere certe potest.

Quelqu'un a dit excellemment, à ce propos, qu'au lieu que celui qui a encore l'argent qu'on luy a donné, ne l'a pas rendu, ou que s'il l'a rendu, il ne l'a plus: LA RECONNOISSANCE d'un plaisir qu'on a reçu demeure, quoy qu'on l'ait rendu; & que c'est même l'avoir rendu, que d'en avoir de la reconnoissance. Mais les riches sont d'ordinaire trop enflez de leurs richesses, & du respect qu'ils croyent qu'elles leur attirent, & trop pleins de l'opinion de leur bonheur, pour se

La reconnoissance n'est guerre une vertu des Grands

Commode autem, quicumque dixit, pecuniam qui habeat, non reddidisse; qui reddiderit, non habere; gratiam autem & qui retulerit habere, & qui habeat, retulisse. At, qui se locupletes, honoratos, beatos putant, hi ne obligari quidem beneficio volunt; quin etiam beneficium se dedisse arbitrantur, cum ipsi quamvis magnum aliquod acceperint; atque etiam à se postulari, aut exspectari aliquid suspicantur: pa-

trocinio vero tuo se usos, & clientes appellari, mortis instar putant.

tenir obligez des plaisirs qu'on leur fait. Ils comptent, au contraire, qu'ils en font eux-mêmes, à ceux qui leur rendent les services les plus considerables; persuadez que c'est qu'on attend, ou qu'on desire quelque chose d'eux. Que s'ils ont été secourus ou défendus par quelqu'un, en sorte qu'ils puissent être comptez au nombre de ses clients, c'est pour eux quelque chose de plus insupportable que la mort.

At vero ille tenuis, cum, quidquid factum sit, se spectatum, non fortunam putet, non modo illi, qui est meritus, sed etiam illis, à quibus exspectat, eget enim multis, gratum se videri studet, neque vero verbis auget suum munus, si quo forte fungitur, sed etiam extenuat.

Ce pauvre homme au contraire, qui sçait que dans le plaisir qu'on luy a fait, c'est luy qu'on a regardé, & non pas sa fortune, n'oublie rien pour marquer sa reconnoissance à son bienfacteur; & même pour la faire connoistre à tout le monde, parce qu'il a besoin de tout le monde; & s'il arrive qu'il se trouve en état de faire quelque plaisir à celuy qui luy en a fait; bien loin de le faire valoir, il le rabaisse & le diminuë le plus qu'il luy est possible.

Il n'y a que la liberalité que l'on fait aux pauvres, qui ne soit point suspecte d'interêt.

Rien ne rend si modeste que la pauvreté, comme rien ne rend si fier que l'opulence.

Videndumque illud est, quod si opulentum

D'ailleurs, quand vous avez soûtenu la cause de

quelque homme puissant, luy seul vous en sçait gré; ou tout au plus ses enfans, & sa famille : au lieu que si vous avez rendu ce même office à un homme du commun, mais qui soit homme de probité & de bonnes mœurs; tous ses semblables qui sont en grand nombre parmi le peuple, vous en sçauront gré comme luy; & vous regarderont comme un protecteur qui ne leur manquera pas au besoin. Voila sur quoy je croy pouvoir dire que LES OFFICES que l'on rend à des pauvres, gens de bien, sont mieux employez que ceux que l'on rend aux riches.

Tout le monde prend part aux plaisirs que l'on fait aux pauvres.

fortunatumque defenderis, in uno illo, aut forte in liberis ejus manet gratia : sin autem inopem, probum tamen & modestum, omnes non improbi humiles; quæ magna in populo multitudo est, præsidium sibi paratum vident. Quamobrem melius apud bonos, quam apud fortunatos, beneficium collocari puto.

Il faut neanmoins, autant qu'il est possible, en rendre aux uns & aux autres. Mais quand un homme de bien se trouve en concurrence avec un homme riche, il faut suivre l'avis de Themistocle; qui, lors qu'on luy demanda à qui il donneroit le plus volontiers sa fille, d'un homme de probité, mais de peu de bien; ou d'un homme riche, mais qui ne seroit pas en bon-

Beau mot de Themistocle.

Danda omnino opera est, ut omni generi satisfacere possimus : sed si res in contentionem veniet, nimirum Themistocles est auctor adhibendus, qui, cum consuleretur, utrum bono viro pauperi, an minus probato diviti filiam collocaret : Ego vero, inquit, malo virum, qui pecunia egeat, quam pecuniam, quæ viro.

ne réputation, répondit qu'il aimoit mieux un homme sans argent que de l'argent sans homme.

Sed corrupti mores, depravatique sunt admiratione divitiarum; quarum magnitudo quid ad unumquemque nostrum pertinet? Illum fortasse adjuvat, qui habet, ne id quidem semper: Sed fac juvare; utentior sane sit, honestior vero quomodo? Quod si etiam bonus erit vir; ne impediant divitiæ, quo minus juvetur, modo ne adjuvent: sitque omne judicium, non quam locuples, sed qualis quisque sit.

Mais nous nous laissons éblouir par les richesses; & c'est ce qui a corrompu nos mœurs. Qu'y a-t-il donc dans le bien de celuy-cy, ou de celuy-là, qui dût faire impression sur nous? Le bien est un avantage pour ceux qui en ont: encore n'en est-ce pas toûjours un. Mais posons que c'en soit un, on en est plus à son aise; mais en est-on plus honnête homme? Que si un homme riche se trouve en même tems un honnête homme; que son bien n'empêche pas qu'on ne le serve, mais que ce ne soit pas ce qui nous y porte, & qu'on regarde quel est l'homme, & non pas quel est son bien.

Il y a quelque chose dans les hommes, qui les porte à croire que les riches valent mieux que les autres.

Ce qui doit porter à faire plaisir.

Extremum autem præceptum in beneficiis, operaque danda est, ne quid contra æquitatem contendas, ne quid per injuriam: fundamentum enim perpetuæ commendationis & famæ est justitia, sine

La derniere regle que nous avons à donner, sur les plaisirs qu'on peut faire par ses soins & par son industrie: c'est que l'envie qu'on a d'en faire, ne porte jamais à rien entreprendre d'injuste, & qui puisse faire préjudice à

C'est en vain qu'on se flatte d'une reputation solide & durable, quand on

Manque de justice & de probité.

personne. Car NULLE reputation ne sçauroit être solide & durable, si elle n'a la justice pour fondement; & sans elle il n'y a rien d'estimable.

qua nihil potest esse laudabile.

CHAPITRE XXI.

Des bienfaits dont toute la Republique se ressent, aussi-bien que chaque particulier. Premier devoir de ceux qui gouvernent: ne point toucher au bien des particuliers. L'esperance de conserver chacun le sien avec plus de sûreté, est ce qui a porté les hommes à former des Republiques. Second devoir de ceux qui gouvernent: n'imposer jamais de tributs que dans la derniere necessité. Troisiéme devoir: entretenir l'abondance. Combien l'avarice dans ceux qui gouvernent, est pernicieuse aux Etats. Funestes experiences des Romains sur ce sujet.

Chacun est toûjours plus touché de ce qui a un rapport direct à luy, que de ce qui luy revient du bien general.

APRE'S avoir parlé des offices que l'on peut rendre aux particuliers, venons à ceux que l'on rend à tout le corps des citoyens, & à la Republique même. Il y en a de deux sortes; les uns dont l'utilité est generale pour tout le monde, mais moins sensible pour chacun; & les autres dont chaque particulier se ressent, comme si on ne travailloit que pour luy: & ceux-là sont les plus agréables au public. Il faut s'acquitter de tous les deux, s'il est possible, &

SEd quoniam de eo genere beneficiorum dictum est, quæ ad singulos spectant; deinceps de iis, quæ ad universos, quæque ad remp. pertinent, disputandum est. Eorum autem ipsorum partim ejusmodi sunt, ut ad universos civis pertineant, partim singulos ut attingant, quæ sunt etiam gratiora. Danda est opera omnino, si possit, utrisque, nec minus, ut etiam singulis consulatur; sed ita, ut ea res aut prosit, aut certe non obsit reip.

sur tout de ceux qui font plaisir à chaque particulier ; mais il faut qu'ils se trouvent utiles à la Republique, ou qu'au moins ils ne luy fassent point de préjudice.

C. Gracchi frumentaria magna largitio; exhauriebat igitur ærarium; modica M. Octavii, & reip. tolerabilis, & plebi necessaria: ergo & civibus, & reip. salutaris.

La distribution de bled que fit faire Caius Gracchus, [1] par exemple, se faisoit avec si peu de mesure qu'elle épuisoit le tresor public : au lieu que celle que fit faire Octavius, se faisant avec plus de reserve, ne chargeoit point la Republique ; & ne laissoit pas de fournir suffisamment aux besoins du peuple. Ainsi, elle fut également salutaire, & à chaque citoyen en particulier, & au corps entier de la Republique.

In primis autem videndum erit ei, qui remp. administrabit, ut suum quisque teneat, neque de bonis privatorum publice deminutio fiat.

Conserver à chacun le sien; premier soin de ceux qui gouvernent.

LA PRINCIPALE chose à quoy ceux qui sont chargez du gouvernement de la Republique doivent prendre garde, c'est que le bien de chaque particulier luy soit conservé, & que jamais l'authorité publique ne

1. Luy, & Tiberius son frere, ne pensoient qu'à faire plaisir au peuple, aux dépens de la Republique : & ce fut ce qui fit prendre la resolution de se défaire de tous les deux, comme on a vû au chap. 12. du premier Livre.

l'entame [2].

Il n'y avoit donc rien de plus pernicieux que la loy que Philippus [3] entreprit de faire passer, dans le tems qu'il étoit Tribun du peuple ; & qui tendoit à faire faire un nouveau partage des terres. Il est vray qu'il ne fit pas beaucoup de resistance, quand il vit qu'on la rejettoit ; & il fit paroître en cela une grande moderation. Mais entre les autres choses que l'envie qu'il avoit de faire plaisir au peuple luy fit faire, il luy échappa un mot d'une dangereuse consequence ; & on luy entendit dire publiquement, qu'il n'y avoit pas deux mille hommes dans la ville qui eussent du bien.

Perniciose enim Philippus in tribunatu, cum legem agrariam ferret, quam tamen antiquari facile passus est, & in eo vehementer se moderatum præbuit: sed cum in agendo multa populariter, tum illud male : non esse in civitate duo millia hominum, qui rem haberent.

C'étoit un discours criminel & seditieux : car cela n'alloit pas à moins qu'à rendre le bien de tout le monde égal ; & rien ne sçauroit être plus pernicieux: les hommes ne s'é-

Capitalis oratio, & ad æquationem bonorum pertinens : qua peste quæ potest esse major ? Hanc enim ob causam maxime ut sua tenerent, resp. ci-

2. Comme les Gracques le vouloient faire, par cette loy touchant le partage des terres qu'ils avoient entrepris de faire passer.

3. Il s'appelloit L. Marcius Philipus, & il fut Tribun du peuple l'an de Rome 649. Ciceron en a parlé au 30. chap. du premier Livre & au 17. de celuy-cy.

vitatesque constituta sunt. Nam etsi duce natura congregabantur homines, tamen spe custodia rerum suarum, urbium præsidia quærebant.

tant portez à former des Republiques que pour être plus en état de conserver chacun le sien. Je sçay bien que la nature les porte d'elle-même à s'unir, & à vivre en societé. Mais ce qui leur a fait bâtir des villes, & qui les a obligez de s'y retirer, comme dans des aziles publics ; c'est principalement l'esperance d'y joüir de leurs biens en sûreté.

Principal motif, qui a porté les hommes à former des Republiques.

Danda etiam opera est, ne, quod apud majores nostros sæpe fiebat, propter ærarii tenuitatem, assiduitatemque bellorum tributum sit conferendum ; idque ne eveniat, multo ante erit providendum : sin quæ necessitas hujus muneris alicui reip. obvenerit, (malo enim quam nostræ ominari, neque tamen de nostra, sed de omni Repub. disputo) danda erit opera, ut omnes intelligant, si salvi esse velint, necessitati esse parendum.

Une autre chose, que ceux à qui l'on confie l'administration de la Republique doivent observer, c'est de ne point imposer de tributs, comme nos ancêtres ont été souvent obligez de faire par les guerres continuelles, & le peu de fond du tresor public. Il faut pourvoir de bonne heure à tout ce qui pourroit mettre dans cette necessité; & s'il arrive que les affaires d'un Etat soient telles, qu'on ne puisse s'en dispenser, (je parle en general, comme vous voyez, & je ne veux point appliquer au peuple Romain une chose de si mauvais augure) qu'au moins on n'oublie rien, pour faire voir à tout le

Ne point imposer de tributs, second soin de ceux qui gouvernent.

monde, que c'est par pure necessité ; & parce qu'il n'y a pas d'autre moyen de sauver l'Etat.

Entretenir l'abondance, troisiéme soin de ceux qui gouvernent.

Enfin ceux qui gouvernent la Republique, doivent avoir grand soin d'entretenir l'abondance des choses necessaires à la vie. En vain m'arrêterois-je à les marquer en détail: tout le monde les connoît assez ; & ceci ne merite d'être touché qu'en passant.

Mais dans l'administration des affaires publiques, il faut sur tout se conduire de telle sorte, qu'on évite jusqu'au moindre soupçon d'avarice. Si „ jamais le tems venoit, que „ les Romains s'accoûtu- „ massent à recevoir des „ presens, disoit Pontius, „ Genéral des Samnites 4, „ ce seroit alors que je vou- „ drois que le destin m'eût „ fait naître. Je trouverois „ bien-tôt moyen d'abattre „ cette domination qu'ils „ exercent sur tout le mon- „ de. Il auroit eu quelques siecles à laisser passer ; car il n'y a pas long-tems que cette peste a commencé

Un Etat ne tient plus à rien, dés que l'avarice s'est emparée de ceux qui gouvernent.

Atque etiam omnes qui remp. gubernabunt, consulere debebunt, ut earum rerum copia sit, quæ sunt necessariæ: quarum qualis comparatio fieri soleat, & debeat, non est necesse disputare, est enim in promtu: tantum locus attingendus fuit.

Caput autem est in omni procuratione negotii, & muneris publici, ut avaritiæ pellatur etiam minima suspicio. Utinam, inquit C. Pontius Samnis, ad illa tempora me fortuna reservavisset, & tum essem natus, si quando Romani dona accipere cœpissent! non essem passus diutius eos imperare. Næ illi multa sæcula exspectanda fuerunt; modo enim hoc malum in hanc remp. invasit. Itaque facile patior tum potius Pontium fuisse, siquidem in illo tantum

4. Anciens peuples d'Italie qui occupoient le païs où est presentement le Duché de Benevent & la terre de Labour.

fuit roboris.

de se glisser parmi nous; & puis qu'il auroit sçû si bien profiter d'un tel avantage, je suis bien aise qu'il ait vêcu du tems de nos peres, plûtôt que dans celui-cy.

Nondum centum & decem anni sunt, cum de pecuniis repetundis L. Pisone lata est lex, nulla antea cum fuisset. At vero postea tot leges, & proxima quæque duriores, tot rei, tot damnati, tantum Italicum bellum propter judiciorum metum excitatum, tanta, sublatis legibus & judiciis, expilatio direptioque sociorum, ut imbecillitate aliorum, non nostra virtute valeamus.

Il n'y a pas encore cent dix ans qu'on a commencé de voir parmi nous des loix contre les concussionnaires. La premiere fut faite par L. Piso, & on ne sçavoit ce que c'étoit auparavant. Mais depuis on en a tant vû & toûjours de plus dures en plus dures; on a tant trouvé de coupables de cet abominable crime; il y en a tant eu de condamnez; une si grande guerre a été allumée dans l'Italie, par ceux qui craignoient le même sort; enfin l'avarice & l'insolence, se mettant au dessus des loix & de la justice, ont exercé tant de concussions & de brigandages sur nos propres alliez; qu'on peut dire que SI NOUS subsistons encore, c'est par l'imbecillité des autres, plûtôt que par aucune sorte de vertu qui soit en nous.

CHAPITRE XXII.

Beaux exemples du desinteressement des anciens Romains. Quel honneur cette vertu fait à ceux qui gouvernent. Combien tout ce qui va à dépoüiller les uns, pour enrichir les autres, est pernicieux aux Etats, & à ceux qui l'entreprennent.

Beaux exemples de desinteressement des anciens Romains.

PANÆTIUS loüe Scipion l'Afriquain 1, d'avoir toûjours eu les mains pures ; & il y a sujet de l'en loüer. Mais c'étoit une vertu de ces temslà plûtôt que de la personne, qui en avoit de bien plus grandes.

Paul Æmile 2 se rendit maître de tous les tresors des Macedoniens ; & c'étoit quelque chose de si considerable 3, que ces seules dépoüilles, mises dans le tresor public par un seul de nos Generaux, sans qu'il en fût rien entré dans sa maison, qu'une gloire immortelle pour son nom & pour sa vertu, firent cesser tous les tributs qu'on levoit alors sur les citoyens.

Laudat Africanum Panætius, quod fuerit abstinens. Quidni laudet? sed in illo alia majora. Laus abstinentiæ, non hominis est solum, sed etiam temporum illorum.

Omni Macedonum gaza, quæ fuit maxima, potitus est Paullus : tantam in ærarium pecuniam invexit, ut unius imperatoris præda finem attulerit tributorum : at hic nihil domum suam præter memoriam nominis sempiternam detulit.

1. C'est le II. Afriquain, qui avoit pris des leçons de Panætius, comme on a déja vû ailleurs.

2. C'étoit le pere naturel de ce Scipion dont il vient de parler, qui fut adopté par le fils du premier Afriquain.

3. Ils se montoient à bien prés de sept millions d'or.

Imitatus patrem Africanus, nihilo locupletior Karthagine eversa. Quid? qui ejus collega in censura fuit L. Mummius, numquid copiosior, cum copiosissimam urbem funditus sustulisset? Italiam ornare, quam domum suam maluit. quamquam Italia ornata domus ipsa mihi videtur ornatior.

Scipion, marchant sur les traces de son pere, se trouva, aprés avoir détruit Carthage, tout aussi peu riche qu'auparavant. L. Mummius, son collegue dans la charge de Censeur, en fut-il mieux dans ses affaires pour avoir pris & rasé une des plus riches villes du monde 4? Il aima mieux employer toutes ces grandes dépoüilles à embellir l'Italie, qu'à embellir sa maison. Mais à mon gré, c'étoit un grand embellissement pour sa maison 5, que celuy de l'Italie.

Nullum igitur vitium tetrius (ut eo, unde digressa est, referat se oratio) quam avaritia, præsertim in principibus remp. gubernantibus: habere enim quæstui remp. non modo turpe est, sed sceleratum etiam &

Revenons à nôtre sujet, & concluons que l'avarice est le plus honteux de tous les vices, sur tout dans ceux qui sont chargez du gouvernement de la République; & que de faire d'un si noble employ un trafic & un moyen de s'enrichir, c'est la chose du

Le gouvernement des Etats est un moyen pour acquerir de la gloire, & non pas de l'argent.

4. C'est Corinthe qui fut prise & rasée par Mummius.

5. La simplicité de Mummius, sur le fait des tableaux & des statuës, avoit peut-être quelque part au peu de cas qu'il faisoit de ces dépoüilles de Corinthe. Car Velleius remarque, qu'ayant fait marché à des voituriers pour en-t en Italie des ouvrages des plus grands maîtres du onde; il crut pourvoir suffisamment à leur sûreté, en enaçant les voituriers, que s'ils venoient à se perdre, n leur en feroit rendre d'autres.

monde, non seulement la plus infame, mais la plus odieuse & la plus criminelle. On peut même dire que CET ORACLE d'Apollon, qui déclara que Sparte ne periroit jamais que par l'avarice, est une prédiction pour tous les peuples qui sont dans l'opulence, aussi-bien que pour les Lacedemoniens.

nefarium. Itaque quod Apollo Pythius oraculum edidit, Spartam nulla re alia, nisi avaritia perituram, id videtur non solum Lacedamoniis, sed & omnibus opulentis populis pradixisse.

Comme il n'y a rien de plus funeste aux Etats que l'avarice; il n'y a rien aussi par où ceux qui les gouvernent puissent acquerir plus sûrement & plus aisément la bienveillance des peuples, que par le desinteressement & l'exactitude à ne rien prendre.

Nulla autem re conciliare facilius benivolentiam multitudinis possunt ii, qui Reip. præsunt, quam abstinentia & continentia.

Quant à ceux qui pour se les concilier 6, voudroient faire déclarer quittes, par l'autorité du Magistrat, ceux du peuple, qui sont chargez de det-

Qui vero se populares volunt, ob eamque causam aut agrariam rem tentant, ut possessores suis sedibus pellantur: aut pecunias creditas

6. Comme les Magistratures se donnoient à Rome par les suffrages du peuple, chacun avoit interêt de se le rendre favorable. C'est à quoy l'on parvenoit, dans les bons tems de la Republique, par le merite & les bonnes qualitez. Car ce peuple avoit des sentimens nobles, & il étoit touché de la vertu. Mais lorsque les Romains se virent dans l'opulence, & que l'avarice qui en est une suite presque necessaire, commença à se glisser parmi eux, on s'accoûtuma peu à peu à prendre le peuple par l'interêt; & ce fut une des principales choses qui firent perir la Republique.

creditas debitoribus condonandas putant, il labefactant fundamenta reip. concordiam primum, quæ esse non potest, cum aliis adimuntur, aliis condonantur pecuniæ : deinde æquitatem, quæ tollitur omnis, si habere suum cuique non licet. id enim est proprium (ut supra dixi) civitatis, atque urbis, ut sit libera, & non sollicita suæ rei cujusque custodia.

tes ; ou faire passer cette loy, tant de fois proposée, sur le partage des terres 7, qui ne va pas à moins qu'à dépoüiller les legitimes proprietaires de leurs biens ; ils sappent les deux principaux fondemens de la Republique, dont l'un est la paix entre les citoyens, qui ne sçauroient subsister, quand on fera perdre le bien au créancier, en déchargeant le debiteur ; & l'autre la justice, qui est renversée de fond en comble, dés que personne ne pourra plus s'assurer de demeurer paisible possesseur de ce qui luy appartient. Car, comme j'ai dit, IL EST de l'essence de toute ville, & de tout Etat, que chacun y puisse posseder en sûreté ce qui est à luy, & sans craindre qu'on ne luy ôte.

Ce qu'il y a de plus contraire à la paix qui doit être entre les citoyens.

Atque in hac pernicie reipub. ne illam quidem consequuntur, quam putant gratiam: nam cui res erepta est, est inimicus : cui data, etiam dissimulat se accipere voluisse : & ma-

Ceux qui voudroient faire une playe si mortelle à la Republique, ne s'attireroient pas même par là ces bonnes graces du peuple à quoy ils aspirent. Car non seulement ceux à qui on ôte le bien devien-

7. C'est ce que les Gracques avoient entrepris, & qui les avoit fait perir, comme on a déja vû ailleurs.

On ne sçauroit parvenir à un credit solide & sûr par des injustices.

nent ennemis déclarez de quiconque le leur ôte; mais ceux mêmes à qui l'on le donne ne veulent pas qu'on croye qu'ils l'ayent desiré. Il en est de même de ceux que l'on auroit fait déclarer quittes envers leurs creanciers; & ils se garderoient bien d'en témoigner de la joye, de peur de donner mauvaise opinion de leurs affaires.

xime in pecuniis creditis occultat suum gaudium, ne videatur non fuisse solvendo.

D'ailleurs, quiconque a reçu une injure s'en souvient, & ne manque pas de s'en ressentir. Or quelle injure plus atroce, que d'ôter à un homme un fonds qu'il possede de pere en fils, depuis une longue suite d'années, ou même depuis plusieurs siecles? & par quelle regle de justice le peut-on faire passer de ses mains dans celles d'un autre, qui n'en a jamais possedé aucun? Et qu'on ne se croye pas en sûreté, sous pretexte que ceux que l'on a obligez, par ces infames largesses du bien d'autruy, sont en plus grand nombre que ceux qu'on a outragez en leur ôtant le leur injustement. Car quoy que le nombre de ceux-là

At vero ille, qui accipit injuriam, & meminit, & præ se fert dolorem suum: nec, si plures sunt ii, quibus improbe datum est, quam illi, quibus injuste ademtum est, idcirco plus etiam valent. Non enim numero hæc judicantur, sed pondere. Quam autem habet æquitatem, ut agrum multis annis, aut etiam sæculis ante possessum, qui nullum habuit habeat, qui autem habuit amittat?

soit le plus grand, ils ne sont pas les plus forts ; & cela se regle par la qualité plûtôt que par le nombre.

CHAPITRE XXIII.

Continuation de la même matiere. Grands exemples du bien & du mal que peut faire l'observation ou l'inobservation de la derniere maxime proposée dans le chapitre précedent. Prévenir les cas qui pourroient donner lieu à dépoüiller les uns de leurs biens, pour faire plaisir aux autres. Fermeté de Ciceron à empêcher ce desordre pendant son Consulat. Excés & injustices de Cesar sur ce sujet. Par où les grands hommes sçavent faire le bien de la Republique, sans qu'il en coûte à personne.

AC propter hoc injuriæ genus Lacedæmonii Lysandrum Ephorum expulerunt: Agin regem (quod numquam antea apud eos acciderat) necaverunt: exque eo tempore tantæ discordiæ secutæ sunt, ut & tyranni exsisterent, & optimates exterminarentur, & præclarissime constituta resp. dilaberetur. Nec

NE FUT-CE pas par les mouvemens que cette nature d'injustice excita parmi les Lacedemoniens, que l'Ephore 1 Lisander fut chassé; & qu'ils se porterent même à tuer leur Roy Agis 2, ce qui n'avoit point encore eu d'exemple parmi eux? Delà en avant même, on ne vit plus chez eux que dissentions : il s'y éleva des tyrans ; les plus gens de

Exemples des Etats que l'inobservation de la justice a fait perir.

1. Le nom d'*Ephore* signifie proprement *examinateur* ou *inspecteur*. Aussi ces Magistrats étoient-ils parmi les Lacedemoniens ce que les Censeurs étoient à Rome. Leur inspection s'étendoit même jusques sur les Rois de Lacedemone.

2. C'est le 3. Roy de Sparte de ce nom là, qui pour avoir voulu rétablir l'ordre & la liberté publique parmi les Lacedemoniens, fut arrêté par des seditieux, mis en prison, & ensuite étranglé.

bien furent bannis; & enfin cette Republique si bien établie s'en alla en ruine. La contagion de ce mal-là passa même dans le reste de la Grece, & la perdit entierement.

vero solum ipsa cecidit, sed etiam reliquam Graciam evertit contagionibus malorum, quæ à Lacedæmoniis profecta manarunt latius.

Et parmi nous, qu'est-ce qui a fait perir les Gracques, qui étoient nez d'un pere si illustre, & petits-fils de Scipion 3, sinon les mouvemens qu'excita ce partage des terres qu'ils voulurent faire?

Quid? nostros Gracchos, Ti. Gracchi, summi viri, filios, Africani nepotes, nonne agrariæ contentiones perdiderunt?

Aratus 4 de Sicione 5 eut une conduite bien differente: aussi luy a-t-elle attiré autant de loüanges, que ceux-là se sont attiré de haine. La ville dont il étoit ayant été cinquante ans durant opprimée par des Tyrans, il sortit d'Argos où il s'étoit retiré; & étant entré secretement dans Sicione, il s'en rendit maître; surprit le Tyran Nicoclés, & le fit

At vero Aratus Sicyonius jure laudatur, qui cum ejus civitas quinquaginta annos à tyrannis teneretur, profectus Argis Sicyonem clandestino introitu urbe est potitus. Cumque tyrannum Nicoclem improviso oppressisset, sexcentos exsules, qui fuerant ejus civitatis locupletissimi, restituit, remque publicam

3. C'est à dire du premier Afriquain, qui avoit marié sa fille Cornelia à Tiberius Gracchus leur pere.

4. Ce que Ciceron rapporte icy se passa au commencement du 6. siecle de la fondation de Rome. Aratus n'avoit que 20. ans quand il fit cette belle action, qui fut suivie de beaucoup d'autres. Il a laissé quelques memoires de sa vie.

5. Ville du Peloponese, autrefois considerable: on a bâti sur ses ruines celle qu'on appelle presentement *Vasilica*.

adventu suo liberavit.

Sed cum magnam animadverteret in bonis, & possessionibus difficultatem, quod & eis quos ipse restituerat, quorum bona alii possederant, egere iniquissimum arbitrabatur, & quinquaginta annorum possessiones moveri non nimis aquum putabat, propterea quod tam longo spatio multa hereditatibus, multa emtionibus, multa dotibus tenebantur sine injuria, judicavit, neque illis adimi, neque his non satisfieri, quorum illa fuerant, oportere. Cum igitur statuisset, opus esse ad eam rem constituendam pecunia, Alexandriam se proficisci velle dixit, remque integram ad reditum suum jussit esse.

mourir; rappella six cens des plus illustres Citoyens, que les Tyrans avoient chassez, aprés leur avoir ôté tout leur bien, & enfin remit la Republique en liberté.

Mais il se trouva dans un grand embarras sur le sujet des biens de ces Citoyens rappellez & dépoüillez par les Tyrans. D'un côté, il ne luy paroissoit pas juste qu'ils fussent dans l'indigence, pendant que d'autres joüissoient de ce qu'on leur avoit ôté. Mais il trouvoit aussi quelque sorte d'injustice à troubler une possession de cinquante ans; & d'autant plus, que pendant ce tems-là une grande partie de ces biens ayant passé de main en main, par des successions, des ventes, ou des mariages, étoient possedez de bonne foy par ceux qui s'en trouvoient revêtus. Il jugea donc qu'il ne falloit pas les leur ôter; mais qu'on ne pouvoit aussi s'empêcher de satisfaire les anciens proprietaires; & voyant que les choses ne se pouvoient accommoder que par de l'argent, il déclara qu'il avoit un voyage à faire à Alexandrie; & ordonna que tout demeurât comme il étoit, jusqu'à son retour.

Il alla donc promptement trouver son ancien hôte Ptolomée 6, qui regnoit alors à Alexandrie, & qui en étoit le second Roy depuis sa fondation. Il luy exposa le dessein qu'il avoit de rétablir sa patrie; & luy ayant fait connoître dequoi il avoit besoin pour y parvenir, ce Roy si puissant accorda volontiers à ce grand homme un secours d'argent 7 aussi grand qu'il le luy falloit. Aratus de retour à Sicione avec cet argent, choisit quinze Citoyens des principaux, pour être aidé de leurs conseils dans une si grande affaire; & aprés avoir entendu les raisons de ceux à qui on avoit ôté leur bien, & de ceux qui le possedoient, il fit faire

Isque celeriter ad Ptolemæum, suum hospitem venit, qui tum regnabat alter post Alexandriam conditam; cui cum exposuisset, patriam se liberare velle, causamque docuisset, à rege opulento vir summus facile impetravit, ut grandi pecunia adjuvaretur. Quam cum Sicyonem attulisset, adhibuit sibi in concilium quindecim principes, cum quibus causas cognovit & eorum, qui aliena tenebant, & eorum qui sua amiserant: perfecitque æstimandis possessionibus, ut persuaderet aliis, ut pecuniam accipere mallent, possessionibus cederent: aliis, ut commodius putarent

6. C'est Ptolomée Philadelphe. Il étoit fils de ce Ptolomée un des quatre Generaux d'Alexandre, qui aprés la mort de ce Prince partagerent ses conquêtes; & celuy-cy avoit établi le Royaume d'Alexandrie. Aratus ne s'étoit pas contenté de recevoir Ptolomée chez luy; il luy avoit encore fait des presens de tableaux & de statuës.

7. Il se montoit à 550000. livres, & c'étoit une fort grosse somme pour ce tems-là.

numerari sibi quod tanti esset, quam suum recuperare. Ita perfectum est, ut omnes concordia constituta sine querela discederent.

une estimation du total; & enfin, en persuadant aux uns qu'il leur étoit plus avantageux de remettre ce qu'ils possedoient, & d'en recevoir le prix; & aux autres qu'il étoit meilleur pour eux de prendre de l'argent, que de rentrer dans leurs biens, il vint à bout de les mettre tous d'accord, sans donner à personne aucun sujet de se plaindre.

O virum magnum, dignumque qui in nostra repub. natus esset! Sic par est agere cum civibus, non (ut bis jam vidimus) hastam in foro ponere, & bona civium voci subjicere praeconis. At ille Graecus (id quod fuit sapientis, & praestantis viri) omnibus consulendum putavit: eaque est summa ratio & sapientia boni civis, commoda civium non divellere, atque omnes aequitate eadem continere.

O le grand homme! ô qu'il auroit été digne d'être né dans nôtre Republique! Voilà comment il en faut user avec les Citoyens; & non pas faire vendre leurs biens à l'encan en plein marché, comme nous l'avons vû par deux fois 8. Aussi tout homme qui aura de la sagesse & de la vertu, ne manquera-t'il pas de suivre l'exemple de cet illustre Grec, qui crut qu'il falloit faire le bien de tout le monde; & UN BON Citoyen aura toûjours pour maxime capitale, de ne jamais toucher au bien des autres; & de garder une justice égale envers tout le monde.

Il n'y a rien de si aisé, que de faire du bien aux uns, en faisant du mal aux autres.

Mais le point est de sçavoir faire le bien de tout le monde en même tems.

8. Sous Sylla, & sous Cesar.

Car de quel droit s'emparera-t'on du bien d'un autre, sans aucune sorte de titre ni de recompense? Quoy, j'ay acheté ce fond de terre, j'ay bâti cette maison, je l'ay entretenuë, j'y ay fait de la dépense, & vous vous en mettrez en possession malgré moy? Qu'appelle-t'on donc prendre le bien des gens, & donner aux uns ce qui appartient aux autres? & à quoy tendent ces decrets des Magistrats, par où les débiteurs seroient déclarez quittes envers leurs creanciers, sinon à faire joüir mon débiteur en paix d'un fond de terre qu'il a acheté de mon argent & à me le faire perdre?

Habitant gratis in alieno. Quid ita? Ut, cum ego emerim, ædificarim, tuear, impendam, tu me invito, fruare meo? Quid est aliud aliis sua eripere, aliis dare aliena? Tabulæ vero novæ quid habent argumenti, nisi ut emas mea pecunia fundum, eum tu habeas, ego non habeam pecuniam?

* Ce qu'il y a donc à faire, c'est d'empêcher, comme on le peut par mille moyens, que les Citoyens ne s'endettent d'une maniere qui puisse tirer à consequence pour la Republique; & non pas, si le malheur est arrivé, de faire perdre le bien aux creanciers, pour enrichir les debiteurs. Car si la foy

Quamobrem ne sit æs alienum, quod reip. noceat, providendum est: quod multis rationibus caveri potest: non si fuerit, ut locupletes suum perdant, debitores lucrentur alienum: nec enim ulla res vehementius remp. continet, quam fides, quæ esse nulla potest, nisi erit necessaria so-

* Le Chapitre 24. commence dés icy dans le Latin; mais il doit commencer plus bas.

lutio rerum creditarum.

n'est gardée, nulle Republique ne sçauroit subsister; & il n'y a plus de foy, dés que les debiteurs peuvent s'exempter de payer ce qu'ils ont emprunté.

Numquam vehementius actum est, quam me consule, ne solveretur. Armis & castris tentata res est ab omni genere hominum & ordine; quibus sic restiti, ut hoc tantum malum de rep. tolleretur: nunquam nec majus æs alienum fuit, nec melius, nec facilius dissolutum est. fraudandi enim spe sublata, solvendi necessitas consecuta est.

On ne fit jamais tant d'efforts pour faire déclarer les debiteurs quittes, que pendant que j'étois Consul. On en vint jusqu'à prendre les armes, & à mettre des troupes sur pied; & il entra dans le complot de toutes sortes de gens, & de toutes conditions. Mais ils trouverent en moy une si vigoureuse resistance, que la Republique se vit entierement délivrée de ce mal-là. Il n'y eut jamais plus de gens endettez; & jamais les dettes ne furent mieux payées, ny avec moins de peine pour les creanciers. Car dés qu'on se vit hors d'esperance de frauder, chacun ne pensa plus qu'à s'acquitter.

On ne cherche à frauder, que quand on espere d'en venir à bout.

At vero hic nunc victor, tum quidem victus, quæ cogitarat, ea perfecit, cum ejus jam nihil interesset. Tanta in eo peccandi

Celuy qui nous a domptez & asservis, & qui avoit été dompté luy-même en ce tems-là 9, a executé depuis ce qu'il avoit projetté. Ce n'est pas

9. C'est Cesar, qui trempoit alors dans tous ces desseins seditieux dont Ciceron empêcha l'effet.

qu'il en eût besoin [o], mais il étoit si porté au mal qu'il a pris plaisir à le faire gratuitement, & sans qu'il luy en revînt rien.

libido fuit, ut hoc ipsum eum delectaret peccare, etiam si causa non esset.

Que ceux qui gouvernent la Republique se gardent donc bien de faire liberalité aux uns aux dépens des autres; & qu'ils ayent soin, sur toutes choses, de maintenir cette justice égale, qui conserve à chacun le sien; & de FAIRE en sorte, qu'on ne puisse se prevaloir de la foiblesse des pauvres pour les seduire, ou pour les opprimer; & qu'aussi l'envie qu'on a contre les riches ne soit point un prétexte pour les troubler dans la possession de ce qui leur appartient, ni pour les empêcher de se faire payer de ce qui leur est dû.

Si les pauvres sont exposez par leur foiblesse, les riches le sont par l'envie.

Ab hoc igitur genere largitionis, ut aliis detur, aliis auferatur, aberunt ii, qui remp. tuebuntur: in primisque operam dabunt, ut juris & judiciorum æquitate suum quisque teneat: & neque tenuiores propter humilitatem circumveniantur, neque locupletibus ad sua vel tenenda, vel recuperanda obsit invidia.

Du reste, qu'ils se servent de tous les moyens que la guerre au dehors, & l'industrie au dedans leur peuvent fournir, pour étendre la puissance, & augmenter les terres & les revenus de la Republique. Voilà ce que sçavent

Præterea quibuscumque rebus vel belli, vel domi poterunt, remp. augeant imperio, agris, vectigalibus. Hæc magnorum hominum sunt: hæc apud majores nostros factitata: hæc genera-

o. Puisqu'il étoit alors maître de tout.

officiorum, qui persequuntur, cum summa utilitate reip. magnam ipsi adipiscentur & gratiam & gloriam.

faire les grands hommes: voila ce que nos ancêtres ont fait; & par là, en travaillant utilement pour la Republique, on acquiert en même tems beaucoup de consideration & de gloire pour soy-même.

CHAPITRE XXIV.

Par où l'on conserve la santé; & quels moyens on doit employer pour acquerir du bien, & pour conserver celuy qu'on a.

In his autem utilitatum præceptis Antipater Tyrius, Stoicus, qui Athenis nuper est mortuus, duo præterita censet esse à Panætio, valitudinis curationem, & pecuniæ: quas res à summo Philosopho præteritas arbitror, quod essent faciles: sunt certe utiles.

SUR les regles des devoirs qui sont à observer à l'égard des choses utiles, Antipater de Tyr, Philosophe Stoïcien, mort depuis peu à Athenes, trouve que Panætius a oublié deux articles, dont l'un regarde le soin de la santé, & l'autre celuy du bien. Mais je croi que Panætius n'a negligé d'en parler, que parce que ce sont choses sur quoy il est aisé de se bien conduire: l'une & l'autre sont pourtant du nombre de celles qui sont utiles.

Sed valitudo sustentatur notitia sui corporis; & observatione, quæ res aut prodesse soleant, aut obesse: &

Par où on conserve sa santé.

Quant à la santé, on la conserve par bien connoître son temperament; par observer ce qui fait du bien ou du mal; par beaucoup de sobrieté, par la propreté, & les autres choses qui vont à tenir le corps en bon état; par sçavoir se défendre des plaisirs, & enfin par les secours de la medecine.

continentia in victu omni, atque cultu, corporis tuendi causa; & prætermittendis voluptatibus, postremo arte eorum, quorum ad scientiam hæc pertinent.

Par où on doit desirer d'acquerir du bien, & par où on le conserve.

Pour le bien, c'est par des voyes où il n'y ait rien de honteux qu'il faut tâcher d'en acquerir; & c'est par le soin, le bon ordre, & le bon ménage qu'on le conserve, & qu'on le peut augmenter. Toute cette matiere a été fort amplement traitée par Xenophon, dans ses Livres *de l'œconomie*: que je traduisis de grec en latin, à peu prés à l'âge où vous êtes.

Res autem familiaris quæri debet iis rebus, à quibus abest turpitudo: conservari autem diligentia, & parsimonia: iisdem etiam rebus augeri. Has res commodissime Xenophon Socraticus persecutus est eo libro, qui Oeconomicus inscribitur: quem nos ista fere ætate cum essemus, qua es tu nunc, è Græco in Latinum convertimus.

CHAPITRE XXV.

De la comparaison des biens du corps & des biens exterieurs, & de la préference qu'on doit donner aux uns sur les autres. Réponse du vieux Caton à quelqu'un qui le consultoit sur l'œconomie. De la comparaison des choses où il paroît de l'utilité. De qui l'on peut le mieux apprendre les moyens de gagner du bien.

MAIS une autre chose, oubliée par Panætius, & qui fait le quatriéme chef de la division que j'ay établie au com-

SEd utilitatum comparatio, quoniam hic locus erat quartus à Panætio prætermissus, sæpe est necessaria,

Nam & corporis commoda cum externis, & externa cum corporis, & ipsa inter se corporis, & externa cum externis comparari solent.

mencement de cet ouvrage ; c'est la comparaison qu'on est souvent obligé de faire entre plusieurs choses utiles, qui se trouvent en concurrence. On peut comparer, par exemple, les biens du corps avec ceux de dehors; ceux-cy avec ceux du corps, ou les uns & les autres entr'eux.

Cum externis, corporis hoc modo comparantur : Valere ut malis, quam dives esse. Cum corporis, externa hoc modo : Dives esse potius, quam maximis corporis viribus. Ipsa inter se corporis sic : ut bona valitudo voluptati anteponatur, vires celeritati. Externorum autem, ut gloria divitiis, vectigalia urbana rusticis.

Comparaison des biens du corps & des biens exterieurs, & subordination des uns aux autres.

En comparant les biens du corps avec ceux de dehors, on trouve qu'IL VAUT mieux se bien porter que d'être riche. En comparant les biens de dehors avec ceux du corps, on trouve qu'il vaut mieux être riche que d'avoir la force d'un Athlete. En comparant ceux du corps les uns aux autres, on trouve que la santé est préferable au plaisir, & la force à la legereté. Enfin en comparant les biens exterieurs les uns aux autres, on trouve que la gloire est preferable aux richesses ; & les revenus qu'on peut avoir dans la ville, à ceux qu'on peut tirer de la campagne.

Ex quo genere comparationis illud est Catonis senis ; à quo cum

A ces sortes de comparaisons se peut rapporter ce mot du vieux Caton.

Ce qu'il y a de plus utile dans le ménage de la campagne.

On luy demanda un jour ce qu'un pere de famille pouvoit faire de meilleur, pour augmenter son bien. La premiere chose, répondit-il, c'est de nourrir du bétail & de le bien nourrir. Et la seconde ? luy demanda-t'on : C'est d'en nourrir un peu moins bien. Et la troisiéme ? reprit-on : C'est d'en nourrir, quand on le nourriroit mal. Et la quatriéme ? c'est, dit-il, de faire labourer. Mais, ajoûta-t'on, ne gagneroit-on pas beaucoup à donner son argent à usure ? J'aimerois autant, répondit-il, que vous me demandassiez si on ne gagneroit pas beaucoup à tuer un homme 1.

Combien on a toûjours eu d'horreur pour l'usure.

quæreretur, quid maxime in re familiari expediret, respondit, Bene pascere. Quid secundum ? Satis bene pascere. Quid tertium ? Male pascere. Quid quartum ? Arare. Et, cum ille, qui quæsierat, dixisset, Quid fenerari ? Tum Cato, Quid hominem, inquit, occidere ?

On peut voir par-là, comme par beaucoup d'autres choses, que pour choisir ce qui est le plus utile, entre plusieurs choses qui le sont, il faut faire la comparaison des unes aux autres ; & que cela fait comme un quatriéme chef dans la recherche de nos devoirs.

Ex quo, & multis aliis, intelligi debet, utilitatum comparationes fieri solere, recteque hoc adjunctum esse quartum exquirendorum officiorum genus.

Mais sur ce qui regarde les moyens d'acquerir du

Sed toto hoc de genere, de quærenda, de

1. On peut voir par-là, quelle horreur tous les honnêtes gens ont toûjours eu de l'usure.

collocanda pecunia, vellem etiam de utenda: commodius à quibusdam optimis viris ad medium Janum sedentibus, quam ab ullis Philosophis ulla in schola disputatur. Sunt tamen ea cognoscenda: pertinent enim ad utilitatem, de qua hoc libro disputatum est. Reliqua deinceps persequemur.

bien, & de le placer avantageusement, on en apprendra plus de ces honnêtes gens [1] qui se tiennent sur la place du change, que de tous les Philosophes. Plût à Dieu qu'ils pûssent aussi nous apprendre à en bien user! Il faut pourtant sçavoir ces choses-là, puisqu'elles ont rapport à l'utilité, qui est le sujet que nous avons traité dans ce Livre-cy. Passons à ce qui nous reste à voir.

1. C'est ainsi qu'il appelle, par dérision, les Banquiers & les Prêteurs à usure.

Fin du second Livre.

LES OFFICES DE CICERON.

LIVRE TROISIÉME.

CHAPITRE PREMIER.

Beau mot du premier Scipion. De quelle maniere il employoit son loisir. Quelles étoient les occupations de Ciceron depuis la ruine de la Republique ; & son horreur pour ceux qui vouloient achever de la détruire. Son loisir, bien different de celuy de Scipion.

PUblium Scipionem, Marce fili, eum, qui primus Africanus appellatus sit, dicere solitum scripsit Cato, qui fuit fere ejus æqualis, numquam se minus otiosum esse, quam cum otiosus : nec minus solum, quam cum solus esset. Magnifica vero vox,

SCIPION l'Afriquain, le premier des deux à qui l'on a donné ce nom-là, avoit accoûtumé de dire, à ce que nous apprenons de Caton son contemporain [1], qu'il n'avoit jamais plus d'affaires que lors qu'il étoit sans affaires ; & qu'il n'étoit jamais moins seul que lors qu'il étoit seul. C'est un beau

Beau mot de Scipion.

1. C'est Caton le Censeur, qui fut Consul, pour la premiere fois, aprés le second Consulat de Scipion.

mot, & bien digne d'un aussi grand homme & aussi sage que celuy-là. On voit par là que quand Scipion étoit sans affaires, il meditoit de grandes affaires ; & qu'étant seul, il sçavoit converser avec luy même ; en sorte que son loisir même étoit une grande occupation ; & que sans avoir personne auprés de luy, il trouvoit avec qui s'entretenir. Ainsi, les deux choses qui ont accoûtumé d'engourdir l'esprit des autres, c'est à dire le loisir & la solitude, aiguisoient le sien.

& magno viro ac sapiente digna ; quæ declarat, illum & in otio de negotiis cogitare, & in solitudine secum loqui solitum : ut neque cessaret unquam, & interdum colloquio alterius non egeret. Itaque duæ res, quæ languorem afferunt ceteris, illum acuebant, otium & solitudo.

Plût à Dieu, mon cher fils, que j'en pusse dire autant ! Mais si je ne puis atteindre à la grandeur d'ame de Scipion, j'en approche au moins en quelque sorte par mes desirs ; & me trouvant exclus des affaires de la Republique, & de celles du barreau [1], par les armes & la violence des méchans, je cherche ce loisir où Scipion se plaisoit tant ; & c'est pour cela qu'ayant quitté la ville, & n'allant plus que d'une maison de campa-

Comment Ciceron passoit sa vie, depuis l'oppression de la Republique.

Vellem nobis hoc idem vere dicere liceret : sed si minus imitatione tantam ingenii præstantiam consequi possumus, voluntate certe proxime accedimus : nam & à rep. forensibusque negotiis armis impiis vique prohibiti otium persequimur : & ob eam causam, urbe relicta, rura peragrantes, sæpe soli sumus.

1. N'y ayant plus de liberté, ni dans le Senat, ni dans le barreau.

gne à l'autre, je trouve moyen d'être presque toûjours seul.

Sed nec otium hoc cum Africani otio, nec hæc solitudo cum illa comparanda est. Ille enim requiescens à reipub. pulcherrimis muneribus otium sibi sumebat aliquando, & à cœtu hominum frequentiaque interdum, tanquam in portum se in solitudinem recipiebat: nostrum autem otium negotii inopia, non requiescendi studio, constitutum est: extincto enim senatu, deletisque judiciis, quid est, quod dignum a nobis aut in curia, aut in foro agere possimus?

Mais mon loisir ne merite pas d'être comparé avec celuy de Scipion, ni ma solitude avec la sienne. Car au lieu que son loisir n'étoit qu'une legere interruption aux plus importantes fonctions de la Republique, qui faisoient son occupation ordinaire, & au milieu desquelles il prenoit quelques momens pour se délasser; & que sa solitude n'étoit que comme un port où il se retiroit de tems en tems, lors qu'il pouvoit se dérober de la foule; mon loisir n'est pas tant l'effet de l'amour que j'ay pour le repos, que de la cessation des affaires à quoy je pouvois prendre part. Car quelle occupation digne de moy pourrois-je trouver presentement au barreau ni dans le Senat; puis qu'au point où les choses sont reduites, on peut dire que l'un & l'autre sont aneantis?

Itaque qui in maxima celebritate, atque in oculis civium quondam viximus; nunc

Ainsi, au lieu que je vivois autrefois dans le grand jour, & sous les yeux de tous les citoyens, je me cache présentement, autant qu'il m'est possible ; ne pouvant porter la vûë des scelerats, qui sont par tout en si grand nombre ; & je suis presque toûjours seul.

fugientes conspectum sceleratorum, quibus omnia redundant, abdimus nos, quantum licet, & sæpe soli sumus.

Mais comme j'ay appris des habiles gens, que de plusieurs maux inévitables, il faut non seulement choisir les moindres, mais en tirer même, s'il est possible, quelque sorte d'avantage; je tire des maux presens une maniere de repos, mais bien different de celuy à quoy auroit dû s'attendre un homme qui avoit autrefois rétabli celuy de la Republique [3] ; & je tâche de faire en sorte, que la solitude où je me trouve, par necessité plûtôt que par choix, ne devienne pas ennuyeuse ni languissante.

Sed quia sic ab hominibus doctis accepimus, non solum ex malis eligere minima oportere ; sed etiam excerpere ex his ipsis, si quid inesset boni ; propterea & otio fruor non illo quidem, quo debeat is, qui quondam peperisset otium civitati : nec eam solitudinem languere patior, quam mihi adfert necessitas, non voluntas.

Le loisir & la solitude de Scipion luy ont acquis une gloire dont rien ne peut approcher ; & j'en conviens moy-même avec tout le monde. Car quoy qu'il ne nous en reste rien, cela même nous fait voir combien il étoit occupé de ses pensées, &

Quamquam Africanus majorem laudem vel meo judicio assequebatur : nulla enim ejus ingenii monumenta mandata litteris, nullum opus otii, nullum solitudinis munus exstat, ex quo intelligi debet, il-

3. En dissipant la conjuration de Catilina.

lum mentis agitatione investigationeque earum rerum, quas cogitando consequebatur, nec otiosum, nec solum unquam fuisse.

Nos autem, qui non tantum roboris habemus, ut cogitatione tacita à solitudine abstrahamur, ad hanc scribendi operam omne studium curamque convertimus. itaque plura brevi tempore eversa, quam multis annis stante repub. scripsimus.

des choses que la meditation lui faisoit découvrir 4; & que c'est par là qu'il est vray de dire, qu'il n'étoit jamais ni seul, ni sans affaires.

Pour moy, qui n'ay point assez de force d'esprit pour me soûtenir par la meditation, ou au moins pour m'empêcher, par cela seul, de sentir ma solitude ; je m'applique à écrire, & je m'y applique tout entier. Aussi ai-je plus fait d'ouvrages en peu de tems, depuis la ruine de la Republique, que je n'en avois fait en beaucoup d'années, pendant qu'elle subsistoit.

4. Ceux qui travaillent sur eux-mêmes, & qui ne pensent que pour cela, ou pour le bien de l'Etat, ne s'amusent gueres à rien écrire.

CHAPITRE II.

La matiere des devoirs est celle sur quoy la Philosophie fournit le plus. Ciceron exhorte son fils à profiter de ses avantages, & à soûtenir tout ce qu'on attendoit de luy.

SEd cum tota Philosophia, mi Cicero, frugifera & fructuosa, nec ulla pars ejus inculta ac deserta sit :

QUOYQUE la Philosophie soit un païs où il n'y a point de terres incultes ni de landes, & qu'elle soit fertile & abondante d'un bout a l'autre; elle n'a point de contrée plus riche, que celle d'où l'on tire les regles & les préceptes qui peuvent donner à nos mœurs une forme certaine & constance; & nous faire vivre selon les loix de l'honnêteté, & de la vertu. Je ne doute point même que nôtre cher Cratippus ne vous donne sans cesse de ces préceptes si necessaires; & que vous ne receviez, comme vous devez, tout ce qui vient de ce Philosophe, le plus illustre de ce siécle. Mais je ne laisse pas de vous en fournir aussi de mon côté; persuadé qu'il vous est utile d'en avoir, pour ainsi dire, les oreilles battuës de toutes parts; & de n'entendre parler d'autre chose, s'il étoit possible.

tum nullus feracior in ea locus est, nec uberior, quam de officiis, à quibus constanter, honesteque vivendi præcepta ducuntur. Quare quamquam à Cratippo nostro, principe hujus memoria Philosophorum, hæc te assidue audire, atque accipere confido, tamen conducere arbitror, talibus aures tuas vocibus undique circumsonare, nec eas, si fieri possit, quidquam aliud audire.

On attend plus des enfans des grands hõmes que des autres.

C'est ce qui convient à tous ceux qui veulent se faire un plan de vie, tel que l'honnêteté le demande: mais je ne sçay si vous n'en avez pas plus de besoin que personne. Car ce qu'on a crû voir en moy d'esprit & de capacité; les grands emplois par où j'ay passé, & peut-être ce

Quod cum omnibus est faciendum, qui vitam honestam ingredi cogitant, tum haud scio, an nemini potius, quam tibi: sustines enim non parvam exspectationem imitandæ industriæ nostræ, magnam honorum, nonnullã fortasse nominis.

que je me suis acquis de reputation & de gloire, font beaucoup attendre de vous; & il faut remplir cette attente.

Suscepisti onus præterea grave & Athenarum, & Cratippi: ad quos cum tamquam ad mercaturam bonarum artium sis profectus, inanem redire turpissimum est, dedecorantem & urbis auctoritatem, & magistri.

Vous vous êtes encore chargé d'une nouvelle obligation, & qui n'est pas d'un moindre poids, lorsque vous vous êtes retiré à Athenes, pour y prendre des leçons de Cratippus. C'est comme un païs abondant, où vous êtes allé charger les riches marchandises des connoissances qui peuvent servir à former un honnête homme; & il vous seroit honteux d'en revenir les mains vuides. Ce seroit même faire deshonneur à un tel maître, & à une telle ville; & ternir, en quelque façon, la gloire de l'un & de l'autre.

Il est moins pardonnable à ceux qui ont été bien élevez, de n'être pas honnêtes gens, qu'aux autres.

Quare quantum conniti animo potest, quantum labore contendere (si discendi labor est potius, quam voluptas) tantum fac ut efficias: neve committas, ut, cum omnia suppeditata sint à nobis, tute tibi defuisse videare. Sed hæc

Faites donc tous vos efforts, & n'épargnez ni soin ni travail (si toutefois c'est un travail plûtôt qu'un plaisir que d'apprendre) pour profiter de vos avantages; & ne souffrez pas qu'on puisse dire, qu'ayant autant d'avance & de secours que vous en avez de ma part, vous vous soyez manqué à vous même. C'est à quoi je vous ay déja exhorté en d'autres occasions, autant qu'il m'a été possible. Mais reprenons nôtre sujet ; & voyons ce qu'il nous en reste à traiter, selon la division que nous avons établie dés le commencement de cet ouvrage.

hactenus ; multa enim sæpe ad te cohortandi gratia scripsimus: nunc ad reliquam partem propositæ divisionis revertamur.

CHAPITRE III.

Que Panætius avoit oublié de traiter le dernier point de sa division, qui regarde la comparaison de l'honnête & de l'utile. Combien il est dangereux de faire de la difference entre l'un & l'autre. Ce que c'est, selon les Stoïciens, que vivre conformément à la nature.

PANÆTIUS, qui, de l'aveu de tout le monde, a traité trés-exactement toute la matiere des devoirs, & que nous avons particuliérement suivi dans cet ouvrage, à quelque chose prés ; propose donc, comme nous avons vû, trois sortes de considerations où les hommes ont accoûtumé d'entrer, quand il s'agit de deliberer sur ce qu'ils ont à faire. L'une, si la chose est honnête ou non : l'au-

PAnætius igitur, qui sine controversia de officiis accuratissime disputavit, quemque nos, correctione quadam adhibita, potissimum secuti sumus, tribus generibus propositis, in quibus deliberare homines, & consultare de officio solerent, uno, cum dubitarent, honestumne id esset, de quo ageretur, an turpe, altero ; utilene an inutile : tertio, si id, quod speciem

speciem haberet honesti pugnaret cum eo, quod utile videretur, quomodo ea discerni oporteret: de duobus generibus primis tribus libris explicavit: de tertio autem genere deinceps se scripsit dicturum, nec id exsolvit, quod promiserat.

tre, si elle est utile ou préjudiciable; & la troisiéme, quel parti l'on doit prendre, lorsque ce qui paroît honnête se trouve contraire à l'utilité. Il traite des deux premieres dans les trois premiers Livres de son ouvrage; & promet de parler de la troisiéme dans la suite: mais il n'a pas fait ce qu'il avoit promis.

Quod eo magis miror, quia scriptum à discipulo ejus Possidonio est, triginta annis vixisse Panætium posteaquam eos libros edidisset: quem locum miror à Possidonio breviter esse tactum in quibusdam commentariis; præsertim cum scribat, nullum esse locum in tota Philosophia tam necessarium.

C'est dequoy je suis d'autant plus surpris, que Possidonius, son disciple, dit que depuis avoir publié ces trois Livres, il a encore vécu trente ans. Le même Possidonius a traité ce point-là dans quelque ouvrage, mais fort succinctement; & il y a d'autant plus de sujet de s'en étonner, qu'il convient luy-même, que c'est ce qu'il y a de plus important dans toute la Philosophie.

Minime vero assentior iis, qui negant, eum locum à Panætio prætermissum, sed consulto relictum, nec omnino scribendum fuisse: quia numquam posset utilitas cum honestate pugnare: de quo alterum potest habere du-

Il y en a qui croyent, que si Panætius n'a rien dit de ce dernier point, ce n'est ni par oubli, ni par omission: qu'il n'a jamais eu dessein d'en parler, & qu'il ne l'a pas même dû faire; parce que l'honnête & l'utile sont toûjours parfaitement d'accord ; & qu'il n'est pas possible que l'un soit jamais contraire à l'autre: mais je ne sçaurois être de leur avis.

On peut mettre en question s'il en falloit parler ou non : mais que Panætius ne s'y soit engagé, & qu'il ne l'ait laissé-là: c'est dequoy l'on ne sçauroit douter. Il s'y étoit engagé, puis qu'il en avoit fait un des trois points de sa division ; & qu'il avoit même promis précisément, vers la fin de son troisiéme livre, d'en parler dans la suite de l'ouvrage. Cependant il n'a traité que les deux premiers ; il a donc oublié ou abandonné le dernier.

Nous avons encore sur cela un témoignage authentique de Possidonius, qui rapporte, dans une de ses Lettres, que Publius Rutilius Rufus, disciple de Panætius, aussi-bien que luy, avoit accoûtumé de dire, que comme il ne se trouva aucun Peintre qui osât se charger d'achever la Venus qu'Appellés avoit commencée pour ceux de l'Isle de Cos, parce que la tête en étoit si belle, qu'on

bitationem, adhibendumne fuerit hoc genus, quod in divisione Panætii tertium est, an plane omittendum.

Alterum dubitari non potest, quin à Panætio susceptum sit, sed relictum ; nam qui e divisione tripartita duas partes absolverit, huic necesse est restare tertiam. Præterea in extremo libro tertio de hac parte pollicetur se deinceps esse dicturum.

Accedit eodem testis locuples, Possidonius, qui etiam scribit in quadam epistola, Publium Rutilium Rufum dicere solere, qui Panætium audierat, ut nemo pictor esset inventus, qui Coæ Veneris eam partem, quam Appelles inchoatam reliquisset, absolveret (oris enim pulchritud[o] reliqui corporis imitan[di] spem auferebat :

sic ea, quæ Panætius prætermisisset, & non perfecisset, propter eorum, quæ perfecisset, præstantiam, neminem esse persecutum.

desesperoit de faire un corps qui pût y répondre; ainsi, ce que Panætius avoit écrit des devoirs étoit si parfait, que personne n'avoit osé se mettre en devoir d'y ajoûter ce qu'il avoit oublié.

Quamobrem de judicio Panætii dubitari non potest: rectène autem hanc tertiam partem ad exquirendum officium adjunxerit, an secus, de eo fortasse dubitari potest. Nam sive honestum solum bonum est, ut Stoicis placet: sive quod honestum est, id ita summum bonum est, quemadmodum Peripateticis vestris videtur, ut omnia ex altera parte collocata, vix minimi momenti instar habeant: dubitandum non est, quin nunquam possit utilitas cum honestate contendere.

* On ne sçauroit donc douter, que Panætius n'ait crû devoir traiter ce point-là. De sçavoir s'il a dû ou non le mettre au nombre de ceux dont l'examen peut servir à nous faire découvrir nos devoirs, c'est dequoy on pourroit peut-être douter. Car soit qu'il n'y ait rien de bon que l'honnêteté, comme les Stoïciens le soûtiennent; ou que, comme disent vos Peripateticiens, elle soit tellement le plus grand de tous les biens, que tous les autres biens ensemble, comparez à celuy-là, ne soient d'aucune consideration; il est certain que l'UTILE ne peut jamais balancer l'honnête.

Itaque accepimus Socratem exsecrari solitum eos, qui primum hæc natura cohærentia

Nous voïons même que Socrate detestoit ceux dont l'opinion & la mauvaise maniere de penser,

Rien de plus pernicieux, que de mettre de

* Le Chapitre 3. ne commence qu'icy dans le latin; mais il doit commencer plus haut.

La difference entre l'honnête & l'utile.

ont commencé de separer ce que la nature & la verité ne separent point. Et les Stoïciens sont tellement entrez dans ce sentiment de Socrate, que selon eux, tout ce qui est honnête est utile ; & qu'il n'y a même rien d'utile que ce qui est honnête.

Si Panætius eût été de ceux qui ne trouvent rien de desirable que la volupté [1] ou l'exemption de tout mal [2] ; & qui sur ce fondement prétendent, qu'on ne doit rechercher la vertu que par l'utilité qu'elle apporte; il luy auroit été permis de dire, que l'utilité peut quelquefois se trouver contraire à l'honnêteté. Mais comme il étoit au contraire de ceux qui soûtiennent qu'il n'y a rien de bon que ce qui est honnête [3] ; & que les choses qui ont quelque apparence d'utilité, & qui sont contraires à l'honnêteté, ne rendent la vie des hommes, ni meilleure, quand on les a,

Beau principe des Stoïciens.

opinione distraxissent. Cui quidem ita sunt Stoici assensi, ut quidquid honestum esset, id utile esse censerent; nec utile quidquam, quod non honestum.

Quod si is esset Panætius, qui virtutem propterea colendam diceret, quod ea efficiens utilitatis esset; ut ii, qui res expetendas vel voluptate, vel indolentia metiuntur: liceret ei dicere utilitatem aliquando cum honestate pugnare. Sed, cum sit is, qui id solum bonum judicet, quod honestum sit; quæ autem huic repugnent specie quadam utilitatis, eorum neque accessione meliorem vitam fieri, nec decessione pejorem: non videtur ejusmodi debuisse deliberationem introducere, in qua, quod utile videretur,

1. Comme les Epicuriens.
2. Comme Jerôme de Rhodes, & ses disciples. Ce Philosophe vivoit vers l'an de Rome 440. & avoit été disciple d'Aristote.
3. C'est à dire, les Stoïciens.

cum eo, quod honestum est, compararetur.

ni moins bonne quand on en manque; il semble qu'il n'auroit pas dû mettre la comparaison de l'honnête avec l'utile au nombre des choses qui peuvent nous servir à découvrir nos devoirs.

Etenim quod summum bonum à Stoicis dicitur, convenienti naturæ vivere, id habet hanc (ut opinor) sententiam, cum virtute congruere semper: cetera autem, quæ secundùm naturam essent, ita legere, si ea virtuti non repugnarent. Quod cum ita sit, putant quidam, hanc comparationem non recte introductam, nec omnino de eo genere quidquam præcipiendum fuisse.

Ce que c'est, selon les Stoïciens, que vivre conformement à la nature.

Car quand les Stoïciens nous disent que le souverain bien est de vivre conformément à ce que la nature demande de nous, je croy que ce qu'ils veulent dire par là, c'est que le souverain bien consiste à SE CONFORMER en tout & par tout à la vertu: & à la prendre tellement pour son unique regle, qu'entre les choses même qui peuvent convenir à la nature de l'homme, on ne se porte qu'à celles que la vertu peut admettre [4]. C'est sur ce fondement que quelques-

4. C'est à dire, que ce qu'il y a de plus convenable à nôtre nature, comme le bien, la considération, la gloire, & même la liberté & la santé, ne se doivent rechercher, qu'autant qu'on le peut, en se tenant dans les termes que prescrit la vertu; & qu'il faut être prêt de renoncer à toutes ces sortes de biens, lors qu'on ne peut les acquerir, ou les conserver que par de mauvaises voyes. Aussi les Stoïciens ne mettoient-ils ces sortes de choses qu'au rang de celles qu'ils appelloient *moyennes*, c'est à dire, qui tiennent comme le milieu entre le bien & le mal; & qui ne deviennent bonnes ou mauvaises, que par le principe qui porte à les rechercher, & par l'usage qu'on en fait,

uns croyent que cette comparaison de l'honnête avec l'utile ne devoit pas être mise en avant par Panætius ; & qu'il n'y a nuls preceptes à donner sur ce sujet.

CHAPITRE IV.

Que l'honnêteté parfaite ne convient qu'aux sages : mais qu'il y en a une plus commune, qui est de la portée de tout le monde. Ce que l'on prend pour parfait ne paroît tel d'ordinaire, que parce qu'on n'a pas l'idée de la perfection. Qu'il n'est question, dans cet ouvrage, que des devoirs communs, & de l'honnêteté commune. Que ceux même qu'on regarde comme des modéles de sagesse & d'honnêteté, n'en ont eu que de cette espece. Qu'il n'est non plus permis de mettre l'utilité en comparaison avec l'honnêteté commune, qu'avec la plus parfaite.

L'HONNESTETE' parfaite, qui est même la seule qui dût être appellée de ce nom-là, à parler exactement, ne se peut jamais séparer de la vertu ; & ne se trouve que dans les seuls sages [1]. On peut trouver quelque chose qui luy ressemble, dans ceux mêmes qui n'ont pas encore atteint la perfection de la sagesse : mais

Atque illud quidem honestum, quod proprie vereque dicitur, id in sapientibus est solis, neque à virtute divelli unquam potest ; in iis autem, in quibus sapientia perfecta non est, ipsum illud quidem perfectum honestum nullo modo ; similitudines honesti esse possunt. Hæc enim omnia

1. C'est à dire, ceux qui le sont dans ce dernier point de perfection, qui a été imaginé par les Stoïciens & qui n'étoit qu'une belle idée parmi les Payens ; mais à quoy la vertu Chrétienne conduit, & feroit infailliblement arriver ceux qui la suivroient exactement.

officia, de quibus his libris disputamus, media Stoici appellant: ea communia sunt & late patent; quæ & ingenii bonitate multi assequuntur, & progressione discendi. Illud autem officium, quod rectum iidem appellant, perfectum, atque absolutum est, &, ut iidem dicunt, omnes numeros habet; nec, præter sapientem, cadere in quemquam potest.

cette honnêteté parfaite dont nous parlons, n'y peut être. Ainsi, tous ces devoirs dont nous traitons dans cet ouvrage, ne sont que ceux que les Stoïciens appellent *des devoirs moyens* [2]. Ceux-là sont communs à tous les hommes, & de la portée de tout le monde; & il est aisé d'y atteindre, lors qu'on a un bon esprit, & que l'on s'en fait une étude. Mais pour ces devoirs qu'ils appellent *des devoirs de la derniere rectitude*, c'est-à-dire, des devoirs *parfaits* [3], & à quoy il ne manque rien, ils ne regardent que les sages; les autres n'y sçauroient atteindre.

Ce seroit beaucoup, si on s'acquitoit des devoirs communs.

Cum autem aliquid actum est, in quo media officia compareant, id cumulate videtur esse perfectum, propterea que vulgus quid absit à perfecto non fere intelligit; quatenus autem intelligit, nihil putat prætermissum:

Cependant, quand quelqu'un a fait une action qui paroît conforme à quelqu'un de ces devoirs *moyens*, on la prend pour une action *parfaite*; parce que le commun du monde, qui n'a pas d'idée de la perfection, ne voit pas combien cette action en

2. C'est à dire, comme il les definit luy même au troisiéme chapitre du premier Livre, ceux à quoy l'on se porte sur le fondement de quelque raison plausible & recevable.

3. Voyez la troisiéme note sur le troisiéme chapitre du premier Livre.

Qui auroit l'idée de la perfection, trouveroit peu de choses parfaites.

est éloignée ; & comme elle remplit leur idée, ils croyent qu'il n'y manque rien. C'est ce qui arrive tous les jours sur beaucoup d'autres choses, comme sur de certains ouvrages de Poësie, de Peinture, & autres semblables, qui sont tres-defectueux, dans le fond ; mais comme ils ne sont pas si absolument mauvais, qu'il n'y ait quelque chose de bon ; les ignorans se laissent prendre à cet éclat superficiel, qui leur fait donner des loüanges à ce qui n'en merite point ; parce qu'ils n'ont pas les yeux assez fins, pour découvrir les défauts de chaque chose ; mais quand de plus habiles gens qu'eux les leur font appercevoir, ils reviennent aisément de leur erreur.

quod item in poëmatis, & picturis usu evenit, in aliisque compluribus, ut delectentur imperiti, laudentque ea, quæ laudanda non sint, ob eam, credo, causam, quod insit in his aliquid probi, quod capiat ignaros, qui iidem, quid in unaquaque re vitii sit, nequeant judicare : itaque cum sunt docti à peritis, facile desistunt sententia.

* Quoy qu'il y ait donc de l'honnêteté dans les devoirs dont nous traitons, ce n'est, comme disent les Stoïciens, qu'une honnêteté *du second ordre*, qui n'est pas particuliere aux sages, & qui peut être commune à quelque

Hæc igitur officia, de quibus his libris disserimus, quasi secunda quædam honesta esse dicunt, non sapientum modo propria, sed cum omni hominum genere communia : itaque his omnes,

* Le chap. 4. ne commence qu'icy dans le latin, mais il doit commencer plus haut.

In quibus est virtutis indoles, commoventur. Nec vero cum duo Decii, aut duo Scipiones, fortes viri commemorantur, aut cum Fabricius Aristidesve justi nominantur, aut ab illis fortitudinis, aut ab his justitia, tamquam à sapientibus, petitur exemplum; nemo enim horum sic sapiens est, ut sapientem volumus

sorte d'hommes que ce puisse être : aussi voyons-nous que tous ceux qui ont quelque sentiment de vertu en sont touchez. Ainsi, quand nous disons qu'il y avoit du courage & de la fermeté dans les deux Scipions, ou de la justice & de la probité dans Aristide 4, & dans Fabrice 5, nous ne les regardons pas pour cela comme des sages, ni par consequent

Autre est le langage commun & populaire, & autre celuy des Philosophes.

4. Le plus honnête homme qui ait été parmi les Atheniens, & qui a passé pour un modele de vertu. Son merite & sa valeur l'éleverent aux plus grands emplois; & il eut le commandement des Armées des Atheniens en plusieurs occasions. Mais il étoit d'un si parfait desinteressement, qu'il ne pensa jamais à tirer aucun avantage pour luy de toutes les grandes affaires qui luy passerent par les mains; & il mourut si pauvre, qu'il fallut que le public fît la dépense de ses funerailles & donnât à ses filles dequoy se marier. Il vivoit dans le troisiéme siecle de la fondation de Rome.

5. C'étoit un modele de vertu parmi les Romains, & il n'y eut jamais d'homme plus au dessus de l'interêt que celuy-là. Il rejetta avec mépris les sommes immenses que les Samnites luy offrirent pour le corrompre, pendant qu'il commandoit les Armées Romaines contre eux. Il en fit autant à l'égard du Roy Pirrhus, qui luy offroit de luy donner la premiere place aprés luy dans son Royaume; & il fit dire à ce Prince, que de le vouloir avoir auprés de luy c'étoit ne pas entendre ses interêts, parce que si les Epirotes le connoissoient, ils voudroient l'avoir pour maître au lieu de luy. Il vivoit dans le cinquiéme siecle de Rome; & son desinteressement le fit mourir si pauvre, que la Republique fut obligée de faire les frais de ses funerailles, & de donner à ses filles de quoy se marier. C'est donc avec beaucoup de raison, que Ciceron dit au 22. chapitre de ce Livre-cy, que Fabrice a été parmi les Romains, ce qu'Aristide avoit été parmi les Atheniens.

comme des modéles de fermeté, ni de probité ; puis qu'aucun d'eux n'a été de ce degré de sagesse que nous voulons faire entendre. Ceux même qui ont passé pour sages, & à qui on en a donné le nom, comme Caton & Lælius, & même ces sept Sages de la Grece, n'en étoient pas non plus : mais il y avoit en eux quelque chose qui ressembloit à cette sagesse parfaite ; & qui resultoit de leur exactitude à s'acquitter de ces devoirs qu'on appelle *moyens*.

intelligi. Nec ii, qui sapientes habiti & nominati, M. Cato, & C. Lælius, sapientes fuerunt ; ne illi quidem septem : sed ex mediorum officiorum frequentia similitudinem quandam gerebant speciemque sapientum.

Ne mettre jamais l'utilité en comparaison avec l'honnêteté.

Il n'est donc jamais permis de faire entrer en comparaison, avec cette honnêteté parfaite & veritable, l'utilité qui luy paroît contraire ; ni même avec ce qu'on appelle communément honnêteté, & qui est exactement suivi de tous ceux qui veulent passer pour gens de bien. Car nous ne devons pas avoir moins de soin de nous tenir à cette honnêteté ordinaire, qui est la seule à quoi nous puissions atteindre ; que les sages en ont de se tenir à l'honnêteté parfaite, qui est la seule veritable honnêteté ;

De quelle consequence il est de ne pas abandonner la vertu en un seul point.

Quocirca nec id, quod vere honestum est, fas est cum utilitatis repugnantia comparari : nec id quidem, quod communiter appellamus honestum, quod colitur ab iis, qui bonos se viros haberi volunt, cum emolumentis umquam est comparandum : tamque id honestum, quod in nostram intelligentiam cadit, tuendum conservandumque est nobis, quam id, quod proprie dicitur, vereque est honestum sapientibus : aliter enim teneri non potest, si qua est ad virtutem facta progressio.

& pour peu que nous nous relâchassions sur ce sujet, tout ce que nous pourrions avoir fait de progrés dans la vertu se trouveroit anéanti.

Sed hæc quidem de iis, qui conservatione officiorum existimantur boni. Qui autem omnia metiuntur emolumentis & commodis, neque ea volunt præponderari honestate, hi solent in deliberando honestum cum eo, quod utile putant, comparare, boni viri non solent.

Voilà la regle de ceux qu'une grande exactitude à s'acquitter de leurs devoirs, fait appeller gens de bien. Ceux là ne mettent jamais l'honnêteté en comparaison avec aucune apparence d'utilité. Mais pour ceux qui ne mesurent les choses que par le profit qu'on en peut tirer, rien ne leur est plus ordinaire.

Les gens de bien ne balancent jamais entre l'honnête & l'utile.

Itaque existimo Panætium, cum dixerit, homines solere in hac comparatione dubitare, hoc ipsum sensisse quod dixerit, solere modo, non etiam oportere. etenim non modo pluris putare quod utile videatur, quam quod honestum; sed hæc etiam inter se comparare, & in his addubitare, turpissimum est.

Je croy donc que quand Panætius a dit, que les hommes ont accoûtumé de faire cette comparaison, & qu'ils sont souvent en balance entre l'honnête & l'utile, il n'a voulu faire entendre, que ce qui est enfermé dans la signification précise de ces termes, c'est-à-dire, qu'en effet les hommes sont sujets à faire cette comparaison : mais il n'a pas prétendu pour cela qu'on la dût faire. Car IL EST honteux, non seulement de préferer à l'honnêteté ce qui a quelque apparen-

Autre chose est ce qui se fait, & autre chose ce qui se devroit faire.

ce d'utilité ; mais même d'être capable de mettre l'un en parallele avec l'autre, & de balancer entre les deux.

CHAPITRE V.

Que ce qui peut mettre en peine, si on doit faire une chose ou non, c'est de ne pas voir si ce qui paroît utile n'est point contraire à l'honnêteté. Exemple sur ce sujet. Qu'avec une certaine regle, on peut aisément se déterminer dans tous ces cas-là. Doctrine des Stoïciens, bien plus favorable à l'honnêteté que celle des Peripateticiens. Il donne la regle dont il vient de parler. Combien il est contre la nature, & pernicieux à la societé humaine, de rechercher quelque avantage que ce soit, au prix de la moindre injustice. Que c'est ce que toutes les loix ont pour but d'empêcher. Diverses preuves de cette verité, prises du sentiment commun de tous les hommes. Que rien n'en peut faire douter que deux sortes d'erreurs, qui choquent également les lumieres les plus communes de la raison.

Ce qui peut donner à penser entre l'honnête & l'utile.

QU'EST-CE donc qui peut mettre en doute & donner à penser sur ce sujet ? C'est de ne pas bien voir de quelle nature est la chose dont il s'agît ; c'est à dire si elle est conforme à l'honnêteté ou non. Car LE TEMS & les circonstances font souvent, que ce qui seroit honteux & criminel cesse de l'être. En voicy un exemple, qui peut mener à beaucoup d'autres.

Quid est ergo, quod nonnumquam dubitationem afferre soleat, considerandumque videatur ? Credo, si quando dubitatio accidit, quale sit id, de quo consideretur. Sæpe enim tempore fit, ut, quod plerumque turpe haberi soleat, inveniatur non esse turpe. Exempli causa, ponatur aliquid, quod pateat latius.

Quod potest majus esse scelus, quam non modo hominem, sed etiam familiare hominem occidere? Num igitur se adstrinxit scelere, si qui tyrannum occidit, quamvis familiarem? Populo quidem Romano non videtur, qui ex omnibus præclaris factis illud pulcherrimum existimat. Vicit ergo utilitas honestatem, imo vero honestas utilitatem secuta est.

Il n'y a pas de plus grand crime que de tuer un homme, sur tout si c'est un homme avec qui l'on fût dans quelque sorte d'amitié & de commerce. Dira-t'on donc que c'est un crime que de tuer un Tyran avec qui l'on auroit quelque liaison d'amitié? Au moins n'est-ce pas ce qu'on en pense parmi les Romains; & ils sont persuadez au contraire, que c'est la plus belle action qu'on puisse faire 1. L'utilité l'emporte t'elle donc alors sur l'honnêteté? Non sans doute; mais l'honnêteté se trouve d'accord avec l'utilité.

Itaque, ut sine ullo errore dijudicare possimus, siquando cum illo, quod honestum intelligimus, pugnare id videbitur, quod appellamus utile, formula quædam constituenda est; quam si sequemur in comparatione re-

Si nous voulons donc nous mettre en état de bien prendre nôtre parti, toutes les fois que ce que nous concevons comme honnête paroît contraire à ce que nous appellons utile, & de ne nous y méprendre jamais: nous n'avons qu'à établir une cer-

1. Les Romains mettoient tellement au dessus de tout le maintien de la liberté publique, que selon eux, les devoirs les plus sacrez devoient ceder à celuy là; & il y avoit une loy pamy eux, qui permettoit de tuer les Tyrans sans aucune forme de procés: les Lacedemoniens avoient même decerné des recompenses pour ceux qui en délivreroient la Republique.

Il y a des regles pour voir si ce qui paroit utile est honnête ou non.

taine regle, qui nous fera faire la comparaison des choses avec tant de justice & de sûreté, qu'en la suivant nous ne manquerons jamais de trouver ce que nôtre devoir demande de nous.

rum, ab officio numquam recedemus.

Doctrine des Stoïciens sur l'honnêteté, bien plus

Cette regle sera parfaitement conforme à la doctrine des Stoïciens, que nous suivons dans cet ouvrage; & d'autant plus volontiers qu'encore que les premiers Académiciens, & vos Peripateticiens même, qui n'étoient autrefois que la même chose [2]; préferent l'honnêteté à tout ce qui paroît utile, toute cette matiere

Erit autem hac formula, Stoicorum rationi disciplinæque maxime consentanea; quam quidem his libris propterea sequimur, quod, quamquam a veteribus Academicis, & a Peripateticis vestris, qui quondam iidem erant, qui Academici, quæ honesta sunt, anteponuntur

2. Puisque, comme on a vû sur le premier chapitre du premier Livre, Xenocrate, chef des Académiciens, & Aristote, chef des Peripateticiens, étoient l'un & l'autre disciples de Platon. Mais quoy que Xenocrate passe pour le chef des Académiciens, Platon est le veritable fondateur de cette secte, & l'on voit dans tous ses ouvrages cet esprit de réserve & de suspension, qui faisoit le caractere de ces Philosophes. On donnoit même le nom d'*Académiciens*, aux disciples de Platon dés son vivant, parce qu'ils s'assembloient d'ordinaire dans des jardins qui avoient appartenu à un citoyen d'Athenes, appellé Academus. Mais ce nom demeura aux disciples de Xenocrate, plûtôt qu'à ceux d'Aristote; parce que Xenocrate fut celuy des deux qui suivit le plus exactement les principes & les manieres de Platon; au lieu qu'Aristote devenu plus affirmatif, se retira des jardins d'Academus; & passa avec ses disciples, dans un autre lieu d'Athenes appellé *le Licée*, où ils philosophoient en se promenant; & de là est venu le nom de Peripateticiens, qui signifie proprement des gens qui se promenent.

iis, quæ videntur utilia; tamen splendidius hæc ab eis disseruntur, quibus quidquid honestum est, idem utile videtur, nec utile quidquam, quod non honestum; quam ab iis, quibus honestum aliquid, non utile, aut utile non honestum. Nobis autem nostra Academia magnam licentiam dat, ut, quodcumque maxime probabile occurrat, id nostro jure liceat defendere.

Sed redeo ad formulam. Detrahere igitur aliquid alteri, & hominem hominis incommodo suum augere commodum, magis est contra naturam, quam mors, quam paupertas, quam dolor, quam cetera, quæ possunt aut corpori accidere, aut rebus externis.

Nam principio tollit convictum humanum, & societatem: si enim sic erimus affecti, ut propter suum quisque emolumentum spoliet,

est traitée avec bien plus de noblesse & de dignité par ceux qui tiennent que tout ce qui est honnête est utile, & qu'il n'y a même que cela seul qui le soit: que par ceux qui prétendent qu'il y a des choses honnêtes qui ne sont pas utiles, & qu'il y en a d'utiles qui ne sont pas honnêtes. Or comme nôtre Académie nous donne tout pouvoir sur ce qui nous paroît le plus probable; nous sommes en droit de nous l'approprier & de le soûtenir.

noble & plus pure que celle des Peripateticiens.

* Voicy donc quelle est la regle. LA MORT, la pauvreté, la douleur, & les autres accidens qui peuvent arriver, soit au corps, soit aux choses qui sont hors de nous, ne sont pas tant contre la nature; qu'il est contre la nature d'ôter à quelqu'un ce qui luy appartient, & de s'enrichir à ses dépens.

Belle regle pour discerner ce qui est honnête ou non.

Rien n'est tant contre la nature que l'injustice.

Car en premier lieu, la societé humaine, qui est la chose du monde la plus selon la nature, se trouve aneantie par cela seul; puisqu'il est clair que

L'injustice détruit toute societé entre les hommes.

* Le chap. 5. ne commence qu'icy dans le latin; mais il doit commencer plus haut.

NULLE societé ne sçauroit subsister, dés que chacun sera dans la disposition de faire violence aux autres, & de les dépoüiller de leur bien pour en profiter.

aut violet alterum, disrumpi necesse est eam, quæ maxime est secundum naturam, humani generis societatem.

Belle comparaison, pour faire sentir combien l'injustice est pernicieuse à la societé humaine.

Et de la même maniere que si dans un corps où tous les membres raisonneroient, chacun, pour augmenter sa vigueur & son embonpoint, tiroit à luy ce qu'il y en auroit dans son voisin, le corps se détruiroit infailliblement; de même, dés que chacun tirera à soy ce qui appartient aux autres, & qu'il leur prendra tout ce qu'il pourra de leurs biens pour en augmenter le sien; la societé humaine s'en ira en pieces necessairement.

Ut, si unumquodque membrum sensum hunc haberet, ut posse putaret se valere, si proximi membri valitudinem ad se traduxisset, debilitari & interire totum corpus necesse est: sic, si unusquisque nostrum rapiat ad se commoda aliorum, detrahatque quod cuique possit, emolumenti sui gratia, societas hominum & communitas evertatur necesse est.

Que chacun ait plus de soin d'acquerir pour soy que pour les autres ce qui est necessaire à la vie, il n'y a rien à redire; & la nature ne s'y oppose pas. Mais que nous veüillons nous enrichir des dépoüilles d'autruy, c'est ce qu'elle ne sçauroit souffrir. Et cela est contraire, non seulement à la nature, c'est-à-dire, au droit des

Nam, sibi ut quisque malit, quod ad usum vitæ pertineat, quam alteri acquirere, concessum est, non repugnante natura: illud natura non patitur, ut aliorum spoliis nostras facultates, copias, opes augeamus. Neque vero hoc solum natura, id est, jure gentium, sed etiam le-

gibus populorum, quibus in singulis civitatibus respub. continetur, eodem modo constitutum est, ut non liceat sui commodi causa nocere alteri: hoc enim spectant leges, hoc volunt, incolumem esse civium conjunctionem; quam qui dirimunt, eos morte, exsilio, vinclis, damno coërcent. Atque hoc multo magis exigit ipsa naturæ ratio, quæ est lex divina, & humana; cui parere qui velit (omnes autem parebunt, qui secundum naturam volent vivere) numquam committet, ut alienum appetat, & id, quod alteri detraxerit, sibi assumat.

gens 3, mais encore à toutes les loix sur lesquelles toutes les Republiques sont établies; puisqu'il n'y en a point qui ne défendent de faire du mal à autruy, pour se faire du bien à soi-même. Car le maintien de la societé humaine est tellement le but de toutes les loix; qu'elles punissent, non seulement de peines pecuniaires, mais encore de prison, d'exil & de mort même, tous ceux qui entreprennent de la troubler. Mais CE QUE la nature nous dicte, & qui est une loy divine & humaine 4, tout ensemble, défend encore plus fortement que toutes les autres loix, tout ce qui pourroit donner atteinte à la societé humaine; & quiconque voudra obéïr à cette loy, c'est-à-dire, quiconque voudra vivre selon la nature, 5 ne

Quel est le but de toutes les loix.

Rien de plus contraire à la nature, que de prendre le bien d'autruy.

3. Le consentement uniforme de toutes les Nations à la loy naturelle, en a fait ce qu'on appelle *le Droit des gens*. Voyez la 2. Note sur le chapitre 17. de ce même Livre.

4. C'est une Loy *divine*; puisque quand la raison naturelle nous parle, c'est Dieu qui nous parle; & cette voix de la nature est en même tems une loy *humaine*, puisqu'elle est autorisée par le suffrage & le consentement de toutes les Nations.

5. Ce qu'ils appelloient *vivre selon la nature*, c'est con-

desirera jamais le bien d'autruy, bien loin de le lui prendre pour se l'appliquer.

La grandeur d'ame, la bonté, la justice, la liberalité sont sans doute des choses beaucoup plus conformes à la nature, que ni le bien ni la volupté, ni la vie même, qu'il est de la grandeur d'ame de mépriser & de compter pour rien, en comparaison du bien public; & par la même raison, l'INJUSTICE, qui fait envahir le bien d'autruy pour en profiter, est plus contraire à la nature, que la mort, la douleur, & toutes les autres choses du même genre.

Etenim multo magis est secundum naturam excelsitas animi & magnitudo; itemque comitas, justitia, liberalitas, quam voluptas, quam vita, quam divitiæ: quæ quidem contemnere, & pronihilo ducere comparantem cum utilitate communi, magni animi & excelsi est; detrahere autem alteri sui commodi causa, magis est contra naturam, quam mors, quam dolor, quam cetera generis ejusdem.

D'ailleurs, s'il étoit possible qu'on se trouvât en état de garantir tous les peuples de la terre de leur ruine, ou de les secourir dans quelque necessité pressante; ne seroit-il pas plus selon la nature, d'entreprendre pour cela les choses les plus penibles, & de s'exposer à tous les accidens les plus fâcheux,

Chacun doit preferer le bien public à

Itemque, magis est secundum naturam, pro omnibus gentibus, si fieri possit, conservandis, aut juvandis maximos labores molestiasque suscipere, imitantem Herculem illum, quem hominum fama, beneficiorum memor, in concilium cœlestium collocavit;

former non seulement ses actions, mais encore ses sentimens, à la loy naturelle, dont toutes les autres dérivent, & qui est la regle de tout bien & de toute justice.

quam vivere in solitudine, non modo sine ullis molestiis, sed etiam in maximis voluptatibus, abundantem omnibus copiis; ut excellas etiam pulchritudine & viribus. Quocirca optimo quisque & splendidissimo ingenio longe illam vitam huic anteponit. Ex quo efficitur, hominem naturæ obedientem homini nocere non posse.

à l'exemple d'Hercule, à qui l'opinion des hommes, fondée sur la reconnoissance de ses bienfaits, a donné place entre les Dieux; que de se tenir retiré chez soy, quand on y seroit non seulement à couvert de tout ce qu'il y a de fâcheux, mais encore dans l'abondance de toutes sortes de biens & de delices; & qu'on y joüiroit d'une santé parfaite, & de tous les avantages du corps. Quiconque aura l'ame grande & le cœur noble & élevé, preferera sans doute cette vie laborieuse à celle-cy. Or, de tout ce que nous venons de dire, il s'ensuit manifestement, qu'UN HOMME qui suivra la nature ne fera jamais de mal à un autre homme.

son repos, & à son interêt.

Deinde, qui alterum violat, ut ipse aliquid commodi consequatur, aut nihil se existimat contra naturam facere; aut magis fugiendam censet mortem, paupertatem, dolorem, amissionem etiam liberorum, propinquorum, amicorum,

Quand un homme, par l'esperance de quelque sorte d'avantage que ce puisse être, se porte à faire du mal à quelqu'un; ou il croit ne rien faire contre la nature, ou il est persuadé qua la mort, la pauvreté, la douleur, la perte de ses enfans, de ses proches, ou de ses

Premiere source de l'injustice, ignorance du droit naturel.

amis, sont quelque chose de pire que de faire injure à quelqu'un. S'il croit ne rien faire contre la nature, en violant les loix de la societé humaine ; en vain parleroit-on à un tel homme, qui va jusqu'à étouffer dans l'homme ce qui le fait ce qu'il est. Si au contraire, il reconnoît qu'il ne faudroit pas faire ce qu'il fait, mais que la mort, la pauvreté & la douleur lui paroissent quelque chose de beaucoup pire ; il croit donc que les maux du corps, ou les accidens de la fortune, sont plus à craindre que les vices de l'esprit [6] ; & c'est la plus grande & la plus pernicieuse de toutes les erreurs.

Seconde source d'injustice ; plus d'attachement à ses propres interêts, qu'au droit naturel.

quam facere cuipiam injuriam. Si nihil existimat contra naturam fieri hominibus violandis ; quid cum eo disseras, qui omnino hominem ex homine tollat ? sin fugiendum id quidem censet, sed & multo illa pejora, mortem, paupertatem, dolorem, errat in eo, quod ullum aut corporis, aut fortunæ vitium animi vitiis gravius existimat.

6. Qui regarderoit les vices de l'esprit comme les plus grands de tous les maux, ne feroit jamais d'injustice.

CHAPITRE VI.

Utilité generale, inseparable, selon la nature, de l'utilité particuliere. Jusqu'où la nature porte les sentimens des hommes les uns envers les autres. Que la regle qu'il a établie a lieu non seulement entre proches & entre Citoyens, mais generalement entre tous les hommes. Que d'y donner atteinte, c'est détruire toute vertu & toute societé. Si pour s'empêcher de mourir, on ne pourroit point y déroger. Beaux principes, pour resoudre tous les cas semblables. Les Tyrans exclus des loix de la societé humaine.

Ergo unum debet esse omnibus propositum ut eadem sit utilitas uniuscujusque & universorum quam si ad se quisque rapiat, dissolvetur omnis humana consortio.

QUE chacun regarde donc l'utilité commune, comme le but à quoy il doit tendre; & qu'il compte que RIEN n'est utile à chaque particulier, que ce qui l'est aussi au general 1. Car dés que chacun ne connoîtra d'utilité que la sienne propre, & qu'il voudra tout tirer à luy; nulle sorte de societé ne sçauroit subsister entre les hommes.

Si tous les hommes ne font qu'un même corps, ce qui fait tort à l'un ne sçauroit être utile à l'autre. Interêt particulier, peste de la societé humaine.

Atque si etiam hoc natura præscribit, ut homo homini, quicun-

Qu'il n'y ait rien d'utile à chacun en particulier, que ce qui l'est aussi au

1. Ce que Ciceron dit icy, est précisément la même chose que ce que dit Saint Paul 1. Cor. 12. 26. que quand un des membres est dans la joye, ou dans la douleur, cette joye ou cette douleur se communique à tous les autres. Et cela fait voir, que la nature, toute corrompuë qu'elle est, a encore assez de lumiere, pour faire découvrir, à ceux-mêmes qui ne sont point éclairez des lumieres de l'Evangile, ce que la charité envers le prochain demande de nous de plus parfait.

general, & que ce soit la nature qui nous l'enseigne, c'est dequoy on ne sçauroit douter; puis qu'elle nous ordonne même de desirer & de procurer le bien & l'avantage de quelqu'autre homme que ce soit, par la seule raison que cet autre est homme comme nous. Or cette loy de la nature est la même pour tout le monde, & nous luy sommes tous également assujettis. S'il est donc vray, comme on n'en sçauroit douter, que la nature nous ordonne de desirer & de procurer le bien & l'avantage de tout le monde; beaucoup moins peut-on douter que cette même loy de la nature ne défende à chacun de rien attenter sur autruy.

L'amour du prochain est de la loy naturelle.

que sit, ob eam ipsam causam, quod is homo sit, consultum velit, necesse est secundum eandem naturam omnium utilitatem esse communem: quod si ita est, una continemur omnes, & eadem lege naturæ; idque ipsum si ita est, certe violare alterum lege naturæ prohibemur: verum autem primum, verum igitur & extremum.

C'est donc mal à propos que quelques uns disent, qu'à la verité ils n'auroient garde de rien prendre à leur pere, ni à leur frere pour en profiter, mais qu'ils ne se font pas la même loy à l'égard des autres citoyens; puisque d'avancer une telle maxime, c'est se tirer à part, & s'exclure soy-même des

Societé d'entre les citoyens, à respecter, aussi bien que celle d'entre les proches.

Nam illud quidem absurdum est, quod quidam dicunt, parenti se, aut fratri nihil detracturos commodi sui causa; aliam rationem esse civium reliquorum: hi sibi nihil juris, & nullam societatem, communis utilitatis causa, statuunt esse cum civibus;

quæ sententia omnem societatem distrahit civitatis.

droits sacrez qui lient tous les citoyens les uns aux autres, & qui les obligent de conspirer tous à l'utilité commune ; & cela seul ruine toutes ces sortes de societez qui composent ce qu'on appelle des villes ou des Republiques.

Qui autem civium rationem dicunt habendam, externorum negant, hi dirimunt communem humani generis societatem ; qua sublata, beneficientia, liberalitas, bonitas, justitia funditus tollitur ; quæ qui tollunt, etiam adversus Deos immortales impii judicandi sunt: ab iis enim constitutam inter homines societatem evertunt; cujus societatis arctissimum vinculum est, magis arbitrari esse contra naturam, hominem homini detrahere sui commodi causa, quam omnia incommoda subire vel externa, vel corporis, vel etiam ipsius

Il y en a d'autres, qui conviennent qu'il faut respecter les droits établis entre les citoyens, mais qui n'en connoissent point à l'égard des étrangers ; & ceux-là détruisent cette autre societé generale qui comprend tout le genre humain ; & dont la ruine emporte avec soy celle de tout ce qu'on appelle bonté, humanité, justice & liberalité. Or DONNER atteinte à ces choses-là, c'est être impie envers les Dieux mêmes ; puisque c'est ruiner la societé qu'ils ont eux-mêmes établie entre les hommes [1], & dont le lien le plus fort est d'être bien persuadé de cette regle que nous venons de po-

Le mépris des droits de la societé humaine, est la ruine de toute vertu.

Qui peche contre l'homme, peche contre Dieu.

Unique soûtien de la societé humaine.

1. Les Payens même ont vû, que de pecher contre les hommes, c'est pecher contre Dieu ; & qu'il est l'autheur des loix qui reglent ce que les hommes se doivent les uns aux autres.

ser, que TOUTE action qui va à dépoüiller un autre de son bien, pour en profiter, est plus contraire à la nature, que toutes les disgraces de la fortune, que tous les maux du corps & tous les maux même de l'esprit, qui n'interesseroient point la justice. Car la JUSTICE est la vertu par excellence, & l'on peut dire que c'est la maîtresse & la Reine des vertus.

animi, quæ non vacent justitia: hæc enim una virtus, omnium est domina, & regina virtutum.

Justice, Reine des vertus.

Mais quoy, dira quelqu'un, si le plus honnête homme du monde, & qui aura le plus de sagesse & de vertu, est sur le point de mourir de faim; ne pourra-t'il point ôter un morceau de pain à un miserable qui n'est bon à rien? Non, certes; car cette disposition de son cœur, qui le rend incapable de rien ôter à personne pour son profit particulier, luy est plus chere que la vie.

Forsitan quispiam dixerit: Nonne igitur sapiens, si fame ipse conficiatur, abstulerit cibum alteri, homini ad nullam rem utili? Minime vero. Non enim mihi est vita mea utilior, quam animi talis affectio, neminem ut violem commodi mei gratia.

L'horreur de la plus petite injustice doit l'emporter sur l'amour même de la vie.

Quoy, dira-t'on, si le même homme, prêt à mourir de froid, se trouvoit en état de dépoüiller Phalaris, le plus cruel & le plus odieux de tous les Tyrans, y a t'il quelque

Quid? si Phalarim, crudelem tyrannum, & immanem, vir bonus, ne ipse frigore conficiatur, vestitu spoliare possit, nonne faciat? hæc ad judicandum sunt facillima:

facillima: nam, si quid ab homine ad nullam partem utili tuæ utilitatis causa detraxeris, inhumane feceris, contraque naturæ legem: sin autem is tu sis, qui multam utilitatem reipub. atque hominum societati, si in vita remaneas, afferre possis; si quid ob eam causam alteri detraxeris, non sit reprehendendum: sin autem id non sit ejusmodi, suum cuique incommodum ferendum est potius, quam de alterius commodis detrahendum.

raison qui dût l'en empêcher? C'est ce qui n'est pas difficile à décider. Il est certain, en general, que QUICONQUE ôte quelque chose à un autre pour en profiter, blesse les droits de l'humanité, & viole la loy de la nature; quand celuy à qui l'on prend le bien seroit le dernier de tous les hommes, & le plus inutile à la Republique, & à la societé humaine. Que si quelqu'un qu'elle auroit interêt de conserver, & dont la vie luy seroit fort précieuse, prenoit quelque chose à un autre, pour s'empêcher de mourir; & qu'en cela il n'eût en vûë que le bien de la Republique, je ne voudrois pas le condamner. Mais hors ce cas-là, IL FAUT que chacun porte son malheur, plûtôt que de s'en tirer aux dépens d'autruy.

Toute recherche de son interêt, aux dépens d'un autre, est contraire à la nature.

Dans les necessitez extrêmes, l'interêt public fait rentrer les hommes dans l'état de la communauté des biens.

Non igitur magis est contra naturam morbus, aut egestas, aut quid hujusmodi, quam detractio, aut appetitio alieni. Sed communis utilitatis derelictio contra naturam est. Est

Or, quand je dis que dans un tel cas, on peut prendre quelque chose à un autre, pour s'empêcher de mourir, ce n'est pas que la maladie, ni l'indigence, ni aucun autre malheur, soient quel-

Quelque grand que soit le malheur, d'où l'on se tire par une injustice, on retombe dans un plus grand.

que chose de plus contraire à la nature, que l'usurpation ou le desir même du bien d'autruy ; mais c'est qu'IL EST contre la même nature, d'abandonner le soin de l'utilité publique, puisque cet abandon est une injustice. Ainsi la loy même de la nature, qui maintient le bien public, prononce en faveur de cet homme de merite & de vertu, qu'il est de l'interêt du public de ne pas laisser perir ; & luy permet de prendre ce qu'il luy faut pour sauver sa vie, à cet homme de nul merite, & de nulle utilité pour le public ; & pourvû que ce ne soit ni l'amour, ni la bonne opinion de luy-même, qui lui fasse faire ce passe-droit ; & qu'il n'ait en vûë que l'utilité publique, & le bien de cette societé humaine, à quoy je reviens toûjours, il ne pechera point contre son devoir [1].

Il n'y a que la justice même, qui puisse mettre quelque exception à ses propres regles.

Il est bien difficile de ne se point regarder un peu soi-même, dans ce que la vûë du bien public nous peut permettre de faire pour vôtre avantage contre les regles communes.

enim injusta. Itaque lex ipsa naturæ, quæ utilitatem hominum conservat & continet, decernit profecto, ut ab homine inerti atque inutili ad sapientem, bonum fortemque virum transferantur res ad vivendum necessaria ; qui si occiderit, multum de communi utilitate detraxerit : modo hoc ita faciat, ut ne ipse de se bene existimans, seseque diligens, hanc causam habeat ad injuriam : ita semper officio fungetur, utilitati consulens hominum, & ei, quam sæpe commemoro, humanæ societati.

Quant à la question sur

Nam, quod ad Pha-

1. Il n'est question icy, comme l'on voit, que de ce qui est necessaire pour s'empêcher de mourir ; & il est aisé de juger, par les précautions que Ciceron veut que l'on ob-

larim attinet, perfacile judicium est; nulla enim nobis societas cum tyrannis, sed potius summa distractio est: neque est contra naturam, spoliare eum, si possis, quem honestum est necare: atque hoc omne genus pestiferum atque impium ex hominum communitate exterminandũ est. Etenim, ut membra quædam amputantur, si & ipsa sanguine, & tanquam spiritu carere cœperunt, & nocent reliquis partibus corporis: sic ista in figura hominis feritas, & immanitas belluæ à communi tamquam humanitate corporis segreganda est.

Phalaris, elle est aisée à resoudre; puisque les Tyrans sont si peu de la societé humaine, qu'il n'y a rien même qui lui soit plus opposé; & qu'il n'est point contre la nature d'ôter les habits à un homme à qui il seroit honnête d'ôter la vie. Car il faut purger la terre de toutes ces pestes du genre humain, & les exterminer sans balancer, & de la même maniere que l'on retranche du corps les membres où le sang & les esprits ne vont plus, & qui ne sont plus capables que d'infecter les autres parties; ainsi il faut retrancher du corps de la societé des hommes ces monstres, qui sous une figure humaine cachent toute la rage & toute la ferocité des bêtes les plus cruelles.

Les Tyrans, exclus des regles que le droit naturel nous oblige d'observer envers les autres hommes: & par où.

Hujus generis sunt quæstiones omnes eæ, in quibus ex tempore officium exquiritur.

Toutes les autres questions que l'on peut faire sur les devoirs dont la connoissance dépend du tems & des circonstan-

serve dans ce cas-là même, qu'il n'auroit pas permis dans tout autre, ce qu'il permet dans celuy cy. Il ne l'accorde même qu'au bien de la Republique, interessée à la conservation de celuy dont il s'agit; & non pas à l'amour que chacun pourroit avoir pour sa propre vie.

ces, sont du même genre que celle-cy, & se doivent decider de la même maniere.

* Je croy que Panætius en auroit parlé, si quelqu'autre occupation, ou peut-être quelque accident, ne l'avoit point empêché de poursuivre son dessein. Mais enfin, on trouvera dans les deux Livres précedens, beaucoup de regles pour les résoudre; & pour discerner ce qui est toûjours honteux par lui-même, & qu'on ne doit jamais faire en aucun cas, d'avec ce qui cesse de l'être par de certaines rencontres, & dont on ne doit alors faire aucune difficulté.

Ejusmodi igitur credo res Panætium persecuturum fuisse, nisi aliqui casus, aut occupatio consilium ejus peremisset ad quas ipsas consultationes ex superioribus libris satis multa præcepta sunt, quibus perspici possit, quid sit propter turpitudinem fugiendum; quid sit id, quod idcirco fugiendum non sit, quia omnino turpe non est,

* Le chapitre 7. commence dés icy dans le latin; mais il doit commencer plus bas.

CHAPITRE VII.

Que toute la morale se deduit du seul principe que l'honnêteté est le seul bien, ou au moins le plus grand de tous les biens. Ce que Panætius a eu en vûë, quand il a mis la comparaison de l'utile & de l'honnête, au rang des choses qui peuvent servir à découvrir les devoirs de l'homme. Ciceron fournira de son fonds ce que Panætius a oublié sur ce sujet.

SEd quoniam operi inchoato & prope jam absoluto, tanquam fastigium imponimus: ut geometræ solent non omnia docere, sed postulare, ut quædam sibi concedantur, quo facilius, quæ volunt, explicent: sic ego à te postulo, mi Cicero, ut mihi concedas, si potes, nihil, præter id quod honestum sit, propter se esse expetendum: sin hoc non licet per Cratippum, at illud certe dabis, quod honestum sit, id esse maxime propter se expetendum. Mihi utrumvis satis est: & cum hoc, tum illud

COMME nôtre édifice est déja bien avancé, & que nous n'avons plus qu'à y mettre le comble; je veux faire comme les Geometres, qui pour expliquer plus aisément ce qu'ils veulent faire entendre, ne s'arrêtent pas à démontrer tous les principes dont ils veulent se servir; & demandent qu'on leur en accorde quelques-uns. Je demande donc, mon cher Ciceron, que vous m'accordiez, si vous le pouvez, que rien n'est desirable par soy-même que l'honnêteté; ou que si Cratippus ne vous le permet pas 1, vous m'accordiez

Toute la morale dépend de sça-

1. Cratippus étoit Peripateticien, comme on a déja vû ailleurs; & quoy que ces Philosophes convinssent que l'honnêteté étoit le plus grand de tous les biens, ils ne

voir quel est le plus grand de tous les biens.

au moins qu'elle l'est plus que nulle autre chose. L'un des deux me suffit ; ce dernier est tres-probable, l'autre l'est encore plus ; & sur le sujet que nous traitons il n'y a que l'un ou l'autre qui le soit.

Mais sur cela même, il faut encore dire un mot pour la défense de Panætius. Elle n'est pas bien difficile, puisqu'il n'a pas dit que ce qui est veritablement utile se trouve jamais contraire à l'honnêteté, car c'est ce que ses principes ne luy permettoient pas de dire ; mais seulement ce qui a quelque apparence d'utilité. Il déclare même précisement, en plusieurs endroits, qu'il n'y a rien d'utile que ce qui est honnête, & que tout ce qui est honnête est utile ; & il soûtient que l'opinion de ceux qui ont mis de la difference entre l'un & l'autre, est la plus dangereuse peste qui se soit jamais glissée parmi les hommes. S'il a

probabilius videtur, nec praterea quidquam probabile.

Ac primum Panætius in hoc defendendus est, quod non utilia cum honestis pugnare aliquando posse dixerit (neque enim ei fas erat) sed ea, quæ videntur utilia. Nihil vero utile, quod non id idem honestum ; nihil honestum, quod non idem utile sit, sæpe testatur: negatque ullam pestem majorem in vitam hominum invasisse, quam eorum opinionem, qui ista distraxerint. Itaque non ut aliquando anteponeremus utilia honestis, sed ut ea sine errore dijudicaremus, si quando incidissent, induxit eam, quæ videretur esse, non quæ esset, repugnantiam.

croyoient pas que ce fût le seul, comme les Stoïciens le soûtenoient. Voyez la seconde note sur le chap. suivant.

donc parlé de la contrarieté apparente, & qui ne peut jamais être réelle, de l'honnête & de l'utile, il n'a pas prétendu pour cela qu'il nous fût permis de préferer l'utilité à l'honnêteté ; & son dessein n'a été que de nous donner moyen de juger sainement des choses où il semble qu'on ne sçauroit accorder l'un avec l'autre.

Hanc igitur partem relictam explebimus, nullius adminiculis, sed (ut dicitur) Marte nostro : neque enim quidquam de hac parte post Panatium explicatum est, quod quidem mihi probaretur de iis, qua in manus meas venerunt.

Mais comme il n'a point traité ce dernier point de sa division, j'y suppléeray de mon fonds, & sans le secours de personne. Car dans tout ce qui est venu à ma connoissance de ce qu'on a écrit sur ce sujet depuis Panætius, il n'y a rien dont je sois content.

CHAPITRE VIII.

Ce qu'il y a à faire, lors que ce qui a quelque apparence d'utilité paroît contraire à l'honnêteté. Preuve qu'une même chose ne sçauroit être malhonnête & utile; & que c'est dans l'honnêteté qu'il faut chercher l'utilité. Que la difference qu'on a mise entre les deux, est la source de tous les maux. Infamie, punition inévitablement attachée à tous les crimes.

Ce qui doit faire rejetter l'utilité qui blesse l'honnêteté.

LORS qu'il se presente quelque chose à nous qui a quelque apparence d'utilité, nous ne sçaurions nous empêcher d'en être touchez. Mais si aprés y avoir regardé de prés, nous trouvons qu'il y a quelque chose de messeant & de honteux dans ce qui nous paroissoit utile, il faut le rejetter sans hesiter; & cela ne va pas à nous faire abandonner l'utilité, mais à nous faire comprendre, que CE QUI est honteux & mal honnête ne sçauroit jamais être utile. Car s'il est vrai, comme on n'en sçauroit douter, qu'il n'y a rien de si contraire à la nature que ce qui porte avec soy quelque sorte de honte & d'infamie [1], puis-

Preuve que ce qui n'est pas honnête ne sçauroit être utile.

Cum igitur aliqua species utilitatis objecta est, commoveri necesse est: sed si, cum animum attenderis, turpitudinem videas adjunctam ei rei, quæ speciem utilitatis attulerit, tunc non utilitas relinquenda est, sed intelligendum, ubi turpitudo sit, ibi utilitatem esse non posse. Quod si nihil est tam contra naturam quam turpitudo, (recta enim & convenientia, & constantia natura desiderat, aspernaturque contraria) nihilque tam secundum naturam quam utilitas: certe in eadem re utilitas & turpitudo esse non potest.

1. Voyez la quatriéme note sur le ch. 29. de ce même livre.

que la nature ne demande que la droiture, la décence & l'honnêteté, & qu'elle rejette tout ce qui leur est contraire; & si d'ailleurs rien n'est plus convenable à la nature que l'utilité, il est clair qu'une même chose ne sçauroit être utile & mal-honnête.

Itemque si ad honestatem nati sumus, eaque aut sola expetenda est, (ut Zenoni visum est) aut certe omni pondere gravior habenda, quam reliqua omnia, quod Aristoteli placet; necesse est, quod honestum sit, id esse aut solum, aut summum bonum.

De plus, s'il est vray que nous sommes nez pour l'honnêteté, & qu'elle est la seule chose desirable, comme Zenon le soûtient, ou qu'elle l'est au moins infiniment davantage que quelqu'autre chose que ce puisse être, comme Aristote l'enseigne; il s'ensuit necessairement, qu'elle est ou le seul bien qu'il y ait, ou au moins le plus grand de tous les biens.

Preuve que tout ce qui est honnête est utile.

Quod autem bonum, id certe utile; ita quidquid honestum, id utile.

Or, il n'y a que le bien qui soit utile, & rien de ce qui lui est contraire ne le sçauroit être: l'honnêteté est le seul bien, ou le bien par excellence. C'est donc dans l'honnêteté qu'il faut chercher l'utilité; & il n'y en sçauroit avoir dans ce qui lui est contraire [1].

1. Il a fallu un peu aider à la lettre dans cet endroit; & la justesse le demandoit necessairement. A traduire litteralement, depuis l'endroit marqué d'une étoile jusqu'à la fin de l'article, il y auroit, *Or ce qui est un bien, est utile;*

Mettre de la difference entre l'honnête & l'utile, effet de la corruption des hommes.

Ce n'est donc que par un effet de l'aveuglement des méchans, qu'ils mettent de la difference entre l'honnête & l'utile; & que dés qu'une chose qui a quelque apparence d'utili-

Quare error hominum non proborum, cum aliquid, quod utile visum est, arripuit, id continuo secernit ab honesto.

tout ce qui est honnête est donc utile. Mais comme Ciceron, dans ce troisiéme Livre, ne bâtit que sur ce principe, qu'il repete une infinité de fois, qu'*il n'y a rien d'utile que ce qui est honnête*, il ne luy sert de rien d'établir que *tout ce qui est honnête est utile*, puisqu'on pourroit en demeurer d'accord, & ne laisser pas de soûtenir, qu'*il y a des choses qui sont utiles, quoy qu'elles ne soient pas honnêtes*; & si cette proposition subsiste, tout le sistéme de Ciceron est renversé. Ce qu'il avoit donc à prouver, c'est qu'*il n'y a rien d'utile que ce qui est honnête*; & c'est ce qu'il auroit fort bien prouvé, s'il s'étoit tenu à ce principe des Stoïciens, qu'*il n'y a que l'honnêteté qui soit un bien.* Car de là il s'ensuit necessairement, qu'*il n'y a rien d'utile que ce qui est honnête*; puis qu'il n'y a que le bien qui soit utile. Mais aprés avoir donné l'alternative du principe des Stoïciens. & de celuy des Peripateticiens, comme il vient de faire au chapitre 7. son raisonnement ne pouvoit plus le conduire à cette consequence qui luy est si necessaire, qu'*il n'y a rien d'utile que ce qui est honnête.* Car si l'honnêteté n'est pas le seul bien, & qu'elle ne soit que le plus grand de tous les biens, comme les Peripateticiens le soûtiennent; il y a donc d'autres biens que celuy là; & s'il y en a d'autres, il y a quelqu'autre chose d'utile que l'honnêteté; puisque tout bien est utile, à proportion de ce qu'il est bien. Ainsi, au lieu que Ciceron auroit fort bien conclu du principe des Stoïciens, qu'il n'y a rien d'utile que ce qui est honnête; il n'a pû conclure autre chose, en admettant celuy des Peripateticiens, sinon que tout ce qui est honnête est utile. Il semble qu'il n'avoit donc qu'à ne point parler de celuy cy. Mais il ne luy étoit plus libre de le passer sous silence, aprés avoir mis son fils à choix de l'un ou de l'autre, comme il a fait au chap. 7. en faveur de Cratippus; qui étant Peripateticien ne seroit pas demeuré d'accord que l'honnêteté est le seul bien. Ainsi on peut dire, que la complaisance de Ciceron pour ce Philosophe, est la seule cause du défaut de justesse, où il est tombé dans cet endroit.

té les a frappez, ils s'y portent, sans se mettre en peine si elle est honnête ou non.

Hinc sica, hinc venena, hinc falsa testamenta nascuntur : hinc furta, peculatus, expilationes, direptionesque sociorum, & civium : hinc opum nimiarum potentia non ferenda: postremo etiam in liberis civitatibus regnandi exsistunt cupiditates, quibus nihil nec tetrius, nec fœdius excogitari potest : emolumentum enim rerum fallacibus judiciis vident ; pœnam non dico legum, quas sæpe perrumpunt, sed ipsius turpitudinis, quæ acerbissima est, non vident.

C'est de là que sont venus les assassinats, les empoisonnemens, les faux témoignages, les vols, les concussions, les pillages des alliez & des citoyens ; & ces richesses excessives, qui ne sont que le fruit de l'injustice & de la violence, & qui élevent des particuliers à un point de puissance qu'on ne doit jamais souffrir dans un Etat. Enfin, c'est par là qu'il arrive, que même dans les Etats libres, il se trouve des gens qui se laissent emporter à la passion de regner ; ce qui est de tous les crimes le plus atroce, le plus infame & le plus détestable. Car on ne se porte à tous ces excés, que parce que l'esprit, aveuglé par de faux préjugez, ne voit plus dans les choses que ce qu'elles ont d'apparence d'utilité, & n'apperçoit point la punition que le crime porte necessairement avec soy. Je ne veux pas dire celle des loix, qu'ils trouvent souvent moyen de fouler aux

Infamie ? punition inévitable aux mé-

chans, quelque puissans qu'ils puissent être.

pieds : mais celle de la honte & de l'infamie 3, qui est sans comparaison la plus grande de toutes.

3. Voyez la quatriéme note sur le chap. 19.

CHAPITRE IX.

Que c'est un crime que de balancer tant soit peu, entre l'honnêteté & une apparence d'utilité. Qu'il faut s'abstenir du mal, quelque certain qu'on pût être de n'être ni vû ni puni. Avanture de Gigès rapportée à ce propos. Que c'est être scelerat, que de ne pas être dans la disposition de s'abstenir de toute mauvaise action, quelque cachée, & quelque impunie qu'elle pût être.

QU'ON n'entende donc plus mettre en question si l'on suivra ce qui paroît conforme à l'honnêteté ; ou si on se jettera dans le crime reconnu pour tel. Une telle déliberation est déja un crime & une impieté ; & c'est être coupable que d'avoir hesité entre l'un & l'autre, quand on ne seroit pas venu jusqu'à l'execution. Quoy, délibereral-t'on sur des choses où la déliberation même est honteuse & criminelle ? Et qu'on se garde bien d'y entrer, par l'esperance de cacher son crime ; puisque pour peu qu'on ait de teinture de

QUamobrem hoc quidem deliberantium genus pellatur è medio (est enim totum sceleratum, & impium) qui deliberant, utrum id sequantur, quod honestum esse videant, an se scientes scelere contaminent : in ipsa enim dubitatione facinus inest, etiamsi ad id non pervenerint. Ergo ea deliberanda omnino non sunt, in quibus est turpis ipsa deliberatio : atque etiam ex omni deliberatione celandi & occultandi spes opinioque removenda est : satis enim nobis (si modo in Philosophia aliquid profecimus) persuasum esse debet, si omnes deos hominesque celare possimus, nihil tamen avare, nihil injuste, nihil libidinose, nihil incontinenter esse faciendum.

Hinc, ille Gyges inducitur à Platone: qui cum terra discessisset, magnis quibusdam imbribus in illum hiatũ descendit, aneumque equum (ut ferunt fabulæ) animadvertit, cujus in lateribus fores essent: quibus apertis mortui vidit corpus magnitudine inusitata, annulumque aureum in digito, quem ut détraxit, ipse induit; (erat autem regius pastor) tum in consilium pastorum se recepit: ibi cum palam ejus annuli ad pal-

Philosophie, on doit avoir posé pour principe, que QUAND on pourroit tromper les yeux des hommes & des Dieux mêmes, on ne doit jamais se laisser aller à aucun mouvement d'avarice, d'injustice, de débauche, & d'intemperance.

Le mal ne change point de nature, pour être caché ou impuni.

* C'est à ce propos que Platon fait entrer sur la scene ce Gigés si celebre, qui se fit Roy de Lidie 1, de simple berger du Prince qu'il étoit. La terre s'étant entr'ouverte fort profondément par de grandes pluyes, dit la fable, Gigés descendit dans cet abîme; où il trouva un cheval d'airain, qui avoit à chaque côté une espece de porte qu'il ouvrit. Il trouva dans ce cheval un corps mort, d'une grandeur prodigieuse, qui avoit à un doigt un anneau d'or. Il le prit, & l'ayant mis à un des siens, il re-

Avanture de Gigés.

* Le Chapitre 9. ne commence qu'icy dans le latin, mais il doit commencer plus haut.

1. On voit par le premier Livre d'Herodote, que ce Gigés ayant fait mourir Candaulés, Roy de Lidie, possèda aprés luy sa femme & sa Couronne. La facilité qu'il trouva à reüssir à une entreprise si extraordinaire pour un berger, a donné lieu à la Fable de l'anneau & de sa vertu.

vint parmi les autres bergers. Lors qu'il tournoit le chaton de son anneau vers le dedans de la main, il devenoit invisible, & ne laissoit pas de voir tout le monde; & lors qu'il remettoit le chaton en dehors, il redevenoit visible comme auparavant. Cette commodité luy donna moyen de s'insinuer jusques dans le lit de la Reine, de s'aider d'elle pour faire mourir son Maître & son Roy, & de se défaire de tous ceux qu'il crut luy pouvoir faire quelque obstacle, & il vint à bout de tous ces attentats, sans être vû de personne. Ainsi, par le moyen de cet anneau, il parvint à la Couronne de Lidie.

inam converterat, à nullo videbatur, ipse autem omnia videbat: idem rursus videbatur, cum in locum annulum inverterat. Itaque hac oportunitate annuli usus regina stuprum intulit, eaque adjutrice regem dominum interemit; sustulit quos obstare arbitrabatur: nec in his eum quisquam facinoribus potuit videre. Sic repente annuli beneficio rex exortus est Lydia.

Quand le sage auroit donc ce même anneau, il ne se croiroit pas plus en liberté de mal faire. Car OBQUE cherchent les gens de bien, c'est de ne rien faire que d'honnête; & non pas de se cacher pour pecher impunément.

Pierre de touche de la probité.

Hunc igitur ipsum annulum si habeat sapiens, nihil plus sibi licere putet peccare, quam si non haberet: honesta enim bonis viris, non occulta quaruntur.

Sur cela quelques Philosophes, tres-bonnes gens, mais qui ne sont pas des plus subtils, disent que

Atque hoc loco Philosophi quidam, minime mali illi quidem, sed non satis acuti, fic-

tam, & commentitiam fabulam dicunt prolatam à Platone : quasi vero ille aut factum id esse, aut fieri potuisse defendat. Hæc est vis hujus annuli, & hujus exempli : si nemo sciturus, nemo ne suspicaturus quidem sit, cum aliquid divitiarum, potentiæ, dominationis, libidinis causa feceris, si id diis hominibusque futurum sit semper ignotum, sisne facturus.

ce que Platon rapporte dans cet endroit n'est qu'une fable ; comme s'il le donnoit pour vray, & qu'il se mît en peine si la chose est possible ou non. Cet anneau, & cette avanture de Gigés, ne tend qu'à mettre la supposition dans toute sa force, quand on demande à quelqu'un ce qu'il feroit, si sans être vû ni soupçonné de personne, il pouvoit se contenter sur tout ce que l'avarice, l'ambition, l'impudicité, & la passion de regner peuvent inspirer, & s'il se contiendroit ou non, seur que les hommes ni les Dieux ne sçauroient jamais rien de ce qu'il auroit fait.

Negant id fieri posse; quamquam potest id quidem; sed quæro, quod negant posse, id si posset quidnam facerent ? Urgent rustice sane, negant enim posse, & in eo perstant ; hoc verbum quid valeat, non vident. Cum enim quærimus, si possint celare, quid facturi sint ; non quærimus, possintne celare :

Ils disent que ce qu'on suppose est impossible : il ne l'est pas neanmoins ; mais enfin on leur demande ce qu'ils feroient, si ce qu'ils supposent impossible étoit possible. Ils persistent à nier la possibilité, & se tiennent là ridiculement & pitoyablement ; parce qu'ils ne voyent pas à quoy tend cette question, & quelle en est la force, 2. Car quand nous

2. Quand on s'obstineroit à ne rien dire sur une telle

leur demandons ce qu'ils feroient, s'ils pouvoient, sans être vûs, s'abandonner à tout ce qui peut le plus flatter les passions, nous n'en sommes pas à sçavoir s'ils le peuvent. Mais par là on les met comme à la question, & hors d'état d'échapper par aucune défaite. Car ils ont beau faire, il faut necessairement qu'ils répondent, ou qu'ils se contentent sur tout ce que je viens de dire, s'ils étoient assûrez de l'impunité, & ce seroit se declarer des scelerats; ou que quelque assûrez qu'ils pussent être de l'impunité, ils ne laisseroient pas de se contenir; & c'est avoüer que TOUT ce qui est contraire à l'honnêteté doit être rejetté, pour cela seul qu'il luy est contraire. Mais revenons à nôtre sujet.

Qui n'aime pas le bien pour le bien même, ne l'aime point.

Sed tanquam tormenta quadam adhibemus, ut, si responderint se impunitate proposita, facturos quod expediat, facinorosos se esse fateantur; si negent, omnia turpia per seipsa fugienda esse concedant. Sed jam ad propositum revertamur.

question, on n'en sçauroit éluder la force : puisque soit que l'on réponde ou non, il est toûjours vray, ou qu'on se contiendroit, ou qu'on ne se contiendroit pas. Chacun sent fort bien ce qui en est; & par là on peut juger si on a de la probité ou non. Car c'est nôtre disposition interieure, sur le bien & sur le mal, qui décide de ce que nous sommes; & non pas ce que nous pourrions répondre du parti que nous prendrions entre l'un & l'autre.

CHAPITRE X.

Quelques exemples des cas où l'on peut être en doute, si ce qui paroit utile est honnête. Ce qu'on doit penser du prétexte que prit Romulus pour faire mourir son frere. Que nous ne devons jamais chercher, aux dépens des autres, ce qui nous peut être utile. Beau mot de Chrisippe sur ce sujet. Mesures à garder, dans ce que nos amis demandent de nous. Tout doit ceder à l'amitié, hors la justice. Bel exemple de l'amitié que Damon & Pinthia avoient l'un pour l'autre.

INcidunt sæpe multæ causæ, quæ conturbent animos utilitatis specie; non, cum hoc deliberetur, relinquendane sit honestas propter utilitatis magnitudinem; (nam id quidem improbum est) sed illud, possitne id, quod utile videatur, fieri non turpiter.

IL arrive souvent de certaines natures d'affaires, où quelque apparence d'utilité donne à penser, & tient l'esprit en balance. Je ne parle pas de celles où l'on mettroit en déliberation, si pour quelque grand interêt on ne pourroit point se départir de ce que l'honnêteté prescrit: car, comme nous avons vû, toutes ces sortes de déliberations sont criminelles. Je parle de celles où l'on est seulement en doute, s'il n'y auroit point quelque chose de honteux, & de contraire à l'honnêteté, dans ce qui paroît utile.

Cum Collatino collegæ Brutus imperium abrogabat, poterat vi-

Lorsque Brutus, par exemple, ôta le Consulat à Collatin 1 son collegue,

1. Il étoit de la famille des Tarquins; aussi s'appelloit-il

on auroit pû croire que c'étoit une injustice, puisque Collatin avoit eu part avec luy à l'expulsion des Rois ; & qu'il l'avoit aidé de ses conseils dans cette action. Mais les principaux de la Republique ayant résolu & jugé necessaire de chasser toute la famille de Tarquin le Superbe, & d'effacer entierement la memoire de ce nom-là, & de toute la Royauté ; & cette résolution n'étant pas moins honnête qu'utile, puis qu'il y alloit du salut de la Republique, Collatin même auroit dû s'y soûmettre avec plaisir. Ainsi l'utile ne l'emporta, que parce qu'il se trouva joint à l'honnête, sans quoy il n'auroit pas même été utile.

Chacun doit prendre en gré ce qui est utile à l'Etat, quelque préjudice qu'il en souffre.

deri facere id injuste ; fuerat enim in regibus expellendis socius Bruti, consiliorum etiam adjutor ; cum autem consilium hoc principes cepissent, cognationem Superbi, nomenque Tarquiniorum, & memoriam regni esse tollendam ; quod erat utile, patria consulere, id erat ita honestum, ut etiam ipsi Collatino placere deberet. Itaque utilitas valuit propter honestatem, sine qua ne utilitas quidem esse potuisset.

On n'en peut pas dire autant du premier Roy, qui fut le fondateur de la ville. Celuy-là se laissa emporter par la seule ap-

At in eo rege, qui urbem condidit, non ita ; species enim utilitatis animum pepulit ejus ; cui cum visum

Lucius Tarquinius Collatinus. Ce fut ce qui luy fit ôter le Consulat, & qui le fit chasser de Rome, avec tous ceux du même nom. On auroit pû excepter celuy-cy : car c'étoit le mari de Lucrece ; & l'outrage qu'il avoit reçu des Tarquins n'étoit que trop capable de luy faire oublier la liaison du sang & du nom. Mais ce nom-là étoit devenu si odieux aux Romains, qu'ils ne purent souffrir parmi eux un seul homme qui le portât.

esset utilius, solum quam cum altero regnare, fratrem interemit. Omisit hic & pietatem & humanitatem, ut id, quod utile videbatur, neque erat, assequi posset : & tamen muri causam opposuit, speciem honestatis neque probabilem, neque satis idoneam. Peccavit igitur, pace vel Quirini, vel Romuli dixerim. Nec tamen nostræ nobis utilitates omittendæ sunt, aliisque tradendæ, cum his ipsi egeamus : sed suæ cuique utilitati, quod sine alterius injuria fiat, serviendum est.

parence de l'utilité ; & il ne tua son frere, que parce qu'il luy convenoit de regner seul. Ce qui luy parut utile, quoy qu'il ne le fût point en effet, lui fit donc oublier l'humanité, & la tendresse qu'on doit avoir pour ses proches. Il est vray qu'il chercha à couvrir son action de quelque apparence d'honnêteté, en prenant pour pretexte le peu de respect que Remus avoit témoigné pour les murs de la ville ; mais c'étoit un pretexte frivole, & une fausse couleur. Il fit donc mal ; & tout ce que je dois à Romulus, & même à *Quirinus* [1], ne sçauroit m'empêcher de le dire. Chacun peut chercher ce qui lui est utile ; & rien ne nous oblige de l'abandonner, & de ceder aux autres les choses qui nous conviennent, & dont nous avons besoin pour nous-mêmes : mais on ne doit

Méchante action de Romulus.

La qualité des personnes ne change point les régles par où on juge des actions.

1. C'est le nom que les Romains donnerent à Romulus, lors qu'ils le mirent au rang des Dieux ; & ce que Ciceron veut dire en cet endroit, c'est que ni le respect qu'il devoit à Romulus comme fondateur de la ville, ni celuy qu'il luy devoit comme Dieu, ne pouvoient l'empêcher de desaprouver la méchante action qu'il fit en tuant son frere.

jamais les rechercher à leurs dépens.

Beau mot de Chrysippe.

Chrysippe 1 a dit un beau mot, entre beaucoup d'autres, que COMME dans la lice, chacun doit faire de son mieux pour emporter le prix; mais qu'il n'est pas permis de tendre la jambe à son concurrent, ni de le repousser de la main: de même, dans la vie, chacun a droit de chercher ce qui luy peut être utile; mais non pas de le prendre aux autres.

On ne peut non plus user de supercherie avec ses concurrens, qu'avec les autres.

Scite Chrysippus, ut multa: Qui stadium, inquit, currit, eniti & contendere debet, quam maxime possit, ut vincat; supplantare eum, qui cum certet, aut manu depellere, nullo modo debet: sic in vita sibi quemque petere, quod pertineat ad usum, non iniquum est; alteri deripere jus non est.

C'est à l'égard de ses amis, qu'il est le plus difficile de démêler ses devoirs. Car il est également contre le devoir, & de ne leur pas accorder tout ce que la justice peut permettre; & de leur accorder quelque chose de ce qu'elle défend. Il y a pourtant sur cela une regle fort courte & fort aisée C'est de FAIRE toûjours ceder à l'amitié tout ce qui n'a qu'une apparence d'utilité, comme le bien, les honneurs & les plaisirs; mais de NE FAI-

Tout doit ceder à l'amitié hors la justice.

Maxime autem perturbantur officia in amicitiis; quibus & non tribuere, quod recte possis, & tribuere, quod non sit æquum, contra officium est. Sed hujus generis totius breve & non difficile præceptum est: quæ enim videntur utilia, honores, divitiæ, voluptates, cæteræ generis ejusdem, hæc amicitiæ nunquam anteponenda sunt. At neque contra rempub. neque contra jusjurandum ac

1. Philosophe Stoïcien, disciple de Zenon, & le plus illustre de toute la secte. Les Atheniens furent si touchez de son merite, qu'ils luy élevèrent une statue.

fidem amici causa vir bonus faciet.

Ne si judex quidem erit de ipso amico ; ponit enim personam amici, cum induit judicis. Tantum dabit amicitiæ, ut veram amici causam esse malit, ut orandæ liti tempus, quoad per leges liceat, accommodet ; cum vero jurato sententia dicenda sit, meminerit, deum se adhibere testem, id est (ut arbitror) mentem suam, qua nihil homini dedit deus ipse divinius.

RE jamais rien pour son ami, ni contre la Republique, ni contre son serment, ni contre la foy promise, & c'est de quoy un homme de bien est incapable.

Quand il se trouvera donc juge de son ami, il ne fera que le personnage de Juge, & se dépoüillera de celuy d'ami. Tout ce qu'il luy est permis alors de donner à l'amitié, c'est de souhaiter que la cause de son ami se trouve bonne, & de luy donner tout le tems & toute l'audience que les loix peuvent permettre. Mais quand il sera question de prononcer, aprés le serment solemnel qu'il aura fait de rendre justice 4, qu'il se souvienne qu'il a Dieu même pour témoin ; c'est à dire, selon moy, sa conscience 5, & son ame ; qui est ce que Dieu a donné à l'homme de plus divin.

4. Nous nous contentons de faire prêter ce serment aux Juges, lors qu'ils entrent en charge ; mais les Romains le leur faisoient faire à chaque affaire qu'il falloit juger.

5. Ce n'est proprement que dans sa conscience qu'on entend la voix de Dieu. C'est-là que chacun le trouve & le sent en quelque maniere, quand il le prend à témoin de quelque chose.

C'est ce que nous apprend cette formule établie par nos peres, pour les sollicitations, qui seroit la plus belle chose du monde, si elle étoit observée; & qui nous réduit à ne demander aux Juges que ce que leur devoir leur permet 6, c'est à dire de ces sortes de choses que nous venons de voir qu'un Juge peut accorder à son ami. Car S'IL FALLOIT faire tout ce que veulent nos amis, quel qu'il pût être, de telles amitiez seroient des ligues & des conjurations, plûtôt que des amitiez. Je ne parle que des amitiez communes & ordinaires : car il n'y a rien de semblable à craindre de l'amitié de ceux qui ont atteint le plus haut point de la perfection & de la sagesse.

Nulle veritable amitié que celle qui est selon la vertu.

Itaque præclarum à majoribus accepimus morem rogandi judicis, si eum teneremus, quæ salva fide facere possit. Hæc rogatio ad ea pertinet, quæ paullo ante dixi honeste amico à judice posse concedi. Nam, si omnia facienda sint, quæ amici velint, non amicitiæ tales, sed conjurationes putandæ sunt. Loquor autem de communibus amicitiis : nam in sapientibus viris perfectisque nihil potest esse tale.

Belle histoire.

On dit que celle qui étoit entre Damon & Pinthia 7, disciples de Pithagore, étoit telle, & qu'ils étoient si parfaitement as-

Damonem & Pinthiam Pythagoreos, ferunt hoc animo, inter se fuisse, ut, cum eorum alteri Dionysius

6. Il est resté parmi nous quelques vestiges de cette formule des Romains : & cela se voit par les placets qu'on presente aux Juges ; où l'on ne fait que le prier d'avoir son bon droit pour recommandé *en justice*.

7. Ils vivoient vers le milieu du 4. siecle de la fondation de Rome.

tyrannus diem necis destinavisset, & is, qui morti addictus esset, paucos sibi dies commendandorum suorum causa postulavisset, vas factus est alter ejus sistendi, ut, si ille non revertisset, moriendum esset ipsi; qui cum ad diem se recepisset, admiratus eorum fidem tyrannus, petivit, ut se ad amicitiam tertium adscriberent.

sûrez l'un de l'autre, que l'un d'eux ayant été condamné à la mort par Denis le Tyran, & ayant demandé quelque tems pour mettre ordre à ce qui regardoit ses proches & ses amis, & les recommander à ceux qui pouvoient en prendre soin; l'autre s'obligea, sous la même peine de mort, de le representer dans le temps; & que le premier n'ayant pas manqué de revenir au jour nommé; le Tyran surpris & touché d'une telle fidelité, les pria de vouloir bien le recevoir en tiers dans une amitié si parfaite.

La vertu fait impression jusques sur le cœur des Tyrans.

Cum igitur id, quod utile videtur in amicitia, cum eo, quod honestum est, comparatur, jaceat utilitatis species, valeat honestas: cum autem in amicitia, quæ honesta non sunt, postulabuntur, religio & fides anteponatur amicitiæ: sic habebitur is, quem exquirimus, delectus officii.

Que l'amitie' l'emporte donc toûjours, lors qu'elle ne demandera de nous que des choses honnêtes, & qu'elles ne seront balancées que par quelques-unes de celles qui n'ont qu'une apparence d'utilité. Mais que la Religion, & la fidelité à nôtre conscience, l'emporte sur l'amitié; lors qu'elle nous demandera quelque chose de mal-honnête. Voilà de quoy nous conduire sûrement, dans toutes les occasions où il s'a-

Il faut sacrifier à l'amitié tout ce qui n'est que contraire à nos interêts, & rien de ce qui blesse l'honnêteté.

gira de démêler nos devoirs, par rapport à ce que l'amitié demande de nous.

CHAPITRE XI.

Que l'interêt des Etats fait souvent préferer une apparence d'utilité à l'honnêteté, aussi-bien que l'interêt des particuliers. Exemples sur ce sujet. Que rien ne fait plus d'honneur aux Etats, & à ceux qui les gouvernent, que de préferer l'honnêteté à tout ce qui paroît le plus utile.

DANS les affaires même de la Republique une apparence d'utilité fait souvent faire des choses qui sont contre les regles des devoirs. C'est ce qui arriva à nos peres, lors qu'ils ruinerent Corinthe. Les Atheniens en userent avec encore plus de dureté, lors qu'ils firent couper les pouces aux Eginettes, pour les mettre hors d'état de se servir de leurs forces de mer. Cela parut utile aux Atheniens pour leur sûreté; parce que la proximité de l'Isle d'Egine 1, menaçoit le port de Pirée 2.

Cruauté des Atheniens.

SEd utilitatis specie in repub. sæpissime peccatur, ut in Corinthi disturbatione nostri: durius etiam Athenienses, qui sciverunt, ut Æginetis, qui classe valebant, pollices præciderentur: hoc visum est utile: nimis enim imminebat, propter propinquitatem, Ægina Piræo: sed nihil quod crudele, utile: est enim hominum natura, quam sequi debemus, maxime inimica crudelitas.

1. Isle de la Grece, prés d'Athenes.

2. C'est le port d'Athenes, qui étoit à quelque distance de la ville; mais que Themistocle y fit joindre par de grandes murailles, l'an de Rome 276. Elles furent ruinées lors de la prise d'Athenes, l'an de Rome 350.

Male

Belle regle pour ceux qui font la guerre.

Mais LA CRUAUTÉ ne peut jamais être regardée comme quelque chose d'utile ; puis qu'il n'y a rien de plus opposé a la nature de l'homme, qui est la regle que nous devons suivre.

Male etiam qui peregrinos urbibus uti prohibent, eosque exterminant, ut Pennus apud patres nostros, Papius nuper. Nam esse pro cive, qui civis non sit, rectum est non licere ; quam tulerunt legem sapientissimi consules, Crassus & Scævola : [illegible] vero urbis prohibere peregrinos, sane inhumanum est.

Ceux-là sont encore tres-mal, qui chassent de leur ville tous les étrangers ; sans leur permettre d'y faire aucune sorte de sejour ni de commerce. C'est ce que fit Pennus 3, du tems de nos peres ; & que Papius a fait encore dans ces derniers tems. Qu'on ne veüille pas que les étrangers passent pour citoyens, & qu'ils en pretendent les avantages, il n'y a rien à redire ; & nous en avons une loy expresse, faite par Crassus & Scevola, deux des plus sages 4 Consuls qui ayent été parmi nous. Mais de les en chasser absolument, & de ne leur pas permettre d'y avoir le moindre commer-

3. Quoy que les loix tirassent toute leur force de l'authorité publique ; elles passoient pour être d[illegible] ceux qui les avoient proposées : aussi en portoient elles le nom [illegible]

4. Cette *sagesse*, dont Ciceron les loue en cet endroit, tombe particulierement sur la connoissance qu'ils avoient du droit civil ; car on traitoit les Jurisconsultes de *sages*. *Responsa prudentium.*

ce, c'est blesser les droits de l'humanité.

Rien n'est plus beau dans le gouvernement de la Republique, que de sçavoir mépriser une utilité apparente, pour s'attacher à ce qui est conforme à l'honnêteté. C'est ce qu'on a fait dans nôtre Republique, en une infinité d'occasions; & sur tout dans la seconde guerre punique, aprés la perte de la bataille de Cannes. Il y parut, malgré cette disgrace, plus de hauteur & de fierté, que dans les plus grandes prosperitez. Nul air de crainte, nulle mention de paix: tant l'honnêteté a de force pour faire oublier tout ce qui luy est contraire; quelque utile qu'il paroisse.

Noble fierté des anciens Romains.

Illa praclara, in quibus publica utilitatis species pra honestate contemnitur. Plena exemplorum est nostra respublica cum sape, tum maxime bello Punico secundo; qua, Cannensi calamitate accepta, majores animos habuit, quam unquam rebus secundis: nulla timoris significatio, nulla mentio pacis. tanta vis est honesti, ut speciem utilitatis obscuret.

Les Atheniens se trouvant hors d'état de se soûtenir contre les Perses, résolurent d'abandonner leur ville; de retirer leurs femmes & leurs enfans à Tresene 5; & de se mettre en mer pour défendre la liberté de la Grece. Un certain Circilus, s'étant

Athenienses cum Persarum impetum nullo modo possent sustinere, statuerentque ut urbe relicta conjugibus & liberis Trœzene depositis, naves conscenderent, libertatemque Gracia classe defenderent, Cyrsilum quen-

5. Ville du Peloponnese, alliée des Atheniens, & qui leur avoit toûjours été fort fidele.

dam, suadentem, ut in urbe manerent, Xerxemque reciperent, lapidibus obruerunt. Atque ille utilitatem sequi videbatur: sed ea nulla erat repugnante honestate.

mis en devoir de leur persuader de ne point sortir de la ville, & de recevoir Xercés, il fut lapidé sur le champ. Ce qu'il proposoit paroissoit utile; mais ce qui est contraire à l'honnêteté & à la vertu, ne le sçauroit jamais être.

Bel exemple du courage des Atheniens.

Themistocles post victoriam ejus belli quod cum Persis fuit, dixit in concione, se habere consilium reipublicæ salutare, sed id sciri opus non esse: postulavit, ut aliquem populus daret, qui cum communicaret, datus est Aristides. Huic ille, classem Lacedæmoniorum, quæ subducta esset ad Gyteum, clam incendi posse; quo facto frangi Lacedæmoniorum opes necesse esset. Quod Aristides cum audisset, in concionem magna exspectatione venit; dixitque, perutile esse consilium quod Themistocles afferret, sed mini-

Themistocle, de retour à Athenes, aprés cette grande victoire qu'il avoit remportée sur les Perses 6, fit assembler le peuple; & dit publiquement qu'il avoit pensé quelque chose de fort avantageux à la Republique, mais que c'étoit une chose qui n'étoit pas à propos de divulguer, & demanda qu'on luy donnât quelqu'un avec qui il pût en communiquer; on luy donna Aristide 7. Il lui dit qu'il avoit un moyen sûr de ruiner la puissance des Lacedemoniens, & qu'il ne falloit pour cela qu'envoyer secretement mettre le feu à leur flotte, qui étoit au port de Gythée 8,

Belle action des Atheniens.

6. C'est cette celebre bataille navale de Salamine, dont Ciceron a parlé au chap. 18. du premier Livre.

7. On a veu quel il étoit, par la quatriéme Note sur le chap. 4. de ce même Livre.

8. Port de l'Etat des Lacedemoniens.

Aristide, revenu dans l'assemblée, où il étoit attendu avec beaucoup d'impatience, dit que la proposition de Themistocle étoit fort utile ; mais qu'elle n'étoit pas honnête ; & les Atheniens, persuadez que ce qui n'étoit pas honnête ne pouvoit être utile, n'en voulurent pas sçavoir davantage, & rejetterent la proposition sur la parole d'Aristide. Quelle difference de cette conduite si noble, à celle que nous tenons ; nous qui laissons l'immunité aux Corsaires, & qui rendons tributaires nos propres Alliez !

me honestum. Itaque Athenienses, quod honestum non esset, id ne utile quidem putaverunt ; totamque eam rem quam ne audierant quidem, auctore Aristide repudiaverunt. Melius hi, quam nos, qui piratas immunes, socios vectigales habemus.

* Qu'il demeure donc pour constant, que ce qui est malhonnête ne sçauroit jamais être utile ; quand on seroit parvenu a se voir en possession de tous les avantages qu'on s'en pouvoit promettre. Car IL N'Y A point de calamité comparable à cette honteuse persuasion, que ce qui n'est pas honnête puisse être utile.

Maneat ergo, quod turpe sit : id nunquam esse utile, ne tum quidem, cum id, quod esse utile putes, adipiscare ; hoc enim ipsum utile putare, quod turpe sit, calamitosum est.

* Le Chapitre 12 commence icy dans le latin ; mais il doit commencer plus bas.

CHAPITRE XII.

Si dans un tems de disette, un Marchand de bled qui arrive le premier au port, peut ne pas avertir qu'il est suivi de beaucoup d'autres. Diverses raisons proposées de part & d'autre, par deux Philosophes qui étoient de differens avis sur cette question. Difference entre cacher & celer.

SEd incidunt (ut supra dixi) sæpe causæ, cum repugnare utilitas honestati videatur, ut animadvertendum sit, repugnetne plane, an possit cum honestate conjungi. Ejus generis hæ sunt quæstiones.

Si (exempli gratia) vir bonus Alexandria Rhodum magnum frumenti numerum advexerit in Rhodiorum inopia & fame, summaque annonæ caritate: si idem sciat, complures mercatores Alexandria solvisse; navesque in cursu frumento onustas, petentes Rhodum, viderit, dicturusne sit id Rhodiis; an silentio suum quam plurimo venditurus? Sapientem &

MAIS, comme j'ay déja dit, il se presente souvent des affaires, où une contrarieté apparente de l'honnête & de l'utile oblige d'examiner, si en effet l'un est contraire à l'autre; ou si on ne pourroit point les accorder. En voici des exemples.

Dans une grande famine de l'Isle de Rhodes, un Marchand y aborde, avec un vaisseau de bled, qu'il a chargé à Alexandrie. Il sçait que beaucoup d'autres en ont chargé au même lieu; & qu'ils doivent arriver à Rhodes bien-tôt aprés lui. Le doit-il dire? ou peut-il n'en point parler, afin de mieux vendre son bled? Je le suppose homme de bien, & prêt de dire à ceux de Rhodes tout ce qu'il sçait, s'il croyoit qu'il fût malhonnête

Exemple des cas où l'on peut être en doute, si l'utilité se peut accorder avec l'honnêteté.

de le leur cacher ; mais qu'il est seulement en doute si cela est malhonnête ou non.

bonum virum fingimus : de ejus deliberatione & consultatione quærimus, qui celaturus Rhodios non sit, si id turpe judicet, sed dubitet, an turpe non sit.

Jusqu'où les anciennes regles du Droit portoient la sincerité & la bonne foy.

Sur cette question, Diogene de Babylone 1, un des plus grands & des plus sages Philosophes d'entre les Stoïciens, & Antipater 2 son disciple, homme de beaucoup d'esprit, sont de differens avis. Diogene croit que le Marchand s'en doit tenir à ce qui est prescrit par le Droit Civil, & qui consiste à déclarer s'il y a quelque vice dans sa marchandise, & à la debiter sans fraude ; mais qu'au surplus, comme il est question de vendre, il luy est permis de profiter de la conjoncture, pour

In hujusmodi causis aliud Diogeni Babylonio videri solet, magno & gravi Stoico, aliud Antipatro, discipulo ejus, homini acutissimo. Antipatri omnia patefacienda, ut ne quid omnino, quod venditor norit, emtor ignoret : Diogeni venditorem quatenus jure civili constitutum sit, dicere vitia oportere ; cetera sine insidiis agere, & quoniam vendat, velle quam optime vendere. Advexi, exposui, vendo

1. Il étoit de Seleucie; mais le voisinage de Babylone luy fit donner le nom de *Babylonien*. Il étoit homme d'Etat, aussi bien que Philosophe ; & dans le tems de la seconde guerre punique, sous le Consulat de Scipion & de Marcellus, les Atheniens l'envoyerent à Rome pour leurs affaires avec Carneadés & Critolaüs.

2. C'est Antipater de Sidon, homme fort celebre chez les anciens autheurs, & dont on voit plusieurs Epigrammes dans l'Anthologie : il fut maître de Caton d'Utique. On dit de luy que la fievre le prenoit tous les ans le jour de sa naissance : & qu'il mourut enfin un de ces jours-là.

menim non pluris, quam ceteri, fortasse etiam minoris, cum major est copia: cui fit injuria?

vendre le plus qu'il pourra. J'ay amené ma marchandise avec beaucoup de peine & de hazard, dira le Marchand ; je la mets en vente, je ne la vends pas plus que d'autres, & peut-être moins qu'on ne la vendroit dans un tems où le bled seroit plus commun. A qui fais-je tort?

Exoritur Antipatri ratio ex altera parte: Quid ais? tu cum hominibus consulere debeas, & servire humanæ societati, eaque lege natus sis, & ea habeas principia naturæ, quibus parere, & quæ sequi debeas, ut utilitas tua communis utilitas sit: vicissimque communis utilitas tua sit, celabis homines, quid iis adsit commoditatis & copiæ?

Quoy, dit Antipater, de l'autre côté, ne devez-vous pas faire le bien commun, & servir la societé humaine? n'est-ce pas pour cela que vous êtes né? Les principes de la nature que vous avez en vous 3, que vous devez suivre, & à quoy vous devez obéïr, ne vous disent-ils pas, que COMME vôtre utilité est celle de tout le monde, celle de tout le monde est aussi la vôtre 4? Comment pouvez-vous donc ceder aux Rhodiens le bien qui leur doit arriver?

Respondebit Diogenes fortasse sic: Aliud

Mais, répond Diogene pour le Marchand, il y a

3. Les loix de la charité sont gravées dans le cœur de chacun, & qui voudroit rentrer dans le sien les y trouveroit.

4. C'est ainsi qu'on en jugeroit, si les hommes se souvenoient qu'ils ne sont que divers membres d'un même corps.

difference entre *celer* & *taire*. Je ne vous dis, ni quelle est la nature des Dieux, ni quel est le souverain bien ; choses dont la connoissance vous seroit plus avantageuse, que celle du bled qui vous doit venir. Dira-t'on pour cela que je vous les cele? Je ne suis donc pas obligé de vous dire tout ce qu'il vous seroit utile de sçavoir.

est celare, aliud tacere: neque ego nunc te celo, si tibi non dico, quæ natura deorum sit, quis sit finis bonorum, quæ tibi plus prodessent cognita, quam tritici utilitas: sed non quidquid tibi audire utile est, id mihi dicere necesse est.

Vous y êtes obligé, repliquera Antipater, & vous n'en sçauriez disconvenir; à moins d'avoir oublié ce que demandent de vous les loix de la société que la nature même a établie entre les hommes.

Immo vero (inquiet ille) necesse est, si quidem meministi esse inter homines natura conjunctam societatem.

Je ne l'ay pas oublié, repartira Diogene, mais ces loix demandent-elles que personne n'ait rien à soy? Si cela est, il n'est plus permis de rien vendre, il faut tout donner.

Memini, inquiet ille; sed num ista societas talis est, ut nihil suum cujusque sit? quod si ita est, ne vendendum quidem quidquam est, sed donandum.

* Vous voyez que dans cette contestation, le marchand ne dit pas, qu'encore que la chose dont il s'agit soit mal-honnête,

Vides in hac tota disceptatione non illud dici, quamvis hoc turpe sit, tamen, quoniam expedit, faciam; sed

* Le chap. 13. commence dés icy dans le latin, mais il ne doit commencer que quelques lignes plus bas.

ita expediré, ut turpe non sit : ex altera autem parte ; ea re, quia turpe sit, non esse faciendum.

il ne laissera pas de la faire, parce qu'elle luy est utile. Il ne prétend la faire, que parce qu'il est persuadé que l'utilité qu'il y trouve n'est point contraire à l'honnêteté ; & si de l'autre côté on veut l'empêcher de la faire, ce n'est que parce qu'on prétend qu'elle est malhonnête.

CHAPITRE XIII.

Si un homme qui met en vente une maison defectueuse est obligé d'avertir de ses défauts. Raison de part & d'autre. Décision de ce cas-là, & de celuy du chapitre précédent.

VEndat ædes vir bonus propter aliqua vitia, quæ ipse norit, ceteri ignorent : pestilentes sint, & habeantur salubres : ignoretur in omnibus cubiculis apparere serpentes : male materiatæ, ruinosæ : sed hoc præter dominum nemo sciat, quæro, si hoc emtoribus venditor non dixerit, ædesque vendiderit pluris multo, quam se venditurum putarit, num id injuste, an improbe fecerit.

UN HOMME a une maison dont il veut se défaire, parce qu'elle a beaucoup de défauts, mais qui ne sont connus que de luy. Elle est empestée, & on la croit saine ; il y vient des serpens dans toutes les chambres ; elle est bâtie de mauvais materiaux, & prête à tomber, & personne ne sçait rien de tout cela que le maître de la maison. Il la vend, sans en avertir celuy qui l'achete, & la vend même bien plus qu'il n'esperoit ? n'est-ce pas là une méchante action ?

Sans doute, dit Antipater. Car n'est-ce pas ce qui s'appelle *ne pas redresser un homme qui s'égare*, ce que les Atheniens ont jugé digne des *execrations publiques* 1? C'est même quelque chose de beaucoup pire; puisque c'est laisser tomber un acheteur dans un precipice qu'il ne voit point, & qu'on luy cache de mauvaise foy, & que d'induire quelqu'un en erreur, de dessein formé, c'est un crime sans comparaison plus grand, que de ne pas montrer le chemin à un homme qui s'égare.

Bel'e marque de l'honnêteté des Atheniens.

Ille vero, inquit Antipater. Quid enim est aliud, erranti viam non monstrare (quod Athenis execrationibus publicis sanctum est) si hoc non est, emtorem pati ruere, & per errorem in maximam fraudem incurrere? plus etiam est, quam viam non monstrare, nam est scientem in errorem alterum inducere.

Mais voici Diogene, qui parle pour le vendeur. Celui, dit-il, qui vous a vendu cette maison vous a-t'il forcé de l'acheter? vous en a-t'il même sollicité? Il s'en est défait, parce qu'elle ne lui plaisoit pas; & vous ne l'avez achetée, que parce qu'elle vous plaisoit.

Diogenes contra: Num te emere coëgit, qui ne hortatus quidem est? ille quod non placebat prascripsit; tu quod placebat emisti.

1. Rien n'est plus beau que cette coûtume des Atheniens; & rien ne fait mieux voir combien ils étoient honnêtes gens, & soigneux des mœurs de leurs peuples. Ces execrations, contre ceux qui manqueroient à de certains devoirs de l'honnêteté & de l'humanité, se prononçoient publiquement avec beaucoup d'appareil & de solemnités à peu prés comme les excommunications publiques parmi nous.

Quod si qui proscribunt, Villam bonam, beneque ædificatam, non existimantur fefellisse, etiam si illa nec bona est, nec ædificata ratione; multo minus, qui domum non laudarunt.

On voit tous les jours des gens qui voulant vendre une maison à la campagne, font crier publiquement, *Maison des champs, bonne & bien bâtie à vendre*; & quoy que la maison ne soit ni bonne, ni bien bâtie, ils ne sont pas pour cela traitez de trompeurs. Combien moins doit-on donc en traiter celui qui n'a dit ni bien ni mal de sa maison.

Ubi enim judicium emtoris est, ibi fraus venditoris quæ potest esse? sin autem dictum non omne præstandum est, quod dictum non est, id præstandum putas? Quid vero est stultius, quam venditorem, ejus rei, quam vendat, vitia narrare? quid autem tam absurdum, quam si domini jussu ita præco prædicet? Domum pestilentem vendo.

Lorsque ce qu'on vend est exposé aux yeux de l'acheteur, & qu'il peut y regarder tant qu'il voudra; où est la fraude du vendeur? On est tenu de ce qu'on a dit; mais non pas de ce qu'on n'a point dit. A-t'on jamais oüi parler, qu'un vendeur doive découvrir les défauts de sa marchandise; & y auroit-il rien de plus ridicule, que de faire crier publiquement, *Maison empestée à vendre?*

Sic ergo in quibusdam causis dubiis ex altera parte defenditur honestas, ex altera ita de utilitate dicitur, ut id, quod utile videatur, non modo facere honestum sit,

Comment on peut être en balance entre l'honnête & l'utile.

C'est ainsi que dans de certaines affaires douteuses, on soûtient d'un côté le party de l'honnêteté, & de l'autre celuy de l'utilité; mais en prétendant, non seulement que l'honnêteté ne défend pas de le suivre, mais qu'elle le permét ; & qu'on auroit tort de ne le pas suivre. Voila donc quels sont les cas dont on veut parler, quand on dit que l'honnêteté paroît quelquefois n'être pas d'accord avec l'utilité.

sed etiam non facere turpe. Hæc est illa, quæ videtur utilium fieri cum honestis sæpe dissensio.

Mais il faut enfin prononcer sur ces questions : car c'est pour les résoudre que nous les avons proposées, & non pas pour les laisser indécises.

Quæ dijudicanda sunt. non enim, ut quæreremus, exposuimus, sed ut explicaremus.

Décision des cas proposez.

Je dis donc que le marchand de bled ne doit point celer à ceux de Rhodes ce qu'il sçait des autres vaisseaux qui suivent le sien ; ni ce vendeur, les défauts de sa maison à celuy qui l'achete. Je sçay bien que de ne pas dire ce que l'on sçait, ce n'est pas toûjours le *celer* ; mais C'EST LE CELER, lorsque c'est une chose que ceux avec qui l'on traite auroient interêt de sçavoir ; & que c'est pour le sien propre qu'on leur cache.

Difference entre celer & taire.

Non igitur videtur nec frumentarius ille Rhodios, nec hic ædium venditor celare emtores debuisse. Neque enim id est celare, quidquid reticeas: sed cum, quod tu scias, id ignorare emolumenti tui causa velis eos, quorum intersit id scire.

Or qui ne voit ce que c'est que de celer les choses dans de pareilles circonstances ; & quelles sortes de gens en sont ca-

Hoc autem celandi genus quale sit, & cujus hominis, quis non videt ? certe non aperti, non simplicis,

non ingenui, non justi, non viri boni: versuti potius, obscuri, astuti, fallacis, malitiosi, callidi, veteratoris, vafri. hæc tot, & alia plura, nonne inutile est vitiorum subire nomina?

pables? Ce ne sont pas assurément des gens ouverts, des gens droits & sans artifice; des gens bien nez, équitables, en un mot des gens de bien: ce sont des gens doubles, cachez, déguisez, trompeurs, malins, artificieux. Est-ce donc une chose utile, que de se faire donner de tels noms, & qui expriment des vices si odieux?

CHAPITRE XIV.

De ceux qui bien loin d'avertir de la qualité de ce qu'ils vendent, le font paroître tout autre qu'il n'est. Exemple singulier sur ce sujet. Formules d'Aquillius, contre le dol & la mauvaise foy. Belle définition de l'un & de l'autre.

QUod si vituperandi sunt qui reticuerunt, quid de iis existimandum est, qui orationis vanitatem adhibuerunt?

QUE si ceux même qui n'ont fait que cacher ce qu'ils auroient dû dire sont condamnables; que doit-on penser de ceux qui ajoûtent le mensonge formel à la dissimulation?

C. Canius, eques Romanus, nec infacetus, & satis litteratus, cum se Syracusas otiandi, ut ipse dicere solebat, non negotiandi causa contulisset, dic-

C. Canius, Chevalier Romain, homme agreable & de bon esprit, & qui n'étoit pas sans étude, étant allé à Siracuse, non pour affaire, mais *pour ne rien faire*, comme il avoit

Friponnerie faite à Canius par Pithius.

accoûtumé de dire, fit sçavoir qu'il seroit bien aise d'acheter une maison de plaisance proche de la ville, pour y aller quelquefois se divertir avec ses amis, & se dérober aux visites. Ce bruit s'étant répandu dans la ville, un certain Pithius, qui faisoit la banque à Siracuse, luy dit qu'il en avoit une, qui à la verité n'étoit point à vendre; mais qu'il la luy offroit pour en user comme si elle étoit à luy; & le pria d'y venir souper le lendemain. Canius l'ayant promis, l'autre, qui par son commerce s'étoit acquis de toutes sortes de gens, fit venir les pescheurs, les pria de venir le lendemain pescher devant sa maison; & leur donna quelques autres ordres qui convenoient à son dessein.

titabat, se hortulos aliquos velle emere, quo invitare amicos, & ubi se oblectare sine interpellatoribus posset: quod cum percrebuisset, Pythius ei quidam, qui argentariam faceret Syracusis, venales quidem se hortos non habere, sed licere uti Canio, si vellet, ut suis: & simul ad cœnam hominem in hortos invitavit in posterum diem. cum ille promisisset, tum Pythius, qui esset, ut argentarius, apud omnes ordines gratiosus, piscatores ad se convocavit, & ab his petivit, ut ante suos hortulos postridie piscarentur, dixitque, quid eos facere vellet.

Canius ne manqua pas au rendez-vous. Il trouva un festin magnifique; & toute la mer couverte de barques de pescheurs, qui venoient, l'un aprés l'autre, apporter à Pithius une grande quantité de poisson; comme s'ils fus-

Ad cœnam tempore venit Canius: opipare à Pythio apparatum convivium: cymbarum ante oculos multitudo: pro se quisque quod ceperat, afferebat; ante pedes Pythii pisces abjiciebantur.

sent venus de le prendre devant luy.

Tum Canius, Quæso, inquit, quid est hoc Pythi; tantumne piscium, tantumne cymbarum? Et ille, Quid mirum? inquit, hoc loco est, Syracusis quidquid est piscium: hic aquatio: hac villa isti carere non possunt.

Canius, tout surpris de ce qu'il voyoit, Quoy, dit il, à Pithius, y a-t'il donc ici tant de poisson; & y voit-on tous les jours tant de barques de pescheurs? Tous les jours, dit Pithius: il n'y a que ce seul endroit autour de Siracuse où l'on trouve du poisson, & où les pescheurs puissent même venir prendre de l'eau; & tous ces gens là ne sçauroient se passer de cette maison.

Incensus Canius cupiditate contendit à Pithio, ut venderet. Gravate ille primo. quid multa? impetrat, emit homo cupidus & locuples tanti, quanti Pithius voluit, & emit instructos: nomina facit, negotium conficit.

Voilà Canius amoureux de la maison; il presse Pithius de la lui vendre. Pithius paroît avoir bien de la peine à s'y résoudre; il s'en fait beaucoup prier: enfin il y consent. Canius, homme riche, qui aimoit son plaisir, l'achete tout ce que l'autre voulut; & l'achete même toute meublée. On fait le contrat, voilà l'affaire consommée.

Invitat Canius postridie familiares suos. venit ipse mature. scalmum nullum videt. quærit ex proximo vicino, num feriæ quædam piscatorum es-

Canius prie de ses amis de l'y venir voir dés le lendemain: il s'y rend lui-même de fort bonne heure; mais il ne voit ni pescheurs ni barques. Il demande à quelque voisin, s'il étoit fête ce jour-là pour les pescheurs : nulle fête, que je sçache, dit le voisin, jamais on ne pesche ici, & hier je ne sçavois ce que tout cet appareil vouloit dire. Voilà Canius en grande colere. Mais que faire ? Car Aquillius, mon collegue 1 & mon ami, n'avoit pas encore établi ses formules contre le dol & la mauvaise foy. Or, CE QU'ON appelle *dol & mauvaise foy*, c'est, disoit le même Aquillius, donner lieu à quelqu'un de s'attendre à une chose, & en faire une autre. Cette definition est belle : aussi estelle d'un homme qui sçavoit fort bien définir.

Belle definition du dol & de la mauvaise foy.

sent, quod eos nullos videret. Nulla, (quod sciam) inquit ille : sed hic piscari nulli solent. itaque heri mirabar, quid accidisset. Stomachari Canius. Sed quid faceret? nondum enim Aquillius, collega, & familiaris meus, protulerat de dolo malo formulas ; in quibus ipsis cum ex eo quæreretur, quid esset dolus malus : respondebat, cum esset aliud simulatum, aliud actum. Hoc quidem sane luculenter, ut ab homine perito definiendi.

Pithius donc, & tous ses semblables, c'est-à-dire, tous ceux qui donnent lieu de s'attendre à tout autre chose qu'à ce que

Ergo & Pythius, & omnes aliud agentes, aliud simulantes, perfidi, improbi, malitiosi sunt. Nullum igitur

1. Il avoit été Préteur avec Ciceron, & avoit appris le droit de Q. Mutius Scevola, grand Pontife, & tres-sçavant Jurisconsule. Un homme qui avoit une galanterie avec une femme nommée Otacilia ; se voyant malade, avoit ordonné par testament, qu'aprés sa mort on payât à cette femme une certaine somme qu'il reconnoissoit luy devoir. Etant revenu en santé, la Dame luy demanda cette somme ; mais sa mauvaise foy ayant été découverte par Aquillius, il crut qu'il étoit à propos de pourvoir à ce cas là, & à plusieurs autres de même espece ; & ce fut ce qui luy fit composer ses formules. Il a laissé encore beaucoup d'autres ouvrages, qui sont citez dans le Digeste, & dans le Code.

factum earum potest utile esse, cum sit tot vitiis inquinatum.

l'on trouve, sont des gens malins, des méchans & des perfides. Comment donc de semblables actions pourroient-elles être utiles, puis qu'elles sont infectées de tant de vices?

Quod si Aquilliana definitio vera est; ex omni vita simulatio dissimulatioque tollenda est. ita nec ut emat melius, nec ut vendat, quidquam simulabit, aut dissimulabit vir bonus.

* Or, si la définition d'Aquillius est bonne & juste, on ne doit donc jamais ni feindre ce qui n'est pas, ni dissimuler ce qui est; & un homme de bien ne fera jamais l'un non plus que l'autre, ni pour vendre plus cher, ni pour acheter à meilleur marché.

Que seroit-ce que le commerce si cette regle étoit suivie.

* Le Chapitre 15. commence icy dans le latin, mais il doit commencer plus bas.

CHAPITRE XV.

Belles dispositions du droit Romain, contre le dol & la mauvaise foy. Belle action de Scevola, dans l'achat d'une maison de campagne. Qu'un honnête homme ne se contente pas de ne rien faire contre les loix pour son interêt. Belle definition d'un homme de bien. Qu'il n'y a rien de plus rare.

Atque iste dolus malus etiam legibus erat vindicatus, ut tutela XII. tabulis, & circumscriptio adolescentium lege Lætoria*: & sine lege judiciis, in quibus additur,* ex fide bona *agitur. Reli-*

Le dol, ou la mauvaise foy, étoient de tout tems punis par les loix: témoin celle des douze Tables touchant les tutelles; & la loy *Lætoria*, contre les circonventions des mineurs. Dans les matieres même où il n'y a

Belle regle du droit Romain.

pas de loy précise contre le dol, il ne laisse pas d'être puni en justice; lors qu'il est question de ces sortes de conventions & de traitez qu'on appelle *de bonne foy*. N'est-ce pas même l'esprit de toutes les autres; comme nous voyons par ces paroles si remarquables, qu'on n'oublie jamais en matiere de conventions matrimoniales, *le mieux & le plus équitablement qu'il sera possible?* Et dans tous les traitez, où il est question d'engager une chose, & de la commettre à la foy de quelqu'un, ne voit-on pas celles-cy, qui ne le sont pas moins, *Comme on agit entre gens de bien?*

quorum autem judiciorum hæc verba maxime excellunt, in arbitrio rei uxoriæ, melius, æquius: *in fiducia*, ut inter bonos bene agier.

Peut-on mieux couper chemin à toute sorte de fraude, qu'en disant qu'on agira *le mieux & le plus équitablement qu'il est possible?* & quel lieu peut encore avoir la malice & le dol, lors qu'il est dit qu'on agira *comme entre gens de bien?* Or, selon Aquillius, il y a du dol par tout où il y a quelque feinte que ce puisse être.

Quid ergo? aut in eo, Quod melius æquius, *potest ulla pars inesse fraudis? aut, cum dicitur:* inter bonos bene agier, *quidquam agi doloso, aut malitiose potest? Dolus autem malus simulatione, ut ait, Aquillius continetur.*

Qu'on bannisse donc la feinte & le mensonge de

Tollendum est igitur ex rebus contrahendis

omne mendacium, non licitatorem venditor, nec qui contra se liceatur, emptor apponet: uterque, si ad eloquendum venerit, non plus, quam semel, eloquetur.

tous les traitez qui se font entre les hommes. Que celui qui vend n'aposte personne pour encherir ce qu'il veut vendre, ni l'acheteur pour en offrir moins que lui; & si l'un & l'autre se parlent, qu'il n'y ait qu'un mot de chaque côté.

Où sont ceux qui ne se servent point de ces petits artifices?

Q. quidem Scævola, P. filius, cum postulasset, ut sibi fundus, cujus emtor erat, semel indicaretur, idque venditor ita fecisset, dixit, se pluris æstimare: addidit centum millia. nemo est, qui hoc boni viri fuisse neget, sapientis negant: ut si minoris, quam potuisset, vendidisset. Hæc igitur est illa pernicies, quod alios bonos, alios sapientes, existimant. ex quo Ennius, Ne quicquam sapere sapientem, qui sibi ipse prodesse non quiret. Vere id quidem, si, quid esset prodesse, mihi cum Ennio conveniret.

Q. Scevola [1], fils de Publius, ayant demandé qu'on luy dît tout d'un coup le prix d'un fonds de terre qu'il vouloit acheter, & le vendeur le luy ayant dit, Scevola dit que le fonds valoit davantage, & en donna mille écus de plus. Personne ne nie que cette action ne soit d'un bon homme; mais on prétend qu'elle n'est pas d'un homme habile; & que Scevola auroit dû au contraire faire son possible, pour avoir le fonds de terre à moins qu'on n'en demandoit. Et VOILA ce qui a tout perdu, d'avoir mis de la difference entre l'habileté & la probité. Ennius y en mettoit comme les autres; puis qu'il a dit que *celuy-là n'est pas habile homme qui ne sçait*

Candeur & simplicité des anciens Romains.

Distinguer la probité de l'habileté: erreur pernicieuse.

1. C'est celuy qu'il fait parler dans son Livre *de l'Amitié*, & qui étoit gendre de Lælius.

pas faire son profit. J'en dirois volontiers autant; si nous convenions luy & moy de ce que c'est que *faire son profit.*

Hecaton de Rhodes, disciple de Panætius, a dit dans ses Livres *des devoirs* qu'il a adressez à Tuberon, qu'à la verité, il est d'un honnête homme, & d'un homme sage, de ne rien faire contre les loix, & les coûtumes de son païs: mais qu'aureste, il doit tâcher de rendre ses affaires les meilleures qu'il luy est possible: parce que nous devons tous souhaiter d'être riche, non seulement pour nous-mêmes, mais encore pour nos enfans, pour nos amis, & même pour la Republique; dont les biens & les facultez des particuliers font la richesse. Celuy-là n'auroit pas approuvé cette action de Scevola dont je viens de parler; puisqu'il declare qu'il n'y a rien qu'il ne voulût faire pour son interêt, hors ce qui est défendu par les loix [1]. C'est de-

Hecatonem quidem Rhodium, discipulum Panætii, video in iis libris, quos de officiis scripsit. Qu. Tuberoni, dicere, Sapientis esse nihil contra mores, leges, instituta facientem, habere rationem rei familiaris. neque enim solum nobis divites esse volumus, sed liberis, propinquis, amicis, maximeque reip. singulorum enim facultates & copiæ, divitiæ sunt civitatis. Huic Scævolæ factum, (de quo paullo ante dixi) placere nullo modo potest. etenim omnino tantum se negat facturum compendii sui causa, quod non liceat. Huic nec laus magna tribuenda, nec gratia est.

1. Qui n'a de probité qu'autant qu'il est necessaire pour se conformer aux loix, n'en a point, selon les Stoïciens; qui vouloient que la raison, l'honnêteté & la vertu suf-

quoy je ne croy pas qu'on luy doive tenir un grand compte, ni qu'on le doive beaucoup loüer.

Sed sive simulatio & dissimulatio dolus malus est; perpauca res sunt, in quibus dolus iste malus non versetur: sive vir bonus est is, qui prodest quibus potest, nocet nemini, certe istum virum bonum non facile reperiemus. Numquam igitur est utile peccare, quia semper est turpe: &, quia semper est honestum virum bonum esse, semper est utile.

Or s'il y a du dol à faire accroire ce qui n'est pas, & à dissimuler ce qui est; combien peu trouverons-nous d'actions dans la vie exemptes de dol? Et si UN HOMME DE BIEN est celuy qui fait du bien à tout le monde, quand il peut, & qui ne fait jamais de mal à personne; où trouverons-nous un homme de bien? Mais enfin il doit demeurer pour constant; qu'IL N'EST jamais utile de mal faire, puisque ce qui est honteux ne sçauroit jamais être utiles, & qu'IL EST toûjours utile d'être homme de bien, puisque ce qui est honnête est toûjours utile.

Belle définition d'un homme de bien.

sent la premiere loy du sage; & cette loy porte la pureté des actions & de la conduite des hommes bien plus loin que les dispositions du droit, qui ne sont qu'*une ombre de la parfaite justice*, comme dit Ciceron, au chap. 17. Voyez la 3. note sur le même chap.

3. Voyez la 4. note sur le chap. 29.

CHAPITRE XVI.

Dispositions du droit Romain, pour établir la bonne foy dans les traitez. Divers exemples sur ce sujet.

Combien le droit Romain exigeoit de bonne foy dans les traitez.

PARMI nous, le droit veut que celuy qui vend un heritage avertisse l'acheteur de tout ce qu'il peut avoir de défauts & de mauvaises qualitez, quand elles luy seroient connuës. Par la loy des douze Tables, le vendeur n'étoit garent que de ce qu'il avoit dit en répondant aux demandes de l'acheteur ; & quand il n'avoit pas dit la verité, il payoit la peine du double. Mais les Jurisconsultes ont établi des peines contre ceux mêmes qui n'avertissent pas des défauts de ce qu'ils vendent, & les en rendent garents. En voici un exemple.

Ac de jure quidem prædiorum sancitum est apud nos jure civili, ut in his vendendis vitia dicerentur, quæ nota essent venditori. Nam cum ex XII. tabulis satis esset ea præstari, quæ essent lingua nuncupata, quæ qui inficiatus esset, dupli pœnam subiret : à jureconsultis etiam reticentiæ pœna est constituta. Quidquid enim esset in prædio vitii, id statuerunt, si venditor sciret, nisi nominatim dictum esset, præstari oportere.

Belle histoire.

Les Augures ayant tous les jours à faire leur charge du haut du Capitole 1 ; & trouvant qu'une maison isolée, que T. Claudius

Ut, cum in arce augurium augures acturi essent, jussissentque T. Claudium Centumalum, qui ædes in

1. Comme les Augures tiroient la plûpart de leurs présages du vol des oiseaux, il leur falloit pour cela un lieu élevé & dont rien n'empêchât la vûë.

Cœlio monte habebat, demoliri ea, quorum altitudo officeret auspiciis. Claudius proscripsit insulam; vendidit: emit P. Calpurnius Lanarius. huic ab auguribus illud idem denuntiatum est. Itaque Calpurnius cum demolitus esset, cognossetque, Claudium ædes postea proscripsisse, quam esset ab auguribus demoliri jussus, arbitrum illum adegit, quidquid sibi dare facere oporteret ex fide bona.

M. Cato sententiam dixit, hujus nostri Catonis pater: ut enim ceteri ex patribus, sic hic, qui lumen illud progenuit, ex filio est nominandus. Is igitur judex ita pronuntiavit: cum in venundando rem eam scisset, & non pronuntiasset, emtori damnum præstari oportere. igitur ad fidem bonam statuit pertinere notum esse emtori vitium, quod nosset venditor.

Centumalus avoit au mont Cælius leur empêchoit la vûë par sa hauteur, ils luy ordonnerent de l'abattre. Aussi-tôt il mit sa maison en vente, & P. Calpurnius Lanarius l'acheta. Les Augures la lui firent abattre; & lui ayant sçû que Claudius ne l'avoit mise en vente, que depuis l'ordre qu'il avoit reçu d'eux, intenta action contre lui; pour le faire condamner à tout ce que la bonne foy demandoit qu'il fît, ou qu'il lui payât pour son dédommagement.

L'affaire fut jugée par Caton, pere de nôtre illustre Caton (car au lieu qu'on fait connoître les autres par leurs peres, c'est faire honneur à celuy qui a mis au monde cette lumiere de nos jours, que de le faire connoître par son fils;) & la Sentence porte, que le vendeur ayant sçû la chose, & n'en ayant pas averti l'acheteur, il étoit tenu de son dédommagement; il fut donc jugé qu'il est de la bonne foy que le vendeur avertisse l'acheteur des défauts de ce

Belle marque du respect que Ciceron avoit pour Caton.

qu'il vend, & qui sont de sa connoissance.

Or, si céla est bien jugé, sans doute que ni le marchand de bled, ni celui qui vendoit une maison empestée, n'ont pas dû cacher ce qu'ils sçavoient. Tous les cas pareils n'ont pû être exprimez par le droit; mais on se tient exactement à tous ceux qui le sont.

Quod si recte judicavit; non recte frumentarius ille, non recte ædium pestilentium venditor tacuit. sed hujusmodi reticentia jure civili omnes comprehendi non possunt, quæ autem possunt, diligenter tenentur.

M. Marius Gratidianus, nôtre parent, avoit vendu à C. Sergius Orata, une maison qu'il avoit achetée de luy, quelques années auparavant, & sur laquelle Sergius avoit une servitude. Marius n'en ayant rien dit en la vendant, l'affaire fut portée en justice. Crassus soûtenoit la cause de Sergius; & Antoine celle de Marius. Crassus insistoit sur la disposition du droit, qui veut que le vendeur soit garent des vices dont il n'a pas averti, quoi qu'ils lui fussent connus. Antoine allegnoit l'équité, selon laquelle il semble que Marius vendant la maison à un homme à qui elle avoit appartenue, & qui

Bel exemple de la regularité des anciens Romains.

M. Marius Gratidianus, propinquus noster, C. Sergio Oratæ vendiderat ædes eas, quas ab eodem ipse paucis ante annis emerat. hæ Sergio serviebant: sed hoc in mancipio Marius non dixerat. Adducta res in judicium est. Oratam Crassus, Gratidianum defendebat Antonius. jus Crassus urgebat: quod vitii venditor non dixisset sciens; id oportere præstari; æquitatem Antonius: quoniam id vitium ignotum Sergio non fuisset, qui illas ædes vendidisset, nihil fuisse necesse dici: nec eum esse deceptum, qui id quod

quod emerat, quo jure esset teneret. Quorsum hæc? ut illud intelligas, non placuisse majoribus nostris astutos.

sçavoit par consequent à quoy elle étoit sujette, il n'avoit pas été obligé de l'en avertir; & que Sergius ne pouvoit se plaindre d'avoir été trompé, puis qu'il connoissoit l'état & la nature de la maison. Je ne vous rapporte ces exemples, que pour vous faire voir, combien le moindre soupçon d'artifice déplaisoit à nos ancêtres.

CHAPITRE XVII.

Difference de la maniere dont les loix & la philosophie s'opposent à l'artifice. Qu'il n'est non plus permis de tendre des pieges, que de pousser quelqu'un pour l'y faire donner. Combien la coûtume s'est écartée de ce que la nature prescrit. Le droit des gens est supposé dans le droit civil. Que celuy-cy est pris de la loy naturelle. Beaux principes du droit Romain. Difference de l'habileté artificieuse, & de la veritable prudence.

Sed aliter leges, aliter Philosophi tollunt astutias: leges, quatenus manu tenere possunt, Philosophi, quatenus ratione & intelligentia. Ratio igitur postulat, ne quid insidiose, ne quid simulate, ne quid fallaciter.

Les loix reglent le dehors, & la philosophie le dedans.

MAIS les Philosophes s'opposent à l'artifice bien autrement que les loix. Les loix ne le sçauroient faire qu'autant qu'il est palpable, & qu'elles peuvent, pour ainsi dire, y porter la main. Mais les Philosophes en coupent la racine jusques dans le fond de l'ame, par la force de la raison. Car LA RAI-

SON défend de jamais rien faire où il y ait ni feinte, ni fraude, ni piege tendu.

Mais où est le mal, dira-t'on, quand on ne pousse personne pour le faire donner dans le piege ? Et quoy, les bêtes ne donnent-elles pas souvent d'elles-mêmes dans ceux qu'on leur a tendus ? Quand vous mettez un écriteau à une maison, dont vous voulez vous défaire, à cause de quelques défauts dont vous n'avertissez point, voila le piege tendu ; & quelqu'un y donnera sans sçavoir ce qu'il fait.

Sunt ne igitur insidiæ, tendere plagas, etiam si excitaturus non sis, nec agitaturus? ipsæ enim feræ nullo insequente sæpe incidunt. sic tu ædes proscribas, tabulam tanquam plagam, ponas, domum propter vitia vendas; in eam aliquis incurrat imprudens.

La coûtume authorise bien des choses, que la raison & la verité condamnent.

Je sçai bien qu'au point où la dépravation des hommes a mis les choses, cela ne passe plus pour une mauvaise action ; & que les loix & le droit civil le souffrent. Mais la loy de la nature le défend. Car, je le repete encore, quoy que je l'aye déja dit plusieurs fois, il y a entre les hommes une societé naturelle & generale qui les comprend tous, & qui les lie tous les uns aux autres 1.

Hoc quamquam video propter depravationem consuetudinis, neque more turpe haberi, neque aut lege sanciri, aut jure civili, tamen naturæ lege sancitum est. societas enim est, (quod, etsi sæpe dictum est, dicendum tamen est sæpius,) latissime quidem quæ pateat, hominum inter homines.

1. Et cette liaison faisant de tous les hommes un même

Interior eorum, qui ejusdem generis sunt, propior eorum, qui ejusdem civitatis. Itaque majores aliud jus gentium, aliud jus civile esse voluerunt, quod civile, non idem continuo gentium; quod autem gentium, idem civile esse debet.

Il est vrai qu'il y en a une plus intime, entre ceux qui sont d'une même famille; & que même, celle qui est entre les citoyens est plus étroite que la societé generale qui unit tout le genre humain. Aussi y a t'il de la difference entre le droit des gens & le droit civil : nos peres y ont toûjours mis: & tout ce qui est du droit civil, n'est pas pour cela du droit des gens; mais TOUT ce qui est du droit des gens doit être censé du droit civil [2].

Sed nos veri juris, germanaque justitiæ solidam, & expressam effigiem nullam tene-

Nôtre droit civil n'est même qu'une ombre du veritable droit, & de la parfaite justice [3]; & plût

Les loix de la raison & de la nature cess.

corps, les oblige d'entrer dans les interêts les uns des autres.

2. Le droit des gens n'est autre chose, que certains principes de la loy naturelle, qui sont reçûs de tous les peuples de la terre, la loy naturelle dont ils dérivent étant gravée dans le cœur de tous les hommes. Le droit civil a reglé certaines choses, qui ne sont point reglées par la loy naturelle; & qui le peuvent être differemment, selon les differentes circonstances des temps ou des lieux. Mais il ne sçauroit rien établir de contraire à la loy naturelle; il la suppose, au contraire, comme le fondement de toutes ses dispositions, & c'est par là qu'il est vrai de dire que tout ce qui est de la loy naturelle doit être censé du droit civil.

3. Le droit regarde les hommes tels qu'ils sont; c'est à dire dans l'état malheureux où leur corruption les reduits, & ne regle que le dehors de leurs actions; au lieu que la loy naturelle, dans l'observation de laquelle consiste *la parfaite justice*, les regardent tels qu'ils devroient être, c'est à dire, dans toute la pureté de leur

prennent toutes les autres & vont même beaucoup plus loin.

à Dieu que nous suivissions au moins cette ombre, tout ombre qu'elle est ; puis qu'elle est tirée des principes de la nature, & de l'idée de la verité ! C'est de là que nous avons pris cette admirable formule, *En sorte que je ne sois point trompé ; & que je ne souffre aucun dommage, pour m'être commis à vôtre bonne foy*, & cette autre, *On agira sans fraude, équitablement, & comme on fait entre gens de bien.* Mais la grande question est de sçavoir ce que c'est qu'*agir équitablement*, & ce que c'est *qu'être homme de bien.*

Beaux principes du droit Romain.

mus : umbra & imaginibus utimur : eas ipsas utinam sequeremur ! feruntur enim ex optimis naturæ, & veritatis exemplis. Nam quanti verba illa, Uti ne propter te, fidemve tuam captus, fraudatusve siem ? *quam illa aurea* ! Ut inter bonos bene agier oportet, & sine fraudatione ? *Sed qui sint boni, & quid sit, bene agi, magna quæstio est.*

Qu. Scevola, grand Pontife 4, avoit accoûtumé de dire, que tous les traitez où la clause, *de bonne foy*, étoit ajoûtée, étoient d'une merveilleuse force: Que ces mots disoient beaucoup, & qu'ils étoient

Qu. quidem Scævola, Pontifex max. summam vim dicebat esse in omnibus iis arbitriis, in quibus adderetur, ex fide bona : fideique bonæ nomen existimabat manare latissime, idque

premier état, & regle leurs sentimens mêmes & leurs pensées. Ainsi elles demandent bien plus de candeur, de simplicité, de sincerité & de bonne foy, dans tout ce qu'ils traitent les uns avec les autres, que le droit n'y en sçauroit établir. Voilà par où il est vray de dire que le droit civil n'est proprement qu'*une ombre du veritable droit, & de la parfaite justice.*

4. C'est celuy à qui Ciceron dit au premier chap. du Livre *de l'Amitié*, qu'il s'attacha aprés la mort de l'Augure Q. Mucius; & dont il parle comme du plus grand homme qui fût alors dans la Republique.

versari in tutelis, societatibus, fiduciis, mandatis, rebus emtis, venditis, conductis, locatis, quibus vitæ societas continetur: in his magni esse judicis, statuere (præsertim cum in plerisque essent judicia contraria) quid quemque cuique præstare oporteret.

d'une grande étenduë; puis qu'ils avoient lieu dans les tutelles, les societez, les contrats d'engagemens, les commissions, les achats, les ventes, les locations & autres semblables, sur quoy roule le commerce de la vie humaine: Qu'il étoit d'un grand Juge de sçavoir déterminer précisément dans chaque sorte d'affaire, à quoy on étoit tenu en vertu de cette clause; & que cela étoit d'autant plus difficile, que les jugemens rendus sur ces sortes de traitez étoient souvent contraires les uns aux autres.

Il est d'un grand Juge, de voir jusqu'où doit aller la bonne foy.

Quocirca astutiæ tollendæ sunt, eaque malitia, quæ vult illa quidem videri se esse prudentiam, sed abest ab ea, distatque plurimum. Prudentia est enim locata in delectu bonorum, & malorum: malitia (si omnia quæ turpia sunt, mala sunt) mala bonis ponit ante.

Il faut donc bannir du commerce des hommes toutes sortes de ruses & d'artifices: & proscrire cette habileté maligne, qui voudroit passer pour prudence, mais qui en est infiniment éloignée: puis qu'au lieu que la prudence consiste dans le discernement du bien & du mal, cette pretenduë habileté prefere le mal au bien; s'il est vrai, comme on n'en sçauroit douter, que TOUT ce qui n'est pas honnête est un mal, quelque utile

Combien l'habileté maligne est differente de la veritable prudence.

qu'il paroisse.

Ce n'est pas seulement sur ce qui regarde les maisons & les heritages, que le droit civil, qui est tiré de la loy naturelle, punit la fraude & la malice. Il ne souffre pas non plus aucune sorte de tromperie dans les ventes des esclaves. Car, par l'Edit des Ædiles, un homme qui vend son esclave, & qui doit sçavoir s'il est malsain, voleur, ou sujet à s'enfuïr, en répond à l'acheteur : mais un heritier qui vend des esclaves qu'il a trouvez dans une succession, n'en répond pas 5.

Qui connoît les défauts de ce qu'il vend, & n'en avertit pas, en doit répondre.

Nec vero in prædiis solum jus civile, ductum à natura, malitiam fraudemque vindicat : sed etiam in mancipiorum venditione fraus venditoris omnis excluditur. qui enim scire debuit, de sanitate, de fuga, de furtis, præstat edicto Ædilium. Heredum alia causa est.

5. Parce qu'on presume qu'il ne les connoît pas comme les siens propres.

CHAPITRE XVIII.

Combien l'artifice est contraire à ce que la loy naturelle demande des hommes. Quels maux a fait dans le monde la fausse persuasion, que ce qui n'est pas honnête puisse être utile. Exemple sur ce sujet.

C'est la loy naturelle qui parle, dans ces dispositions de droit ; puis que c'est d'elle qu'il dérive, & qu'elle en est la source & le principe. Il est donc clair, que LA NA-

Beau principe de la loy naturelle.

Ex quo intelligitur, quoniam juris natura fons sit, hoc secundum naturam esse, neminem id agere, ut ex alterius prædetur inscientia. nec ulla per-

nicies vitæ major inveniri potest, quam in malitia simulatio intelligentia: ex quo ista innumerabilia nascuntur, ut utilia cum honestis pugnare videantur, quotus enim quisque reperietur, qui impunitate & ignoratione omnium proposita, abstinere possit injuria?

TURE ne nous permet pas d'abuser de l'ignorance des autres, & de nous en prévaloir contre eux; & qu'IL N'Y A RIEN de plus pernicieux à la societé humaine, que cette malice artificieuse qui passe pour habileté; & qui trouvant en une infinité de rencontres, que l'utilité ne se peut accorder avec l'honnêteté, l'abandonne pour suivre ce qui luy paroît utile; & c'est ce qui a tout perdu. Car où SONT ceux qui s'abstiendroient de l'injustice dont il leur reviendroit quelque profit, s'ils pouvoient s'en promettre l'impunité; & qu'ils eussent quelque moyen sûr d'en dérober la connoissance à tout le monde?

Ciceron connoissoit bien les hommes.

Periclitemur, si placet, in iis quidem exemplis, in quibus peccari vulgus hominum fortasse non putat. Neque enim de sicariis, veneficis, testamentariis, furibus, peculatoribus hoc loco disserendum est: qui non verbis sunt, & disputatione Philosophorum, sed vinculis

* Je veux vous le montrer par des exemples; & sur des choses même où le commun des hommes ne croit pas qu'il y ait aucun mal. Car il n'est pas icy question des assassins, des empoisonneurs, des faussaires, des voleurs & des concussionnaires; & ce n'est pas par des raisonnemens de Philosophie

* Le Chapitre 18. ne commence qu'icy dans le latin; mais il doit commencer plus haut.

qu'on doit reprimer ces sortes de ſcelerats ; mais par les chaînes & la priſon. Voyons donc ce que font ceux même que l'on appelle gens de bien.

& carcere fatigandi. ſed hæc conſideremus, quæ faciunt ii, qui habentur boni.

Hiſtoire qui fait bien voir, ce que c'eſt que la fauſſe probité.

Certaines gens apporterent de Grece à Rome, un faux teſtament de L. Minutius Baſilus, qui avoit laiſſé de grands biens : & pour le faire valoir plus aiſément, ils y avoient mis pour heritiers avec eux M. Craſſus, & Q. Hortenſius, les deux hommes de ce tems-là qui avoient le plus de crédit. Quoy qu'ils ſe doutaſſent bien que le teſtament étoit faux, ils crûrent que c'étoit aſſez que de n'avoir point de part à la fauſſeté ; & ne furent pas fâchez de profiter du crime d'autruy. Mais, pour ſauver leur innocence, dans une telle rencontre, ſuffiſoit-il donc de n'être point complices de la fauſſeté ? On ne me le perſuaderoit pas aiſément ; quoy que j'aye toûjours été ami de l'un [1], tant qu'il a vécu ; & que la mort de l'autre

La probité ne permet pas plus de profiter de l'injuſtice, que de la faire.

L. Minutii Baſili, locupletis hominis, falſum teſtamentum quidam è Græcia Romam attulerunt : quod quo facilius obtinerent, ſcripſerunt heredes ſecum M. Craſſum, & Qu. Hortenſium, homines ejuſdem ætatis potentiſſimos : qui, cum illud falſum eſſe ſuſpicarentur, ſibi autem nullius eſſent conſcii culpæ, alieni facinoris munuſculum non repudiaverunt. Quid ergo? ſatim hoc eſt, ut non deliquiſſe videantur? mihi quidem non videtur : quamquam alterum amavi vivum, alterum non odi mortuum.

1. C'eſt Hortenſius grand Orateur, auſſi bien que Ciceron.

2 ait éteint la haine que j'avois pour luy.

Sed cum Basilus M. Satrium, sororis filium, nomen suum ferre voluisset, eumque fecisset hæredem : hunc, ait, dico patronum agri Piceni & Sabini ; (O turpem notam temporum illorum !) num erat æquum, principes civis rem habere, ad Satrium nihil præter nomen pervenire ? Etenim si is, qui non defendit injuriam, neque propulsat à suis, cum potest, injuste facit, ut in primo libro disserui : qualis habendus est is, qui non modo non repellit, sed etiam adjuvat injuriam ? Mihi quidem etiam veræ hæreditates non honestæ videntur, si sint malitiosis blanditiis officiorum, non veritate, sed simulatione quæsitæ.

Basilus avoit aussi fait son heritier M. Satrius, fils de sa sœur, celui qui, à la honte de ces tems-là, fut protecteur des Piceniens & des Sabins 3 ; & avoit ordonné qu'il portât son nom. Etoit-il donc juste que des citoyens du premier rang eussent tout le bien de Basilus : & que Satrius n'en eût que le nom ? Car si c'est une injustice, comme je l'ay fait voir dans le premier Livre, que de ne pas défendre son concitoyen d'une injure que quelqu'un luy voudroit faire ; que doit-on dire de celui qui bien loin de repousser l'injure, en veut bien être le fauteur & l'instrument ? Pour moi, je trouve qu'IL N'EST pas honnête de profiter des testamens mêmes les plus veritables, lors qu'on se les est attirez par des soins étudiez & contrefaits, plûtôt que par une

Un honnête homme ne se veut rien attirer par de fausses demonstrations d'amitié.

2. C'est Crassus, que Ciceron n'aimoit pas, & qu'il maltraite fort dans ses paradoxes.

3. Satrius étoit apparemment peu digne, par ses mœurs ou par sa qualité, d'être le protecteur de ces peuples, qui choisissoient d'ordinaire pour cela des personnes du premier rang, & d'un merite distingué.

amitié sincere & veritable.

Je sçai bien que sur cela la plûpart trouvent que si un parti est le plus honnête, l'autre est aussi le plus utile. Mais on a tort d'en juger ainsi, puisque l'HONNESTETE' est l'unique regle de l'utilité ; & que dés que l'on n'en convient pas, il n'y a point de fraude ni de crime dont on ne soit capable. Car quand on peut dire en soy-même : Il est vrai que ce parti-là est honnête ; mais celui-cy est utile, on est donc infecté de cette fausse opinion qui separe ce que la nature & la verité ne separent point ; & cette seule erreur est la source de toutes les fraudes, de toutes les méchantes actions, & de tous les crimes.

Principe fondamental de l'honnêteté.

Atqui in talibus rebus aliud utile interdum, aliud honestum videri solet. Falso: nam eadem utilitatis, quæ honestatis est regula : qui hoc non perviderit, ab hoc nulla fraus aberit, nullum facinus. Sic enim cogitans : Est istuc quidem honestum, verum hoc expedit, res à natura copulatas audebit errore divellere : qui fons est fraudium, maleficiorum, scelerum omnium.

CHAPITRE XIX.

Quelle est la disposition de la veritable probité, à l'égard des mauvaises actions qu'on seroit le plus assuré de pouvoir cacher. Belle définition d'un homme de bien. Combien il est rare de trouver tout ce que cette qualité enferme. Façon de parler, passée en proverbe, & tirée des païsans mêmes, qui fait voir que la nature toute seule nous enseigne, que ce qui n'est pas honnête ne sçauroit jamais être utile.

ITaque si vir bonus habeat hanc vim, ut, si digitis concrepuerit, possit in locupletium testamenta nomen ejus irrepere; hac vi non utatur, ne si exploratum quidem habeat, id omnino neminem unquam suspicaturum. At dares hanc vim M. Crasso, ut digitorum percussione heres posset scriptus esse; qui re vera non esset heres, in foro, mihi crede, saltaret.

QUAND un homme de bien n'auroit donc qu'à remuer la main, pour faire glisser son nom dans les testamens des plus riches citoyens; & qu'il seroit même assûré que personne n'en sçauroit, ni n'en soupçonneroit jamais rien; il ne le feroit jamais. Mais donnez ce secret à M. Crassus [1], vous le verrez danser de joye en place publique.

Homo autem justus, isque quem sentimus virum bonum, nihil cuiquam, quod in se transferat, detrahet. Hoc qui admiratur, is se, quid sit vir bo-

UN HOMME de bien, c'est-à-dire, un homme équitable & juste, n'ôtera donc jamais rien à personne pour se l'appliquer; & quiconque a de la peine à le comprendre, ne sçait

1. C'est ce même Crassus, dont il est parlé au chapitre précedent.

pas même ce que c'est qu'être homme de bien.

Mais comme il n'est pourtant pas possible, qu'on n'en ait au moins quelque notion confuse; que chacun essaye de la débroüiller. Il trouvera sans doute, qu'UN HOMME DE BIEN est un homme qui fait du bien à tout le monde; autant qu'il le peut; & qui ne fait jamais aucun mal à personne, à moins d'y être forcé, par la necessité de repousser quelque injure qu'on luy voudroit faire. Je demande donc, si ce n'est point faire du mal, que de faire disparoistre, par quelque secret, de dessus un testament, le nom des veritables heritiers; & d'y faire trouver le sien.

Juste idée d'un homme de bien.

Quoy, dira quelqu'un, chacun manquera de faire ce qui lui est utile, & dont il peut tirer du profit? Mais qu'il comprenne plûtôt, que CE QUI est injuste ne sçauroit jamais être utile. Car QUI N'A pas ce principe gravé jusques dans le fond de l'ame, ne sçauroit être homme de bien.

Qui peut regarder comme utile ce qui n'est pas juste, ne sçauroit être homme de bien.

Je me souviens d'avoir

nus; nescire fateatur.

At vero si quis voluerit animi sui complicatam notionem evolvere, jam se ipse doceat, eum virum bonum esse, qui prosit quibus possit, noceat nemini, nisi lacessitus injuria. Quid ergo? hic non noceat, qui quodam quasi veneno perficiat, ut veros hæredes moveat, in eorum locum ipse succedat?

Non igitur faciat (dixerit quis) quod utile sit, quod expediat? Immo intelligat, nihil nec expedire, nec utile esse, quod sit injustum. hoc qui non didicerit, bonus vir esse non poterit.

Fimbriam consula-

rem audiebam de patre nostro puer, judicem M. Lutatio Pinthia fuisse, equiti Rom. sane honesto, cum is sponsionem fecisset, Ni bonus vir esset; *itaque ei dixisse Fimbriam, se illam rem numquam judicaturum: ne aut spoliaret fama probatum hominem, si contra judicasset, aut statuisse videretur, virum bonum aliquem esse cum ea res innumerabilibus officiis & laudibus contineretur.*

oüi dire à mon pere, dans mon enfance, que Fimbria, homme Consulaire, fut donné pour juge, dans je ne sçay quelle affaire, à M. Lutatius Pinthia, Chevalier Romain, & tres-honnête homme; & que Pinthia, dans une affirmation qu'il fallut faire devant le Juge, s'étant servi de cette formule, *Comme je suis homme de bien*, Fimbria luy dit qu'il ne jugeroit jamais ce procés-là; puisque de prononcer contre luy, aprés une telle affirmation, ce seroit luy faire perdre la réputation d'homme de bien; & qu'aussi de prononcer pour luy, sur cette même affirmation, ce seroit décider qu'on peut trouver un homme de bien dans le monde; ce qu'il ne pouvoit se résoudre de faire; sçachant combien il faut de vertus, & de grandes qualitez, pour faire un homme de bien.

Ce qui est renfermé dans la qualité d'homme de bien, est plus grand & plus rare qu'on ne pense.

Huic igitur viro bono, quem Fimbria etiam, non modo Socrates noverat, nullo modo videri potest quidquam esse utile,

Or cet *homme de bien*, dont Fimbria avoit l'idée, aussi bien que Socrate, ne trouvera jamais utile ce qui ne sera pas honnête; & jamais il ne luy arrivera de rien faire, ni même de rien penser, qu'il ne puisse faire connoître à tout le monde.

quod non honestum sit. Itaque talis vir non modo facere, sed nec cogitare quidem quidquam audebit, quod non audeat prædicare.

C'est de quoy il seroit bien honteux à des Philosophes de douter, puisque les païsans mêmes n'en doutent pas. Témoin cette façon de parler, qui est passée en proverbe il y a long-tems, *C'est un homme avec qui on pourroit joüer à la mourre en pleine nuit*: car c'est des païsans qu'on l'a tirée; & c'est ce qu'ils ont accoûtumé de dire, pour loüer la probité & la fidelité de quelqu'un. Or n'est-ce pas dire clairement, qu'IL N'Y A rien d'utile de ce qui n'est pas honnête; & qu'il ne faut jamais le faire, quand on seroit assûré que personne ne pourroit ne s'y opposer, ni le sçavoir?

Hæc nonne est turpe dubitare Philosophos, quæ ne rustici quidem dubitent? à quibus natum est id, quod jam tritum est vetustate proverbium: cum enim fidem alicujus bonitatemque laudant, dignum esse dicunt, quicum in tenebris mices. Hoc quam habet vim, nisi illam, nihil expedire, quod non deceat, etiam si id possis nullo refellente obtinere?

Vous voyez donc qu'il ne faut que ce seul proverbe, pour faire le procés, & à Gigés, & à celuy qui par un tour de main pourroit faire glisser son nom sur le testament

Videsne igitur, hoc proverbio neque Gygi illi posse veniam dari, neque huic, quem paullo ante fingebam digitorum percussione hereditates omnium

posse convertere? Ut enim, quod turpe est, id quamvis occultetur, tamen honestum fieri nullo modo potest: sic, quod honestum non est, id utile ut sit, effici non potest, adversante & repugnante natura.

de tout le monde, & qui useroit de son secret. Car COMME il n'est pas possible que ce qui n'est pas honnête le devienne, quelque caché qu'il pût être; il n'est pas possible non plus qu'il devienne utile; & la nature ne repugne pas moins à l'un qu'à l'autre.

CHAPITRE XX.

Si, pour les plus grands avantages, on peut s'écarter de son devoir. Divers exemples sur ce sujet. Combien peu de gens sçavent renoncer à un grand profit, quand la faute par où on peut se le procurer paroît petite. Belle regle pour s'empêcher de tomber dans cet inconvenient. Ce qu'on perd quand pour quelque utilité apparente on se laisse aller à quelque injustice.

AT enim cum permagna præmia sunt, est causa peccandi.

MAIS quoy, pour les plus grands avantages, ne pourroit-on point s'écarter un peu de son devoir? Il semble, par la conduite de Marius, qu'il ait crû qu'on le pouvoit.

C. Marius cum à spe consulatus longe abesset, & jam septimum annum post Præturam jaceret, neque petiturus unquam consulatum videretur, Qu. Metellum, cujus

Comme il se voyoit fort éloigné du Consulat, & hors d'état de le demander jamais, n'ayant pas pû avancer d'un pas, depuis sept ans qu'il avoit été Prêteur; il arriva que Metellus a, un des plus

Méchante action de Marius.

a. C'est celuy à qui les victoires qu'il remporta sur Ju-

grands hommes, & des plus illustres citoyens de la Republique, qui commandoit alors l'armée en Afrique, & sous qui Marius servoit en qualité de Lieutenant, l'ayant envoyé à Rome pour quelques affaires, Marius commença de répandre de faux bruits parmi le peuple, contre ce grand homme son General, l'accusant de prolonger la guerre à dessein, & faisant entendre en même tems, que si on vouloit le faire Consul, il mettroit dans peu Jugurtha, mort ou vif, au pouvoir du peuple Romain. Cet artifice luy réüssit, & il parvint au Consulat: mais ce fut aux dépens de la justice, & de la fidelité qu'il devoit à ce grand & illustre citoyen, qui étoit même son General, & qui luy avoit fait faire ce voyage, & en luy attirant la haine du peuple, par une pure calomnie.

legatus erat, summum virum & civem, cum ab eo, Imperatore suo, Romam missus esset, apud populum Romanum criminatus est, bellum ducere: si se consulem fecissent, brevi tempore aut vivum, aut mortuum Jugurtham se in potestatem populi Romani redacturum. Itaque factus est ille quidem consul, sed à fide, justitiaque discessit, qui optimum, & gravissimum civem, cujus legatus, & à quo missus esset, in invidiam falsò crimine adduxerit.

Infidelité faite par

Gratidianus, nôtre parent[1] étant Préteur, fit

Ne noster quidem Gratidianus officio bo-

gurtha, Roy de Numidie, acquirent le surnom de Numidique.

1. Le pere de Ciceron, & ce Gratidianus, étoient enfans des deux sœurs.

ni viri functus est tum, cum prætor esset, collegiumque prætorum tribuni plebis adhibuissent, ut res nummaria de communi sententia constitueretur. jactabatur enim temporibus illis nummus sic, ut nemo posset scire, quid haberet. Conscripserunt communiter edictum cum pœna atque judicio, constitueruntque, ut omnes simul in rostra post meridiem descenderent: & ceteri quidem alius alio, Marius à subselliis in rostra recta, idque quod communiter compositum fuerat, solus edixit, & ea res (si quæris) ei magno honori fuit omnibus vicis statuæ: ad eas thus, & cerei. quid multa? nemo umquam multitudini fuit carior.

aussi une action qui n'étoit pas d'un honnête homme. Les Préteurs & les Tribuns s'étoient assemblez, pour faire un reglement touchant les monnoyes, dont le prix changeoit à toute heure en ce tems-là; en sorte que personne ne pouvoit dire quel bien il avoit. L'Edit étant fait & arrêté entr'eux, avec une peine contre les contrevenans, ils convinrent de se rendre tous ensemble l'aprés midy à la Tribune, pour le prononcer au peuple: & sur cela ils se separerent, & chacun s'en alla de son côté. Gratidianus laissa aller les autres, & du lieu de l'Assemblée, marcha droit à la Tribune; & prononça seul au peuple, ce qui avoit été fait en commun, & à quoy les autres avoient autant de part que luy. Cela luy fit un grand honneur parmi le peuple: on luy éleva des statuës dans toutes les ruës, & on leur brûla même des cierges & de l'encens; enfin jamais personne ne fut mieux dans les bonnes graces du peuple.

Gratidianus à ses collegues.

Il faut bien de la vertu, pour ne se pas procurer un grand avantage par une petite infidelité à son devoir.

Voilà les occasions où l'on se laisse démonter; & aprés avoir hesité quelque tems, l'apparence de l'utilité l'emporte; lorsque la faute contre la justice ne paroît pas grande, & que ce qu'elle produit paroît grand.

Hæc sunt, quæ conturbant in deliberatione non numquam, cum id, in quo violatur æquitas, non ita magnum; illud autem, quod ex eo paritur, permagnum videtur.

Gratidianus trouva que c'étoit peu de chose, que d'enlever à ses Collegues le merite qu'ils se seroient fait auprés du peuple; & que c'étoit un grand avantage pour lui, que de profiter de cette occasion, pour se frayer le chemin au Consulat, qui étoit le but à quoy il tendoit.

Ut Mario, præripere collegis, & tribunis plebi popularem gratiam; non ita turpe; consulem ob eam rem fieri, quod sibi tunc proposuerat, valde utile videbatur.

Qui ne connoîtroit bien d'utile de ce qui n'est pas honnête, ne feroit jamais de faute.

Mais dans tous ces cas-là, il n'y a qu'une seule regle à observer; & je voudrois que vous l'eussiez toûjours presente: c'est en un mot de prendre garde, si ce qui paroît utile n'est point contraire à l'honnêteté; & de ne le croire jamais utile, lors qu'il y sera contraire.

Sed omnium una regula est, quam tibi cupio esse notissimam: aut illud, quod utile videtur, turpe ne sit; aut, si turpe est, ne videatur esse utile.

Qui seroit fidele à consulter sa raison, verroit toûjours bien clairement, ce que la probité demande.

Pouvons-nous donc prendre ni Marius, ni Gratidianus, pour des gens de bien? Développez un peu vos idées: consultez vôtre raison; & voyez quel portrait elle vous fait d'un

Quid igitur? possumusne aut illum Marium, virum bonum judicare, aut hunc? Explica atque excute intelligentiam tuam, ut videas, quæ sit in

ea species, forma, & notio viri boni. Cadit ergo in virum bonum mentiri emolumenti sui causâ, criminari, præripere, fallere? nihil profectò minus. Est ergo ulla res tanti, aut commodum ullum tam expetendum, ut viri boni & splendorem, & nomen amittas? quid est, quod afferre tantum utilitas ista, quæ dicitur, possit, quantum auferre, si boni viri nomen eripuerit? fidem justitiamque detraxerit? Quid enim interest, utrum ex homine se quis conferat in beluam, an hominis figura immanitatem gerat belua?

homme de bien, & ce qui est enfermé dans la notion qu'elle vous en donne. Y trouverez-vous qu'il soit d'un homme de bien de mentir pour son interêt, de calomnier, de tromper, d'enlever aux autres ce qui leur appartient? Rien moins que cela. Quelle utilité, quel avantage pouvez-vous donc jamais desirer jusqu'au point de vouloir bien perdre, pour y parvenir, non seulement le nom & la reputation, mais la qualité même d'homme de bien? Que vous apportera cette prétenduë utilité, qui puisse reparer une telle perte? Et par où vous recompensera-t'elle de celle de la justice & de la probité, qu'elle vous ôte? Or, de vous l'ôter, c'est proprement vous changer en bête. Car qu'importe que la figure d'homme vous demeure, lorsque vous portez au dedans la ferocité des bêtes?

On ne pense pas à ce qu'on perd quand on fait quelque chose contre son devoir.

Ce qui éteint la probité dans l'homme, en fait quelque chose de pire que les bêtes.

CHAPITRE XXI.

Que l'honnêteté défend de s'allier avec les méchans. Maxime déteſtable de Ceſar. Oppreſſion de la République par un particulier, dernier attentat où puiſſe conduire la fauſſe maxime, que ce qui n'eſt pas honnête peut être utile. Peinture du malheureux état des Tyrans.

CEUX qui ne conſiderent ni la juſtice, ni l'honnêteté, pourvû qu'ils viennent à bout de s'agrandir, n'en font-ils pas autant que celuy qui alla juſqu'à vouloir bien être le gendre d'un homme dont l'audace pouvoit ſervir à le rendre plus puiſſant? Il parut utile à Pompée, de s'élever par ce qui attiroit la haine publique à Ceſar. Mais il ne voyoit pas quelle injure il faiſoit par là à ſa patrie, & combien cela étoit honteux & contraire à l'honnêteté; & par conſequent combien il s'en falloit que cela ne luy fût utile à luymême.

Il n'eſt pas honnête de vouloir profiter du pouvoir & de la conſideration des méchans.

Pour le beau-pere, il avoit ſans ceſſe dans la bouche ces vers de la Tragédie des Phœniſſes, que je ne rendray peut-être pas avec toutes leurs graces; mais il ſuffit d'en fai-

QUid? qui omnia recta & honeſta negligunt, dum modo potentiam conſequantur, nonne idem faciunt, quod is, qui etiam ſocerum habere voluit eum, cujus ipſe audacia potens eſſet? Utile ei videbatur plurimum poſſe alterius invidia: id quam injuſtum in patriam, quam inutile, quam turpe eſſet, non videbat.

Ipſe autem ſocer in ore ſemper Græcos verſus de Phœniſſis habebat, quos dicam ut potero, incondite fortaſſe, ſed tamen ut res poſſit intelligi.

Nam si violandum est jus, regnandi gratia
Violandum est; aliis rebus pietatem colas.

re entendre le sens: *S'il faut violer la justice, ce ne doit être que pour monter sur le thrône. Qu'en toute autre chose on respecte les loix de la probité & de la vertu.*

Horrible devise de Cesar.

Capitalis Eteocles vel potius Euripides, qui id unum, quod omnium sceleratissimum fuerat, exceperit.

Quel crime à Eteocle [1], ou plûtôt à Euripide, d'avoir fait une exception, à l'obligation de garder la justice en tout; & de l'avoir faite en faveur du plus horrible de tous les attentats!

Quid igitur minuta colligimus, hareditates, mercaturas venditiones fraudulentas? Ecce tibi, qui Rex populi Romani dominusque omnium gentium esse concupierit, idque perfecerit. Hanc cupiditatem si honestam quis esse dicit, amens est, probat enim legum & libertatis interitum, earumque opressionem tetram, & detestabilem, gloriosam putat.

Pourquoy donc s'arrêter à ramasser tous ces petits exemples, des injustices que la préference d'une utilité apparente à l'honnêteté, fait commettre en matiere de successions, de ventes, & de marchandises? Veut-on voir à quoy cette préference conduit? Voilà un homme qui est venu par là jusqu'à vouloir se faire Roy du peuple Romain, & maître du monde; & qui en est venu à bout. Dira-t'on

Il n'y a point de crime à quoy la préference de l'utilité apparente à l'honnêteté ne puisse conduire.

1. Roy de Thebes, né de l'inceste d'Oepide & de Jocaste sa mere. Ce mot qu'Euripide luy fait dire, convenoit fort bien à ses mœurs; puisque malgré la convention qu'il avoit faite avec son frere Polinice, qu'ils regneroient chacun à son tour, il garda toute l'authorité pour luy, ce qui excita diverses guerres entre les deux freres, qui se tuerent enfin l'un l'autre.

qu'une telle passion est conforme à l'honnêteté ? Il faudroit avoir perdu le sens ; puisque ce seroit approuver l'extinction des loix & de la liberté publique ; & trouver glorieuse l'action du monde la plus infame & la plus détestable, qui est de les opprimer.

Que si quelqu'un dit, qu'à la verité il n'est pas honnête de vouloir regner dans une ville libre, & qui est en droit de conserver sa liberté: mais que cela ne laisse pas d'être utile à qui peut en venir à bout : quelles paroles, ou plûtôt quelles injures emploiray-je, pour retirer d'une telle erreur celuy qui en seroit capable ? O ciel ! se peut-il faire qu'on trouve de l'utilité dans le plus atroce de tous les parricides, qui est celuy d'égorger sa patrie; quand celuy qui s'est soüillé d'un tel crime, parviendroit à se faire traiter de pere, par ceux mêmes qu'il auroit opprimez a ? Qu'on n'oublie donc jamais, que

Qui autem fatetur, honestum non esse in ea civitate, quæ libera fuit, quæque esse debeat, regnare ; sed ei, qui id facere possit, esse utile: quâ hunc objurgatione, aut quo potius convicio à tanto errore coner avellere ? Potest enim, dii immortales, cuiquam esse utile fœdissimum & taterrimum parricidium patriæ: quamvis is qui se eo obstrinxerit, ab oppressis civibus Parens nominetur ? Honestate igitur dirigenda utilitas est, & quidem sic, ut hæc duo, verbo inter se discrepare, re tamen unum sonare videantur.

a. Il veut designer Cesar, qu'on traitoit de *Pere de la Patrie*, malgré l'oppression où il avoit réduit la Republique.

CE N'EST que par la seule honnêteté qu'il faut mesurer l'utilité ; & que ce ne sont même que deux differens noms d'une même chose.

Belle regle, & bien courte, pour ne faire jamais de faute.

Non habeo, ad vulgi opinionem, quæ major utilitas, quam regnandi, esse possit: nihil contra inutilius ei, qui id injuste consecutus sit, invenio, cum ad veritatem cœpi revocare rationem, possunt enim cuiquam esse utiles angores, sollicitudines, diurni & nocturni metus, vita insidiarum, periculorumque plenissima?

Mais y a-t'il rien de si utile que de regner, dit le vulgaire. Revenez à la raison & à la verité, & vous verrez au contraire, qu'il n'y a rien qui le soit moins, à quiconque y parvient par une injustice. Car est-il donc utile de vivre dans des angoisses, des sollicitudes, & des craintes continuelles ? de voir sans cesse sa vie en peril, & tous les jours exposée à de nouvelles conjurations ?

Il n'y a point de paix pour les tyrans.

Multi iniqui atque infideles regno, pauci sunt boni, *inquit Accius. At cui regno? quod à Tantalo, & Pelope proditum jure obtinebatur. Nam quanto plures ei Regi putas, qui exercitu populi Romani populum ipsum Rom. oppressisset, civitatemque non modo liberam, sed etiam gentibus imperantem, ser-*

Il y a bien peu de gens dont ceux qui regnent se puissent assûrer, dit Accius : *tout le reste leur en veut ; & on est toûjours tout prêt à leur manquer.* Et à quels Rois le disoit-il ? A ceux même qui tenoient par droit de succession le sceptre de Tantale & de Pelops 3. Combien moins pouvoit-il donc y avoir de gens fideles à celuy qui s'étoit servi

Cesar auroit dû s'attendre à ce qui arriva.

3. Fils de Tantale Roy de Phrygie. Il épousa Hippodamie fille d'Oenamus ; & devint si puissant, qu'il conquit

des armées mêmes du peuple Romain pour l'opprimer; & qui avoit mis sous son joug une ville qui étoit en possession, non seulement de la liberté, mais de commander à toute la terre? Quelles devoient être les playes de sa conscience? Quel bourreau n'étoit-elle point pour luy? Enfin QUE PEUT-ce être que la vie pour un homme lorsque les choses sont à tel point, que de la luy arracher, c'est la plus glorieuse de toutes les actions; & le plus grand merite qu'on se puisse faire envers tout le monde?

vire sibi coëgisset? Hunc tu quas conscientiæ labes in animo censes habuisse? quæ vulnera? Cujus autem vita ipsi potest utilis esse, cum ejus vitæ ea conditio sit, ut, qui illam eripuerit, in maxima & gratia futurus sit & gloria?

S'il est donc vray, que la chose du monde qui paroît la plus utile ne l'est point, dés là qu'elle porte avec soy la honte & l'infamie 4; qu'on reconnoisse donc enfin, que CE QUI n'est pas honnête ne sçauroit jamais être utile.

Quod si hæc utilia non sunt, quæ maxime videntur, quia plena sunt dedecoris, ac turpitudinis, satis persuasum esse debet, nihil esse utile, quod non honestum sit.

toute cette grande peninsule de la Grece, à qui il a donné son nom, & qu'on appelle *Pelopon[n]ese.*

4. Voyez la 4. note sur le chap. 29. de ce même Livre.

CHAPITRE

CHAPITRE XXII.

Belle action des Romains, où ils ont fait ceder à l'honnêteté ce qui paroissoit le plus utile. Combien on s'abuse, quand on prétend arriver à la gloire par de mauvaises actions. Quelques exemples où les Romains se sont relâchez dans les derniers tems, de la maxime: Qu'il n'y a rien d'utile que ce qui est honnête. Par où un Etat se doit soûtenir. Caton même, trop attaché aux interêts du fisc.

Quamquam id quidem; cum sæpe alias, tum Pyrrhi bello à C. Fabricio, consule iterum, & à Senatu nostro judicatum est.

C'EST ainsi que nos ancêtres en ont jugé en une infinité d'occasions. Mais jamais cette maxime n'a été mise en pratique d'une maniere plus noble, qu'elle le fut par Fabrice [1], & par le Senat, dans le tems du second Consulat de ce grand homme, & de la guerre contre Pyrrhus.

Cum Rex enim Pyrrhus populo Rom. bellum ultro intulisset, cumque de imperio certamen esset cum Rege generoso, ac potente; perfuga ab eo venit in castra Fabricii, eique est pollicitus, si præmium sibi proposuisset, se, ut clam venisset, sic clam, in Pyrrhi castra rediturum, &

Ce Prince s'étoit porté de gayeté de cœur à faire la guerre au peuple Romain; & on en étoit à disputer de l'Empire, avec un Roy brave & puissant. Un transfuge étant passé de son camp dans celuy de Fabrice, & luy ayant dit, que s'il vouloit luy assurer une recompense, il trouveroit moyen de repasser dans le camp de

Bel exemple de la probité des anciens Romains.

1. On a vû quel il étoit, par la 5. note sur le chap. 4. de ce même Livre.

Pirrhus, aussi secretement qu'il en étoit venu, & qu'il l'empoisonneroit, Fabrice le fit remener à Pirrhus; & cette action fut approuvée & loüée de tout le Senat. A ne regarder que l'apparence de l'utilité, y a-t'il rien qui puisse paroître plus utile, que de se délivrer tout d'un coup d'une grosse guerre, & d'un puissant ennemi, par le moyen d'un transfuge? Mais combien auroit-il été honteux, dans une guerre où il n'étoit question que de la gloire, de se défaire de son ennemi par un crime; au lieu d'en triompher par le courage & par la vertu?

eum veneno necaturum. Hunc Fabricius reducendum curavit ad Pyrrhum: idque factum ejus à Senatu laudatum est. Atqui si speciem utilitatis opinionemque quærimus, magnum illud bellum perfuga unus, & gravem adversarium imperii sustulisset: sed magnum dedecus & flagitium, quicum laudis certamen fuisset, eum non virtute, sed scelere superatum.

Qu'on juge donc lequel des deux étoit le plus utile, & à Fabrice, qui a été parmi nous ce qu'Aristide a été parmi les Atheniens; & au Senat, qui n'a jamais rien trouvé d'utile que ce qui étoit honnête, & qui convenoit à sa dignité, d'employer contre les ennemis, ou les armes, ou le poison.

Utrum igitur utilius vel Fabricio, qui talis in hac urbe, qualis Aristides Athenis fuit, vel Senatui nostro, qui nunquam utilitatem à dignitate sejunxit, armis cum hoste certare, an venenis.

Nulle gloire à esperer par de mauvaises actions.

Si c'est la gloire que l'on cherche dans l'avantage de commander; qu'on se garde bien de tout ce qui

Si gloriæ causa imperium expetendum est scelus absit, in quo non potest esse gloria. Sin ip-

sit opes expetuntur quoquo modo, non poterunt utiles esse cum infamia.

tiendroit du crime, puisque rien n'est si contraire à la gloire. Si c'est la grandeur & les richesses, & qu'on en veüille à quelque prix que ce soit; qu'on se souvienne que CE QUI porte l'infamie avec soy, ne sçauroit jamais être utile.

Non igitur utilis illa L. Philippi. Qu. filii, sententia quas civitates L. Sulla, pecunia accepta, ex senatusconsulto liberavisset, ut hæ rursus vectigales essent: neque his pecuniam, quam pro libertate dederant, redderemus. Est ei Senatus assensus, turpe imperio: piratarum enim melior fides quam senatus.

Il n'y avoit donc rien d'utile dans le conseil que donna L. Philippus [a], fils de Quintus, de rendre de nouveau tributaires les villes que Silla avoit affranchies pour de l'argent, & de ne leur point rendre ce qu'elles luy avoient donné pour leur exemption, quoy qu'elle leur eût été accordée en vertu d'un decret du Senat. Ce conseil fut suivi, mais à la honte de la Republique; puis qu'on peut dire aprés cela que le Senat a moins de foy que les Pirates.

Les Etats ne sont pas moins obligez de garder la foy promise aux particuliers, que les particuliers de se la garder les uns aux autres.

At aucta vectigalia: utile igitur. Quousque audebunt dicere quidquam utile, quod non honestum? Potest autem ulli imperio, quod gloria fultum esse de-

Les revenus de la Republique en furent augmentez, dira-t'on: cela étoit donc utile. Mais jusques à quand osera-t'on dire qu'il y a quelque chose d'utile, de ce qui n'est pas

a. C'est celuy dont il a parlé au chap. 30. du premier Livre, & au chap. 27. du second.

honnête ? UN ETAT, qui se doit soûtenir par la gloire, & par le zele & l'affection de ses alliez ; peut-il trouver utile ce qui le couvre d'infamie, & qui le rend odieux à tout le monde ?

bet, & benivolentia sociorum, utile esse odium & infamia ?

Chacun porte son humeur dans le maniment des affaires publiques, cōme en toute autre chose.

Caton même, mon cher ami, m'a toûjours paru trop attaché aux interêts de nôtre épargne, & à faire valoir les tributs, & j'ay souvent été sur cela d'avis contraire au sien. Car il ne vouloit jamais faire aucune remise aux traitans, & rarement des graces aux alliez : au lieu que nous devons toûjours être liberaux envers ceux-cy ; & en user envers les autres, comme chacun fait avec ses fermiers. Nous le devons même d'autant plus, que de l'union & de la bonne correspondance des deux ordres [1], dépend le salut de la Republique.

Ego etiam cum Catone meo sæpe dissensi. nimis mihi præfractè videbatur ærarium, vectigaliaque defendere, omnia publicanis negare; multa sociis: cum in hos benefici esse deberemus, cum illis sic agere, ut cum colonis nostris soleremus, eoque magis, quo illa ordinum conjunctio ad salutem reip. pertinebat.

Curion opinoit tout aussi mal que Philippus, lors que dans l'affaire des peuples de delà le Pô, il ne manquoit jamais de dire,

Male etiam Curio, cum causam Transpadanorum æquam esse dicebat : semper autem addebat, Vincat utili-

1. C'est à dire, des Senateurs & des Chevaliers Romains. Ceux-cy faisoient valoir les fermes de la Republique, comme on a déja remarqué ailleurs, ce qui n'étoit pas permis aux autres.

tas. Potius diceret, non esse æquam, quia non esset utilis, reip. quam, cum utilem esse diceret, non esse æquam fateretur.

qu'à la verité ce qu'ils demandoient étoit juste ; mais qu'il faloit que tout cedât à l'utilité de la Republique. Il auroit eu plus de raison de dire, que ce qu'ils demandoient n'étoit pas juste, puis qu'il étoit contraire aux interêts de la Republique ; que de dire, qu'encore qu'il fût juste, il étoit utile de ne le leur pas accorder.

CHAPITRE XXIII.

Examen de ce qu'on doit faire en divers cas proposez par Hecaton. Ce que doit faire un fils, qui sçait que son pere complotte contre l'Etat.

Plenus est sextus liber de Officiis Hecatonis talium quæstionum : Sitne boni viri in maxima caritate annonæ familiam non alere. In utramque partem disputat : sed tamen ad extremum utilitate putat officium dirigi magis, quam humanitate.

Hecaton, dans son sixiéme Livre des Offices, propose un grand nombre de questions, comme celles que vous allez voir. Il demande, si dans une extreme disette, il est du devoir d'un homme de bien, de fournir des vivres à ses esclaves ? Et aprés avoir agité la question de part & d'autre, l'utilité l'emporte enfin sur l'humanité.

Divers cas, où l'on peut ne pas voir ce qui est selon l'honnêteté, ou non.

Quærit, si in mari jactura facienda sit, equine pretiosi potius jacturam faciat, an

Il demande encore, si dans une grande tempête, où il faut décharger le vaisseau, on doit jetter à

La jurisprudence des anciens sur les esclaves, avoit

elle assez étouffé l'humanité, pour faire une telle question.

la mer un cheval de prix, plûtôt qu'un esclave de nulle valeur ? L'interêt porte d'un côté; mais l'humanité porte de l'autre.

servuli vilis. hic alio res familiaris, alio ducit humanitas.

Si dans un naufrage, un homme de vertu & de merite, peut arracher une planche à un homme de nul merite qui s'en est saisi ? Pour celui-là il répond que non, parce que la planche est à celui qui la tient; & qu'on ne peut la luy ôter sans injustice.

Si tabulam de naufragio stultus arripuerit, extorquebitne eam sapiens, si potuerit ? negat, quia sit injurium.

Mais le maître du vaisseau le pourroit-il ? Car la planche luy appartient. Il ne le peut; & il n'en a non plus de droit, que de jetter, du vaisseau dans la mer, quelqu'un de ceux qui sont dessus, sous pretexte que le vaisseau luy appartient. Car JUSQU'A ce qu'on soit arrivé où l'on va, le vaisseau n'est pas plus à luy qu'à tous les autres [1].

Quid ? dominus navis, eripietne suum ? minime: non plus, quam si navigantem in alto ejicere de navi velit, quia sua sit. quoad enim perventum sit eo, quo sumta navis est, non domini est navis, sed navigantium.

Mais si deux hommes, égaux en merite, se trouvent dans ce naufrage saisis d'une même planche, qui ne suffise pas pour les

Quid, si in una tabula sint duo naufragi, æque sapientes, sibine uter rapiat, an alter cedat alteri ? ce-

1. Tous ceux qui sont sur un vaisseau sont proprement des locataires, dont le bail n'expire qu'à la fin du voyage; & jusques là, le maître du vaisseau n'a pas droit de les en chasser.

dat vero : sed ei, cujus magis intersit vel sua, vel reipub. causa vivere. Quid, si hæc paria in utroque nullum erit certamen, sed quasi sorte, aut micando victus, alteri cedat alter.

sauver tous deux ; l'un la peut-il ôter à l'autre ? ou se la doivent-ils ceder l'un à l'autre ? Celuy qui a le moins d'interêt de vivre, ou dont la vie est le moins utile à la Republique, doit ceder la planche. Mais si tout est égal entre les deux, il n'y a point de contestation à former ; & il faut que le sort en décide.

Quid, si pater fana expilet, cuniculos agat ad ærarium : indicetne id Magistratibus filius ? nefas id quidem est. quinetiam defendat patrem, si arguatur. non igitur patria præstat omnibus officiis ? immo vero : sed ipsi patriæ conducit, pios cives habere in parentes.

Ce qu'un fils doit à son pere, est préferable à ce qu'il doit à l'Etat.

Un homme qui sçait que son pere pille les temples, ou qu'il se fait un chemin sous terre pour voler le tresor public, le deferera-t'il au Magistrat ? Non sans doute. Il défendra même son pere s'il est accusé. Mais, dira-t'on, ce n'est donc pas une maxime sans exception, que ce qu'on doit à l'Etat est au dessus de tous les autres devoirs ? Elle n'en souffre aucune ; mais il est de l'interêt même de l'Etat que ses citoyens ayent pour leurs peres la tendresse à quoy la nature les oblige.

Quid, si tyrannidem occupare, si patriam prodere conabitur pater ; silebitne filius ? immo vero obse-

En quel cas ce qu'on doit à l'Etat, doit l'emporter

Mais si ce pere aspire à la tyrannie, ou s'il veut livrer l'Etat aux ennemis, le fils demeurera-t'il dans le silence ? Non : il conjurera

Sur ce qu'on doit à son pere.

son pere de ne le pas faire. S'il ne gagne rien par les prieres, il employera les reproches, & même les menaces ; & enfin s'il voit que son pere soit inflexible, & qu'en le laissant faire il n'y va pas de moins que de laisser perir l'Etat ; il en préferera le salut à celui de son pere.

crabit patrem, ne id faciat, si nihil proficiet, accusabit, minabitur etiam : ad extremum si ad perniciem patriæ res spectabit, patriæ salutem anteponet saluti patris.

Nul ne peut se dédommager, aux dépens des autres, de la tromperie qu'on luy a faite.

Voici encore une autre question d'Hecaton. On a fait un payement à quelqu'un en fausse monnoye. La mettra-t'il, la sçachant fausse, s'il est homme de bien ? Diogene dit qu'il le peut : Antipater le nie, & je suis de son avis.

Quærit etiam, si sapiens adulterinos nummos acceperit imprudens pro bonis : cum id rescierit, soluturusne sit eos, si cui debeat, pro bonis. Diogenes ait, Antipater negat, cui potius assentior.

Un homme vend du vin qui n'est pas de garde : en doit-il avertir ? Diogene dit qu'il n'y est pas obligé, & Antipater soûtient qu'un homme de bien n'y manquera jamais. Voila quelles sont, pour ainsi dire, les questions de droit qui s'agitent au barreau des Stoïciens.

Qui vinum fugiens vendat sciens, debeatne dicere ? Non necesse putat Diogenes : Antipater viri boni existimat. Hæc sunt quasi controversa jura Stoicorum.

Quand on vend un esclave, doit-on avertir de ses défauts, je ne parle pas de ceux pour lesquels on seroit condamné à le reprendre, si on n'en avoit averti ; mais de ceux qui

In mancipio vendendo dicendane vitia, non ea, quæ nisi dixeris, redhibeatur mancipium jure civili : sed hæc, mendacem esse, aleatorem, furacem, ebrio-

sum. Alteri dicenda videntur, alteri non videntur.

ne sont pas exprimez par le droit, comme d'être menteur, joüeur, yvrogne, sujet à prendre 1. L'un dit qu'on le doit, & l'autre, qu'on n'y est pas obligé.

Si quis aurum vendens, orichalcum se putet vendere, indicetne ei vir bonus, aurum illud esse, an emat denario, quod sit mille denarium? Perspicuum jam est, & quid mihi videatur, & quæ sit inter eos Philosophos, quos nominavi, controversia.

Un homme vend un lingot d'or, qu'il prend pour du cuivre; celuy qui le marchande est-il obligé d'avertir le vendeur que c'est de l'or, ou peut-il n'acheter qu'un écu, ce qui en vaudra peut-être mille? On voit bien quel est sur cela le sentiment de chacun de ces deux Philosophes, & l'on voit bien aussi quel est le mien.

1. Cela s'entend des petites choses. Car, comme on a vû au chap. 18. par le droit on répond de celuy qui en prendroit d'assez grandes, pour être regardé comme un voleur.

CHAPITRE XXIV.

Si l'on est toûjours obligé de tenir, aux dépens même de la bienséance de la vie, les paroles qu'on aura données. Quelques exemples sur ce sujet.

Pacta, & promissa semperne servanda sint, quæ nec vi, nec dolo malo (ut prætores solent) facta sint? Si quis medicamentum

Est-on toûjours obligé, quoy qu'il arrive, d'executer tous les traitez, qu'on aura faits, & de tenir toutes les paroles qu'on aura données; lorsqu'il n'y

C'est une question si lors même qu'il y va de la vie, on peut manquer à sa promesse.

aura eu *ni dol, ni violence*, comme on parle chez les Preteurs? Quelqu'un, par exemple, a donné un remede à un homme pour le guerir de l'hydropisie, & lui a fait promettre de ne s'en servir jamais passé cette fois. Le remede a réüssi : mais quelques années aprés le mal est revenu. Si celuy qui a donné le remede persiste à ne vouloir pas qu'on s'en serve, le peut-on faire contre son gré? Comme il y a de l'inhumanité à lui de ne le pas permettre, & qu'en cela on ne fait tort à personne; il faut pourvoir à la vie & à la santé.

cuipiam dederit ad aquam intercutem, pepigeritque, ne illo medicamento umquam postea uteretur; si eo medicamento sanus factus fuerit, & annis aliquot post inciderit in eumdem morbum, nec ab eo, quicum pepigerat, impetret, ut item eo liceat uti, quid faciendum sit? Cum sit is inhumanus, qui non concedat, nec ei quidquam fiat injuria, vitæ & saluti consulendum.

Un homme sage & reconnu pour tel, a été institué heritier par quelqu'un, dont la succession se monte à trois millions; mais à condition qu'avant de la recueillir, il dansera en plein midy dans la place publique. Il a promis d'executer la condition; & sans cela le testateur ne l'auroit pas fait son heritier. La doit-il executer ou non? Pour moy j'aimerois mieux qu'il ne s'y fût pas engagé; & je croy qu'il étoit de sa sa-

Quid? si qui sapiens rogatus sit ab eo, qui eum heredem faciat, cum ei testamento sestertium millies relinquatur, ut ante, quam hæreditatem adeat, luce palam in foro saltet, idque se facturum promiserit, quod aliter eum heredem scripturus ille non esset: faciat, quod promiserit, necne? Promisisse nollem, & id arbitror fuisse gravitatis. sed quoniam promisit, si saltare in foro turpe ducet, honestius mentietur, si ex hereditate nihil ceperit, nisi forte eam pecuniam in reipub. magnum aliquod tempus contulerit: ut vel saltare eum, cum patriæ consulturus sit, turpe non sit.

gesse de ne le pas faire. Mais puis qu'il l'a fait, il n'y a plus qu'à voir, s'il trouve qu'il est contre la bienseance de danser en place publique; & en ce cas là, l'infidelité la moins mal-honnête qu'il puisse faire à celuy qui l'a fait son heritier, est de ne rien prendre de sa succession; à moins que sa patrie ne se trouvât alors dans quelque necessité pressante, dont ce qui lui reviendroit de cette succession lui pût donner moyen de la tirer. Si cela est, il peut danser sans rien craindre 1; & il ne lui en reviendra que de l'honneur.

1. On peut sacrifier à l'interêt de l'Etat tout ce qui n'est que contre la bienseance exterieure; mais non pas ce qui blesse la vertu & la pureté des mœurs, comme Ciceron l'a fait voir au dernier chap. du 1. Livre.

CHAPITRE XXV.

Qu'on ne doit pas toûjours garder les promesses qu'on auroit faites. Exemples sur ce sujet. Que la Religion même ne doit pas servir de prétexte pour authoriser les mauvais engagemens. Cas où l'on ne doit pas même rendre le dépôt.

AC ne illa quidem promissa servanda sunt, quæ non sint iis ipsis utilia, quibus illa

ON NE doit pas non plus garder les promesses dont l'execution seroit nuisible à ceux-mê-

En quel cas on est dispensé d'executer

ce qu'on a promis.

me à qui on les a faites. Telle étoit, pour en revenir aux fables, celle que le Soleil avoit faite à son fils Phaëton, de lui accorder tout ce qu'il lui demanderoit. Phaëton lui demanda de monter [1] sur son char. Le Soleil l'y fit monter : Mais avant que Phaëton y pût prendre une situation assurée, il fut frappé d'un coup de foudre. Combien lui auroit-il mieux valu que son pere n'eût pas été si fidéle à tenir une telle promesse ?

promiseris. Sol Phaethonti filio (ut redeamus ad fabulas) facturum se esse dixit, quidquid optasset: optavit ut in currum patris tolleretur: sublatus est, atque insanus antequam constitit, ictu fulminis deflagravit. Quanto melius fuerat, in hoc promissum patris non esse servatum?

Thesée ne se trouva pas mieux d'avoir obligé Neptune à lui tenir celle qu'il lui avoit faite. De trois choses, dont Neptune lui avoit donné le choix, il avoit choisi la mort de son fils Hippolite, qu'il soupçonnoit de quelque commerce avec sa bellemere. Mais combien de larmes lui en coûta-t'il pour avoir obtenu ce qu'il avoit demandé ?

Quid, quod Theseus exegit promissum à Neptuno? Cui cum tres optationes Neptunus dedisset, optavit interitum Hippolyti filii sui, cum is patri suspectus esset de noverca: quo optato impetrato, Theseus in maximis fuit luctibus.

Le prétexte même de la Religion, ne sçauroit rendre valables les engage-

Agamemnon s'étant obligé, par un vœu solemnel fait à Diane, de lui sacrifier ce qui naîtroit de plus beau cette année-là ;

Quid? Agamemnon cum devovisset Dianæ, quod in suo regno pulcherrimum natum esset illo anno, immolavit

1. Il avoit touché quelques exemples tirez des Fables dès le 10. chap. du 1. Liv.

Iphigeniam, qua nihil erat eo quidem anno natum pulchrius. promissum potius non faciendum, quam tam tetrum facinus admittendum fuit.

Ergo & promissa non facienda nonnunquam: neque semper deposita reddenda. Si gladium quis apud te sana mente deposuerit, repetat insaniens; reddere peccatum sit; non reddere officium.

Quid si is, qui apud te pecuniam deposuerit, bellum inferat patria, reddasne depositum? non, credo: facias enim contra remp. qua debet esse carissima.

Sic multa, qua honesta natura videntur esse, temporibus fiunt non honesta. facere promissa, stare conventis, reddere deposita, com-

& rien n'étant né de si beau que sa fille Iphigenie, il la lui sacrifia. Mais combien auroit-il mieux valu manquer à sa promesse, que de faire une action si horrible?

mens qui sont contre les bonnes mœurs.

Il y a donc des cas, où l'on ne doit pas faire ce qu'on a promis; & il y en a même où l'on ne doit pas rendre ce qu'on a reçû en dépôt. Si un homme, par exemple, vous a donné son épée en dépôt, dans un tems où il avoit tout son bon sens; la lui rendrez-vous, si étant tombé en phrenesie il vient à vous la demander? Vous feriez mal, & vôtre devoir vous le défend.

Cas où l'on ne doit pas même rendre le dépôt.

Tout de même, si un homme qui vous aura confié un dépôt d'argent, vient à faire la guerre à l'Etat, lui rendrez-vous son argent? Non sans doute, puisque l'interêt de l'Etat vous le défend; & que rien ne vous doit être si cher que l'Etat.

C'est ainsi que bien des choses, honnêtes par elles-mêmes, cessent de l'être par le changement des tems. Rien n'est plus honnête que de tenir sa parolé, d'executer les traitez qu'on a faits, de rendre lé dépôt. Mais dés que ces mêmes choses deviennent nuisibles à ceux-mêmes à qui l'on s'est engagé, il seroit contre le devoir de l'honnêteté de les faire.

mutata utilitate, fiunt non honesta.

CHAPITRE XXVI.

Qu'en repassant les quatres vertus principales, il est aisé de voir, que ce qui n'est pas honnête ne sçauroit jamais être utile. Qu'il l'a déja montré à l'égard de la prudence & de la justice. Exemples qui prouvent la même verité, à l'égard de la force & du courage.

Je croy en avoir assez dit, sur les choses qu'une fausse prudence fait trouver utiles, quoy qu'elles soient contre la justice. Il ne me reste plus qu'à faire voir, combien ces sortes de choses, où le commun du monde trouve de l'utilité, quoy qu'elles n'en ayent qu'une fausse apparence, sont contraires à la vertu. C'est ce que nous ferons, en parcourant encore ici ces quatre sources d'où dérive tout ce qui se peut appeller honnête ; & dont nous avons fait voir, dans

Ac de iis quidem, quæ videntur esse utilitates contra justitiam simulatione prudentiæ, satis arbitror dictum. Sed quoniam à quatuor fontibus honestatis primo libro officia duximus, in eisdem versabimur, cum docebimus ea, quæ videntur esse utilia, neque sunt, quam sint virtutis inimica.

le premier livre, que se tirent toutes les regles de nos devoirs.

Ac de prudentia quidem, quam vult imitari malitia; itemque de justitia, quæ semper est utilis, disputatum est. Reliquæ sunt duæ partes honestatis, quarum altera in animi excellentis magnitudine & præstantia cernitur, altera in conformatione & moderatione continentiæ & temperantiæ.

Nous avons même déja parlé dans celuy-cy, de ce qui a rapport à la *prudence* qu'une malice artificieuse voudroit contrefaire; & de ce qui a rapport à la *justice* dont l'utilité est aussi perpetuelle, qu'elle est réelle & veritable. Il ne nous reste donc qu'à parler de ce qui regarde les deux autres sources de l'honnêteté; qui sont *la force* ou la grandeur d'ame, & la moderation ou *la temperance*.

Utile videbatur Ulyssi, ut quidem poëtæ tragici prodiderunt, (nam apud Homerum, optimum auctorem, talis de Ulisse nulla suspicio est;) sed insimulant eum tragœdiæ, simulatione insaniæ militiam subterfugere voluisse. non honestum consilium.

* Il paroissoit utile à Ulisse, de feindre d'être hors de son bon sens pour s'exempter d'aller à la guerre, au moins si nous en croyons les Poëtes tragiques. Car dans Homere, qui est un bien meilleur autheur, il n'y a rien qui nous puisse faire soupçonner rien d'approchant. Quoy qu'il en soit, ce dessein n'étoit nullement honnête.

At utile (ut aliquis fortasse dixerit) regna-

Mais, dira-t'on, il étoit au moins *utile* à Ulisse de

* Le chapitre 26. ne commence qu'icy dans le latin; mais il doit commencer plus haut.

demeurer à Ithaque [1], d'y regner, & d'y mener une vie tranquille, avec ses parens, sa femme, & ses enfans. Quelle comparaison de la douceur d'une telle vie, avec les perils & les travaux de la guerre ; & même avec toute la gloire qu'on y peut acquerir? Et moy je soûtiens, qu'un tel repos n'étant pas honnête, ne peut être utile ; & qu'on doit le fuir & le mépriser. Car que n'auroit-on point dit d'Ulisse, s'il eût persisté à contrefaire l'insensé, puisqu'aprés même toutes les grandes actions qu'il fit à la guerre, il eut le déplaisir d'essuyer publiquement ces sanglans reproches d'Ajax ; *Ce même homme, qui a été le premier à faire faire à tout le monde le serment par où nous nous sommes engagez à cette guerre, a été le seul qui l'ait rompu. Il a même été jusqu'à contrefaire le fou, pour éviter de venir à l'armée ; & si Palamede, plus fin que luy, n'avoit découvert sa malice & son artifice, il y auroit per-*

Le repos a ses partisans, comme la gloire a les siens.

re, & Ithaca vivere otiose cum parentibus, cum uxore, cum filio. Ullum tu decus in quotidianis periculis & laboribus cum hac tranquillitate conferendum putas? Ego vero istam contemnendam, & abjiciendam: quoniam, quæ honesta non sit, ne utilem quidem esse arbitror. Quid enim auditurum putas fuisse Ulyssem, si in illa simulatione perseverasset? qui, cum maximas res gesserit in bello, tamen hæc audiat ab Ajace:

Cujus ipse princeps
juris jurandi fuit,
Quod omnes scitis,
solus neglexit fidem.
Furere assimulavit,
ne coiret institit.
Quod ni Palamedis
perspicax prudentia
Istius percepset malitiosam audaciam,
Fide sacratum jus perpetuo falleret.

1. Isle de la mer Ionienne, appellée aujourd'huy, *Isola del comparé*, c'étoit le païs d'Ulisse.

sisté, malgré la foy du serment [2].

Illi vero non modo cum hostibus, verum etiam cum fluctibus, id quod fecit, dimicare melius fuit, quam deserere consentientem Græciam ad bellum barbaris inferendum. Sed dimittamus & fabulas, & externa; ad rem factam nostraque veniamus.

Il étoit donc meilleur pour Ulisse, non seulement de s'exposer, comme il fit à la fureur des flots, mais même à celle des ennemis; que d'abandonner toute la Grece unie, pour faire la guerre aux Barbares. 3. Mais laissons là les fables, & ce qui s'est passé chez les étrangers; & venons à quelque chose de réel, & qui s'est passé parmi nous.

2. Ce sont des vers d'une Tragedie de Pacuve, dont le sujet étoit la contestation entre Ajax & Ulisse, pour les armes d'Achille.

3. C'est le nom que les Grecs donnoient à tous les autres peuples.

CHAPITRE XXVII.

Exemple de Regulus, rapporté en preuve de ce qu'il a établi dans le chapitre précedent.

M. Atilius Regulus, cum Consul iterum in Africa ex insidiis captus esset, duce Xantippo Lacedæmonio, Imperatore autem patre Hannibalis Hamilcare, juratus missus est ad senatum,

Histoire de Regulus.

DURANT qu'Hamilcar, pere d'Annibal, commandoit l'armée des Carthaginois; M. Attilius Regulus, Consul pour la seconde fois, qui commandoit la nôtre en Afrique, ayant été pris dans une embuscade par Xantippe

Lacedemonien ; les ennemis l'envoyerent vers le Senat, pour faire rendre quelques prisonniers de consideration, que l'on avoit faits sur eux, & luy firent promettre, avec serment, de revenir à Carthage, s'il ne pouvoit obtenir la liberté des prisonniers.

ut, nisi redditi essent Pœnis captivi nobiles quidam, rediret ipse Karthaginem.

Le voila donc à Rome, voyant fort bien le parti qui paroissoit le plus utile pour luy : mais l'évenement fit voir, qu'il ne le crut pas veritablement utile. Il ne tenoit qu'à luy de demeurer dans son païs, & de vivre tranquillement chez luy, avec sa femme & ses enfans ; regardant la disgrace qui luy étoit arrivée à la guerre, comme un effet ordinaire du sort des armes ; & joüissant du rang de la dignité consulaire. Qui peut nier dira-t'on, que tout cela ne soit utile ? Le voulez-vous sçavoir ? C'est *la force* & la grandeur d'ame qui le nient. Pouvez vous demander des témoins plus illustres, & d'une plus grande authorité ?

Is cum Romam venisset, utilitatis speciem videbat, sed eam, ut res declarat, falsam judicavit : quæ erat talis. Manere in patria, esse domi suæ, cum uxore, cum liberis : quam calamitatem accepisset in bello, communem fortunæ bellicæ judicantem, tenere consularis dignitatis gradum. quis hæc neget esse utilia ? quem censes ? magnitudo animi & fortitudo negat. Num locupletiores quæris auctores ?

La grandeur d'ame

* Ce sont ces vertus qui

Harum enim est

* Le Chapitre 27. ne commence qu'icy dans le latin ;

virtutum proprium; nil extimescere, omnia humana despicere, nihil, quod homini accidere possit, intolerandum putare.

apprennent aux hommes à ne rien craindre ; à mépriser toutes les choses humaines ; & à porter tout ce qu'il peut arriver de plus fâcheux.

met au dessus de tout, & de la mort même.

Itaque quid fecit. in Senatum venit, mandata exposuit, sententiam ne diceret recusavit : quamdiu jurejurando hostium teneretur, non esse se senatorem. Atque illud etiam (ô stultum hominem, dixerit quispiam, & repugnantem utilitati suæ!) reddi captivos, negavit esse utile : illos enim adolescentis esse, & bonos duces, se jam confectum senectute. cujus cum valuisset auctoritas, captivi retenti sunt, ipse Karthaginem rediit, neque eum caritas patriæ retinuit, nec suorum.

Que fit donc Regulus ? Il vint dans le Senat, il exposa sa commission, & s'excusa d'abord de dire son avis, parce qu'étant engagé aux ennemis, par le serment qu'il leur avoit fait, il ne croyoit pas devoir se regarder comme Senateur. Mais étant pressé de le dire, il remontra qu'il ne convenoit pas à la Republique de rendre les prisonniers : que c'étoient de jeunes gens, & de bons hommes de guerre ; au lieu que son grand âge le mettoit hors d'état de servir. Son avis fut suivi : on retint les prisonniers, & il s'en retourna à Carthage ; sans que l'amour qu'il avoit pour sa patrie, ni celuy que ses proches avoient pour luy, fussent capables de le retenir.

Neque vero tum ignorabat se ad crudelissimum hostem, & ad exquisita supplicia pro-

Il n'ignoroit pas qu'il alloit se livrer à des ennemis cruels, & aux supplices les plus horribles que

mais il doit commencer plus haut.

leur ressentiment [1], leur pourroit faire inventer. Mais il étoit persuadé qu'il devoit garder son serment : & cela fit que dans les maux qu'on luy faisoit nuit & jour, pour le faire mourir par le long supplice de l'insomnie, il trouvoit sa condition meilleure, que s'il fût demeuré chez luy, bien plus chargé du poids de sa captivité, que de celuy de sa vieillesse ; & plus deshonoré par son parjure, qu'honoré par la dignité qu'il avoit acquise en passant par le Consulat.

ficisci : sed jusjurandum conservandum putabat. Itaque tum, cum vigilando necabatur, erat in meliore causa, quam si domi senex captivus, perjurus, consularis remansisset.

Jusqu'où des Payens ont porté la foy du serment.

Voilà un mal-habile homme, dira-t'on, & bien ennemi de luy-même. Quoy ! au lieu d'insister pour faire renvoyer les prisonniers, lui-même conseil de n'en rien faire: A-t'on jamais rien vû de plus insensé ?

At stulte, qui non modo non censuerit captivos remittendos, verum etiam dissuaserit.

Insensé, dites-vous ? Et quoy, si c'étoit ce qui con-

Quo modo stulte ? etiamne si reip. condu-

1. Les Carthaginois sçurent sans doute, que Regulus avoit conseillé au Senat de ne pas rendre leurs prisonniers ; & c'étoit apparemment la cause de leur ressentiment contre luy. Car sans cela, quelque Barbares qu'ils fussent, ils n'auroient pas traité de la sorte un homme de si bonne foy, & qui s'étoit remis volontairement entre leurs mains.

cebat ? potest autem, quod inutile reip. sit, id cuiquam civi utile esse ?

venoit le plus à la Republique, UN BON citoyen peut-il trouver utile pour luy ce qui ne l'est pas à l'Etat ?

CHAPITRE XXVIII.

*Que de mettre de la difference entre l'honnêteté & l'utilité, c'est renverser les fondemens de la nature. Que de preferer l'honnêteté à tout, ce n'est pas abandonner l'utilité, mais la chercher où elle est. Combien l'idée que donne le mot d'*honnête *est au dessus de celle que donne le mot d'*utile. *Sur quelles raisons se fondent ceux qui desapprouvent l'action de Regulus.*

PErvertunt homines ea, quæ sunt fundamenta naturæ, cum utilitatem ab honestate sejungunt. omnes enim expetimus utilitatem, ad eamque rapimur, nec facere aliter ullo modo possumus. nam quis est, qui utilia fugiat? aut quis potius, qui ea non studiosissime persequatur? sed quia nusquam possumus, nisi in laude,

C'EST renverser les fondemens de la nature, que de distinguer l'honnêteté de l'utilité. Car qui doute que nous ne desirions tous ce qui nous est utile ? Une pente naturelle nous y porte, & nous ne sçaurions nous empêcher de la suivre : Il n'y a donc personne qui rejette ce qui est utile, & qui même ne le recherche avec beaucoup d'ardeur. 1. Mais comme nous ne

Tout est renversé dés qu'on peut regarder comme utile ce qui est contraire à l'honnêteté.

1. Tous les hommes cherchent naturellement ce qui leur est utile, comme tous les hommes veulent naturellement être heureux. Mais comme ils ne s'accordent pas sur ce qui peut les rendre heureux, ils ne s'accordent pas non plus sur ce qu'ils appellent *utile.* Ce qui est utile, selon les uns, c'est ce qui peut leur faire connoître la verité, ou leur inspirer la vertu ; & ce qui l'est, selon les autres, c'est ce qui peut établir leur fortune, ou leur

sçaurions rien trouver d'utile que dans ce qui est honnête, bienseant & glorieux, nous le mettons au dessus de tout; & nous le recherchons préferablement à tout. Hors de là, tout ce que nous appellons

decore, honestate utilia reperire, propterea illa prima & summa habemus, utilitatis nomen non tam splendidum, quam necessarium ducimus.

donner du plaisir. Cette difference de sentimens ne vient que de la difference maniere dont ils se regardent eux-mêmes; & pour les mettre tous d'accord, il n'y auroit qu'à les faire convenir de ce qu'ils sont veritablement. Car s'il est vray, que ce qui s'appelle *nous*, c'est nôtre esprit & nôtre cœur, comme dit Ciceron même, dans *le songe de Scipion*; il s'ensuit que les interêts de nôtre cœur & de nôtre esprit sont nos veritables interêts; & que nous ne devons appeller *utile*, que ce qui va à perfectionner l'esprit, par les lumieres de la verité; & le cœur, par les sentimens les plus purs de l'honnêteté & de la vertu: & qu'ainsi, tout ce qui est capable d'aveugler l'esprit, ou de corrompre le cœur, bien loin de pouvoir être regardé comme utile, est pernicieux & mortel, quelque agreable qu'il paroisse. C'est ainsi que tous les hommes en jugeroient, s'ils se souvenoient de ce qu'ils sont. S'il y en a donc qui en jugent autrement, & qui appellent *utile* tout ce qui peut leur donner du plaisir, ou leur procurer des biens ou de la consideration, quelque tort qu'il puisse faire à leur cœur ou à leur esprit, c'est qu'ils ne se souviennent plus de ce qu'ils sont; & qu'au lieu de se regarder par le fond de leur nature, ils ne se regardent que par les dehors; c'est à dire, par leurs sens, & par le personnage qu'ils font dans le monde; & qu'ils sont tellement dissipez, & livrez aux choses sensibles, qu'ils oublient qu'ils ont un cœur & un esprit, & qu'ils ne sont au monde que pour travailler à rendre l'un & l'autre tel qu'il doit être. Voilà la veritable source des fausses idées que les hommes se sont faites de ce qu'ils appellent *utile*, contre lesquelles Ciceron employe dans cet ouvrage toutes les forces de son éloquence & de son esprit. Mais elles subsisteront toûjours jusqu'à ce qu'on ait fait revenir les hommes, à se regarder par ce qu'ils sont veritablement. Il semble que ce devroit être la chose du monde la plus aisée. Mais rien n'est si difficile; & la corruption de l'homme est telle, que non seulement il oublie sa propre

utile nous peut toucher, par rapport à nos besoins; mais il n'a point cet éclat & cette dignité, qui reluit dans tout ce qui est honnête.

Quid est igitur, dixerit quis, in jurejurando? num iratum timemus Jovem? At hoc quidem commune est omnium philosophorum, non eorum modo, qui deum nihil habere ipsum negotii dicunt, & nihil exhibere alteri; sed eorum etiam, qui deum semper agere aliquid, & moliri volunt, nunquam nec irasci deum, nec nocere. Quid autem iratus Jupiter plus nocere potuisset, quam nocuit

Mais aprés tout, dira-t'on, qu'y a-t'il de si respectable dans le serment? Craignons-nous de nous attirer, en le violant, la colere de Jupiter? Comme si tous les Philosophes, c'est à dire, & ceux qui tiennent que Dieu est sans aucune sorte de soin ni d'affaire [2], & qu'il ne se mêle point de ce qui est hors de luy; & ceux mêmes qui croyent qu'il est toûjours en action [3], ne convenoient pas que rien ne l'irrite; & qu'il ne fait jamais de mal à personne [4]?

Combien les Philosophes étoient peu d'accord entr'eux, sur les idées qu'ils avoient de Dieu.

nature; mais qu'il ne veut pas même qu'on l'en fasse souvenir; & que comptant pour rien ce qui en fait tout le prix & toute la dignité, il n'aime à se regarder, que par ce qu'il a de commun avec les bêtes. *Homo, cum in honore esset non intellexit; comparatus est jumentis insipientibus & similis factus est illis:*

2. Les Epicuriens, qui croyoient que Dieu demeuroit renfermé en luy-même, sans aucun soin de ce qui se passe dans le monde.

3. Les Stoïciens, & tous les autres Philosophes, qui reconnoissent la Providence.

4. Ces Philosophes sentoient bien que la colere est un mouvement déreglé, & par consequent indigne de la nature de Dieu: Aussi est-il certain, que Dieu est incapable de cette sorte de colere, qui nous émeut, & qui nous tire de nôtre assiette. Mais ils n'étoient pas excusables, de s'i-

Au pis aller, la colere de Jupiter auroit-elle fait plus de mal à Regulus, qu'il ne s'en fit luy-même. La religion du serment n'avoit donc rien qui dût l'empêcher de prendre le parti qui lui étoit le plus utile.

sibi ipse Regulus? nulla igitur vis fuit religionis, quæ tantam utilitatem præverteret.

On dit qu'il n'auroit pû le faire sans infamie. Mais en premier lieu, de deux maux, il faut éviter le pire; & le mal de cette infamie, étoit-il comparable aux supplices qu'on lui fit souffrir?

An ne turpiter faceret? Primum, minima de malis. Num igitur tantum mali turpitudo ista habebat, quantum ille cruciatus?

D'ailleurs, ce mot d'Accius 5, qui sur le reproche qu'on faisoit à un homme, de n'avoir pas gardé la foy qu'il avoit donnée, lui fait dire, *Je n'en ay point donné; & je n'en donne point à qui n'en a point*, quoy qu'il soit dit par un méchant Roy, ne laisse pas d'avoir sa verité.

Deinde illud etiam apud Accium, Fregisti fidem. neque dedi, neque do infideli cuiquam. *Quamquam ab impio rege dicitur, luculente tamen dicitur.*

Ceux qui blâment la conduite de Regulus ajoûtent,

Addunt etiam, quemadmodum nos di-

maginer que Dieu pût regarder d'un œil indifferent les bonnes & les mauvaises actions des hommes; & qu'il pût même laisser les unes sans recompense, & les autres sans punition; & il est également incomprehensible, qu'ils pûssent accorder une telle imagination avec la justice de Dieu, s'ils admettoient en Dieu quelque sorte de justice; & qu'ils pûssent croire un Dieu sans le croire juste.

5. Dans la Tragedie d'Atrée.

camus,

camus, videri quædam utilia, quæ non sint: sic se dicere; videri quædam honesta, quæ non sint: ut hoc ipsum videtur honestum, conservandi jurisjurandi causa ad cruciatum revertisse: sed fit non honestum; quia, quod per vim hostium esset actum, ratum esse non debuit. Addunt etiam; quidquid valde utile sit, id fieri honestum, etiam si antea non videretur. Hæc fere contra Regulum. Sed prima videamus.

que comme nous disons qu'il y a des choses qui paroissent utiles, & qui ne le sont pas; ils soûtiennent de leur côté, qu'il y en a aussi qui paroissent honnêtes, & qui ne le sont nullement. Qu'ainsi, quoy qu'il paroisse honnête de se livrer aux ennemis, & de s'exposer aux tourmens les plus cruels, plûtôt que de manquer à son serment, l'honnêteté n'exige point cela de nous; parce qu'un serment extorqué par force n'oblige point. Voilà à peu prés ce qu'on dit contre Regulus: il faut l'examiner l'un aprés l'autre.

CHAPITRE XXIX.

Refutation de ce qu'on allegue contre Regulus. Ce que c'est que le serment, & ce qui doit le faire garder. La statuë de la Foy, placée dans le Capitole auprés de celle de Jupiter. Que la douleur n'est point un mal. Nul malheur comparable à celuy de l'infamie. Que l'infidelité de celuy à qui on a fait un serment n'en dispense point. Que le serment se doit interpreter, selon l'intention & l'attente de celuy à qui on l'a fait. Si l'on est obligé de tenir celuy qu'on auroit fait à un Corsaire pour sa rançon.

NOn fuit Jupiter metuendus, ne iratus noceret, qui neque irasci solet, neque nocere. Hæc quidem ratio non

ON dit que Regulus n'a pas dû craindre de s'attirer la colere de Jupiter; puisque Jupiter, n'est capable ni d'entrer en colere ni de faire aucun mal à personne. Mais en premier lieu, cela n'a pas plus de force contre le serment de ce grand homme, que contre tout autre. D'ailleurs, CE QU'ON doit considerer dans le serment, & ce qui doit le faire garder, ce n'est pas la crainte d'être puni si l'on y manquoit; c'est sa force & sa sainteté. Car LE SERMENT est une affirmation religieuse. Or CE QU'ON affirme de cette sorte; & dont on prend Dieu même à témoin, il faut le tenir: non par la crainte de la colere des Dieux, puis qu'ils n'ont jamais de colere.1; mais par respect pour la foy donnée, cette foy dont Ennius a dit ce beau mot: *O sainte & divine foy, par qui Jupiter même jure* 2, *que vous êtes*

Ce que c'est que le serment, & ce qui le doit rendre inviolable.

magis contra Regulum, quam contra omne jusjurandum valet. sed in jurejurando, non qui metus, sed quæ vis sit, debet intelligi. est enim jusjurandum affirmatio religiosa. quod autem affirmate, quasi deo teste, promiseris, id tenendum est. jam enim non ad iram deorum, quæ nulla est; sed ad justitiam, & ad fidem pertinet. nam præclare Ennius: O fides alma, apta pinnis, & jusjurandum Jovis.

1. Que peut on dire, quand on voit que des Payens, qui ne craignoient point la colere de Dieu ne laissoient pas de se tenir fermes à leur devoir, par le seul amour de la vertu; & que des Chrêtiens, qui la craignent, & qui sont menacez des supplices éternels, ne sçavent pas se contenir?

2. Les hommes & les Dieux même pouvoient jurer par Jupiter, qui étoit au dessus d'eux. Mais Jupiter ne pouvoit jurer que par la *foy* inviolable de ses promesses. C'étoit proprement jurer par luy-même: mais les Payens, qui faisoient des Divinitez de tout, en avoient aussi fait une de cette *foy*.

digne d'être placée au plus haut des Temples !

Le violement du serment dont on a pris Dieu à témoin, est un crime qui l'attaque directement

Qui igitur jusjurandum violat, is Fidem violat, quam in Capitolio vicinam Jovis Opt. Max. (ut in Catonis oratione est) majores nostri esse voluerunt.

Quiconque viole son serment, viole donc cette foy si sainte, dont nos peres, comme Caton le remarque dans une de ses harangues, ont placé la statuë dans le Capitole, tout auprés de celle de Jupiter.

At enim ne iratus quidem Jupiter plus Regulo nocuisset, quam sibi nocuit ipse Regulus. Certe, si nihil malum esset, nisi dolere. Id autem non modo non summum malum, sed nec malum quidem esse, maximæ auctoritate Philosophi affirmant: quorum quidem testem non mediocrem, sed haud scio an gravissimum, Regulum, nolite, quæso, vituperare.

On ajoûte que la colere même de Jupiter, quand il en pourroit avoir, n'auroit pas fait plus de mal à Regulus, qu'il s'en fit luimême. Mais cela seroit bon, s'il n'y avoit point d'autre mal que la douleur, ou si c'étoit le plus grand de tous les maux. Or, tant s'en faut qu'elle soit le plus grand des maux, que de tres-grands Philosophes soûtiennent même que ce n'est pas un mal 3. C'est de quoy nous

3. Les Stoïciens avoient bien vû, que l'homme est fait pour être heureux ; & que son bonheur consiste dans la vertu. Mais comme ils ne connoissoient point la corruption de la nature par le peché, qui rend l'homme incapable dans cette vie de ce bonheur pour lequel il est fait ; & qui réduit toute sa felicité presente, à l'esperance que la pratique solide de la vertu luy peut donner, d'être un jour heureux dans le ciel, ils vouloient que leur *sage* le fût souverainement dés cette vie mortelle ; & ils avoient dressé tout leur systéme sur ce plan là. Il falloit pour cela que la douleur & la mort ne fussent point des maux : car les sages souffrent & meurent comme les autres. Ils soûtenoient donc, qu'on ne devoit mettre ni l'une ni l'autre au rang des maux ; & qu'elles n'empêchoient point que le sage ne

avons pour témoin, non un homme du commun, mais l'homme le plus illustre que nous puissions peut-être desirer, & que l'on peut le moins recuser; puisque c'est Regulus même, le premier homme d'entre les Romains; qui plûtôt que de manquer à son devoir, s'est exposé volontairement aux plus cruelles douleurs.

quem enim locupletiorem quærimus, quam principem populi Rom. qui retinendi officii causa cruciatum subierit voluntarium?

fût heureux. Mais ils se contredisoient grossierement eux-mêmes sur cela; puis qu'ils enseignoient en même tems, que quand le sage étoit pressé de la douleur jusqu'à un certain point, il devoit s'en délivrer en se donnant la mort. Car de là on tire necessairement cette consequence ridicule, que saint Augustin leur reproche dans la Lettre 155. qu'*il y a donc telle vie heureuse que le sage ne sçauroit porter & dont il doit se délivrer comme du plus grand de tous les maux*. Ces contrarietez, inévitables à quiconque n'est pas éclairé des lumieres de la foy, s'accordent parfaitement par les principes de la Religion Chrétienne; qui nous apprennent, qu'encore que l'homme soit fait pour être heureux, & qu'il le devienne necessairement par la vertu, puisque la vertu le conduit à la possession de Dieu, il ne le sçauroit être parfaitement en cette vie; parce qu'il porte en luy un fonds de corruption, qui fait qu'il n'y a point icy-bas de vertu parfaite. Que c'est cette corruption qui le rend sujet à la douleur & à la mort. Que l'une & l'autre sont des maux; mais à nôtre égard seulement, & non pas en elles-mêmes; puis qu'elles sont la punition du peché; & que bien loin que ce soit un mal que le peché soit puni; ce seroit un mal qu'il ne le fût pas. Mais que cette punition même se tourne en bien pour les justes; puisque c'est ce qui les purifie, en les deprenant des choses de la terre, dont l'amour fait la corruption de l'homme; & en leur donnant lieu d'adorer, jusques dans leur destruction même, les loix de la justice éternelle, qui ne souffrent pas que les moindres restes du peché demeurent sans punition; & de meriter par la patience les recompenses éternelles.

Nam quod aiunt, minima de malis, id est, ut turpiter potius, quam calamitose: an est ullum majus malum turpitudine? quæ si in deformitate corporis habet aliquid offensionis, quanta illa depravatio & fœditas turpissi-

On dit que de deux maux, il faut éviter le pire; & par consequent la misère plûtôt que la honte. Mais Y A-T'IL un plus grand mal, que ce qui nous rend infame 4; Car si l'ON est si choqué de la difformité du corps; combien plus le doit-on être

Qui sentiroit l'outrage qu'on se fait à soy-même, par les mauvaises actions, n'en feroit jamais aucune.

4. L'infamie dont Ciceron parle icy, n'est pas celle que les méchans s'attirent par leurs mauvaises actions, quand elles éclatent dans le public; puis qu'elle se peut éviter, lors qu'on a assez d'adresse pour se cacher; & que c'est si peu par la crainte de celle-là que Ciceron veut qu'on s'abstienne de faire le mal, qu'il déclare, comme on a vû dans ce même Livre, à la fin du chap. 8. que *quand on pourroit tromper les yeux des hommes, & des Dieux mêmes, il ne faut jamais faire aucun mal.* Il entend donc icy cette autre sorte d'infamie; qui rend les méchans infames à leurs propres yeux, par les reproches de la conscience, qui font que les méchans ne peuvent se souffrir eux-mêmes; & qu'ils cherchent sans cesse quelque chose qui les tire au dehors, & qui les empêche de se voir. C'est l'état où toutes les mauvaises actions nous jettent necessairement; & nous ne sçaurions l'éviter, qu'en vivant d'une maniere où nous soyons d'accord avec nôtre raison, qui est nôtre Juge aussi bien que nôtre regle. Voilà ce que les Payens mêmes ont vû; mais ils n'ont pû aller au-delà. Les principes de la Religion Chrétienne nous élevent bien plus haut; & ils nous apprennent, que ce n'est pas précisément pour être d'accord avec nôtre raison, qu'il faut s'abstenir du mal, & faire le bien; mais pour être d'accord avec la raison éternelle, à laquelle nous devons rapporter toutes nos pensées & toutes nos actions; & qui ne nous a donné ce que nous avons de raison, que pour nous mettre en état de discerner ce qu'elle approuve & ce qu'elle condamne; & de nous conduire par cela seul. Ainsi, nôtre raison n'est pas proprement nôtre regle; elle n'est qu'un moyen pour nous conformer à la regle souveraine, qui n'est autre chose que Dieu. Voilà quel est le veritable principe de la bonne vie, & cela seul fait la difference de la vertu des Payens, & de celle des Chrétiens.

de celle d'une ame couverte de honte & d'infamie ? Aussi voyons-nous, que ceux d'entre les Philosophes qui parlent le plus ferme sur ce sujet, décident hardiment, qu'IL N'Y A point d'autre mal que ce qui est contre l'honnêteté, & qui attire necessairement l'infamie ; & ceux-même qui en parlent plus foiblement, conviennent que c'est le plus grand de tous les maux.

La dépravation des hommes va jusques à ne plus compter pour un mal la seule chose qui en soit un.

cati animi debet videri ? Itaque, nervosius qui ista disserunt, solum audent malum dicere id, quod turpe sit: qui autem remissius, hi tamen non dubitant summum malum dicere.

Pour ce que le Poëte fait dire à Atrée, sur le reproche qu'on lui faisoit d'avoir manqué à la foy donnée. *Je n'en ai point donné, & je n'en donne point à qui n'en a point ;* qui ne voit que ce n'est que ce que le caractere de ce méchant Roy demandoit qu'on lui fît dire. Car de se faire une regle de ce mot-là, & DE PRETENDRE que la foy donnée à quelqu'un qui n'en a point est nulle, c'est chercher une couverture au parjure & à l'infidelité.

L'infidelité de ceux à qui on fait un serment ne dispense pas de le garder.

Nam illud quidem,
Neque dedi, neque do fidem infideli cuiquam ;
Idcirco recte à Poëta; quia, cum tractaretur Atreus, personæ serviendum fuit. Sed si hoc sibi sumunt, nullam esse fidem, quæ infideli data sit, videant, ne quæratur latebra perjurio.

La guerre même a ses loix ; & il y a bien peu de cas où l'on ne soit obligé de garder la foy du serment, aux ennemis mêmes.

Est autem jus etiam bellicum, fidesque jurisjurandi sæpe cum hoste servanda.

Quod enim ita juratum est, ut mens conciperet fieri oportere, id servandum est: quod aliter; id si non feceris, nullum est perjurium.

Ce qui decide de la validité du serment.

TOUTES LES FOIS, par exemple, que le serment a été fait de telle sorte, que celui à qui vous l'avez fait a dû s'attendre que vous l'executeriez, il faut le faire. Hors de-là, vous n'y êtes pas obligé; & vous pouvez y manquer sans vous parjurer.

Ut, si prædonibus pactum pro capite pretium non attuleris, nulla fraus est, ne si juratus quidem id non feceris. nam pirata non est perduellium numero definitus: sed communis hostis omnium. cum hoc nec fides debet, nec jusjurandum esse commune.

C'est ainsi que vous pouvez, sans être parjure, ne pas payer à un Corsaire ce que vous lui auriez promis, même avec serment, pour racheter vôtre vie. Car un Corsaire n'est pas de ceux avec qui on est en guerre reglée: il est l'ennemi commun de tous les hommes; & par consequent personne n'a ni foy ni serment avec lui 5.

5. Ce que Ciceron dit icy seroit vray, si les loix de la societé humaine étoient la seule regle du bien & du mal: mais il y en a d'autres au dessus de celles là. A ne regarder que les loix de la societé, on ne doit rien à ce Corsaire, puis qu'elles ne sont point pour luy, & qu'en se déclarant l'ennemi commun de tous les hommes, il s'est luy-même exclu de la societé; & qu'il est déchû de tous les droits qui en sont des suites. Mais quoy que le serment qu'on luy a fait n'oblige point, par rapport à luy, il oblige par rapport à Dieu, & le respect que l'on doit à la sainteté de son nom, ne permet pas de manquer à une chose dont on l'a pris à témoin.

CHAPITRE XXX.

Le serment est inviolable, lors qu'on a juré en sa conscience. Formule du serment parmi les Romains. Loix de la guerre, inviolables, & observées par les Romains, jusqu'à livrer aux ennemis les Generaux qui avoient traité avec eux sans ordre du Senat. Exemples sur ce sujet.

ON ne se parjure donc pas toutes les fois qu'on manque de faire ce qu'on a promis avec serment; & il y a des cas où l'on peut appliquer ce mot fort sensé d'Euripide, *Ma langue a prononcé ce serment; mais mon esprit n'en a point fait* 1. Mais QUAND on a juré *en sa conscience* 2, & que le serment a été conçû & exprimé dans ces mêmes termes, selon la formule qui est en usage parmi nous, on est par-

Ce qui rend le serment inviolable.

NOn enim falsum jurare perjurare est: sed, quod ex animi tui sententia juraris, sicut verbis concipitur more nostro, id non facere perjurium est. Scite enim Euripides:

Juravi lingua, mentem injuratam gero.

1. Cecy a besoin du correctif qu'on a vû dans la 5. note sur le chapitre précedent.

2. Ce que Ciceron appelle *avoir juré en sa conscience*, ce n'est pas avoir juré avec intention de s'obliger, & de garder son serment. Car si on faisoit dépendre de l'intention la validité du serment, les sermens ne seroient qu'une illusion; & chacun n'auroit qu'à le faire sans intention de les garder. Ce qu'il appelle donc *avoir juré en sa conscience*, c'est avoir sa conscience pour témoin, que quand on a juré, on comprenoit fort bien, que celuy à qui on faisoit le serment s'attendoit, & avoit droit de s'attendre, qu'on le garderoit: Et c'est là ce qui décide de la validité du serment, comme on a vû au chapitre 29. vers la fin.

jure si l'on y manque.

Regulus vero non debuit conditiones pactionesque bellicas & hostiles perturbare perjurio. cum justo enim, & legitimo hoste res gerebatur; adversus quem & totum jus feciale, & multa sunt jura communia. quod ni ita esset, numquam claros viros senatus vinctos hostibus dedidisset.

Regulus étoit dans ce cas-là : il ne devoit donc pas violer, par un parjure, les loix & les conventions qui s'observent même entre ennemis. Car les Carthaginois, à qui l'on faisoit la guerre, étoient de ceux avec qui elle se fait dans les formes, & aux termes des loix *feciales*, & de beaucoup d'autres droits qui sont communs entre les ennemis & nous : & c'est par respect pour ces sortes de droits, que le Senat, dans de certaines occasions a livré aux ennemis des personnes même de consideration [3], & les leur a envoyez chargez de chaînes.

At vero L. Veturius & Sp. Postumius, cum iterum consules essent, quia, cum male pugnatum apud Cau-

Comment les Romains en usoient, à l'égard de ceux qu'ils ne vouloient

* C'est ainsi qu'il en usa à l'égard de L. Veturius, & Sp. Posthumius, Consuls pour la seconde fois, sur ce qu'ayant eu du de-

3. C'est à dire, les Generaux qui avoient traité avec les ennemis, sans ordre & sans pouvoir du Senat. Car, par les loix de la guerre, on ne peut se dispenser de tenir les traitez que les Generaux ont faits avec pouvoir de l'Etat, dont ils commandent les armées. Ce n'est donc que sur le défaut de pouvoir, qu'on peut se dispenser de tenir ces traitez, & rien ne fait mieux voir qu'ils ont été faits sans pouvoir, & qu'on est bien fondé à ne les pas tenir, que de livrer aux ennemis ceux qui les ont faits.

*Le Chapitre 30. ne commence qu'icy dans le latin, mais il doit commencer plus haut.

pas avoüer des traitez qu'ils avoient faits sans ordre de la Republique.

savantage contre les Samnites, à la journée de Caude 4, en sorte que nos legions avoient même été desarmées, ils avoient fait la paix avec eux, sans ordre du Senat, ni du peuple.

dium esset, legionibus nostris sub jugum missis, pacem cum Samnitibus fecerant, dediti sunt his: injussu enim populi senatusque fecerant.

Dans ce même tems, & dans la même occasion, T. Numicius, & Q. Mælius, Tribuns du peuple, de l'authorité desquels cette paix avoit été faite, furent aussi livrez aux Samnites, avec qui l'on ne vouloit pas tenir le traité. Et ce qu'il y a de plus remarquable, c'est que cette resolution fut prise par le conseil même de Posthumius, un de ceux aux dépens de qui elle se devoit executer.

Eodemque tempore Ti. Numicius, Qu. Mælius, qui tum tribuni plebis erant, quod eorum auctoritate pax erat facta, dediti sunt, ut pax Samnitium repudiaretur. Atque hujus deditionis ipse Postumius, qui dedebatur, suasor & auctor fuit.

Long-tems depuis, C. Mancinus ayant aussi fait la paix avec ceux de Numance sans ordre du Senat, demanda de leur être livré; & fut le premier auteur de la proposition que le Senat en fit faire au peuple, par L. Furius, & Sextus Atilius; & qui fut reçuë & executée.

Quod idem multis annis post C. Mancinus, qui ut Numantinis, quibuscum sine senatus auctoritate fœdus fecerat, dederetur, rogationem suasit eam, quam L. Furius, & Sex. Atilius ex S. C. ferebant: qua accepta est hostibus deditus.

4. Bourgade de la Poüille. Les troupes des Samnites étoient commandées par ce même Pontius, dont Ciceron parle au chap. 21. du second Livre.

Honestius hic, quam Q. Pompeius, quo, cum in eadem causa esset, deprecante, accepta lex non est. hic ea, quæ videbatur utilitas: plus valuit, quam honestas: apud superiores utilitatis species falsa ab honestatis auctoritate superata est.

Cette action fut plus honnête que celle de Q. Pompeius, qui étant tombé dans la même faute, demanda grace, & pria qu'on ne lui fît point subir la même loy. A l'égard de celui-cy, une apparence d'utilité l'emporta sur l'honnêteté : mais à l'égard des autres, l'honnêteté l'emporta sur la fausse apparence de l'utilité.

CHAPITRE XXXI.

Du serment extorqué par force. Rien de plus beau, dans l'action de Regulus, que d'avoir ouvert l'avis de ne pas rendre les prisonniers. Rien ne peut faire que ce qui n'est pas honnête le devienne. Fidelité de Regulus à garder son serment, vertu de son siecle. Combien le serment étoit sacré parmi les anciens Romains, jusqu'à celuy qui avoit été extorqué par force. Bel exemple sur ce sujet.

At non debuit ratum esse, quod erat actum per vim. Quasi vero forti viro vis possit adhiberi.

Mais, disent ceux qui blâment l'action de Regulus, le serment qu'il avoit fait, n'étoit de nulle consideration ; puisqu'on le lui avoit arraché par force, comme si la force pouvoit quelque chose sur un grand cœur.

Ce qu'on doit penser d'un serment extorqué par force.

Cur igitur ad senatum proficiscebatur, cum præsertim de captivis dissuasurus esset? Quod

Mais pourquoy venir vers le Senat, dit-on encore, s'il n'avoit point d'autre conseil à donner,

V vj

que de ne pas rendre les prisonniers ? C'est le blâmer de ce qu'il y a de plus beau dans son action. Car il ne voulut pas s'en tenir à son jugement ; & il ne se chargea de la commission, que pour remettre l'affaire à celui du Senat. Il est vrai que s'il n'avoit lui-même été de cet avis, on auroit infailliblement rendu les prisonniers ; & il seroit demeuré tranquille dans son païs, & auroit sauvé sa vie. Mais comme il croyoit qu'il étoit utile à la République de ne les pas rendre, il trouva qu'il étoit honnête pour lui d'en ouvrir l'avis ; & de s'exposer à tout ce qui en pourroit arriver.

Un homme de bien ne regarde point à son interêt, quand il opine dans les affaires de l'Etat.

maximum in eo est, id reprehenditis. non enim suo judicio stetit, sed suscepit causam, ut esset judicium senatus: cui nisi ipse auctor fuisset, captivi profecto Pœnis redditi essent. ita incolumis in patria Regulus restitisset. quod quia patriæ non utile putavit, idcirco sibi honestum & sentire illa, & pati credidit.

On ajoûte que ce qui est souverainement utile, devient honnête. Mais il faut donc dire qu'il l'est, & non pas qu'il le devient. Car RIEN n'est utile que ce qui est honnête ; & ce n'est pas parce qu'il est utile qu'il est honnête; mais c'est parce qu'il est honnête qu'il est utile. On pourroit prouver, par beaucoup de fameux exemples, que c'est ainsi que les plus grands hommes en ont ju-

Nôtre interêt ne fait point devenir honnête ce qui ne l'est pas.

Nam quod aiunt, quod valde utile sit, id fieri honestum: immo vero esse, non fieri. est enim nihil utile, quod idem non honestum, nec quia utile, honestum est: sed quia honestum, utile. Quare ex multis mirabilibus exemplis, haud facile quis dixerit hoc exemplo aut laudabilius, aut præstantius.

gé ; mais je ne sçay s'il y en a un plus illustre que celui de Regulus.

Sed ex tota hac laude Reguli unum illud est admiratione dignum, quod captivos retinendos censuerit. nam quod rediit, nobis nunc mirabile videtur, illis quidem temporibus aliter facere non potuit. itaque ista laus non est hominis, sed temporum. nullum enim vinculum ad adstringendam fidem jurejurando majores arctius esse voluerunt. id indicant leges in XII. tabul. indicant sacrata, indicant fœdera, quibus etiam cum hoste devincitur fides : indicant notiones animadversionesque Censorum ; qui nulla de re diligentius quam de jurejurando judicabant.

* Dans toute la conduite de ce grand homme, il n'y a donc rien de plus beau ni plus admirable, que d'avoir opiné à ne pas rendre les prisonniers. Car d'être retourné chez les ennemis, cela nous paroît admirable presentement : mais en ce tems-là, il ne pouvoit s'en dispenser ; & c'est le siecle qu'il en faut loüer plûtôt que l'homme. Car nos peres ont toûjours regardé le serment, comme le plus inviolable de tous les liens par où on peut serrer les hommes, & les obliger à se garder la foy les uns aux autres. C'est ce qui se voit par la loy des douze Tables, & par celles qu'on appelle sacrées ; par l'exactitude religieuse avec laquelle on observoit les traitez faits avec les ennemis, & enfin par les animadversions des Censeurs, qui ne punissoient rien si rigoureusement que l'infraction du serment.

On mettoit la vertu à la mode cõme autre chose, si on le vouloit : mais il n'y a que les Rois qui le puissent.

Rien de si sacré que le serment.

L. Manlio, A. F.

L. Manlius, fils d'Au-

Bel exem

* Le chap. 31. ne commence qu'icy dans le latin ; mais il doit commencer plus haut.

ple de l'observation religieuse du serment parmi les Romains.

lus, qu'on avoit fait Dictateur, ayant exercé cette charge, quelques jours au delà du tems pour lequel elle lui avoit été donnée, M. Pomponius, Tribun du peuple, intenta action contre lui, l'accusant même de dureté envers Titus son fils, qu'on a depuis appellé Torquatus, qu'il tenoit comme relegué à la campagne, hors du commerce des hommes. Celuy-cy n'eut pas plûtôt appris que l'on poursuivoit son pere, qu'il accourut promptement à Rome; & vint dés le point du jour à la maison de Pomponius, qui étoit encore au lit, & demanda à lui parler. Pomponius, croyant qu'il venoit lui donner quelques memoires contre son pere, dont il n'avoit pas sujet d'être content, le fait entrer, se leve, & fait sortir tout le monde. Aussitôt le jeune homme mit l'épée à la main; & menaça Pomponius de le tuer, à moins qu'il ne lui jurât de se desister de l'action qu'il avoit intentée contre son pere La crainte ayant forcé Pomponius de faire le serment qu'on lui de-

cum dictator fuisset, M. Pomponius tribunus plebis diem dixit, quod is paucos sibi dies ad dictaturam gerendam addidisset: criminabatur etiam, quod Titum filium, qui postea est Torquatus appellatus, ab hominibus relegasset, & ruri habitare jussisset. quod cum audivisset adolescens filius negotium exhiberi patri, accurrisse Romam, & cum prima lüce Pomponii domum venisse dicitur. cui cum esset nuntiatum; qui illum iratum allaturum ad se aliquid contra patrem arbitraretur, surrexit è lectulo, remotisque arbitris ad se adolescentem jussit venire. At ille, ut ingressus est, confestim gladium distrinxit, juravitque, se illum statim interfecturum, nisi jusjurandum sibi dedisset, se patrem missum esse facturum. Juravit hoc coactus terrore Pomponius. rem ad populum detulit, docuit, cur sibi causa desistere necesse esset: Manlium mis-

sum fecit. tantum temporibus illis jusjurandum valebat.

mandoit, il abandonna la poursuite qu'il avoit commencée contre Manlius, & le laissa en repos; aprés avoir rendu compte au peuple de ce qui l'y obligeoit : tant on étoit religieux, en ce tems-là, à garder la foy du serment.

Atque hic T. Manlius is est, qui ad Anienem Galli, quem ab eo provocatus occiderat, torque detracto, cognomen invenit : cujus tertio consulatu Latini ad Veserim fusi, & fugati, magnus vir in primis, & qui perindulgens in patrem, idem acerbe severus in filium.

Ce Titus Manlius est celui qui par la belle action qu'il fit auprés du Teveron 1, lorsqu'il tua un François qui l'avoit défié au combat, d'où il revint ayant au col le colier qu'il lui avoit arraché, s'acquit le nom de Torquatus. Ce fut lui qui étant Consul pour la troisiéme fois, défit & mit en fuite les Sabins, auprés du Veseris 2, & c'est un des grands hommes que nous ayons eû. Mais autant qu'il avoit été doux & benin envers son pere; autant fut-il severe & rigoureux envers son fils 3.

1. Fleuve d'Italie, qui se jette dans le Tibre; & de là est venu son nom Italien, *Teverone*, qui veut dire *le petit Tibre*. Son nom latin est *Aniens*.

2. Autre fleuve d'Italie, voisin du mont Vesuve.

3. A qui il fit couper la tête pour avoir combatu sans ordre, quoy qu'il fût demeuré victorieux dans ce combat.

CHAPITRE XXXII.

Severité des anciens, à punir l'infraction du serment. Histoire de ces dix prisonniers, renvoyez à Rome par Annibal, aprés la bataille de Cannes, rapportée à ce propos. Les Auteurs varient sur cette histoire. Bel exemple de la severité des anciens Romains envers leurs soldats, & de leur fierté dans le plus mauvais état de leurs affaires. Conclusion de tout ce qu'il a dit, pour faire voir que tout ce que la crainte & la bassesse de cœur fait faire ne sçauroit jamais être utile.

MAIS autant que Regulus s'est acquis de gloire, par la fidelité qu'il a eûë à garder son serment; autant ces dix autres prisonniers, qu'Annibal, aprés la bataille de Cannes, envoya vers le Senat, pour retirer ceux que nous avions faits, se sont-ils attiré de honte; s'il est vray qu'ils ayent manqué au serment qu'il leur avoit fait faire, de revenir dans le camp dont il s'étoit rendu maître, en cas qu'ils ne pûssent obtenir ce qu'il souhaittoit. C'est surquoy les autheurs ne sont pas d'accord.

SEd, ut laudandus Regulus in conservando jurejurando, sic decem illi, quos post Cannensem pugnam juratos ad Senatum misit Annibal, in castra redituros ea, quorum potiti erant Pœni, nisi de redimendis captivis impetravissent, si non redierunt, vituperandi. De quibus non omnes uno modo.

Polibe, un des meilleurs, dit que n'ayant pû rien obtenir du Senat, quoy qu'ils fussent tous gens de consideration, neuf de dix

Nam Polybius, bonus auctor in primis, scribit, ex decem nobilissimis, qui tum erant missi, novem re-

vertisse à senatu re non impetrata; unum ex decem, qui paullo post quam egressus erat è castris, redisset, quasi aliquid esset oblitus, Romæ remansisse. Reditu enim in castra liberatum se esse jurejurando interpretabatur: non recte. fraus enim adstringit, non dissolvit perjurium. Fuit igitur stulta calliditas perverse imitata prudentiam. Itaque decrevit senatus, ut ille veterator & callidus vinctus ad Annibalem duceretur.

retournerent chez les ennemis, & que le dixiéme demeura à Rome; se prétendant quitte de son serment, sur ce qu'aprés être sorti du camp, il y étoit rentré sous prétexte de chercher quelque chose qu'il feignit d'avoir oublié. Mais c'étoit une pure illusion; puisque BIEN LOIN qu'on se puisse degager de son serment par la fraude, elle ne fait que le serrer davantage, & rendre le parjure plus odieux. Ce ne fut donc qu'une mauvaise finesse, qui cherchoit à se couvrir du masque de la prudence & de l'habileté. Aussi cet homme, qui en sçavoit tant, fut-il renvoyé chargé de chaînes à Annibal par le Senat.

Ceux qui prétendent éluder le serment par de vaines subtilitez, doublement coupables.

Sed illud maximum: octo hominum millia tenebat Annibal, non quos in acie cepisset, aut qui periculo mortis diffugissent, sed qui relicti in castris fuissent à Paullo & Varrone consulibus. eos senatus non censuit redimendos, cum id parva pecunia fieri posset: ut esset insitum militibus

Mais voicy encore quelque chose de plus grand. Annibal avoit fait prisonniers huit mille hommes de nos troupes; non qu'il les eût pris au combat, ni que la peur de la mort leur eût fait prendre la fuite; mais par la faute de Paulus & de Varron, qui les avoient abandonnez dans le camp. Cependant, quoy qu'on pût les ravoir

Hauteur des anciens Romains dans leurs disgraces.

pour tres-peu de chose, le Senat ne voulut jamais les racheter; pour apprendre à nos soldats, qu'il falloit vaincre ou mourir. Et Polibe ajoûte, que cette hauteur du Senat & du peuple Romain, dans le plus mauvais état de leurs affaires abatit plus le courage d'Annibal, qu'aucune autre chose n'auroit pû faire. C'est ainsi que l'honnêteté l'emporte sur tout ce qui a quelque apparence d'utilité.

nostris aut vincere, aut emori. Qua quidem re audita fractum animum Annibalis, scripsit idem, quod senatus populusque Romanus rebus afflictis tam excelso animo fuisset. sic honestatis comparatione ea, qua videntur utilia, vincuntur.

Acilius [1], qui a aussi écrit nôtre histoire en Grec, dit que de ces dix prisonniers, il y en eût plusieurs qui s'aviserent de la même subtilité; & qui crurent éluder leur serment, en rentrant dans le camp sous quelque prétexte; mais qu'ils furent tous flétris par les Censeurs de quelque note d'infamie.

Acilius autem, qui Græce scripsit historiam, plures ait fuisse, qui in castra revertissent, eadem fraude, ut jurejurando liberarentur, eosque à censoribus omnibus ignominiis notatos.

Belle marque de la vertu des anciens Romains.

Mais en voila assez sur ce point-là; & il est clair, par tout ce que nous venons de dire, que tout ce que la crainte & la bassesse de cœur fait faire,

Sit jam hujus loci finis. perspicuum est enim, quæ timido animo, humili, demisso, fractoque fiant, quale fuisset Reguli factum,

1. Il étoit d'une des premieres familles de Rome, & il fut Questeur & Tribun du peuple. Il vivoit environ le milieu du sixiéme siecle de la fondation de Rome.

si aut de captivis, quod ipsi opus esse videretur, non quod reipublicæ, censuisset, aut domi remanere voluisset; non esse utilia, quia sint flagitiosa, fœda, turpia.

c'est à dire, toutes les actions comme auroit été celle de Regulus, si en opinant sur la reddition des prisonniers, il eût regardé ce qui luy convenoit plûtôt que ce qui convenoit à la Republique, ou qu'au lieu de retourner, il fût demeuré chez luy, ne sçauroient jamais être utiles; puis qu'elles sont malhonnêtes, honteuses, & infames.

CHAPITRE XXXIII.

Que ce qui blesse la temperance & la bienseance, ne sçauroit être utile. Lesquels d'entre les Philosophes se sont avisez les premiers, de faire consister le souverain bien dans la volupté. Combien cette doctrine est ennemie de toute vertu. A quoy les Epicuriens reduisoient les quatre vertus principales. Quel étoit leur embarras, quand ils vouloient accorder les vertus avec leur doctrine. Extravagance de ceux qui ont crû pouvoir tout concilier en joignant la volupté à l'honnêteté. Que le souverain bien doit être quelque chose de simple & de précis. Conclusion de tout ce qu'il a dit dans ce dernier Livre, sur la comparaison de l'honnêteté avec ce qui a quelque apparence d'utilité. A quoy se reduit tout ce qu'on peut dire en faveur du plaisir. Epilogue de Ciceron à son fils.

Restat quarta pars, quæ decore, moderatione, modestia, continentia, temperantia continetur. Potest igitur quidquam esse utile, quod sit huic ta-

IL NOUS reste à parler des apparences d'utilité qui blessent la décence, la modestie, la moderation, & la temperance. Peut-on donc trouver utile ce qui est opposé à cet assemblage de tant de vertus si excellentes, & si estimables?

lium virtutum choro contrarium?

Premiers partisans de la volupté entre les Philosophes

Cependant, certains Philosophes, disciples d'Aristippe, qui ont été appellez *Cirenéens* 1, & d'autres encore, qu'on appelle *Anniceriens* 2, ne connoissoient point d'autre bien que la volupté; & prétendoient que la vertu même n'étoit estimable que par le plaisir qu'elle donne. Cette doctrine s'étoit éteinte: mais Epicure l'a renouvellée; & il en est le grand défenseur, & comme le second autheur. C'est contre ces sortes de Philosophes que nous devons combattre de toutes nos forces, si nous voulons soûtenir le parti de l'honnêteté; puisque s'il est vray, comme Metrodore 3 le dit en propres termes, que tout ce qu'on peut appeller utile, & tout ce qui fait le bonheur de la vie, se reduit à la bonne constitution du

Il ne faudroit qu'être bon Epicurien, pour ne pas rui-

Atqui ab Aristippo Cyrenaici, atque Annicerii Philosophi nominati, omne bonum in voluptate posuerunt: virtutemque censuerunt ob eam rem esse laudandam, quod efficiens esset voluptatis. quibus obsoletis floret Epicurus, ejusdem fere adjutor, auctorque sententiæ. Cum his viris equisque, ut dicitur, si honestatem tueri ac retinere sententia est, decertandum est. nam si non modo utilitas, sed vita omnis beata corporis firma constitutione, ejusque constitutionis spe explorata, ut à Metrodoro scriptum est, continetur; certe hæc utilitas, & quidem summa (sic enim censent) cum honestate pugnabit.

1. A cause qu'Aristipe, dont ils étoient disciples, & qui l'avoient été de Socrate, étoit de Cirene, ville d'Afrique.

2. Autre secte de Philosophes, disciples d'Anniceris, qui l'avoit été d'Aristipe; & qui avoit fait la belle action de racheter Platon, & de le tirer de sa captivité.

3. Athenien, disciple d'Epicure, & son principal amy.

corps, & à la confiance que l'experience peut donner qu'elle se soûtiendra; une telle utilité, qui leur paroît même la plus grande de toutes, l'emportera toûjours sur l'honnêteté, & anéantira la vertu.

ner sa santé par des débauches.

Nam ubi primum prudentiæ locus dabitur? an ut conquirat undique suavitates? quam miser virtutis famulatus servientis voluptati! quod autem munus prudentiæ? an legere intelligenter voluptates? fac nihil isto esse jucundius: quid cogitari potest turpius?

Car, en premier lieu, que deviendra *la Prudence*? Ne servira-t'elle plus qu'à rechercher de toutes parts tout ce qui flatte le plus? C'est une étrange condition, pour une vertu, que d'être la servante de la volupté. Sera-ce donc là tout l'employ de la Prudence; & n'aura-t'elle autre chose à faire, qu'à discerner finement & habilement ce qui peut donner le plus de plaisir? Je veux qu'il n'y ait rien de plus agréable: mais peut-on rien imaginer de plus honteux?

Toute vertu aneantie, par les principes des Epicuriens.

Jam, qui dolorem summum malum dicat, apud eum quem habet locum fortitudo, quæ est dolorum laborumque contemtio?

De même, si l'on prétend que la douleur est le souverain mal; que deviendra *la Force*, qui n'est autre chose que le mépris des douleurs & des travaux?

Quamvis enim multis in locis dicat Epicurus (sicut hic dicit)

Je sçai bien qu'Epicure dit des choses sur cela qui paroissent assez fermes.

Mais il ne faut pas tant prendre garde à ce qu'il dit, qu'à ce qu'il doit dire selon ses principes ; lui qui soûtient que la volupté est le souverain bien, & la douleur le souverain mal.

satis fortiter de dolore ; tamen non id spectandum est, quid dicat, sed quid consentaneum sit ei dicere, qui bona voluptate terminaverit, mala dolore.

Qui voudroit même l'écouter sur *la Temperance*, il en dit merveilles en beaucoup d'endroits [4] : mais quoy qu'il puisse dire, c'est là que son foible paroît le plus. Car quand on fait consister le souverain bien dans la volupté, comment peut-on loüer la Temperance, qui fait profession de combattre, non seulement la volupté, mais même tous les mouvemens qui nous y portent ?

Ut, si illum audiam de continentia & temperantia ; dicit ille quidem multis locis : sed aqua haret, ut aiunt. nam qui potest temperantiam laudare is, qui ponat summum bonum in voluptate ? est enim temperantia libidinum inimica, libidines autem consectatrices voluptatis.

A quoy les Epicuriens reduisoient la vertu.

Ils tâchent pourtant de se défendre le mieux qu'ils peuvent, sur ces trois premieres vertus ; & ce n'est pas sans adresse. Ils admettent quelque sorte de *Prudence*, qu'ils font consister dans la science de se fournir des plaisirs. Ils veulent aussi une maniere de *Force*, qu'ils réduisent à ne se pas inquiéter de la mort, & à sçavoir porter

Atque in his tamen tribus generibus, quoquo modo possunt, non incallide tergiversantur. Prudentiam introducunt scientiam suppeditantem voluptates, depellentem dolores. fortitudinem quoque aliquo modo expediunt, cum tradunt rationem negligendæ mortis, per-

4. La raison est si difficile à étouffer, qu'il échappe toûjours quelque chose de vray, à ceux mêmes qui sont infectez des plus mauvais principes.

petiendique doloris. Etiam temperantiam inducunt, non facillime illi quidem, sed tamen quoquo modo possunt. dicunt enim, voluptatis magnitudinem doloris detractione finiri.

la douleur. Enfin, ils admettent jusqu'à une espece de *Temperance*; & quoy qu'ils ne soient pas peu embarrassez sur ce point-là, ils s'en tirent à leur maniere, en disant que l'exemption de la douleur est tout ce qu'ils cherchent dans la volupté; & qu'elle est à son comble, quand on ne sent aucun mal.

Justitia vacillat, vel jacet potius, omnesque ea virtutes, quæ in communitate cernuntur, & in societate generis humani. neque enim bonitas, nec liberalitas, nec comitas esse potest, non plus quam amicitia, si hæc non per se expetantur, sed ad voluptatem, utilitatemve referantur.

Mais pour la *Justice*, elle est fort chancelante chez eux, & l'on peut même dire qu'elle est par terre, aussi bien que toutes les autres vertus par où la societé des hommes se soûtient. Car NI LA BONTE', ni la liberalité, ni l'affabilité, ni l'amitié même, n'ont plus de lieu, dés qu'on ne les recherche point pour elles-mêmes; & qu'on rapporte tout à la volupté, ou même à l'utilité.

Qui ne cultive pas la vertu pour elle-même n'en a point.

Conferamus igitur in pauca. Nam ut utilitatem nullam esse docuimus, quæ honestati esset contraria; sic omnem voluptatem dicimus honestati esse contrariam.

Mais pour nous reduire sur tout cela, nous nous contenterons de dire, que comme nous avons fait voir, que tout ce qui est contraire à l'honnêteté n'est point un bien, la volupté n'en est point un; puisque rien ne luy est plus contraire.

Ainsi, je trouve que Calliphon & Dinomachus ont encore plus de tort que les autres, de s'être imaginez que le moyen de terminer toute la dispute, étoit de joindre l'honnêteté à la volupté [5]: car c'est à peu prés comme qui voudroit faire un composé de l'homme & de la bête. L'honnêteté ne sçauroit souffrir un si monstrueux assemblage: elle l'abhore & le rejette; & d'autant plus que CE QU'ON appelle *le souverain bien*, & *le souverain mal*, doit consister dans quelque chose de précis & de simple; & non pas dans un composé de choses de differente nature. Mais c'est une grande matiere, où nous n'entrerons point icy; l'ayant traitée ailleurs [6], avec beaucoup d'étenduë. Revenons à nôtre sujet.

Les seuls Stoïciens ont raisonné juste sur le souverain bien.

Quo magis reprehendendos Calliphonem & Dinomachum judico, qui se diremptiuros controversiam putaverunt, si cum honestate voluptatem, tanquam cum homine pecudem, copulavissent. Non recipit istam conjunctionem honestas, aspernatur, repellit. Nec vero finis bonorum & malorum, qui simplex esse debet, ex dissimilibus rebus misceri & temperari potest. Sed de hoc (magna enim res est) alio loco pluribus. Nunc ad propositum.

Conclusion de tout l'ouvrage.

Ce que j'ay dit dans ce dernier Livre est plus que

Quemadmodum igitur, si quando ea, quæ

5. Leur sentiment étoit, à ce que nous apprenons de Ciceron même, au 4. Livre de ses Questions Académiques, au 5. *de fin.* & au 5. des Tusculanes, que le souverain bien étoit l'honnêteté jointe à la volupté.

6 C'est dans ses Livres *de finibus bonorum & malorum*, où il traite avec beaucoup de soin de ce que c'est que le souverain bien, & le souverain mal.

videretur

videretur utilitas, honestati repugnat, dijudicanda res sit, satis est supra disputatum. Sin autem speciem utilitatis etiam voluptas habere dicetur, nulla potest esse ei cum honestate conjunctio. Nam ut tribuamus aliquid voluptati, condimenti fortasse nonnihil, utilitatis certe nihil habebit.

suffisant, pour faire voir ce que nous avons à faire, lors que ce qui a quelque apparence d'utilité se trouve contraire à l'honnêteté; & ce que nous en devons juger. Ainsi, quand on prétendroit qu'il y a dans la volupté quelque apparence d'utilité; il demeureroit toûjours pour constant, qu'elle ne sçauroit rien avoir de commun avec l'honnêteté; & qu'on ne peut jamais faire un composé de l'une & de l'autre. Car TOUT CE qu'on peut faire en faveur du plaisir, c'est peut-être de le regarder comme une espece d'assaisonnement aux autres choses, mais non pas comme quelque chose d'utile par lui-même.

Il y a longtems que l'accessoire est devenu le principal.

Habes à patre munus, Marce fili, mea quidem sententia, magnum: sed perinde erit, ut acceperis; quanquam tibi hi tres libri inter Cratippi commentarios, tanquam hospites erunt recipiendi. Sed ut, si ipse venissem Athenas (quod quidem esset factum, nisi me e medio cursu clara

Voila, mon cher fils, le present que j'avois à vous faire. Je le croy de tres-grand prix: mais ce qu'il sera à vôtre égard, dépend de la maniere dont vous le recevrez. Au moins peut-il esperer d'être receu, comme par droit d'ospitalité, parmi les leçons de Cratippus. Il vous tiendra lieu de ce que j'aurois pû vous dire

Epilogue de Ciceron à son fils.

moy-même, si j'avois été à Athenes, où j'esperois vous aller trouver, si ma patrie ne m'avoit rappellé à haute voix au milieu de ma course. Ce sera donc comme si vous m'entendiez parler dans ces trois Livres. Vous donnerez à cette lecture tout le tems que vous pourrez; & vous y en pourrez donner autant que vous voudrez.

Quand je sçauray que vous vous plaisez à cette sorte de science, je prendrai plaisir à m'en entretenir avec vous, & de vive voix, comme j'espere le pouvoir faire bien-tôt, & par écrit, tant que je seray éloigné de vous.

Adieu, mon cher Ciceron. Vous devez être persuadé que je vous aime tendrement : mais comptez que je vous aimeray encore davantage, si je vois que vous ayez du goût pour ces sortes d'ouvrages, & pour les preceptes qu'on y trouve.

voce patria revocasset) aliquando me quoque audires; sic, quoniam his voluminibus ad te profecta vox mea est, tribues his temporis quantum poteris; poteris autem quantum voles.

Cum vero intellexero, te hoc scientiæ genere gaudere, tum & præsens tecum, propediem (ut spero) & dum aberis, absens loquar.

Vale igitur, mi Cicero, tibique persuade, esse te quidem mihi carissimum; sed multo fore cariorem, si talibus monumentis præceptisque lætabere.

FIN.

TABLE DES MATIERES

Contenuës dans cet Ouvrage.

A

B

C

D

I

Q

R

V

FIN.

www.ingramcontent.com/pod-product-compliance
Lightning Source LLC
LaVergne TN
LVHW011252110826
845149LV00001B/110

* 9 7 8 2 0 1 9 5 5 9 1 5 1 *